RÍO LLÉVAME A CASA

VIDIS
HISTÓRICA

Es posible que de todo lo que despierta nuestra curiosidad, nuestro pasado, sea lo más intrigante. Porque es real aunque poco sepamos de esos hechos y de esas personas que vivieron años o siglos antes que nosotros.

Nos fascinan las películas históricas porque durante dos horas somos verdaderos testigos, vemos hasta el detalle lo que pudo ser en un auténtico viaje al pasado. *Hemos visto:* eso quiere decir VIDIS, nuestro sello de novela histórica.

Cada libro te transportará desde la Antigua Grecia a la Segunda Guerra Mundial. Descubrirás hechos, personajes, costumbres, tragedias y emociones que pudieron ser reales. Si te llegan como un relato imaginario, es porque *la Historia, para ser contada, debe ser imaginada.*

Cuando acabes la última página, sentirás que además de haber recorrido un viaje lleno de aventuras, emociones y puro entretenimiento, habrás descubierto un episodio de la Historia que no conocías y estarás feliz por haberte enriquecido.

Te damos la bienvenida a VIDIS, sabemos que ocupará un importante lugar en tu biblioteca.

¡Que lo disfrutes!

Título original: *This Tender Land*
Edición original: Browne & Miller Literary Associates, LLC, derechos gestionados por International Editors &Yáñez Co' S.L.

Traducción: Julián Sosa
Corrección de estilo: Sara Moreno Yunta

Diseño de interior: Florencia Couto
Diseño de cubierta: Pol S. Roca

© 2019 William Kent Krueger

© 2025 Trini Vergara Ediciones
www.trinivergaraediciones.com

© 2025 Vidis Histórica
www.vidishistorica.com

ISBN: 978-84-19767-38-7
Depósito legal: M-16979-2024

Primera edición en España: octubre 2025
Impresión y encuadernación: NORPRINT - Portugal
Impreso en la UE - *Printed in EU*

RÍO LLÉVAME A CASA

William Kent Krueger

Traducción: Julián Sosa

VIDIS

HISTÓRICA

Para Boopie, con amor.

Cuéntame, Musa, la historia
del hombre de muchos senderos.
—Homero, *Odisea*

Parte uno
DIOS ES UN TORNADO

PRÓLOGO

EN EL PRINCIPIO, CUANDO TERMINÓ DE CREAR LOS CIELOS y la tierra, la luz y las tinieblas, la tierra y los mares y todos los seres vivientes que se mueven por allí, después de crear al hombre y a la mujer antes de reposar, creo que Dios nos dio un último regalo. Para que no olvidemos la divina fuente de toda esa belleza, nos dio las historias.

Yo cuento historias. Vivo en una casa a las sombras de un sicomoro en la ribera del río Gilead. Mis bisnietos, cuando me visitan, me llaman viejo.

—Lo de viejo es un cliché —les digo con una fingida decepción—. Una terrible banalidad. Un insulto. Nací junto al sol y la tierra y las lunas y los planetas y todas las estrellas. Cada átomo de mi ser estuvo ahí desde el principio.

—Mentira. —Fruncen el ceño, de un modo juguetón.

—No miento. Cuento historias —les recuerdo.

—Cuéntanos una historia —ruegan.

No hace falta que me lo pidan. Las historias son la dulce fruta de mi existencia y las comparto con gusto.

Los eventos que estoy a punto de compartir contigo comenzaron a la ribera del Gilead. A menos que hayas crecido en el interior del país, puede que no recuerdes estas cosas. Lo que ocurrió en el verano de 1932 es más importante para quienes lo vivieron, y ya no quedamos muchos.

El Gilead es un río encantador, enmarcado con álamos que ya eran antiguos cuando yo era pequeño.

Las cosas eran diferentes por aquel entonces. Ni más simples ni mejores, solo diferentes. No viajábamos como lo hacemos ahora y, para la mayoría de los habitantes del condado de Fremont, Minnesota, el mundo se limitaba a la porción de tierra que podíamos ver hasta que el horizonte la cortaba. No habrían entendido más que yo que si matas a un hombre, cambias para siempre. Y si ese hombre regresa a la vida, te transformas. He presenciado este y otros milagros con mis propios ojos. Así que entre las muchas lecciones de sabiduría que la vida me ha ofrecido con el pasar de los años, comparto esta contigo: ábrete a cada posibilidad, porque no hay nada que tu corazón pueda imaginar que no sea posible.

La historia que estoy a punto de contar ocurrió un verano hace mucho tiempo. Una historia de muertes y secuestros, de niños perseguidos por demonios de mil nombres. Habrá valentía en esta historia y cobardía. Habrá amor y traición. Y, por supuesto, habrá esperanza. Al final, ¿no es de eso de lo que trata toda buena historia?

CAPÍTULO 1

ALBERT LE PUSO UN NOMBRE A LA RATA. LA LLAMÓ FARIA. Era una criatura vieja, con motas grises y blancas en su pelaje. Casi siempre, se mantenía en las esquinas de la diminuta celda y corría por la pared hacia el rincón donde le ponía las migajas de algún pan duro que había sido mi cena. Por la noche, normalmente no podía verla, pero escuchaba el suave roce de sus movimientos cuando salía de la grieta en las piedras del rincón, cruzaba el suelo cubierto de paja, agarraba las migajas y regresaba por donde había venido. Cuando la luna estaba en la posición adecuada y sus rayos de luz atravesaban la angosta abertura alta que servía como única ventana, iluminando las piedras de la pared este, a veces podía ver por un breve instante en la luz reflejada el cuerpo esbelto y ovalado de Faria, su pelaje como una nube borrosa de plata, su cola delgada siguiéndola como una ocurrencia tardía en la creación del animal.

La primera vez que me metieron en el que los Brickman llamaban el cuarto de confinamiento, también trajeron a mi hermano mayor, Albert. Era una noche sin luna, el lugar sumido en una oscuridad total, nuestra cama era solo un montón de paja tirada en el suelo de tierra, la puerta un gran rectángulo de hierro oxidado con una abertura en la parte inferior para el plato de comida que nunca tenía más que un trozo de pan duro. Estaba muerto del miedo. Más tarde, Benny Blackwell, un sioux de Rosebud, nos contó que cuando la Escuela de Formación de Indios de Lincoln era un puesto de avanzada militar llamado Fort Sibley, el cuarto de confinamiento se usaba para recluir a los prisioneros. En aquellos días, había albergado guerreros. Cuando Albert y yo llegamos allí, solo albergaba niños.

No sabía nada sobre ratas, solo la historia del flautista de Hamelin, que había sacado a la plaga del pueblo. Creía que eran criaturas asquerosas que comían cualquier cosa, incluso quizás a nosotros. Albert, que era cuatro años mayor que yo y mucho más sabio, me decía que las personas les tenían miedo a las cosas que no entendían y que si había algo que me asustase, entonces debía acercarme a eso. Eso no significaba que dejara de ser una cosa horrible, pero las cosas horribles que conocías eran mejores que las que imaginabas. Por eso Albert le puso nombre a la rata, porque un nombre hacía que no fuera solo una rata. Cuando le pregunté por qué había elegido Faria, me dijo que era de un libro, *El conde de Montecristo*. A Albert le encantaba leer. En cuanto a mí, me gustaba inventar mis propias historias. Siempre que me metían en el cuarto de confinamiento, le daba a Faria algunas migajas e imaginaba historias sobre ella. Busqué información sobre las ratas en la *Enciclopedia Británica* que estaba en el estante de la librería de la escuela y descubrí que eran seres inteligentes y sociales. Con el pasar de los años y las tantas noches solo en el cuarto de confinamiento, llegué a considerar a la pequeña criatura como una amiga. Faria. Rata extraordinaria. Aliada de los marginados. Una compañera cautiva en la oscura prisión de los Brickman.

Esa primera noche en el cuarto de confinamiento, nos habían castigado por contradecir a la señora Thelma Brickman, la directora de la escuela. Albert tenía doce años y yo ocho. Éramos nuevos. Después de la cena, que había sido un estofado aguado y soso con unos trozos de zanahorias, patatas, algo verde y viscoso y un poco de jamón lleno de nervios, la señora Brickman se sentó al frente del gran comedor y nos contó una historia a todos los niños. Era normal que nos contara una historia después de comer. Por lo general, tenían alguna moraleja que ella consideraba importante. Después nos preguntaba si alguien tenía una duda. Pero me di cuenta de que era solo un engaño que pareciese como si hubiera una oportunidad real para hablar con ella y mantener la clase de conversación que podría darse entre un adulto y un niño razonables. Esa noche había contado la historia de la carrera entre la tortuga y la liebre. Cuando nos preguntó si teníamos alguna duda, levanté la mano. Sonrió y me dio la palabra.

—¿Sí, Odie?

Sabía mi nombre. Aquello me entusiasmó. En medio del mar de niños, tantos que no creía que fuera capaz de aprenderme todos sus nombres, ella recordó el mío. Me preguntaba si quizás era porque éramos los más nuevos o porque éramos los rostros más blancos en un vasto salón lleno de niños indios.

—Señora Brickman, usted dijo que la moraleja de la historia era que ser un perezoso es algo terrible.

—Así es, Odie.

—Pero yo entendí que correr lento y a paso firme te hace ganar la carrera.

—No veo la diferencia. —Su voz sonaba firme, pero no severa, aún no.

—Mi padre me leyó esa historia, señora Brickman. Es una de las fábulas de Esopo. Y él decía que…

—¿Él decía? —Ahora había algo diferente en su tono de voz. Como si se hubiera atragantado con una espina de pescado—. ¿Él decía?

Estaba sentada en un taburete que la mantenía más alta que el resto para que todos en el comedor pudieran verla. Se deslizó sobre su asiento al ponerse de pie y caminó entre las largas mesas, niñas de un lado, niños del otro, hacia donde yo estaba sentado con Albert. En el absoluto silencio del salón, podía oír el rechinar de sus suelas de goma sobre el viejo suelo de madera a medida que se acercaba. El niño que estaba sentado a mi lado, cuyo nombre aún no sabía, se alejó, como si intentara distanciarse de un lugar donde estaba seguro de que caería un rayo. Miré a Albert y sacudió la cabeza, una señal de que debería mantener la boca cerrada.

La señora Brickman se detuvo delante de mí.

—¿Él decía?

—S-s-sí, señora —respondí, tartamudeando, pero manteniendo el respeto.

—¿Y dónde está él?

—Y-y-ya sabe, señora Brickman.

—Muerto, ahí es donde está. Él ya no está presente para leerte historias. Las historias que escuchas ahora son las que yo te cuento. Y significan exactamente lo que yo digo que significan. ¿Entendido?

—Yo... yo...

—¿Sí o no?

Se inclinó hacia mí. Era esbelta, su rostro un óvalo delicado color perla. Sus ojos eran tan verdes y afilados como las espinas nuevas de un rosal. Su cabello era negro y largo, y lo mantenía tan cepillado como el pelaje de un gato. Olía a talco y levemente a whisky, una mezcla aromática que yo llegaría a conocer bien con los años.

—Sí —dije con la voz más tímida que jamás escuché salir de mi boca.

—No quiso faltarle el respeto, señora —intercedió Albert.

—¿Estoy hablando contigo? —Las espinas verdes de sus ojos se clavaron sobre mi hermano.

—No, señora.

Se enderezó y observó a toda la habitación.

—¿Alguna otra pregunta?

Creía, deseaba, rogaba, que eso hubiera sido todo. Pero esa noche, el señor Brickman llegó al dormitorio y me pidió que saliera, y a Albert también. Era un hombre alto y delgado, y también atractivo, según varias mujeres de la escuela, pero lo único que veía era que sus ojos no eran nada más que dos pupilas negras y que me recordaba a una serpiente con piernas.

—Pasaréis la noche en otro lugar —dijo—. Seguidme.

Esa primera noche en el cuarto de confinamiento apenas pude dormir. Era abril y todavía una ventisca fría soplaba desde las despobladas Dakotas. Nuestro padre había muerto hacía menos de una semana. Nuestra madre había fallecido dos años antes. No teníamos a ningún familiar en Minnesota, ni amigos ni nadie que nos conociera o que se preocupara por nosotros. Éramos los únicos niños blancos en una escuela para indios. ¿Qué podía ser peor? Luego escuché a la rata y pasé el resto de esas largas y oscuras horas hasta el amanecer acurrucado contra Albert y la puerta de hierro, las rodillas apoyadas sobre mi barbilla, los ojos llenos de lágrimas que solo Albert podía ver y por las que nadie más excepto él se habría preocupado.

***

Cuatro años habían pasado entre aquella primera noche y la que acababa de pasar en el cuarto de confinamiento. Había crecido un poco, cambiado un poco. El antiguo y asustado Odie O'Banion, al igual que mi madre y mi padre, había muerto hacía mucho. El Odie de ahora tenía una inclinación por la rebeldía.

Cuando escuché la llave en la cerradura, me senté sobre

el montón de paja. La puerta de hierro se abrió y la luz de la mañana inundó el espacio, cegándome por un momento.

—Terminó la condena, Odie.

Si bien aún no podía ver los detalles de su cara, reconocí la voz con facilidad: Herman Volz, el viejo alemán que supervisaba el taller de carpintería y era el consejero asistente de los niños. El hombre estaba de pie en la puerta, tapando por un momento el resplandor del sol. Me miró desde arriba a través de sus gruesas gafas, con sus pálidas facciones suaves y nostálgicas.

—Quiere verte —dijo—. Tengo que llevarte.

Volz hablaba con acento alemán, así que su erre sonaba algo gutural y fuerte, y las uves se parecían más a una efe. Así que en realidad sonó algo así como "Quierre ferrte. Tengo que llefarrte".

Me puse de pie, doblé la manta delgada y la colgué sobre una varilla en la pared para que estuviera disponible para el próximo niño que ocupara la habitación, sabiendo que, a lo mejor, sería yo otra vez.

Volz cerró la puerta cuando salimos.

—¿Has dormido bien? ¿Cómo está tu espalda?

A menudo, algún castigo físico precedía al encierro en el cuarto de confinamiento y la noche anterior no había sido la excepción. La espalda me dolía por los azotes, pero no la mejoraba hablar de eso.

—He soñado con mi madre —dije.

—Ah, ¿sí?

El cuarto de confinamiento era el último en una serie de habitaciones dentro de un edificio largo que alguna vez había servido de prisión. Las otras habitaciones, todas celdas originalmente, habían sido convertidas en depósitos. Caminamos junto a la vieja empalizada y cruzamos el jardín hacia el edificio de la administración, una estructura de piedras rojas de dos pisos que se elevaba entre olmos majestuosos que habían sido plantados por los primeros comandantes del Fort Sibley. Los árboles sumían al edificio en una eterna sombra, lo que hacía que fuera un lugar oscuro.

—¿Un sueño bonito? —agregó Volz.

—Ella estaba en un bote en un río. Yo también estaba en un bote, intentando alcanzarla, intentando verle la cara. Pero por mucho que remara, nunca podía alcanzarla.

—No parece un sueño agradable —dijo Volz.

Llevaba puesto un pantalón de peto limpio sobre una camisa azul de trabajo. Sus inmensas manos, con algunos cortes y heridas por la carpintería, colgaban a cada lado de su cuerpo. Le faltaba la mitad del meñique derecho, el resultado de un accidente con una sierra de cinta. A sus espaldas, algunos niños lo llamaban el Viejo Cuatro y Medio, pero no Albert y yo. El carpintero alemán siempre nos había tratado bien.

Entramos al edificio y fuimos de inmediato a la oficina de la señora Brickman, donde se encontraba sentada detrás de su enorme escritorio con una chimenea de piedra a sus espaldas. Me sorprendió un poco ver a Albert allí. Estaba de pie recto y erguido a su lado como un soldado en posición firme. Su rostro se mantenía inexpresivo, pero sus ojos hablaban. Decían: "Cuidado, Odie".

—Gracias, señor Volz —dijo la directora—. Puede esperar fuera.

Cuando se volvió para salir, Volz apoyó una mano sobre mi hombro, el más breve de los gestos, pero aprecié su significado. La señora Brickman habló:

—Me preocupas, Odie. Empiezo a creer que tu etapa en la Escuela Lincoln ya está llegando a su fin.

No estaba seguro de qué quería decir con eso, pero no me parecía algo necesariamente malo.

La directora llevaba un vestido negro, que parecía ser su color favorito. Había escuchado a la señorita Stratton, que enseñaba música, decirle a otra maestra que era porque la señora Brickman estaba obsesionada con su apariencia y creía que el negro la hacía parecer más delgada. Funcionaba bastante bien, porque me recordaba al mango largo y delgado de un atizador para la chimenea. Su afinidad por ese color dio origen al apodo que todos usamos, cuando no nos oía, claro: la Bruja Negra.

—¿Entiendes lo que digo, Odie?

—No estoy seguro, señora.

—Aunque no seáis indios, el *sheriff* nos pidió que os aceptáramos a ti y a tu hermano porque no había más plazas en el orfanato estatal. Y eso hicimos, por la bondad de nuestros corazones. Pero hay otra opción para un niño como tú, Odie. El reformatorio. ¿Sabes lo que significa?

—Sí, señora.

—¿Y te gustaría que te enviáramos allí?

—No, señora.

—Eso me pareció. Entonces, Odie, ¿qué vas a hacer?

—Nada, señora.

—¿Nada?

—No haré nada para que me envíe allí, señora.

Puso las manos sobre su escritorio, una encima de la otra, y extendió tanto sus dedos que formaron una especie de telaraña sobre la madera pulida. Esbozó una sonrisa como si fuera una araña que acababa de atrapar una mosca.

—Bien —dijo—. Bien. —Señaló a Albert con la cabeza—. Deberías ser más como tu hermano.

—Sí, señora. Lo intentaré. ¿Puedo recuperar mi armónica?

—Es muy especial para ti, ¿verdad?

—No realmente. Es solo una vieja armónica. Me gusta tocar. Me mantiene alejado de los problemas.

—Un regalo de tu padre, supongo.

—No, señora. La encontré por ahí. Ni siquiera recuerdo dónde.

—Qué curioso —dijo—. Albert me contó que fue un regalo de tu padre.

—¿Lo ve? —dije, encogiéndome de hombros—. No es tan especial como para recordar dónde la conseguí.

Me miró por un momento y luego agregó:

—Muy bien. —Sacó una llave de un bolsillo de su vestido, abrió un cajón de su escritorio cerrado y cogió la armónica.

Me acerqué para recogerla, pero la apartó.

—¿Odie?

—Sí, señora.

—La próxima vez, me la quedaré. ¿Entendido?

—Sí, señora. Entendido.

Me la devolvió y sus dedos largos tocaron mi mano. Cuando regresé al dormitorio, no podía dejar de pensar en usar el jabón del lavabo y frotarme esa mano hasta que sangrara.

CAPÍTULO 2

—Al reformatorio, odie —dijo Albert—. No estaba bromeando.

—¿He infringido alguna ley?

—Esa mujer siempre consigue lo que quiere, Odie —dijo Volz.

—Al diablo con la Bruja Negra —dije.

Abandonamos la sombra del olmo y nos encaminamos hacia el gran patio, que alguna vez había sido el patio de armas del Fort Sibley. Justo al sur del enorme rectángulo cubierto de malezas estaban la cocina y el comedor. Dispersos por el resto del perímetro estaban la mayoría de los otros edificios de la escuela: los dormitorios para los niños más pequeños, la lavandería y la zona de mantenimiento, la maderera y el taller de carpintería, uno encima del otro. Un poco más apartados estaban los dormitorios para los niños mayores y el edificio general de las aulas, que eran las construcciones más nuevas. Todo estaba hecho de piedras rojas que conseguían en una cantera local. A lo lejos estaban la pista de atletismo, la torre de agua, el garaje donde guardaban grandes piezas de equipamiento pesado y el autobús escolar, un depósito y la vieja empalizada. Al norte de la propiedad pasaba el río Gilead.

La mañana era soleada y calurosa. Los niños a quienes

habían sido asignadas las tareas de mantenimiento del terreno ese día ya estaban podando el césped y delineando los senderos. Algunas niñas estaban arrodilladas sobre las aceras con cubos y cepillos, fregando el cemento. ¿Quién limpiaba las aceras de ese modo? Era una tarea sin sentido, una que todos sabíamos que era para dejarles muy claros a las niñas su completa dependencia y el control absoluto de la escuela sobre ellas. Levantaron la vista de sus tareas cuando pasamos, pero nadie se arriesgó a entablar una conversación porque el ojo atento del jardinero, un hombre desaliñado y taciturno llamado DiMarco, siempre estaba sobre ellas. DiMarco era el responsable de los golpes en mi espalda. Cuando un niño necesitaba un castigo físico en la Escuela Lincoln, por lo general era DiMarco quien se encargaba de eso, y disfrutaba cada azote con el cinturón de cuero. Estábamos a fines de mayo y ya no había clases. Muchos niños en Lincoln habían regresado a sus hogares para pasar el verano con sus familias en las reservas de Minnesota, las Dakotas o Nebraska, o incluso más lejos. Los niños como Albert y yo, que no tenían familia o cuyas familias eran demasiado pobres o estaban demasiado arruinadas como para llevárselos de regreso, vivían en la escuela todo el año.

En el dormitorio, Albert me limpió las heridas en la espalda y Volz, con mucho cuidado, me puso un poco de hamamelis que siempre tenía a mano para estas ocasiones. Me lavé y luego fuimos al comedor. En la roca justo por encima de la entrada estaba tallado "COMEDOR DE TROPA" de los viejos tiempos, cuando a los soldados se les servía allí el rancho. Bajo la estricta orden de la señora Peterson, responsable de alimentar a todos los niños, nada podía estar más alejado de la realidad. El suelo del gran salón, si bien estaba horriblemente rayado, nunca tenía una miga. Al terminar cada comida, las mesas se limpiaban con agua y un poco de lejía. La cocina y la panadería funcionaban con una mano rígida. Había escuchado que la señora Peterson se quejaba de que nunca había suficiente dinero para comprar comida de buena calidad, pero se las arreglaba con lo que tuviera. Y era verdad, las sopas tenían más agua que sólidos y, a menudo, parecían algo sacado de una zanja, y el pan siempre era tan duro y pesado que bien podía usarse para picar piedras (decía que la levadura era demasiado cara), y la carne, si es que había, estaba casi siempre dura; pero cada niño tenía tres comidas al día.

Cuando entramos al comedor, Herman Volz dijo:

—Tengo malas noticias para ti, Odie. Pero también algunas buenas. Primero las malas. Hoy te han asignado a trabajar en los campos de Bledsoe.

Miré a Albert y supe que era verdad. Malas noticias, desde luego. Casi me hicieron desear estar de regreso en el cuarto de aislamiento.

—Y también faltaste al desayuno. Pero eso ya lo sabes.

El desayuno lo servían siempre a las siete en punto. Volz me sacó del calabozo a las ocho. No era su culpa, sino la voluntad de la señora Brickman. Un último castigo. Sin desayuno ese día.

Y encima justo antes de una de las tareas más duras que le podían asignar a un niño de la Escuela Lincoln. Me preguntaba cuáles eran las buenas noticias.

Casi de inmediato, lo entendí. Donna High Hawk salió de la cocina con un delantal y una cofia blanca, llevando un tazón blanco desportillado con crema de trigo. Donna High Hawk, al igual que yo, tenía doce años. Era miembro de la tribu winnebago de Nebraska. Cuando llegó a la Escuela Lincoln, dos años atrás, tenía un aspecto desaliñado y no hablaba mucho, y llevaba su largo cabello peinado con dos trenzas. Pero luego le cortaron las trenzas y le pasaron un peine para piojos en el poco cabello que le quedó. Al igual que con la mayoría de los niños nuevos, le quitaron la ropa harapienta y la bañaron con queroseno, y le pusieron el uniforme de la escuela. No hablaba mucho inglés y casi no sonreía. Durante mis años en el Lincoln, había llegado a la conclusión de que esto era algo normal en los niños que llevaban directamente de las reservas.

Pero ahora sí sonrió, con cierta timidez, cuando dejó el tazón en una mesa para mí y luego me trajo una cuchara.

—Gracias, Donna —dije.

—Agradéceselo al señor Volz —contestó ella—. Discutió con la señora Peterson. Le dijo que era un crimen mandarte trabajar con la tripa vacía.

Volz se rio.

—Tuve que prometerle que le haría un nuevo rodillo de amasar en mi taller.

—A la señora Brickman no le va a gustar esto —dije.

—Aquello de lo que la señora Brickman no se entere no puede hacerle daño. Come —ordenó Volz—. Luego te llevaré a Bledsoe.

—¿Donna? —Era la voz de una mujer que la llamaba desde la cocina—. No pierdas el tiempo.

—Será mejor que vayas.

La niña me lanzó una última mirada enigmática y desapareció por la cocina.

—Come, Odie. Iré a hacer las paces con la señora Peterson —dijo Volz.

Cuando estábamos solos, Albert preguntó:

—¿En qué rayos estabas pensando? ¿Una serpiente?

Empecé a comer mi cereal caliente.

—Yo no fui.

—Claro —dijo él—. Nunca eres tú. Dios, Odie, cada vez estás más cerca de que te expulsen de Lincoln.

—No sería tan terrible.

—¿Crees que el reformatorio sería mejor?

—No podría ser peor.

Me miró con frialdad.

—¿De dónde sacaste la serpiente?

—Ya te lo he dicho, no fui yo.

—Puedes contarme la verdad, Odie. No soy la señora Brickman.

—Solo su sirviente.

Eso pareció molestarle y creí que estaba a punto de pegarme. Pero en su lugar dijo:

—Se toma sus lecciones de canto muy en serio.

—Es la única que lo hace. —Sonreí, recordando su baile salvaje cuando la serpiente se arrastró sobre su pie. Era una culebra corredora, inofensiva. Si hubiera sido una broma, habría sido algo bastante arriesgado debido a la paliza que recibiría a cambio. Incluso lo habría pensado dos veces. Sospecho que la criatura simplemente entró al comedor por accidente—. Apuesto a que se mojó las bragas. A todos les pareció divertido.

—Pero tú eres el que recibió el castigo y pasó la noche con Faria. Y ahora irás a trabajar en los campos de Bledsoe.

—Su cara valió la pena.

No era del todo verdad. Sabía que para la puesta de sol me arrepentiría de que me culparan por lo de la serpiente. Las heridas en mi espalda por la paliza de DiMarco aún estaban sensibles y el sudor haría que dolieran aún más. Pero no quería que Albert, ese presumido sabelotodo, viera mi preocupación.

Mi hermano tenía dieciséis años en aquel entonces. Había crecido alto y larguirucho en la Escuela Lincoln. Su cabello rojizo opaco estaba asolado por un remolino perpetuo en la parte posterior de la cabeza y, como a casi todas las personas pelirrojas, le salían pecas con facilidad. Durante el verano, su rostro quedaba cubierto por un montón de manchas. Era consciente de su apariencia y se consideraba a sí mismo un niño extraño. Intentaba compensarlo con su intelecto. Albert era el niño más inteligente que conocía, el más inteligente que cualquiera de la Escuela Lincoln conociese. No era particularmente atlético, pero era respetado por su inteligencia. Y era insoportablemente honesto. No era algo genético, porque a mí no me importaba un carajo lo que Albert llamaba ética, y además nuestro padre había sido algo así como un estafador. Pero mi hermano era inflexible cuando se trataba de hacer lo correcto. O lo que él consideraba correcto. No siempre estábamos de acuerdo en ese sentido.

—¿Qué te toca hoy? —le pregunté entre cucharadas de cereal.

—Ayudaré a Conrad con algunas máquinas.

Esa era otra cosa de Albert. Era útil. Tenía una mente que podía desentrañar un problema técnico que había tenido a otros rascándose la cabeza sin saber qué hacer. A menudo, trabajaba con Bud Conrad, quien estaba a cargo del mantenimiento de las instalaciones de la escuela. Como resultado, Albert lo sabía todo sobre calderas, bombas de agua y motores. Estaba seguro de que se convertiría en un ingeniero o algo por el estilo cuando fuera mayor. Yo aún no sabía qué quería ser. Solo sabía que, fuera lo que fuera, estaría lejos de la Escuela Lincoln.

Casi había terminado de comer cuando escuché la voz de una niña que nos llamaba.

—¡Odie! ¡Albert!

La pequeña Emmy Frost se acercó corriendo hacia nosotros por el comedor, seguida por su madre. Cora Frost les enseñaba todo tipo de tareas domésticas a las niñas de la escuela (cocinar, coser, planchar, decorar, limpiar) y también nos daba clases de lectura a todos nosotros. Era sencilla y esbelta. Su cabello era de un rubio rojizo, pero actualmente no recuerdo con claridad el color de sus ojos. Su nariz era prominente y estaba algo torcida en la punta. Siempre me pregunté si se la había roto cuando era pequeña y se le había colocado mal. Era amable y compasiva, y si bien no era lo que la mayoría de los niños habría considerado una mujer guapa, para mí era tan encantadora como un ángel. Siempre pensaba en ella como si fuera una joya preciosa: la belleza no está en la joya en sí, sino en la luz que la atraviesa.

Emmy, por otro lado, era bonita y su cabello ondulado estaba algo despeinado, al igual que la pequeña huérfana Annie de los tebeos. Todos la adoraban.

—Me alegra que te hayan dado de comer —dijo la señora Frost—. Te espera un día de mucho trabajo.

Estiré un brazo para hacerle cosquillas a Emmy. Retrocedió, riendo. Miré a su madre y meneé la cabeza con tristeza.

—El señor Volz ya me lo dijo. Voy a trabajar en el campo de Bledsoe.

—Ibas a trabajar para el señor Bledsoe. Logré que cambiaran tu tarea. Trabajarás para mí hoy. Tú, Albert y Moses. Mi jardín y la huerta necesitan algunos retoques. El señor Brickman me acaba de dar la aprobación para que vosotros tres os ocupéis de ello. Terminad el desayuno y empezamos.

Devoré lo que quedaba y llevé mi tazón a la cocina, donde le expliqué al señor Volz las novedades. Me siguió a la mesa.

—¿Le ha hecho cambiar de parecer a Brickman? —preguntó el alemán, ciertamente impresionado.

—Un poco de pestañeo, señor Volz, y ese hombre se derrite como manteca en una plancha.

Lo que podría haber sido verdad si fuera más guapa. Sospechaba que la bondad de su corazón era lo que se lo había ganado.

—Odie, eso no significa que no vayas a trabajar duro hoy —dijo Volz.

—Trabajaré mucho más —le prometí.

—Me ocuparé de que así sea —dijo Albert.

Durante el almuerzo, el alumnado entraba al comedor por puertas diferentes, las niñas por el este, los niños por el oeste. Esa mañana, la señora Frost nos sacó por la entrada de los niños, que no se podía ver desde el edificio de la administración. Supuse que era porque no quería que Thelma Brickman nos viera y quizás revocara la decisión de su marido. Todos sabían que si bien el señor Brickman era quien llevaba los pantalones, era su esposa quien tenía las pelotas.

***

La señora Frost condujo su camioneta Ford T por el camino que seguía el río Gilead en dirección al pueblo de Lincoln, ochocientos metros al este de la escuela. Emmy se sentó adelante con ella. Albert y yo nos quedamos en la plataforma de carga descubierta. Pasamos junto a una esquina donde se hallaba el juzgado del condado de Fremont, junto a un anfiteatro y dos cañones que habían sido disparados por el Primer Regimiento de Infantería Voluntario de Minnesota durante la Guerra Civil. Una serie de automóviles estaban aparcados alrededor de la plaza, pero corría el año 1932 y no todos los granjeros podían comprar un vehículo, así que también había algunos carros tirados por caballos atados a algunos palenques. Pasamos por la panadería de Hartman y pude sentir el aroma cálido del pan con levadura, el que no te rompía los dientes cuando lo mordías. Si bien ya había desayunado cereal, el aroma me dio hambre. Pasamos junto a la comisaría de policía, donde un oficial en la acera levantó la mano a su gorro cuando pasó la señora Frost. Nos miró a mí y a Albert, y su mirada adusta me recordó la amenaza de la señora Brickman sobre el reformatorio, que, si bien había aparentado que no me importaba, en realidad me asustaba mucho.

En las afueras de Lincoln, toda la tierra estaba arada. El camino de tierra que seguimos cruzaba varios campos de maizales verdes que crecían como postes rectos en la tierra negra. Había leído en un libro que todo esto antes era una pradera, los pastos más altos que un hombre, y el suelo fértil y negro se extendía quince metros bajo tierra. Hacia el oeste se elevaban las cumbres de Buffalo Ridge, una larga serie de colinas bajas no cultivables, y más allá estaba Dakota del Sur. Al este, hacia donde nos llevaban, la tierra era plana y, mucho antes de que llegáramos, pude ver los grandes campos de heno que eran propiedad de Hector Bledsoe.

En la Escuela de Formación de Indios de Lincoln, los niños eran presa fácil para Bledsoe, o para casi cualquier otro granjero de la zona que quisiera mano de obra gratuita. Lo justificaban diciendo que era la "formación" que estaba en el nombre de la escuela. No aprendíamos nada, salvo que preferíamos estar muertos que ser granjeros. El trabajo siempre era extenuante y sucio, limpiar los corrales o darles de comer a los cerdos o pelar maíz o cortar estramonio, todo bajo el calor abrasador del sol, pero recolectar heno era lo peor. Te pasabas todo el día haciendo fardos enormes, completamente sudado, cubierto de polvo de heno que te provocaba unos picores que te hacían sentir como si te estuvieran picando un millón de pulgas. No había descanso, salvo para el almuerzo, que por lo general era un sándwich seco y agua caliente por el sol. Los niños que le asignaban a Bledsoe por lo general eran los mayores o, como en mi caso, los que causaban algún problema al personal de la escuela. Y como yo no era tan fuerte como los otros, no solo tenía que preocuparme por que Bledsoe me molestase, sino también por que lo hiciesen los otros niños, que se quejaban de que yo no hacía mi parte. Cuando Albert estaba ahí, él me mantenía alejado de los problemas, pero era el favorito de la Bruja Negra y rara vez lo mandaban a trabajar con Bledsoe.

La señora Frost condujo por el campo donde la alfalfa cortada y seca yacía en filas que parecían extenderse hacia el horizonte. Bledsoe estaba en su tractor, llevando la empacadora. Algunos niños arrojaban el heno a la máquina con horcas, mientras otros los seguían, levantando los fardos del suelo y cargándolos en la plataforma de un camión que conducía el hijo de Bledsoe, un muchacho grande llamado Ralph, igual de malvado que su padre. La señora Frost detuvo la camioneta delante del tractor y esperó a que Bledsoe se acercara. Este apagó el motor y se bajó del tractor. Miré a los niños de la escuela, sin camisa, sudando como mulas de carga, sus cabellos negros dorados por el polvo de heno. En sus rostros, vi una mirada que entendí: una parte de alivio por poder descansar unos minutos y otra de odio porque Albert y yo no estábamos sufriendo con ellos.

—Buenos días, Hector —dijo la señora Frost con un tono alegre—. ¿El trabajo va bien?

—Ya no —contestó Bledsoe. No se quitó su enorme sombrero de paja en la presencia de una mujer, como la mayoría de los hombres hacía—. ¿Quiere algo?

—Uno de sus muchachos. Brickman me lo prometió.

—Sea quien sea, Brickman me lo prometió primero a mí.

—Y luego cambió de parecer —dijo ella.

—No me ha avisado.

—¿Y cómo espera que le avise si está aquí en el campo?

—Podría haber llamado a mi esposa.

—¿Le gustaría tomarse un largo y merecido descanso, vamos a su casa y le preguntamos a Rosalind?

Eso habría llevado una buena media hora. Vi a los niños de Lincoln desplomarse contra la empacadora con una expresión de esperanza ante tal futuro.

—¿O estaría dispuesto a aceptar mi palabra de dama?

Podía ver al cerebro de Bledsoe avanzando sobre el suelo inestable de la pregunta. A menos que estuviera dispuesto a llamarla mentirosa, tenía que ceder. Todo en su oscuro, marchito y diminuto corazón se oponía por completo, pero no podía desafiar la palabra de esta mujer, esta maestra, esta viuda. Era fácil ver cuánto la odiaba por eso.

—¿Quién es? —preguntó.

—Moses Washington.

—¡Hijo de perra! —Ahora sí se quitó el sombrero de paja y lo tiró al suelo con un profundo desagrado—. Demonios, es el mejor del grupo.

—Y ahora es parte de mi grupo, Hector. —Miró al niño que había estado de pie sobre la empacadora, metiendo el heno—. Moses —lo llamó—. Ponte la camisa y ven conmigo.

Moses cogió su camisa y saltó ágilmente de la máquina. Trotó hacia la Ford T, se subió de un salto a la plataforma de carga y nos acompañó a Albert y a mí, sentados de espaldas contra la cabina. Nos dijo por señas, "Hola", y yo le respondí también por señas, "Tienes suerte, Moses". Él respondió, "Tenemos suerte", y dibujó un círculo en el aire que nos incluía a Albert, a él y a mí.

La señora Frost dijo:

—Bueno, ya tengo lo que vine a buscar.

—Eso parece —dijo Bledsoe, y se inclinó hacia delante para recoger su sombrero.

—Ah, y si quiere, aquí tiene la autorización que me escribió el señor Brickman. —Le pasó un papel a Bledsoe.

—Podría habérmelo dado desde el principio.

—Tan fácil como aceptar mi palabra. Que tenga un buen día.

Avanzamos por el campo y observamos cómo Bledsoe se subía nuevamente a su tractor y empezaba a moverse por la larga fila de alfalfa seca sobre la que los niños de la Escuela Lincoln se inclinaban para retomar su miserable trabajo.

A mi lado, Moses hizo un gesto inmenso de gratitud hacia el sol de la mañana y repitió, "Tenemos suerte".

CAPÍTULO 3

LA FINCA DE CORA FROST ESTABA A POCO MÁS DE TRES kilómetros al este de Lincoln, en la ribera sur del río Gilead. Albergaba una vieja casa, una pequeña huerta de manzanos, un enorme jardín, un granero y algunos edificios anexos. Cuando su marido aún vivía, habían plantado unos cuantos acres de maíz. Tanto ella como Andrew Frost trabajaban en la Escuela Lincoln, el señor Frost como nuestro entrenador de deportes. A todos nos agradaba el señor Frost. Era mitad sioux y mitad escocés-irlandés, y un increíble atleta. Había asistido a la Escuela de Indios de Carlisle en Pennsylvania y conoció a Jim Thorpe en persona. Cuando cumplió once años, estuvo en las gradas el día que el atleta más grande del mundo ayudó a su equipo de niños indios a derrotar a la élite de fútbol americano de Harvard. El señor Frost murió en un accidente en la granja. Estaba sentado sobre su escarificadora de discos con la pequeña Emmy sobre su regazo, guiando al Gran George, el enorme caballo de tiro, sobre el campo arado, rompiendo los terrones de tierra negra. Cuando se estaba acercando al borde del campo y giraba al caballo, el Gran George molestó a un nido de avispas que había en la hierba junto a la cerca. El caballo levantó las patas delanteras y empezó a galopar presa del pánico. La pequeña Emmy salió despedida del regazo de su padre.

Cuando intentó atraparla, Andrew Frost cayó justo delante de los discos afilados de cincuenta centímetros, que lo cortaron por completo. Al caer, Emmy se golpeó la cabeza contra un poste de la cerca y estuvo en coma durante dos días.

En el verano de 1932, Andrew Frost llevaba muerto un año. Su viuda siguió adelante. Alquiló la tierra a otro granjero, pero aún tenía la huerta y el jardín para cuidar. La vieja casa siempre necesitaba reparaciones, al igual que el granero y los edificios anexos. A veces, nos pedían a Moses, Albert y a mí que la ayudáramos con eso, lo que no me molestaba. Suponía que no debía de ser fácil criar a Emmy sola y encargarse de las tareas de la granja mientras continuaba su trabajo en la Escuela Lincoln. Si bien la señora Frost era una mujer agradable, siempre parecía estar bajo la sombra de una nube inmensa y su sonrisa parecía menos radiante de lo que alguna vez había sido. Cuando llegamos a su casa, nos bajamos de la camioneta y empezamos a trabajar de inmediato. No nos había liberado a Moses y a mí del campo de Bledsoe solo por la bondad de su corazón. Le entregó a Moses una guadaña y le pidió que cortara la hierba que había crecido entre los árboles de su huerto. Nos pidió a Albert y a mí que construyéramos una cerca para conejos alrededor de su jardín. Como el salario que recibía de la Escuela Lincoln casi no era suficiente para vivir, el jardín y el huerto eran importantes para ella. Para complementar su dieta y la de Emmy durante el largo invierno, enlataba los vegetales y hacía conservas con las frutas. Mientras trabajábamos, ella y Emmy escardaban el jardín.

—Tienes suerte de haber recuperado tu armónica —dijo Albert.

Acabábamos de cavar un hoyo y yo mantenía recto el poste de la cerca en su lugar, mientras Albert lo rellenaba de tierra y la apisonaba con firmeza.

—Siempre amenaza con quedársela.

—Siempre cumple sus amenazas.

—Si se quedara con mi armónica, no tendría nada más con qué amenazarme. No me molesta el cuarto de aislamiento.

—Podría ordenarle a DiMarco que te dé más azotes. A él le gustaría hacerlo.

—Solo duelen un rato, después el dolor se va.

Albert nunca había estado al otro lado de los azotes, así que no había manera de que lo supiera. Los golpes de Di-Marco dolían como el infierno mismo y era habitual que los niños después se movieran con cuidado el resto del día. Pero era verdad: esa clase de dolor pasaba.

—Si supiera lo mucho que significa esa armónica para ti, la habría roto delante de tus narices.

—Entonces mejor que nunca se entere —dije con un tono algo amenazante.

—¿Crees que se lo diría?

—Ya no sé qué estarías dispuesto a hacer.

Albert me agarró de la camisa y me acercó a él. Ya le habían salido bastantes pecas y su cara se veía como un tazón de copos de maíz pastosos.

—Soy lo único que te separa de ese reformatorio, maldita sea.

Albert nunca insultaba. Si bien había hablado en voz baja, la señora Frost lo había escuchado.

Se enderezó, dejando de lado el escardado por un momento, y dijo:

—Albert.

Me soltó con un pequeño empujón.

—Algún día harás algo de lo que no pueda salvarte.

Sonaba como si estuviera esperando ese día con ansias.

Nos tomamos un descanso para almorzar. La señora Frost nos dio sándwiches de ensalada de jamón, que eran fantásticos, y compota de manzana y limonada, y comimos juntos bajo un gran álamo en la ribera del Gilead.

Moses nos habló por señas: "¿A dónde va el río?".

La señora Frost fue quien le contestó:

—Desemboca en el Minnesota, que se une al Mississippi, que recorre casi dos mil quinientos kilómetros hacia el golfo de México.

"Lejos", dijo Moses y luego silbó un tono grave.

—Alguna vez lo navegaré —dijo Albert.

—¿Como Huck Finn? —preguntó la señora Frost.

—Como Mark Twain. Trabajaré en un barco de vapor.

—Me temo que esa época ya pasó, Albert —dijo la señora Frost.

—¿Podemos montar en canoa, mamá? —preguntó Emmy.

—Cuando terminemos de trabajar. Y quizás nademos también.

—¿Nos tocas algo, Odie? —pidió Emmy de un modo suplicante.

Nunca hacía falta que me lo pidieran dos veces. Saqué la pequeña armónica del bolsillo de mi camisa y la golpeé sobre la palma de la mano para quitarle el polvo. Luego empecé a tocar una de mis canciones favoritas, *Shenandoah*. Era una melodía hermosa, pero en tonalidad menor, así que tenía cierta tristeza que pronto se instaló en todos nosotros. Mientras tocaba en la ribera del Gilead, con el sol reflejándose sobre el agua como un té suave y las sombras de las ramas de los árboles proyectándose a nuestro alrededor como un cristal roto, vi lágrimas en los ojos de la señora Frost y entonces comprendí que estaba tocando una canción que alguna vez había sido una de las favoritas de su marido. No pude terminar.

—¿Por qué te detienes, Odie? —preguntó Emmy.

—Se me ha olvidado cómo sigue —mentí.

De inmediato, empecé a tocar algo más alegre, una melodía que había escuchado en la radio, tocada por Red Nichols and His Five Pennies, llamada *I Got Rhythm*. Había estado practicándola, pero todavía no la había tocado frente a nadie. Nuestro ánimo se levantó de inmediato y la señora Frost empezó a cantar, lo que me sorprendió porque no sabía que tenía letra.

—Gershwin —dijo cuando terminé.

—¿Qué?

—No qué, Odie, quién. El hombre que escribió esa canción. Su nombre es George Gershwin.

—No lo conozco —dije—, pero escribe canciones muy buenas.

Sonrió.

—Claro que sí. Y la has tocado muy bien.

Moses hizo una seña y Emmy asintió en señal de acuerdo.

—Tocas como un ángel, Odie.

Cuando dijo eso, Albert se puso de pie.

—Todavía nos queda trabajo.

—Tienes razón. —La señora Frost empezó a guardar las cosas en la cesta de pícnic.

Una vez que terminó de cortar la hierba del huerto, Moses nos ayudó a Albert y a mí a construir la cerca para conejos. Cuando terminamos, la señora Frost, tal como lo había prometido, nos llevó al río para descansar un rato y quitarnos el polvo y la tierra, mientras preparaba la comida. Nos quitamos la ropa y saltamos al agua enseguida. Habíamos estado sudando toda la tarde bajo el sol ardiente y el agua fría del Gilead se sentía como el paraíso. No había pasado mucho tiempo desde que llegamos al río cuando Emmy gritó desde la orilla:

—¿Podemos montar en canoa ahora?

Le pedimos que se diera vuelta mientras salíamos del agua y nos cambiábamos. Luego Albert y Moses levantaron la canoa del pequeño soporte de madera donde reposaba a orillas del río, el lugar donde el señor Frost siempre la guardaba, y la llevamos al Gilead. Cogí los dos remos. Emmy se sentó en el medio conmigo, mientras Albert y Moses cogieron cada uno un remo y se sentaron en la popa y en la proa, y zarpamos.

El Gilead solo tenía diez metros de ancho y la corriente era firme y suave. Avanzamos hacia el este durante un rato, bajo el túnel de los árboles. El río y la tierra a cada lado estaban tranquilos.

—Qué bonito —dijo Emmy—. Desearía que pudiéramos seguir así para siempre.

—¿Hasta el Mississippi? —pregunté.

Moses apoyó su remo sobre la regala y dijo por señas: "Así hasta el mar".

Albert sacudió la cabeza.

—Nunca llegaríamos en una canoa.

—Pero podemos soñar —agregué yo.

Nos dimos la vuelta y regresamos río arriba a la granja de los Frost. Dejamos la canoa en su soporte, guardamos los remos debajo y volvimos a la granja.

Fue entonces cuando recibimos las malas noticias.

CAPÍTULO 4

Todos reconocimos el automóvil de Brickman, un Franklin Club Sedan plateado. Estaba lleno de polvo por los caminos de tierra y descansaba en medio de la entrada como un león grande y hambriento.

—Ay, hermano —dijo Albert—. Ahora sí estamos en problemas.

Moses hizo una seña: "Corred".

—Pero el señor Brickman dijo que no había problema con que trabajáramos aquí hoy —dije.

La boca de Albert era una línea recta.

—No es el señor Brickman quien me preocupa.

Estaban sentadas en lo que la señora Frost llamaba la salita, una pequeña sala de estar con un sofá y dos sillas tapizadas con un estampado floral. Sobre la repisa de la pequeña chimenea había una fotografía del señor y la señora Frost con Emmy en medio de ambos, tan felices como aquellos que no teníamos una familia suponíamos que se sentía al tenerla.

—Ah, aquí estáis, por fin —dijo la Bruja Negra, como si hubiéramos desaparecido durante doce años y nuestro regreso no le hubiera entusiasmado mucho—. ¿Disfrutasteis su paseo en bote?

Albert contestó:

—Emmy quería ir y no podíamos dejarla sola en el río.

—Claro que no —convino la señora Brickman—. Y cuánto mejor es pasear en bote por el río en lugar de trabajar en un campo de heno, ¿no creéis? —Se volvió sonriendo hacia mí y esperé a que, en cualquier momento, una lengua bífida se asomara entre sus labios.

—Los niños trabajaron muy duro para mí hoy —dijo la señora Frost—. Moses cortó toda la hierba de mi huerto y los tres me ayudaron a poner una cerca para conejos alrededor de mi jardín. Habría estado completamente perdida sin ellos. Gracias, Clyde, por permitirme disponer de ellos hoy.

El señor Brickman miró a su esposa y la pequeña sonrisa que se había formado en sus labios murió rápidamente.

—Mi Clyde es demasiado permisivo —dijo la señora Brickman—. Un error, me temo, al lidiar con niños que necesitan ser encaminados con mano dura. —Bajó su taza de té frío—. Deberíamos irnos o los niños se perderán la cena.

—Pensaba darles de comer aquí antes de llevarlos —dijo la señora Frost.

—No, no, querida. No lo permitiré. Comerán con el resto de los niños en la escuela. Además, es noche de película. No querrá que se lo pierdan, ¿verdad? —Se puso de pie, levantándose de la silla de la salita como un hilo de humo negro—. Vamos, Clyde.

—Gracias, niños —dijo la señora Frost, y esbozó una sonrisa de aliento al vernos marchar.

—Adiós, Odie —dijo también Emmy—. Adiós, Moses. Adiós, Albert.

Mi hermano abrió la puerta del coche para la señora Brickman; luego él, Moses y yo nos subimos al asiento trasero, mientras el señor Brickman se acomodaba detrás del volante del Franklin. La señora Frost se acercó hasta el camino, con Emmy a su lado, sus pequeños labios caídos en una expresión de preocupación. Por el saludo triste que nos hizo mientras nos marchábamos, cualquiera habría pensado que estábamos yendo a nuestra propia ejecución. Lo cual no se alejaba mucho de la realidad.

Durante un largo rato, nadie dijo ni una sola palabra. El señor Brickman mantuvo su pie firme sobre el acelerador, de modo que levantaba una nube de polvo por detrás. Albert, Moses y yo estábamos haciéndonos señas bastante furiosos.

Moses: "Estamos muertos".

Albert: "Yo lo arreglo".

Yo: "La Bruja Negra nos comerá en la cena".

—Ya basta ahí atrás —ordenó la señora Brickman, y por un momento creí que tenía ojos en la nuca.

Cuando llegamos a la escuela, el señor Brickman metió el coche en la casa del director, ubicada a pocos metros del edificio de administración. Era una casa de ladrillos de dos pisos, con un jardín con flores mantenidas gracias al arduo trabajo de los niños de la escuela. Nos bajamos del coche y la señora Brickman nos dijo con un tono simpático:

—Justo a tiempo para la cena.

Los horarios de comida eran estrictos: el desayuno era a las siete, el almuerzo al mediodía, la cena a las cinco. Si no llegabas al inicio de una comida, la perdías, porque ningún niño tenía permitido entrar una vez que todos estuvieran sentados. Tenía hambre. Habíamos trabajado duro ese día, aunque no tanto como si hubiéramos ido al campo de Bledsoe. Me sentía entusiasmado por el comentario de la Bruja Negra. A pesar de lo que le había dicho a Cora Frost, supuse que esa noche teníamos tantas probabilidades de comer como Custer de darles una paliza a los sioux en Little Bighorn.

Resultó ser que yo tenía razón.

—Clyde, creo que deberíamos darles una lección a estos niños. Creo que deberían irse a dormir sin cenar esta noche.

—Fue culpa mía, señora Brickman. Debería haberlo consultado con usted antes de partir —dijo Albert.

—Sí, deberías haberlo hecho. —Esbozó una sonrisa—. Pero como te diste cuenta de eso, creo que tú no te saltarás la cena.

Albert me miró, pero no dijo nada. En ese momento, lo odié, odié cada centímetro de aquel lameculos. Bueno, pensé. Ojalá se ahogue con su comida.

—Niños —dijo la señora Brickman—, ¿queréis decir algo? Moses asintió y dijo por señas: "Eres una mierda".

—¿Qué ha dicho? —le preguntó la Bruja Negra a Albert.

—Que lo siente mucho. Pero la señora Frost le pidió que se fuera del campo de heno y habría sido muy irrespetuoso decirle que no a una maestra.

—¿Todo eso dijo? —preguntó la señora Brickman.

—Más o menos —contestó Albert.

—¿Y tú? —Me señaló a mí—. ¿Hay algo que quieras decir? Hice una seña: "Meo sus flores cuando no mira".

—No sé qué significa eso, pero estoy segura de que no me gusta. Clyde, creo que nuestro pequeño Odie no solo se saltará la cena, también pasará la noche en el cuarto de aislamiento. Y Moses le hará compañía —dijo ella.

Esperaba que Albert saliera en nuestra defensa, pero solo se quedó ahí quieto. Le hice una seña: "Solo espera. Cuando estés dormido, te mearé la cara".

***

Me quitaron la cena, pero me dejaron mi armónica. A medida que el sol se ponía esa noche y el resto de los niños se reunían en el auditorio para la noche de película, toqué mis melodías favoritas y las de Moses en el cuarto de aislamiento. Él se sabía las letras de las canciones y cantaba al son de la música.

Moses no era mudo. Cuando tenía cuatro años, le habían cortado la lengua. Nadie sabía quién lo había hecho. Lo habían encontrado malherido, inconsciente y sin lengua entre los juncos a un lado de una zanja junto a su madre muerta de un disparo, no muy lejos de Granite Falls. No tenía manera de comunicarse, de decir quién le había hecho esas cosas horribles. Siempre decía que no tenía ningún recuerdo de eso. Incluso si pudiera hablar, no tenía idea de quién era su familia. No tenía padre, que él supiera, y siempre había llamado a su madre simplemente "Mamá", así que tampoco sabía cuál era su verdadero nombre. Las autoridades insistían en que habían hecho todo lo posible, lo que, como era un niño indio, solo significaba que habían hecho algunas preguntas entre los sioux locales, pero nadie parecía conocer a la mujer muerta ni al niño. A los cuatro años, se convirtió en residente de la Escuela Lincoln. Como el niño no podía hablar ni sabía escribir su nombre, el director, en aquellos días un hombre llamado Sparks, lo llamó Moses, porque lo encontraron entre los juncos, y Washington, porque aparentemente era el presidente favorito de Sparks. Moses podía emitir sonidos, cosas guturales tenebrosas, pero no palabras, así que por lo general se mantenía en silencio. Excepto cuando reía. Tenía una risa agradable y contagiosa.

Antes de que Albert y yo llegáramos a la escuela, Moses se comunicaba con una suerte de lenguaje de signos rudimentario que le servía para salir del apuro. Había aprendido a leer y escribir, pero como le faltaba la lengua, nunca participaba en las discusiones de la clase y la mayoría de los maestros simplemente lo ignoraban. Cuando Albert y yo llegamos, le enseñamos las señas que nos habían enseñado a nosotros. Nuestra abuela había contraído rubeola cuando estaba embarazada y, como resultado, nuestra madre nació sorda. Nuestra abuela, quien solía ser maestra de escuela antes de casarse, había aprendido el lenguaje de señas estadounidense y se lo enseñó a su hija. Así fue como mi mamá aprendió a comunicarse; incluso antes de aprender a hablar, yo ya sabía hacer algunas señas. Cuando la señora Frost descubrió esta habilidad que teníamos, insistió en que les enseñáramos a ella y a su marido. La pequeña Emmy lo absorbió como una esponja. Una vez que pudo comunicarse con Moses, la señora Frost se volvió su tutora y lo puso al día con su educación.

Había algo poético en el alma de Moses. Cuando tocaba la armónica y él me acompañaba con sus señas, sus manos bailaban con elegancia en el aire, y esas palabras no pronunciadas adquirían un peso delicado, una suerte de belleza que creía que ninguna voz jamás podría alcanzar.

Justo antes de que la luz muriera en el cielo y el cuarto de aislamiento quedara sumido en la total oscuridad, Moses me dijo: "Cuéntame una historia".

Le conté la historia que había inventado la noche anterior, cuando estaba solo en la celda rocosa, salvo por Faria. Esto fue lo que le conté:

Esta es la historia de tres niños en una oscura noche de Halloween. Uno de los niños se llamaba Moses, otro Albert y el último Marshall. (Albert nunca se impresionaba cuando lo metía en una historia, pero a Moses le encantaba. Marshall Foote era otro niño de la Escuela Lincoln, un sioux de la Reserva de Crow Creek en Dakota del Sur, un niño de profunda maldad). *Marshall era un bravucón. Le gustaba hacerles bromas crueles a los otros dos niños. Ese Halloween, cuando estaban caminando de regreso a casa tarde por la noche, tras una fiesta en la casa de un amigo, Marshall les habló sobre el Wendigo. El Wendigo, decía, era un gigante aterrador, un monstruo que alguna vez había sido un hombre, pero que, por alguna magia negra, se había convertido en una bestia caníbal sedienta de carne humana, un hambre que nunca podía satisfacer. Justo antes de caer desde el cielo sobre ti, pronunciaba tu nombre con una voz que sonaba al canto tenebroso de un ave nocturna. Lo cual no te servía de nada, porque no había lugar al que pudieras correr donde el Wendigo no pudiera atraparte y desgarrar tu corazón y comerlo mientras yacías en el suelo, moribundo, observando.*

Los otros dos niños dijeron que estaba loco, que no existía una criatura como esa, pero Marshall juró que era verdad. Cuando llegaron a su casa, él se marchó, no sin antes advertirles que se cuidaran del Wendigo.

Albert y Moses caminaron, bromeando sobre la bestia, pero cada sonido que escuchaban los hacía sobresaltarse del susto. Y entonces, delante de ellos, una voz aguda y chillona empezó a llamarlos.

"Albert", gritaba. "Moses".

Moses me tomó del brazo y me hizo una seña sobre la mano: "¿El monstruo?".

—Quizás —dije—. Tú escucha.

Los niños empezaron a correr, muertos del susto. Cuando llegaron a donde la rama de un enorme olmo colgaba sobre la acera, una sombra negra cayó desde arriba justo delante de ellos. "¡Me comeré vuestros corazones!", gritó.

Los dos niños chillaron y casi se hacen pis encima. Enseguida, la sombra negra empezó a reír y supieron que era Marshall. Les dijo que eran unas niñitas y unos cobardes, y que se fueran a sus casas para que sus mamitas pudieran protegerlos. Se fue caminando, mientras continuaba riéndose por su broma.

Los dos niños se quedaron en silencio, avergonzados, pero también enfadados con Marshall, quien, habían decidido, no era su amigo después de todo.

No habían andado mucho cuando escucharon algo. El nombre de Marshall desde el cielo, una voz tenebrosa que parecía un ave nocturna. Y entonces sintieron un olor horrible, como a carne podrida. Miraron hacia arriba y vieron una inmensa figura negra pasar frente a la luna. Un minuto más tarde, oyeron un grito espantoso por detrás, un grito que parecía de Marshall. Se dieron la vuelta y regresaron corriendo. Pero no lo encontraron por ningún lado. Y nunca más lo volvieron a ver. Nunca.

Dejé que nuestra celda sin luz quedara sumida en un profundo y siniestro silencio. Y entonces grité con todas mis fuerzas. Moses también lanzó un grito, uno de esos sonidos guturales, sin palabras. Luego empezó a reírse. Me cogió de la mano y me hizo una seña sobre la palma: "Casi me hago pis encima. Como los niños de la historia".

Después de eso nos acostamos, cada uno perdido en sus propios pensamientos. Al rato, Moses me tocó el hombro y me cogió la mano: "Cuentas historias, pero son reales. Hay monstruos y se comen el corazón de los niños".

Después sentí a Moses respirar profundamente mientras entraba al reino de los sueños. Al cabo de un rato, oí los pequeños movimientos apresurados de Faria cuando salió de su escondite para ver si tenía algunas sobras para ofrecerle. No tenía y, al poco tiempo, también me quedé dormido.

***

Me desperté en la oscuridad con el chirrido de la llave en la cerradura de la puerta de hierro. Me senté de inmediato. El primer pensamiento que tuve me hizo sentir pánico: DiMarco. No creía que intentase hacernos nada con los dos ahí, en especial si uno de nosotros era Moses. Pero al igual que el Wendigo, DiMarco era un ser de un enorme y asqueroso apetito y todos sabíamos las cosas que les hacía a los niños por la noche. Entonces me tensé y me preparé para lanzar patadas, arañazos y puñetazos, incluso aunque me matara por hacerlo.

La luz del farol a queroseno se filtró por la puerta. Moses también estaba despierto ahora, agazapado y listo, todo su cuerpo retorcido de una manera que me recordaba a un arco a punto de lanzar una flecha. Me miró y asintió, y sabía que no dejaríamos que DiMarco hiciera sus atrocidades sin una buena pelea.

Pero el rostro que apareció iluminado por el farol no era el de DiMarco. Herman Volz esbozó una sonrisa con un dedo sobre los labios y nos hizo un gesto para que lo siguiéramos.

Al oeste del terreno de la escuela había un inmenso campo abierto lleno de escombros de rocas y hierba alta y salvaje, y más allá estaba el enorme pozo de una cantera abandonada. Cruzamos el campo usando un sendero que se había formado después de años de que los niños y otros se escabulleran por allí para buscar un momento a solas o para arrojar rocas al profundo pozo o, si eras Herman Volz, por otra razón. Había un viejo cobertizo con herramientas al borde de la cantera, y en su interior guardaba un secreto que solo Volz, Albert, Moses y yo conocíamos. Volz había puesto un candado gigante en la puerta.

Una pequeña fogata ardía cerca del cobertizo y sentí el olor a salchichas. Cuando me acerqué, vi a Albert con una sartén, su rostro iluminado por el fuego.

Volz esbozó una sonrisa.

—No podíamos dejaros morir de hambre.

—Sentaos —dijo Albert—. La comida estará lista pronto.

No había solo salchichas, sino también huevos revueltos y trozos de patatas y cebollas. Albert era un buen cocinero. Cuando solo éramos él, mi padre y yo pasando por el infierno mismo, casi siempre se encargaba de la comida. A veces sobre un fuego abierto como este, otras sobre la cocina de leña de algún motel en medio de la nada. Pero tampoco era un mago. No podía hacer aparecer comida. Supuse que nuestra comida provenía de la despensa de Volz.

Ahora me sentía mal por haber odiado a Albert cuando la Bruja Negra no lo envió al cuarto de aislamiento con Moses y conmigo. Me preguntaba si entonces había estado planificando encontrar una forma de darnos de comer. O quizás fue idea de Volz. De cualquier manera, ya no podía estar enfadado con él.

—¿Qué película habéis visto esta noche? —pregunté cuando nos sentamos en el suelo junto al fuego.

—Una llamada *Caravanas bélicas*. Un wéstern —contestó Albert.

Un wéstern, claro. Me pareció bien. Me gustaban las películas de disparos. Pero siempre me parecía extraño que en la Escuela Lincoln pusieran películas donde los indios eran gente horrible y matarlos era la mejor solución.

Cogí una ramita y moví el fuego.

—¿Era buena?

—No lo sé —dijo Albert—. No la vi.

Moses dijo por señas: "¿Por qué no?".

—Justo después de la cena, la señora Brickman me puso a lavar y encerar su Franklin.

—Esa mujer y sus coches —dijo Volz, y sacudió la cabeza.

Todos los años, el señor Brickman le compraba un nuevo coche a su esposa. Lo justificaban diciendo que era importante que ella tuviera un medio de transporte cómodo, porque pasaba gran parte de su tiempo viajando y recolectando fondos para la escuela, lo cual era cierto. Pero también era verdad que la vida de los niños en la Escuela Lincoln nunca mejoraba.

—Se compra un par de ruedas nuevas mientras los niños usan zapatos que no son mejores que una caja de cartón. —Volz sacudió la mano, la que tenía cuatro dedos y medio, hacia la oscuridad general y más allá del fuego—. El señor Sparks debe de estar revolcándose en su tumba.

El señor Sparks había sido su primer marido. Había sido

el director de la escuela, pero falleció mucho antes de que Albert y yo llegáramos. Si bien llevaba muerto varios años, todos aún hablaban de él con respeto. La señora Sparks había ocupado su lugar. Al poco tiempo, se casó con Brickman y cambió su nombre. Me resultaba llamativo que ambos apellidos le sentaran bien. Cuando estaba enfadada, echaba chispas por todos lados. Pero cuando se quedaba en silencio, tenías la impresión de que estaba esperando el momento justo para caer encima de ti como una tonelada de ladrillos.

—Odio a esa bruja —dije.

—Nadie nace siendo una bruja —agregó Albert.

—¿A qué te refieres? —pregunté.

—A veces, cuando trabajo para ella, cuando ha bebido uno o dos tragos, deja ver algo más de su interior, algo triste. Una vez me contó que cuando tenía ocho años, su padre la vendió.

—Eso es mentira —dije—. La gente no vende personas, mucho menos a sus propios hijos.

—Deberías leer *La cabaña del tío Tom* —dijo Albert—. Yo le creí.

—Apuesto a que la vendieron a una feria para que fuera parte de la casa del terror.

Me reí, pero Albert me miró serio.

—Perdimos a nuestro padre porque murió. El suyo la vendió, Odie. La vendió a un hombre que, bueno, ya sabes lo que DiMarco les hace a los niños.

Lo cual la haría más parecida a nosotros. Pero para mí eso la hacía más siniestra, porque si conocía el dolor de los azotes, o algo peor, debería ser más compasiva; aun así, ponía a los niños en manos de DiMarco.

—Odiaré a esa mujer hasta el día que me muera.

—Cuidado —dijo Albert—. Quizás esa es la clase de odio que hace que su corazón sea tan pequeño. Y otra cosa.

Cuando bebe, puedo oír que se le escapa un poco el acento de Ozark.

—¿Dices que tiene un poco de montañés en ella?

—Como nosotros.

Nos habían criado en un pequeño pueblo en las profundidades de un valle en los Ozarks en Missouri. Cuando llegamos a la Escuela Lincoln, aún hablábamos con un marcado acento de Ozark. Ese acento, al igual que muchas otras cosas, se fue perdiendo durante los años en la escuela.

—No te creo —dije.

—Solo digo, Odie, que nadie nace siendo malo. La vida te tuerce de maneras terribles.

Quizás, pero aun así odiaba su oscuro y pequeño corazón.

Cuando la comida estuvo lista, Albert dejó la sartén sobre una roca plana, luego sacó un mendrugo duro de un pan oscuro y una lata de manteca de cerdo. Nos entregó los tenedores y Moses y yo partimos el pan y lo untamos con la manteca, y luego lo hundimos en los huevos revueltos con las salchichas y las patatas.

Volz se marchó al viejo cobertizo de las herramientas y regresó con una botella cerrada de un líquido transparente; alcohol de grano, que preparaba él mismo en secreto dentro de esa caseta.

Había construido el alambique con la ayuda y la habilidad de Albert. Mucho antes de que comenzara a traficar con licor, mi padre había sido un fabricante de alcohol clandestino. De niño, Albert había trabajado con él construyendo varios alambiques ilegales, una habilidad bastante demandada cuando ratificaron la Decimonovena Enmienda. Una vez que Volz se ganó la confianza de Albert y supo que podía confiar en él, el alambique era, como a Albert le gustaba decir, una conclusión inevitable. Sabíamos que Volz no solo preparaba el alcohol él mismo, sino que también lo vendía para complementar el salario irrisorio que pagaba la escuela. Con cualquier otra persona, esta habría sido una información bastante peligrosa. Pero Volz había sido como un padrino para nosotros y estábamos dispuestos a que nos torturaran antes que divulgar su secreto.

Moses y yo comimos. Volz bebió su licor. Albert miró hacia el este para asegurarse de que nadie nos hubiera visto.

Cuando terminamos, Moses me dijo por señas: "Cuéntales tu historia".

—En otro momento —respondí.

—¿Qué ha dicho? —preguntó Volz.

Albert contestó:

—Quiere que Odie nos cuente una de sus historias.

—Y yo también. —Volz levantó su botella en señal de apoyo.

—Son cosas de niños —aclaré.

Moses dijo por señas, "Casi me meo del miedo".

—¿Qué ha dicho? —preguntó Volz.

—Que en otro momento está bien —dijo Albert.

—Bueno —dijo Volz, encogiéndose de hombros y tomando un trago—. Entonces, ¿por qué no tocas algo con ese instrumento tuyo, Odie?

No me molestaba hacerlo, así que saqué mi armónica del bolsillo de mi camisa.

—No creo que sea buena idea —dijo Albert mirando hacia donde una luna creciente iluminaba el cielo y los edificios de la Escuela Lincoln proyectaban sus siluetas oscuras sobre el tenue resplandor amarillo—. Alguien podría escucharnos.

—Entonces toca bajito —dijo Volz.

—¿Qué os gustaría escuchar? —pregunté. Porque sabía lo que sería. Siempre era la misma melodía cuando Volz bebía.

—*Meet Me in Saint Louis* —dijo el viejo alemán. Era el lugar donde había conocido a su esposa, que ya llevaba muerta muchos años.

Volz nunca se emborrachaba. No porque fuera inmune a los efectos del alcohol, sino porque entendía cuántas cosas dependían de que permaneciera sobrio. Bebía hasta sentir una cálida nubosidad, una suave distancia entre él y sus problemas, y entonces se detenía. Cuando terminé la melodía, él estaba en ese lugar. Tapó la botella con el corcho y se puso de pie.

—Hora de volver al calabozo.

Volvió a llevar la botella al cobertizo y cerró la pesada puerta con llave. Albert guardó la sartén, los platos y los tenedores dentro de una mochila de *boy scout* y apagó el fuego con agua de una cantimplora. Sacudió las cenizas y las brasas, y vertió un poco más de agua hasta que el fuego quedó por completo apagado. Volz encendió el farol de queroseno y abandonamos la cantera, caminando en fila india hacia la luna menguante.

—Gracias, señor Volz —dije antes de que cerrara la puerta del cuarto de aislamiento. Luego, dirigiéndome a mi hermano, agregué—. Lamento haberte dicho que te mearía la cara. No lo haría.

—Claro que sí.

Tenía razón, pero dadas las circunstancias, no quería admitirlo.

—Descansad bien —dijo Albert—. Lo necesitaréis para mañana.

La puerta se cerró con suavidad. La llave giró en la cerradura. Una vez más, Moses y yo nos quedamos solos en la oscuridad.

Me acosté sobre el colchón de paja, pensando en lo mucho que había odiado a Albert cuando creía que nos había dado la espalda, y en lo mucho que lo quería en ese momento, aunque nunca se lo diría.

Escuché el murmullo de algunas patas pequeñas sobre la pared y metí una mano en los bolsillos de mis pantalones en busca del último trozo de pan de centeno, que había guardado para Faria. Lo arrojé hacia el rincón. Escuché el repiqueteo furioso de sus patas mientras levantaba su premio y regresaba corriendo al hueco en la pared de piedra.

Ya estaba listo para dormir, luego Moses me tocó el brazo. Su mano se deslizó hacia la mía y abrí los dedos. Sobre mi palma, escribió: "Tenemos suerte".

CAPÍTULO 5

No fue Volz quien nos despertó por la mañana, sino el consejero de los niños. Martin Greene era un hombre alto y taciturno, con una calvicie creciente y unos ojos perpetuamente cansados y orejas enormes. Se movía con un paso torpe que, debido a esas orejas grandes, siempre me recordaba a un elefante. Nos llevó al dormitorio, todo el camino repitiendo que esperaba que hubiéramos aprendido la lección para no volver a pasar tiempo en el cuarto de confinamiento en el futuro. Cumplía a rajatabla "Las tres R" que siempre se enfatizaban en la Escuela Lincoln: responsabilidad, respeto y recompensa.

—Prestad atención a las dos primeras y la última vendrá sola —dijo.

Nos aseamos y nos preparamos para el trabajo. No vi a Albert ni a Volz por ninguna parte y eso me puso un poco nervioso. Esperaba que nada malo les hubiera pasado por su gesto de amabilidad la noche anterior. En la Escuela Lincoln nada bueno parecía provenir de la amabilidad. Ralph, el hijo de Bledsoe, estaba esperando con una camioneta y Moses y yo nos subimos a la plataforma de carga en la parte trasera con el resto de los niños asignados para trabajar en el campo de heno.

Era un trabajo arduo, pero no duró mucho ese día. Los

sábados, durante la primavera y el verano, solo debíamos trabajar medio día para los granjeros. Eso era porque se esperaba que asistiéramos a los partidos de béisbol de nuestro equipo escolar por la tarde. Hector Bledsoe nos dio el almuerzo, una rebanada fina de pan seco, un queso sin sabor, y luego nos llevó de regreso a la Escuela Lincoln él mismo. Cuando bajamos de la camioneta, nos gritó:

—Descansad este fin de semana, muchachos. El lunes parece que será un día sofocante. —Me pareció escucharlo reír con alegría, pero bien podría haber sido mi imaginación.

Algunos de los niños, como Moses, tuvieron que apresurarse porque estaban en la lista para jugar. El resto regresó al dormitorio. Unos minutos antes de que el partido comenzara, el señor Greene nos llevó al campo de béisbol. Vimos a las niñas saliendo de su dormitorio, guiadas por Lavinia Stratton, la maestra de música y consejera de las niñas. La señorita Stratton era una solterona de edad indeterminada. Era alta, de facciones alargadas, piernas y brazos largos, al igual que su cara, que también era bastante apagada y siempre parecía preocupada. Sus manos eran esbeltas y sus dedos, como todo en ella, eran largos y delicados. Cuando tocaba el piano, cerraba los ojos y sus dedos parecían cobrar vida propia. A veces, su música era tan encantadora que me alejaba de la Escuela Lincoln y me transportaba por un rato a otro lugar, un lugar feliz. En esos maravillosos momentos, el mundo me parecía hermoso y ella también. Cuando dejaba de tocar, la preocupación regresaba a su rostro y se veía apagada una vez más, y mi vida volvía a ser el camino cuesta arriba que siempre había sido.

Nos sentamos en las gradas de madera. Algunas personas del pueblo también estaban allí, la mayoría para ver a Moses en el campo de béisbol. De la misma manera que los dedos de la señorita Stratton sobre un piano podían crear algo encantador, Moses, cuando estaba en el montículo del lanzador y lanzaba la bola, ofrecía belleza en cada uno de sus movimientos. Ese día jugaban contra un equipo auspiciado por la VFW de Luverne. Los chicos ya estaban en el campo, precalentando. Busqué a Albert, que no era para nada atlético y casi siempre se quedaba en el banquillo. No lo vi por ningún lado y empecé a preocuparme. Luego vi a la señora Frost y Emmy sentadas en la otra punta de las gradas. Por lo general, venían a los partidos y nos animaban. Cuando el señor Greene estaba ocupado hablando con la señorita Stratton, me escabullí y me senté al lado de Emmy.

—Hola, Odie —saludó ella con una amplia sonrisa.

—Vaya, buenas tardes, Odie —dijo la señora Frost—. Me alegro de verte. Temía que la señora Brickman te hubiera encerrado en el cuarto de confinamiento para siempre.

—Solo por la noche —dijo—. Pero sin cena.

La señora Frost estaba furiosa.

—Voy a hablar con esa mujer.

—Da igual —dije—. Albert y el señor Volz lograron pasarnos un poco de comida a Moses y a mí. ¿Los ha visto?

—¿Albert no está ahí? —Miró hacia el campo y luego nuevamente a mí—. ¿No lo has visto?

—No desde anoche. Y tampoco al señor Volz.

—¿Podría ser que simplemente estuvieran trabajando en algún proyecto de carpintería juntos?

—Quizás —respondí, pensando que el proyecto, si eso era lo que los mantenía fuera de la vista, probablemente fuera el alambique de Volz. Esperaba que fuera eso antes que cualquier otra posibilidad más oscura que la Bruja Negra hubiera conjurado.

Luego vi a Volz entre las gradas. Nos vio y se acercó.

—Buenos días, Cora —le dijo a la señora Frost—. Hola, pequeña Emmy. Hoy estás muy guapa.

Emmy esbozó una sonrisa y se formaron dos hoyuelos en sus mejillas.

—Herman, ¿ha visto a Albert? —preguntó la señora Frost. Meneó la cabeza y luego miró al campo de béisbol.

—¿Qué le habrá impedido venir a jugar? —Me miró a mí—. ¿Tú no lo has visto, Odie?

—No desde anoche.

—No pinta nada bien —dijo Volz—. Déjame ver qué puedo averiguar. Pero, Odie, deberías regresar con los otros niños.

—¿Puede sentarse con nosotros? ¿Por favor? —rogó Emmy.

Volz frunció el ceño, aunque ya sabía que cedería. Nadie podía resistirse a la pequeña Emmy.

—Yo me encargo —prometió.

Cuando Andrew Frost estaba vivo, él dirigía el equipo de béisbol y había puesto en forma a los chicos. Tenían una buena reputación, y a pesar de la deficiente dirección del entrenador actual, el señor Freiberg, cuyo trabajo principal era cargar el pesado equipamiento, no logró manchar los esfuerzos del fallecido esposo de Cora Frost. Moses jugó un gran partido, la defensa fue impecable, y ganamos cuatro a cero. Habría sido divertido de no ser porque estuve todo el tiempo buscando a Albert, o a Volz con noticias de Albert. Pero cuando el partido terminó, ninguno de los dos había aparecido.

Después del partido, y antes de la cena, tuvimos una inusual hora de tiempo libre. Me acosté en la cama en el dormitorio y leí una revista, *Amazing Stories*, que había sacado de la biblioteca de la escuela. Todo en la biblioteca de la Escuela Lincoln eran donaciones y no creo que la señorita Jensen, la bibliotecaria, siquiera revisara detenidamente las revistas donadas. Siempre encontraba publicaciones interesantes (*Argosy, Adventure Comics, Weird Tales*) entre los ejemplares de *The Saturday Evening Posts* y *Ladies' Home Journals*. Se suponía que no debíamos llevarnos nada de la biblioteca, pero era muy fácil esconder una revista debajo de mi camisa.

Durante el año escolar, los más pequeños estaban en un dormitorio y los mayores en otro. Pero en el verano, cuando muchos estudiantes regresaban a sus casas, se los agrupaba a todos en un único dormitorio. Mientras leía, vi que uno de los niños más pequeños estaba sentado solo en su cama no muy lejos de mí, mirando a la nada, triste y perdido, algo que no era raro, en especial entre los niños más nuevos. Su nombre era Billy Red Sleeve. Era un cheyene del norte de algún lugar al oeste de Nebraska. Había venido a la Escuela Lincoln desde otra escuela para indios, una ubicada en Sisseton que administraban los católicos. Todos conocíamos la escuela de Sisseton. Eddie Wilson, un niño sioux de Cheyenne River, tenía primos que habían sido enviados a Sisseton. Nos contaba las historias que sus primos le habían contado: palizas peores que las que nos daban en Lincoln, monjas y sacerdotes que entraban a los dormitorios por la noche y se llevaban a los niños de sus camas y los obligaban a hacer cosas innombrables. En Lincoln, había algunos miembros del personal que todos sabíamos que a veces les hacían cosas a los niños, especialmente Vincent DiMarco, pero hacíamos todo lo posible para advertirles a los niños nuevos cuanto antes, para que pudieran mantenerse alejados de los problemas. Los que venían de otras escuelas, como Billy, no contaban nada sobre lo que les habían hecho, pero se podía ver en sus ojos, en el miedo con el que miraban a todos y todo a su alrededor, y lo sentías cada vez que intentabas acercarte y te recibía la pared invisible que habían levantado con la esperanza desesperada de mantenerse a salvo.

Estaba perdido en una historia sobre un tipo que había combatido a los marcianos en el Ártico cuando levanté la vista y vi a DiMarco parado en la puerta. Escondí la revista debajo de mi almohada, pero luego comprendí que no hacía falta que lo hiciera. Ni siquiera me estaba mirando a mí. Tenía toda su atención en Billy. DiMarco atravesó el dormitorio, entre las filas de catres. Había algunos otros niños en la habitación, y todos se sentaron rectos y se quedaron tan silenciosos como un poste cuando DiMarco pasó a su lado. Billy no se dio cuenta de nada. Estaba ocupado murmurando cosas para sí mismo y moviendo algo entre los dedos. DiMarco se detuvo a solo algunas camas de distancia y simplemente se quedó allí parado, observando. Era grande y robusto. Sus brazos, manos y nudillos estaban cubiertos de un pelo sedoso y negro. Sus mejillas eran muy oscuras, con una barba incipiente perpetua. Sus ojos eran como pequeños escarabajos que, en ese momento, se habían posado sobre Billy.

—Red Sleeve —dijo.

Billy se sobresaltó como si alguien le hubiera dado una descarga de mil voltios y levantó la vista.

—Estabas hablando en indio —dijo DiMarco.

Lo cual era una transgresión horrible en la Escuela Lincoln. Ningún niño tenía permitido hablar en su lengua materna. Era un principio estricto de la filosofía de los internados para indios, que se resumía en "Matar al indio, salvar al hombre". Si a uno lo atrapaban hablando en cualquier otra cosa que no fuera inglés, por lo general, como mínimo, lo encerraban una noche en el cuarto de confinamiento. Pero, a veces, en especial cuando era DiMarco quien te atrapaba, una paliza también era parte del castigo.

Billy meneó la cabeza con debilidad, sin decir ni una sola palabra.

—¿Qué tienes ahí? —DiMarco agarró las manos de Billy.

Billy intentó apartarlas, pero DiMarco lo puso de pie con fuerza y lo sacudió. Lo que fuera que Billy tuviera entre sus manos cayó al suelo. DiMarco soltó al niño y recogió lo que se había caído. Fue entonces cuando pude ver qué era: una muñeca de hojas de maíz con un pañuelo rojo como vestido.

—¿Te gusta jugar con cosas de niña? —preguntó DiMarco—. Creo que necesitas pasar tiempo en el cuarto de confinamiento. Ven conmigo.

Billy no se movió. Supuse que era porque sabía, al igual que el resto de los que estábamos en el dormitorio, lo que realmente significaba ir al cuarto de confinamiento con DiMarco.

—Vamos, andando, piel roja mariquita. —DiMarco lo agarró del brazo y empezó a arrastrarlo.

Antes de darme cuenta de lo que estaba haciendo, me levanté de mi catre.

—No estaba hablando indio.

DiMarco se detuvo.

—¿Qué has dicho?

—Billy no estaba hablando indio.

—Yo lo escuché —dijo DiMarco.

—Escuchó mal.

Incluso cuando pronuncié esas palabras, dentro de mí una voz gritaba: "¿Qué rayos estás haciendo?".

DiMarco soltó a Billy y se acercó a mí. Las mangas de su camisa azul de trabajo estaban dobladas hasta sus bíceps, los cuales eran enormes para mí en ese momento. Los niños en el dormitorio eran estatuas.

—Supongo que vas a decirme que es tuya, ¿no? —DiMarco me tendió la muñeca.

—La hice para Emmy Frost. Billy quería verla, así que se la dejé.

Ni siquiera miró a Billy para ver si su cara contaba una verdad diferente. Me miró furioso, no como un león, cuyo apetito es comprensible, sino como el Wendigo de la historia que le había contado a Moses la noche anterior.

—Creo que los dos vendréis al cuarto de confinamiento conmigo —dijo.

"¡Corre!", me advirtió desesperada la voz en mi cabeza.

Pero antes de poder moverme, DiMarco me sujetó del brazo, sus dedos se clavaron sobre mi piel, dejándome moratones que me durarían varios días. Intenté darle una patada, pero me falló la puntería y entonces me sujetó de la garganta y no pude respirar. Vi a Billy horrorizado, probablemente pensando que su turno llegaría pronto, y por detrás de él, los otros niños estaban quietos como una roca, aterrados y desamparados. Aunque intenté pelear, la mano de DiMarco me estaba ahogando y las cosas empezaron a verse grises y difusas. Entonces, oí una voz imponente.

—Suéltelo, Vincent.

DiMarco se volvió sin soltarme. Herman Volz estaba de pie a la entrada del dormitorio, flanqueado por mi hermano y Moses.

—Suéltelo —repitió Volz, y sonó como la voz sagrada del arcángel Miguel.

DiMarco me soltó el cuello, pero enseguida sujetó mi hombro con la fuerza de un tornillo de banco, así que aún seguía siendo su prisionero.

—Me atacó —acusó DiMarco.

—Claro que no —intenté decir, pero por lo que le había hecho a mi garganta, sonó más bien como el croar de una rana.

—Red Sleeve estaba hablando indio —dijo DiMarco—. Lo iba a castigar. Ya conoce las reglas, Herman. Luego O'Banion saltó y me atacó.

—Billy no estaba hablando indio —aseguré con una voz aún rasposa, pero comprensible.

—Creo que hubo un malentendido, Vincent. Me temo que no se llevará a estos niños con usted —dijo Volz.

—Escuche, Kraut… —empezó a decir DiMarco.

—No, escuche usted. Suelte a ese niño de inmediato y salga de este dormitorio. Si me llego a enterar de que les ha hecho daño a Odie o a Billy o a cualquier otro niño, le buscaré y le daré una paliza de muerte. ¿Entendido?

Por un largo instante, la mano de DiMarco se clavó con fuerza en mi clavícula. Luego, me soltó con un empellón.

—Esto no ha terminado entre nosotros, Herman.

—Váyase —ordenó Volz—. Ahora.

DiMarco pasó por delante de mí. Volz, mi hermano y Moses se hicieron a un lado para dejarle salir y luego volvieron al mismo sitio.

En el silencio que siguió a la partida de DiMarco, oí a Billy Red Sleeve sollozando. Levanté la muñeca de hojas de maíz y se la devolví.

—Será mejor que lo escondas —aconsejé—. Y no vuelvas a permitir que el señor DiMarco te encuentre solo, ¿entendido?

Asintió, abrió el baúl a los pies de su cama y soltó la muñeca en su interior. Luego se sentó de espaldas a mí.

—¿Estás bien, Odie? —Albert estaba a mi lado ahora—. Dios, mira lo que te ha hecho en la garganta.

No podía verlo, claro, pero a juzgar por su expresión debía tener mala pinta.

—Ese hombre —comenzó a decir Volz—. Es un cobarde, y algo peor. Lo siento, Odie.

Moses sacudió la cabeza y dijo por señas, "Un bastardo".

Ya me habían pegado en otras ocasiones como para dejarme marcas y moratones, pero ser estrangulado hasta estar a punto de morir era diferente. No era un castigo, algo que todos sabían que DiMarco disfrutaba cuando lo impartía. Este había sido un ataque personal. Había odiado a este gorila horrendo antes y le había tenido miedo. Pero ahora no sentía miedo, solo ira. Me prometí a mí mismo que le llegaría el día a DiMarco. Yo me aseguraría que así fuera.

—¿Dónde has estado todo el día? —le pregunté a Albert.

—Ocupado. —Fue lo único que dijo, y estaba claro que no quería que lo presionara más.

Me volví hacia Billy Red Sleeve.

—¿Estás bien?

No respondió. Se quedó sentado cabizbajo, mirando al suelo, perdido en las profundidades de su interior.

Yo tenía a Albert, Moses y al señor Volz. Supuse que quizás Billy Red Sleeve creía que él no tenía a nadie y no podía evitar pensar en lo solitario que debía de ser ese lugar.

Pero para Billy solo se volvería más solitario, porque al día siguiente desapareció.

CAPÍTULO 6

LAS MAÑANAS DE LOS DOMINGOS DESPUÉS DEL DESAYUNO debíamos asistir a misa, que se celebraba en el gimnasio. Teníamos dos uniformes en la Escuela Lincoln, uno que usábamos todos los días y uno solo para los domingos y para cuando alguien externo a la escuela, por lo general adinerado, venía a inspeccionar el lugar con intenciones de hacer una donación. Nos sentamos con nuestra ropa de domingo en las gradas. La misa la decían el señor y la señora Brickman, que estaban sentados detrás de un podio. La música provenía de un armonio portátil que tocaba la señorita Stratton. El señor Brickman decía que era pastor, aunque nunca supe en qué iglesia predicaba. Él se encargaba de las alabanzas y las prédicas. Su esposa leía las lecciones de la Biblia.

El cristianismo era la única religión que se permitía practicar en la Escuela de Formación de Indios de Lincoln. Algunos niños habían asistido a las iglesias de las reservas, más que nada católicas, y algunas de las niñas llevaban pequeñas cadenitas con cruces alrededor del cuello, la única clase de joyas que se toleraba en la escuela. Pero los niños católicos no iban al pueblo para asistir a las iglesias católicas, sino que se sentaban en gradas junto a los niños que habían crecido en zonas aisladas donde los espíritus que honraban tenían nombres indios.

La mayor parte del personal estaba allí. La señora Frost había ido como cada domingo con Emmy, limpia y radiante. No creo que fuera porque la misa le resultase particularmente reconfortante en ningún sentido espiritual, sino más bien porque quería ser parte de las vidas de los niños de Lincoln. Yo, por mi lado, apreciaba que estuviera allí. Su presencia era un recordatorio de que los Brickman no eran todo lo que había y que quizás en los fuegos del mismo infierno había algún ángel deambulando con un cubo de agua fría y un cucharón.

Cuando predicaba, el señor Brickman se volvía distinto, una gran tormenta de ira vengativa que se pavoneaba y gesticulaba de un lado a otro, mientras golpeaba el aire con los puños y señalaba con un dedo acusador a algún niño desafortunado que hubiese atraído su atención para profetizar su perdición. Pero ese niño nos representaba a todos, porque a ojos del señor Brickman, todos, cada uno de nosotros, éramos una causa perdida, un saco de huesos relleno nada más que de pensamientos pecaminosos y capaces solamente de cometer actos inmorales. Era algo totalmente acertado en mi caso en particular, pero sabía que la mayoría de los otros niños solo estaban perdidos y hacían lo que podían para sobrevivir a la escuela y avanzar hacia lo que su vida les deparara en el futuro.

Ese domingo, el señor Brickman empezó su sermón leyendo el salmo 23, lo cual fue extraño. Por lo general, solía inspirarse en algún pasaje del Antiguo Testamento que tuviera mucha destrucción. Cuando terminó de leer el salmo, habló sobre que Dios era nuestro pastor, que lo guiaba a él y a la señora Brickman y que, al igual que Dios, nos consideraban a todos nosotros ovejas que necesitaban su cuidado, y ellos hacían todo lo que podían para cuidarnos, lo que significaba que debíamos agradecerle a Dios la salvación de nuestra alma y a los Brickman la salvación de nuestro cuerpo, que nos dieran un techo sobre nuestra cabeza y pusieran comida en nuestro estómago. El asunto clave del sermón, al final, era que debíamos demostrarles nuestra gratitud a la señora Brickman y él no siendo un grano en el culo. Sabía que la manera egoísta con la que había retorcido ese hermoso salmo era una porquería, pero yo sí quería creer que Dios era mi pastor y que, de alguna manera, me estaba guiando a través de este valle tenebroso que era la Escuela Lincoln y que no debía temer mal alguno. Y no solo por mí, sino también por los otros niños, como Billy Red Sleeve. Aunque la realidad que veía todos los días era que nos valíamos por nuestra cuenta y nuestra seguridad no dependía de Dios, sino de nosotros mismos y la ayuda que nos brindábamos. Si bien había intentado ayudar a Billy Red Sleeve, creía que no había sido suficiente, así que prometí portarme mejor, ser mejor. Intentaría ser el pastor de Billy y el resto de los niños como él.

Después de la misa, la señora Frost y Emmy nos pararon a Albert, a Moses y a mí cuando salíamos del gimnasio. Los Brickman ya se habían ido y el señor Greene, que nos estaba llevando de regreso al dormitorio, dijo que no había problema si nos quedábamos un rato. Al igual que la mayoría de los hombres en la Escuela Lincoln, se sentía atraído por la amable y joven viuda.

Cuando nos quedamos solos en el gimnasio, la señora Frost dijo:

—Quiero hablar con vosotros sobre algo.

Esperamos y miré a Emmy, que sonreía como si fuera Navidad. Pensé que lo que fuera que la señora Frost tuviera en mente, Emmy ya sabía lo que era.

—¿Qué os parece si durante el verano os venís a vivir conmigo y con Emmy?

Creo que ni siquiera podría haberme sorprendido más si hubiera dicho: "Os regalaré un millón de dólares".

—¿Podemos hacerlo? —preguntó Albert.

—Lo estuve considerando por un tiempo —dijo la señora Frost—. Ayer por fin hablé con el señor Brickman después del partido. Aceptó la idea, si vosotros estáis de acuerdo.

Moses dijo por señas: "¿Qué hay de la Bruja Negra?".

—Clyde dijo que hablará con Thelma, pero que creía que no pondría ninguna objeción. —Me miró a mí—. No tener que preocuparse por ti, Odie, es un gran punto a favor, según el señor Brickman.

—Pero ¿por qué? —pregunté—. Quiero decir... me encanta la idea, pero ¿por qué?

Extendió una mano y la puso suavemente sobre mi mejilla.

—¿Sabías que yo también soy huérfana, Odie? Perdí a mis padres cuando tenía catorce años. Entiendo lo que es sentirse sola en el mundo. —Se volvió hacia Albert y Moses—. Quiero empezar a cultivar el campo otra vez. Si quiero hacerlo realidad, necesitaré mucha ayuda este verano y también durante la temporada de cosecha. Vosotros dos ya casi sois mayores de edad. Os iréis de la Escuela Lincoln en cualquier momento. No sé cuáles son vuestros planes, pero ¿estaríais dispuestos a quedaros conmigo?

—¿Qué hay de Odie y su educación? —preguntó Albert.

A mí no me importaba mi educación, pero Albert siempre estaba mirando hacia delante.

—Si funciona, quizás pueda asistir a una escuela en el pueblo. Ya veremos. ¿Te parece bien, Odie?

—Rayos, sí. —Tenía ganas de bailar, abrazar a la señora Frost y simplemente bailar. No recordaba la última vez que había estado tan feliz.

—Entonces, ¿qué decís? —preguntó.

—¡Yo digo yupiii! —Levanté los brazos para celebrarlo.

Albert respondió con mayor seriedad.

—Creo que funcionaría.

Moses tenía una sonrisa de oreja a oreja y dijo: "Tenemos suerte".

La señora Frost nos advirtió que no le contáramos nada a nadie. Tenía que arreglar algunas cosas primero, y hasta que todo estuviera resuelto, deberíamos quedarnos tranquilos y, mirándome a mí en particular, agregó:

—No os metáis en ningún problema.

Una vez que se hubo marchado, Albert se volvió hacia mí.

—No te ilusiones tanto, Odie. Recuerda que está haciendo un trato con la Bruja Negra.

De regreso al dormitorio, nos quitamos la ropa de domingo. Albert, Moses y yo no dejamos de mirarnos y estaba claro que casi no podíamos creer nuestra suerte. Quería gritar aleluya, pero me mantuve callado. Volz entró y le dijo algo en voz baja a Albert y ambos se marcharon. Luego el señor Freiberg entró y se llevó a Moses y a otros niños para limpiar el campo de béisbol y prepararlo para el próximo juego.

Tuve algo de tiempo antes del almuerzo, por lo que me acosté en la cama boca arriba e imaginé cómo sería vivir con Cora Frost y Emmy.

Casi no recordaba a mi madre. Había muerto cuando yo tenía seis años Albert me contó que algo en su interior la había comido desde dentro. Tenía este último recuerdo de ella acostada en la cama, mirándome con un rostro que parecía una manzana seca y marchita, y odiaba esa imagen suya. Siempre deseé tener una fotografía real para poder aferrarme a una imagen distinta, pero cuando vinimos a la Escuela Lincoln, nos lo confiscaron todo, incluida una fotografía que Albert tenía de todos juntos, él, mamá, papá y yo. La habían tomado cuando yo era bastante pequeño y vivíamos en Missouri. Entonces, en cierto modo, la señora Frost había ocupado ese lugar de madre para mí y ahora parecía que, quizás, se volvería realidad. No significaba que nos fuera a adoptar a Albert y a mí ni nada por el estilo. Pero ¿quién sabía?

Mi ensoñación quedó interrumpida cuando el señor Greene de repente apareció por encima de mí y me preguntó:

—¿Has visto a Red Sleeve?

***

Los niños se escapaban de la Escuela Lincoln todo el tiempo. Si provenían de una reserva, por lo general volvían en esa dirección, así que no era difícil para las autoridades encontrarlos mientras hacían dedo en la carretera. Muy pocos lograban llegar a la reserva antes de que los atraparan. Si lo lograban, simplemente los enviaban de regreso. Los más difíciles de localizar eran los niños que no tenían ningún lugar a donde ir, ningún lugar a donde regresar. Había muchos de esos. Cuando escapaban, solo Dios sabía qué tenían en mente.

El señor Greene interrogó a todos los niños, pero ninguno había visto a Billy esfumarse. Solo por curiosidad, revisé el baúl a los pies de su cama. La pequeña muñeca de hojas de maíz también había desaparecido.

Las tardes de los domingos, teníamos una de las actividades más irónicas de la Escuela Lincoln, nuestra reunión semanal de los Boy Scouts. Nuestro jefe de tropa era un hombre llamado Seifert, un banquero del pueblo. Era gordo y calvo, y tenía cara de bulldog y un brillo perpetuo de sudor sobre su coronilla, pero era un tipo decente. Daba lo mejor de sí para enseñarnos todo tipo de cosas que podían ser útiles si alguna vez terminábamos solos y perdidos en el bosque. Lo cual era gracioso porque no había ningún bosque alrededor de Lincoln. Nos reuníamos en el gimnasio, donde realizaban demostraciones sobre cómo afilar un hacha o un cuchillo, cómo identificar plantas y árboles y aves y huellas de animales. Fuera, en el viejo patio de armas, nos enseñaba a montar una tienda, a atar ramas para construir un cobertizo para refugio, a colocar una fogata y encenderla usando un pedernal y un trozo de hierro. Durante el verano, cuando había pocas actividades programadas debido a la reducida población estudiantil, todos los niños estaban obligados a asistir. Si la situación no hubiera sido tan trágica, nos habría parecido divertido, este tipo blanco gigante mostrándoles a un puñado de indios cosas que, si los blancos nunca hubieran interferido, sabrían hacer desde su nacimiento.

Albert era nuestro líder de tropa, un puesto que se tomaba muy en serio. No me sorprendía. El señor Seifert había donado dos copias del manual oficial del *boy scout* a la biblioteca de la escuela, pero creo que Albert era el único que alguna vez lo había leído.

Esa tarde aprendimos a hacer nudos, lo cual me pareció interesante. Había toda clase de nudos, ¿quién lo diría?, y todos servían para propósitos diferentes. Aprendí bastante rápido la mayoría, pero había uno llamado "as de guía" que me dio muchos problemas. Había que pensar que la punta de la soga era como un conejo que salía de su madriguera, le daba la vuelta a un árbol y regresaba a la madriguera, o algo así. Era el nudo favorito de los marineros, según lo que nos había contado el señor Seifert, así que finalmente decidí dejar de intentarlo. Nunca iría al mar.

Al final de la actividad, el señor Seifert nos sentó a todos y nos miró como si estuviera listo para llorar.

—Muchachos —dijo—. Tengo malas noticias. Esta es mi última reunión como vuestro jefe de tropa.

No recibió una respuesta, pero probablemente ya estaba acostumbrado a eso a estas alturas. La mayoría simplemente aceptaba todo lo que nos decía con expresión inmutable.

—El banco para el que trabajo me ha trasladado a Saint Paul. Me voy la próxima semana. He estado intentando conseguir a alguien para que sea vuestro nuevo jefe de tropa, pero debo confesar que me está resultando difícil.

Sacó un pañuelo blanco y limpio de su bolsillo y pensé que lo usaría para secarse el sudor resplandeciente sobre su cabeza calva y su ceño, pero en su lugar se sonó la nariz y se secó los ojos.

—Espero haberos enseñado cosas que os sean útiles para el resto de vuestra vida. No me refiero a los nudos y cómo montar una tienda. Me refiero al respeto por quienes sois, quizás una idea de lo que podéis lograr si os lo proponéis.

Nos miró a todos y, por un momento, parecía como si estuviera demasiado acongojado como para hablar.

—Sois igual de buenos que los demás niños de este país, y no creáis a nadie que os diga lo contrario. La promesa scout no es un mal código para vivir. ¿Me acompañáis, muchachos?

Levantó su mano derecha con el signo oficial de los scouts y copiamos el gesto.

—Prometo por mi honor —todos repetimos con él— hacer todo lo que pueda para cumplir con mi deber con Dios y ser fiel a mi patria. Obedecer la ley del scout. Ayudar en todo tiempo a los demás. Mantenerme físicamente fuerte, mentalmente atento y moralmente recto.

Dejó caer la mano a un lado del cuerpo.

—Os deseo la mejor de las suertes.

Se volvió hacia Albert, que estaba de pie a su lado, y ambos se estrecharon la mano. El señor Seifert salió caminando fatigosamente del gimnasio, como un hombre que hubiera perdido algo que valoraba mucho.

Nos quedamos sentados en silencio una vez que se hubo ido. Y entonces, Albert dijo:

—Bueno, regresad todos a los dormitorios.

Volz y el señor Greene estaba esperando en la puerta del

gimnasio para escoltarnos. Mientras salíamos, les pregunté a ambos:

—¿Alguna novedad de Billy?

—Nada —contestó el señor Greene.

—Ya aparecerá —me aseguró Volz—. Siempre lo hacen.

En el camino de regreso, fui junto a Albert y Moses.

—Eso del traslado es una trola —dijo Albert.

Moses dijo por señas: "¿A qué te refieres?".

—El señor Seifert rechazó ejecutar la hipoteca de los granjeros que estaban atrasados con sus pagos. La gente de Saint Paul le está entregando el banco a alguien que se anime a hacerlo.

—¿Qué significa "ejecutar"? —pregunté.

—Que los bancos les quitan las granjas.

—¿Pueden hacer eso?

—Sí. No deberían, pero pueden. Es por el Crac.

Sabía algo sobre el Crac de Wall Street, pero no entendía muy bien qué significaba. La primera vez que lo escuché, imaginé que Wall Street era la inmensa pared de un castillo donde los bancos guardaban su dinero. Y un día, lo llamaban el Viernes Negro, que imaginaba con un cielo oscuro y amenazador, esa pared se desplomó y el dinero que los bancos habían acumulado salió volando por el aire y desapareció. En esta zona remota de las Grandes Llanuras no me interesaba ni me afectaba. Allí fuera, nadie tenía dinero.

Esa noche en la cama a oscuras, escuché a uno de los niños más pequeños llorar. A veces, algún niño nuevo lloraba por la noche durante meses. Incluso algunos de los que ya llevaban tiempo allí ocasionalmente cedían ante la abrumadora desesperación y dejaban caer sus lágrimas. A pesar de las buenas noticias de esa mañana, la propuesta de Cora Frost y la posibilidad de abandonar la Escuela Lincoln, me sentía un poco triste. Estaba pensando en el señor Seifert, era un buen hombre, pero eso no lo había llevado a ningún lugar. En todos los niños que habían sido alejados de sus hogares y todo lo que les resultaba familiar. Y pensaba en particular en Billy, que me preocupaba mucho. Había prometido ser el pastor de niños como él, pero hasta que el señor Greene no preguntó si alguien lo había visto, ni siquiera había notado que Billy estaba desaparecido.

—¿Crees que lo encontrarán? —susurré.

El catre de Albert estaba junto al mío. No teníamos permitido hablar una vez que apagaran las luces, pero podíamos salirnos con la nuestra si hablábamos lo suficientemente bajo.

—¿Billy Red Sleeve? No lo sé.

—Espero que esté bien.

Oí a Albert moverse en su catre, y aunque no podía verlo con claridad, sabía que me estaba mirando.

—Escucha, Odie, no tienes que preocuparte por los demás. Al final, siempre te los quitarán.

—¿Estás pensando en papá?

—Y no te olvides de mamá —dijo. Porque la olvidaba cada vez más.

—¿Tienes miedo de que me lleven? —pregunté.

—Tengo miedo de que me lleven a mí. ¿Quién te cuidaría entonces?

—¿Dios, quizás?

—¿Dios? —lo dijo como si fuera una broma.

—A lo mejor es como lo que dice en la Biblia —contesté—. Dios es un pastor y nosotros somos su rebaño y él nos cuida.

Durante un rato, no dijo nada. Escuché a ese niño llorando en la oscuridad porque se sentía solo y perdido, y creía que no le importaba a nadie. Finalmente, Albert susurró:

—Escucha, Odie, ¿qué come un pastor?

No sabía a dónde iba con eso, así que no le respondí.

—A su rebaño —contestó Albert—. Uno por uno.

CAPÍTULO 7

EL LUNES POR LA MAÑANA, A MOSES Y A MÍ SE NOS ASIGNÓ el trabajo en el campo de Bledsoe. Durante el desayuno, Volz pasó por nuestra mesa en el comedor para darnos la noticia. A Albert y a otros niños se les asignó el trabajo de ayudar al alemán para aplicarle una nueva mano de cal al viejo depósito de agua.

El depósito de agua era legendario. Mucho antes de que yo viniera a la Escuela Lincoln, un niño llamado Samuel Kills Many había desaparecido. Antes de marcharse, pintó con letras negras BIENVENIDOS AL INFIERNO sobre el depósito. Kills Many era uno de los pocos niños que habían escapado y que nunca pudieron atrapar; se había vuelto una parte importante de la mitología de Lincoln. Habían tapado sus palabras de despedida con una capa de cal, pero con los años esa capa se desvaneció y las letras negras de debajo, que resonaban en el corazón de cada niño de la escuela, emergieron como un fantasma.

La mañana estaba tranquila y ya hacía calor, el aire era tan sofocante que parecía que estuviéramos respirando agua. Sabía que el día sería espantoso, tal como Hector Bledsoe había predicho, pero me aterraba menos que el paradero de Billy.

—¿Alguna novedad de Red Sleeve? —pregunté.

Volz sacudió la cabeza.

—Solo ha pasado un día. Dale tiempo, Odie.

Nos subimos a la plataforma de carga de la camioneta de Bledsoe, Moses, yo y otros condenados, listos para pasar el día empaquetando fardos de heno. Estábamos en silencio, algo esperable de un grupo de niños que estaban camino a trabajar bajo la atenta mirada de un granjero desalmado que nos trataba como bestias. Pensé que quizás Billy Red Sleeve había tomado la decisión correcta. Si me hubiera marchado con él, cuando nos atraparan, mi castigo probablemente sería pasar una noche en el cuarto de confinamiento y una buena paliza, lo que, a fin de cuentas, habría sido mejor que pasar un día entero en los campos de heno bajo un sol implacable, respirando ese polvo hasta ahogarme.

Al mediodía, dejamos de trabajar y nos abarrotamos bajo la sombra de la carreta de heno. Nos comimos el sándwich seco que había preparado la esposa de Bledsoe para cada uno de nosotros y compartimos una bolsa de agua, y nos recostamos sudando y maldiciendo en silencio a Bledsoe y el día que nacimos. Todos excepto, claro, Moses, que podía trabajar hora tras hora sin quejarse. No era porque no tuviera voz para hacerlo, sus dedos eran bastante elocuentes, sino porque parecía disfrutar el trabajo físico, la manera que desafiaba a su cuerpo y espíritu. Nadie lo criticaba por ser el único que no se sentía desgraciado, porque siempre era el primero en ayudar a cualquiera de los otros niños que necesitara una mano. A menudo, debido a la aceptación muda de Moses, Bledsoe ponía el trabajo más duro sobre sus hombros.

Me senté junto a él bajo la carreta, mirando hacia el oeste, donde el cielo empezaba a verse amenazador. Las nubes se habían amontonado sobre Buffalo Ridge. No eran las típicas nubes esponjosas de un día normal de verano, sino una pared negra como el carbón que crecía más hacia el suroeste y escupía rayos. Hector Bledsoe y su hijo Ralph estaban sentados a la sombra de su camioneta, mirando al cielo.

Moses me tocó el hombro y dijo por señas: "Tormenta. Quizás nos suelte antes".

Meneé la cabeza y dije:

—El hijo de Bledsoe es un cabrón. Si no recogemos heno, probablemente nos haga recoger la mierda de su ganado bajo la lluvia.

Oí un automóvil y vi a la señora Bledsoe conduciendo su Ford B entre la fila de fardos. Se detuvo frente a la camioneta, se bajó y habló con su marido, señalando hacia el oeste. Bledsoe meneó la cabeza, pero la mujer se llevó una mano a la cintura y levantó un dedo frente a su esposo. Bledsoe miró el cielo una vez más, que rápidamente estaba empezando a quedar cubierto por esas amenazantes nubes de tormenta. Respiró profundamente, se bajó de su camioneta y se dirigió hacia nosotros. Sacó un pañuelo arrugado de su bolsillo para quitarse el polvo del heno de la nariz.

—Mi esposa dice que la tormenta va a ser de las gordas, muchachos. Eso es todo por hoy. Iré a buscaros cuando el heno se haya secado. Subíos a la camioneta.

Nunca nadie vio a los niños moverse tan rápido. Nos subimos a la parte trasera de la camioneta antes de que Bledsoe terminara de limpiarse la nariz. Moses me dio un golpecito con el codo y señaló a la señora Bledsoe, que estaba esperando junto a su coche como para asegurarse de que su marido cumpliera con su palabra.

"Dale las gracias", dijo por señas.

—Gracias, señora —grité.

Levantó una mano y nos observó mientras Bledsoe arrancaba.

Cuando llegamos a la escuela, las nubes tenían un tono verde oscuro y giraban como el brebaje de una bruja en su caldero. El viento soplaba más fuerte y, mientras nos bajábamos de la camioneta, pequeñas piedras de granizo empezaron a caer sobre nosotros. Nadie nos estaba esperando, así que no había nadie para guiarnos. No era necesario. Todos corrimos al dormitorio. El edificio estaba desierto, lo que no habría sido inusual un día normal. El almuerzo ya había pasado y todos los niños habían retomado sus tareas asignadas. Pero una amenaza como esta debería haber hecho que volviesen. Nos quedamos de pie junto a las ventanas del dormitorio y observamos la tormenta que azotaba Buffalo Ridge. El granizo empeoró, el sonido sobre el techo era ensordecedor, hasta tal punto que teníamos que gritar para escucharnos. De pronto, una ventana estalló y una piedra de granizo del tamaño de una ciruela cayó en el suelo junto al pie de Moses. Unos minutos más tarde, el granizo se detuvo con la misma rapidez con la que había empezado, pero la tormenta no había terminado. A poco más de un kilómetro, un remolino largo y gris empezó a descender lentamente hacia el suelo. Se formó desde la gran pared verde que había azotado a Buffalo Ridge y se veía como el dedo de Dios que se extendía hacia la tierra. En cuanto tocó el suelo, tomó un color negro furioso.

—¡Tornado! —gritó alguien—. ¡Corred!

Nadie se movió. Nos quedamos pegados a la ventana mientras se acercaba. Empecé a sentir un hormigueo por todo el cuerpo, como si estuviera lleno de electricidad. El largo dedo retorcido de nubes era algo horrible de observar, pero también hipnotizante. El aire a su alrededor estaba lleno de piezas negras de escombros que parecían una bandada de cuervos frenéticos, cosas desgarradas por un poder que nada terrenal podía resistir. Estaba tan cerca que vi cómo arrancaba árboles de raíz cuando cruzó el río Gilead. Llegó al depósito de agua y, de pronto, recordé a Albert y Volz, que estaban encalando el gran tanque. Presioné la nariz contra el cristal de la ventana, esforzándome por ver si había alguien allí arriba. El trabajo había quedado a la mitad y la frase BIENVENIDOS AL INFIERNO aún era visible por debajo del viejo encalado, pero por lo que podía ver, no había nadie en el depósito.

El tornado azotó el campo de béisbol y vi cómo las gradas se desintegraban hasta no ser más que astillas. Deberíamos habernos movido, deberíamos haber corrido en busca de refugio, pero ya era demasiado tarde. Nos quedamos paralizados, observando cómo se acercaba nuestra perdición.

Luego, por algún milagro, el tornado giró y se encaminó hacia el río. Destrozó el terreno al norte de la escuela, abriéndose paso entre todos los edificios de la escuela y la elegante casa de los Brickman, directo hacia el mismísimo pueblo de Lincoln. Corrimos hacia las ventanas de la cara este del dormitorio y vimos cómo el tornado esquivaba la parte sur del pueblo y seguía camino hacia las tierras lejanas junto al río.

Fue en ese momento cuando comprendí hacia dónde se estaba dirigiendo.

Moses también. Me tomó del brazo y dijo por señas "La señora Frost y Emmy".

***

Cuando salimos corriendo, vimos a Volz y a Albert que venían desde el comedor. Detrás de ellos había más gente, y pronto entendí que se habían refugiado en ese edificio gigante de piedra para pasar la tormenta. Moses y yo cruzamos el viejo patio de armas a toda prisa.

—La señora Frost y Emmy —vociferé—. ¿Las habéis visto?

Volz negó con la cabeza.

—Hoy no.

—El tornado está yendo directo a su casa.

—¿No deberían estar aquí? —preguntó Albert.

—Busquémoslas en su clase —sugirió Volz.

No estaban ahí.

—La señora Brickman —propuso Volz luego—. Ella sabrá dónde están.

Fuimos a toda prisa a la casa de los Brickman y llamamos a la puerta, pero nadie respondió. Albert se acercó al garaje y miró a través de una ventana.

—El Franklin no está —dijo.

Volz llamó una vez más y la puerta finalmente se abrió. Clyde Brickman apareció blanco como un fantasma.

—Ese maldito tornado casi me mata —dijo.

—Cora Frost —urgió Volz—. ¿Estaba en la escuela hoy?

El señor Brickman frunció el ceño y pensó por un momento.

—No lo sé.

—La señora Brickman —agregó Volz—. ¿Ella lo sabe?

—Thelma se fue a Saint Paul esta mañana, Herman. No volverá hasta la próxima semana.

—Mierda.

Volz miró hacia el este y el camino de destrucción que había dejado la tormenta. Todos miramos en esa dirección. Nunca en mi vida había estado tan asustado.

—Esperad aquí —dijo Volz—. Iré a buscar mi coche.

Nos llevó, incluido Brickman, a la casa de Cora y Emmy Frost. En la parte sur de Lincoln, vimos que las construcciones de madera junto a los elevadores de cereales eran solo un montón de escombros. Avanzamos por el camino de tierra que bordeaba el río entre los restos de la caprichosa destrucción. Aquí, un granero había sido partido por la mitad, mientras que a casi veinte metros la casa estaba intacta. Allí, un silo había perdido su parte superior, pero dentro del corral aún intacto a su lado, las vacas miraban como si nada hubiera pasado. Vi una gran lámina de metal corrugado doblada alrededor del tronco de un álamo como un envoltorio de Navidad. Por primera vez en mi vida, me encontré recitando una plegaria, desesperado por pedirle a Dios que no les hubiera hecho nada a Cora Frost y su hija.

Cuando llegamos a la granja, todas mis esperanzas murieron. Donde hacía solo unos pocos días la señora Frost y los Brickman se habían sentado a beber té, ahora solo había un montón de tablas de madera astillada. El granero estaba destruido. Gran parte del huerto había sido arrancado de raíz y era un revoltijo abismal. La camioneta de la señora Frost estaba volcada como una tortuga muerta. Todo quedó sumido en un absoluto silencio.

Buscamos entre las ruinas, levantamos los escombros, gritamos sus nombres. Estaba seguro de que no las encontraríamos con vida, y por eso no quería encontrarlas para nada. Podía ver la facilidad con la que la tormenta había torcido y destruido cosas tan sólidas como los materiales de construcción; no quería averiguar lo que podía hacerle a algo tan frágil como la carne y los huesos. Así que la mayor parte del tiempo me quedé de pie sobre las vigas rotas del techo que alguna vez había acogido a Cora y Emmy Frost y que, por un breve instante, había creído que me acogería a mí también.

Había perdido a mi madre y a mi padre. Me habían pegado, menospreciado, aislado, pero sin embargo nunca, hasta ese momento, había llegado a perder las esperanzas de que las cosas mejorarían.

Moses me dijo por señas: "¿Lo has oído?".

Presté atención y lo escuché.

Moses empezó a quitar algunas tablas y vigas rotas. Enseguida, los demás empezamos a hacer lo mismo. Trabajamos diligentemente, quitando los escombros por encima de los pequeños gritos que escuchamos. Finalmente, llegamos a la entrada de un sótano, donde la puerta seguía bloqueada por dos vigas rotas. Las apartamos a un lado y Moses abrió la puerta. Mirándonos desde la oscuridad abajo estaba Emmy Frost, su rostro y su ropa llenos de polvo, su cabello rizado lleno de arenilla, sus ojos azules parpadeando por la repentina luz. Moses bajó por la escalera y la levantó entre sus brazos para sacarla de allí, y le preguntó: "¿Tu mamá?".

—No lo sé. —Emmy estaba llorando histéricamente. Meneó la cabeza con energía y repitió—. No lo sé.

—¿Estaba contigo ahí abajo? —preguntó Volz.

Volvió a negar con la cabeza y una nube de polvo salió de su cabello.

—Me bajó ahí y me dejó sola.

—¿A dónde fue, Emmy? —preguntó Albert.

—El Gran George —dijo ella—. Iba a sacarlo del granero.

Tras la muerte de su marido, Cora Frost había elegido conservar al caballo de tiro, aunque alimentar a una bestia tan gigante era una tarea cara. Volz y Albert ya habían revisado la montaña de escombros que alguna vez había sido el granero, pero regresaron a toda prisa y lo revisaron otra vez.

—¿Dónde está mamá? —gritó Emmy entre lágrimas—. ¿Mamá?

—Silencio, niña —dijo Brickman—. No sirve de nada que llores.

No le prestó atención.

—¡Mamá!

Moses se sentó sobre los escombros de la casa y se puso a Emmy sobre el regazo, donde la sostuvo contra su pecho, mientras ella lloraba sin parar. Al cabo de un rato, Albert y Volz regresaron y simplemente menearon la cabeza.

—La llevaré de vuelta a la escuela —dijo Volz.

—Iré con usted —afirmó Brickman.

Me crucé de brazos y me mantuve firme.

—No me iré hasta que encontremos a la señora Frost.

Volz no discutió.

—Está bien, Odie. Albert, Moses, ¿vosotros también os quedáis?

Ambos asintieron.

—Enviaré a alguien para que os vengan a buscar. Clyde, saquemos a esta pequeña de aquí.

Intentaron apartar a Emmy de Moses, pero ella se aferró con fuerza a él, y finalmente Volz dijo:

—Vente tú también, Moses.

Se marcharon, Moses llevando a Emmy en brazos, pero Brickman se quedó un momento y contempló la destrucción. En voz baja, dijo:

—Dios.

—Usted se ha equivocado —le dije.

Me miró y entrecerró los ojos.

—¿Cómo dices?

—Dijo que Dios era un pastor y que nos cuidaba. Pero Dios no es ningún pastor.

No respondió.

—¿Sabe qué es Dios, señor Brickman? Un maldito tornado, eso es.

Brickman simplemente se dio la vuelta y se marchó.

Una vez que se hubieron ido, Albert y yo nos quedamos solos. El cielo sobre nosotros estaba despejado y azul, como si nunca nos hubiera lanzado el infierno mismo durante las últimas horas. Escuché a una alondra cantar.

—Se suponía que sería perfecto —dije—. Todo por fin sería perfecto.

Albert giró, observando la devastación a nuestro alrededor. Cuando habló, su voz sonó más firme de lo que jamás la hubiera escuchado.

—Uno por uno, Odie —me repitió—. Uno por uno.

CAPÍTULO 8

Encontraron el cuerpo de Cora Frost más tarde ese mismo día, a un kilómetro y medio de distancia, tendida entre las ramas de un olmo en una granja donde el tornado no había causado ningún daño, pero donde, mientras se disipaba, había depositado muchos escombros. Al Gran George, el caballo de tiro, lo encontraron ileso no muy lejos de la destrucción de la granja Frost, comiendo hierba plácidamente junto a la ribera del río Gilead.

Cuando recibió las noticias de lo ocurrido, la señora Brickman regresó de Saint Paul de inmediato. Con una exagerada generosidad anunció que Emmy Frost no quedaría huérfana por mucho tiempo. Era su intención adoptar a la pequeña en cuanto pudiera.

Moses, cuando se enteró de esto, dijo: "¿La Bruja Negra será su nueva madre?". Luego hizo otra seña para decir que la señora Frost, si estuviera viva, jamás lo habría aprobado.

Albert, con una voz grave y resignada, agregó:

—Lo que la Bruja Negra quiere lo consigue.

Para mí era solo otra injusticia más en una larga lista de injusticias horribles. Podía vivir con toda la decepción y destrucción que un Dios desalmado pusiera en mi camino. Quizás incluso me lo merecía. Pero ¿Emmy Frost? Lo único que había hecho durante toda su corta vida era traernos felicidad al resto de nosotros. ¿Y la señora Frost? Si alguna vez hubo un ángel en la tierra, era ella.

El funeral tuvo lugar el jueves en el gimnasio. Todos los niños de la escuela estaban allí, excepto Billy Red Sleeve, al que las autoridades aún no habían encontrado. Nos habíamos puesto la ropa del domingo, y la tarima desde donde el señor Brickman siempre predicaba estaba en el suelo del gimnasio, con sillas detrás de este para él y la señora Brickman, y una para Emmy, que estaba sentada como una muñeca sin vida. No la habíamos visto desde aquel horrible día del tornado. Tenía un vestido nuevo y zapatos de cuero nuevos y relucientes. La arenilla, el polvo y el yeso se habían pegado tanto a su cabello que no pudieron quitárselo lavándolo, por lo que simplemente le cortaron los rizos a solo dos centímetros del cuero cabelludo. Si no hubiera tenido el vestido, se la podría haber confundido con un niño.

La señorita Stratton se sentó en el armonio. Tocó *Rock of Ages* y todos cantamos por lo bajo. El señor Brickman se encargó de dar el panegírico. Por primera vez desde que tenía memoria, nos habló con un tono respetuoso, para nada grandilocuente. Nunca me había agradado, pero me sentía agradecido por las cosas amables y reales que dijo sobre Cora Frost.

Luego los Brickman se llevaron una sorpresa.

La señorita Stratton anunció:

—Odie O'Banion y yo queremos hacer una ofrenda a la memoria de Cora. —Me señaló con la cabeza y me puse de pie.

—¿Qué estás haciendo? —susurró Albert. Miró a los Brickman, que estaban sentados con expresiones que no eran para nada cristianas.

—Tú escucha —dije.

Moses dijo por señas: "Tócala con cariño, Odie".

Me acerqué al órgano y saqué la armónica de mi bolsillo,

y la señorita Stratton y yo tocamos la canción que habíamos estado ensayando en secreto.

Me había prometido no llorar. Quería entregar el único regalo que tenía para ofrecer en memoria de Cora Frost. Pero cuando comencé a soplar las primeras notas de *Shenandoah*, algunas lágrimas empezaron a brotarme de los ojos. De todas maneras, seguí tocando y la señorita Stratton me acompañó; la música parecía llorar y no solo por lo que habíamos perdido esa semana. Era por las familias, las infancias y los sueños que, incluso para algunos de nosotros tan jóvenes, habían desaparecido. Pero mientras tocaba, fui a ese lugar donde solo la música podía llevarme, y si bien Cora Frost estaba muerta y a punto de ser enterrada junto a mi esperanza pasajera de una mejor vida, la imaginé escuchándome desde algún lugar, con su marido a su lado, ambos sonriéndonos a mí, a Emmy, a Albert, a Moses, a todos aquellos cuyas vidas, al menos por un tiempo, habían sido mejores gracias a ellos. Al final, de ahí era de donde venían mis lágrimas.

Cuando terminé, todos estaban llorando, incluso el señor Brickman, que al parecer tenía corazón, aunque fuera pequeño. No era el caso de la Bruja Negra, que no derramó ni una sola lágrima. Estaba mirándonos a la señorita Stratton y a mí con rechazo. Intenté regresar a mi lugar en las gradas, pero la señorita Stratton me cogió de la mano y me mantuvo donde estaba.

El señor Brickman terminó con un rezo y todos los niños empezaron a salir. La señora Brickman se acercó a Emmy y le dijo algo, luego se puso de pie y se acercó al órgano.

—Una melodía encantadora. —Esas fueron sus palabras, aunque su voz transmitía algo completamente diferente—. Y bastante inesperada.

La señorita Stratton parecía creer que la Bruja Negra estaba a punto de devorarla por completo.

—Fue idea mía, señora. Sabía que era la canción favorita de la señora Frost. La señorita Stratton solo me estaba ayudando, eso es todo.

—Bien. Claro. Pero, Lavinia, la próxima vez que decida hacer algo agradable, me gustaría saberlo con anticipación. Y tengo que decirle que me parece extraño que haya cedido con tanta facilidad a los caprichos de uno de nuestros estudiantes.

—No volverá a ocurrir, Thelma.

La señora Brickman fijó la mirada en mí.

—Has tocado bien, Odie.

—Gracias, señora.

—Disfruta de tu armónica mientras puedas.

Se acercó a Emmy, a quien tomó del brazo y sacó del lugar. Emmy me miró una vez más. Conocía muy bien esa mirada perdida y me rompió el corazón verla en su rostro.

La señorita Stratton se quedó mirando hacia donde se habían marchado y entonces agregó en voz baja:

—Ese tornado se llevó a la mujer incorrecta.

***

El tiempo de ocio en la Escuela Lincoln era raro y ese día no fue la excepción. Todos teníamos nuestras tareas asignadas. Las cosechas habían terminado en los campos de Bledsoe, pero de igual manera había recibido una tarea desagradable: mantenimiento del terreno bajo la mirada fulminante de DiMarco. No tenía intención de trabajar para DiMarco esa tarde, así que, cuando los demás siguieron a Volz y al señor Greene hacia el comedor, me escapé.

Estaba a casi cinco kilómetros de la granja de los Frost. Cuando llegué allí, encontré que todo seguía prácticamente igual que la horrible tarde del tornado, escombros intactos. Las hojas de los árboles destrozados ya se estaban secando, volviéndose marrones y quebradizas. La camioneta seguía volcada y aún me recordaba a una tortuga muerta. Vi un conejo mordisqueando algunos brotes del enorme jardín de la señora Frost. Me miró y no hizo ningún movimiento para escapar. La destrucción de la granja era total, pero a casi cien metros, los árboles junto al río estaban intactos.

Caminé hacia el soporte donde el señor Frost siempre había guardado su canoa. La pequeña embarcación robusta aún estaba guardada en su lugar con los remos por debajo. Me senté a la ribera del río y recordé la última vez que había estado allí, el último día bueno. Había llorado un poco cuando toqué *Shenandoah*, pero ahora esas lágrimas se convirtieron en un río. Odiaba a Albert por tener tanta razón. No debería haberme acercado tanto a la señora Frost y Emmy. Una estaba muerta y la otra, me parecía a mí, prácticamente también. Me sentía fatal por el destino de la pequeña, pero ¿qué podía hacer? Era lo mismo que con Billy Red Sleeve. Nunca sería el buen pastor que quería ser.

Me levanté, me sequé los ojos y regresé a la casa destruida para empezar a revisar los escombros e intentar encontrar lo que había ido a buscar. Sabía por dónde buscar, así que me pasé gran parte de la tarde levantando restos, empujándolos, arrastrándome, inspeccionando el lugar. Cuando me escapé de la Escuela Lincoln, sabía que mis posibilidades de tener éxito en esta pequeña misión eran escasas, pero cuanto más hurgaba entre los escombros, más desalentado me sentía.

Entonces, vi una lata cubierta de polvo que me resultó familiar; era donde la señora Frost guardaba sus galletas de jengibre. La rescaté del desastre y la abrí. Todavía quedaba media docena de galletas en su interior, libres de polvo por la tapa ajustada. Las cogí todas y me las repartí entre los bolsillos, y continué cavando. Cinco minutos más tarde, encontré lo que había ido a buscar. La esquina de un marco plateado se asomaba por debajo de un trozo de viga. Para alcanzarlo, tuve que deslizarme por debajo y empujar los escombros desde abajo. Con cuidado, deslicé el marco. El vidrio estaba roto, pero la fotografía en su interior seguía intacta. Saqué la fotografía, la guardé en mi camisa, salí de los escombros y me marché. Cuando llegué al dormitorio, era casi la hora de la cena y los otros niños se estaban aseando. Volz me vio y se acercó a toda velocidad.

—Te has metido en un buen lío, Odie —dijo—. DiMarco está furioso. Te va a despellejar vivo. ¿A dónde has ido?

—Tenía que hacer algo —contesté.

Albert y Moses salieron de los baños y ambos me miraron como si la señora Frost no fuera la única que estaba muerta y que enterrarían ese día.

—DiMarco estaba buscando una razón para crearte problemas, Odie —dijo Albert—. Y, mierda, se la acabas de dar servida en bandeja. ¿Dónde demonios estabas?

—Ese vocabulario —le advirtió Volz a mi hermano.

Moses parecía asustado y dijo por señas: "Te despellejará la piel de la espalda, Odie".

—No me importa —repliqué—. Necesitaba hacerlo.

Albert me sujetó por los hombros y enterró sus dedos con la misma fuerza que DiMarco hacía unos pocos días.

—¿Dónde estabas? ¿Qué era tan importante?

Antes de que pudiera responder, oí a DiMarco gritar detrás de mí.

—¡O'Banion!

Saqué la fotografía que había recuperado de los escombros y rápidamente se la entregué a Albert.

—No dejes que la vea. —Luego me volví para enfrentarme a DiMarco.

Se acercó como un toro y puedo jurar que las tablas del suelo temblaron. En su mano derecha tenía el cinturón de cuero que ya todos conocíamos bien.

—Vincent —empezó a decir Volz.

—¿*Fincent*? —dijo DiMarco, burlándose de su acento. Levantó la mano en señal de advertencia—. Ni una palabra, Herman. Esta vez lo tengo. —Me sujetó del cuello de la camisa y empezó a arrastrarme—. Vamos, señor.

—Yo también iré —dijo Volz enseguida.

DiMarco se detuvo y lo pensó por un momento. Yo, por mi parte, estaba más agradecido que mil demonios, porque sabía que, si iba solo, DiMarco probablemente me hubiera hecho otras cosas además de los latigazos en la espalda.

—Está bien, lo haremos aquí. Quiero que todos estos niños vean lo que ocurre cuando uno de ellos desobedece las reglas. Quítate la camisa, O'Banion, y date la vuelta.

Me desabotoné lentamente la camisa, me volví y le entregué la camisa a Moses, que me miró como si fuera él quien fuera a recibir los latigazos. Sacudí la cabeza y le dije por señas: "Está bien".

—Albert, Moses, sujetadlo —dijo DiMarco.

—Por favor, no —empezó a decir Albert.

—Sujétalo o el siguiente eres tú. Y quizás también algunos otros niños. ¿Quieres cargar con eso? Esto es exactamente lo que todos sabíais que pasaría.

Lo cual era verdad, y la razón por la que Volz se quedó quieto, desamparado, y por la que Albert me cogió de un brazo y Moses del otro, y me preparé.

Había estado en este extremo del cinturón en varias ocasiones, pero DiMarco nunca antes había puesto tanto empeño a la paliza como ese día. Juré que no le daría el placer de que me escuchara quejarme, pero al décimo azote, finalmente grité y estallé en lágrimas. DiMarco me azotó dos veces más con brutalidad y entonces Volz dio un grito de alto.

—¡Suficiente!

Me sentí aliviado al ver que el viejo alemán acompañó

a DiMarco cuando me llevó al cuarto de confinamiento. Temía que DiMarco tuviera algún otro castigo en mente.

—Descansa, O'Banion —dijo DiMarco—. Tengo una tarea especial para ti mañana. Si crees que duele ahora, solo espera. —Se volvió hacia Volz—. No intente interferir en esto, Herman. Clyde Brickman me dijo que hiciera lo que fuera necesario para mantener a este vándalo bajo control. Ahora es mío.

—Si sigue lastimando a este niño, Vincent, no me importará que me despidan, te moleré a golpes.

—Ya veremos quién queda en pie al final de todo esto, Herman. O'Banion, dame esa maldita armónica.

Ya me habían quitado suficiente, mi dignidad, mi determinación firme de no romperme cuando el cuero azotara mi espalda una y otra vez, pero la armónica fue lo más difícil de todo.

—Podemos arreglar eso —dijo Volz.

—Es Brickman quien quiere la armónica, Herman. Dice que está a punto de perder la paciencia con O'Banion. Y escuche, maldito Kraut, si tiene pensado venir aquí en medio de la noche a darle comida o atender a este niño, piénselo dos veces. Porque si lo hace, me aseguraré de que los Brickman sepan el gran secreto que esconde en la cantera. Perderá su alcohol, su trabajo y cualquier cosa buena que crea que está haciendo por todas estas plagas miserables.

DiMarco se llevó mi armónica, se la puso en los labios y sopló una nota estridente. Enseguida cerró la puerta con llave.

CAPÍTULO 9

EN EL ARTÍCULO DE LA *ENCICLOPEDIA BRITÁNICA* QUE HA-
bía leído hacía varios años, aprendí que las ratas tienen una
esperanza de vida de tres años, como mucho. Yo conocía a
Faria desde hacía cuatro. En la protección del antiguo calabozo, había llegado a esa edad. La velocidad y la agilidad
que habían marcado sus primeros años ya habían desaparecido. Cuando se asomó por la amplia grieta, no se lanzó a
toda velocidad a lo largo de la pared. Habría sido una cena
fácil para cualquier gato de granero. Pero para mí, era una
vieja amiga y esperaba que las migajas que podía ofrecerle
fueran suficientes para compensarla por todo el tiempo que
me había hecho compañía durante aquellas noches vacías
en el cuarto de confinamiento.

Esa noche salió antes de su escondite. Cuando vi su
pequeña nariz con bigotes asomarse por la grieta en la pared, me sorprendió. Nunca la había visto sin el manto de
la oscuridad. Se asomó un poco más y me miró. Siempre
que había visto sus ojos a la luz de la luna, eran cositas di-
minutas y resplandecientes, pero ahora parecían no tener
lustre. Busqué en mi bolsillo las galletas de jengibre que
había recuperado de los restos de la casa destruida de los
Frost. Estaban rotas, pero arrojé algunas migajas hacia el
rincón más alejado para persuadirla de que saliera más. No

se movió y eso me pareció extraño. Yo me habría comido un caballo entonces. Había guardado esas galletas especialmente para Faria y me preocupaba que no se mostrara interesada. Le arrojé más, esta vez más cerca de ella, pero, aun así, no respondió. Finalmente, las arrojé a la grieta misma, donde quedaron dispersas frente a ella.

Olfateó mi ofrenda, pero no mordisqueó nada, tan solo se quedó ahí, mirándome.

Nosotros nos comunicamos de una infinidad de maneras, con nuestras voces, nuestras manos, nuestros textos, incluso con nuestros cuerpos. Pero ¿cómo hablas con una rata? Quería preguntarle: "¿Qué ocurre, Faria? ¿No te sientes bien, vieja amiga?". Quería, quizás, poder contarle una historia para apartar su mente de la pequeña miseria que la estuviera atormentando. O para empatizar porque yo me sentía bastante desgraciado después de la paliza de DiMarco. Hablé, bajo y suave, sin parar, y Faria tan solo se quedó ahí, inmóvil. Luego supe la verdad. La pequeña criatura estaba muerta. Justo ahí, frente a mí, a poco más de tres metros, había pasado a una mejor vida.

Soy consciente de que debe de ser un poco ridículo que haya llorado por una rata del mismo modo que lo había hecho por Cora Frost. El amor tiene muchas formas y el dolor no es ajeno a esta regla. El dolor de los golpes en mi espalda no era nada comparado con lo que sentí cuando entendí que Faria había muerto.

"Uno por uno", había dicho Albert. Quería gritarles a él y a Dios. Apoyé el cuerpo de la pequeña criatura sobre un montículo de heno y le prometí que la enterraría por la mañana. Cuando llegó la noche, me acosté, deseando tener mi armónica, porque solo la música, creía yo, podía ofrecerme consuelo. Pero DiMarco había obedecido las órdenes de Brickman y me había quitado el único consuelo que podía tener esa noche horrible.

***

Me desperté en la oscuridad con el sonido de una llave que raspaba la cerradura de la puerta de hierro. Me senté, agradecido de que Volz hubiera ignorado las amenazas de DiMarco. Aunque había perdido tantas cosas, aún tenía amigos y eso valía mucho. La puerta se abrió, pero esta vez Volz no traía ningún farol y la única luz que entró en la habitación provenía de la luna, que estaba casi llena. Una silueta oscura se paró a contraluz del cielo iluminado por la luna.

—¿Señor Volz?

—Ese Kraut no viene esta noche, O'Banion.

DiMarco. Ah, por Dios. Me deslicé sobre el suelo y me acurruqué contra la pared más alejada.

—El señor Brickman quiere verte —dijo.

—¿Ahora? ¿Para qué?

—La hija de Cora Frost. Se ha escapado. Cree que tú sabes dónde está.

No lo sabía, pero, aunque lo supiera, jamás se lo habría dicho. Aun así, esto era mejor que la otra razón por la que DiMarco podría haber venido, así que lo acompañé afuera. Empezó a caminar, pero no hacia la casa de los Brickman.

—¿A dónde vamos? —pregunté.

—Brickman quiere inspeccionar la cantera, cree que fue allí. Nos está esperando.

Me preguntaba si DiMarco le había contado algo sobre el alambique que Volz escondía en el cobertizo. Una vez que supe que DiMarco conocía el secreto de Volz, supuse que solo era cuestión de tiempo hasta que delatara al viejo alemán, quien estaría obligado a abandonar la escuela. Me parecía lógico que ocurriera ahora, cuando ya habíamos perdido tanto.

Cruzamos a trompicones el terreno vacío que separaba la escuela de la cantera, iluminados solo por la luna, yo al

94

frente y DiMarco inmediatamente por detrás. Cuando llegamos al cobertizo al borde de la cantera, un farol descansaba sobre la roca donde hacía solo unos días Albert había apoyado la sartén donde nos cocinó a Moses y a mí la cena clandestina. No vi al señor Brickman ni a nadie. Pero lo que vi me paralizó del miedo. Sobre la roca junto al farol estaba el cinturón de cuero que DiMarco había usado conmigo ese día, y a su lado estaba la pequeña muñeca de hojas de maíz que creía que Billy Red Sleeve se había llevado cuando escapó.

—Red Sleeve lloró como un bebé —dijo DiMarco.

No quería saberlo, de verdad, pero pregunté de todos modos.

—¿Dónde está?

—Donde nadie puede encontrarlo. En el mismo lugar que te espera a ti cuando acabe contigo.

Tomó el cinturón y lo dejó colgando de su mano. Se interpuso entre la escuela y yo, bloqueándome toda ruta de escape en esa dirección. A mis espaldas, el gran pozo de la cantera. Esbozó una sonrisa a la luz del farol y arremetió hacia mí, pero yo no era como Billy Red Sleeve, apagado y frágil. Esquivé su ataque y eché a correr. El borde de la cantera estaba repleto de trozos inmensos de rocas rotas, sobre las que salté y me escabullí. Podía escuchar a DiMarco maldiciendo a mis espaldas y sabía lo que ocurriría si tropezaba. Corrí entre dos enormes trozos de roca el doble de altas que yo y me lancé hacia la sombra de una de ellas. Me pegué a su superficie, intentando hacerme lo más pequeño posible. DiMarco pasó a toda velocidad, pero se detuvo casi de inmediato y se dio la vuelta.

—Te tengo, pequeño bastardo —dijo.

Empecé a tocar desesperadamente el suelo en busca de algo, lo que fuera, que pudiera usar para atacarle. Todo el borde de la cantera estaba repleto de rocas, pero mis manos no podían encontrar ninguna útil para arrojarle, y ahora no tenía ningún lugar adonde escapar.

A la luz brillante de la luna, podía ver que los labios de DiMarco estaban curvados en una mueca hambrienta. Pensé en el Wendigo. Esa criatura podía haber sido una ficción, un espíritu de mi imaginación. Pero la cosa que me miraba desde el borde de la cantera era real y el horror de su corazón era peor que cualquier cosa que jamás hubiera imaginado.

Por impulso, corrí directo hacia él, acortando la distancia que nos separaba con tres largos pasos, y bajé mi hombro para poner todo el peso de mi cuerpo en mi ataque. Pero DiMarco simplemente se apartó y, antes de que pudiera entenderlo, terminé al borde del precipicio, sacudiendo los brazos para evitar caer al abismo. Fue inútil.

Todavía tengo pesadillas con esa caída, con el pozo negro abierto debajo de mí, listo para triturar mis huesos con sus dientes afilados y desiguales en esos sueños horribles. Caí solo unos pocos metros. Terminé tendido sobre un pequeño saliente, una especie de lengua rocosa que sobresalía casi invisible a la sombra del acantilado.

Me puse de pie, mi cabeza no llegaba al borde de la cantera, y me apreté contra la pared en la oscuridad de las sombras. DiMarco se asomó desde arriba, por el borde de la cantera. El largo cinturón de cuero, instrumento de tanto dolor, colgaba a su lado. Sin pensarlo dos veces, agarré la correa con ambas manos y tiré de ella con todas mis fuerzas. Debí de haberlo pillado desprevenido, porque DiMarco cayó sin emitir sonido alguno, su cuerpo se desplomó delante de mí hacia las profundidades.

Ninguna muerte es insignificante y ahora creo que ninguna muerte debería ser celebrada. Pero, por un momento, solo un momento después de matar a Vincent DiMarco, el hombre que solo había traído desgracias a mi vida y a la vida de tantos otros niños, sentí una especie de alegría.

Y entonces, la comprensión completa del crimen que había cometido llegó a mí y mis piernas cedieron. Me recliné sobre la pared de la cantera para mantener el equilibrio. Había querido que DiMarco muriera, había fantaseado con matarlo decenas de veces. Pero eso había sido solo en mi imaginación. Esto era real. Esto era un asesinato a sangre fría.

Una mano me tocó el hombro y me sobresalté como si me hubieran dado una descarga eléctrica. Pero solo era Moses, de pie al borde de la cantera.

Me dijo por señas: "¿Estás bien?".

—¿De dónde has salido?

"No estabas en el cuarto de confinamiento", dijo por señas. "Salimos a buscarte".

—¿Tú y Albert?

"Y Volz. Nos separamos". Se arrodilló al borde de la cantera y miró hacia abajo. "Lo he visto caer, pero ahora ya no lo veo".

—Quizás no está muerto.

"Sesenta metros por encima de las rocas. Está muerto", dijo Moses.

El peso entero de mi crimen se asentó sobre mis hombros. Había matado a un hombre. No importaba en qué circunstancias. Podía contar exactamente lo que había ocurrido, pero no dejaba de ser la palabra de un conocido alborotador, un conocido mentiroso. No tenía idea si en Minnesota había pena de muerte, pero si ese era el caso, seguro que me enviarían a la silla eléctrica.

Moses dijo por señas: "Vamos".

Me ayudó a subir del pequeño saliente de roca que me había salvado la vida y me fui. Pero no del todo.

CAPÍTULO 10

—¿Dónde estabas? —preguntó Albert.

—Faria está muerta —dije. Luego agregué—: DiMarco también.

Albert abrió mucho los ojos.

—¿Cómo?

—Simplemente murió.

—¿DiMarco simplemente murió?

—No, Faria. A DiMarco lo maté yo.

Encontramos a Albert y Volz en el viejo patio de armas. Habían buscado por todas partes y estaban muy preocupados por mí.

Una vez más, toda la fuerza abandonó mis piernas y tuve que sentarme en la hierba. Moses les contó por señas lo que había ocurrido y Albert se lo tradujo a Volz.

Volz se arrodilló y me miró a los ojos.

—¿Vincent mató a Billy Red Sleeve?

Asentí, aún sintiéndome enfermo y vacío.

—Te hubiera hecho lo mismo a ti, Odie, si no lo hubieras matado.

Miré su expresión amable, sus ojos comprensivos.

—Quería que muriera. Me quedé de pie ahí, feliz de que estuviera muerto.

—No podemos quedarnos aquí —dijo Albert.

—Tenemos que contarles la verdad —propuso Volz.

—¿Quién le creerá a un chico como Odie? —preguntó Albert, repitiendo exactamente lo que yo estaba pensando.

—Enseñémosles el cuerpo de Billy.

Moses me dijo por señas: "¿Sabes dónde está Billy?".

Negué con la cabeza y Albert se lo tradujo a Volz.

—No sabe qué hizo DiMarco con Billy.

El alemán se rascó la barbilla con sus cuatro dedos y medio y miró con los ojos entrecerrados a la luz de la luna.

—Quizás tengas razón. Pero no les va a parecer bien que simplemente desaparezcáis.

—No tenemos otra opción —dijo Albert.

Moses dijo por señas: "¿Escapar adónde?".

—Si vamos por los caminos, nos encontrarán de inmediato —dijo Albert.

—Quizás podrías subirte a un tren —sugirió Volz—. Viajar lejos.

—Darán la voz de alarma y todos los guardias del ferrocarril entre Sioux Falls y Saint Paul estarán buscándonos —dijo Albert.

Habíamos oído hablar de los guardias de los trenes. Un niño llamado Benji Iron Cloud había escapado hacía un año. Se había subido a un tren de carga y lo atrapó un guardia, un agente privado de los ferrocarriles, que lo golpeó hasta dejarlo al borde de la muerte antes de entregarlo a las autoridades.

—Yo puedo llevaros a algún sitio —sugirió Volz.

—No —sentenció Albert—. Es nuestro problema, no el suyo.

—Mi problema —dije.

Albert me miró.

—Nuestro problema. Somos una familia.

Moses asintió y dijo por señas: "Familia".

Aparté la vista hacia el campo que siempre cuidaban los

niños bajo la atenta mirada de DiMarco. La luna estaba sobre el comedor y un río de luz gélida se vertía sobre el viejo patio de armas.

—El Gilead —dije.

Albert me miró confundido.

—¿Qué?

—¿Recuerdas lo que dijo la señora Frost? El río Gilead se conecta con el río Minnesota y el Minnesota se conecta con el Mississippi. Podemos ir en la canoa del señor Frost hasta allí, tan lejos como queramos.

Moses dijo por señas: "El tornado la ha destrozado".

Negué con la cabeza.

—La vi cuando estuve allí el otro día. Sigue en su soporte. ¿Qué dices, Albert?

—No eres tan tonto como pareces. Puede ser nuestra mejor oportunidad.

—Yo os llevaré a casa de Cora —dijo Volz.

—No me voy sin mi armónica.

—Los Brickman tienen tu armónica, Odie —dijo Albert—. Tienes que dejarla.

—No iré a ningún lado sin mi armónica.

—No seas estúpido.

—Id vosotros —dije—. La recuperaré de algún modo y os veo allí.

Albert miró a Volz y Volz miró a Albert, y se comunicaron en silencio.

Albert dijo.

—Puede que exista una manera de recuperarla.

***

En aquellos días, la gente de Lincoln, Minnesota, no cerraba la puerta de su casa con llave. Suponía que era igual en la mayoría de los pueblos pequeños, donde todos se conocían. Pero la puerta de entrada de los Brickman estaba cerrada. Y la puerta trasera también.

—Ábrela a la antigua usanza, Odie —dijo Albert, y me dio la navaja oficial de los Boy Scouts, un regalo de cumpleaños del señor Seifert.

—¿La antigua usanza? —preguntó Volz.

—No pregunte —dijo Albert.

Cogí la navaja y me acerqué a una de las ventanas del sótano. En los años que habíamos viajado con mi padre cuando era contrabandista, Albert y yo habíamos aprendido a forzar cerraduras. La de la ventana del sótano no me dio ningún problema, así que rápidamente estaba dentro. Si bien el sótano estaba muy oscuro, la luz de la luna se filtraba por la ventana angosta a mis espaldas y, al cabo de un minuto, mis ojos se acostumbraron a la oscuridad. Me abrí paso hacia la escalera y subí a la planta baja, donde sentí el aroma a pollo frito. Perderme la cena había sido una parte del castigo oficial de DiMarco, así que estaba muerto de hambre. Aunque estuve tentado de desviarme hacia a la cocina, avancé directo hacia la puerta del frente y la abrí para los demás. Albert y Moses entraron, pero cuando Volz intentó seguirlos, Albert le bloqueó el camino.

—No puede ser parte de esto —le susurró.

—Ya soy parte —respondió Volz en voz baja.

—No oficialmente. Escuche, Herman. Si le culpan por cualquiera de estas cosas, los Brickman pedirán su cabeza. Piense en todos los niños de la escuela que dependen de usted para no sufrir lo peor. Debe mantenerse limpio por ellos.

Me sorprendió escuchar a Albert llamar a Volz por su nombre. Entendí que su confianza era más profunda que lo que había imaginado y me dolía de cierto modo. Me sentía fuera de una parte de su vida.

Pude ver lo mucho que le dolió a Volz ceder, pero asintió y se quedó fuera.

—Os esperaré. Si algo llega a salir mal, estaré aquí —nos prometió.

Albert cerró la puerta lentamente y nos guio. Nunca antes había estado dentro de la casa de los Brickman, pero enseguida me quedó claro que Albert conocía la disposición de las habitaciones. Cruzamos la sala de estar, que estaba iluminada por la luz de la luna que entraba por las ventanas, y sentí el aroma de los muebles de cuero. Las lámparas parecían ornamentadas y costosas, y las alfombras que cruzamos se notaban suaves bajo mis pies. Albert nos llevó a la cocina, donde el aroma a pollo se volvió más intenso y mi estómago rugió.

—Silencio —susurró Albert.

—No he cenado —dije—. Muero de hambre.

Albert abrió el frigorífico y una luz se encendió en su interior. Los Brickman comían como la realeza, por lo visto, y me hizo preguntarme cómo era que la Bruja Negra lograba mantenerse tan escuálida. De un plato de pollo frito frío, Albert tomó una pata y me la alcanzó. Hundí los dientes en ella de inmediato. Aunque odiaba todo lo que tuviera que ver con los Brickman, por Dios que adoraba su pollo frito.

Albert abrió un cajón de la cocina y hurgó en su interior. Un momento más tarde, un rayo de luz rompió la oscuridad. La apagó de inmediato y nos hizo una seña a Moses y a mí para que lo siguiéramos. Subimos la escalera hacia el primer piso, avanzamos por el corredor, nos detuvimos frente a una puerta cerrada y nos dijo por señas: "Yo hablo". Bajó el picaporte y abrió la puerta. En el mismo instante, encendió la linterna.

El rayo de luz iluminó la cama con dosel, la cama más grande que jamás había visto. Brickman se sentó de golpe. Las sábanas que lo tapaban quedaron a la altura de su cintura. Sobre esta, su torso desnudo. No estaba solo, lo cual me resultó extraño porque la señora Brickman se había llevado su Franklin plateado a Saint Paul esa tarde y no regresaría hasta dentro de algunos días. Luego vi que su compañera de cama era rubia. Se sentó lentamente, cubriendo su pecho con las sábanas. La señorita Stratton miró a la luz con ojos enormes e inocentes.

—¿Qué demonios está pasando? —vociferó Brickman.

—Necesitamos su ayuda, Clyde —dijo Albert.

Brickman debió de haber reconocido la voz de Albert.

—O'Banion… —empezó a decir.

—Solo queremos la armónica de Odie, eso es todo.

—¿Armónica? ¿Qué rayos estás pensando?

—Si no nos da la armónica, la señora Brickman se enterará de lo que tiene con la señorita Stratton.

Aunque ya era demasiado tarde, la maestra de música levantó las sábanas más arriba para cubrir la parte inferior de su cara.

—No puedes amenazarme.

—Acabo de hacerlo.

—¿Quiénes están contigo?

—Mi hermano. Y Moses Washington. Y la rectitud moral.

Lo que rayos fuera eso. No tenía idea. Pero estaba impresionado por Albert. Mi hermano se paró ahí, solo un niño, y se enfrentó a Clyde Brickman, que emanaba tanta autoridad en la Escuela Lincoln como un rey en un castillo, y vaya si Albert tenía el control.

—¿La armónica? —preguntó Brickman—. ¿Lo único que quieres es la armónica?

—Y despedirnos de Emmy —intervine.

Eso claramente desconcertó a Brickman.

—¿Despediros?

—Nos vamos de la Escuela Lincoln —agregó Albert.

—Sí, claro —dijo Brickman.

—Supuse que se alegraría. ¿Y bien? ¿La armónica?

Moses dijo por señas: "Y Emmy".

—Y Emmy —dijo Albert.

—Tengo que vestirme. Esperad fuera.

—Esperaremos aquí.

Brickman arrojó las sábanas hacia un lado y se levantó, completamente desnudo. Se puso los pantalones, que se encontraban sobre una silla junto a la cama, y se pasó los tirantes sobre los hombros. Se volvió hacia la mujer que estaba en la cama y dijo:

—Tú quédate ahí. Yo me encargo de esto.

Brickman nos llevó hacia el corredor y a través de otra puerta. Buscó en su bolsillo y sacó una llave.

—¿La ha encerrado? —pregunté.

—Solo por esta noche. —Miró nuevamente hacia su propia habitación y lo entendí. De todos modos, odiaba la idea de que Emmy estuviera encerrada en cualquier lugar.

Cuando abrió la puerta, gritó.

—Emmy, alguien quiere verte.

Tanteó algo en la pared y encendió la luz. Emmy estaba sentada en una silla en el rincón, vestida con un peto y una camisa y zapatos nuevos, como si nos hubiera estado esperando. Cuando nos vio, soltó un pequeño grito, se puso de pie de un salto, cruzó la habitación corriendo y golpeó a Moses en el trayecto, luego me abrazó a mí y por último a Albert.

—Sabía que vendríais —dijo.

—Solo hemos venido a despedirnos, Emmy. —Albert se volvió hacia Brickman—. Déjenos un momento a solas con ella.

Brickman salió al pasillo para darnos privacidad.

—Si intenta algo, Clyde, me aseguraré de que la Bruja Negra se entere de todo.

Brickman ni siquiera se inmutó al oír el apodo peyorativo, pero asintió a mi hermano de un modo taciturno.

Cuando estábamos a solas con ella, Emmy levantó la

vista, con una mueca de horror en su pequeño rostro, mientras algunas lágrimas brillaban sobre sus ojos.

—¿Despediros?

Moses dijo por señas: "Tenemos que irnos".

—Ya lo sé —dijo Emmy—. Y quiero ir con vosotros.

—¿Lo sabías? —preguntó Albert—. ¿Cómo?

—Solo lo sabía. Iré con vosotros —exigió entre lágrimas.

—No puedes venir. —Le acaricié su cabello corto—. Pero tengo algo para ti. La fotografía, Albert.

Cuando estábamos yendo a la casa de los Brickman, Albert se había escabullido al dormitorio y cogió la fotografía que le había dado antes. Era la que solía estar sobre la repisa de la chimenea en la sala de los Frost, una imagen de ellos juntos, el señor y la señora Frost con Emmy, todos felices. Albert me la entregó y se la di a Emmy.

—Perdí a mi madre cuando era un niño como tú, Emmy. Ni siquiera puedo recordar cómo era. Y no quiero que tú olvides a tu madre y a tu padre. Así que te he traído eso. Guárdala en algún lugar seguro, algún lugar donde los Brickman nunca la encuentren. Eran buena gente. Merecen ser recordados.

Emmy se llevó la fotografía al corazón. Luego nos suplicó:

—No me podéis dejar con ellos. Son malos. Por favor, llevadme.

—No podemos, Emmy —dije.

Fue Moses quien intervino. Me tocó el hombro y me dijo por señas: "¿Por qué no?".

—Tiene seis años —respondió Albert—. ¿Cómo cuidaremos de ella?

Moses hizo otra seña: "¿Mejor que aquí?".

En ningún momento había considerado que Emmy nos acompañara, pero ahora pensaba ¿por qué no? Tenía todo el sentido del mundo. Dejar a Emmy con la Bruja Negra y su marido me produciría pesadillas. ¿Podría ser peor preocuparme por cómo hacernos cargo de ella si nos acompañaba?

—Moses tiene razón —dije—. Nos llevamos a Emmy.

—Es una locura —dijo Albert.

—Todo es una locura —respondí con firmeza.

—Por favor, por favor —suplicó Emmy rodeando la cintura de Albert con los brazos.

Se mantuvo rígido por un momento, luego vi que se relajó.

—Está bien —admitió, y se alejó para mirar sus pantalones y camisa—. Parece que ya estás vestida.

—¿Por qué estáis tardando tanto? —gritó Brickman desde el corredor.

Salimos con Emmy y a Brickman parecía como si estuviera a punto de darle un paro cardíaco.

—No os la llevaréis —dijo.

—Sí, Clyde.

—Eso es un secuestro.

—No si ella quiere venir.

—No puedo dejar que os la llevéis. Thelma me matará, y a vosotros también.

—Tendrá que lograr atraparnos primero. ¿Dónde está la armónica?

—No. —Brickman se cruzó de brazos y nos bloqueó el camino.

—¿Qué cree que enfadará más a la Bruja Negra? —preguntó Albert—. ¿Que nos llevemos a una niña que de todos modos odia? ¿O enterarse de que usted y la señorita Stratton comparten la cama cuando ella no está?

A Brickman no le importaba Emmy en lo más mínimo, todos lo sabíamos. ¿Pero su cómoda vida con la señora Brickman? Eso era otra cosa. Aun así, dudó.

—Y tampoco se olvide del aguardiente casero, Clyde —dijo Volz.

Eso era algo de lo que yo no sabía nada, pero aparentemente fue la gota que colmó el vaso para Brickman. Giró sobre sus talones y dijo:

—Por aquí.

Lo seguimos hacia abajo y entramos a otra habitación. Encendió una lámpara de escritorio y vimos que estábamos en un estudio o biblioteca. Varios estantes de libros cubrían las paredes. Los libros de la biblioteca de la escuela eran todos donados, bastante usados, con los lomos rotos y páginas que faltaban. Estos parecían que ni los hubieran abierto. Brickman se acercó a un rincón donde había una caja fuerte inmensa. Se arrodilló y giró la rueda en una dirección y luego en la otra, bajó la palanca y abrió la puerta. Su cuerpo no nos dejó ver lo que había en su interior. Estiró un brazo y se volvió con un arma.

Sabía que la Bruja Negra nos habría disparado sin dudarlo y luego otra vez más. Pero el señor Brickman no parecía tan seguro.

—Marchaos ahora y no le digáis nada de esto a nadie.

—¿O qué?

Me volví y ahí estaba Volz de pie en la puerta del estudio.

—¿De verdad les disparará, Clyde? Entonces tendrá que dispararme a mí también. A ellos podría explicarlo. Pero a mí no tanto.

Brickman parecía ser presa del pánico y yo sabía que eso no podía ser bueno. Incluso un ratón, aunque estuviera acorralado, pelearía. Esa arma que tenía en su mano lo hacía mucho más peligroso que un ratón.

Fue Moses quien se encargó de la situación. Sobre el escritorio descansaba una pila de documentos sostenidos por un pisapapeles redondo de gran tamaño hecho con una roca oscura y pulida. Moses lo cogió y lo lanzó a la perfección. El pisapapeles golpeó a Brickman en un lado de la cabeza y este se desplomó en el suelo. Albert saltó, cogió la pistola y apuntó con ella a Brickman, lo cual no era necesario, porque el hombre no se movió, ni siquiera parecía que respirase.

Muerto, pensé. Otro asesinato. Miré a Moses y pude ver la desolación en su rostro. Incluso aunque todos odiáramos a Brickman, la idea de matarlo era probablemente intolerable para el bondadoso corazón de Moses.

Mi hermano puso la mano sobre el cuello del hombre.

—Tiene pulso.

Vi a Moses suspirar aliviado.

Albert se arrodilló frente a la caja fuerte. Desde donde me encontraba, podía ver que estaba llena de papeles, cartas y ese tipo de cosas, atados con cordeles y cintas. También había dinero, dos fajos gruesos de billetes.

—Odie —dijo—. Trae la funda de la almohada de la cama de Emmy.

Subí corriendo y entré a su habitación corriendo. Le quité la funda a la almohada y retrocedí. Cuando pasé por la habitación de Brickman, la señorita Stratton me llamó.

—¿Odie?

Me asomé por la puerta. Sin la linterna, casi no podía ver nada.

Desde la cama, me preguntó:

—¿Me delatarás?

Si lo hacíamos, perdería su trabajo y su reputación, y no sabía si le quedaba algo más.

—No, señorita. Lo prometo.

—Gracias, Odie —entonces agregó—: Si pudiera, también me iría.

Y entonces comprendí que había prisioneros en la Escuela Lincoln que no eran niños.

—Buena suerte, señorita Stratton.

—Que Dios te acompañe, Odie.

Regresé al estudio, le entregué a Albert la funda y se

agachó frente a la caja fuerte. Lo primero que hizo fue devolverme mi armónica. Luego empezó a arrojar todo en el interior de la funda: el dinero, los papeles, un libro de cuero o algo así, y un puñado de cartas atadas con un cordel.

—¿Para qué necesitamos todo eso? —pregunté.

—Si los Brickman lo tienen aquí, debe de valer algo.

Cuando terminó de vaciar la caja fuerte, Albert consideró guardar el arma que le había quitado al señor Brickman.

—Déjala —dijo Volz—. Solo te traerá más problemas.

Pero Albert de todos modos la arrojó en el interior de la funda y se puso de pie.

—Hora de irnos —anunció.

CAPÍTULO 11

Nos reagrupamos en el viejo patio de armas bajo una luna blanca resplandeciente. Los edificios de la Escuela Lincoln se elevaban como oscuras siluetas cuadradas a nuestro alrededor, sumiéndonos en las sombras. Deberían habernos resultado familiares después de tantos años allí, pero esa noche todo era diferente, enorme e intimidante. El aire mismo parecía inquieto, impregnado de una amenaza brutal.

"Que Dios te acompañe". Eso fue lo último que me dijo la señorita Stratton. Pero el Dios que yo conocía no era un Dios que quisiese a mi lado. En mi experiencia, ese Dios no daba nada y solo quitaba, un Dios de caprichos impredecibles y horribles consecuencias. Mi enfado con él sobrepasaba incluso el odio que sentía por los Brickman, porque al menos ellos me trataban como era esperable que lo hicieran. ¿Pero Dios? Había mantenido la esperanza en algún otro momento, ahora ya no sabía qué esperar.

—Esperadme al otro lado del comedor —pidió Volz—. Iré a buscar mi coche y pasaré a buscaros.

—Tengo que hacer algo primero —dije.

—¿Y ahora qué? —preguntó Albert.

—¿Me puede dar la llave del taller de carpintería, señor Volz? —pregunté.

—¿Para qué, Odie?

—Por favor.

—Désela, Herman —dijo Albert—. Estamos perdiendo el tiempo.

Volz sacó un pequeño juego de llaves de su bolsillo, separó una de ellas y me la entregó.

—Detrás del comedor en quince minutos —dije.

El taller de carpintería, cuando abrí la puerta, era una confusión de aromas: barniz, serrín, aceites, aguarrás. Encendí la luz y me acerqué a un mueble de madera junto a una de las paredes. En su interior, había latas de pintura, colocadas y apiladas por color y uso. Cogí una lata de pintura negra y una de las brochas del estante superior. Apagué la luz, cerré con llave y salí a toda prisa.

El depósito de agua, cuyo trabajo de pintura había quedado interrumpido por un tornado, ahora estaba completamente pintado, las palabras de despedida de Samuel Kills Many completamente borradas. Me paré junto a una de sus largas patas, donde había una escalera fija, y levanté la vista hacia el tanque, limpio y blanco como la nieve a la luz de la luna. Era como el rostro de un niño inocente que miraba al cielo simplemente con pura esperanza. Me colgué la lata de pintura en un brazo, guardé la brocha en la cintura de mi pantalón y empecé a subir. La pasarela que rodeaba al tanque estaba a treinta metros del suelo. Cuando llegué a la cima, me detuve un momento y miré a la Escuela Lincoln por última vez. No sentí nada más que frialdad en mi corazón. Lo único que vi fueron las sombras oscuras de los edificios y cómo esas sombras parecían comerse la tierra sobre la que caían. También así lo había sentido yo. Cuatro años de mi vida consumidos por la oscuridad.

Cuando terminé lo que había ido a hacer, dejé la lata de pintura y la brocha y bajé. Los otros me estaban esperando detrás del comedor, Volz con el coche en marcha.

—¿Qué era tan importante? —preguntó Albert, claramente enfadado por el retraso.

—No importa —dije—. Ya lo he hecho. Andando.

Llegamos enseguida a la granja destruida de Andrew y Cora Frost. Volz aparcó cerca de los escombros de la casa y nos bajamos. Empezamos a caminar por la ribera hacia donde tenían guardada la canoa, pero Emmy se quedó atrás. Metió una diminuta mano en la pechera de peto y sacó la fotografía que yo había recuperado de los escombros. La miró y luego observó las maderas astilladas de la que solía ser su vida y que nunca volvería a serlo.

La abracé y le dije con la mayor suavidad posible:

—Nosotros somos tu familia ahora, Emmy. No te abandonaremos nunca.

Levantó la vista hacia mí y sus lágrimas brillaron como gotitas de plata sobre sus mejillas a la luz de la luna.

—¿Me lo prometes?

—Por mi vida —aseguré, y así lo sentía.

Debajo de los árboles en la ribera del río Gilead, Moses y Albert ya habían colocado la canoa sobre el agua. La mantuvieron firme mientras Emmy se sentaba en el centro. Antes de acompañarlos, le tendí una mano a Herman Volz y la sujetó con sutileza con sus cuatro dedos y medio.

—Gracias —dije—. Gracias por todo, señor Volz.

—Cuida a esta pequeña, Odie. Y cuídate tú.

—Lo haré.

Volz me entregó cuatro mantas dobladas que había traído de la Escuela Lincoln, igual de finas que las que teníamos en nuestra cama. Junto con ellas, me entregó una bolsa de lona llena de agua, similar a la que usábamos cuando trabajábamos en los campos de Bledsoe. Las palabras "Volz-Carpintería" estaban pintadas en blanco a un lado.

—Si nos atrapan con esto, sabrán que usted nos ayudó —dije.

—Si te atrapan, Odie, defenderé tu honor y el mío hasta la muerte.

Me subí a la canoa detrás de Emmy, le di dos mantas para que se sentara encima, y apoyé las otras dos debajo de mí. Albert arrojó la funda de la almohada con todas las cosas que había sacado de la caja fuerte de los Brickman.

—Le harán la vida imposible, Herman.

—No lo creo, Albert. Tú y yo tenemos una ventaja sobre Clyde Brickman. —Sonrió y tomó la mano de Albert entre las suyas—. Te echaré de menos. Os echaré de menos a todos.

Moses también estrechó la mano del viejo alemán, luego se subió con cuidado a la popa de la canoa, mientras Albert se situaba en la proa. Con los remos, nos empujaron hacia la corriente del Gilead y abandonamos a Volz, probablemente nuestro último amigo en el mundo, de pie bajo la sombra de una luna desigual sobre la ribera del río.

A medida que nos alejábamos, nos gritó unas últimas palabras de despedida.

—Que Dios os cuide.

Pero el Dios al que Volz se refería no era el Dios que yo conocía. Mientras comenzamos nuestro viaje hacia el mundo desconocido que nos esperaba por delante, pensé en mis propias palabras de despedida, las cuales había pintado con pintura negra sobre la torre de agua, palabras que estaba seguro de que los niños aún encerrados en Lincoln entenderían desde lo más profundo de sus corazones: "DIOS ES UN TORNADO".

Parte dos

JACK EL TUERTO

CAPÍTULO 12

Esa primera noche, remamos a la luz de la luna. Las tierras a nuestro alrededor no tenían ningún tipo de luz artificial, lo que me hacía sentir como si estuviéramos en nuestro propio mundo. Las ramas de los álamos se arqueaban sobre el río; mientras entrábamos y salíamos de las sombras sobre el agua, el único sonido ocasional era el crujir de las hojas en la brisa nocturna y el chapoteo de los dos remos. Las vías del ferrocarril iban paralelas al río, cruzándolo de vez en cuando sobre su curso retorcido. En la orilla, debajo de una de ellas, vimos el resplandor rojizo de unas brasas, y supuse que era de algún fuego de alguien que, al igual que nosotros, estaba de paso —en aquellos días, éramos muchos—; Moses y Albert levantaron los remos y permanecimos en silencio mientras pasábamos flotando.

La pequeña Emmy finalmente se había acostado sobre las mantas que Volz nos había dado y ya estaba dormida. Yo, en cambio, no podría haber cerrado los ojos ni aunque lo intentara. Aunque matar a DiMarco me había quitado algo, quizás el último aliento de mi infancia, mientras el río, Albert y Moses nos llevaban a través de la oscuridad, lo único en lo que podía pensar era en lo que había ganado, lo que creía que era libertad, y no quería perderme ni un solo instante. El aire que respiraba me parecía más limpio que cualquier aire que hubiera respirado antes. La cinta de satén blanca que era el río iluminado por la luna y los álamos plateados bajo el cielo de terciopelo negro con sus millones de diamantes me parecían la cosa más hermosa que jamás hubiera visto. Finalmente, decidí que lo que había perdido cuando maté a DiMarco era mi viejo yo y lo que sentía ahora era mi nueva persona. El Odie O'Banion renacido, cuya vida real esperaba por delante.

Al cabo de varias horas, Albert dijo:

—Deberíamos descansar.

Nos acercamos a la orilla del río y despertamos a Emmy. Subimos a una colina para poder ver la extensión de las tierras. A poco más de un kilómetro al sur, algunas luces brillaban desde un mismo punto, un pequeño pueblo. Entre nosotros y ese pueblo no había más que campos abiertos. Arrojamos nuestras mantas sobre el suelo, una para cada uno, y nos acostamos.

—Está oscuro —dijo Emmy—. Tengo miedo.

—Ven. —Moví mi manta para que se solapara con la suya—. Cógeme de la mano.

Lo hizo con fuerza al principio, pero al cabo de unos minutos sentí cómo sus dedos se relajaban hasta que empezó a quedarse dormida. Oí la respiración profunda de Moses y supe que él también se había dormido. Sin embargo, aún podía escuchar a Albert despierto a mi lado.

—Somos libres —susurré—. Por fin, somos libres.

—¿Eso crees?

—¿Tú no?

—De ahora en adelante, debemos ser más cuidadosos que nunca. Nos estarán buscando por todas partes.

—El señor Brickman no. Tienes pruebas contra él.

—No es él quien me preocupa.

Sabía a quién se refería. Además de DiMarco, la Bruja Negra tenía el corazón más oscuro que cualquier otra persona que hubiera conocido. Le habíamos quitado a Emmy. Nos encontraría, aunque fuera lo último que hiciera. Y no seríamos solo Albert, Moses y yo quienes pagaríamos por eso. Si la Bruja Negra nos atrapaba, la vida de la pequeña Emmy sería peor que el infierno.

—Espero que la señorita Stratton esté bien —dije.

—Tienes que preocuparte por ti mismo.

—¿Cómo sabías lo de ella y el señor Brickman?

—No lo sabía.

—¿Entonces, por qué entramos a su cuarto?

—Tenía otra cosa.

Recuerdo lo que Volz había dicho en el estudio: "No te olvides del aguardiente casero, Clyde". Luego pensé en todas las veces que Albert y Volz habían desaparecido juntos y cómo parecía haberse formado una alianza profunda entre ellos en la que no me habían incluido.

—Estabas haciendo negocios con Brickman —dije—. ¿Contrabando?

—No sé por qué te sorprendes. Se trata de nuestro negocio familiar.

—¿Pero con el señor Brickman?

—Ese tipo no es más que un estafador, Odie. Creo que el contrabando de aguardiente es solo la punta del iceberg.

**

Por la mañana, Albert cogió un dólar del fajo de dinero que había robado de la caja fuerte de los Brickman y se dirigió al pequeño pueblo de las luces que habíamos visto la noche anterior. Mientras no estaba, abrí la funda de la almohada, saqué los dos fajos gruesos de billetes y conté el dinero.

Me senté y miré a Moses.

—Doscientos cuarenta y nueve dólares.

Moses dijo por señas: "Podríamos comprar un coche".

Emmy sugirió con astucia:

—¿Y si os comprarais un par de zapatos?

Emmy llevaba unos zapatos Oxford nuevos y robustos que los Brickman le habían comprado. Miré los zapatos viejos que tenía yo. En la Escuela Lincoln, nos daban un par de zapatos todos los años. Como eran baratos y los usábamos todo el tiempo, la suela se llenaba de agujeros mucho antes de que terminara el año. La mayoría le metíamos trozos de cartón para proteger nuestros pies tanto como fuera posible.

—Zapatos nuevos, ropa nueva, vida nueva —dije, sintiéndome más rico de lo que jamás hubiera imaginado.

Guardé el dinero en la funda y tomé uno de los fajos de cartas atadas con un cordel. Desaté el nudo y empecé a mirar los sobres. Todas estaban dirigidas a la directora de la Escuela de Formación de Indios de Lincoln. Los remitentes eran de todas partes de Minnesota y las Llanuras y más allá. Abrí una al azar y empecé a leer.

Querida directora:

Nuestro hijo Randolph Owl Flies es un estudiante de su escuela. Se nos hace muy difícil viajar para ver a Randolph. Nos gustaría que recibiera un regalo para Navidad. Por favor, use el dólar que le enviamos para comprarle algo especial. Dígale que intentaremos visitarlo cuando la nieve se haya derretido y podamos viajar por la carretera.

Saludos cordiales, Louis y Arthur Owl Flies.

Conocía a Randy Owl Flies y sabía que nunca había recibido nada para Navidad.

Abrí otra carta y la leí, esta vez de una familia de Eagle Butte, Dakota del Sur. Al igual que la anterior, estaba escrita con una mano cuidadosa y respetuosa, y le pedía a la directora permiso para que su hija Louise LeDuc pudiera salir de la Escuela Lincoln para asistir al funeral de su abuela. Habían incluido cinco dólares para el billete de autobús.

Recuerdo cuando murió la abuela de Louise. Lloró durante una semana entera. Pero nunca fue a su casa.

Carta tras carta, el contenido no variaba mucho: peticiones de distinto tipo, acompañadas por pequeñas cantidades de dinero. Miré la funda y me pregunté si cada dólar contenía un deseo que probablemente nunca se hubiera cumplido. Podía ver que todas las cartas eran de familias de niños que, al igual que Albert, Moses y yo, nunca regresaban a sus casas durante el verano y que nunca podrían reclamar el robo de ese dinero.

Luego encontré una carta de la familia Red Sleeve, enviada desde Chadron, Nebraska.

> Querida directora:
> Billy Red Sleeve es nuestro único hijo. Lo necesitamos en nuestra granja. Las cosas no van bien. Su madre lloró mucho cuando se lo llevaron. Todavía llora. No sabemos a quién pedirle esto, así que se lo pedimos a usted. Podemos enviar dinero para que coja un autobús de regreso a casa. Por favor, díganos qué hacer.
> Saludos, Alvin Red Sleeve.

Dejé la carta a un lado y sentí ese gran vacío en mi interior. Me preguntaba si alguien encontraría el cuerpo de Billy y les diría a sus padres lo que había sido de él. ¿O seguirían mirando hasta la eternidad el horizonte desnudo de las llanuras de Dakota del Sur, a la espera de que una pequeña figura se acercara caminando a su hogar? La funda estaba abierta y podía ver el arma con la que el señor Brickman nos había amenazado. Quería cogerla y matar una y otra vez a Vincent DiMarco.

Albert regresó con un saco de arpillera que contenía un trozo de pan, un frasco de mantequilla de cacahuete, otro de dulce de manzana y cuatro naranjas, una combinación bastante extraña. No comía naranjas desde que me llevaron a la Escuela Lincoln, pero las que Albert había traído estaban secas y no tenían mucho sabor. Había vuelto a meter todo en la funda y decidí guardarme para mí lo que había descubierto. Al menos lo de Billy y el origen del dólar que acabábamos de usar. Conocía a Albert y su código ético. Temía que, si se enteraba del origen del dinero, no volvería a tocarlo, ahora doblemente robado, ni nos dejaría usarlo a los demás.

—¿Has oído algo sobre nosotros? —pregunté.

—Nada —contestó Albert—. Pero no ha pasado mucho tiempo. Todavía no se habrá corrido la voz.

Comimos sobre las mantas. Moses le dijo por señas a Albert, "Montones de dinero en la bolsa".

—No durará mucho —afirmó.

Emmy agregó:

—Podemos comprar ropa.

Albert miró lo que llevábamos puesto, los uniformes de la Escuela Lincoln: camisas azul oscuro y pantalones del mismo color y nuestros zapatos gastados.

—No es una mala idea, Emmy —admitió.

Ahora mucho menos le contaría lo del dinero, al menos no hasta que tuviéramos ropa nueva.

Cuando terminamos de comer, Emmy dijo:

—Quiero lavarme los dientes.

—Nos encargaremos de eso más tarde —explicó Albert.

Moses le tocó el hombro a mi hermano y dijo por señas: "Granjero". Señaló con la cabeza al campo junto a los álamos donde habíamos pasado la noche. Un hombre estaba caminando entre los surcos de maíz recién plantado, inclinándose ocasionalmente para revisar la calidad de su cultivo. Un perro negro lo acompañaba a su lado. Estaban por la mitad del terreno, a varios cientos de metros, pero se acercaban en nuestra dirección.

—Recogedlo todo —ordenó Albert—. Nos vamos.

Juntamos la comida y la guardamos nuevamente en la bolsa de arpillera y doblamos las mantas, pero antes de que pudiéramos descender hacia el río, el perro negro nos vio, o quizás sintió nuestro olor, y empezó a ladrar estruendosamente.

—Agachaos —dijo Albert, y nos tumbamos en el suelo.

El granjero miró hacia el río y le dijo algo a su perro, que se acercaba saltando hacia nosotros, regresaba con su dueño y volvía en nuestra dirección.

—Vayamos a gatas —ordenó Albert.

Nos fuimos gateando hacia la orilla y, una vez que estábamos ocultos por la pendiente, arrojamos todo al interior de la canoa y partimos. Albert y Moses remaron como locos y yo estiré el cuello hacia los árboles que nos habían acogido la noche anterior, vigilando si aparecían el granjero y el perro.

—¿Creéis que nos ha visto? —pregunté.

—No lo sé —respondió Albert—. Pero no me quedaré a averiguarlo. Sigue remando, Moses.

Esa noche acampamos junto a los restos de un álamo caído que bloqueaba parcialmente el río. El agua fluía entre las ramas con un sonido que se asemejaba a una fuerte ventisca. Pronto divisamos otro pequeño pueblo, y antes de que oscureciera, Albert tomó otro dólar y fue a comprar algo para comer. Regresó con comida, la edición vespertina del *The Minneapolis Star* y una expresión afligida en su rostro.

—Ya lo sabe todo el mundo —anunció, y nos mostró el titular: "¡HORRENDO SECUESTRO!".

Debajo del título había una fotografía de Emmy y junto a ella otra foto de la torre de agua y la última inscripción que había pintado con letras negras. Luego Albert nos leyó el artículo.

La historia relataba que Martin Greene, el consejero de los niños de la Escuela de Formación de Indios de Lincoln, había encontrado a Clyde Brickman, el vicedirector de la institución, maniatado en su estudio. Brickman afirmaba que había sido atacado por tres asaltantes desconocidos que llevaban máscaras. Lo habían sorprendido en su cama y le exigieron que abriera la caja fuerte. Cuando se negó a hacerlo, lo golpearon. (Había una pequeña fotografía de Brickman con un magullón oscuro alrededor de su ojo derecho). Como siguió negándose, agarraron a Emmaline Frost y amenazaron con hacerle daño. Brickman finalmente abrió la caja fuerte. Los asaltantes se llevaron todo su contenido, maniataron a Brickman y se quedaron con la niña, asegurándole que, en palabras de Brickman: "Le harían algo terrible si alguien intentaba seguirlos".

El artículo citaba al sheriff del condado de Fremont, Bob Warford, un hombre robusto de rostro colorado que varias veces habíamos visto con los Brickman. Por lo general, era él quien se encargaba de buscar a los niños que escapaban y, a veces, se llevaba a las niñas mayores para interrogarlas. Cuando regresaban, estaba más que claro que habían recibido una paliza, o incluso algo peor. También era evidente que estaban muertas de miedo y nunca hablaban con nadie sobre lo que les había pasado mientras estaban con el sheriff.

"Atraparemos rápidamente a esos criminales", aseguró Warford a la prensa. "Esto no será como el caso Lindbergh".

En la Escuela Lincoln, no nos enterábamos mucho de las noticias del mundo exterior, pero todos sabíamos sobre el secuestro de Lindbergh y el rescate fallido. Al igual que todos en Estados Unidos, sufrimos cuando nos enteramos de que habían encontrado el cuerpo del pequeño con la cabeza destrozada. Y habíamos oído hablar sobre la inmensa cacería humana que lanzaron contra los secuestradores.

—¿Máscaras? —pregunté—. No usamos ninguna máscara. Brickman sabía exactamente quiénes éramos. ¿Por qué no lo dijo?

—No lo sé —respondió Albert—. No importa. Todo el condado estará plagado de policías.

—Pero no me secuestrasteis —intervino Emmy—. Yo quería ir con vosotros.

—No les importará.

—No quiero volver —protestó Emmy, y podía ver que estaba a punto de llorar.

Moses dijo por señas: "No dejaremos que te lleven. Lo prometo".

—¿Quién ató al señor Brickman? —pregunté.

—Tuvo que ser la señorita Stratton —respondió Albert.

—No mencionan nada sobre ella en el artículo. Ni sobre Volz —apunté, lo cual me hizo sentir mejor. Al menos, quizás estarían a salvo.

—Sí comentan que falta un miembro del personal de la escuela —dijo Albert, revisando más abajo en la página—. Vincent DiMarco. Las autoridades lo están buscando, aunque no sospechan que haya sido él quien llevó a cabo el secuestro.

El sol se había ocultado en el horizonte y la luz nos abandonó. El río era gris plateado, el color del acero. Los árboles que colgaban por encima de este eran siluetas negras sobre el cielo azul apagado. El aire estaba calmado, como una respiración contenida.

Albert tomó una rama y la tiró al río, donde quedó atrapada de inmediato por las ramas del álamo caído.

—No importa que no nos conozcan. La fotografía de Emmy aparecerá en cada primera plana en todos lados. En cuanto alguien la vea, estaremos muertos.

Emmy agregó:

—Lo siento. —Empezó a llorar. Moses le pasó un brazo por los hombros. Podía sentir una oscuridad que descendía sobre nosotros y no guardaba ninguna relación con la noche, mientras un gran fuego de resistencia ardía en mi interior.

—Escuchad —dije—. Esa imagen de Emmy en el periódico fue tomada antes del tornado. Tiene el cabello largo y rizado. Pero, así como lo tiene ahora, parece un niño. Así que podría usar ese peto y asegurarnos de que nadie la vea de cerca. Demonios, parece nuestro hermano menor o algo así.

Albert no contestó enseguida, y podía ver que Moses estaba dándole vueltas en la cabeza. Emmy, por el contrario, se entusiasmó de inmediato.

—No me molesta ser un niño —dijo—. Puedo hacer lo mismo que cualquier niño.

Moses se encogió de hombros y dijo: "¿Por qué no?".

Albert asintió lentamente.

—Podría funcionar, tal vez con una gorra con una visera grande que le tape la cara. —Me miró y esbozó una sonrisa reticente—. Podría funcionar.

Mi hermano había comprado queso y un trozo de salchicha de Bolonia. Los cortó con su navaja de Boy Scout y lo metimos entre el pan que nos había sobrado, y esa fue nuestra cena. Cuando terminamos de comer, extendimos las mantas sobre la hierba salvaje de la ribera y Emmy preguntó:

—¿Tocarás algo con tu armónica, Odie?

—Nada de música —dijo Albert con severidad. Cuando vio la decepción en el rostro de Emmy, suavizó sus modos y agregó—. Alguien podría escucharnos. No podemos arriesgarnos.

—¿Y qué tal una historia? —propuse.

—Sí, una historia —respondió Emmy, nuevamente feliz.

Moses hizo señas: "Sí, una buena, Odie".

A lo largo del día, mientras avanzábamos por el río Gilead, una historia había empezado a formarse en mi cabeza. No sabía de dónde había venido, pero dejar que todas las piezas encajaran en su lugar había sido de gran ayuda para pasar el tiempo, así que se la conté.

Había una vez una pequeña niña huérfana cuyo nombre era Emmy.

—Como yo —dijo Emmy.

—Como tú —afirmé.

Vivía con su tía y su tío, dos personas muy malvadas.

—¿El señor y la señora Brickman? —preguntó Emmy.

—Por pura casualidad, Emmy, esos eran exactamente sus nombres.

La pequeña se sentía horriblemente infeliz en la casa de los malvados Brickman —continué—. Un día, mientras exploraba la enorme casa oscura, encontró una puerta en una torre alta que siempre había estado cerrada, pero que ese día alguien se había dejado abierta. Al otro lado, Emmy encontró una pequeña habitación muy cómoda llena de libros y juguetes, y un suave sofá con un pequeño velador a su lado. En un rincón, había un alto espejo antiguo con un marco de madera tallado. Emmy decidió que era la habitación más bonita de toda la casa, lejos de los horribles Brickman. Cogió uno de los libros de la biblioteca, un libro llamado Rebeca de la granja Sunnybrook.

—Teníamos ese libro —dijo Emmy—. Mamá me lo leía.

—Qué coincidencia —le contesté, y continué narrando la historia.

Emmy se puso cómoda en el sofá para leer, pero no estuvo allí mucho tiempo, ya que oyó una pequeña voz que le dijo: "Hola", lo cual era extraño, ya que Emmy era la única persona en la habitación. "Hola", insistía la voz. Entonces, Emmy miró al espejo gigante que se encontraba en un rincón de la habitación y vio a una pequeña niña sentada en el sofá, al igual que ella. Pero este no era su reflejo. Era otra niña. Emmy se puso de pie y la niña se puso de pie en el espejo. Emmy caminó hacia el espejo y la niña caminó hacia el espejo.

—¿Quién eres? —preguntó Emmy.

—Priscilla —contestó la niña—. Soy el fantasma en el espejo.

—¿Un fantasma? ¿Un fantasma de verdad?

—No precisamente —dijo Priscilla—. Es difícil de explicar.

—Me llamo Emmy.

—Lo sé —dijo Priscilla—. Esperaba que vinieras. Ha pasado mucho tiempo desde la última vez que me visitó alguien que me pudiera ver.

—¿La señora Brickman no puede verte? —preguntó Emmy.

—Solo las personas con bondad en su corazón pueden verme y escucharme.

—¿Cómo llegaste ahí? —preguntó Emmy.

—Apoya tu mano en el espejo y te lo contaré —dijo Priscilla.

Pero en cuanto tocó el cristal, Emmy terminó en el interior del espejo y Priscilla fuera. Priscilla juntó las manos y bailó con alegría.

—¡Soy libre! —exclamó—. ¡He estado atrapada en ese espejo mucho tiempo, pero ahora soy libre!

—¿Qué ha pasado? —gritó Emmy.

—Es la maldición del espejo. Una niña que estaba allí dentro antes que yo fue quien me atrapó. Y ahora yo soy tú y tú eres yo, y tú estás atrapada ahí. Lo siento, Emmy. De verdad que lo siento. Pero deseaba tanto ser libre otra vez.

De repente, la señora Brickman entró a la habitación. Miró con severidad a la niña que acababa de cambiar de lugar con Emmy y agregó con maldad:

—¿Qué son todos esos gritos? ¿Qué haces aquí, Emmy?

—Ella no es Emmy —gritó la pequeña Emmy desde el espejo—. Soy yo.

Pero la señora Brickman no podía verla ni escucharla porque no tenía bondad en su corazón.

—Ven conmigo, Emmy —dijo la señora Brickman—. Te mostraré lo que les pasa a las niñas que se meten donde no las llaman.

Cogió a Priscilla de la oreja y la sacó de la habitación.

Emmy intentó salir del espejo, pero fue inútil. Entonces se sentó con el libro que había estado leyendo al otro lado, determinada a aprovechar el tiempo. ¿Y sabes qué? Descubrió que era bastante feliz estando sola en ese lugar, en esa pequeña habitación al otro lado del espejo.

Fue así como, un día al poco tiempo, Priscilla entró a la habitación de la torre y corrió hacia el espejo.

—¡Ah, Emmy! —gritó—. Por favor, déjame entrar al espejo. La señora Brickman es una bruja. No la soporto. Por favor, por favor, déjame entrar.

—Te entiendo —respondió Emmy—. Era espantoso estar con la señora Brickman. Pero me gusta este lugar, creo que me quedaré hasta que una familia diferente se mude a la casa, una familia buena con una niña buena. Entonces, quizás salga.

Priscilla se dio la vuelta triste y la pequeña Emmy se puso cómoda para leer un nuevo libro que había cogido de la biblioteca. Este se llamaba Alicia a través del espejo.

Albert me miró y asintió con aprobación.

—Alicia a través del espejo. Gran detalle, Odie.

Las estrellas parecían particularmente brillantes esa noche y Emmy durmió sin necesidad de que la cogiera de la mano. Moses y Albert, que habían remado todo el día, se durmieron enseguida. Yo, por mi parte, tenía la cabeza tan llena de sueños que apenas podía con todos. Ver esa fotografía del depósito de agua y lo que había pintado allí, mis palabras inmensas en la primera plana del *The Minneapolis Star*, me hacía sentir como una especie de celebridad. No exactamente como Babe Ruth, porque todos sabían su nombre. Sino algo más que solo un huérfano desconocido. Empecé a imaginar todas las maravillosas posibilidades que nos esperaban en el futuro. Pensé que quizás debíamos usar otros nombres. Por si acaso. Tal vez me llamaría Buck, por Buck Jones, la estrella de los wésterns. Mientras estaba acostado, escuchando el río fluir entre las ramas del álamo caído, empecé a desear, con muchas ganas, que, al igual que la Emmy de la historia, finalmente estuviéramos en el lado seguro del espejo.

***

Me despertó una pequeña mano sobre el pecho. Abrí los ojos y me encontré con Emmy de pie a la luz de la luna, mirándome y algo aturdida.

—¿Qué pasa, Emmy? —susurré.

Extendió su mano y en su interior tenía dos billetes de cinco dólares que había tomado del fajo de la funda.

—Guárdalos en tu zapato.

Hablaba como ensimismada, como si estuviera en trance, y supuse que estaba sonámbula. Algunos niños en la Escuela Lincoln también eran sonámbulos y Volz siempre nos había advertido que no los despertáramos. Así que cogí los billetes.

—En tu zapato —repitió.

Los metí en mi zapato.

—No le digas nada a nadie, ni a Albert ni a Moses.

—¿Qué hago con esto? —pregunté.

—Cuando llegue el momento, lo sabrás.

Regresó a su manta, se acostó y, por el ritmo firme de su respiración, entendí que nuevamente estaba dormida.

Me quedé pensando en este episodio de sonambulismo, preguntándome si debía advertirles a Albert y Moses. Pero algo en su modo de hablar y el tono serio de su pequeña voz me hizo guardarme todo esto para mí.

CAPÍTULO 13

—¿QUÉ VAS A DECIR AHORA?

—¿A qué te refieres?

—Tienes quince dólares en el bolsillo, Albert. ¿Cómo explicas eso?

—¿Por qué tengo que dar explicaciones?

Albert era inteligente, mucho más inteligente que yo, pero podía ser bastante estúpido cuando trataba con otra gente. Estábamos caminando al pequeño pueblo donde había comprado el periódico la noche anterior, con la intención de comprar zapatos nuevos y algo de comida para el día. Habíamos dejado a Moses y Emmy a cargo de la canoa.

—Quince dólares, Albert. Es mucho dinero para que un par de niños como nosotros ande llevándolo por ahí. La gente empezará a dudar. Quizás incluso nos empiecen a hacer preguntas. ¿Qué les dirás?

—Les diré que nos lo ganamos.

—¿Cómo?

—No sé. Trabajando.

—¿Para quién?

—Mira, Odie. Deja que yo me encargue de esto. Saldrá bien.

—Si haces que nos metan en prisión, te mataré.

—Eso no pasará.

—Más te vale.

El pueblo se llamaba Westerville y, al igual que la mayoría de los pueblos por los que habíamos pasado, tenía varios elevadores de cereales gigantes a un lado de las vías del tren. Podía ver cuatro campanarios de iglesias que se elevaban sobre los árboles. No había ninguna torre del juzgado a la vista, como la de Lincoln, así que supuse que seguíamos en el condado de Fremont.

Era tan temprano que no había casi gente de compras, aunque las tiendas estuvieran abiertas. Había una panadería y el olor que emanaba de su interior me hacía la boca agua. Había una ferretería y un supermercado, una farmacia, una papelería y una librería. A un lado de la calle había un pequeño restaurante llamado Buttercup Café. Junto a este estaba el departamento de policía de Westerville, con un coche patrulla aparcado en la puerta, y sentí cómo se me cerró el estómago. Finalmente, llegamos a una vidriera inmensa llena de productos. Pintadas sobre el cristal con una letra elegante estaban las palabras "KRENN'S MERCANTILE". Nos detuvimos frente a la vidriera y miramos los productos al otro lado, entre los que había una amplia variedad de zapatos.

—Parece que este es el lugar —comentó Albert.

Empecé a entrar, pero Albert se quedó atrás.

—¿Qué ocurre? —pregunté.

—Nada. Es solo… —Sus palabras se perdieron, respiró profundo, y agregó—: Está bien.

Había un gran almacén en Lincoln, un lugar llamado Sorenson's, al que había ido una vez. Tenía tantas cosas a la venta (muebles, ropa y electrodomésticos) que pensé que un palacio no podría tener tesoros más magníficos. Krenn's Mercantile, si bien no era tan grande ni estaba tan bien abastecido, tenía una variedad deslumbrante de ofertas. Albert y yo caminamos entre las numerosas filas de expositores con camisas, pantalones y ropa interior, telas y ropa de cama. Pasamos junto a un expositor de cosméticos, donde el aire estaba impregnado de una esencia floral.

Giramos hacia otra sección, una que estaba llena de herramientas, y casi me choco con un hombre alto y delgado vestido con un pantalón de peto y una gorra con visera. Estaba de espaldas a nosotros, pero podía ver que tenía un reloj despertador en las manos y parecía estar estudiándolo con tanto detenimiento que podría haberse tratado de un diamante. De repente, se giró hacia nosotros. Uno de sus ojos estaba tapado por un parche negro, como un pirata, y la mirada de su ojo sano era lo suficientemente siniestra como para espantar a un cerdo salvaje.

El vendedor de la tienda que lo estaba atendiendo dijo:

—Enseguida estoy con vosotros muchachos. Mirad lo que queráis.

Con mucho gusto me alejé del vendedor y del espantacerdos tuerto y finalmente llegamos a la sección de los zapatos, cajas y cajas con muestras encima. Albert se acercó a una caja que tenía escrito "BUSTER BROWN" en un lado. Cuando cogió el zapato de muestra, una voz agradable nos habló por detrás.

—¿Puedo ayudaros?

La mujer sonriente me recordó un poco a la señorita Stratton, alta, esbelta, rubia, con un rostro sencillo. Sus ojos eran un poco extraños, ya que uno parecía no seguir al otro. Pero eran agradables y su sonrisa era genuina y encantadora.

—Eh… —vaciló Albert—. Nosotros… eh…

—¿Sí? —lo animó ella.

Albert bajó la vista al suelo y lo volvió a intentar.

—Nosotros… eh… Noso… eh…

Entonces, lo entendí. Cualquiera fuera la historia que Albert tenía intención de contarle, no podía hacerlo. No creía que fuera porque le faltara el coraje. Demonios, se había enfrentado a Clyde Brickman. Pero si no era miedo, entonces la única explicación que se me ocurría es que simplemente era incapaz de mentirle a esta agradable mujer.

—Mi hermano tiene una discapacidad, señora —intervine—. Tartamudea. Es muy vergonzoso para él. No es estúpido ni nada por el estilo, solo tiene problemas para hablar.

—Lo siento mucho —dijo ella.

—Verá, es muy simple —expliqué—. Nuestro padre nos envió a comprar zapatos nuevos.

Su rostro se iluminó con el deseo de ayudarnos.

—Bueno, seguro que podemos encargarnos de eso. Veo que estáis mirando nuestros Buster Brown. Son muy buenos zapatos. —Bajó la vista, vio nuestros zapatos baratos y gastados y, sin perder la sonrisa, agregó—. Pero quizás prefiráis algo más barato.

Había unas botas sobre una pila de cajas que me habían llamado la atención.

—¿Qué tal esas?

Otra voz intervino.

—Botas Pershing, hijo, hechas por Red Wing. En mi opinión, son las mejores botas jamás creadas. Ayudó a nuestros jóvenes a ganar la Gran Guerra.

El hombre que había estado con el espantacerdos tuerto se acercó.

—Las fabrican aquí mismo en Minnesota. Un trabajo fenomenal. Duran toda la vida.

—Lloyd —dijo la mujer—. No creo que estos niños estén interesados en esas botas.

Sus ojos se posaron nuevamente sobre el cuero fino como un papel que cubría nuestros pies y entonces el hombre entendió a lo que se refería.

—Pero también tenemos una enorme variedad de zapatos para elegir —dijo con amabilidad—. ¿Qué tenéis en mente muchachos?

—¿Cuánto cuestan las Red Wing? —pregunté.

—Cinco dólares y setenta centavos el par. Suena caro, lo sé, pero valen cada centavo.

—Tenemos quince dólares —dije—. Pero también tenemos que hacer las compras para la semana.

—¿Quince dólares? —La sorpresa del hombre fue obvia, pero ya lo había previsto—. ¿De dónde habéis sacado el dinero?

—Se lo ha dado su padre, Lloyd. Como dice el jovencito, para comprar zapatos y comida para la semana.

—¿Sois hermanos?

—Sí, señor —contesté.

—¿Y por qué no os parecéis?

—Lloyd, tú no te pareces a tu hermano. ¿No dices todo el tiempo que tú eres el guapo?

El hombre nos miró detenidamente.

—¿Eso son uniformes?

—No, señor —dije—. Unas señoritas de la iglesia en Worthington nos dieron esta ropa. Tal vez la consiguieron de una escuela, no sé. Pero está mucho mejor que la que teníamos antes.

—¿Quién es vuestro padre?

—Clyde Stratton —contesté, agarrando los primeros dos nombres que se me aparecieron en la cabeza.

—No lo conozco —dijo el hombre.

—Acabamos de llegar. Mi padre trabaja en los elevadores de cereales.

—¿Están contratando a gente? ¿En esta época del año?

—Lo contrataron para hacer algunas reparaciones. Mi padre es bueno con las manos.

—Si ha conseguido trabajo en estos tiempos, es un tipo con suerte.

—No está mal —dije, y puse mi mejor cara de abatido—. Pero no sabemos cuánto tiempo durará.

—¿Qué hay de vuestra madre? —preguntó la mujer.

—Ya no tenemos, señora. Murió.

—Lamento oír eso, hijo.

—Estuvimos yendo de un lado a otro desde entonces. Y estos viejos zapatos ya están muy gastados. —Me quité uno (no el que tenía los cinco dólares de la noche anterior) y le mostré el agujero.

Miró al hombre.

—Zapatos Hoover —dijo ella. Sacó el trozo de cartón que había puesto en mi interior para tapar el agujero—. Cuero Hoover, Lloyd. —Me miró con una maravillosa compasión.

—Tu hermano es solo un niño, pero es el único que habla —le dijo el hombre a Albert—. ¿Qué ocurre? ¿Te han cortado la lengua?

—Lloyd —le advirtió la mujer—. Es tartamudo.

Cogí mi zapato y lo miré como si fuera una cosa muerta.

—Mi padre nos ha dado todo el dinero que tenía y nos pidió que compráramos zapatos nuevos, los mejores que pudiéramos con el dinero que tenemos. Y solo son quince dólares.

—Y to-to-todavía te-te-tenemos que comprar la co-co-comida. —Las palabras se tropezaron dolorosamente en la boca de Albert.

—Para toda la semana —agregué.

—Los Buster Brown cuestan dos dólares con setenta y cinco el par —dijo el hombre—. Tendréis para la comida y os sobrará.

—Prefiero las Red Wing —dije con tanto anhelo que sentí lástima por mí mismo.

Albert me lanzó una mirada asesina, sabía que tenía miedo de que estuviera llevando la situación demasiado lejos.

—Lloyd —recriminó la mujer con brusquedad.

El hombre puso los ojos en blanco.

—Os diré qué haremos, muchachos. Os daré las Red Wing por cinco dólares. Y no obtengo ninguna ganancia con ello.

Albert abrió la boca y sabía que estaba a punto de aceptar, pero me adelanté.

—Si puede dejarnos los tres pares a quince dólares, podríamos llevarle unas botas nuevas a papá también.

—Pero no os sobrará para la comida —dijo la mujer.

—Ya nos las apañaremos, señora. Mi hermano es bastante bueno pescando en ese río en las afueras del pueblo. Yo tengo una honda y puedo darle en el ojo a una ardilla desde casi diez metros. Además, hay muchos vegetales silvestres, si sabes lo que estás buscando. Pero ¿botas? Eso no podemos hacerlo nosotros. Y una cosa más, ya sé que no significa mucho para ustedes, pero hoy es el cumpleaños de nuestro padre. Nunca hemos podido comprarle un regalo, pero si pudiéramos llevarle un par nuevo de esas botas Pershing, creo que será el mejor regalo que podríamos hacerle jamás.

Podía jurar que los ojos de la mujer se llenaron de lágrimas.

—Lloyd, si no les vendes las botas a estos niños, dormirás en el porche durante todo un mes.

Nos fuimos del pueblo con tres cajas de las nuevas Red Wing, más tres pares de calcetines y un pequeño costurero que la mujer nos había dado para que pudiéramos remendar los agujeros en nuestros viejos calcetines. Cuando pasamos la última casa del pueblo, Albert dijo:

—Eres rápido para las mentiras, ¿no crees?

Me sentía halagado por lo que yo creía que era un cumplido, así que contesté:

—Es un don.

—O una maldición. Esa mujer tiene buen corazón, Odie. Fue agradable contigo y lo único que hiciste fue estafarla.

Eso me dolió. Pero mantuve mi postura.

—Imagina cómo se debe de sentir ahora —dije—. Acaba de ayudar a tres personas necesitadas y no puedes negarlo, Albert.

—¿Cómo se sentirá cuando descubra que no existe un tal Clyde Stratton que trabaja en los elevadores de cereales?

—Sí que eres de mucha ayuda —dije—. Eh... eh... eh. Sonabas como si te estuvieras ahogando con tu propia lengua.

Albert se detuvo y se volvió hacia mí, una expresión triste y seria apareció en su rostro.

—Escucha, Odie, te han pasado cosas, cosas malas, y sé que debería haberme esforzado más para protegerte, pero no quiero que termines siendo como... como...

—¿Como Clyde Brickman? ¿Como DiMarco? ¿Eso crees que soy? Vete al diablo.

Me alejé de él lo más rápido que pude. No solo porque estaba furioso, sino porque no quería que viera cuánto daño me había hecho con sus palabras.

—Espera, Odie —gritó Albert.

Me detuve, pero no por Albert. El sonido de una sirena de policía me hizo girarme. Albert también se dio la vuelta y ambos observamos un coche patrulla avanzando a toda prisa hacia nosotros por el camino de tierra desde Westerville, levantando una nube de polvo que tranquilamente la podría haber hecho un montón de caballos salvajes y orgullosos.

—Ah, mierda —dije.

—Tranquilízate, Odie. Solo mantén la calma.

El sol de la mañana se reflejó sobre el parabrisas del vehículo, impidiéndome ver al oficial al volante. Me quedé petrificado. Podía mirar a la Bruja Negra a los ojos y no inmutarme ante la presencia de su esposo, pero había algo en un tipo uniformado con una placa y un arma que me convertía las entrañas en gelatina.

—Saluda —dijo Albert a medida que se acercaba la patrulla—. Y sonríe.

Levanté la mano. Mi brazo parecía de plomo.

El coche avanzó tan rápido que ni siquiera pude ver bien al conductor. Pasó a toda velocidad frente a nosotros, cruzó el puente sobre el río Gilead y siguió su camino.

Avanzamos hacia el puente y esperamos un momento, solo para asegurarnos de que no regresara y que no hubiera nadie más cerca, observándonos. Luego nos escabullimos entre los árboles junto al río y regresamos a donde habíamos dejado la canoa. Cuando llegamos allí, nos miramos completamente pasmados.

Moses y Emmy habían desaparecido y la canoa con ellos.

CAPÍTULO 14

NADA, NI SIQUIERA LO PEOR CON LO QUE DIMARCO ME hubiera amenazado, me asustó tanto como no encontrar a Moses y Emmy.

—¿Dónde están, Albert?

—No lo sé. —Se paró en la orilla y miró río arriba y luego río abajo—. Algo debe de haberlos asustado.

—O alguien se los ha llevado.

—¿Y también la canoa? No creo. Están en el río.

—¿Hacia dónde han ido?

Albert estudió el suelo donde habíamos extendido nuestras mantas la noche anterior. Caminó alrededor de los árboles y yo no tenía idea de qué estaba haciendo.

—Aquí —dijo finalmente, arrodillándose frente a algunos matorrales.

Allí en el suelo, había dos ramas que formaban una V que apuntaba hacia el este. Era una técnica que nos había enseñado el señor Seifert en los Boy Scouts para señalizar un camino.

—Han ido río abajo —dedujo Albert.

Seguimos el Gilead entre los árboles y arbustos llevando las cajas de las Red Wing. Habíamos avanzado casi un kilómetro cuando escuchamos a Emmy llamándonos. Los encontramos en un pequeño arroyo que desembocaba en el río.

—¿Qué ha pasado? —pregunté.

Moses dijo por señas: "Niños pescando". Emmy agregó:

—Estaban al otro lado del río, así que no nos vieron.

Moses dijo que era mejor irnos.

Nos pusimos nuestros nuevos calcetines y las botas. Estaba de espaldas a los demás, así que aproveché y rápidamente pasé el billete de cinco dólares de mi viejo zapato a la bota derecha. Cuando me puse de pie, me pareció como si estuviera sobre las nubes por las que los mismísimos ángeles caminaban. Nunca antes había sentido algo tan cómodo.

Empezamos a navegar por el río una vez más y pasamos el resto de la mañana distanciándonos de la Escuela Lincoln. Miré a Emmy delante de mí pasando sus dedos aburrida sobre el agua y tuve una idea. Cogí el costurero que nos había dado la agradable mujer, que tenía una pequeña herramienta para cortar, y corté tres botones negros de mi camisa, los cuales cosí formando un triángulo en uno de mis viejos calcetines. Cogí un trozo de la cinta roja que mantenía unidos algunos de los documentos en la funda de la almohada, corté un óvalo y lo cosí al talón del calcetín. Luego metí mi otro calcetín dentro del primero. Al final, tenía una marioneta: dos botones para los ojos, otro botón para la nariz y cinta roja para la boca. Estaba un poco manchada, pero no demasiado.

Metí la mano en la marioneta.

—Emmy —dije con la que creía que era una voz aguda apropiada para un títere.

Se giró hacia mí, y cuando vio mi pequeña creación, una expresión de encanto apareció en su rostro. Se lo entregué y ella metió la mano dentro del títere y le dio su propia voz especial, una voz no muy diferente a la de una rana. Lo llamó Puff, por su cabeza mullida, y durante todo el día ella y Puff estuvieron hablando entre ellos y con nosotros, y el tiempo pasó más rápido.

A primera hora de la tarde, vimos el campanario de una iglesia y un depósito de agua por encima de algunos árboles junto a las vías del tren, a cuatrocientos metros al sur del Gilead. Albert sacó el dinero de la funda de almohada y fue a comprar comida para el almuerzo y la cena, y quizás incluso para el desayuno del día siguiente.

Emmy se sentó sobre la hierba al borde de un campo arado, jugando a que Puff era un león hambriento que nos acechaba a Moses y a mí.

Sin pensarlo demasiado, le pregunté:

—Emmy, ¿recuerdas lo de anoche?

—¿A qué te refieres? —preguntó distraída, mientras se colocaba a Puff en la mano.

—¿Recuerdas haberme hablado en medio de la noche?

—No. —Rugió y lanzó a Puff hacia Moses, quien se encogió del miedo de manera oportuna.

—¿No recuerdas haberme dado nada?

—No. —Meneó la cabeza y puso toda su atención en atacar a Moses. Decidí por el momento no seguir presionándola.

No muy lejos, habíamos pasado una granja donde vi que había ropa colgada de una cuerda en el patio trasero. Saqué tres dólares de la funda y les dije a Moses y a Emmy que enseguida volvía, y regresé río arriba.

Cerca de la granja, me escondí entre los árboles junto a la ribera del río y vi un viejo granero que necesitaba urgentemente una mano de pintura. Algunas partes descascarilladas de las paredes estaban grises y la madera se veía gastada y podrida. La estructura estaba levemente inclinada, como un anciano cansado. La casa era pequeña y no estaba en mejores condiciones que el granero. Había un gallinero con algunas gallinas y pollitos en su interior, picoteando el suelo y a ellas mismas. La cuerda para tender la ropa detrás de la casa tenía algunos pantalones de peto, calzoncillos y camisas, algunas grandes y otras no tanto, quizás la ropa de un hombre y su hijo. Eso era lo que me había llamado la atención cuando pasamos por el río.

Observé el lugar durante un rato, pero no vi ninguna señal de movimiento, entonces me dirigí con cuidado hacia el patio. Las camisas parecían viejas y estaban parcheadas, y habían sido remendadas en varias ocasiones. Con cuidado, tomé dos de las más grandes y una de las pequeñas. En cuanto descolgué la última, una niña pequeña apareció delante de mí, como si se hubiera materializado como por arte de magia. No era mucho más grande que Emmy, tenía coletas rubias y grandes ojos azules. No parecía mucho mejor alimentada que los niños de la Escuela Lincoln. Llevaba un vestido holgado y estaba descalza.

—Hola —saludé.

—Esas son las camisas de mi papá —señaló ella—. Y de Henry.

—¿Henry es tu hermano? —pregunté.

Asintió.

—¿Dónde están?

—Trabajando para el señor McAdams.

—¿Vive por aquí?

—Tiene una granja grande al otro lado de Crawford. Papá antes trabajaba aquí, pero el banco nos quitó la tierra.

—¿Dónde está tu mamá?

—Trabaja en el pueblo planchando y lavando para la señora Drover.

—¿Cómo te llamas?

—Abigail. ¿Tú?

—Buck —respondí.

—¿Estás robando? —preguntó.

—No, para nada, Abigail. Las quiero comprar.

Le mostré los dólares que había sacado de la funda de la almohada y usé un gancho para colgarlos sobre el tendedero, que estaba demasiado alto para Abigail.

—¿Eres rico? —preguntó.

—Solo tengo suerte. Encantado de conocerte, Abigail, tengo que irme.

—¿Vuelves a las vías?

—Quizás, ¿por qué?

—Porque de ahí vienen todos los que buscan comida o trabajo o un lugar para dormir. Mamá dice que es importante que hagamos lo que podamos. Pero nunca tienen dinero.

—Así es —dije—. Vuelvo a las vías. Veré si puedo tomar el tren a Sioux Falls.

—Los trenes no paran en Crawford.

—Entonces tendré que caminar hasta el próximo pueblo donde paren.

—Lincoln —dijo ella.

—Entonces será en Lincoln. Adiós, Abigail.

Me fui, pero no hacia el río. Avancé por el camino de tierra frente a la casa hacia la intersección con la carretera del condado y luego seguí en la otra dirección, donde estaban las vías del tren. Me quedé de pie sobre el lecho de trozos de roca, sintiendo el aroma a la creosota de las traviesas, y miré nuevamente hacia la granja. Parecía vieja y abandonada, al igual que las camisas que había cogido, pero entendía su atractivo para alguien que tuviera incluso menos que la familia de Abigail y estuviera vagando por las vías en busca de algún lugar ameno y tranquilo.

Avancé hacia el pueblo un rato y luego crucé el próximo campo hacia el río. Albert ya había vuelto y estaba listo para regañarme.

—¿En dónde rayos estabas?

—Buscando reemplazos para nuestros uniformes de Lincoln —dije, y le mostré las camisas con orgullo.

—¿De dónde sacaste eso?

—De una granja por la que pasamos antes.

—¿Las has robado? —Había tanta ira en su rostro que creí que estaba a punto de pegarme.

—No soy ningún ladrón. Las he comprado.

Miró la funda de la almohada.

—¿Cuánto?

—Un dólar cada una.

Las cejas de Moses se dispararon hacia arriba y dijo por señas, "¿Por esos trapos?".

—¿A quién le pagaste? —exigió Albert.

Decidí que lo mejor era no mencionar a Abigail, así que dije:

—Enganché el dinero en el tendedero.

—De todas las ideas estúpidas... —empezó Albert.

—Al menos ahora, si alguien nos ve, no pareceremos fugitivos de la Escuela Lincoln.

—Tres dólares —dijo Albert, y parecía estar listo para ahorcarme.

—Esa gente necesitaba el dinero.

—No me importa el dinero. Me preocupa que nos delaten.

—Pero ahora la policía creerá que estamos yendo en tren a algún lado.

—Ah, ¿sí? ¿Por qué?

"Porque es lo que le dije a Abigail", quería decir, pero en su lugar respondí:

—Porque es lo que más sentido tiene.

Albert meneó la cabeza disgustado.

—Sigamos. Tenemos que alejarnos de esos tres dólares.

Albert y Moses empezaron a remar con fuerza y me senté en el medio con Emmy, cabizbajo. Parecía que no importaba lo que hiciera, nunca era suficiente para Albert. Bueno, está bien, pensé, al diablo con él. Le clavé la mirada en la nuca, imaginando una docena de escenarios en los que él era quien lo había arruinado absolutamente todo y yo tenía que salir al rescate, y entonces finalmente entendía lo afortunado que era de tenerme como hermano.

Cerca del anochecer, las nubes empezaron a aglomerarse al oeste y algunos rayos empezaron a iluminar el horizonte. Emmy vio el cielo amenazador con los ojos llenos de miedo.

—Debemos encontrar un lugar para pasar la noche bajo techo —le dije finalmente a Albert.

Moses chapoteó su remo ligeramente sobre el agua para llamar la atención. Señaló hacia el lado sur del río y por señas dijo: "Huerto".

Al otro lado de los árboles que bordeaban al Gilead nos encontramos con una vista familiar: una plantación de manzanos, igual que la del pequeño huerto de la granja de los Frost. Eran de un color verde oscuro bajo la luz menguante y se veían acogedores.

—Quizás podríamos dormir allí —sugerí.

—Veamos —dijo Albert, acercándonos a la orilla—. Vosotros dos esperáis aquí. —Y señaló a Moses para que lo acompañara.

Cuando estábamos solos, Emmy miró los manzanos con nostalgia.

—Echo de menos a mamá.

—Lo sé.

—¿Tú echas de menos a tu mamá, Odie?

—A veces —contesté—. Pero ha pasado mucho tiempo desde que la perdí.

Buscó algo en su peto, sacó la fotografía que yo había rescatado de los restos de la casa y la miró detenidamente, luego levantó la vista hacia mí con pequeñas lágrimas sobre sus mejillas.

—¿Siempre la echaré de menos, Odie? ¿Siempre dolerá?

—Supongo que siempre la echarás de menos —respondí—. Pero no siempre dolerá.

Podía oír el rugido de los truenos a lo lejos y sentía el

aroma a lluvia que traía el viento. Albert y Moses finalmente regresaron.

—Hay una granja y un granero o algo así al otro lado del huerto —dijo Albert—. Un jardín bastante grande con un viejo cobertizo. Es pequeño y probablemente tenga algunas goteras, pero no está cerrado y al menos será un techo sobre nuestras cabezas. Podríamos pasar la noche allí y salir temprano por la mañana antes de que alguien de la granja se despierte.

Los rayos partían el cielo no muy lejos al oeste y el rugido de los truenos los seguía unos segundos más tarde. Sentí las primeras gotas enormes de la lluvia. No teníamos mucho tiempo para pensar. Juntamos nuestras cosas, escondimos la canoa y los remos entre algunos arbustos tupidos a orillas del río, y cruzamos corriendo el huerto hacia el cobertizo al otro lado.

Vi la casa, una figura negra y sencilla en la penumbra desde donde emanaba un resplandor suave a través de una de las ventanas. El granero no era precisamente grande, al menos no como el que tenía Hector Bledsoe cerca de Lincoln. Al igual que la mayoría de las granjas que habíamos visto, esta estaba en pésimas condiciones. Entramos al cobertizo con la cabeza baja justo cuando el cielo se abrió y empezó a llover a cántaros. Los rayos estaban encima de nosotros y los acompañaba un viento que rugía entre las grietas de las viejas tablas de madera del cobertizo. Emmy se acurrucó entre Moses y yo, mientras se hacía tan pequeña como fuera posible.

Estaba claro que el cobertizo no había sido usado en mucho tiempo. No había ninguna herramienta en su interior y olía a humedad y putrefacción. El suelo estaba sucio, pero al menos estaba seco, y estar allí era mucho mejor que estar afuera con ese tiempo aterrador.

Cuando la tormenta finalmente pasó, el cielo se despejó

casi de inmediato. La luna se asomó, ahora llena, y sus amplios rayos de luz plateada atravesaron las ventanas del cobertizo para cubrir el suelo sucio. Albert sacó parte de la comida que había comprado esa mañana y cenamos. Finalmente, exhaustos por el día que habíamos tenido, nos acostamos a dormir, esta vez sin que Emmy pidiera una historia, pero con Puff en su mano, acariciando suavemente su mejilla.

Mi resentimiento de hacía unas horas había pasado, como siempre. Estar acostado sobre mi manta junto a Albert me hacía sentir feliz de que fuera mi hermano, aunque no tuviera intenciones de decírselo. No siempre lo entendía y sabía que, la mayoría de las veces, a él también le era difícil entenderme a mí, pero el corazón no es el órgano más sensato del cuerpo y quería mucho a mi hermano, así que me dormí al calor de su compañía.

***

Por la noche, Emmy tuvo uno de sus ataques. Oí el alboroto y me desperté al instante. Estaba cubierta por la luz de la luna, retorciéndose, con la mandíbula tensa, los ojos en blanco y cada músculo de su cuerpo temblando.

Albert, Moses y yo habíamos visto esto una vez en la granja de los Frost, unos meses después del accidente que mató a su padre y dejó a Emmy en coma. Todos creían que cuando recuperó la consciencia estaba bien. Pero semanas más tarde, cuando la vimos caer al suelo y empezar a temblar como si estuviera poseída por un terrible demonio, la señora Frost se vio obligada a contarnos la verdad. Desde el accidente, en raras ocasiones, Emmy sufría de estos ataques que parecían convulsiones epilépticas, pero los médicos le habían asegurado que no lo eran. De hecho, no tenían ninguna explicación. Estos ataques no parecían hacerle ningún daño y, una vez que terminaban, estaba bien y no recordaba nada. La señora Frost no quería que nadie se enterase, así que nos hizo prometer que guardaríamos el secreto. Por lo que sabíamos, nadie en la Escuela Lincoln conocía la enfermedad de Emmy. Yo creía que, si la Bruja Negra lo hubiera sabido, nunca hubiera querido adoptar a la pequeña.

Albert sostuvo a Emmy entre sus brazos hasta que el ataque pasó y Emmy abrió los ojos. Parecía confundida y su voz sonó adormecida.

—No está muerto, Odie. No está muerto.

—¿Quién? —pregunté.

Pero cerró los ojos de inmediato y volvió a dormir. La envolvimos con su manta y la acostamos.

Moses dijo por señas: "Una pesadilla". Lo cual parecía ser la explicación más lógica, y me preguntaba si la pesadilla había sido sobre DiMarco, y la parte mala era que no estaba realmente muerto. No quería ser un asesino, pero mucho menos quería que DiMarco siguiera en este mundo.

Todos volvimos a dormirnos.

***

Al amanecer del día siguiente, una voz ronca nos despertó.

—Intrusos.

Me senté de inmediato, al igual que Albert y Moses. La pequeña Emmy no pareció haber escuchado nada.

—Malditos intrusos. Salid de aquí, niños.

Era un hombre alto, de contextura extraña, y tenía una escopeta en las manos. Su rostro era como un diamante con facciones duras y angulares. Tenía un parche negro sobre uno de los ojos. El otro ojo nos miraba con ira. Fue entonces cuando lo reconocí de la tienda en Westerville que habíamos visitado el día anterior, el hombre que había comprado el reloj despertador.

Albert, Moses y yo nos pusimos de pie, pero Emmy se despertó más lentamente, probablemente por el ataque que había tenido por la noche. Se sentó y se frotó los ojos. Cuando la vio, el espantacerdos la miró como si estuviera viendo un fantasma.

—Que me parta un rayo —dijo.

CAPÍTULO 15

EL ESPANTACERDOS TOMÓ LA FUNDA DE LA ALMOHADA donde teníamos todo lo que era de valor para nosotros.

—Al granero —ordenó, y apuntó el cañón de la escopeta hacia la estructura estropeada.

¿Quién discutía con una escopeta? Salimos del cobertizo y caminamos delante de él, manteniéndonos cerca. Sostuve una mano de Emmy. Moses la otra. Albert llevó la delantera y, como corderos al matadero, seguimos hacia el granero.

El único vehículo que había en su interior era una vieja camioneta Ford negra, similar a la que tenían los padres de Emmy y que el tornado había volcado. El lugar olía a heno, aunque había pocos fardos a la vista. Una gran cantidad de herramientas de jardinería estaban colgadas sobre la pared del frente y más herramientas de mano estaban sujetas a un panel encima de una mesa de trabajo. En un rincón, había una serie de palés de madera apilados casi a la altura de un hombre. También vi los restos de lo que parecía ser una prensa de sidra gigante contra la pared negra, destrozada, como si alguien, en un ataque de ira, la hubiera atacado con una maza. El hombre apuntó a un rincón del granero donde había una construcción interna, una habitación que, a juzgar por las riendas y arneses que colgaban en su interior, supuse que era un viejo cuarto de monturas.

Entramos uno por uno. Una vez dentro del cuarto, el hombre tomó a Emmy y la apartó de nosotros. Moses se lanzó hacia ella para intentar rescatarla, pero el hombre sacudió su escopeta y lo golpeó en la mejilla izquierda, haciéndolo caer con fuerza al suelo. Yo también empecé a salir al auxilio de Emmy, pero Albert me llevó hacia atrás del cuello de mi camisa.

—No le haré daño —dijo el hombre—. A menos que intentéis escapar.

Cerró la puerta y oímos el chasquido de una cerradura. Luego solo escuchamos a Emmy llorando mientras se la llevaba a algún lugar.

Albert se arrodilló para revisar a Moses, que estaba inmóvil en el suelo. Mi hermano se acercó y bajó la cabeza para escuchar con más atención.

—Aún respira —confirmó.

—¿Qué hará con Emmy? —Estaba listo para destruir las paredes y salir para hacer lo que fuera necesario para traer a Emmy de regreso.

—Llamar al sheriff, me imagino —dijo Albert. Se sentó a un lado de Moses y creo que nunca lo había visto más abatido.

Moses emitió un sonido, giró la cabeza y lentamente abrió los ojos. Parpadeó y, una vez que entendió que estaba de regreso, se sentó y miró en todas direcciones con desesperación.

"¿Dónde está Emmy?", preguntó por señas, sus dedos moviéndose a toda velocidad.

—Ese espantacerdos se la llevó —dije.

—¿Espantacerdos? —preguntó Albert.

No me molesté en explicárselo.

—Tenemos que rescatarla y largarnos de aquí.

Albert inspeccionó detenidamente el cuarto de monturas. No había ninguna ventana, y aunque la construcción era vieja y estaba en malas condiciones, las tablas que nos rodeaban parecían bastante sólidas.

—¿Alguna idea, Odie? —No era precisamente una pregunta. Estaba intentando mostrarme lo tonto que era yo.

Intenté patear las paredes con mis nuevas Red Wing. Levanté una nube de polvo, pero eso fue todo. Moses se puso de pie, preparó un hombro y se estrelló con fuerza contra la puerta, pero solo salió despedido hacia atrás. Se frotó el brazo y luego llevó la mano a su cara, que ya estaba inflamándose por el golpe del cañón de la escopeta.

—Entonces, ¿vamos a quedarnos aquí sentados y dejar que nos lleven de regreso a Lincoln? —pregunté.

—Aunque logremos escapar, ¿abandonarías a Emmy? —La tranquilidad en la voz de Albert y la validez de su razonamiento solo alimentaban mi ira.

—Si salimos, podríamos atacarlo. Tú, Moses y yo podríamos derribarlo.

—¿Y la escopeta?

—No podemos quedarnos sin hacer nada.

—Por el momento, Odie, no tenemos muchas opciones. —Albert cogió una paja suelta del suelo del cuarto de monturas y la arrojó. No llegó a ningún lado.

Ya llevábamos un largo rato sentados en silencio, con la espalda contra la pared, cuando oímos una cerradura y la puerta se abrió. El espantacerdos tuerto apareció con la escopeta aún lista.

—Fuera —dijo, y dio un paso hacia atrás.

Nos levantamos y salimos de la habitación. Estaba buscando una oportunidad, un momento en el que pudiera arrojarme contra él y hacerlo caer al suelo. O al menos tener la iniciativa para que luego Albert y Moses se sumaran y juntos pudiéramos derribarlo. Pero estaba lejos y nos estaba apuntando con la escopeta, así que no había manera de que pudiéramos alcanzarlo antes de que nos volara en mil pedazos. Estaba seguro de que un hombre con una apariencia tan aterradora no dudaría en apretar el gatillo.

—Tú —le dijo a Moses—, coge una de esas guadañas. Tú agarra esa escalera —le ordenó a Albert—. Y tú, niño, agarra esa podadora y la sierra.

Hicimos lo que nos dijo y señaló hacia fuera.

—¿Dónde está Emmy? —pregunté.

—Emmaline está bien. Si queréis que siga así, entonces hacedme caso.

Nos llevó hacia el borde del huerto, que se veía muy mal cuidado. La maleza entre los árboles había crecido mucho. Las ramas se extendían en todas direcciones y se enredaban las unas con las otras. Las manzanas aún verdes colgaban como pequeñas campanillas entre las hojas. Había trabajado en el huerto de los Frost durante algunos años y sabía que, si no las podaban, esas ramas finalmente se romperían por el peso de las frutas. También sabía que podarlas con cuidado mejoraría la calidad de la producción.

—Tú —le dijo a Moses—, empieza por esa punta con tu guadaña y corta toda la maleza que crece entre los árboles. Avanza por el huerto fila por fila. Si te escapas, moleré a golpes a estos dos y a su preciosa Emmaline. ¿Entendido?

Moses asintió. Nos miró desconsolado y se marchó.

—Tú —le exigió a Albert—, coloca la escalera y coge esa podadora que tiene el niño. —Una vez que Albert hizo lo que le pidió, el espantacerdos agregó—: Corta donde te digo. Tú, niño, levanta todo lo que caiga al suelo y llévalo al granero, junto a esa montaña de basura. ¿Ves?

Vi la montaña de basura y asentí. Y así empezamos.

Árbol por árbol, Albert podó las ramas salvajes. Trabajó primero desde el suelo, luego se subió a la escalera, que yo mantuve firme para él. A ratos, levantaba las ramas que caían al suelo y las apilaba detrás del granero. Gracias a los Frost, era un trabajo que conocía. Pero ayudar en el huerto de los padres de Emmy nunca me había parecido un trabajo, no como trabajar para el espantacerdos. Para empezar, porque los Frost nunca nos habían apuntado con una escopeta. El espantacerdos mantenía el arma en el pliegue del brazo mientras le daba indicaciones a Albert y su ojo sano parecía bastante capaz de seguir todo lo que ocurría en el huerto.

El sol subió en el cielo. Era un día húmedo y el sudor brotaba de mí como un río. Al cabo de unas horas, finalmente hablé.

—No serviremos de mucho si nos morimos de sed.

El hombre consideró mis palabras.

—Hay una bomba entre la casa y el gallinero. Debería haber un cubo de madera allí. Tráelo lleno. Y, niño, escucha, la pequeña pagará por cualquier estupidez que tengas pensado hacer.

Encontré la bomba y bebí todo lo que pude, mientras escuchaba el cacareo de las gallinas detrás de la alambrada. Llené el cubo, luego estudié detenidamente la casa. Era una vivienda pequeña de un piso y quizás un ático. No debía haber muchos lugares para esconder a Emmy. Pensé en entrar y buscarla. Y entonces, ¿qué? Podría liberar a Emmy, pero eso significaría dejar atrás a Albert y Moses, y solo Dios sabía qué les haría ese bastardo tuerto.

Llevé el cubo de madera de regreso al huerto y el hombre le dio un momento a Albert para que bebiera un poco de agua. Luego me hizo llevársela a Moses.

"Igual que en la casa de los Frost", dijo Moses cuando bebió todo lo que quiso.

—Pero no nos molestaba trabajar allí —dije.

Moses se limpió el sudor de su frente. "¿Nos entregará?", preguntó.

—Apuesto a que no hasta que terminemos todo lo que quiere.

Moses miró las largas filas del huerto. "Falta mucho", dijo por señas.

No nos dio nada para almorzar y trabajamos hasta que el sol empezó a descender en el cielo. Incluso Bledsoe era más amable. Cuando el espantacerdos nos llevó de regreso al granero, la montaña de ramas cortadas era inmensa, casi tan grande como la otra pila de basura al lado. Me desplomé sobre el suelo de tierra del cuarto de monturas y cada músculo de mi cuerpo empezó a dolerme.

Sin decir una palabra, el hombre nos encerró.

—Nadie trabaja bien con el estómago vacío —le gritó Albert.

La tierra del suelo se pegó a cada parte sudorosa de mi cuerpo.

—Esto es peor que los campos de heno.

Moses dijo por señas: "Me preocupa Emmy. ¿Creéis que está bien?".

—Ha estado vigilándonos todo el día —dije—. No ha tenido tiempo de hacerle daño a Emmy.

Moses se levantó y caminó de un lado a otro, inspeccionando cada tabla de las paredes. "Tenemos que irnos de aquí", dijo por señas. "No sé cómo, pero tenemos que irnos".

—Y llevarnos a Emmy con nosotros —agregué.

"No iremos a ningún lado sin Emmy", prometieron sus manos.

Había pequeñas grietas entre las tablas de las paredes y la última luz del atardecer se filtraba a través de ellas. La determinación de Moses de liberarnos era como un elixir y me hacía sentir mejor. Saqué mi armónica, ya que, como no podíamos comer, al menos podía darnos un pequeño consuelo.

Empecé a tocar una de mis favoritas, *Old Joe Clark*. Era una melodía estimulante y Moses me acompañó con sus palmas al ritmo de la música. Luego toqué un pequeño *ragtime*, y cuando estaba a punto de empezar *Sweet Betsy from Pike*, la puerta se abrió y apareció Emmy. Sostenía una fuente en sus brazos. Olía a patatas al horno y se me hizo agua la boca tan rápido y con tanta intensidad que dolía. El espantacerdos estaba detrás de ella, con su escopeta siempre presente.

—Comed —dijo, y empujó a Emmy hacia delante.

Como no había comido nada en todo el día, incluso si nos hubiera servido comida para cerdos en esa fuente, estaba listo para darme un atracón. Albert, Moses y yo empezamos a devorar la comida con los dedos sucios. Las patatas estaban sorprendentemente sabrosas e iban acompañadas con algunos trozos sueltos de tocino y cebollas. El espantacerdos hizo que Emmy nos diera una botella llena de agua para bajar la comida. Arrastró uno de los fardos de heno y lo colocó justo en la entrada del cuarto de monturas y se sentó con Emmy a su lado. Mientras nos miraba comer, tomó una botella con un líquido transparente del bolsillo de su peto y bebió. Estaba bastante seguro de que no era agua.

Cuando terminamos de comernos todas las patatas, Emmy cogió la fuente y el hombre la obligó a sentarse a su lado. Estaba oscureciendo y el espantacerdos alcanzó un farol de queroseno de una pared del granero, encendió la mecha y lo dejó en el suelo de tierra a un lado del fardo de heno.

—¿Quién estaba tocando la armónica? —preguntó.

—Yo —contesté.

—¿Te sabes *Red River Valley*?

—Claro.

—Tócala.

Lo hice, y en la oscuridad del granero, iluminado solo por el leve resplandor del pequeño farol, las notas inquietantes de esa vieja balada cayeron como una manta pesada de melancolía sobre nosotros. Una gran tristeza emergió del espantacerdos. Se podía ver en su único ojo sano, perdido en la pared del cuarto de monturas, como si estuviera viendo algo que mis dos ojos no veían. También se veía en la manera mecánica con la que bebía el líquido transparente de la botella.

Cuando terminé, dijo:

—Tócala de nuevo.

Esta vez, lo miré con mayor cuidado y pude ver que el alcohol le estaba pegando fuerte. Pensé en tocar esa canción hasta que terminara la botella y entonces arremetería contra él. La escopeta seguía sobre su regazo, pero los reflejos de un hombre profundamente borracho no eran de mucho fiar. Quizás por estas fabulaciones, no toqué la melodía con la misma intensidad que la primera vez, porque de repente el espantacerdos gritó.

—¡Basta! —Tapó la botella con el corcho y se levantó, listo para irse.

—¿Nos vas a hacer dormir en el suelo de tierra? —preguntó Albert.

El espantacerdos consideró esto por un instante. Podía notar que le estaba costando mantener el equilibrio, así que consideré lanzarme contra él. Albert debió adivinar mis intenciones porque enseguida puso una mano sobre mi brazo.

—Quizás podríamos usar ese fardo de heno para desparramarlo un poco por el suelo. —propuso mi hermano.

El espantacerdos señaló a Moses con la cabeza, quien se puso de pie y arrastró el fardo hacia el interior del cuarto. El hombre cerró la puerta con llave y nos quedamos sumidos en la oscuridad.

—Buenas noches, Emmy —grité.

—Buenas noches —gritó ella.

Desarmamos el fardo, lo esparcimos por el suelo y nos acostamos. Entre las cuatro paredes y el suelo de tierra con un pequeño y delgado colchón de heno y una puerta cerrada para que no nos escapáramos, esto se nos parecía extrañamente familiar, como si estuviéramos una vez más en el cuarto de confinamiento. No cerré los ojos enseguida. No porque no estuviera cansado. Estaba pensando.

El espantacerdos se había conmovido profundamente por la canción que había tocado. Siempre que alguien pedía una canción en particular, por lo general era porque era especial. Algo le había pasado, algo que le dolía. Pero también lo había enfadado tanto como para interrumpir la segunda versión. Había muchas cosas sobre la vida que aún no entendía en aquel entonces, pero sí sabía una cosa: cuando un hombre sufre tanto, casi siempre es por una mujer.

CAPÍTULO 16

ESA NOCHE, MOSES LLORÓ.

Me desperté con el penoso sonido de sus sollozos y me senté. El cuarto estaba cubierto por la luz de la luna que se filtraba por las grietas retorcidas. Vi que Albert también estaba despierto, sentado con la espalda apoyada en la pared del granero. En la Escuela Lincoln, era normal que los niños lloraran por la noche. A veces, era por alguna pesadilla. A veces, se despertaban y tan solo lloraban desconsoladamente por alguna angustia privada. Muchos llegaban a la escuela atormentados por demonios. Para otros, las cosas horribles que sufrían cuando llegaban eran suficientes para causarles pesadillas durante el resto de su vida. Moses era el chico más grande, fuerte y físicamente capaz que conocía y también el más agradable. Nunca se quejaba de nada y ninguna prueba parecía demasiado grande para él. Pero a veces, por la noche, lloraba esas lágrimas amargas y desgarradoras, y ni siquiera era consciente de que lo estaba haciendo. Habíamos intentado despertarlo en una ocasión para sacarlo de cualquiera que fuera la visión horrible que lo estaba destrozando, pero cuando abrió los ojos, el llanto se detuvo de inmediato y no parecía tener ni idea de lo que había estado soñando. Siempre que dejábamos que el llanto siguiera, por la mañana afirmaba no recordar nada.

Todo lo que nos hacen lo cargamos para siempre. La mayoría de nosotros hacemos un esfuerzo descomunal para aferrarnos a lo bueno y olvidar el resto. Pero, en algún lugar dentro de la bóveda de nuestro corazón, en un lugar donde nuestro cerebro no puede o no quiere tocar, está lo peor, y la única llave para entrar allí está en nuestros sueños.

"¿Lo despertamos?", le pregunté a Albert por señas.

Negó con la cabeza.

Me preguntaba cómo estaría Emmy. ¿Ella también estaría llorando? Debido a las cosas que había visto de primera mano en la escuela y las historias que había escuchado de los niños que venían de otras escuelas, historias de violaciones impensables, entendía las cosas horribles que un adulto podía hacerle a un niño desamparado. ¿Qué clase de hombre era el espantacerdos? Si hubiera creído en un Dios justo, en un Dios misericordioso, habría rezado. Pero ahora creía en uno diferente, el Dios del Tornado, y sabía que era sordo a los gritos de quienes sufrían. Entonces, escuché durante un largo rato los sollozos de Moses y casi se me rompió el corazón. Pensé en el ataque de Emmy la noche anterior y su situación ahora, y la nuestra. Toda esa esperanza que había tenido hacía tan solo dos días mientras zarpábamos por el Gilead hacia una nueva tierra, hacia nuevas vidas, parecía haberse hecho polvo.

Empezamos a trabajar por la mañana sin desayunar, realizando las mismas tareas que habíamos comenzado el día anterior. Moses cortó la maleza con la guadaña en el huerto. Albert podó los árboles siguiendo las indicaciones del espantacerdos y yo junté todos los restos y los apilé detrás del granero. Noté que la enorme montaña de basura que ya había allí, entre otras cosas, contenía una gran cantidad de botellas transparentes vacías. El espantacerdos era un hombre al que le gustaba su licor. Supuse que eso explicaba un poco lo descuidado que estaba el huerto y la granja en general.

A media mañana, oímos un claxon que venía de la granja.

—Seguid trabajando —dijo el espantacerdos—. Si intentáis algo, la pequeña Emmaline pagará las consecuencias. ¿Entendido?

—Sí, señor —respondió Albert.

El espantacerdos se marchó por el huerto. Esperé a que se adelantara y luego solté las ramas que había estado juntando y empecé a seguirlo.

—¿A dónde vas? —preguntó Albert.

—Solo a ver qué ocurre.

—Regresa aquí —ordenó enfadado.

Pero no le hice caso. Avancé entre los árboles hacia la casa, manteniéndome en las sombras de las densas ramas. Me detuve justo cuando vi un coche patrulla aparcado entre el granero y la casa. Un hombre con uniforme caqui estaba de espaldas al huerto y al espantacerdos, que estaba cruzando frente al gallinero. Las gallinas empezaron a cacarear con intensidad y el policía se dio la vuelta. Era un tipo alto de aspecto nórdico con un rostro colorado por el sol del verano.

—Ah, ahí estás, Jack. ¿Dónde estabas? —preguntó a modo de saludo.

—Podando el huerto.

—¿Con esa escopeta?

—Coyotes —contestó el espantacerdos—. ¿Qué quieres?

—Solo hacerte unas preguntas. ¿Te has enterado de lo de la niña secuestrada?

—Lo leí en el periódico. Vi una foto. Bonita. Me recuerda mucho a Sophie.

—Nuestro control de carreteras no encontró una mierda. Creemos que los desgraciados que se la llevaron van a pie y siguen por la zona. Una familia de Lamberton denunció que alguien les había cogido unas camisas del tendedero ayer.

—¿Las robaron?

El policía meneó la cabeza.

—Dejaron dinero, lo que nos hace sospechar que fueron los tipos que estamos buscando. Usaron el dinero que robaron cuando secuestraron a la niña.

—¿Tienes una descripción?

—No, solo la hija pequeña estaba en casa en ese momento y no puede decirnos mucho. Considerando que estaba sola, creo que tuvo suerte. Mucha más suerte que Emmaline Frost. Creemos que los tipos que se la llevaron están corriendo por las vías del tren. Escucha, Jack, están armados y son peligrosos. Si los ves, la orden del sheriff Warford es disparar primero y preguntar después. Así que yo mantendría esa escopeta cerca en todo momento si fuera tú.

—¿Eso es todo?

—Si ves algo, avísanos.

El espantacerdos asintió.

El oficial miró con detenimiento la casa, el granero y el gallinero.

—¿Alguna novedad sobre Aggie y Sophie?

—Supongo que tienes que ir a ver a otra gente.

—Está bien, entonces. —El policía regresó a su coche y se marchó por el camino entre los manzanos.

Rápidamente, regresé al huerto, donde Albert se había bajado de la escalera.

—¿Quién era? —preguntó.

—Un policía. Vino a advertirle a Jack de nosotros.

—¿Jack? ¿Así se llama? —Miró en dirección a la granja y el granero—. ¿No le dijo nada?

—Nada. Eso es bueno, ¿verdad?

Albert se encogió de hombros.

—¿Quién sabe?

—Ese policía dijo que las órdenes del sheriff son disparar primero y preguntar después. Cielos, nos han puesto a todos en contra.

—¿Viste a Emmy?

—No.

—Aquí viene. —Albert subió nuevamente a la escalera.

Toda la mañana me quedé pensando en el silencio del espantacerdos y supuse que su plan era quizás usarnos hasta que termináramos de trabajar para él y luego entregarnos. Tal vez incluso habría una buena recompensa para ese entonces. Todo el tiempo seguí preguntándome, "¿Quiénes son Aggie y Sophie?".

Trabajamos todo el día y solo podíamos beber el agua del cubo. El sol estaba empezando a ocultarse en el horizonte cuando el espantacerdos finalmente pidió que nos detuviéramos y nos llevó de regreso al cuarto de monturas. Nos acostamos exhaustos, hambrientos y desgraciados, y estaba seguro de que su plan no era entregarnos a las autoridades, sino hacernos trabajar hasta la muerte.

—Albert —dije—. ¿Cuánto cobrabas con Volz y Brickman por una pinta de aguardiente casero?

Estaba recostado sobre el delgado colchón de paja y giró la cabeza sin mucha energía hacia mí.

—¿Qué importa?

—¿Cuánto?

—Cuando estaba solo, Herman vendía la pinta a setenta y cinco centavos. Brickman tenía pensado vender la nueva producción a un dólar. ¿Qué estás pensando, Odie?

—Nada —respondí, porque aún no había terminado de urdir mi plan.

Una hora más tarde, la puerta del cuarto se abrió y apareció el espantacerdos con Emmy a su lado. Ya no llevaba puesto el peto que tenía cuando escapamos de Lincoln. Ahora tenía un vestido verde muy bonito.

Enseguida le hice una seña: "¿Estás bien?".

Asintió, pero no pudo hacerme ninguna seña porque sostenía una bandeja con ambas manos.

—Déjales la comida en el sueño, niña —ordenó el espantacerdos.

Cuando bajó la fuente, vi que estaba repleta de huevos revueltos mezclados con las mismas patatas al horno que habíamos comido la noche anterior. Emmy buscó en un bolsillo de su vestido, sacó tres cucharas y nos entregó una a cada uno. Empezamos a comer enseguida.

—¿Ella no come? —pregunté con la boca llena.

—Ya ha comido.

—Bonito vestido —dije.

El espantacerdos me miró como si le hubiera dicho el peor insulto del mundo y por un momento temí que me atizara un golpe con el cañón de su escopeta del mismo modo que lo había hecho con Moses.

—Quiso decir que se la ve feliz —explicó Albert.

Y eso hizo que el espantacerdos se relajara. Tomó una botella del bolsillo trasero de su peto y bebió un sorbo. Al hacerlo, la mano que tenía sobre el gatillo quedó por un momento ocupada.

Moses dijo por señas: "¿Lo atacamos?".

Pero estábamos demasiado ocupados comiendo y el espantacerdos volvió a tapar la botella.

—¿Qué son todos esos gestos de la mano?

—No puede hablar—dije.

—¿Qué? ¿Es un retrasado?

Una palabra que realmente odiaba. Sabía su significado, pero siempre me había sonado como un insulto.

—Alguien le cortó la lengua —respondí.

—¿Quién?

—No lo sabe. Fue cuando era pequeño.

Y entonces, el espantacerdos me sorprendió.

—Cualquiera que le haga eso a un niño debería recibir latigazos y ser colgado.

Cuando terminamos de comer los huevos y las patatas,

Emmy tomó la fuente y nuestras cucharas, y, tal como lo había hecho la noche anterior, el espantacerdos acercó un fardo de heno a la puerta del cuarto, encendió un farol y ordenó:

—Toca esa armónica otra vez, niño.

—¿*Red River Valley*?

—Algo rápido —dijo.

Toqué *Camptown Races*, una de las canciones más rápidas que alguien podía pedir. Luego toqué un par más de viejos estándares. Mientras tocaba, el espantacerdos tomaba varios sorbos de su botella y al cabo de un rato estaba acompañando el ritmo con el pie. Ahí estaba de nuevo, la magia de la música. Era un hombre que no nos había mostrado otra cosa más que crueldad, no había sonreído en ningún momento desde que estábamos con él, pero la música había encontrado una manera de escurrirse por debajo de toda esa armadura sólida y amarga, y tocar algo suave y más humano en su interior.

Cuando terminé esa última canción, el espantacerdos miró su botella, ya casi vacía, y la tapó nuevamente con el corcho. Podía ver que estaba listo para dar por terminada la noche.

—¿Cuánto le costó ese aguardiente? —pregunté. Su ojo sano me estudió con sospechas—. ¿Setenta y cinco centavos? ¿Un dólar?

—Un dólar con veinticinco —dijo finalmente.

—¿Es bueno?

—Parece queroseno.

Le quité la saliva a mi armónica y guardé el instrumento en el bolsillo de mi camisa.

—Conozco una manera de conseguir el mejor whisky de maíz que jamás haya probado —dije—. Y no le costará prácticamente nada.

CAPÍTULO 17

La mañana siguiente el espantacerdos nos dejó a Moses y a mí trabajando en la huerta y se marchó en su camioneta con Albert. Nos amenazó con entregarnos al sheriff si lo hacíamos enfadar de cualquier manera. En cuanto se hubo marchado, solté mi rastrillo, le dije a Moses que siguiera trabajando con la guadaña y me dispuse a marcharme.

Me cogió del brazo y me dijo: "¿Qué estás haciendo?".

—Voy a buscar a Emmy —respondí.

Negó con la cabeza. "Le hará daño", dijo por señas. "Y a ti también".

—Tengo que asegurarme de que está bien. Pero tú tienes que seguir trabajando, si no, se dará cuenta de que estuviste holgazaneando.

Negó con la cabeza con vehemencia.

—Moses, tengo que saber cómo está. Además, si tenemos pensado salir de este lugar, también necesitamos saber todo lo que podamos sobre él.

"¿Y si regresa?", preguntó por señas. "¿Y te atrapa?".

Pateé el cubo de agua para vaciarlo.

—Le diré que fui a buscar más agua.

Podía ver que no le hacía ninguna gracia y que no estaba muy convencido, pero finalmente me dejó ir.

La puerta de la casa estaba cerrada, pero las ventanas estaban abiertas y el espantacerdos no se había molestado en echar el pestillo, así que entré con facilidad. Esperaba encontrarme con un chiquero en el interior, pero me sorprendió su pulcritud. Supuse que, así como nos había puesto a trabajar a nosotros en el huerto, le había asignado a Emmy las tareas del hogar. La sala principal tenía en medio una salamandra enorme, la fuente de calor primordial de la granja durante el invierno. Me paré en la cocina junto a una mesa y tres sillas. Un diván servía de división entre la sala principal y una pequeña sala de estar con algunos viejos sillones tapizados. Entre los sillones, sobre una mesa cuyo acabado estaba tan desgastado que ya se podía ver la madera al descubierto, descansaba lo que en esos días se conocía como una radio de granja, alimentada por una batería. Herman Volz tenía una en su taller de carpintería y nos dejaba escuchar música mientras trabajábamos. Y también había una en la granja de los Frost y, a veces, cuando terminábamos nuestras tareas, la señora Frost nos dejaba escuchar *Death Valley Days* o *The Eveready Hour* o *The Guy Lombardo Show* con Burns y Allen.

Había dos puertas en la sala principal. Abrí la primera. Era una habitación con pocos muebles, tenía una cama deshecha, una cómoda, un palanganero con una palangana grande esmaltada y una navaja de afeitar, y colgado sobre la pared justo encima, un espejo sencillo y circular. Sobre la cómoda descansaba una fotografía con un marco de madera elegante. En ella estaba el espantacerdos con una mujer, sentados uno al lado del otro en el diván de la otra habitación. Sobre el regazo del hombre había una pequeña niña con coletas, que parecía tener la edad de Emmy y quien, de hecho, se parecía bastante a ella. El espantacerdos y la mujer se veían tremendamente solemnes, pero la niña sonreía.

Luego intenté abrir la segunda puerta. Cerrada. Me

arrodillé y miré a través del ojo de la cerradura, pero no vi demasiado.

—¿Emmy? —pregunté en voz baja.

Al principio, no escuché nada, pero luego oí un crujido como el que hacía Faria cuando corría por el suelo del cuarto de confinamiento.

—¿Odie? —preguntó la voz de Emmy al otro lado de la puerta.

—¿Estás bien?

—Sácame de aquí, Odie.

—Dame un minuto.

La cerradura de una puerta era la más fácil de abrir. Hurgué entre los cajones de la cocina y encontré un clavo largo y un trozo de alambre duro que doblé en una de las puntas. Metí el clavo, luego doblé el alambre y, al cabo de un minuto, la puerta estaba abierta. Emmy salió a toda prisa y me envolvió entre sus brazos. Aún llevaba el vestido de la noche anterior.

—¿Te ha hecho daño? —pregunté.

—No, pero no quiero estar aquí. ¿Podemos irnos?

—Todavía no, Emmy. No es seguro.

—Pero quiero irme.

—Yo también. Y lo haremos, solo que no ahora. —Me arrodillé para que mis ojos estuvieran a la misma altura que los suyos—. ¿Se está portando mal contigo?

Negó con la cabeza.

—Es muy triste. Llora por la noche y, cuando lo escucho, me hace llorar a mí también.

Me puse de pie y entré a la habitación donde estaba encerrada. La cama era pequeña y estaba bien hecha. Tenía olor a cerrado y entonces vi que el espantacerdos había cerrado con tablones la única ventana. Parecía ser algo reciente y supuse que lo había hecho para asegurarse de que Emmy no se escapara. En el suelo había un pequeño baúl color verde manzana, y cuando lo abrí, encontré que estaba lleno hasta la mitad con ropa de niña, vestidos y cosas por el estilo, todo muy bien doblado. También había una silla para niños en un rincón donde una muñeca Raggedy Ann me miraba con sus ojos de botones negros.

—Me quitó a Puff, Odie. Me dijo que la muñeca era mía si la quería —dijo Emmy—. Pero me da miedo.

Fuera de la habitación de Emmy había una escalera que llevaba al piso superior.

—Quédate aquí —le dije, y empecé a subir.

Tal como había sospechado, lo que encontré fue el ático, un espacio largo de techo bajo repleto de basura. Una de las mitades estaba separada por una cortina y, cuando la hice a un lado, encontré los rudimentos de una habitación: una cama, una cómoda, una silla, una palangana con un espejo y un orinal. No había nada que me diera pistas sobre quién había vivido aquí, pero un elemento de la escena me perturbó notablemente. Las sábanas y mantas estaban desparramadas por el suelo y el delgado colchón estaba completamente desgarrado, y el relleno de algodón brotaba hacia afuera como las entrañas de un animal destripado.

Abajo, Emmy se abrazaba a sí misma asustada.

—Odie, quiero irme de aquí. Por favor, quiero irme ahora.

—No podemos, Emmy. Todavía no. —Hice que mi voz sonara suave, calmada y reconfortante—. Se ha ido con Albert y podría hacerle daño si nos vamos. Y estoy seguro de que nos entregará y el sheriff nos llevará de regreso a Lincoln. Tenemos que esperar un poco más. —Luego vino la parte más difícil—. Tengo que encerrarte de nuevo.

—No, Odie. No te vayas. Por favor, no te vayas.

—Tengo que hacerlo, Emmy, solo por ahora. Pero nos iremos de aquí, todos juntos. Te lo prometo. —Me miró fijamente, sus ojos parecían dos pequeños botones blancos de miedo—. ¿Confías en mí? —pregunté.

Era difícil para ella, demasiado difícil, ver cómo me marchaba, pero finalmente asintió.

—Está bien. Pero, Emmy, si intenta hacerte algo, cualquier cosa que creas que te podría hacer daño, tienes que salir corriendo y no detenerte hasta que estés tan lejos como tus piernas te puedan llevar. Quiero que me lo prometas.

—No quiero irme sin vosotros.

—Si intenta hacerte daño, prométeme que correrás. Tienes que prometérmelo.

—Lo prometo —dijo al borde de las lágrimas.

—¿Palabra de honor?

Me dio su palabra.

—Está bien, regresa a tu habitación. Quizás podamos vernos durante la cena.

Entró cabizbaja, y yo sospechaba que, en cuanto cerrara la puerta, se arrojaría sobre la cama y empaparía las sábanas con sus lágrimas.

Ya fuera, cogí el cubo de agua y me dirigí al huerto. Antes de que hubiera dado una docena de pasos, oí el motor de un coche acercándose por el camino de tierra que dividía el huerto. Me agaché detrás del gallinero. Un Ford A polvoriento se detuvo frente a la casa y una mujer bajó con un canasto colgado del brazo. Se protegió los ojos del sol con la mano, miró a su alrededor y gritó:

—¿Jack? —Esperó un momento y luego se acercó a la puerta y llamó.

—¿Jack? —gritó una vez más.

Se giró hacia el corral, miró en todas direcciones con cuidado. Podía sentirme identificado con ella porque lo próximo que hizo fue intentar abrir la puerta de una casa donde no había nadie. Al ver que no se abrió, empezó a mirar a través de las ventanas.

Salí de detrás del gallinero.

—¿Puedo ayudarla?

Eso claramente la desconcertó y vi en su rostro la culpa.

—Solo estaba... Yo... —Entonces frunció el ceño—. ¿Quién eres?

—El sobrino del tío Jack —contesté—. ¿Quién es usted?

—Frieda Hines. Una vecina. Vine a buscar mis huevos semanales.

—El tío Jack no mencionó que vendría.

—¿No? Bueno, últimamente se le olvida. En especial desde... Bueno, ya sabes. No sabía que tenía familia aquí —dijo con un tono amable. Se acercó a mí—. Pero es bueno que no esté solo. ¿Dónde está?

—En el pueblo. Comprando —dije.

—Un sobrino. —Me miró detenidamente del mismo modo que había mirado al corral antes de intentar entrar sin permiso—. Nunca me ha hablado de ti.

—A mí de usted tampoco.

—¿Cómo te llamas?

—Buck.

—¿Por parte de su familia o de la de ella?

—¿A quién me parezco?

Se rio.

—Tienes un aire a Aggie, por lo que veo. ¿Cómo está? ¿Bien?

—Sí —respondí.

—Estábamos muy preocupados cuando se fue de esa manera, en medio de la noche. He oído que regresó a Saint Paul. ¿Es verdad?

—Es verdad.

—¿Cómo está la pequeña Sophie? Ya ha pasado casi un año.

—Ya no es tan pequeña —dije—. Crece más rápido que la maleza. Pero aún conserva sus coletas.

—Claro. —Intentó ocultar la malicia en su mirada antes de hacer la próxima pregunta—. ¿Y Rudy?

Esa me tomó por sorpresa. Pero había aprendido hacía mucho tiempo que en las situaciones de incertidumbre lo mejor era asumir una actitud de conocimiento secreto y mantener la boca cerrada. Y eso fue lo que hice.

—La dejó, ¿verdad? Hombres. —Prácticamente escupió la última palabra.

—¿Quiere que le diga al tío Jack que pasó a buscar los huevos?

—Gracias, Buck. Puedo pasar mañana por la mañana, si le viene bien.

—Me aseguraré de que así sea, señora.

—Bueno, sigue con lo que estabas haciendo. Encantada de conocerte.

Subió nuevamente a su automóvil y se marchó, saludándome mientras se alejaba.

Cuando regresé al huerto, Moses aún seguía trabajando, moviendo su guadaña de un lado a otro. Parecía aliviado de verme y me preguntó por señas: "¿Has encontrado a Emmy?".

—Está bien —contesté.

"¿Has averiguado algo más sobre él?".

—Quizás —dije.

Cogí mi rastrillo y pasé la mañana intentando imaginar la triste vida del espantacerdos y preguntándome qué había ocurrido con la mujer y la pequeña niña de la fotografía, y pensando en alguien llamado Rudy, y preocupándome por ese colchón destrozado.

CAPÍTULO 18

CUANDO EL SOL ESTABA SOBRE NUESTRAS CABEZAS, EL ES-
pantacerdos entró con su camioneta por el sendero y la
aparcó cerca del granero. Mandó a Albert a que nos fuera a
buscar y descargamos los materiales de la parte trasera; con
su escopeta, dirigía nuestro trabajo. Al interior del granero
llevamos una chapa de cobre de un metro por un metro y
medio, un tubo de sesenta centímetros también de cobre,
tres metros de tuberías de cobre, una bolsa de remaches
de metal, varios kilos de maíz y azúcar, un termómetro y
levadura.

Cuando descargamos lo último, dije:

—Una mujer le estaba buscando.

El espantacerdos se quedó paralizado.

—¿Una mujer? ¿Has hablado con ella?

—Dijo que se llamaba Frieda Hines. Vino a buscar
huevos.

—Los huevos, joder. —Cerró con fuerza su ojo sano,
atormentado por su olvido—. ¿Qué le dijiste, niño?

—Que era su sobrino y que usted había ido al pueblo a
comprar cosas.

Pensó por un momento.

—¿Se acercó al huerto?

—No, yo estaba llenando el cubo de agua de la bomba.

—¿No le dijiste nada más? ¿Nada sobre los otros, quizás?

—Ni una palabra, lo juro. Preguntó por Aggie y Sophie.

Una expresión de ira invadió su rostro, como si una ráfaga fuerte de viento lo hubiera desestabilizado.

—También preguntó por Rudy.

Las palabras que siguieron sonaron como astillas de hielo.

—¿Qué le dijiste?

—No tenía nada que decir. Lo descifró sola. Cree que están en Saint Paul. Aggie y Sophie, al menos.

—¿Y Rudy?

—Parecía que estaba bastante segura de que él las dejó. —Me encogí de hombros—. Parecía verdad.

El espantacerdos pensó todo esto una vez más y luego me ofreció una mirada de satisfacción, como si aprobara cómo había manejado la situación.

—Aggie y Sophie. ¿Son su esposa y su hija?

Pensó un momento antes de responder, luego asintió una única vez.

—Pasará a buscar los huevos mañana por la mañana.

—Estaré esperando a esa entrometida —dijo.

Albert y Moses se pusieron a trabajar. Sería una producción pequeña, solo un alambique de menos de cuatro litros, así que sabía que no llevaría mucho tiempo montarlo. Mientras trabajaban, empecé a hacer la mezcla con el maíz. El espantacerdos se quedó a un lado, con la escopeta en las manos, observando con un interés silencioso.

Al cabo de un rato, me atreví a hablar.

—Esa cosa del rincón es una prensa de sidra.

Miró la máquina desarmada contra la pared del fondo.

—Era —dijo con cierto tono de arrepentimiento.

—Parece como si la hubiese arrasado un tornado. ¿Qué pasó?

—Haces muchas preguntas.

—Aprovecho cada oportunidad. De vez en cuando, obtengo una respuesta.

Me pareció verlo casi sonreír, pero en su lugar agregó:

—Era vieja y dejó de funcionar, eso es todo.

Sí, claro. Alguien se había liado a golpes con una maza o no me llamaba Odie O'Banion. Los agentes del fisco hacían eso en ocasiones. Pero también los hombres desenfrenados por la ira.

Para la noche, el pequeño alambique estaba terminado y la mezcla ya estaba fermentando. Aunque llevaría varios días antes de que pudiéramos hacer la primera ronda, el espantacerdos parecía satisfecho. Esa noche, cuando abrió la puerta del cuarto de monturas, Emmy nos llevó un buen plato de pollo con zanahorias al horno. Cuando terminamos de comer, el espantacerdos se sentó sobre el fardo de heno en la puerta con Emmy a su lado y dijo:

—¿Puedes tocar *Goodbye Old Paint* con esa armónica que tienes?

—¿Te refieres a *Leaving Cheyenne*? Claro.

Saqué mi armónica, pero antes de llevármela a la boca, el espantacerdos me sorprendió. Levantó un violín que tenía oculto detrás del fardo de heno y lo apoyó bajo su barbilla.

—Sigue —dijo.

Y empecé a tocar esa vieja canción de vaqueros y el espantacerdos empezó a mover el arco de su violín. Era bastante bueno y no sonamos mal juntos. Todo el tiempo era consciente de que sus dos manos estaban ocupadas con el instrumento y no con su escopeta. Pero no era estúpido. Había puesto el fardo lo suficientemente lejos para que ni siquiera Moses, el más rápido de nosotros, pudiera alcanzarlo antes de que tuviera la escopeta de nuevo en sus manos. Aun así, me daba esperanzas.

—Toca bien el violín —dije.

—Hace mucho que no lo hago. —Meció el instrumento

suavemente entre sus manos y, por un momento, parecía estar en otro lugar—. Sophie solía rogarme que tocara cuando la acostaba en la cama —decir el nombre lo despertó de cualquiera que hubiera sido la ensoñación en la que había entrado y apartó el violín.

La canción me había hecho pensar en caballos, así que le pregunté:

—¿Qué les pasó a los caballos que usaban estas monturas?

—Los vendí —dijo—. Hace un año. Quería modernizarme, comprar un tractor.

—¿Nunca lo hizo?

—¿Ves algún tractor aquí, niño?

—No. Y tampoco veo ningún animal, solo esas gallinas en el gallinero.

—Solía tener algunas cabras —contó el espantacerdos—. La mayoría eran mascotas de Sophie.

Ese nombre otra vez, brotando accidentalmente de sus labios. En cuanto lo decía, parecía volver como un búmeran y golpearlo directo en el corazón. Se sentó más recto, cogió la botella de licor que guardaba en su bolsillo y le dio un largo trago.

—¿Qué les pasó a las cabras? —pregunté.

—Me las comí —dijo.

—¿Se comió las mascotas de su hija? No parece muy correcto.

—¿Cuántos años tienes, niño?

—Trece. —Lo cual, técnicamente, no era verdad. Todavía me faltaban algunos meses, pero sonaba mejor. Mayor, más sabio. Más duro.

—Cuando tengas un par de décadas más a tus espaldas —dijo, señalándome con un dedo—, podrás decirme qué está bien y qué no. —Se levantó, cogió su escopeta y su violín, y le habló a Emmy—. Junta esos huesos y lava los platos. La noche ha terminado.

—No lo ha dicho con mala intención —dijo Albert.

—¿Crees que me importa una mierda con qué intención lo ha dicho, Norman? Vamos, niña. —Le metió prisa a Emmy para que saliera y cerró la puerta del cuarto de monturas.

Me acosté en la oscuridad pensando en la amargura que tenía el espantacerdos en su interior y la tristeza que la acompañaba, y supuse que probablemente eran gemelas unidas por la cintura. Pensé que quizás no era amor lo que lo atormentaba, sino una horrible sensación de pérdida, lo que era algo que todos los que habíamos zarpado por el Gilead conocíamos. Pero también funcionaba de la otra manera. Perder a una hija, eso debía de ser casi como perder una buena parte de tu corazón.

Lentamente, el espantacerdos se estaba convirtiendo en Faria cuando lo conocí la primera vez. Cuanto más aprendía sobre él, menos aterrador era.

A la luz de la luna que se filtraba por las grietas de la pared, vi a Moses llamar a Albert con un golpecito en su brazo y hacerle una seña: "¿Norman?".

—El viejo vendedor de la ferretería hizo un montón de preguntas —explicó Albert—. Le preguntó a Jack, "¿Cómo se llama el niño?". Le dije que no era un niño. Y Jack dijo que tampoco era un hombre. Así que le dije al vendedor que me llamaba Norman. Ni niño ni hombre.

Maldición, qué gran idea, pensé. Cuando me presionaron a mí, lo único que se me ocurrió fue un nombre estúpido de una película de vaqueros. A él se le había ocurrido algo estupendo. Decidí que la próxima vez que alguien me preguntara, les daría un nombre tan ingenioso como Norman.

***

Para nuestra cuarta mañana con el espantacerdos,

habíamos terminado el trabajo en el huerto y nos puso a pintar el granero y a arreglar el gran jardín. Salvo por que estábamos encerrados en el cuarto de monturas todas las noches y solo comíamos una vez al día, no era diferente al trabajo que habíamos hecho en la granja de los Frost. Vimos a Emmy durante cada cena y ella parecía estar bien. Cuando terminábamos de comer, el espantacerdos sacaba su violín y yo me llevaba la armónica a los labios y tocábamos juntos. No parecía ser un mal tipo. Solo que la vida había sido bastante cruel con él. Lo había visitado su propio Dios del Tornado.

Una noche le pregunté sobre el parche que usaba en el ojo.

—Lo perdí combatiendo contra el káiser —dijo—. La guerra para acabar con todas las guerras. ¡Ja!

—¿Cree que no sirvió de nada? —preguntó Albert.

—Hay dos clases de personas en el mundo, Norman. Las que tienen cosas y las que quieren las cosas de los demás. No pasa un día en que no haya una guerra en alguna parte del mundo. ¿Una guerra para acabar con todas las guerras? Es como pedir una enfermedad para acabar con todas las enfermedades. La única manera de que eso ocurra es que cada ser humano del planeta muera.

Moses dijo por señas: "No todo el mundo es tan avaro".

Emmy interpretó las señas para el espantacerdos.

—Niño, nunca he conocido a nadie que no pusiera sus propios intereses por delante, y al diablo con todo lo demás. —Nos miró detenidamente a cada uno de nosotros con su ojo sano—. Siendo honesto. Si tuvierais la oportunidad de escapar, me cortaríais la garganta, ¿verdad?

Si bien ya había matado a un hombre para liberarme, cortarle la garganta al espantacerdos me parecía una idea repugnante.

—Yo no —dije.

El espantacerdos se bebió el último sorbo de alcohol que había traído consigo, miró la botella vacía y transparente y la arrojó contra la pared del granero, donde estalló en mil pedazos con una explosión que destruyó la frágil camaradería que había creado la música de la noche.

—Déjame decirte algo, niño. Siempre que creas que no eres capaz de hacer algo, en el minuto en que lo piensas, en el momento en que entra en tu mente, solo en tu imaginación, ya lo has hecho. Es solo cuestión de tiempo para que tus manos sigan a ese pensamiento.

Sujetó a Emmy, la puso de pie con fuerza, cerró la puerta del cuarto y nos dejó sumidos en la oscuridad.

Llovió todo el día, una llovizna constante, y el espantacerdos nos puso a trabajar en el interior del granero, afilando y aceitando sus herramientas, revisando la fermentación de la mezcla de whisky, mientras él se quedaba en la casa con Emmy. Aproveché para acercarme a la prensa de sidra destrozada que estaba apoyada contra la pared trasera del granero. Había sido objeto de una increíble ira. En todo momento, estuve pensando en lo que el espantacerdos había dicho la noche anterior, sobre el instante en que una idea horrible aparecía en tu cabeza y que solo era cuestión de tiempo que la llevaras a la práctica. No podía ver el interior de su cabeza ni su corazón, pero sin importar lo que tuviera allí, lo terrible que fuera, supuse que el espantacerdos era capaz de hacerlo. Seguí pensando en Aggie y Sophie y Rudy, preguntándome cada vez más por lo que realmente les había pasado. Y todo mientras intentaba averiguar cómo escapar.

Ese día, mientras observaba todo en el granero, finalmente tuve una idea decente. Había un rollo duro y pesado de alambre colgando de la pared junto a las herramientas de mano. Usé un par de alicates, corté unos sesenta centímetros de largo e hice un gancho en una punta.

Moses me dijo por señas: "¿Qué haces?".

—Ya verás. Albert, enciérrame en el cuarto de monturas.

Cuando entré y echó el pestillo, deslicé el alambre por un agujero en una de las tablas de la puerta y empecé a moverlo hasta engancharlo en el pestillo. Con cuidado, tiré del alambre hacia atrás junto con el pestillo y en menos de un minuto logré escapar.

Albert y Moses me miraron con admiración.

"¿Cuándo nos escapamos?", preguntó Moses.

Albert contestó:

—No hasta que liberemos a Emmy. Esconde ese alambre entre la paja del cuarto, Odie. Buen trabajo.

La lluvia parecía haber puesto al espantacerdos de un humor horrible. O quizás había sido la discusión de la noche anterior. Fuera lo que fuese, no estaba muy hablador cuando Emmy nos llevó la cena y tampoco llevó el violín. En cuanto terminamos de comer, le ordenó a Emmy que lo recogiera todo y nos encerró durante el resto de la noche.

La lluvia finalmente cesó y las nubes se despejaron. Se asomó la luna y deslizó sus dedos amarillentos entre las grietas de la pared del granero sobre el suelo del cuarto de monturas. Podía oír a Moses y a Albert durmiendo, pero mis ojos no querían cerrarse. Me quedé acostado allí pensando en el espantacerdos, en su malhumor, y me preocupé por Emmy. Finalmente, saqué el alambre que había escondido debajo del colchón de paja y lo deslicé hacia la puerta. Logré pasar el alambre por el agujero en la madera, enganché el pestillo y lo moví lentamente. Cuando logré quitar el pestillo, abrí despacio la puerta.

Una mano sobre mi hombro me hizo sobresaltarme. Me di la vuelta y me encontré a Moses de pie entre los rayos de luz de la luna.

"¿A dónde vas?".

"Emmy", contesté por señas. "Me preocupa".

"A mí también. Iré contigo".

La mayoría de las casas de las granjas que había visitado tenían un perro, pero este no era el caso. Cada vez más, me parecía un hombre tan hundido en su miseria que era lo único que respiraba y comía, lo único en lo que se cobijaba. Supuse que no quería nada, ni siquiera la compañía de un perro, para aliviar su miseria. No sabía por qué, pero esperaba que tuviera algo que ver con perder a su esposa y a su hija. O quizás solo a Sophie, porque no le había escuchado mencionar el nombre de su esposa ni siquiera una vez. Moses, Albert y yo solo éramos mano de obra gratuita para él. Pero Emmy, ella podía significar otra cosa, o la promesa de algo más, y si no cumplía con esa promesa, quién sabía lo que el espantacerdos en su sufrimiento era capaz de hacer.

Nos escabullimos hacia la casa, nuestras sombras siguiéndonos justo detrás. A través de una ventana abierta, podía escuchar el sonido de la música que provenía de la radio que tenía en el interior. Me apoyé contra la pared y lentamente me asomé por el alféizar. La habitación estaba iluminada por un farol de aceite. El espantacerdos estaba sentado en uno de los sillones tapizados, bebiendo whisky casero de una botella. Cuando el alambique estuviera en funcionamiento, probablemente se ahorraría una fortuna. Recostó la cabeza hacia atrás y cerró su ojo sano. Le hice una seña a Moses y avanzamos hacia la parte trasera de la casa.

La ventana de la habitación de Emmy seguía cerrada con tablones, pero un río de luz de luna se filtraba a través de un cristal que quedaba al descubierto y caía sobre Emmy, que estaba dormida en la cama.

Moses sonrió y dijo por señas: "Ángel". Luego agregó: "Demonio", y señaló hacia la sala principal.

Demonio no, pensé. Pero sí quizás un hombre capaz de hacer actos demoníacos.

La puerta de la habitación de Emmy se abrió de repente.

Con su silueta contra la luz del farol apareció el espanta-cerdos. Me tiré al suelo y Moses también, y aguantamos la respiración, con la esperanza de que no nos hubiera visto. Unos momentos más tarde, la ventana de encima de nosotros empezó a sacudirse. Todo en mi interior gritó "¡Corramos!". Moses debió haber sentido mi pánico y puso su mano sobre la mía y meneó levemente la cabeza. Nos quedamos en esta posición durante cinco minutos, conge-lados contra un lado de la casa, pero no ocurrió nada más. La ventana no estalló y el espantacerdos no nos disparó. Finalmente nos alejamos de la pared y nos arriesgamos a mirar a través de la ventana a Emmy. Seguía dormida en la cama y estaba sola una vez más.

"Volvámonos ya", me dijo Moses con una seña, y empecé a seguirlo hacia el granero.

Antes de que termináramos de cruzar el terreno, la puerta del frente de la casa se abrió y el espantacerdos salió con un farol en sus manos. Cerró la puerta y empezó a ca-minar, un poco inestable, en dirección al huerto.

"¿Liberamos a Emmy?", preguntó Moses. "¿Nos largamos de aquí?".

Negué con la cabeza y respondí, "Puede que vuelva ense-guida. Tendremos muchos problemas". Miré en la dirección en la que se había marchado. "Sigámoslo", le dije a Moses.

Moses meneó la cabeza y me respondió: "¿Estás loco?".

El espantacerdos estaba lo suficientemente lejos y me permití susurrar.

—¿A dónde va un hombre en medio de la noche, Moses?

"A mear", contestó Moses.

—Podría mear en el jardín. Vamos, antes de que sea de-masiado tarde. —Y me marché.

La luna iluminaba la hierba cortada entre las filas de árboles con una luminiscencia plateada. Nos mantuvi-mos en las sombras oscuras de los manzanos. El farol del espantacerdos era fácil de seguir. Avanzamos hacia el extremo oeste del huerto. Cuando llegamos a los últimos árboles, lo vimos a unos cincuenta metros, arrodillado bajo un roble solitario en un terreno baldío, tan inclinado que su frente tocaba el suelo. El sonido de sus sollozos profundos era suficiente para hacer llorar a una roca. Era imposible ver semejante escena de dolor y no sentir un nudo en el pecho. Había escuchado a los niños de Lincoln llorar toda la noche, incluso había escuchado a Moses, pero no podía recordar una vez en la que hubiera escuchado a un hombre adulto llorar de esa manera. Me hacía pensar que no importaba lo mayores o viejos que fuéramos, siempre habría un niño en algún lugar de nuestro interior.

Moses me tocó el brazo y me dijo por señas: "Vamos".

Había visto lo que había venido a ver, aunque no lo entendía precisamente, y asentí antes de regresar al granero.

CAPÍTULO 19

El espantacerdos, para nuestra sorpresa, estaba de buen humor la mañana siguiente. Me preguntaba si las lágrimas, como la lluvia, habían lavado su miseria, al menos por un rato. O quizás fueran las noticias que le dio Albert, cuando le dijo que la mezcla estaba lista para hacer la primera destilación con el alambique. O tal vez era algo completamente distinto.

La montaña de leña era lastimosamente baja y Albert le dijo que necesitaríamos más, tanto para el alambique como para cualquier comida que quisiera hacer en la casa. Cuando Emmy terminó de recoger los huevos del gallinero, una de sus tareas diarias, la puso a trabajar para que ayudara a Albert a preparar todo para la primera producción del alambique. Tomó una sierra que tenía colgada en la pared del granero y se la entregó a Moses, y luego bajó un hacha para él mismo. Señaló una carreta de madera en un rincón y me ordenó:

—Trae eso, tú y el mudo os venís conmigo.

Nos guio por el camino, con su siempre presente escopeta, a través del huerto hacia la orilla del río Gilead. Durante todo el recorrido, el espantacerdos silbaba con alegría la melodía de *Wabash Cannonball*, como si el trabajo que nos esperaba fuera algo para celebrar. Se detuvo frente a un inmenso álamo, muerto hacía mucho tiempo, pero aún en pie, sus ramas secas y marchitas, con su tronco lleno de huecos donde las ardillas o quizás los pájaros carpinteros anidaban. El árbol estaba a pocos metros de los arbustos donde habíamos ocultado la canoa y, cuando miré a Moses a los ojos, intercambiamos una mirada de preocupación.

—Ahí está, niños. Hace rato que quiero cortarlo. Parece que hoy es el día.

El aire de la mañana estaba fresco y traía consigo el aroma de los lirios rojos y las rosas silvestres, y los humos de pradera que habían crecido en el terreno baldío que separaba el huerto del río. Podía sentir que sería un día caluroso y la idea de pasar horas talando un árbol y partiéndolo en trozos lo suficientemente pequeños para que entraran en el horno o sirvieran para el fuego del alambique no era precisamente alentadora. Pero la belleza del día en sí y el humor del espantacerdos ayudaban. Sudar en los campos de Hector Bledsoe no hubiera sido la mitad del infierno que era si el sujeto no fuera un bastardo. Ese día, el espantacerdos estaba muy contento y eso marcaba la diferencia.

Antes de que él y Moses empezaran a cortar el álamo, se acercó hacia la base del tronco, como si estuviera midiéndolo. En la cara que daba hacia el río, se arrodilló y dijo:

—Hijo de perra. —Se agachó y cogió algo del suelo, y luego lo sostuvo en su mano para que pudiéramos verlo.

—¿Un hongo? —pregunté.

Sacudió la cabeza.

—Una colmenilla, el hongo más sabroso que existe. Ha pasado mucho tiempo desde la última vez que salí a buscarlas. Toma —me dijo a mí—. Toma esto y fíjate a si puedes encontrar más junto al río.

Era de un color pardo, de unos diez centímetros de alto, y parecía un sombrero andrajoso que usaría un duende en uno de esos cuentos de los Grimm. No se veía para nada apetitoso, pero estaba mucho más interesado en buscar hongos que en sudar la gota gorda en ese álamo.

—Si encuentras uno —dijo el espantacerdos—, lo traes de inmediato aquí. —Me guiñó con su ojo sano—. Ya sé lo que estás pensando, que estás ahorrándote el trabajo duro. Habrá mucho trabajo para ti cuando regreses, te lo aseguro.

Empecé a caminar. A mis espaldas, escuché la sierra que empezaba a cortar el álamo.

Avancé lentamente entre los árboles junto a la orilla del río, mirando con atención el suelo y todas las cosas silvestres que allí crecían. Encontré varios hongos de apariencia extraña. El río hacía una curva en el borde del huerto y pronto estuve completamente fuera de la vista del espantacerdos y Moses. Estaba tan decidido a seguir con mi misión, sin apartar los ojos del suelo, que cuando levanté la vista, me di cuenta de que no estaba lejos del roble donde el espantacerdos se había arrodillado la noche anterior y había llorado con todas sus fuerzas. Me volví nuevamente para asegurarme de que no me pudieran ver y me acerqué corriendo al roble.

Lo que encontré fue un pequeño cementerio, una parcela familiar de entierros. Las había visto antes en zonas rurales, donde las leyes que regulaban los entierros no llegaban o eran ignoradas. Algunas de las que había visto tenían cercas a su alrededor, pero no esta. Había una serie de lápidas de madera, placas rectas tan azotadas por el sol y el clima que lo que alguna vez había estado escrito sobre ellas ahora estaba completamente borrado. También había otras tres tumbas sin ninguna lápida, pero estaban claramente delineadas por tréboles salvajes. Me quedé parado allí pensando que probablemente estaba viendo a la familia del espantacerdos, aquellos que vinieron antes que él y que, quizás, habían labrado por primera vez estas tierras. Como él era el único en la granja, me pregunté también si sería el último de su familia, el fin de su linaje. Pensé en nuestro Jack el tuerto y lo solitario que debía de sentirse al creer que estaba solo, sin nadie que le recordara o llorara su partida cuando ya no estuviera en este mundo. Yo tenía a Albert y Moses, y ahora a Emmy. El espantacerdos parecía no tener a nadie.

Aun así, esas tumbas sin marcar me hicieron detenerme, en especial al recordar la ira evidente del ático destrozado, y abandoné el pequeño cementerio lleno de una especulación oscura e inquietante.

Cuando regresé con las manos llenas de colmenillas, encontré el álamo derribado y a Moses y al espantacerdos descansando tras haber estado trabajando, sentados sobre el tronco en el suelo. Se habían quitado la camisa y su piel relucía por el sudor. El espantacerdos estaba sonriendo, como si le encantara su trabajo. Y extrañamente, también Moses.

—Y el cazador de la colina a su hogar —exclamó de pronto el espantacerdos, y cuando vio los hongos, me dio una palmada en la espalda y agregó—: Una gran recolección, niño. Esto le dará sabor al pollo de la cena. Ponlos debajo de la carretilla y prepárate para sudar.

Ya habían cortado varias partes del tronco y el espantacerdos me puso a trabajar para que los cargara en la carretilla. Eran pesados y el trabajo era agotador, y mientras me encargaba de eso, Moses y él continuaron trabajando con la sierra.

Nos tomamos otro descanso y el espantacerdos preguntó:

—¿Tienes nombre?

—Buck —respondí.

—¿Y tu amigo mudo?

Miré a Moses. Me contestó: "Gerónimo".

El espantacerdos se rio cuando se lo mencioné.

—Claro —dijo—. ¿De qué tribu?

—Sioux —respondí.

—Dejadme enseñaros algo. —Sacó una navaja del bolsillo de su peto y cortó una rama delgada del álamo y nos mostró el recorte—. ¿Veis esa estrella ahí?

Tenía razón. En el corazón de la rama había una estrella oscura de cinco puntas.

—Tu pueblo tiene una historia sobre esto —le dijo a Moses—. Dicen que todas las estrellas del cielo nacen del interior de la tierra. Luego buscan las raíces de los álamos y se deslizan al interior de la madera, donde esperan, con mucha paciencia. Dentro del álamo, están apagadas y no tienen luz, como veis aquí. Luego, cuando el gran espíritu del cielo nocturno decide que hacen falta más estrellas, sacude las ramas con su viento y las libera. Estas salen volando y se asientan en el cielo, donde brillan y destellan y se convierten en las creaciones luminosas que siempre estuvieran destinadas a ser. —Miró la estrella en la rama del álamo con cierta veneración—. Y nosotros también somos como ellas. Los sueños se sacuden y se liberan. Vosotros, yo y todos los demás en la tierra de Dios. Tu pueblo, Gerónimo, tiene mucha sabiduría.

Moses esbozó la sonrisa más amplia que jamás había visto.

—¿No te ha gustado la historia? —me preguntó el espantacerdos, porque no estaba sonriendo como Moses.

—Está bien, supongo —respondí.

—¿Te gusta estar aquí, Buck?

—Es difícil.

—Déjame ver tus manos. —Estudió detenidamente los callos en mis manos—. Estás acostumbrado al trabajo duro.

—No significa que me guste.

—Todo es trabajo duro, Buck. Si no lo aceptas, la vida te terminará matando. Yo amo esta tierra, el trabajo. Nunca fui a la iglesia. ¿Dios acorralado bajo un techo? No lo creo. Si me lo preguntas a mí, Dios está aquí mismo. En la tierra, la lluvia, el cielo, los árboles, las manzanas, las estrellas dentro del álamo. En vosotros y en mí también. Todo está conectado y todo es Dios. Claro que es trabajo duro, pero es bueno porque es parte de lo que nos conecta con la tierra, Buck. Esta hermosa y dulce tierra.

—Esta tierra creó un tornado que mató a la mamá de Emmy. ¿Eso le parece dulce?

—Trágico, eso es lo que es. Pero no es culpa de la tierra. La tierra siempre ha sido lo que es, y los tornados han sido parte de ella desde el principio. Las sequías también, y los saltamontes, el granizo y los incendios, y todo lo que alguna vez alejó a las personas o las mató. La tierra es lo que es. La vida es lo que es. Dios es lo que Dios es. Vosotros y yo somos lo que somos. Nada es perfecto. O, diablos, quizás sí lo sea y no somos lo suficientemente inteligentes para verlo.

—Esos árboles del huerto estaban bastante mal cuando llegamos. Amas mucho a esta tierra, ¿por qué dejaste que se echara a perder?

—Les fallé, Buck, tan sencillo como eso. Les fallé. Es culpa mía. Pero encontrarlos a vosotros en ese cobertizo parece que fue una bendición, y me siento renovado.

Me preguntaba si era el mismo hombre que había clavado tablones en la ventana de la habitación de Emmy y que había estrellado la botella de licor contra la pared del granero y llorado desconsoladamente bajo el roble. De cierta manera, era como esta tierra que tanto amaba, un tornado asesino en un momento, el cielo azul luego. Me preguntaba si era el alcohol lo que causaba los cambios. O era solo su forma de ser ahora y siempre, y quizás la razón por la que Aggie lo había abandonado. Si, de hecho, eso era lo que había pasado.

—Déjame decirte una cosa, Buck —dijo—. Si quieres un descanso, lleva esa carretilla al granero. Hay un banco para cortar leña cerca del cobertizo. Ya lo has visto. Deja esos trozos ahí y, antes de regresar, llena el cubo de madera con agua de la bomba y tráela. Tengo un poco de sed. ¿Crees que puedes hacerlo?

—Puedo hacerlo —dije.

—¿Qué piensas, Gerónimo?

Moses sonrió y asintió.

—No te tardes, Buck. Hay trabajo que hacer. Y también quiero novedades sobre cómo van las cosas con el alambique.

Guardé las colmenillas en la carreta, pero cuando la cogí de los mangos, podía jurar que estaba levantando más de doscientos kilos. Me arrojé con todo mi peso sobre ella y empezó a avanzar.

Vacié toda la madera al banco para cortar que había a un lado del cobertizo, cogí las colmenillas que había recogido y entré en el granero para ver el progreso de Albert con el alambique.

Había algo en mi hermano que lo obligaba a hacer el trabajo de la manera correcta, a cualquier precio. El pequeño alambique que había construido para el espantacerdos, con una olla de cobre para hervir la mezcla y un tubo largo y enrollado también de cobre, era una cosa resplandeciente y hermosa. En un extremo del tubo de cobre enrollado, que también lo llamaban serpentín, había una botella de leche de casi dos litros para recoger todo el alcohol destilado.

Emmy estaba con Albert. Ese día llevaba un vestido diferente, un vestido azul con tirantes. Estaba arrodillada frente a un pequeño horno abierto debajo de la olla, y su rostro estaba iluminado por las llamas.

—Odie, yo metí la leña —me contó orgullosa.

Le pregunté a mi hermano cómo iba.

Señaló con la cabeza hacia la botella de leche, que ya estaba por la mitad.

—De maravilla. ¿Cómo os está yendo a vosotros?

Le conté lo del cementerio que había encontrado y que

Moses y yo habíamos seguido al espantacerdos allí la noche anterior.

—No sé qué pensar, Albert. Me gusta, pero hay algo tenebroso en él.

—A mí me trata bien —dijo Emmy—, pero desearía que me dejara estar aquí afuera con vosotros.

—Y a mí que nos diera más comida —dije.

—No tiene mucha comida —dijo Emmy—. No come más que nosotros.

—Tiene nuestro dinero. Debería gastar una parte y llenar su despensa.

—Quizás no lo usa porque es nuestro —dijo Albert.

Lo cual, si era verdad, hacía que me agradara aún más el espantacerdos. Tanto que decidí que estaba listo para dejar de llamarlo así. De ahora en adelante, sería Jack.

Salí del granero, dejé las colmenillas en la puerta de la casa y llené el cubo de madera con agua, pero no lo llevé de inmediato a donde Jack y Moses estaban trabajando en el álamo. Mi conversación con Albert y Emmy me había dejado pensando. Me preguntaba qué había hecho Jack con la funda y todas las cosas que nos habíamos llevado de la caja fuerte de los Brickman. Dejé la cubeta a un lado de la puerta del frente, entré y me quedé allí parado por un momento, pensando. Si quisiera ocultar algo, ¿dónde lo escondería?

Primero, revisé su habitación, la cual no tenía ningún armario, así que las únicas dos posibilidades eran la cómoda y debajo de la cama. Nada. No me molesté en buscar en el cuarto de Emmy. Abrí los armarios de la cocina, revisé debajo y detrás de los muebles de la sala de estar, y finalmente miré la escalera que llevaba al ático y el colchón destrozado con el relleno fuera como las entrañas de un animal. Tuve una reacción visceral ante la idea de subir allí otra vez, un nudo enfermizo en la boca del estómago. Pero quería encontrar la funda, así que subí por la escalera.

La cortina aún separaba la parte con la cama y el colchón y el orinal. Revisé los elementos que tenía guardados en la otra parte del ático, entre los que había un baúl de madera y cuero. Levanté la tapa y encontré un edredón hecho a mano, doblado con cuidado, un vestido de boda, también doblado y guardado con mucho cuidado, una Biblia, un par de zapatitos de bebé color bronce y otros recuerdos del pasado. Hurgué un poco más y encontré un uniforme del ejército con una fotografía enmarcada. Dos hombres con uniformes militares de pie frente a un barracón. Uno de ellos era Jack, antes de perder su ojo luchando contra el káiser. El otro parecía tener la misma edad. Ambos sonreían y Jack tenía el brazo alrededor del otro hombre como hacían los amigos. Al pie de la fotografía, escritas con tinta blanca, estaban las palabras "Primero la muerte antes que el deshonor. Rudy". Lo cual me recordó un poco a las palabras de despedida de Herman Volz cuando partimos: "Defenderé tu honor y el mío hasta la muerte".

Guardé todo en el baúl, cerré la tapa y finalmente corrí la cortina.

El colchón seguía en el suelo como un animal destripado. Inspeccioné la zona con cuidado, pero no vi nada que pudiera ocultar la funda de la almohada ni su contenido. Cuanto más tiempo estaba allí, más seguro estaba de que algo horrible había ocurrido en ese lugar, algo aterrador. Retrocedí trastabillando y bajé a toda prisa por la escalera, lejos de ese lugar maldito. A los pies de la escalera, me tomé un momento para recobrar la compostura.

Fue entonces cuando vi algo que me llamó la atención. En un rincón de la cocina, las tablas del suelo estaban un poco más levantadas que el resto. Me arrodillé y levanté la puerta de una pequeña despensa, un pequeño hueco debajo de la casa para almacenar comida y mantenerla fría. No había ningún alimento, pero estaba la funda junto con las mantas y la bolsa de agua que nos había dado Volz. Revisé el interior de la funda. Las cartas, documentos y libros atados seguían allí, pero el dinero había desaparecido por completo. No me sorprendía. Si hubiera sido Jack, probablemente también me hubiera quedado con el dinero sin pensarlo dos veces. Lo que sí me sorprendió fue encontrar el arma de los Brickman. No estoy seguro de qué fue lo que me poseyó, quizás porque acababa de bajar de la habitación de arriba donde las pruebas de un ataque de ira eran evidentes, pero cogí la pistola, tiré la funda nuevamente al interior de la despensa y la cerré. Volví a toda prisa al granero, ocultando el arma de la vista de Albert y Emmy cuando entré. La escondí bajo el colchón de paja en el cuarto de monturas, junto al alambre que había hecho para escapar. Salí a toda prisa, cogí el cubo con agua, lo cargué en la carretilla de madera y regresé al Gilead y el álamo caído.

CAPÍTULO 20

Esa noche empezó con una celebración. Jack nos invitó a la casa y nos sentamos en la pequeña mesa, como una familia. Comimos el pollo al horno, junto con las colmenillas que había recogido y que Jack había cortado y salteado con mantequilla. Puedo jurar que fue la mejor comida que jamás hubiera probado. También había, por supuesto, licor. Jack se sirvió el whisky transparente de maíz de una de las botellas de leche en un vaso y se lo bebió mientras comía, hablaba y reía.

—Ha pasado mucho tiempo desde la última vez que hubo risas en esta casa —dijo—. Norman, has hecho un gran trabajo con ese alambique en el granero. Gerónimo, nunca he visto a ningún hombre trabajar tanto ni tan bien como tú hoy. Emmaline, gracias por limpiar este lugar y por dejar que vuelva a entrar la luz. Y ¿Buck? —Me estudió detenidamente con su ojo sano. Me preguntaba qué diría. No había trabajado tanto como Moses ni había creado un alambique tan maravilloso como Albert, ni tampoco le había dado el consuelo que Emmy parecía ofrecerle—. Gracias por devolverle la música a mi vida. Tú y esa armónica me habéis salvado.

Jack habló y habló sin parar, como alguien que hubiera estado encerrado en su propio cuarto de confinamiento durante mucho tiempo. A pesar de la camaradería, aún tenía su escopeta cerca. Cuando terminamos de comer, recogimos los platos y los lavamos, mientras Jack bebía su licor de maíz. Entonces dijo:

—Buck, saca esa armónica tuya y hagamos una pequeña fiesta en el granero.

Cogió su violín y su escopeta, y le pidió a Emmy que llevara la botella de leche, y cruzamos sin prisa el terreno. El sol, que era del color anaranjado de la sangre, parecía estar clavado en el horizonte y los largos rayos de luz rojiza se vertían entre las hendiduras de las viejas paredes del granero, cubriendo el suelo de tierra con pequeños ríos de lava ardiente.

—Gerónimo, trae algunos de esos fardos y ponlos aquí. Buck, coge uno, yo cogeré otro. Norman y Emmaline, ¿tenéis ganas de mover los pies?

Mi hermano no contestó, pero Emmy sí:

—Me encanta bailar.

—Bueno, niña, entonces baila como si no hubiera un mañana.

Tocamos algunas antiguas canciones folk que mi padre me había enseñado o que había aprendido del libro que mi madre me había regalado cuando cumplí seis años, no mucho antes de que muriera. Emmy bailó con alegría y Moses la acompañó, girando descontrolado. Bailaron juntos, luego por separado como peonzas, levantando remolinos de polvo por el aire. Albert se quedó a un lado y, si bien no bailó, acompañó el ritmo con sus palmas. Entre canción y canción, Jack bebía su licor y varias gotas de sudor se formaban en su entrecejo, y su ojo sano cada vez adquiría una mirada más excitada. Ya estaba oscureciendo y la luz había empezado a desaparecer del granero cuando Jack dijo:

—Toquemos *Red River Valley*.

—¿Seguro? —dije.

Me miró con ira.

—Haz lo que te digo.

Ahí estaba otra vez. Cielo despejado en un momento, la amenaza de un tornado en el siguiente.

Bebió un largo trago de su botella, luego la dejó sobre el suelo a un lado de su fardo de heno. Levantó el arco, apoyó el violín debajo de su barbilla y asintió.

Empezamos a tocar la melodía más lenta y triste de la noche. Emmy se sentó en el suelo de tierra del granero y Moses la acompañó. Albert se quedó reclinado sobre una pared. Apenas podía ver los rincones del granero, la luz era demasiado tenue. Pero sí podía ver el rostro de Jack mientras tocaba. Tenía el ojo cerrado, pero ninguna lágrima se deslizó por su mejilla. Cuando terminamos, se quedó en silencio durante un largo rato, con su violín aún descansando debajo de la barbilla. Finalmente, abrió el ojo y miró a Emmy sentada en la oscuridad del granero.

—¿Te ha gustado, Sophie? —preguntó.

—Soy Emmaline.

Y eso lo desconcertó.

—Ya sé que eres Emmaline, maldita sea. —Por un momento, creí que le arrojaría el violín—. La noche ha terminado. —Cogió su escopeta, la cual había estado recostada sobre su fardo de heno todo este tiempo, y se puso de pie—. Coge esa botella, niña. Vosotros, regresad al cuarto de monturas. ¡Ahora!

Emmy hizo a toda prisa lo que le ordenó. Guardé mi armónica en el bolsillo y empecé a caminar hacia el cuarto de monturas, luego oí el golpe suave de la botella de leche y me volví. Jack y Emmy estaban parados uno al lado del otro, mirando a la botella rota en el suelo, con su contenido formando un charco de lodo en el suelo.

—¡Maldición! —gritó Jack—. ¡Maldita mierda, niña! Mira lo que has hecho.

—Lo siento —se disculpó Emmy—. Está oscuro. No puedo ver nada.

—Excusas —replicó y la sujetó del brazo—. Ya lo veremos.

—Suéltela —ordenó Albert.

—Cierra el pico, niño.

—Suéltela —repitió Albert, erguido y firme, bloqueando la puerta del granero.

Jack la soltó, pero solo para coger su escopeta con ambas manos y apuntar el cañón hacia Albert.

—Muévete, niño.

—Prométame que no le hará daño.

Miré a Moses, que se acercaba a la mesa de trabajo donde guardaba las herramientas. Con su ojo sano, Jack también lo vio.

—Detente ahí, indio.

Moses se detuvo. Entonces me volví y empecé a andar.

—Tú, Buck, ¿a dónde vas?

—Al cuarto de monturas, como nos dijo.

Jack resopló.

—Al menos uno de vosotros sabe lo que le conviene.

Dentro del cuarto, cogí la pistola de donde la había escondido debajo de la paja esa mañana y me quedé en la puerta. No creía que Jack pudiera ver lo que tenía en mis manos temblorosas.

—Muévete —le ordenó Jack a Albert—. Muévete, niño, o te juro que no vivirás para lamentarlo.

—Emmy —dije—. Aléjate de él.

Jack volvió su ojo sano hacia mí, lo que significaba que no podía vigilar a Emmy, y ella se acercó corriendo rápidamente a Moses, que se puso entre ella y la escopeta.

—Un motín —dijo Jack—. Os abro la puerta de mi casa, os doy de comer ¿y qué hacéis? Me traicionáis. Cada uno de vosotros.

—Nos vamos —replicó Albert.

—Ni lo sueñes —le contradijo Jack.

Y al ver la escopeta, también pensé, "Ni lo sueñes".

—No me presiones, niño —le advirtió Jack.

Levantó la escopeta y apoyó la culata sobre su hombro, y él y Albert se quedaron mirándose fijamente y sin que se oyese ningún ruido en el mundo entero.

"Muévete, Albert". Quería gritar. Porque estaba seguro, muy seguro, de que Jack cumpliría con su amenaza. Había algo en él, una especie de ira monstruosa, y, a juzgar por el colchón que tenía destrozado en el ático de su casa, ya tenía pruebas de lo que era capaz de hacer.

No pensé. Solo apreté el gatillo. El sonido del disparo rompió la noche en un millón de pedazos.

Emmy gritó y Jack se desplomó sobre el suelo del granero.

***

Las pérdidas llegan a cada momento. Segundo tras segundo, nuestra vida nos es arrebatada. Lo que es pasado nunca regresará.

Había asesinado a Vincent DiMarco y me había causado algo que no podía deshacer. Pero si me lo preguntaban, incluso hoy día, te diría que nunca lamenté su muerte. Jack era diferente. Sabía que la ira que tenía en su interior no era culpa suya. Había visto a un Jack diferente, un Jack que me agradaba y, quién sabe, quizás, con tiempo y en otras circunstancias, un Jack al que hubiera estado feliz de considerar mi amigo. Dispararle fue como dispararle a un animal rabioso. No me quedaba otra opción. Pero cuando apreté el gatillo, algo en mi interior se perdió, algo más significativo que cuando había matado a DiMarco, algo que ahora concibo como una parte de mi alma. Y en el momento que siguió, me senté con pesadez sobre el suelo de tierra del granero, rendido al arrepentimiento.

Albert se inclinó sobre Jack, luego miró a Moses y dijo:

—Justo en el corazón, parece. —Se me acercó caminando, pero casi no pude sentir su mano sobre mi hombro—. Debemos irnos, Odie.

Me ayudó a levantarme y salimos, Emmy y Moses ya estaban esperándonos allí. Emmy me abrazó y apoyó su mejilla sobre mi pecho.

—Tu corazón, Odie —dijo—. Late como un pájaro salvaje enjaulado.

Vi que Moses le dijo por señas a Albert: "¿Dinero?".

—No queda más —respondí. De algún modo, mi voz sonaba separada de mi cuerpo, como si fuera otra persona quien estuviera hablando.

Les dije lo de la funda en la despensa y Albert y Moses fueron a buscarla. Mi fuerza me había fallado una vez más y tuve que sentarme en la penumbra del terreno. Miré mis manos, ahora vacías, y me pregunté, distante, qué había ocurrido con el arma.

Albert y Moses regresaron con la funda, la bolsa de agua y las mantas que Volz nos había dado, y también la ropa que Emmy tenía cuando llegamos a este lugar.

—He buscado por todas partes —dijo Albert—. Pero no encontré el dinero. Quizás ya se lo ha gastado. Tenemos que seguir avanzando.

Cruzamos el huerto con la luna por encima de nosotros, caminando entre los árboles que habíamos cuidado, sobre la hierba que Moses había cortado con su guadaña. Habíamos puesto una parte de nosotros en esta tierra y en lo que crecía allí, aunque solo por un breve instante, y tuve una sensación de pertenencia al recordar a Jack hablando de ella. La había llamado dulce. Si bien había hecho algo horrible esa noche, y quizás Jack también, entendí que la tierra no tenía la culpa. Intenté llevarlo un paso más allá, sentir a Dios allí, a mi alrededor, como Jack lo había sentido. Pero mi corazón no estaba listo. Y lo único que sentí fue pérdida, solo vacío.

Moses y Albert habían sacado la canoa de su escondite entre los arbustos y estaba flotando sobre el Gilead. Yo seguía confundido y Emmy me ayudó a subir y se sentó delante de mí. Moses se sentó en la proa, Albert en la popa y zarpamos. Podía ver el curso del río delante de nosotros, blanco como la leche a la luz de la luna. Oí el chapoteo de algo pesado en el agua, justo por detrás de la canoa. No hacía falta que preguntara qué era lo que Albert había arrojado.

Y así partimos, directo hacia lo que esperaba que fuera, aunque cada vez con menor intensidad, esa nueva vida que con tanta desesperación había imaginado para nosotros.

Parte tres

HASTA LOS CIELOS

CAPÍTULO 21

DESDE LA PERSPECTIVA DE CIERTA SABIDURÍA ADQUIRIDA con las décadas, ahora miro con compasión a esos cuatro niños que navegaban por un río serpenteante con un final desconocido para ellos. Incluso ya al otro lado de la distancia del tiempo, aún sufro y rezo por ellos. Nuestras versiones pasadas nunca mueren. Les hablamos, contradiciendo decisiones que sabemos que solo traerán infelicidad, les ofrecemos consuelo y esperanza, aunque no puedan escucharnos. "Albert", susurro, "mantente lúcido. Moses, mantente fuerte. Emmy, aférrate a la verdad de tus visiones. Y, Odie, no tengas miedo. Estoy aquí, esperándote con paciencia a orillas del Gilead".

***

Solo diez días habían pasado desde que abandonamos la Escuela Lincoln, pero nos parecía una eternidad. El tiempo cambió mientras navegábamos bajo cielos grises. Hablamos poco, anhelamos menos. El recuerdo de lo que habíamos dejado atrás, que hasta entonces era casi solo muerte y desesperación, nos parecía un ancla pesada y fatigosa, y como no podíamos encontrar la fuerza por nuestra propia voluntad, el río nos llevaba hacia delante a paso de tortuga.

La segunda noche después de que abandonáramos la casa de Jack, acampamos lo suficientemente cerca de un pueblecito como para poder escuchar la música de un baile. Violines, guitarras, un acordeón. Echaba de menos sacar mi armónica y tocar, acompañar las melodías que sabía que levantaban el ánimo de quien hubiera en el salón —¿la Legión Estadounidense? ¿Hermanos de la organización de los Elks? ¿Alguna Iglesia?—. Pero como habíamos dejado a un hombre muerto detrás y temíamos que nos descubrieran, Albert me prohibió tocar nada.

Cerca del anochecer, Albert había ido al pueblo y regresó con un hueso de jamón que aún tenía algo de carne y unas cáscaras de patatas y zanahorias que había encontrado envueltas en un periódico en un bote de basura detrás de una cafetería. También regresó con la manga de su camisa desgarrada, cortesía de un perro callejero escuálido cerca del bote de basura, tan hambriento como nosotros. No era mucho y le dimos la mejor parte a Emmy. Ahora aparecíamos en el periódico que envolvía la comida, pero, por suerte, no por lo que había pasado en la granja de Jack. El periódico era el *Mankato Daily Free Press*, publicado en una ciudad al este, la dirección en la que el Gilead nos estaba llevando. Este era el titular: "¡Robo y secuestro! ¿Ahora asesinato?".

Albert nos leyó la noticia en voz alta. Habían encontrado el cuerpo de Vincent DiMarco en el fondo de la cantera. Como habían encontrado el alambique cerca de ese lugar, que las autoridades creían que pertenecía a DiMarco, el sheriff Warford inicialmente había sospechado que el tipo estaba borracho y se había caído por el precipicio. Pero como la autopsia reveló que no había rastros de alcohol en la sangre de DiMarco, y como había estado desaparecido desde la noche del secuestro y el robo, la conclusión del sheriff cambió hacia la idea del asesinato. Cerca del final del artículo había un párrafo sobre Billy Red Sleeve. Decía que mientras buscaban en la cantera después de descubrir el cuerpo de DiMarco, también encontraron el cuerpo del niño indio desaparecido. Eso era todo. Ninguna otra explicación. Solo otro niño indio muerto.

—Al menos su familia no lo estará buscando ahora —dije.

—Creen que el alambique de Volz era de DiMarco —comentó Albert—. Eso tiene que ser obra de Brickman para no ensuciarse las manos.

—Y sacar a Volz de eso —agregué, con gran alivio.

"No dice nada sobre nosotros", dijo Moses, señalándonos a los tres.

—No lo entiendo —replicó Albert, meneando la cabeza—. Pero es una suerte para nosotros. —Buscó algo en la funda y sacó una vieja gorra de visera que había visto a Jack usar varias veces. Supuse que Albert la había cogido junto con todo lo demás. Siempre tan previsor. Ajustó la cinta de atrás y se la entregó a Emmy.

—Póntela a partir de ahora —ordenó.

—¿Por qué?

—Jack te reconoció por la fotografía en el periódico. Alguien más también podría hacerlo. Mantén la visera baja para esconder la cara siempre que haya gente cerca.

Esa noche, Emmy se acostó en los brazos de Moses y lloró sin parar, y cuando le pregunté por qué estaba llorando, no me supo responder, solo que se sentía sola. Pensé que la entendía, porque aún recordaba mis primeras semanas en la Escuela Lincoln, cuando parecía que Albert y yo lo habíamos perdido todo. Yo también solía llorar mucho, casi siempre de noche, como muchos otros niños. Teníamos miedo, claro, pero era solo una parte. También estábamos de luto, pero eso era solo una parte. Hay un dolor más profundo que cualquier otra cosa contenida en el cuerpo, y es la herida del alma. Es una sensación de abandono por parte de todos, incluso Dios. Es la mayor soledad que alguien puede sentir. Un cuerpo herido sana, pero deja una cicatriz. Al ver a Emmy llorar entre los fuertes brazos de Moses, pensé que lo mismo podía sucederle al alma. Ahora yo era quien tenía una enorme cicatriz en mi corazón, pero la herida en el corazón de Emmy era tan reciente que todavía no había empezado a sanar. Miré a Moses escribirle una seña en su palma una y otra vez: "No estás sola. No estás sola".

La siguiente noche, acampamos en un barranco, un lugar desde donde no podíamos ver ninguna luz y creíamos que estábamos ocultos a los ojos de los demás. Albert decidió que podíamos arriesgarnos a encender una fogata. Juntamos algunas ramas caídas de los álamos y otros árboles a orillas del río y Albert, que se había estudiado con diligencia cada una de las unidades del manual del *boy scout*, colocó las ramas de una manera ingeniosa y encendió el fuego. Hay algo en las fogatas en una noche oscura, un fuego compartido con otros, que saca la tristeza de tu interior. Nos sentamos alrededor del jovial resplandor mientras las ramas crujían al quemarse y las llamas bailaban, y si bien no habíamos comido ese día, podía sentir cómo nuestro ánimo subía junto con el humo hacia las estrellas. Nos pareció una eternidad, dado que ninguno había reído o siquiera sonreído, y era bueno ver en los rostros de los demás una mirada no necesariamente de alegría, sino de alivio y consuelo.

—Toca una canción, Odie —pidió Emmy.

Miré a Albert y asintió.

Por primera vez desde que habíamos dejado a Jack muerto en el granero, tomé mi armónica y empecé a tocar. Elegí *The Yellow Rose of Texas* porque era una canción animada y todos conocían la letra. Albert y Emmy cantaron, y Moses movió sus dedos con elegancia.

—Esta es para Moses —dije, y toqué *Take Me Out to the Ball Game*. Esbozó una sonrisa enorme y, cuando terminó la canción, dijo, "Echo de menos el aroma de un guante de cuero".

—Aún hay mucho béisbol en tu futuro —comentó Albert.

Emmy juntó las manos.

—Algún día, serás un jugador de béisbol famoso, Moses. Puedo verlo.

Moses sacudió la cabeza y dijo: "Soy feliz siendo libre".

—¿Tocarás *Shenandoah*, Odie?

No quería tocar canciones tan sentimentales, pero sabía que la canción era especial para ella porque había sido especial para su madre. Así que llevé la armónica a mis labios y toqué esa triste y hermosa melodía. Nos quedamos en silencio luego, mirando la fogata, perdidos en nuestros pensamientos.

—¿Sabéis qué quiero? —dijo Emmy de repente. Miró a Moses, luego a Albert y finalmente a mí—. Quiero sentarme alrededor de una fogata como esta todas las noches hasta que me muera.

Moses sonrió y dijo por señas: "Quemar toda la madera del mundo".

—Piensa en el humo, Emmy —replicó Albert, riendo—. Taparía todo el cielo.

De repente, una voz nos habló por detrás de nosotros lejos de la luz de la fogata.

—Los indios creen que el humo lleva sus plegarias al cielo.

El hombre apareció de la nada. Era un sujeto robusto y fuerte, sus hombros parecían los de un búfalo y su cabello parecía el pelaje invernal de un búfalo cayendo sobre ellos. Llevaba un viejo sombrero negro, una camisa de botones, unos vaqueros sucios y unas botas de punta con algunas marcas. Parecía como si acabara de terminar de arrear el ganado, salvo por el hecho de que era evidente que era indio. Se acercó al borde de la luz de la fogata con una bolsa de arpillera sobre su hombro, sus ojos ilegibles.

—Oí la música. ¿Os molesta si os acompaño?

Emmy se acercó a Moses y él la envolvió entre sus brazos. Albert se levantó de un modo desafiante y miró al hombre con detenimiento. Miré a nuestro alrededor, buscando algo que pudiera usar como arma, hasta que finalmente me decidí por una rama grande de álamo que tenía a mi alcance, por si fuera necesaria.

—No sé si tenéis hambre —dijo el hombre—. Pero tengo esto para cocinar, si me permitís usar vuestro fuego. —Rebuscó en su bolsa y sacó dos bagres envueltos en un periódico—. Los compartiré encantado.

Parecía una oferta amigable, pero como acabábamos de escapar del cautiverio de Jack, no me entusiasmaba mucho compartir el cálido resplandor de nuestra fogata con un extraño. Por otro lado, no habíamos comido casi nada durante los últimos dos días. Muchas veces había pensado en los dos billetes de cinco dólares que tenía dentro de mi bota derecha y usarlos para comprar comida, pero Emmy, esa noche cuando se me había acercado para hablarme como si estuviera en trance, me había dicho que sabría cuándo sería el momento indicado para usarlos, y todavía no lo había sentido así. La idea de una comida caliente y sabrosa era tentadora.

Albert finalmente asintió.

El indio tomó dos ramas rectas y robustas del montón que habíamos hecho para alimentar el fuego. Cogió los bagres, ya limpios y descamados, metió la rama en la boca de cada uno y los clavó en el suelo con cierto ángulo para que estuvieran sobre las llamas y las brasas. Luego se sentó en la parte más alejada de la fogata.

—Sois muy jóvenes para andar solos —comentó—. Pero, bueno, yo estoy solo desde que tenía trece años.

—¿Eres un vaquero? —pregunté.

—Lo era. Arreaba ganado para un hombre en Dakota del Sur. Nadie paga por las vacas ahora, así que me echaron. Decidí regresar a mi hogar.

—¿Dónde? —pregunté.

Abrió los brazos.

—Aquí.

—¿Aquí mismo? —Golpeé el suelo.

—Sí. Y hacia ahí y allí también. —Señaló en ambas direcciones del Gilead—. Todas estas eran mis tierras y de mis compañeros sioux. No tenemos papeles que lo digan. Pero nunca las vendimos. Solo nos las quitaron.

Miró a Moses con un interés particular y le habló a él en un idioma que no entendí. Por la expresión en el rostro de Moses, quedó claro que él tampoco lo entendió. Pero entonces Emmy respondió:

—Sí.

El indio abrió los ojos y sonrió. Habló nuevamente en ese idioma extraño y Emmy le respondió en el mismo idioma.

El indio nos miró boquiabiertos. Señaló a Moses.

—Le pregunté a vuestro amigo si era sioux. Después le pregunté a esta pequeña cómo entiende mi idioma. Me dijo que tiene sangre sioux.

—No sabía que podías hablar sioux —le dije a Emmy.

—Papá me enseñó. Pero nadie me dejaba usarlo en la Escuela Lincoln. ¿Recuerdas esa regla, Odie?

La recordaba. También recordaba los azotes y las noches que debían pasar en el cuarto de confinamiento aquellos niños que olvidaban esa regla.

Una vez que la tensión se suavizó, miré al indio y le hice una pregunta que me había estado atormentando desde que apareció.

—¿Dónde está tu caña?

—¿Caña?

—Para pescar. —Señalé a los pescados que se cocinaban.

—No he usado caña ni anzuelo. Los he agarrado con las manos.

—¿Con las manos?

—Ya sabes. —Movió sus dedos—. Los bagres son tontos, creen que son gusanos. Cuando muerden, los agarras.

Sonaba peligroso y no podía dejar de pensar en Herman Volz y sus cuatro dedos y medio. Pero el indio tenía todos los dedos en las manos.

Emmy se sentó más cerca de Moses, aunque ya no bajo la protección de su brazo. Después de conversar en sioux, su miedo por el indio parecía haberse disipado. Le habló nuevamente en ese idioma y él contestó.

—Me ha preguntado cómo me llamo —tradujo para el resto—. Le he dicho que Hawk Flies At Night, pero la mayoría me llama Forrest.

—¿Por qué? —pregunté.

—Es el nombre que figura en el certificado de nacimiento de hombre blanco.

—¿Tienes dos nombres?

—Y más. Y bien, ¿cómo os llamáis vosotros?

—Emmy —contestó de inmediato.

Albert y yo la miramos con intensidad, pero ya era demasiado tarde para deshacer cualquier daño que su inocente confianza podría haber causado.

—Buck —seguí yo.

—Norman —dijo Albert.

—¿Y qué hay de ti? —le preguntó a Moses.

Moses dijo su nombre por señas.

—¿Eres mudo? —preguntó el indio.

—Alguien le cortó la lengua —dijo Emmy—. Cuando era muy pequeño. Se llama Moses.

El indio inclinó su sombrero de vaquero y meneó la cabeza.

—No hay fin para la crueldad en este mundo, sin importar lo abajo que llegues, no tiene fin. Pero tienes algo bueno, Moses. Eres un sioux. Eso es bueno, sangre noble que corre por tus venas. No permitas que nadie te diga lo contrario.

Forrest tenía sal y pimienta en su bolsa de arpillera y condimentó los pescados cuando terminaron de cocinarse. Con una navaja, cortó varios trozos y nos los dio a cada uno, advirtiéndonos de las espinas. Comimos como si no hubiera un mañana y Forrest pareció disfrutarlo. Al final, noté que había comido poco y nos había dado la mayor parte de la carne a nosotros.

—¿Quieres tocar un poco más esa armónica, Buck? —preguntó.

Saqué la armónica y empecé a tocar *Buffalo Gals*, quizás porque Forrest desde el principio me había recordado a la gran bestia de la llanura. Luego toqué *Comin' Round the Mountain* y todos los demás, incluido Forrest, me acompañaron. Estábamos riendo, pasando el mejor de los momentos. Cuando estaba pensando en cuál sería mi tercera canción, Forrest empezó a buscar algo en su bolsa y sacó un frasco de conserva lleno de un líquido transparente. Lo destapó y tomó un sorbo. Luego dejó el frasco en el suelo a su lado.

Alcohol. Nunca antes me había molestado, pero después de nuestro encuentro con Jack, de repente su presencia me resultó desconcertante. Pude ver cierta cautela en el rostro de los demás también.

—¿Qué tal *Leaving Cheyenne*? —preguntó Forrest—. Conocí a un llanero de Oklahoma que la sabía en la guitarra y la cantaba de una manera que te rompía el corazón.

Llevé la armónica a mis labios y Forrest llevó el frasco a los suyos.

No se emborrachó, no se puso violento, no como Jack. En general, se volvió más charlatán. Y fue entonces que nos lanzó una bomba.

—Vuestras cabezas tienen precio, ¿lo sabéis? Quinientos dólares.

Midió nuestras reacciones y, cualquiera que hubiera sido la expresión que pusimos, pareció hacerle gracia. Se rio y buscó su bolsa de arpillera. Me puse tenso y vi a Albert y Moses igual de rígidos, listos para abalanzarse sobre él.

Pero lo que Forrest sacó fue la edición de ese día del *The Minneapolis Star*. Se la entregó a Albert por encima de la fogata y todos miramos sobre su hombro. El secuestro de Emmy había llegado a la primera plana, con otra fotografía suya. Esta vez era una historia de la recompensa que los Brickman ofrecían por cualquier información sobre los hombres que se la habían llevado. Se debía informar de manera directa a Thelma o Clyde Brickman, sin preguntas.

—Sí, ya sé quiénes sois. Pero no os preocupéis. ¿Veis esto? —Señaló a su cabello enmarañado que se asomaba por debajo de su sombrero de vaquero—. Cuando era niño, también había una recompensa por esto, solo porque era sioux. Debo admitir que cuando leí las historias, temía por Emmaline, al igual que todos. Pero ahora veo que no está en ningún peligro. La prensa —dijo con disgusto—. Cualquier cosa con tal de vender algunas copias. —Tomó otro sorbo del contenido del frasco—. Tenía que enseñároslo. Habéis dejado en ridículo a muchos policías.

—Billy el Niño —dije.

—¿Qué es eso? —preguntó Forrest.

—Somos como Billy el Niño. Forajidos.

—Forajidos —repitió Forrest y brindó por nosotros.

Albert, que se había mantenido en silencio y pensativo, dijo que era tarde y necesitábamos descansar. Forrest tapó el frasco y guardó el alcohol en la bolsa de arpillera. Cogió una manta enrollada y la colocó en la parte más alejada del fuego. No pasó mucho tiempo hasta que pude escuchar la respiración profunda y ruidosa del indio, acompañada por algún ronquido ocasional.

Moses y Emmy se acostaron juntos sobre una manta, Moses pasó un brazo sobre la pequeña. Yo me acosté al lado de Albert. Estaba tremendamente cansado, pero me sentía bastante bien. El bagre sabroso. La música. Y la fama. Igual que Billy el Niño.

Antes de dormirme, miré a mi hermano. Albert estaba acostado inmóvil con los ojos bien abiertos, mirando la luna menguante como un hombre que llevara muerto un largo rato.

CAPÍTULO 22

Una mano sobre mi brazo me despertó.

En la Escuela Lincoln, como todos sabíamos de las tendencias de DiMarco que involucraban niños, teníamos el sueño ligero y cualquier sensación inesperada por la noche era una alarma. Mis ojos se abrieron enseguida e intenté levantarme, pero descubrí que me estaban aplastando contra el suelo. Cuando abrí la boca, una mano la tapó con fuerza para ahogar mi grito.

En la luz tenue de la luna por encima de mí, vi a Albert y a Moses. Albert tenía un dedo sobre sus labios para advertirme que me mantuviera en silencio. Cuando quedó claro que estaba completamente despierto, Moses me soltó. Albert me hizo una seña para que me levantara. Tomó la manta sobre la que había estado durmiendo y dijo por señas: "Síguenos". Moses me entregó mis botas.

Las brasas rojas aún resplandecían entre las cenizas de la fogata y, al otro lado, el indio aún dormía profundamente. Pasamos a su lado con sigilo y regresamos al río, donde la canoa nos esperaba en el agua con Emmy. Albert dobló la manta sobre la que habíamos dormido y la puso en el centro de la canoa junto a las demás. La funda de la almohada y las bolsas de agua también estaban allí. Moses sostuvo la canoa mientras terminábamos de subirnos a ella, luego se sentó en la popa, nos empujó de la orilla y avanzamos por el Gilead.

No sabía la razón por la que estábamos haciendo eso. Mientras Moses y Albert hundían los remos en el agua, intenté descifrar qué había motivado a mi hermano para que nos escabulléramos de esa manera. Me agradaba Forrest. Se había comportado decentemente y no parecía muy diferente a nosotros, un hombre que se dejaba llevar por el viento de las circunstancias. ¿Había sido el alcohol? ¿Albert temía que se repitiera lo de Jack?

Esperé hasta que estuvimos lejos de nuestro campamento para arriesgarme a hablar.

—¿Qué estamos haciendo, Albert? —Mantuve la voz baja.

—Alejándonos de Hawk Flies at Night.

—¿Por qué?

—Nos iba a entregar.

—¿Cómo lo sabes?

—El frasco estaba lleno de licor de contrabando.

—¿Y qué pasa?

—Era cuadrado.

—¿Y?

—¿Alguna vez has visto un frasco cuadrado?

No era algo en lo que pensara mucho, pero ahora sí.

—Creo que no.

—Yo tampoco, hasta que Brickman nos obligó a Herman Volz y a mí a hacer la mezcla para él. Compró frascos cuadrados para poner el aguardiente. Decía que era más fácil empaquetarlos si eran cuadrados.

—¿Forrest le compró el licor a Brickman?

—Eso es lo que digo.

—¿Y nos va a entregar por la recompensa?

—¿Qué crees? ¿Dejarías ir quinientos dólares?

Emmy se acostó y se puso a dormir. Moses y Albert remaron durante toda la noche. En ocasiones, en la distancia, se podía ver un resplandor aislado, quizás la luz exterior de alguna granja. Supuse que Albert tenía razón. Quinientos dólares era mucho dinero, pero habría dado cada centavo para estar a salvo en una de esas casas. Estar en un lugar al que pudiera llamar hogar.

Cerca del anochecer, nos detuvimos. Nos habíamos separado bastante de Forrest. Moses y Albert estaban agotados. Nos sentamos en una pequeña colina sobre el río, donde un inmenso y solitario sicomoro nos proporcionaba sombra. La colina se elevaba sobre la llanura y nos permitía ver toda la zona. Las vías del tren se habían alejado del río. Ya no había casas cerca, ni graneros, ni cercas, nada contaminado por la mano torpe de los humanos. Hasta donde se podía ver, solo había hierba alta y flores silvestres que se mecían como bailarinas de alguna melodía que escuchaban en el viento, y por encima de nosotros la copa majestuosa del sicomoro de ramas blancas y hojas verdes.

"Hermoso", dijo Moses lánguidamente. "Quedémonos aquí un rato".

—¿Por qué mejor no para siempre? —pregunté.

—Podríamos construir una casa —sugirió Emmy—. Podríamos vivir juntos.

Moses dijo por señas: "Albert podría construirla. Puede construir cualquier cosa".

—No nos podemos quedar aquí —dijo Albert—. Iremos a Saint Louis.

Recordaba Saint Louis, pero solo un poco. Habíamos ido allí una vez después de la muerte de mi madre, pero nunca regresamos.

Moses preguntó: "¿Qué hay en Saint Louis?".

—Casa —contestó Albert—. Quizás.

Buscó algo en la funda y sacó uno de los fajos de cartas que había guardado junto a todo lo demás. Aún estaban atadas por el cordel, pero no con el nudo sencillo que había usado Brickman. Esta vez tenía un nudo en ocho, uno complicado, que se podía soltar o ajustar con facilidad sin necesidad de desatarlo, uno que habíamos aprendido con los Boy Scouts. No sabía en qué momento, pero Albert había revisado las cartas. Aflojó el nudo, deslizó la primera carta del montón y me la entregó. Estaba dirigida al director de la Escuela de Formación de Indios de Lincoln.

—Léela —dijo Albert.

Saqué la carta del sobre.

Querido señor o señora,

He sabido recientemente que dos niños están a su cuidado en la Escuela de Formación de Indios de Lincoln con el apellido de O'Banion. El mayor es Albert, que cumplió catorce años. Al otro por lo general le llaman Odie y tiene cuatro años menos que su hermano. No tengo los medios para cuidar a estos niños, pero me gustaría, de vez en cuando, enviarles un poco de dinero. Esto es para que puedan comprar lo que necesiten, las cosas que la escuela no cubra, pero que servirán para que el tiempo a su cuidado sea un poco más fácil.

Por razones personales, no quiero que estos niños sepan la fuente de este dinero. Aquí dentro encontrará 20 $.

Que Dios los bendiga por el gran trabajo que hacen en nombre de todos los niños a su cuidado.

La carta no estaba firmada. La leí otra vez y miré a Albert.

—¿La tía Julia?

Asintió.

—La tía Julia.

—Los Brickman nos dijeron que estaba muerta.

—Mira el sello.

No había ninguna dirección del remitente, pero miré

con detenimiento la estampilla roja algo desgastada. Logré leer "SAINT LOUIS" y una fecha.

—Lo envió hace dos años.

—Mucho después de que los Brickman nos dijeran que había muerto.

Empecé a hurgar entre el fajo de cartas.

—¿Hay otra?

—Solo esa.

—¿Qué le pasó? Dijo que enviaría dinero de vez en cuando.

—No lo sé —respondió Albert—. Pero a mí esto me basta. No estaba seguro de hacia dónde ir cuando empezamos. Ahora lo sé.

Moses dijo por señas: "¿Hogar para todos nosotros?".

Albert contestó:

—¿No somos una familia?

Decidimos pasar la noche en la colina, esa pequeña isla de paz que se elevaba en un océano de praderas, a salvo bajo las ramas tupidas del sicomoro.

Había empezado a tener problemas para dormir. Empezaron después de que le disparara a Jack. A veces, ni siquiera podía dormir o, si lo hacía, me despertaba por pesadillas en el granero de Jack. En esos sueños horribles, él abría su único ojo sano y me miraba de un modo acusador desde el suelo de tierra del granero. Intentaba decirle que lo lamentaba mucho, pero era como si mi boca estuviera cosida y en mi lucha por dormir, me despertaba.

Esa noche no había podido dormir. Me quedé acostado mirando las ramas del sicomoro, que formaban una especie de techo sobre nosotros, y mi estómago vacío se quejaba, y no podía dejar de pensar, "Hogar". Algo que nunca había conocido, no realmente. Antes de la Escuela Lincoln, vivíamos viajando, y antes de eso, en el ático de la casa de una anciana que tenía muchos gatos y recordaba solo en fragmentos pequeños e inconexos. La Escuela Lincoln me había alojado, pero no había sido un hogar. Intenté no entusiasmarme con Saint Louis y la tía Julia, pero era como pedirle a un niño hambriento que no salivara con el aroma de una comida caliente.

Dejé al resto durmiendo y me alejé del sicomoro. Lo que vi fue algo de tanta belleza que nunca, en las ocho décadas de mi vida, olvidaría. La pradera que se extendía desde la colina estaba repleta de luciérnagas. Hasta donde podía ver, el terreno estaba iluminado por pequeños faroles luminiscentes que titilaban sin parar, mientras se movían en corrientes aleatorias, un mar de estrellas, una Vía Láctea atada a la tierra. He subido a la cima de la Torre Eiffel de noche y observado la Ciudad de la Luz, pero todo ese resplandor hecho por el hombre no se podía comparar con el milagro que presencié esa noche de junio a orillas del río Gilead cuando era niño.

Sentí una mano deslizarse sobre la mía y, cuando bajé la mirada, vi a Emmy a mi lado. Incluso en la oscuridad, pude ver el brillo de sus ojos.

—Quiero regresar aquí algún día, Odie.

—Lo haremos —le prometí.

Nos quedamos allí, de pie, durante un largo rato, cogidos de la mano, en medio de ese milagro, y, si bien mi estómago estaba vacío, mi corazón estaba lleno.

***

La mañana siguiente, después de que cargáramos la canoa, mi hermano miró hacia el oeste y dejó salir un silbido bajo.

—Cielo rojo por la mañana —dijo.

Justo sobre el horizonte al oeste, el cielo parecía un retazo de piel inflamada. Moses y Albert remaron como locos para intentar mantenerse alejados del mal tiempo, pero no habían comido nada desde el bagre que había compartido Forrest dos días atrás, y se cansaron enseguida. Si bien las nubes se movían lentamente, al anochecer ya estaban sobre nosotros. Un viento fuerte empezó a soplar a nuestras espaldas y, justo antes de que la tormenta empezara, llegamos a la confluencia del Gilead con el inmenso río Minnesota. Llovió a cántaros, pero continuamos, buscando un mejor lugar para detenernos a orillas del río. Al cabo de un rato, vimos una larga playa de arena cubierta de juncos. Nos acercamos y sacamos la canoa del agua. Moses y Albert la apoyaron sobre un árbol en la orilla y colgaron una de las mantas para cubrirnos y nos acomodamos, mojados y cansados, bajo su protección.

El Minnesota era un río ancho con una corriente mucho más rápida que la del Gilead. Vimos cómo pasaban ramas enormes que terminaban atrapadas en lugares donde el agua oscura se arremolinaba con violencia. Mojados, cansados, hambrientos e intimidados por la velocidad del agua, empecé a cuestionar la conveniencia del plan de Albert de seguir por el río hasta Saint Louis.

La lluvia no se detenía y nuestro humor continuó desplomándose. Podía ver la preocupación en el rostro de los demás y yo mismo la sentía en mis huesos. Ni siquiera la promesa de un hogar podía levantarme el ánimo.

La noche descendió sobre nosotros y la lluvia finalmente cesó, y desde algún lugar en la oscuridad llegó una melodía y la voz más hermosa que jamás había escuchado.

CAPÍTULO 23

"¿QUÉ ES ESO?", PREGUNTÓ MOSES POR SEÑAS.

—No lo sé —dijo Albert.

—Un ángel. —La expresión en el rostro de Emmy me decía que de verdad lo creía.

—Quienquiera que haya sido, tiene una voz muy bonita —observé—. Y escucha esa trompeta.

—La trompeta de Gabriel —dijo Emmy.

—No creo que sea eso, pero seguro que sabe lo que hace. —Miré a Albert—. Deberíamos ir a ver, ¿no crees?

—No todos.

—Yo no me quiero quedar —dije.

—Yo también quiero ir —protestó Emmy.

"Todos para uno y uno para todos", dijo Moses.

Albert pasó un momento considerando la situación.

—Muy bien —cedió—. Pero tenemos que tener cuidado. Piden quinientos dólares por nuestras cabezas. Incluso un ángel se sentiría tentado.

Abandonamos la playa de arena, subimos por la empinada ribera del río y cruzamos una delgada línea de árboles. Al otro lado, estaban las vías del tren, luego una amplia pradera y, más allá de la pradera, un pueblo. El cielo seguía nublado y el reflejo de las luces del pueblo hacía que las nubes parecieran humo sobre un incendio descontrolado.

En el centro de la pradera había una enorme carpa rodeada por otras más pequeñas. La carpa más grande estaba muy iluminada en su interior y varias sombras se movían sobre sus paredes de tela. Había varios coches en la pradera.

—¿Un circo? —pregunté.

—¿Alguna vez has escuchado a la banda de un circo tocando música religiosa? —dijo Albert—. Es una campaña de evangelización.

—¿Qué es una campaña de evangelización? —preguntó Emmy.

—Vayamos a averiguarlo. —Empecé a caminar.

Albert me sujetó del brazo.

—Demasiado arriesgado.

Una brisa suave sopló desde el oeste. Nuestra ropa estaba empapada y la brisa estaba congelada. Emmy se abrazó y tembló.

Moses dijo por señas: "Emmy tiene frío y está mojada. La carpa es un refugio".

—Está en todos los periódicos —dijo Albert—. Alguien podría reconocerla. Hawk Flies at Night la reconoció.

Olfateé el aire.

—¿Oléis eso?

—Comida —respondió Emmy.

—Comida rica —aclaré—. Puedo jurar que viene de esa enorme carpa.

Moses movió sus manos con mucho entusiasmo, "¿Le dan de comer a la gente en las campañas?".

—No lo sé —dijo Albert.

—Por favor, Albert. —Emmy lo miró con ojos suplicantes—. Me estoy congelando. Y tengo mucha hambre.

Emmy se había puesto la gorra con visera que Albert le había dado.

—Baja mucho esa visera —le indiqué, y lo hizo. Luego agregué—: Listo, Albert. Casi no puedo verle la cara.

Mi hermano cedió un poco.

—Dejad que Moses y yo vayamos primero. Si todo está bien, os haremos una seña para que os acerquéis.

Mientras cruzábamos la pradera, la música brotó nuevamente del interior de la enorme carpa, un himno que reconocí por las misas que los Brickman impartían en el gimnasio de la Escuela Lincoln, *Lord of All Hopefulness*. Esa hermosa voz angelical se elevó por encima de las otras voces y los instrumentos. Era una voz que le hablaba a una añoranza humana profunda, probablemente la de aquellos que ya estaban en el interior de la carpa, pero también a mí. Emmy y yo esperamos cerca de la entrada, mientras Albert y Moses echaban un vistazo. La música se detuvo y oí a una mujer que empezó a hablar. Moses apareció y nos hizo una seña para que entráramos.

En el interior, la carpa estaba iluminada por focos eléctricos que colgaban de las vigas. Algunos bancos estaban colocados en hileras con un pasillo en el centro que se abría paso hacia una tarima elevada, donde había un piano y, detrás de este, sillas plegables donde estaban sentados varios músicos con sus instrumentos. Por encima de la tarima había un cartel que anunciaba "Cruzada de sanación de la Espada de Gedeón". Había una mujer en el centro. Su cabello era largo y lacio del color del pelaje de un zorro, llevaba una túnica blanca suelta, y su larga cola ondeaba detrás de ella con cada uno de sus movimientos. La carpa estaba medio llena; la mayoría eran hombres y mujeres mayores con ropa no mucho mejor que la que Emmy, Albert, Moses y yo teníamos. Había algunos niños dispersos entre la gente, suficientes como para que no llamáramos la atención. Albert y Moses estaban sentados juntos en un banco a la izquierda del pasillo del centro. Emmy y yo nos sentamos en el lado opuesto. El aire era cálido, pero cuando Emmy se apoyó contra mí pude sentirla temblando. El agradable aroma de la comida, caldo de pollo, por lo que pareció, era intenso, pero no podía verlo por ninguna parte.

—… y por eso todos tenemos miedo —estaba diciendo la mujer con la túnica blanca—. Miedo al hambre, miedo a la pérdida, miedo a lo que alberga el hoy y miedo a que el mañana no sea mejor, o incluso sea peor. En estos días oscuros, estamos aterrados de perder nuestros trabajos, nuestros hogares, que nuestras familias se rompan. Lo pensamos dos veces antes de responder a una llamada en la puerta porque podría ser el diablo que espera recibirnos con la ejecución de la hipoteca en la mano. Nos arrojamos de rodillas al suelo y le rogamos a Dios que nos libere de toda esta miseria. Miramos al cielo, con la esperanza de recibir una señal que nos diga que todo irá mejor.

Se paró en el centro del escenario, bajo la luz brillante, mientras su largo cabello se mecía como brasas ardientes, su túnica pura como la nieve, sus ojos tan claros que incluso desde la parte trasera de la carpa eran como las hojas verdes y vivas de un sauce. Extendió los brazos y la tela de su túnica se abrió como si de repente le hubieran crecido alas. Un hombre subió al escenario y le entregó una cruz de madera que era casi tan alta como ella. La tomó entre sus manos y la levantó alto, mientras las luces de la carpa se atenuaban hasta que la única que quedaba encendida era solo la que tenía a sus espaldas. Sobre todos los bancos y las personas, ella y esa cruz proyectaron una larga sombra.

—La señal ya nos fue entregada —gritó con una voz tan encantadora como la de un ruiseñor—. Llegó como una promesa bañada en sangre, pronunciada con agonía y amor. "Padre, perdónalos". —Levantó la cruz más alto y entonó—: "Padre, perdónalos". —Bajó la cruz y su voz descendió con ella, y luego agregó con suavidad y ritmo—: "Padre, perdónalos". Hermanos y hermanas, Dios amó tanto al mundo que entregó a su preciado hijo para salvarnos. Este no es un

Dios que os traicionará. En sus peores momentos, incluso cuando Satán llama a vuestra puerta, Dios está a vuestro lado. Incluso cuando creéis que estáis hundidos profundamente en pecados y que debéis estar perdidos para él, Dios está con vosotros y perdona vuestros pecados. Solo pide a cambio que creáis en él con todo vuestro corazón y mente y alma.

Sonrió con esplendor y Emmy se apartó de mí y se inclinó hacia ella como si hubiera sido absorbida por un viento fuerte e invisible.

Un hombre cerca del frente se puso de pie y gritó.

—Hermana Eve, necesitamos una señal. Por favor, danos una señal, ahora, esta noche.

—No puedo daros una señal, hermano. Eso solo es obra de Dios.

—A través de ti, hermana Eve, lo sé. Lo he visto. Cura a mi hijo, hermana. Por favor, cura a mi hijo. —El hombre buscó algo abajo y levantó a un niño que no parecía mayor que yo. El niño estaba jorobado, su columna vertebral se veía tan torcida que casi daba la vuelta dos veces, y apenas podía mirar hacia arriba—. Mi hijo Cyrus nació con el diablo en su espalda. Ha sido así toda su vida. Oí que le quita el diablo a la gente, hermana Eve. Le ruego que saque al diablo de mi hijo.

Una profunda compasión cubrió el rostro de la mujer. Le devolvió la cruz al hombre que se la había llevado y abrió los brazos hacia el niño con la espalda torcida.

—Tráemelo.

Ver al niño subir por los escalones de la tarima fue una de las imágenes más dolorosas que vi. Su padre lo ayudó, y cuando ambos estaban frente a la hermana Eve, el niño se quedó inmóvil, aún terriblemente encorvado, tanto que debió dolerle levantar los ojos para mirarla. Ella se arrodilló y puso su cara a la misma altura que la del niño.

—Cyrus, ¿crees en Dios?

—Sí, señora —lo escuché decir con dificultad—. Sí.

—¿Crees que Dios te ama?

—Sí, señora. Sí.

—¿Y crees que Dios puede curarte?

—Quiero creerlo, señora. —Podía oírlo ahogado y, si bien estaba de espaldas a mí y no podía ver su rostro, estaba bastante seguro de que estaba soltando un río de lágrimas.

—Créelo, Cyrus. Créelo con todo tu corazón y tu alma. —La hermana Eve extendió el brazo, puso sus manos sobre la espalda deformada del niño y su túnica blanca como la nieve cayó sobre sus hombros. Levantó los ojos hacia el techo de tela de la carpa—. En el nombre de Dios, cuyo aliento divino nos llena de vida; en el nombre de Dios, que forja nuestros corazones en el yunque de su amor, en el nombre de Dios, cuya gracia sin límites cura a los tullidos y los lisiados, pido que la aflicción de este niño abandone su cuerpo. Fuera de su cuerpo, fuera de sus huesos, fuera de todo su ser hasta la última cosa impura, y permítele a este niño caminar erguido otra vez. En el dulce nombre de nuestro Señor, que sea pleno.

Y maldición, el niño lisiado empezó a levantarse. Era como ver a una hoja marchita desdoblándose. Podía jurar que escuché el crujido de cada una de sus vértebras a medida que su columna se enderezaba. Se quedó completamente erguido y las luces volvieron a encenderse, y entonces se volvió hacia todos nosotros, sentados en los bancos, y vi que había estado en lo cierto. Una catarata de lágrimas caía sobre sus mejillas. Su padre también estaba gritando y lo abrazaba.

—Gracias Señor, y que Dios la bendiga a usted, hermana Eve —gritó el hombre agradecido.

—Alabado sea el Señor —gritó alguien desde los bancos, y otros se sumaron al grito.

Quizás habría más sanaciones, no lo sabía. Quizás pasarían un canastillo para echar limosnas o algo. Pero si esto era así, no ocurrió. Lo que pasó fue esto. Mientras el hombre y el niño tomaban asiento en su lugar, una voz de detrás de nosotros gritó.

—¡Pura mierda!

Todas las cabezas se giraron hacia la entrada de la carpa, donde había un grupo de cuatro jóvenes, sonriendo como serpientes de cascabel y tambaleándose de un lado a otro. Uno de ellos tenía una botella de lo que estaba bastante seguro que era licor contrabandeado. Había sido él quien había gritado y el que lo hizo otra vez.

—Pura mierda, perra mentirosa.

Los otros tres rieron y se pasaron la botella.

El hombre que aún sostenía la cruz de la hermana Eve la dejó a un lado y se quedó a su lado en el escenario. Era un sujeto corpulento con una nariz y un rostro que me hacían pensar que alguna vez había sido boxeador de peso pesado. La hermana Eve levantó una mano para mantenerlo alejado, luego se dirigió al grupo revoltoso en el fondo.

—¿Tenéis idea de lo que os trajo aquí esta noche? —habló con suavidad, como si estuviera engañando a un animal asustado.

—Sí, me enteré de este circo, toda esta mierda de la sanación. Quería verlo con mis propios ojos. Hermana, déjame decirte algo, he visto mejores actuaciones en el escenario del burdel —gritó, tomó la botella y bebió un sorbo.

—Estáis aquí porque vuestras almas necesitan cuidado —dijo.

—Tengo algo que puedes cuidar, hermana, pero te aseguro que no es mi maldita alma. —Hizo un gesto lujurioso con su cintura y soltó un aullido de borracho.

—Largo —gritó alguien—. No queremos vuestro alboroto aquí, borrachos.

Un murmullo general de aprobación se oyó entre los presentes.

—Está bien. —La hermana Eve levantó los brazos para calmar la creciente ola de ira—. Venid a mí todos los que estáis trabajados y cargados, y yo os haré descansar. Llevad mi yugo sobre vosotros, y aprended de mí, que soy manso y humilde de corazón; y hallaréis descanso para vuestras almas.

—Prefiero hallar descanso en esos enormes pechos, hermana. —Eso se ganó la risa de su grupo.

La hermana Eve se bajó del escenario y caminó lentamente por el pasillo, la larga cola de su túnica se arrastró por detrás de ella. Todos se giraron cuando pasó y la observaron hipnotizados a medida que se acercaba al grupo de hombres borrachos en la parte trasera. Se paró delante de ellos como un cordero blanco ante bestias hambrientas y siniestras.

—Toma mi mano. —Extendió la mano hacia el joven grosero.

El gesto pareció desconcertarlo y luego una expresión cautelosa se posó en sus ojos.

—Toma mi mano y te revitalizaré.

El joven miró su mano abierta y no se movió.

La hermana Eve sonrió con sutileza.

—¿Tienes miedo?

Y eso lo pudo. Extendió el brazo y con dudas cogió su mano.

La hermana Eve cerró los ojos por un momento, como si estuviera rezando. Cuando los abrió nuevamente, la mirada que le lanzó era cálida y comprensiva.

—¿Cuántos años tenías cuando murió?

El joven estaba sorprendido, como si lo hubieran golpeado en medio de la frente con una llave inglesa.

—¿Cuándo murió quién?

—Tu madre. Eras muy joven, ¿verdad?

Apartó la mano enseguida.

—No metas a mi madre en esto.

—Murió en un incendio.

—Te he dicho que no la metas en esto.

—Viste cómo se quemaba.

—¡Maldita seas! —Levantó un puño como si estuviera a punto de golpearla.

—Crees que fue culpa tuya.

—No —gritó y sacudió el puño en el aire—. No —repitió, pero con menos fuerza esta vez.

—Has llevado esta carga durante demasiado tiempo, pero puedo quitártela, si me lo permites.

—Aléjate de mí, perra.

—Suelta esa carga y estarás revitalizado. Te volverás a sentir pleno, te lo prometo.

Dejó caer su brazo y la miró fijamente con sus enormes y, por lo que veía, suplicantes ojos.

—Yo… no puedo.

—Porque crees que estás lleno de pecados. Como todos. Y aun así nos perdonan. Solo tenemos que creer. Toma mi mano y cree.

Bajó la cabeza y se quedó mirando al suelo, como si no pudiera mirarla a los ojos.

—Toma mi mano —insistió ella, tan bajito que apenas pude escucharla.

Como una cosa que ya llevaba tiempo muerta, su brazo se levantó lentamente. Puso su mano sobre la palma de la hermana Eve y se desplomó de sus rodillas delante de ella. Empezó a llorar, sollozos profundos que sacudieron todo su cuerpo. Ella se arrodilló y lo envolvió entre sus brazos.

—¿Crees? —le preguntó con la más reconfortante voz que jamás había escuchado.

—Creo, hermana.

—Entonces deja que tu alma descanse.

Lo sostuvo un rato más y finalmente se puso de pie y lo levantó con ella.

—Ve en paz ahora, hermano mío.

El joven no podía hablar. Simplemente asintió, se dio la vuelta y miró a los tres jóvenes que habían venido con él de una manera que los hizo retroceder. Abandonaron la carpa y él los siguió.

La hermana Eve abrió los brazos para todos nosotros.

—La mesa está servida. Démosle las gracias al Señor y compartamos su generosidad.

Una solapa a un lado de la carpa se hizo a un lado y reveló una larga mesa donde descansaban dos enormes ollas humeantes, y enseguida el olor al caldo de pollo impregnó el aire, el aroma del cielo.

CAPÍTULO 24

Esa noche, me acosté sobre mi manta, una vez más sin poder dormir. Podía oír el suave murmullo del río Minnesota a unos pocos metros de distancia, abriéndose paso entre los juncos al borde de la playa de arena. Estábamos tan cerca del pueblo, cuyo nombre aún no sabía, que en ocasiones oía el chasis de algún camión que se sacudía como huesos de metal mientras avanzaba por las calles. Junto al río, las ranas de los árboles cantaban una melodía natural y serena que tampoco lograba adormecerme.

Sabía cuál era la razón por la que no podía dormir. Era porque entendía al joven borracho de la cruzada de sanación. Creía que su corazón estaba tan lleno de maldad que nunca podría limpiarse. Yo había cometido dos asesinatos. Si existía un alma condenada, esa era la mía.

Entonces oí la voz del ángel, tan suave que no estaba seguro de que estuviera ahí. Me levanté, subí por la orilla del río, avancé entre los árboles y crucé las vías del tren. Me detuve al borde de la pradera, desde donde podía ver la enorme carpa. Detrás de ella estaba el pueblo, algunas luces aún brillaban aquí y allá entre las colinas. La mayoría de los coches ya se habían marchado y la pradera estaba casi desértica. Un suave resplandor iluminaba la tela de la carpa, nada en comparación con el brillante resplandor de todos los focos eléctricos que habíamos visto antes. Quizás solo uno o dos. La música no tenía la grandilocuencia de hacía un rato, sino que ahora era más tranquila. Solo eran el piano, un viento y esa voz celestial.

Crucé la pradera. La solapa que cubría la entrada de la carpa no estaba cerrada por completo, y descubrí que, si me arrodillaba, podría ver en su interior.

Estaban reunidos alrededor del piano sobre la tarima: el trompetista, el pianista y la hermana Eve. Una única luz brillaba sobre ellos. La hermana Eve ya no llevaba la túnica blanca, sino una camisa de vaquero con botones. Sus vaqueros azules estaban doblados a la altura de los tobillos y podía ver que en sus pies tenía unas botas genuinamente vaqueras. Estaban tocando una canción que había escuchado en la radio de la casa de Cora Frost, *Ten Cents a Dance*, una melodía triste sobre una mujer a la que los hombres le pagaban por bailar, pero que estaba desesperada por encontrar a alguien que la sacara de todo eso. Las notas de la trompeta eran largos suspiros de tristeza y el ritmo del pianista era como una canción funeraria, mientras la hermana Eve cantaba como si su alma estuviera muriendo y, bueno, parecía que me hablaba a mí.

Cuando terminó la canción, todos se rieron y el trompetista dijo:

—Evie, cariño, tienes que ir a Broadway. —Era un sujeto alto, de cabello negro peinado hacia atrás y un bigote tan delgado como un lápiz sobre su piel pálida encima de su labio superior.

La hermana Eve cogió un cigarro de un pequeño estuche plateado y el trompetista le acercó un encendedor y le ofreció su fuego. Exhaló un humo abundante y dijo:

—Estoy demasiado ocupada haciendo el trabajo del Señor, hermano. —Tomó una copa que tenía cerca de ella sobre el piano y bebió un sorbo.

—¿Qué sigue? —preguntó el pianista. Era un hombre tan delgado como un junco, su piel era oscura como la melaza y llevaba un sombrero de fieltro inclinado con elegancia.

La hermana Eve fumó y luego sus labios formaron una pequeña O y sopló dos anillos perfectos de humo.

—Gershwin me encanta. Siempre fui fanática de *Embraceable You*.

Una canción que conocía, aunque no sabía quién la había escrito. Sentí el peso de mi armónica en el bolsillo de mi camisa y mis labios se crisparon con entusiasmo. A medida que el pianista empezaba a tocar los primeros compases, me alejé a la oscuridad de la pradera, me senté, saqué mi armónica y toqué junto a ellos. Ah, era dulce, como ser alimentado tras de una larga hambruna, pero me llenó de un modo diferente al caldo y el pan que habíamos comido gratis antes esa noche. En cada nota, soplé esa añoranza que tenía muy profunda en mí. La canción era sobre el amor, pero para mí era sobre querer algo más. Quizás un hogar. Quizás la seguridad. Quizás la certeza. Se sentía bien, como creía que se debía sentir una plegaria si realmente creías y vertías todo tu corazón en ella. Las notas terminaron y me quedé sentado en el resplandor cálido que había emergido por haber sido parte de la música. La tela de la carpa se levantó. La silueta de la hermana Eve frente a la luz del interior se asomó, inmóvil, mirando a la noche.

***

La mañana llegó luminosa y cálida, pero todos dormimos hasta tarde. Cuando Albert finalmente se levantó de su manta, dijo:

—Debemos seguir por el río, alejarnos más. Me sigue preocupando Hawk Flies at Night. Pero primero debemos ver si podemos conseguir más comida para el viaje.

—¿No podemos quedarnos un día más? —preguntó Emmy—. El caldo de anoche estaba delicioso. Y me gustaría ver el pueblo, Albert.

—El pueblo es como cualquier otro. —Sus palabras sonaron duras, aunque no creía que las quisiera decir de ese modo. Era solo que Albert, una vez que se había decidido por algo y creía que era la mejor opción, se convertía en una inmensa roca que rodaba colina abajo, y que Dios te salvase si te cruzabas en su camino. Pero entonces vio la mirada de dolor de Emmy y se arrodilló para que su rostro quedara al mismo nivel que el de ella—. No quiero que nos atrapen, Emmy. ¿Y tú?

—No. —Su boca se arqueó hacia abajo y su labio inferior tembló, solo un poco.

—No empezarás a llorar, ¿verdad?

—Un poquito —dijo ella.

Albert suspiró de manera exagerada y puso los ojos en blanco.

—Está bien. Puedes ir al pueblo, solo un rato, luego nos vamos, ¿está bien?

—Ay, sí —respondió ella, y todo su comportamiento cambió de inmediato.

Las emociones de Emmy siempre habían sido directas y sinceras, pero estaba claro que había engañado a Albert. No sabía si era algo bueno o no, aunque supuse que, dadas las circunstancias, probablemente era inevitable. No puedes pasar mucho tiempo con forajidos y no convertirte un poco en uno de ellos.

—Tengo que ir a buscar comida y no sé dónde podría terminar. Quizás tenga que pelear con otro perro hambriento, así que será mejor que no me acompañes. Y no puedes ir sola. —Nos miró a Moses y a mí y tomó una decisión rápido—. Ve con ella, Odie. Asegúrate de que tenga la visera lo más baja posible. Si alguien de la cruzada de anoche os ve, no le extrañará que estéis juntos. Si alguien pregunta, sois hermanos, ¿entendido?

Le esbocé una sonrisa a Emmy.

—Siempre quise un hermano menor.

Moses dijo por señas: "¿Qué hay de mí?".

—Alguien debe vigilar la canoa —replicó Albert—. Además, eres indio y mudo. Si alguien intenta hablar contigo, llamarás la atención y debemos mantenernos invisibles.

Podía ver que esto le había molestado a Moses, pero aceptó a regañadientes la lógica de Albert.

—Yo iré primero —dijo mi hermano—. Vosotros esperad un rato, luego vais para allá.

Albert empezó a subir por la orilla del río, cruzó los árboles y quedó fuera de la vista.

Moses se sentó, cogió una piedra y la arrojó al agua.

—¿Estás enfadado? —Le pregunté.

"Odio ser un indio", dijo por señas.

Le di a Emmy su gorra con visera, la tomé de la mano y subimos por la orilla del río.

Rápidamente descubrimos que el lugar se llamaba New Bremen. El centro del pueblo estaba en una plaza donde había un gran juzgado de paz. Caminamos por la acera, deteniéndonos en ocasiones bajo la sombra de los toldos verdes para mirar los escaparates de las tiendas. Me ponía nervioso estar exponiéndonos de esta manera, pero caminamos lentamente y nadie parecía fijarse en nosotros, y Emmy estaba encantada. Pasamos una tienda Rexall y junto a esta vimos una tienda de dulces.

—Desearía poder llevarle un poco de regaliz a Moses —dijo Emmy, mirando los dulces en el interior. Todos sabíamos que el regaliz era el favorito de Moses.

Nos sentamos en un banco junto a la pequeña tienda y observamos los coches que pasaban por la plaza, gente que salía y entraba de las tiendas. New Bremen era mucho más grande que Lincoln, las calles y las aceras estaban mucho más concurridas. Un grupo de niños con guantes y bates de béisbol cruzaron la plaza y desaparecieron detrás del juzgado de paz, camino a algún campo de béisbol.

—Podríamos vivir aquí —comentó Emmy.

—Es un bonito pueblo —reconocí—. Pero Saint Louis es a donde vamos.

—¿Es bonito?

La verdad era que estábamos yendo a una enorme ciudad que casi no recordaba, buscando a una mujer que casi no conocía y cuya dirección era un misterio. Pero era una gran oportunidad de tener una familia, la única oportunidad que teníamos, y era mejor que cualquier cosa que hubiéramos dejado atrás.

—Es muy bonito —contesté.

La puerta de la tienda se abrió y dos personas salieron de su interior riendo. Enseguida reconocí a la hermana Eve. En lugar de llevar su atuendo de vaquera o la túnica blanca, tenía puesto un vestido verde con un volante dorado en el cuello y un sombrero elegante también dorado, la clase de sombreros que uno veía en las revistas. Sus zapatos combinaban con el sombrero y tenían pequeñas cintas alrededor de los tobillos. El trompetista estaba con ella. Llevaba un traje blanco y un sombrero panamá blanco. Cuando salió a la calle, guardó unos cigarros grandes en el bolsillo de su bolso.

Vinieron en nuestra dirección y la mirada de la hermana Eve se posó sobre nosotros. Sonrió de inmediato.

—Bueno, vaya, os vi anoche. ¿Disfrutasteis el caldo de pollo?

—Sí, señora —contesté—. Estaba rico.

—¿Y tú? —Se inclinó hacia Emmy.

—Ajá —dijo Emmy.

Quería darle un golpecito para recordarle que mantuviera

la visera de su gorra baja, pero levantó la mirada hacia la hermana Eve, sonriendo.

Los ojos de la mujer, tan verdes como dos hojas en primavera, pasaron de Emmy a mí y nuevamente a Emmy.

—¿Estáis solos?

—Sí, señora —contesté.

—Y anoche también. ¿Dónde está vuestra madre?

—Muerta —contesté por los dos.

—¿Y vuestro padre?

—También —dije.

—Ay, cariño.

Se sentó a nuestro lado en el banco. El trompetista parecía molesto, se cruzó de brazos y se apoyó en el escaparate de la tienda.

—¿Cómo te llamas?

—Buck —dije—. Como Buck Jones.

—El vaquero —precisó ella con una sonrisa—. ¿Y tú? —le preguntó a Emmy.

Intenté responder por ella, pero Emmy me golpeó y simplemente dijo la verdad.

—Emmy.

—Emmet —dije rápidamente—. Pero lo llamamos Emmy. Es mi hermano.

—¿Quién os cuida?

—Nos cuidamos solos —dije.

—¿Solo vosotros dos?

—Solo nosotros dos.

Se acercó a mí, sacó la armónica del bolsillo de mi camisa y me miró con complicidad.

—Tocas muy bien. Te oí en la pradera anoche. —La guardó en mi bolsillo y luego miró el rostro de Emmy durante un largo rato con detenimiento—. Dame tu mano, querido. —Cogió la pequeña mano de Emmy y cerró los ojos. Cuando los abrió, miró a Emmy como si la conociera de toda la vida—. Has perdido mucho, pero veo que te han dado algo extraordinario a cambio. Quiero que volváis a venir a la cruzada esta noche. Tengo algo especial para vosotros. —Me miró detenidamente, como si yo fuera el responsable—. ¿Me lo prometes?

No había brisa, pero la sentí igual, como si emanara de la hermana Eve. La noche anterior, con su túnica blanca y su cabello como el pelaje de un zorro, me había parecido más hermosa que un ángel. Ahora veía que sus mejillas tenían pecas como Albert y en el lado izquierdo de su rostro, justo por delante de su oreja, tenía una horrible cicatriz que su largo cabello ocultaba parcialmente. Me mantuvo quieto con sus ojos. No podía apartar la mirada. No solo porque eran maravillosamente claros y su mirada me transmitía una sensación tan refrescante como la menta. Sino porque mirarlos me hacía sentir como si estuviera observando aguas tan profundas que sabía que podría ahogarme en ellas en un instante, pero que me seducían tanto como para querer saltar.

—Lo prometo —me oí a mí mismo decir.

El trompetista miró su reloj.

—Evie, cariño, debemos irnos.

—Primero los dulces, Sid —dijo—. ¿Qué queréis?

—Gotas de limón —contestó Emmy de inmediato.

—¿Buck?

Pensé en Moses y dije:

—Regaliz, por favor.

La hermana Eve miró a Sid, quien puso los ojos en blanco, pero entró a la tienda y salió con los dulces.

—Os veo esta noche, Buck —dijo la hermana Eve. Le esbozó una sonrisa cómplice a Emmy—. Y sé… un buen niño. —Se levantó y se marchó del brazo del trompetista.

En cuanto se fueron, me giré hacia Emmy y le dije con la mayor firmeza que pude:

—No puedes ir por ahí diciéndole a la gente tu verdadero nombre.

—No pasa nada —dijo con total seguridad—. Podemos confiar en ella.

Miré a la hermana Eve alejándose despreocupadamente. No sabía por qué exactamente, pero creía que Emmy tenía razón.

CAPÍTULO 25

—No —dijo Albert—. Definitivamente, no.

—Se lo prometí —insistí.

—¿Y qué? Nos tenemos que ir. Ahora.

Cuando regresamos al río, Albert y Moses ya habían guardado todo en la canoa. Moses seguía aún cabizbajo por no haber ido al pueblo, pero el regaliz le levantó un poco el ánimo. Ya casi era el mediodía y se sentó a comer sus dulces negros a la sombra de un árbol junto al río, mientras Albert y yo discutíamos. Emmy, mi pequeña aliada, estaba de mi lado.

—Una noche más, Albert. ¿Qué puede salir mal? La hermana Eve dijo que tenía algo especial para nosotros.

—Sí, esposas.

—No es así. Puedo sentirlo.

—¿Y si te equivocas?

—No se equivoca, Albert —dijo Emmy—. La hermana Eve es buena. No es una rata.

Moses se rio y dijo por señas: "¿Una rata? Hablas como una gánster, Emmy".

—Nos vamos y no hay más que hablar —sentenció Albert, dirigiéndose hacia la canoa.

—¿Quién murió y te convirtió en Dios? —le grité a sus espaldas.

Se giró de golpe.

—¿Quieres quedarte? Quédate. Nosotros nos vamos.

Moses no se apartó de la sombra del árbol y Emmy se acercó más a mi lado.

—¿Y si lo sometemos a votación? —propuse.

—¿Votación? —Como si fuera una mala palabra.

—Vivimos en una democracia, ¿no? Votemos. La mayoría gana. ¿Quiénes quieren quedarse? Levantad la mano.

Levanté la mía y Emmy levantó la suya. Albert miró furioso a Moses, quien no parecía querer darse prisa en emitir su voto. Sin muchas ganas, levantó la mano.

—Está bien —dijo Albert—. Os visitaré en la cárcel.

Avanzó con paso firme hacia la canoa y aparentó subirse. Era todo puro teatro. Conocía a mi hermano y sabía que nunca nos abandonaría. Se paró a orillas del ancho río Minnesota de aguas parduzcas y meneó la cabeza.

—Recordad mis palabras. Nos arrepentiremos de esto.

Estaba oscureciendo cuando abandonamos el río y marchamos hacia la carpa de la cruzada. Parecía haber muchos más coches que la noche anterior. La mayoría de los bancos de la carpa ya estaban ocupados, supuse que como resultado de que se esparcieran las noticias sobre el niño con la espalda torcida que la hermana Eve había enderezado con su toque sanador. En la fila del frente estaba sentado el joven que se había comportado como una bestia la noche anterior y al que la hermana Eve había calmado. Albert y Moses se sentaron detrás de mí y de Emmy, que llevaba su gorra de visera. Era una noche calurosa y húmeda. Sentado a mi lado había un hombre tan gigante como un oso, enorme y desaliñado. A juzgar por su olor, debía de venir de limpiar su granero. Estaba acompañado por una mujer que estaba apoyada con pesadez sobre él con los ojos cerrados. Dormida, supuse. Aunque no creía que siguiera durmiendo cuando la hermana Eve se subiera al escenario.

Sin venir a cuento, Emmy me susurró:

—¿Te has traído la armónica?

—Aquí está. —La levanté del bolsillo de mi camisa.

—¿Sabes tocar *Beautiful Dreamer*?

—Claro —dije—. ¿Por qué?

Antes de que pudiera responderme, los músicos subieron y ocuparon sus lugares en la tarima. El trompetista gritó:

—¡Alabado sea el Señor, hermanos y hermanas! ¡Alabado sea el Señor!

La hermana Eve entró a la carpa desde la abertura donde habían servido el caldo de pollo. Tenía su túnica blanca y su cabello se mecía sobre sus hombros como un río rojizo. Se acercó al centro de la tarima y extendió sus brazos una vez más como si tuviera alas.

—Jesús dijo, "Si alguno tiene sed, venga a mí y beba". Hermanos y hermanas, reunámonos en el río y bebamos del agua viva del Espíritu Santo y revitalicémonos.

De inmediato, los músicos detrás de ella empezaron a tocar y la hermana Eve cantó una canción con su hermosa voz de palabras inspiradoras.

—Nos veremos en el río, que los pies cristalinos de los ángeles han caminado…

Conocía el viejo himno. Era uno que los Brickman usaban mucho y pronto me encontré cantando las palabras junto a la hermana Eve con energía, poniendo mi corazón a cada palabra, como si creyera que fueran absolutamente verdad.

Se movió con ligereza sobre el escenario esa noche, hablando sobre esperanza a todas las personas que estaban sentadas en esos bancos duros, mientras el cabello le cubría su rostro y, por el calor del interior de la carpa y la intensidad de su fervor evangelista, se pegaba sobre su propia agua viva que brotaba como ríos de sudor. Cantó y exhortó y, al final, abrió los brazos e invitó a que se acercaran todos aquellos que necesitaran el toque sanador de Dios.

Un hombre con muletas se puso de pie, seguido por una mujer sin ninguna aflicción obvia. Al tocar las manos de la hermana Eve, el hombre arrojó las muletas hacia un lado. Prácticamente bajó bailando de la tarima. La mujer sin ninguna dolencia evidente a simple vista intentó contarle a la hermana Eve su tartamudeo. Escucharla hablar fue insoportable, ya que luchaba con todas sus fuerzas para pronunciar cada palabra. La hermana Eve sujetó la cabeza de la mujer y la presionó con la fuerza de una pinza con sus dos palmas. Suplicó en nombre del Espíritu Santo que esta mujer pudiera hablar con claridad, como Dios mandaba. Cuando la hermana Eve levantó las manos, la mujer intentó formar palabras y finalmente enunció con mucha claridad: "Gracias, hermana". Estaba tan sorprendida como una vaca golpeada con un mazo. "Alabado sea Dios", gritó. "Que Dios la bendiga, hermana Eve. Que Dios la bendiga". Cuando se bajó de la tarima, las lágrimas brotaban de sus ojos como si fueran dos nubes de tormenta.

El hombre que estaba sentado a mi lado, inmenso y hediondo, se puso de pie. En una de sus manos, tenía una escopeta. Con la otra, levantó a la mujer que estaba recostada sobre él, profundamente dormida. Pasó un brazo alrededor de su cuerpo, se asomó al pasillo que se abría paso entre los bancos y la llevó al frente, arrastrando sus pies en el suelo.

Entonces comprendí que la mujer no estaba dormida. Y el olor asqueroso no había sido porque hubiera estado limpiando el granero.

En la escalera de la tarima, el hombre se detuvo y miró boquiabierto a la hermana Eve. Si a ella le sorprendió la escena que tenía delante de sus ojos, no lo demostró.

—¿Qué buscas, hermano? —preguntó.

—Mi esposa. No habla. Escuché que arregla a la gente.

—¿Cómo te llamas?

—Willis.

—¿Y tu esposa?

—Sarah.

—Un nombre bíblico. Siéntate conmigo, hermano Willis. Los dos.

Se sentó en el escalón superior, los dobleces de su túnica cayeron a su alrededor como una cascada blanca. El oso greñudo llamado Willis se sentó, sujetando el cuerpo de su esposa recto entre él y la hermana Eve. Apoyó la escopeta sobre los escalones a su alcance. La hermana Eve tomó la mano de la mujer muerta, la sostuvo entre las suyas y cerró los ojos durante un largo rato. Cuando finalmente los abrió, dijo:

—La vida es difícil, ¿verdad, hermano Willis?

—Y que lo diga. La cosa no está fácil en la granja. El precio del maíz no sube desde hace mucho.

—No duermes —dijo ella.

—Me quedo despierto preocupado. El banco envía cartas. Tengo la escopeta cerca, por si intentan robarme. No me van a quitar mi granja.

—Y Sarah, te acompaña cada noche, intentando darte consuelo.

—Es lo único que me hace seguir. Pero ya no me habla. Perdió la voz. Por eso vinimos. Escuché que cura gente.

—No soy yo quien cura, Willis. Es Dios quien lo hace. Yo solo soy la mensajera.

—Rece por ella. Haga que me vuelva a hablar.

—¿Crees en Dios, Willis?

—Tanto como cualquiera.

—¿Y qué hay de Sarah?

—Siempre lee su Biblia. Dice que le da consuelo.

—Y ella te da consuelo a ti.

Miró a su esposa con una profunda añoranza.

—Solo el sonido de su voz es suficiente.

—Pero ya no te habla.

Bajó la cabeza y se quedó mirando el suelo.

—Se quedó muda, creo. Quizás por algún pecado malo.

—¿Suyo o tuyo?

No contestó. La hermana Eve se inclinó hacia él, su voz poco más fuerte que un susurro. Pero la carpa estaba tan silenciosa que podría haber escuchado el zumbido de una mosca alrededor de la hermana Eve.

—Háblame sobre el pecado, Willis.

Respiró con pesadez por sus fosas nasales, un sonido que bien podría haber hecho un animal salvaje. Se aclaró la garganta, un rugido profundo e inquietante.

—Ella… —empezó. Meneó la cabeza, como si estuviera intentando hacer que sus pensamientos encajaran—. Dijo que me dejaría. Que volvería con su gente. Me enfadé, mucho. Nos dijimos cosas feas.

—La golpeaste —dijo la hermana Eve con suavidad—. Y ahí fue cuando te dejó de hablar.

—Le pedí perdón. Me arrodillé y le rogué que me perdonara, que me dijera algo, cualquier cosa.

—Ya no puede hablarte, hermano Willis. Lo sabes. No en esta vida. Pero te está esperando en un lugar maravilloso donde no hay nada de qué preocuparse. Donde no hay dolor. Donde lo que recibes nunca te lo pueden quitar. Un lugar donde solo hay amor. —Extendió una mano sobre el cadáver de la mujer—. Toma mi mano, hermano Willis.

La miró como si estuviera extremadamente tentado. Estaba seguro de que, así como había controlado a la bestia en el interior del joven de la noche anterior, había traído algo de consuelo al espíritu profundamente perturbado de este hombre. Pero él me sorprendió. Nos sorprendió a todos. Incluso a la hermana Eve.

—¡No! —gritó, y se puso de pie. Cogió la escopeta, apoyó la culata sobre su hombro y le apuntó a la nariz a la hermana Eve—. Arréglela, maldita sea. Haga que vuelva a hablar o juro que le volaré la cabeza.

Había presenciado el miedo miles de veces en mi vida. Si bien tenía muchos rostros, a menudo no tenía voz. La hermana Eve miró al cañón de la escopeta y pude ver que su miedo era tan inmenso que no podía hablar. Sin sus palabras, supuse que no había manera de que hiciera el milagro que ese homicida gigante quería, o cualquier otro milagro.

—Toca, Odie —me susurró Emmy—. Toca *Beautiful Dreamer*.

No tenía sentido, aunque en realidad nada tenía sentido mientras esperaba que el disparo de esa escopeta le desfigurara la cara a la hermana Eve. Al igual que todos en la carpa, estaba seguro de que estábamos a punto de presenciar una masacre. Y una vez que empezara, no teníamos garantizado que solo matara a la hermana Eve. Mis labios estaban secos, sentía la garganta como un papel de lija. Casi no podía respirar. No tenía ni idea de si podía tocar esa canción. Pero saqué la armónica de mi bolsillo y la apoyé sobre mis labios. Emmy puso su pequeña mano sobre mi pierna. Me miró y sonrió, como si creyera en mí por completo.

Empecé a tocar. Aunque la música era suave, en el silencio de esa carpa y en mis propios oídos parecía ensordecedora. Varias caras giraron en mi dirección, la de Willis incluida. Estaba seguro de que apuntaría el cañón de su escopeta hacia mí. Toqué a todo volumen, mientras mi corazón latía con fuerza contra mi pecho. Estaba a punto de detenerme, pensando que era hora de acabar con esta locura, cuando una voz celestial se unió a la canción. La hermana Eve.

Hermosa soñadora, despierta para mí.
La luz de las estrellas y el rocío esperan por ti.
Los ruidos de un mundo duro puedes escuchar.
Arrullados por la luna han desaparecido ya.

La expresión de ira que había retorcido el rostro del hombre enorme empezó a suavizarse. El cañón de la escopeta bajó. Seguí tocando y la hermana Eve levantó su voz etérea y cantó como un ángel tranquilizador.

Hermosa soñadora, reinas en mi canción.

Escucha estas dulces melodías.

Atrás queda el temor agitado de la vida.

Hermosa soñadora, despierta para mí.

Con lágrimas en los ojos, la enorme bestia cayó de rodillas y puso la cabeza sobre el regazo de su esposa, donde lloró desconsoladamente. La escopeta quedó tendida en el suelo y el joven cuya bestia había sido domada la noche anterior se puso de pie y la levantó.

Mi rostro estaba empapado de sudor y me sentía un poco mareado. Bajé la armónica y miré a Emmy.

—Nunca has tocado mejor, Odie —dijo.

CAPÍTULO 26

—LA CANCIÓN FAVORITA DE SU ESPOSA —DIJO LA HERmana Eve—. *Beautiful Dreamer*. Creo que era lo único que podía llegar a su corazón. ¿Cómo lo supiste, Buck?

Estábamos sentados en el comedor privado del mejor hotel de New Bremen, un lugar llamado Morrow House, con un pollo al horno sobre la mesa, acompañado con puré de patatas, una salsa espesa y espárragos. Más allá de que fuera un lugar ostentoso, insistí en que Emmy se dejara puesta la gorra. Ella y yo estábamos comiendo como si no hubiera un mañana. La hermana Eve y el trompetista estaban sentados con nosotros. Comían mucho más lento y bebían "jugo de uva", que en realidad era vino tinto, con su comida. La hermana Eve ya no llevaba la túnica blanca, sino un vestido azul. El trompetista tenía un traje gris con solapas anchas y un alfiler de diamante en su corbata roja.

—No lo sabía —le dije a la hermana Eve—. Emmy me dijo que la tocara.

—Ah, ¿sí? —Miró a Emmy con curiosidad—. ¿Dónde viven dos huérfanos como vosotros?

—Tenemos un pequeño campamento en el río.

—¿Vivís en un campamento? ¿Es permanente?

—No mucho. Vamos a Saint Louis.

—¿Qué hay en Saint Luis?

—Tengo familia allí. Tenemos familia allí —me corregí enseguida.

—Es un largo viaje hasta Saint Louis.

—Supongo —dije—. Pero Emmy y yo lo lograremos.

La hermana Eve levantó su copa y miró detenidamente su vino.

—Nosotros vamos a Saint Louis. No directamente. Primero tenemos que hacer una parada en Des Moines y Lawrence, en Kansas. —Bebió otro sorbo de su vino y agregó como por casualidad—: Podríais venir con nosotros.

El trompetista parecía estar a punto de ahogarse con su pollo.

—Nos causaría muchos problemas, Evie.

—¿Por qué? —preguntó la hermana Eve.

—Podría parecer un secuestro. —Pasó su pañuelo de un modo delicado sobre su delgado bigote.

—¿Secuestro? Todo el país está lleno de niños abandonados, Sid. Créeme, sé de lo que estoy hablando. —Se volvió hacia mí—. Podríamos llevaros a la puerta de vuestra casa.

—Oye, espera un momento —dijo el trompetista.

—Sid. —Lo miró con mucha intensidad para callarlo de una vez por todas.

Miré a Emmy, cuyo rostro oculto debajo de la visera no me dio ninguna pista sobre su propio deseo. Me gustaba la idea de una vida más fácil, pero la decisión no era solo mía.

—Tenemos que pensarlo —dije.

—Me parece bien.

Yo no bebía nada con alcohol, pero la sonrisa de la hermana Eve fue absolutamente embriagante.

Cuando llegamos al río esa noche, Albert y Moses estaban sentados junto al fuego.

—¿Habéis comido? —preguntó Albert.

—Como reyes —dijo Emmy con placer.

—¿Cómo estuvo el caldo? —preguntó.

No habíamos hablado con ellos desde que nos separamos para entrar a la enorme carpa. Willis y su escopeta habían terminado de manera bastante abrupta la reunión. Un oficial que se encontraba allí durante lo sucedido llamó a un par de hombres y se llevaron al hombre-oso, aún llorando. Otros se ocuparon de cargar el cuerpo de su esposa en la parte trasera de una camioneta y partieron hacia la morgue. La hermana Eve había invitado a todo el mundo a la mesa para comer el caldo y el pan, fue entonces cuando nos encontró a Emmy y a mí.

Moses se tocó la panza y dijo por señas, "Lo mejor que he comido en mi vida".

Emmy se sentó a un lado de la fogata y explicó:

—La hermana Eve quiere que nos quedemos con ella.

—Nos vamos a Saint Louis —replicó Albert.

—Ella también va a Saint Louis —aclaré—. Des Moines, luego Kansas y luego Saint Louis.

—Atrae a mucha gente. Lo último que necesitamos es estar rodeados de tanta gente. Tarde o temprano, alguien va a reconocer a Emmy.

—Podríamos ser cuidadosos.

—Eso es lo que estamos haciendo ahora. Bajo ninguna circunstancia tenemos que unirnos a esa campaña de evangelización.

—Es una cruzada de sanación —insistí.

—Llámala como quieras, tenemos que evitarla.

Si no hubiera sabido en lo más hondo de mi corazón que tenía razón, habría insistido en que lo sometiéramos a votación. A Emmy no parecía importarle mucho qué decisión tomáramos y parecía estar a punto de quedarse dormida.

—Fue un bonito sueño —dije, en gran parte para mí mismo.

Una vez que todos estábamos acostados, me quedé despierto, mirando al cielo nocturno moteado de estrellas.

Escuché las canciones de las ranas entre los juncos y pensé en los músicos que acompañaban a la hermana Eve, e imaginé lo que sería tocar la armónica para su grupo. Las pocas veces que había tenido la oportunidad de hacerlo, con la señorita Stratton y Jack, había sido algo mágico, como si un corazón estuviera hablando y el otro respondiera.

—Déjalo ir, Odie —dijo Albert en voz baja.

—Nos trató bien. Quizás habríamos sido felices.

—Es una estafa.

—¿Cómo lo sabes?

—Esa gente que curó son cómplices.

—No lo era el hombre-oso de esta noche.

—¿Viste que lo curara? Si no la hubieras salvado tú, ella no tendría cabeza.

Me di la vuelta, intentando ver su rostro. Me preguntaba qué sueños tenía. Mis sueños eran ser músico, quizás, o escritor, porque a la gente le pagaban por hacer eso, y esas eran las cosas que me gustaban. ¿Qué le gustaba a Albert? ¿Qué deseaba su corazón? Me sorprendía no tener idea.

—Todo se ve demasiado bien para ser verdad, Odie, no puede no ser una estafa —dijo, parecía un poco triste—. Si te fijas bien en la hermana Eve, verás que hay algo en ella que huele a podrido. —Albert se giró y me dio la espalda.

***

Me desperté la mañana siguiente con una imagen increíble: la hermana Eve en la playa de arena, sentada junto al fuego con Albert y Moses. Estaba vestida nuevamente como una vaquera y encajaba perfectamente en ese entorno al aire libre. El fuego crepitaba y Albert y la hermana Eve hablaban en voz baja. Cuando Moses se acercó haciendo señas, Albert se las tradujo a ella. Me senté, aparté la manta y me acerqué descalzo.

La hermana Eve me esbozó una sonrisa.

—Buenos días, Buck. ¿O debería decir Odie?

—¿Qué haces aquí?

—Pensé en pasar a despedirme. Y conocí a estos dos vándalos.

Albert y Moses, que parecían cómodos ante su presencia, esbozaron una sonrisa por esa divertida broma. No pude evitar pensar en el joven que la hermana Eve había calmado. Parecía que había usado la misma magia en mis dos compañeros.

—Convencí a tu hermano y a Moses de que, en lugar de intentar llegar a Saint Louis por el río, sería mucho más seguro que viajarais conmigo. —Levantó una bolsa blanca—. ¿Quieres una?

En su interior había dónuts. Enormes, perfectos, glaseados, exquisitos dónuts.

—Siéntate —me pidió.

Me senté en la arena y me comí un dónut. No podía recordar que hubiera probado nunca nada tan bueno, tan suave, tan dulce.

—Este es el trato —dijo, abriendo las manos como una explicación y una invitación—. He contratado a Moses y a tu hermano para que me ayuden con el trabajo de la cruzada, al menos hasta que lleguemos a Saint Louis. Los pondré a trabajar con los otros que trabajan para mí. Tú y Emmy os quedaréis conmigo en la Morrow House. Les diremos a todos que eres mi sobrino y Emmy es mi sobrina. Tengo algunos sombreros de paja con alas grandes y anchas que ella podrá usar. Mucho más agradables que esa gorra de visera que tiene, y le servirán para mantenerla oculta.

—¿Sabes quién es? ¿Cómo lo sabes?

—No importa. Lo que importa es que os tenemos que mantener a salvo y llevaros a donde queréis ir. Puedo encargarme de eso.

—Pero el trompetista dijo que podría meterla en muchos problemas.

—Sid se preocupa por todo. He esquivado problemas toda mi vida.

Miré a Albert.

—¿A ti te parece bien?

Albert se encogió de hombros.

—Me ha convencido.

Miré a Moses, quien esbozó una sonrisa y dijo por señas: "Dónuts todos los días".

—¿Qué dices, Odie? —Su expresión era seria y su voz, profundamente invitadora—. ¿Estás de acuerdo?

Devoré el último pedazo del dónut y estaba listo para aceptar todo lo que la hermana Eve había dicho.

—Rayos, sí.

—¿Quieres despertar a Emmy y preguntarle a ella?

Emmy estaba acostada sobre una manta, aún dormida. La sacudí suavemente. Giró sobre su espalda y abrió los ojos, solo un poco.

—¿Estás despierta, Emmy?

Emitió un sonido, no muy fuerte, pero lo suficiente para saber que podía entenderme.

—Parece que nos quedaremos con la hermana Eve por un rato.

Parpadeó aún adormecida.

—Ya lo sabía. —Se giró y siguió durmiendo.

CAPÍTULO 27

No me bañaba desde que abandonamos la Escuela Lincoln. Estar bajo la firme cascada de agua caliente y limpia me parecía como estar en el cielo. La hermana Eve nos dio ropa nueva y envió a lavar la vieja, y así iniciamos nuestra vida junto a una cruzada de sanación cristiana.

Emmy y yo nos quedamos en las habitaciones que la hermana Eve había alquilado en la Morrow House. Para evitar que la gente sospechara que hubiera una conexión entre nosotros, Albert y Moses pasaron otro día más en nuestro campamento junto al río. Cuando se unieron a la campaña, les asignaron catres en la carpa que compartían los hombres. Las mujeres ocupaban otra carpa. Todos tenían, por lo menos, una tarea asignada, pero la mayoría alternaba entre varios trabajos.

Moses quedó a cargo de la carpa de cocina, donde ayudaba a preparar las comidas que seguían a cada ceremonia de la cruzada y también las comidas que alimentaban a todos los que viajaban con la hermana Eve, casi una docena de personas. El cocinero era un hombre alto y calvo como un cubito de hielo, y tenía tatuada una sirena con el pecho al descubierto en su brazo derecho. Se hacía llamar Dimitri, aunque, al igual que todos los que viajaban con la hermana Eve, probablemente ese no fuera su verdadero nombre.

Tenía un marcado acento griego y a Moses le agradó mucho. Dimitri, que no parecía tener problemas para interpretar las señas sencillas que usaba Moses para comunicarse, juraba que era el mejor trabajador que jamás hubiera visto.

Albert trabajaba con los peones, la mayoría de los cuales también eran músicos de la cruzada. En cuestión de segundos, sus manos mecánicas y su capacidad para encontrar soluciones prácticas a cualquier problema se ganaron su admiración. Lo empezaron a llamar profesor, porque tenía un conocimiento general sobre casi todo.

Whisker, el pianista, me tomó bajo su ala. Era un hombre delgado con brazos y piernas que parecían pajitas de refrescos y una piel del color de la melaza. Era viejo, o lo que yo consideraba viejo en ese entonces, quizás unos cincuenta años, y sus ojos parecían cansados. Me enseñó música de una manera que la señorita Stratton nunca había tenido tiempo para hacerlo. Yo sabía leer partituras, pero nunca había sido parte de un grupo de músicos tan grande. Whisker me ayudó a trabajar en el ritmo y a escuchar los otros instrumentos y sentir lo que él llamaba "la burbuja noble", que se refería a ese momento en que las notas de cada músico se entrelazan sin esfuerzo alguno y la música se convierte en un hermoso sonido que captura el espíritu de cada músico y oyente y lo eleva sin esfuerzo hacia arriba.

—Como una burbuja —dije.

—*Sacto* —exclamó, y esbozó una sonrisa, dejando al descubierto sus dientes manchados de tabaco. Bebió de la copa que siempre tenía sobre su piano, dos dedos de un whisky de contrabando que nunca parecía disminuir en volumen, sin importar cuánto bebiera—. No pasa siempre, Buck, pero cuando pasa, es como si Dios mismo te levantara en la palma de su mano.

Su verdadero nombre era Gregory, pero todos lo llamaban Whisker, incluido él mismo.

—Mi madre solía decir que era tan delgado que podía esconderme detrás de los bigotes de un gato. Y así se quedó. Los otros músicos eran amigables y cordiales, pero podía notar que a Sid, el trompetista, yo no le gustaba mucho. Asumía que era porque consideraba nuestra presencia un peligro para la cruzada, pero Whisker me iluminó con otra posibilidad.

—Está celoso.

Estábamos almorzando en una de las largas mesas donde, por las noches, servíamos generosas cantidades de caldo y entregábamos el pan.

—¿Celoso de mí? ¿Por qué?

—Tienes algo natural, algo especial que sale de esa armónica tuya, algo que no se puede enseñar ni aprender. Quizás te convierta en un músico, quizás algo más. ¿Quién sabe? Pero está ahí. Además, le agradas mucho a la hermana Eve. Eres su sobrino, su familia. Eso te pone un escalón por encima de Sid. Cielos, ese tipo detesta cuando la hermana Eve le presta demasiada atención a alguien más.

No conocía mucho la historia de Whisker; nadie realmente hablaba mucho sobre su pasado, así que encajamos sin demasiado problema. Lo que sí me contó era que venía de los aparceros de Texas y que cuando crecía no quería hacer otra cosa más que escapar de los campos de algodón del Mango.

—Trabajar duro en una tierra dura tan plana como una tortita —dijo—. Nada en mi vida fue más difícil que cosechar algodón.

Le pregunté sobre su familia y dijo que no la veía desde hacía más de veinte años.

—¿Los echas de menos?

—Tengo una nueva familia —respondió, y extendió los brazos para abarcar a toda la carpa de la cruzada.

Las actividades de la cruzada empezaban al anochecer y, al cabo de unos días, ya estaba entre los músicos en la tarima. La hermana Eve hablaba sin parar sobre el Señor y nosotros la acompañábamos con música que elevaba el alma. Los fieles alzaban sus voces con canciones conocidas de góspel. Al final de la noche, las luces se apagaban excepto por una que iluminaba directamente a la hermana Eve, y los ciegos, los lisiados y los desamparados se acercaban a ella y se arrodillaban a sus pies, suplicándole su toque sanador. No se iban decepcionados. Aunque los ojos ciegos no recuperaran la vista, aunque las piernas retorcidas no se irguieran, a través de su propio semblante parecía que lo que la hermana Eve les daba era esperanza.

—Se lo tragan como si fuera pan tierno —escuché que Sid les decía a los otros músicos—. No importa que sigan cojos. Siempre se van con una luz en el corazón y eso lo cambia todo para esos pobres diablos. Abren sus carteras y el dinero llueve a cántaros.

Eso debería haberme puesto alerta. Pero suponía que costaba mucho alimentar a toda la gente que asistía a las ceremonias en la carpa. Eran tiempos difíciles y, para muchos, el caldo y el pan de la cena probablemente era la única comida real que tenían ese día. Lo que pagaba la comida era la generosidad de aquellos que no se quedaban para la cena, aquellos que tenían algo de dinero y cuyos corazones y conciencias conmovía la hermana Eve.

Mi momento favorito era cuando, después de que la cruzada terminara y habían saciado su hambre, la hermana Eve y Sid se reunían alrededor de Whisker en el piano y me dejaban acompañarlos para tocar música que un coro de iglesia nunca tocaría. A la hermana Eve le encantaban las canciones de Tin Pan Alley, escritas en lo que Whisker me había explicado que era la forma de los treinta y dos compases: cuatro secciones, cada una de ocho compases. Muchas canciones de Irving Berlin tenían treinta y dos compases, según me había explicado. No eran difíciles de tocar y estaban llenas de sensiblerías, y la hermana Eve sabía cómo exprimir hasta la última gota de emoción. Ella había bebido whisky casero, todos lo habían hecho, y se había fumado un cigarro, mientras envolvía su garganta alrededor del terciopelo de una canción de un modo que te daban ganas de llorar. La pequeña Emmy por lo general estaba dormida para entonces, acostada en una manta en la parte posterior de la carpa. Cuando la noche finalmente llegaba a su fin, Sid la metía en su coche y nos llevaba de regreso al hotel, donde la acostaba en una cama y le deseaba buenas noches a la hermana Eve en la puerta de su habitación.

—¿Así hasta Saint Louis? —lo escuché preguntarle una noche con una voz llena de ansiedad.

—Hasta Saint Louis, Sid —dijo ella—. Buenas noches, cariño.

Sid no era el único hechizado por ella. Todos los que viajaban con Eve la amaban. Eran un puñado de marginados, excluidos, viajeros errantes. Pero de la misma manera que les daba esperanza a los lisiados y tullidos, la hermana Eve animaba los espíritus de todos nosotros. Pensé en los niños de la Escuela Lincoln, quienes, en muchos sentidos, eran muy parecidos a la gente de la hermana Eve, perdidos y desamparados. Pensé que, si ella hubiera estado a cargo de la escuela, en lugar de Thelma Brickman, la Bruja Negra, nuestra vida habría sido muy diferente.

La hermana Eve me dijo que la cruzada tenía programado quedarse dos semanas en New Bremen. En nuestra cuarta noche, cuando todos ya habían abandonado la carpa para regresar a sus hogares o a la larga mesa para comer el caldo y el pan, la hermana Eve se sentó en los escalones de la tarima. Y yo me senté a su lado.

—Mataría por un cigarro y un trago ahora mismo, Odie. —Me empujó de un modo juguetón con la cadera envuelta en la túnica blanca.

—Esta gente cree que eres perfecta. Será mejor que no te atrapen bebiendo o fumando.

Se rio y pasó un brazo sobre mi hombro.

—Solo Dios es perfecto, Odie. Para el resto solo quedan todo tipo de arrugas y grietas. —Levantó un mechón de cabello que le colgaba sobre la mejilla para mostrarme la larga cicatriz que allí tenía—. Si fuéramos perfectos, la luz con la que nos ilumina solo rebotaría en nosotros. Pero las arrugas la atrapan. Y a través de esas grietas es como esa luz llega a nuestro interior. Cuando rezo, Odie, nunca lo hago por la perfección. Rezo por el perdón, porque es lo único que siempre obtendrá respuesta.

Veía a Albert todo el tiempo, pero no me preocupaba que la gente estableciera una conexión entre nosotros. No nos parecíamos demasiado. Supuse que era porque Albert, con su cabello colorado, se parecía más a nuestra familia paterna y yo más a la de mi madre. En ocasiones, me sentaba con él en la larga mesa, cuando Moses y el resto de los que trabajaban en la cocina servían la comida.

—¿Qué se siente al vivir en el Ritz? —me preguntó bromeando un día durante el almuerzo.

—Sabes, Albert, he estado pensando. ¿Qué pasa si no encontramos a la tía Julia en Saint Louis? Quiero decir, ni siquiera sabemos por dónde empezar a buscarla.

—Cruzaremos ese puente cuando llegue el momento.

—Pero ¿y si pasa eso?

—¿Tienes algo en mente?

—Bueno, he estado pensando. Quizás podríamos quedarnos con la hermana Eve.

Albert estaba masticando un sándwich de salchicha de Bolonia. Miró hacia la enorme carpa, luego hacia la pradera junto al río donde habíamos ocultado nuestra canoa.

—Es demasiado bueno como para que dure, Odie —dijo.

—¿Por qué?

—¿Cuándo lo hemos tenido tan fácil?

—Eso no significa que no pueda serlo.

—Mira, cuando te relajas es cuando viene el golpe de realidad. No te pongas tan cómodo. Y ten cuidado con Sid. Ese tipo parece haberte cogido manía.

—La hermana Eve lo puede manejar.

—La hermana Eve no puede estar vigilándolo todo el tiempo. Recuerda lo que te digo, Odie, es una serpiente.

Sid y la hermana Eve pasaban una parte de cada día en el hotel repasando lo que ella llamaba los libros. Además de tocar la trompeta, Sid era el gerente del negocio, el encargado de pagar las cuentas, asegurarse de que se hicieran los preparativos en los pueblos que visitarían y de la publicidad. Debía ser bastante bueno en eso, en especial con la publicidad, porque la gente que llegaba a la cruzada venía de lugares muy lejanos, tanto como Twin Cities. Incluso Whisker, que no sentía un afecto especial por Sid, se lo reconocía.

—Cuando conocí a la hermana Eve en Texas, no era gran cosa. Hacía sus ceremonias y las sanaciones, como ahora, pero cuando llegó Sid todo cambió. ¿Te has fijado en esa túnica blanca que la hace parecer un ángel? Fue idea de Sid. Esas luces, la música de fondo, incluso el caldo y el pan, todo fue obra de Sid.

—¿Cómo se volvió parte de la familia? —Usaba esa palabra porque así había empezado a considerar a la gente de la cruzada.

—Igual que todas nuestras almas perdidas. La hermana Eve lo encontró. Era parte de una feria ambulante en Wichita cuando llevamos la cruzada allí hace algunos años. Estaba tocando la trompeta y haciendo su actuación con una serpiente. El tipo se quedó tan encantado con ella como todos lo demás.

—¿De dónde viene ella?

—¿No lo sabes? ¿No se supone que es tu tía? —Se rio—.

Siempre supe que eras como el resto de nosotros. Te encontró perdido, te tocó y simplemente la seguiste. No te preocupes, Buck. Tu secreto está a salvo conmigo. —Meneó la cabeza—. No tengo ni idea de dónde viene. Con ese amor que tiene por las botas vaqueras, creo que debe venir de algún lugar al oeste. Eso y que las serpientes no parecen molestarle.

—¿Serpientes?

—Ah, claro. Todavía no has visto cómo ella y Sid manejan a las serpientes. Es todo un espectáculo, la verdad.

—¿Qué les hacen?

—Las usan para que la gente entienda que pueden dominar a Satán si tienen a Dios de su lado. Es bastante impresionante. No lo hacen mucho en el norte, pero en el sur, amigo, esos blanquitos se lo creen todo.

—¿Puedo verlas?

—No creo que le haga mal a nadie.

Dentro del campamento de carpas había una más pequeña justo por detrás de la cocina donde la hermana Eve se preparaba para las ceremonias de cada noche. Whisker levantó la solapa de la entrada y me invitó a pasar. En su interior, había un tocador con un espejo y, frente a este, un asiento acolchado. A un lado del tocador había un perchero con una serie de túnicas blancas colgadas, junto con otras prendas. Había un arcón enorme y, dispersos a su alrededor, varios pares de zapatos, la mayoría eran las sandalias blancas que la hermana Eve usaba durante las ceremonias, pero también había algunos pares de las botas vaqueras. En una mesa más angosta y baja cerca de la pared trasera de la carpa descansaban tres recipientes de cristal que descubriría que se llaman terrarios, una palabra nueva para mí. Dentro de cada terrario había algo de vegetación y también una o dos enormes rocas para que las serpientes se deslizaran y supuse que también para que se escondieran.

—¿De qué tipo son?

—Esas dos serpientes parecen corales. —Señaló con la cabeza a la jaula de cristal donde una pareja de serpientes con rayas negras, amarillas y rojas se deslizaban una sobre otra—. ¿Sabes algo de las serpientes de coral?

Le contesté que no.

—Increíblemente venenosas. Y a esa otra la llamamos Mamba. Mira. —Golpeó con un dedo el cristal del terrario del medio y la serpiente en su interior, que era de un color gris oscuro y tenía casi un metro de largo, se levantó, extendió la piel alrededor de su cuello y cabeza, y se preparó para atacar. Whisker se rio—. Como una cobra.

—¿Pero no lo es?

—Solo parecen peligrosas, pero no lo son. Son serpientes que la gente confunde con las venenosas. Pero esta… —Y señaló con la cabeza al más grande de los terrarios—. Esta es diferente. Es de verdad. La llamamos Lucifer.

—¿Lucifer?

Se acercó hacia el cristal y la serpiente se enrolló y se levantó, lista para atacar.

—Es una serpiente de cascabel. Y déjame decirte, hermanito, que cuando Lucifer agita la cola, tiemblo hasta la médula.

—¿La hermana Eve maneja todas las serpientes?

—A las que parecen corales y a Mamba. Solo Sid maneja a Lucifer. Él y esa serpiente están juntos desde hace mucho tiempo, supongo. Era parte de su espectáculo cuando la hermana Eve lo encontró.

—¿Nunca los han mordido?

—A veces. Pero las corales y Mamba no hacen nada. Y Sid siempre le quita el veneno antes de usar a Lucifer.

La serpiente estaba enrollada, así que era difícil calcular su longitud, pero su cuerpo era tan ancho como mi muñeca. Me miró a los ojos, mientras sacaba y guardaba su lengua bífida, como si intentara saborearme.

—¿Qué come?

—A veces, le tiramos algún ratón. Se los traga enteros. También pequeñas ratas, si atrapamos alguna corriendo en la carpa de la cocina.

Pensé en Faria en el cuarto de confinamiento en la Escuela Lincoln. La imaginé siendo devorada entera por esa enorme serpiente de cascabel, y me hizo odiar a la serpiente.

—No intentes cogerlas —me advirtió Whisker—. Solo la hermana Eve y Sid lo hacen.

—No te preocupes —dije, alejándome de Lucifer—. Nunca tocaría una de esas cosas.

CAPÍTULO 28

La cruzada era una familia. Trabajaban juntos, confiaban los unos en los otros, disfrutaban la compañía de los demás. Antes de que Albert y Moses se unieran, eran seis hombres y cuatro mujeres. Hasta que llegó Emmy, no había niños y todos la acogieron bajo su ala como mamá pata. Si bien a menudo estaba acompañada por la hermana Eve, cuando estaba sola, Emmy se paseaba libremente por el pequeño campamento de carpas, ayudando donde pudiera, pero la mayor parte del tiempo solo llevando su encanto. En todo momento tenía puesto el sombrero de paja de ala ancha que la hermana Eve le había dado, y lo mantenía bajo para ocultar su cara siempre que aparecía alguien del mundo exterior. Estoy seguro de que todos en la cruzada sabían que no era pariente de la hermana Eve, pero no creo que supieran su verdadera identidad o, si la sabían, no les importaba.

Algunos de los hombres parecían bastante peligrosos. Dimitri, con su cabeza calva y su inmenso torso y sus tatuajes. Torch, uno de los músicos, cuyo cabello parecía haber sido escupido por un gato. Tsuboi, un niño que tenía casi la edad de Albert y cuya cara, al menos la parte derecha, estaba cubierta de cicatrices. Whisker me contó que había ocurrido cuando lo arrojaron de un tren al que estaba intentando subirse como polizón. Si bien ningún niño viajaba con la cruzada, algunas mujeres tenían hijos. Cypress, una mujer de apariencia exótica con cabello largo como un río nocturno, tenía tres hijos que le habían arrebatado por su problema con el alcohol. Ya no bebía, al menos no cuando estaba cerca de mí, y cada vez que aparecía Emmy, su rostro se iluminaba como si un fuego cálido empezara a arder en su corazón. Las pocas pertenencias que tenían las mantenían debajo de su catre, donde cualquiera podría haberlas robado. Pero nadie lo hacía.

De cierta manera, eran diferentes a los niños de la Escuela Lincoln, que habían sido internados sin prácticamente nada. Pero la Escuela Lincoln había estado supervisada por gente como DiMarco y la Bruja Negra y la sabandija de su marido, y el miedo era lo que todos compartíamos en gran medida. En la cruzada, el espíritu de la hermana Eve se vertía en todo y eso hacía que todo fuera diferente.

Todos los días, había una rutina y rara vez teníamos tiempo libre. Todo el trabajo debía terminarse por la mañana: pelar las patatas, remendar las telas, recoger la basura del interior de la carpa más grande y el área circundante. Un puñado de hombres se subía a una de las camionetas y visitaba los pueblos vecinos, anunciando novedades sobre la cruzada. Cuando terminábamos, la hermana Eve a menudo nos enviaba a ayudar en la comunidad. Descubrí que había visitado New Bremen antes de la cruzada para hablar con los ministros locales y sacerdotes católicos y preguntarles si había algún parroquiano que necesitara alguna ayuda en particular. No había tantos granjeros que pudieran contratar a alguien para ayudarlos y, siempre que fuera posible, la hermana Eve ofrecía a su gente, hombres y mujeres por igual, para trabajar gratis. Casi desde el día que nos unimos a la cruzada, Moses, Albert y yo fuimos a ayudar. Un par de días más tarde, ayudé a Albert a reparar el motor de un tractor que el granjero aseguraba que nunca volvería a funcionar. Cortamos estramonio de un campo de maíz y al día siguiente hicimos fardos de heno, del mismo modo que habíamos hecho para Hector Bledsoe, aunque esta vez era diferente porque estábamos ayudando a personas que estaban desesperadas por recibir ayuda, así que no nos parecía una carga.

Cada mañana, después de que Sid y la hermana Eve repasaran los libros, Sid desaparecía algunas horas, solo Dios sabía hacia dónde se había marchado. Cada tarde, la hermana Eve también se esfumaba y pasó un tiempo hasta que descubrí el motivo de su partida.

Al final de la semana, mientras Moses trabajaba en la carpa de la cocina con Emmy y Albert intentaba reparar el generador de gas que proporcionaba electricidad a las luces de las campañas de cada noche, y no nos habían pedido que ayudásemos a ningún granjero en apuros, me di cuenta de que, extrañamente, tenía tiempo libre a mi disposición. Entonces, decidí recorrer un poco mejor New Bremen.

Llegué a un parque con un campo de béisbol donde un grupo de niños del vecindario se habían juntado para un partido improvisado. Se gritaban entre sí y bromeaban, y sus vidas parecían resumirse en juegos y la comodidad de la amistad. Descendí por la empinada colina hacia la orilla del río, donde los elevadores de cereales se erguían como torreones al borde de las vías del tren. También había una iglesia con un campanario blanco cerca de las vías, y en las calles de tierra a su alrededor había más casas, más pequeñas y baratas que la que había sobre las colinas. A través de la puerta abierta de la iglesia escuché el llanto de un órgano, alguien que practicaba los himnos para el servicio del próximo domingo. Seguí las vías del tren hasta que me topé con un puente de madera que cruzaba el río Minnesota. Me senté sobre las traviesas, mirando el agua opaca y color sidra debajo de mí, e intenté imaginar cómo sería todo si hubiera nacido en la tranquila vida de New Bremen.

Pero resultó que no lo pude hacer. No porque la imaginación me fallara, sino porque tenía miedo de soñar de ese modo. Durante toda mi vida, no podía recordar un sueño que se hubiera hecho realidad.

Me bajé del puente hacia la ribera del río, siguiendo un camino que los locales habían hecho con el paso del tiempo, quizás niños que venían a esta parte para disfrutar las aventuras que el río ofrecía. Al otro lado, estaban los campos de maíz, plantas jóvenes que me llegaban casi a la rodilla y aún se veían verdes, y más a lo lejos se elevaban las colinas que cargaban el cielo sobre sus hombros. Esa tarde apacible de verano, solo con el río y el valle encantador que este había tallado, sentí un deseo profundo de pertenecer a ese lugar, pertenecer a cualquier lado. Sin darme cuenta, había caminado hacia el lugar donde habíamos escondido la canoa la primera noche que oímos la voz de un ángel que me llamaba desde la carpa de evangelización. Para mi gran sorpresa, la hermana Eve estaba allí, sentada con las piernas cruzadas sobre la arena donde nos había convencido a todos de unirnos a la cruzada. Estaba sola, cabizbaja, y enseguida entendí que estaba sumida en un profundo rezo. No quería interrumpir su ensoñación, así que me volví para regresar por la orilla lo más callado que pude.

—Odie —me llamó con suavidad.

—Lo siento —dije—. No quería molestarte.

—No me molestas. Ven, acompáñame. —Le dio una palmada a la arena a su lado.

—¿Vienes aquí? —pregunté—. ¿Cada tarde?

—Vayamos a donde vayamos con la cruzada, siempre intento encontrar un lugar para alejarme un rato y poder estar conmigo misma. No siempre es un lugar tan encantador como este.

—¿Para rezar?

—Para revitalizarme. —Extendió los brazos como si estuviera abrazando al río—. Para abrir mi corazón a la belleza de esta divina creación. Si eso es rezar para ti, entonces llámalo así.

Me quedaba dolorosamente claro que sentía algo que yo no sentía, algo maravilloso y pleno en ese lugar donde yo solo poseía una profunda añoranza. Levantó la cara hacia el sol y su cabello se apartó de su mejilla, dejando expuesta su larga cicatriz.

—Esto me recuerda un poco a Niobrara —dijo.

—¿Qué es eso?

—Un río en Nebraska, donde crecí.

—¿Puedo preguntarte algo?

—Claro.

Sabía que era un poco grosero, pero la curiosidad me estaba comiendo vivo.

—Esa cicatriz.

Pero no pareció sorprenderla en lo más mínimo y me pregunté si era una pregunta que le hacían mucho.

—¿Recuerdas que te conté que Dios nos da grietas para que la luz pueda encontrar la manera de llegar a nuestro interior? Esta cicatriz, Odie, es mi grieta. Me la dieron el día de mi bautismo.

—Creí que solo te sumergían en agua para hacerlo.

—En mi caso fue un abrevadero de caballos.

Supuse que debía ser una buena historia y quería escucharla, pero antes de poder preguntarle, alguien la llamó desde la ribera arriba.

—Hermana Eve, rápido. Es Emmy.

***

La habían acostado sobre un catre en la carpa de las

mujeres y gran parte de la cruzada estaba reunida a su alrededor. Albert estaba de pie a su lado, mientras que Moses estaba arrodillado sujetándole su pequeña mano. Los ojos de Emmy estaban cerrados, su rostro drenado de color. Me arrodillé a un lado de mi hermano.

—¿Qué ha pasado?

—Otro de sus ataques.

—¿Qué ocurre? —preguntó la hermana Eve.

—No lo sabemos muy bien —respondí—. Hace mucho tiempo se golpeó la cabeza con un poste. Y le pasa esto desde entonces. Casi siempre sale bien.

Sus ojos se abrieron y me miró, confundida.

—Está bien —murmuró ella—. Él está bien.

—¿Quién, Emmy?

Me cogió de la mano con una ferocidad inesperada y repentina.

—No te preocupes, Odie —dijo—. Derrotamos al diablo.

Luego me soltó, cerró los ojos, respiró con profundidad y se quedó dormida.

—Llevémosla al hotel —sugirió la hermana Eve.

Todos se dispersaron. Moses llevó a Emmy al coche que Sid solía conducir, un DeSoto rojo reluciente. La acostó en el asiento trasero y la hermana Eve la tapó con una manta que estaba doblada allí. Yo me senté con ella y apoyé su cabeza sobre mi regazo. Moses y Albert se sentaron al frente con la hermana Eve y nos llevó al Morrow House. Una vez arriba, Moses acostó a Emmy en la cama con delicadeza y luego él y Albert regresaron al campamento de la cruzada. La hermana Eve se sentó con Emmy, sosteniéndole la mano, y me pidió que saliera y cerrara la puerta. Me quedé junto a la ventana en la sala, donde por lo general desayunábamos, y miré hacia la plaza del centro. Observé a la gente que iba y venía con sus vidas normales. Y sabía que ese nunca sería yo.

La puerta del pasillo se abrió y entró Sid. Me miró de

una manera que me recordó a cómo Lucifer, la serpiente de cascabel, me había mirado.

—Me he enterado de lo de la niña.

—Se llama Emmy —dije.

—Le advertí a Evie que vosotros no traeríais otra cosa que problemas.

—Todos tienen problemas, Sid, incluso tú. —La hermana Eve salió de la habitación de Emmy y dejó la puerta abierta.

—¿Cómo está? —pregunté.

—Bien, Odie. Está despierta. Pregunta por ti.

Estaba sentada con la espalda apoyada sobre algunas almohadas. Me esbozó una sonrisa al verme.

Me senté en la cama.

—¿Estás bien?

Asintió.

—La hermana Eve me contó lo que pasó.

No había cerrado la puerta por completo y podía escuchar unas voces fuertes y furiosas en la otra habitación. Nunca antes había escuchado a la hermana Eve y a Sid discutir. Me asustaba, en gran medida porque discutían sobre nosotros, Emmy, Albert, Moses y yo. Sabía desde el principio que nuestro tiempo con la hermana Eve terminaría igual que todas las cosas buenas que alguna vez tuvimos. Desaparecería.

Sid dijo:

—Cuando nos vayamos de este lugar, esos niños tienen que seguir solos.

—Yo tomo las decisiones, Sid.

—Si quieres que siga contigo, deja ir a esos niños.

—Si quieres irte, Sid, no te detendré.

—Escucha, Evie, ¿recuerdas cómo era todo antes de conocerme? Eras solo una actuación mediocre. Yo te convertí en la hermana Eve.

—Dios me convirtió en la hermana Eve.

—¿Dios te consiguió un programa de radio semanal en Saint Louis?

—¿Qué?

—He recibido un telegrama de Corman. Si quieres que te conozcan en todo el país, nos ofrece un auditorio enorme en Saint Louis. Lo transmitirán a millones de estadounidenses todos los domingos.

—¿Millones?

—Millones, cariño. Te conocerán en todo el país.

—¿Cuándo?

—Hacemos Des Moines, pero cancelamos la parada de Kansas y seguimos directamente a Saint Louis.

La otra habitación estaba en silencio. Miré a Emmy y ella me miró a mí.

—Allí es donde van los niños, Sid. Los llevaremos con nosotros. Cuando lleguemos, los ayudaré a encontrar a su familia y luego ya no te molestarán. ¿Trato hecho?

Otro largo silencio.

—Trato hecho —dijo Sid finalmente.

Había escuchado mentiras toda mi vida y vaya si sabía identificar una.

CAPÍTULO 29

LUCIFER ME ESTUDIÓ. YO ESTUDIÉ A LUCIFER. ME SACABA
ventaja porque nunca parpadeaba. Las otras serpientes por
lo general parecían letárgicas y dóciles en sus jaulas de cristal, pero Lucifer siempre estaba listo para atacar. Me repug-
naba y me fascinaba al mismo tiempo.

Después de que Whisker me mostrara a la serpiente de
cascabel, empecé a escabullirme a la carpa de la hermana
Eve solo para ver al sinuoso reptil y asegurarme de que aún
siguiera encerrado detrás de ese cristal. Lucifer se había
deslizado hacia mis sueños por las noches, a veces incluso
me perseguía, otras, saltaba para atacarme con una aterradora velocidad. A veces, él y Jack el tuerto asesinado sal-
taban juntos hacia mí desde la oscuridad de una pesadilla,
pero entonces me despertaba y no podía volver a dormir.
Emmy me repetía adormecida, "Todo va bien, Odie".

Pero se equivocaba y yo lo sabía.

Todo lo que podría haber sido bueno en mi vida había
quedado destruido por el Dios del Tornado. Aunque recordara mis primeros años solo con vaguedad, estaban teñidos
de una cierta felicidad. Pero luego, el Dios del Tornado se
llevó a mi madre. Pero incluso después de eso, a pesar de vivir en la carretera, mi padre, Albert y yo pudimos encontrar
maneras de ser una familia feliz. Hasta que, una vez más, el

Dios del Tornado llevó dos balas a la espalda de mi padre. La Escuela de Formación de Indios de Lincoln quizás no era un lugar tan malo, en general, pero sabía desde lo más profundo de mi corazón que había sido el Dios del Tornado quien puso a los Brickman a cargo para convertirla en un infierno. Por un breve instante, había visto a mi vida rescatada por Cora Frost, pero el Dios del Tornado también me la quitó a ella.

Así que no confiaba en que todo fuera bien. El Dios del Tornado estaba observando, como siempre, y estaba seguro de que tenía algún plan diabólico y destructivo bajo la manga. Esta vez, sin embargo, me sentía con ventaja. Podía identificar la fuente de la tempestad que seguro nos esperaba por delante. Y era Sid.

Todos tenemos secretos. Con ellos, somos como ardillas con sus bellotas. Los ocultamos, por más amargos que sean, y nos alimentamos de ellos. Si eres cuidadoso, puedes seguir a una ardilla a su escondite. Lo mismo valía para Sid, pensé, así que me convertí en su sombra.

Por la mañana, desayunaba con la hermana Eve, con Emmy y conmigo, luego se marchaba en el DeSoto rojo y no regresaba hasta el mediodía. Lo que hacía en ese tiempo era algo que mantenía en secreto.

Le pregunté a Whisker y se encogió de hombros antes de decirme:

—Siempre se va así a algún lado. Nunca se me ocurrió preguntarle adónde. Asunto suyo.

Y quería hacerlo mío.

Habíamos estado con la Cruzada de Sanación de la Espada de Gedeón (Whisker me había comentado que Sid había elegido ese nombre porque sonaba "masculino y sagrado, y prometedor y reconfortante, todo en un mismo nombre apetitoso") durante más de una semana cuando, una mañana libre de obligaciones, un puñado de hombres, jóvenes y adultos, organizaron un partido de béisbol en la pradera cerca de las carpas. Whisker participó y me sorprendió ver que incluso con sus flacos brazos, bateaba con mucha fuerza. Me pusieron en el jardín porque supusieron que no podría hacer mucho daño allí, lo cual me parecía bien.

Hubo una breve discusión al principio sobre en qué equipo debía jugar Moses. Para ese entonces, ya todos habían visto la elegancia de sus movimientos. Era como un león joven por su agilidad y fuerza, y una nutria por su fácil entusiasmo. A todos les agradaba Moses y casi todos lo querían en su equipo. Albert era otro asunto. Mi hermano podía ser taciturno y serio a veces, y si bien hacía magia con los motores y podía reparar cualquier tipo de aparato, decía que no le interesaban mucho los deportes. Supuse que sentarse en el banquillo en la Escuela Lincoln le había quitado las ganas de correr los riesgos asociados con formar parte de los deportes de equipo. Al principio, rechazó ser parte del juego ese día. Pero, como eran impares, y después de que Moses lo persuadiera, finalmente aceptó jugar. Al igual que a mí, lo exiliaron al jardín.

Le tocaba batear a nuestro equipo, cuando me percaté de que Sid estaba mirando el partido. Por lo general, no estaba por la mañana, así que era algo inusual. Pero su DeSoto rojo estaba aparcado cerca de las carpas y supuse que en algún momento se iría para hacer sus misteriosos asuntos. El partido se estaba volviendo acalorado y emocionante, y Moses tomó su lugar en el plato del bateador. Las mujeres que ayudaban con la cruzada lo alentaron, y Moses les esbozó una inmensa sonrisa. Luego señaló a la izquierda del campo, indicando que allí era donde tenía intenciones de batear, y agregó por señas: "*Home run*". Igual que Babe Ruth y Lou Gehrig, pensé.

Dimitri, el enorme cocinero griego, lanzaba para el otro equipo. Sus brazos parecían las piernas de un rinoceronte y arrojaba la bola tan rápido y fuerte que Tsuboi, que estaba de receptor, soltaba un pequeño grito cada vez que la bola golpeaba su delgado guante viejo. Dimitri lanzó dos veces y Moses dejó pasar ambas bolas sin batear. Pero la tercera vez, Moses partió el aire con su bate y el sonido que produjo contra el cuero de la bola sonó como un disparo. La bola salió despedida tan lejos que solo era un punto blanco cada vez más pequeño en el cielo azul sobre el campo izquierdo. Sid, al igual que todos los demás, estaba maravillado, por el bateo en sí, por la interminable trayectoria de la bola y por la imagen de Moses corriendo por las bases con todo el poder y la velocidad de un potro en el Derby de Kentucky. Esta era mi oportunidad.

Me escabullí y me subí al DeSoto rojo. Me tumbé en el suelo de la parte trasera, cogí la manta que estaba doblada en el asiento y me cubrí con ella. Hacía un calor sofocante, pero no tuve que esperar mucho hasta que oí a Sid abrir la puerta del conductor. Se puso detrás del volante y partimos. Condujo por lo que me pareció más de media hora hasta que se detuvo. Apagó el motor y salió. En cuanto cerró la puerta, me levanté y me asomé por la ventana. Estábamos en una ciudad, aparcados junto a la acera en frente de una serie de edificios, negocios y oficinas. Por lo que sabía, la ciudad más cercana era Mankato. Vi a Sid caminar por la acera con una bolsa de cuero marrón en la mano. Se detuvo, dejó la bolsa, encendió un cigarro y continuó.

Me bajé del DeSoto y lo seguí a una distancia segura. Desapareció en una esquina. Me acerqué corriendo y miré con cuidado. Se había detenido a mitad de la manzana frente a una cafetería, donde le dio una última calada a su cigarro, lo arrojó a la calle y entró. Me acerqué lentamente hacia la ventana de la cafetería.

Dentro, Sid estaba sentado en una mesa hablando con algunas personas. Al principio, no podía verlos con claridad porque el cuerpo de Sid me tapaba la vista. Señaló al sur, como si estuviera dando direcciones de algún tipo. Abrió su bolsa, sacó un sobre y se lo entregó. Se puso de pie, dijo algunas palabras más y se volvió para marcharse. Fue entonces cuando vi quiénes estaban en la mesa con él y entendí que Albert había dicho la verdad. La hermana Eve era demasiado buena para ser verdad.

***

De regreso a New Bremen, Sid aparcó el coche frente a la Morrow House, cogió su bolsa y entró. Me escabullí desde la parte trasera y lo seguí. Fue directo a la habitación de la hermana Eve. Esperé algunos minutos y luego entré. Estaban sentados en la mesa donde la hermana Eve por lo general pedía que le llevaran el desayuno. Levantó la vista y, cuando me vio, pareció aliviada.

—Ahí estás, Odie. Pensábamos que te habíamos perdido.

—Estaba recorriendo el pueblo —dije.

Me estudió con detenimiento.

—¿Estás bien?

No. Estaba tan lleno de ira que quería escupir. Quería explotar frente a ella, frente a ambos. Pero mantuve la compostura.

—Estoy bien —respondí—. Pero creo que me gustaría acostarme un rato.

Fui a la habitación que compartía con Emmy y cerré la puerta, no por completo. La dejé entornada y me quedé a un lado para escucharlos.

—Les dije que nos buscasen en Des Moines —comentó Sid, manteniendo la voz baja.

—No tenemos que hacerlo, Sid.

—Me has hecho caso hasta ahora, Evie. ¿Y no has logrado muchas cosas?

—Está bien —aceptó cediendo, pero no conforme.

—Y aquí están los papeles que es necesario firmar para Corman.

Me asomé y vi que sacaba un documento de su bolsa, que dejó frente a la hermana Eve.

—¿Debería leerlo?

—Solo firma, querida. Todo estará listo en Saint Louis cuando lleguemos.

Cuando terminó de hacer lo que le pidió, él cogió los papeles, los guardó nuevamente en su bolsa y la dejó en el suelo junto a su silla. Alguien llamó a la puerta de la habitación.

—Adelante —dijo la hermana Eve.

La puerta se abrió y oí la voz de Whisker.

—Tenemos algunos problemas en la carpa, Sid.

—¿Qué ocurre?

—Unos policías están buscando a alguien. Dicen que tienen una orden de detención.

—¿A quién?

—Un tipo llamado Pappas. Creo que es Dimitri.

—Ahora voy.

—Iré contigo —dijo la hermana Eve.

Aún estaba mirando por la rendija de la puerta cuando se levantó y se dirigió hacia la habitación donde yo estaba. Fui corriendo a la cama y me acosté. Llamó a la puerta suavemente.

—¿Sí? —contesté, intentando sonar un poco adormecido.

Abrió la puerta.

—Sid y yo nos vamos a la carpa, Odie. Me gustaría que te quedes aquí hasta que regresemos, ¿vale? No te vayas hasta que regresemos, ¿lo prometes?

—Claro —respondí—. ¿Qué ocurre?

—Nada de qué preocuparse. Solo quédate aquí.

Los oí marcharse y, en cuanto se fueron, salí de la

habitación. La bolsa de cuero de Sid estaba en el suelo junto a la silla donde la había dejado. La cogí, la dejé sobre la mesa y la abrí. Estaba llena de papeles y documentos, algunos folletos para el espectáculo y sobres como el que había visto entregarle a la gente en la cafetería de Mankato. Abrí uno de los sobres y vi que contenía tres billetes de diez dólares. Cada uno de los otros sobres, cinco en total, tenía diferentes cantidades: dos más con treinta, dos con cincuenta, y uno con cien; todos con los mismos billetes de diez dólares. En un bolsillo de la bolsa, encontré un pequeño revólver plateado. En otro, un estuche marrón grande. Lo abrí y levanté la tapa. En su interior había una jeringa y varios frascos de un líquido transparente.

Cuando Albert y yo acompañábamos a nuestro padre a entregar su licor de contrabando, a menudo visitábamos a un hombre que tenía un bar clandestino en Cape Girardeau. En nuestra última visita, mi padre tuvo problemas para despertarlo y tuvo que llamar a la puerta por mucho tiempo hasta que el hombre finalmente abrió. Parecía desaliñado y desorientado, y se mecía de un lado a otro cuando estaba en la puerta. En una mano tenía una jeringa y en la otra un frasco con un líquido transparente. Cuando mi padre lo vio, nos llevó enseguida a la camioneta y nos marchamos de inmediato. Cuando le pregunté qué le pasaba al hombre y por qué no habíamos completado la entrega, me respondió furioso: "No trabajo con drogadictos".

Droga, pensé, mirando la cajita que tenía en mi mano. Sid era un drogadicto. Lo cual no me sorprendía en lo más mínimo.

Pensé en llevarme uno o incluso todos los sobres. Pero podía oír la voz de Albert en mi cabeza, furioso conmigo por robar. Así que dejé el dinero. Pero me llevé la cajita con su jeringa y frasco de droga. Al menos podría privar a Sid de ese placer ilícito.

Abandoné el hotel y fui a la pradera donde se había asentado la Cruzada de Sanación de la Espada de Gedeón. Vi el DeSoto rojo de Sid y un par de patrullas de la policía aparcadas junto a la carpa, y me mantuve alejado, vigilándolos entre los álamos a un lado de las vías del tren sobre el río. Al cabo de un rato, varios oficiales salieron de la carpa con Dimitri esposado. La hermana Eve y Sid los seguían. Dimitri se subió al asiento trasero de uno de los coches patrulla, y Sid y la hermana Eve hablaron un momento con los oficiales, y luego estos se marcharon. Sid regresó a la carpa más grande de inmediato, pero la hermana Eve se quedó allí durante un rato, mirando en la dirección en la que se habían llevado a Dimitri. Parecía una pastora que hubiera perdido a un cordero a manos de una jauría de lobos. Luego se marchó hacia el mismo lugar donde se había ido Sid y desapareció en la carpa.

Pensé en buscar a Albert, Moses y Emmy, y contarles lo que había visto en Mankato, contarles que teníamos que irnos, de inmediato. Pero en cambio, fui hacia la playa de arena donde habíamos acampado y donde había escuchado por primera vez la hermosa voz de sirena de la hermana Eve llamándonos, y donde había compartido parte de la historia de su cicatriz conmigo. Todo en aquel día era opresivo: el calor, la humedad, la sensación de traición, otro sueño moribundo. En un bosquecillo de abedules al otro lado del río, se había reunido una bandada de cuervos y su constante llamada me parecía una burla molesta: en ellos también oí el eco de las palabras de Albert advirtiéndome: "Uno por uno".

Odiaba a la hermana Eve. Le había creído totalmente. Lo de Dios, la sanación, la hermosa vida que teníamos por delante con la cruzada, todo. Ahora veía que no era más que una farsa y nada era verdad. ¿Cómo podía haber sido tan estúpido? ¿Cuántas veces tenía que romperse mi corazón para poder espabilarme? Me quedé sentado a la sombra de un álamo y observé el agua oscura que pasaba por delante de mí y, antes de darme cuenta, estaba llorando. Eran lágrimas calientes, furiosas, y me avergonzaba estar derramándolas tan abiertamente, pero me sentía agradecido por estar solo.

Aunque no por mucho tiempo.

—¡Odie!

Oí el grito de Emmy y levanté la vista para verla junto a Albert y Moses acercándose a la ribera del río, desde la pradera y el campamento de carpas. Emmy corrió hacia mí y se arrojó en mis brazos como si hubiera estado perdido para ella desde hacía una eternidad.

—Ay, Odie, tenía tanto miedo.

Vi que ella también estaba llorando.

—Estoy bien —le dije, intentando secarme las lágrimas antes de que Albert y Moses me vieran.

—¿Dónde estabas? —preguntó Albert cuando se acercó—. Desapareciste del partido. Estuvimos buscándote por todas partes.

—Tenemos que irnos —le respondí sin más explicaciones—. Tenemos que irnos de aquí.

Moses preguntó por señas: "¿Por qué?".

Mi voz estaba tan ahogada con ira que apenas podía hablar, así que le respondí también por señas: "Porque odio a la hermana Eve".

Todos me miraron como si de repente me hubieran crecido cuernos o un tercer ojo.

—Pero tú adoras a la hermana Eve —dijo Emmy.

—No has visto lo que yo he visto.

—¿El qué? —preguntó Albert.

—¿Recuerdas cuando me dijiste que había algo en la hermana Eve que olía a podrido? Ahora sé lo que es.

Les conté que me había metido en el automóvil de Sid cuando fue a Mankato y que lo había seguido hasta la cafetería. Les conté que lo había visto entregarles un sobre lleno de dinero a unas personas. Y les conté que, cuando se levantó de la mesa, vi quiénes eran. Me detuve por un momento para recobrar la compostura.

"¿Quiénes eran?", preguntó Moses desesperado.

—¿Recuerdas al hombre con el niño encorvado que vimos en la primera ceremonia? ¿El niño que estaba tan encorvado que apenas podía caminar? ¿Y que, cuando la hermana Eve lo tocó, su columna simplemente se enderezó? Estaban ahí. ¿Y la mujer que tartamudeaba y nadie podía entender lo que decía? También estaba ahí. ¿Y el tipo lisiado que tiró sus muletas? Sí, también estaba ahí. Y todos ellos recibieron el dinero por su actuación. O quizás les pagaron para la próxima, porque cuando la hermana Eve llegue a Des Moines, también estarán allí.

Me miraron desconcertados, tan mudos como Moses.

—¿No lo entendéis? —les grité—. Es una farsante. Todo en ella es una mentira.

—No, Odie —dijo Emmy—. Ella es un ángel.

—Un ángel —repetí con amargura mientras las lágrimas empezaban a deslizarse por mis mejillas, y ya no me molesté en ocultarlas.

Moses hizo una seña: "¿Qué hay del hombre con su esposa muerta?".

—No la curó, ¿no recuerdas? Si Emmy no me hubiera dicho que tocara la armónica, la hermana Eve no tendría cabeza ahora, ¿no crees? ¿Quién salvó a quién esa noche?

—Curó a mucha gente, Odie —discutió Emmy—. No puede ser todo mentira.

—He visto muchos sobres con dinero. Creo que siempre que Sid desaparece por las mañanas, va a pagarles a las personas que montaron algún numerito para la hermana Eve.

"¿Qué hay de Whisker?", preguntó Moses. "¿Tsuboi? ¿Todos los demás? Ella los ayuda".

—O los usa —respondí—. Hasta que se los lleven como a Dimitri.

—Tendríamos que preguntarle a Whisker —propuso Emmy—. Él no mentiría.

—¿Cómo lo sabes? Eres solo una niña —dije con un poco de dureza, y en cuanto las palabras brotaron de mi boca y vi cómo la afectaron, me arrepentí de inmediato.

Albert no había hablado desde hacía un buen rato. Fue entonces cuando agregó:

—Whisker es tu amigo, Odie. ¿Sabrías si está mintiendo?

—Creo que no me mentirá si le pregunto directamente —contesté.

—Entonces hazlo —ordenó Albert.

—Está bien, lo haré. Pero primero una cosa. —Saqué un estuche del bolsillo de mi camisa.

"¿Qué es eso?", preguntó Moses.

—Sid es un drogadicto. —Abrí el estuche y les mostré la jeringa y los frascos.

—No me sorprende —comentó Albert—. Deshazte de eso, Odie.

—Eso es exactamente lo que voy a hacer.

Cerré el estuche y lo tiré tan lejos como pude. Cuando cayó en el río, desapareció en el agua casi sin hacer ruido.

—Vayamos a buscar respuestas —dijo Albert.

CAPÍTULO 30

EN LA CARPA, NOS DIJERON QUE LA HERMANA EVE Y SID SE habían ido a la comisaría para intentar liberar a Dimitri, a quien, por lo que habíamos descubierto, estaban buscando bajo la sospecha de vender licor casero, algo que para Albert y para mí realmente no era precisamente un delito. Encontramos a Whisker solo en la tarima de la carpa principal, con sus dedos delgados y largos haciendo pequeños saltos sobre las teclas del piano. Cuando tocaba durante el servicio de la cruzada, tenía la cabeza descubierta, pero la mayor parte del tiempo usaba un pequeño sombrero de fieltro negro inclinado con elegancia. Cuando nos subimos a la tarima, sus labios azul oscuro formaron una cálida sonrisa.

—Hola, Buck. Estábamos preocupados. Como que desapareciste.

—Solo me fui a pensar un poco, Whisker.

Sus dedos dejaron de tocar las teclas de marfil y la piel alrededor de sus ojos se arrugó profundamente mientras me miraba con detenimiento.

—Lo que sea que estés pensando parece que no te sentó muy bien.

—Tengo que preguntarte algo, Whisker. Necesito la verdad.

Se reclinó sobre su banqueta y sus ojos pasaron de mí a

Albert, Moses y finalmente a Emmy. Hacía calor en el interior de la carpa y una leve capa de sudor formaba un bigote líquido sobre su labio superior.

—La verdad no siempre es tan buena como la pintan, Odie.

—¿Me dirás la verdad o no?

—Si la sé.

—La hermana Eve, ¿cura de verdad a la gente?

—¿Qué clase de pregunta es esa?

—Solo respóndeme.

—Odie, vi más milagros dentro de esta carpa que los que puedo recordar.

—¿Milagros reales o falsos? Falso como ese niño con la columna torcida y la mujer tartamuda.

—Ahhh —dijo, asintiendo—. Entonces, crees que sabes la verdad sobre esa gente, ¿eh?

—Vi a Sid pagándoles.

—Es la gente de Sid.

—¿Qué hay de los otros?

Whisker puso los dedos sobre las teclas una vez más y empezó a tocar una canción con suavidad, la cual reconocí de la radio: *Little White Lies*. Inclinó la cabeza mientras tocaba, pero al cabo de unos pocos compases, levantó la vista desde debajo de su sombrero.

—Es con la hermana Eve con quien tienes que hablar.

—Es una mentirosa.

—Es muchas cosas, Odie —respondió, sin dejar de tocar—. Pero no una mentirosa.

—Dice que curó a esa gente, la gente de Sid, y es mentira.

—Cuando eres un niño, Odie, las cosas parecen sencillas, pero no es así. Habla con ella. Te aseguro que no te mentirá.

—Whisker... —Intenté preguntarle una vez más, pero me interrumpió.

—Como te he dicho, habla con la hermana Eve.

Fuimos a su carpa y esperamos a que regresara. Había estado dentro varias veces cuando no había nadie cerca, pero era la primera vez para los demás. Abrieron los ojos como platos cuando vieron a las serpientes en el terrario sobre la mesa angosta, pero les expliqué que solo Lucifer era realmente peligroso, las otras eran falsas.

—Más mentiras —dije.

No tuvimos que esperar mucho tiempo hasta que escuchamos a la hermana Eve fuera, hablando con algunas mujeres que cocinaban con Dimitri. Les aseguró que Sid se estaba encargando de todo y Dimitri volvería a estar con nosotros pronto, y luego entró a su carpa. Cuando vio las expresiones en nuestros rostros, sonrió de un modo tranquilizador.

—No os preocupéis por Dimitri. Sid se está encargando de todo.

—Esto no es por Dimitri —dije.

Me miró con detenimiento y luego a los demás.

—¿Qué ocurre?

—Eres una mentirosa. —En cuanto lo dije, mis ojos se llenaron de lágrimas, porque se sentía como si estuviera matando algo, algo hermoso, pero intenté recordar que no se puede matar nada que nunca existió.

—¿Una mentirosa? —Asimiló la acusación, asintió y se sentó en el taburete acolchado frente a su tocador—. Dame tu mano, Odie.

Como hierro, me quedé firme, inmóvil.

—No tengas miedo —dijo—. Solo dame tu mano. ¿Qué daño puede hacer?

Desde fuera llegó el sonido de los preparativos en la carpa de la cocina, el tintineo de las ollas y sartenes, mientras el equipo de cocina empezaba a preparar la comida que servirían a aquellos que asistieran a la cruzada esa noche. Oí la voz de Dimitri dando órdenes y sabía que Sid había encontrado una manera de liberarlo. En la carpa más grande, un puñado de los músicos acompañaron a Whisker y empezaron a practicar uno de los himnos que cantarían esa noche, *Be Thou My Vision*. Aun así, no me moví.

Sentí a Emmy tocándome el brazo.

—Vamos, Odie.

La hermana Eve tenía la mano extendida en el aire inmóvil delante de mí. Finalmente extendí el brazo y se la cogí. Cerró los ojos y tras un largo rato, dijo:

—Ya veo. —Sonrió, soltó mi mano y le dio una palmada al asiento a su lado—. Siéntate, Odie.

—No quiero sentarme contigo —contesté.

—Lo entiendo. Entonces, seguiste a Sid y crees que sabes la verdad.

—Lo vi con esos farsantes. No los curaste.

—Nunca dije que curaba a la gente, Odie. Siempre dije que es Dios quien los cura, no yo.

—Los cura a través de ti, es lo mismo. Pero no es verdad. Nadie se cura. Eres una farsante y todos ellos también.

—Estás molesto, Odie —comentó.

—¡Farsante! —le grité—. Tanto como esta cobra.

Me acerqué a la mesa baja sobre la que estaban los terrarios y, sin pensarlo, metí la mano en el contenedor de cristal que contenía a la inofensiva serpiente que Whisker me había comentado que se llamaba Mamba. La saqué sujetándola con fuerza en mi mano y avancé hacia la hermana Eve, a quien se la tiré, como prueba. La hermana Eve no reaccionó. Fue Emmy quien gritó. Se alejó de mí y retrocedió hacia la mesa donde estaba el resto de los terrarios. Pero entonces, se tropezó y la mesa se cayó con ella, y oí el ruido del cristal roto. Lo que siguió fue el cascabel de Lucifer.

Me quedé paralizado, pero Albert actuó con una impresionante rapidez. Saltó sobre la mesa, tomó a Emmy, y se la entregó a Moses, quien la sostuvo entre sus brazos. Justo antes de que se alejara de la mesa para ponerse a resguardo, lo escuché soltar un breve grito de dolor. La hermana Eve se levantó y se arrodilló donde Emmy ahora estaba de pie. Puso las manos sobre los hombros de Emmy y la revisó.

—¿Te ha mordido?

—Uh... no. —Emmy sacudió la cabeza, mientras varias lágrimas se deslizaban sobre sus mejillas.

—Gracias a Dios —dijo la hermana Eve.

Luego una voz habló, la clase de voz que una roca tendría si pudiera hablar. Albert dijo:

—A mí sí.

***

La mordedura había sido justo en la pantorrilla derecha, dos marcas rojas de sangre justo por debajo de su pantalón, que había levantado para mostrarnos la herida. Lucifer, desde algún lugar oculto, continuó sacudiendo su cascabel al otro lado de la mesa volcada. Moses, con una gran agilidad, partió una de las patas de la mesa y empezó a golpearla, una y otra vez, por detrás de la barrera que había creado la mesa, entonces el sonido del cascabel cesó.

El grito de Emmy atrajo a algunos miembros de la cruzada, Dimitri y Sid entre ellos. Sid miró la mesa rota, los terrarios destruidos y, finalmente, la pantorrilla de Albert.

—¿Fue Lucifer?

Albert asintió.

—Dios —dijo Sid.

—¿Qué hacemos? —pregunté, suplicante.

—Tranquilidad. Tengo un antídoto. Debería ser suficiente. Mantenlo inmóvil y tranquilo, Evie. Vuelvo enseguida.

—¿A dónde vas? —le preguntó la hermana Eve.

—Al hotel. Tengo el antisuero en mi bolsa. Solo me llevará unos minutos.

De repente, mis piernas empezaron a amenazar con ceder debajo de mí.

—¿En una bolsa marrón?

—Sí, marrón.

—¿Un estuche con una jeringa y algunos frascos?

—Sí. —Me miró con seriedad—. ¿Por qué?

Apenas pude decir las palabras.

—No está ahí.

—¿Qué? ¿Dónde está?

—En el río.

—¿El río?

—Lo tiré. Pensé que era droga.

—Dios mío, Odie. —Me sujetó por los hombros y pensé que me aplastaría solo con sus manos. En su lugar, me sacudió y susurró—. Ay, Dios.

—¿Qué hacemos, Sid? —preguntó la hermana Eve, con una voz tan calmada que tranquilamente podría estar preguntando "¿Qué queréis cenar?".

—Buscar a un médico. Ya.

Sid condujo, Emmy y Moses sentados adelante con él, mientras que yo iba en la parte trasera con Albert y la hermana Eve. Podía sentir el cuerpo de mi hermano temblando y no sabía si era por el veneno o porque estaba tan asustado como yo.

—Lo siento, Albert —seguía repitiendo yo—. Lo siento mucho.

Quería rogarle, "Por favor, no te mueras", pero tenía miedo de mencionar la muerte. Ni siquiera quería pensarlo. Pero entonces, ahí estaba, como un enorme globo en el interior de mi cabeza, aplastando el resto de mis pensamientos. Sin emitir ningún sonido, grité, "¡No te mueras, no te mueras, no te mueras!".

La consulta del médico estaba a pocos metros de la plaza principal de New Bremen, una casa de ladrillos de un piso con una cerca de madera blanca y un letrero en la puerta: "Dr. Roy P. Pfeiffer y Dr. Julius Pfeiffer". Nos bajamos del coche y Albert entró rodeado por todos nosotros. Había una pequeña sala de espera en el vestíbulo, donde una madre con una bata estampada estaba sentada con su hijo pequeño. Una campana sobre la puerta tintineó cuando entramos y, un momento más tarde, apareció una mujer, sonriendo. Era joven y llevaba pantalones, algo que no era común en muchas mujeres de aquella época, en especial en pueblos pequeños. Cuando vio que éramos tantos y todos teníamos una expresión de exasperación en nuestros rostros, perdió la sonrisa y dijo:

—¿Quién es el paciente?

—Él —respondí tomando la mano de Albert.

Miró su pierna al descubierto y frunció el ceño.

—¿Cuál es el problema?

—Lo mordió una serpiente —dijo Sid—. Una cascabel.

Eso evidentemente la sorprendió, pero recobró la compostura rápidamente.

—Pasad por aquí.

Nos llevó hacia una habitación con una camilla, sobre la cual acostó a Albert.

—Regreso enseguida —dijo, y desapareció.

Había un armario lleno de pequeñas botellas y debajo de este una mesa de acero inoxidable con varios cajones. Había un lavabo, una lámpara de pie de metal con una pantalla metálica enorme, un escritorio de madera con una silla, algunas pinturas pequeñas de escenas pastoriles sobre la pared y una ventana que daba a un jardín de rosas en el patio trasero. La ventana estaba abierta y el aroma de las rosas se filtraba hacia el consultorio, sobreponiéndose al vago olor a medicación. Nunca antes había estado en la consulta de un médico. En la Escuela de Formación de Indios de Lincoln, había lo que llamaban una enfermería, que no era otra cosa más que una habitación con cuatro camas donde los niños con alguna enfermedad contagiosa, como varicela o paperas o sarampión, eran enviados para mantenerlos aislados para que no contagiaran a los demás. También era el lugar donde, mientras Albert, Moses y yo estábamos ahí, algunos niños eran enviados a morir. La consulta en la casa del doctor Pfeiffer parecía un lugar mucho más alentador.

La mujer regresó a toda prisa con un hombre de quizás unos sesenta años. Tenía una camisa blanca con las mangas dobladas hasta la altura de los codos y una pajarita roja con lunares blancos. Sus gafas tenían cristales bastante gruesos, de modo que sus ojos azules se veían inmensos detrás de ellos. Su cabello canoso estaba despeinado, como si lo hubiera pillado una fuerte ráfaga de viento.

—Soy el doctor Pfeiffer —le dijo a Sid—. ¿Es su hijo?

—No. Solo un… —Sid intentó encontrar la palabra correcta.

—Está conmigo —dijo la hermana Eve—. Es uno de mis trabajadores más jóvenes de la Cruzada de Sanación de la Espada de Gedeón.

Sus cejas canosas se levantaron de una manera que me hizo entender exactamente lo que pensaba de la hermana Eve y su cruzada de sanación. Pero entonces, agregó:

—Una mordedura de cascabel. ¿Está segura?

—Completamente —dijo la hermana Eve.

—¿En la pantorrilla, hijo? —preguntó el doctor, finalmente dándole atención a Albert.

—Sí, señor.

Albert giró su pierna para que el doctor pudiera ver las dos heridas sangrantes. Si bien no había pasado mucho desde que Lucifer había clavado sus colmillos en mi hermano, la piel alrededor del área ya estaba poniéndose negra y se empezaba a inflamar, extendiendo sus hilos de veneno hacia la rodilla y el tobillo.

—Necesita un antídoto —dijo Sid.

—Antídoto —dijo el doctor como un eco muerto—. ¿Señor...?

—Calloway. Sid Calloway.

—Señor Calloway, no hemos tenido mordeduras de cascabel en el condado de Sioux desde hace décadas. Las serpientes de cascabel, si es que alguna vez las hubo aquí, fueron expulsadas hace mucho tiempo. Por lo que sé, no hay ningún antídoto en esta zona. ¿Está seguro de que fue una serpiente de cascabel?

—Créame, fue una serpiente de cascabel. ¿Y cómo sabe que no hay ningún antídoto?

—Porque una mordedura de serpiente de cascabel sería noticia por todos lados y sabría si alguien recibió un tratamiento adecuado. Pero le pediré a Sammy que haga algunas llamadas. —Se volvió hacia la joven mujer con pantalones—. Prueba con el Hospital Quirúrgico De Coster en Mankato. A ver si pueden ofrecernos ayuda. —Se volvió nuevamente para examinar la pierna de Albert—. Quizás podamos sacar un poco del veneno —dijo finalmente.

Se acercó a la mesa de acero inoxidable, abrió el cajón superior y sacó un bisturí. Del armario, cogió un frasco de medicamento, sostuvo el bisturí sobre el lavabo y vertió el contenido de la botella sobre la hoja afilada. Cogió una toalla blanca de una pila sobre la mesa, la dobló por la mitad y regresó con Albert.

—Acuéstate boca abajo, hijo. —Cuando mi hermano hizo lo que le pidió, el doctor agregó—. Esto dolerá un poco, ¿vale?

—Vale —dijo Albert.

El doctor Pfeiffer deslizó la toalla por debajo de la pierna de Albert, luego hizo dos incisiones que formaron una V entre las marcas de los colmillos y la piel brotó libremente sobre la pantorrilla de mi hermano. Pfeiffer volvió a la mesa y de otro cajón tomó algo que parecía una jeringa sin aguja y una pequeña boquilla de cristal con un tubo de goma. Conectó el aparato que parecía una jeringa a un extremo del tubo, apretó la boquilla con firmeza sobre la incisión que había hecho y empezó a bombear la jeringa, que succionó el aire creando un vacío. La boquilla se llenó con la sangre y esperábamos que también con el veneno de la serpiente. Cuando la soltó, la mezcla roja oscura cayó sobre la toalla doblada. Repitió el procedimiento tres veces y, al final, la toalla quedó empapada en sangre.

Cuando lo hizo una última vez, mientras Pfeiffer limpiaba la herida con yodo, lo que hacía que Albert apretara los dientes y se quejara del dolor, la joven regresó.

—No tienen nada. Pero me sugirieron llamar al Hospital General de Winona. Aún hay serpientes de cascabel en las colinas y de vez en cuando tratan mordeduras de serpientes. Así que llamé y les expliqué nuestra situación. Enviarán a alguien en un coche con el antídoto.

—Winona —dijo el doctor Pfeiffer con un tono que no sonaba prometedor—. Tardarán cuatro o cinco horas en llegar. ¿No sugirieron qué hacer mientras tanto?

—Intentar succionar el veneno y mantenerlo tranquilo.

—¿Eso es todo? —Estudió nuevamente la pantorrilla inflamada y negra de Albert, y sus ojos detrás de esas enormes gafas eran dos piscinas azules llenas de dudas. Tapó la herida con una gasa y agregó—: Llévalo a la sala de observación, Sammy, y ponlo cómodo. Quiero hablar con el Hospital de Winona yo mismo.

Sid y Moses llevaron a mi hermano, que apenas podía caminar ahora, y siguieron a la mujer de pantalones con nombre de varón por un pasillo corto hacia una habitación con una cama, donde acostaron a Albert. A pesar del calor del verano, estaba temblando horriblemente, y Sammy lo tapó con una manta ligera.

Unos minutos más tarde, Pfeiffer apareció por la puerta y se dirigió a la hermana Eve:

—¿Puedo hablar con usted?

Salieron al pasillo y yo me quedé cerca de la puerta para poder escuchar su conversación.

—El médico del Hospital General de Winona me advirtió que, si el veneno llega al corazón y los pulmones, las posibilidades de salvarlo no son muchas y, si lo hacemos, hay una alta probabilidad de que tenga daños permanentes en los órganos internos. Sugirieron que, si queremos estar seguros de salvar al niño, debemos considerar amputar esa pierna antes de que sea demasiado tarde.

—¿Cuándo será demasiado tarde?

—No lo sé realmente. Pero si le quito la pierna y ayuda, entonces quizás lo habríamos salvado. Si le quito la pierna y muere, ¿qué habremos perdido?

—¿No podemos esperar el antídoto?

—Según el Hospital de Winona, en cinco o cuatro horas ese niño podría estar muerto.

Pensé en cómo sería la vida para Albert si tuviera solo una pierna. Recordé ver a un hombre en Joplin una vez, cuando estaba en la carretera con Albert y mi padre. El hombre llevaba puesto un viejo uniforme del ejército. Tenía una sola pierna y se sostenía con una muleta. Cuando pasamos a su lado, extendió un sombrero hacia nosotros y nos dijo: "Perdí mi pierna peleando para los Estados Unidos en la Gran Guerra. ¿Podrían ayudarme?". Mi padre le dio algo de suelto que tenía en su bolsillo y seguimos camino. En mi imaginación, lo único que podía ver era a Albert en alguna esquina, extendiendo su sombrero, rogando la caridad de algunas monedas.

Salí al pasillo y dije:

—No.

Pfeiffer frunció el ceño.

—Su hermano —le explicó la hermana Eve—. Odie, puede que sea la única oportunidad de salvarle la vida.

—No querrá vivir con una pierna —dije y contuve las lágrimas—. Preferiría estar muerto. ¿Vosotros no?

Pfeiffer miró a la hermana Eve.

—¿El niño no tiene padres que puedan tomar la decisión?

—Somos huérfanos —contesté.

—Deberíamos preguntarle a Albert para saber qué quiere —sugirió la hermana Eve.

—No creo que el niño esté en condiciones de tomar esa clase de decisión —contestó Pfeiffer.

—¿Por qué no lo averiguamos?

Regresó a un lado de la cama de Albert y se arrodilló como si fuera a rezar. Tomó la mano de Albert entre las suyas.

—Escúchame, Albert.

Giró la cabeza para poder mirarla a los ojos.

—El doctor cree que podría salvarte si te amputa la pierna.

Albert se tomó tiempo para responder, hasta que dijo:

—¿Moriré si no lo hace?

—Es probable.

—¿Pero no está seguro?

La hermana Eve levantó la vista hacia Pfeiffer, quien se encogió de hombros.

—No está seguro.

—Quiero mi pierna —dijo Albert con una voz temblorosa.

—Está bien. —La hermana Eve se inclinó y besó a Albert en la frente. Se puso de pie y volteó hacia Pfeiffer—. Ya lo ha oído.

Pfeiffer dijo:

—Tengo que atender a otros pacientes, pero seguiré atento. Manténgalo lo más tranquilo y cómodo posible. Llámenme si me necesitan. —Él y Sammy se marcharon, y el resto nos quedamos solos con Albert y el veneno que lentamente subía hacia su corazón.

CAPÍTULO 31

Durante la larga tarde de aquel día caluroso del verano de 1932, mientras esperábamos que llegara el antídoto que le salvaría la vida a mi hermano, el tiempo pasaba tan lento que era una pura tortura.

Albert empeoró con el pasar de las horas. La marca negra se extendía centímetro a centímetro por su pierna, que se hinchaba como un globo de carne. El sudor brotaba de cada poro de su cuerpo, empapándole la ropa y las sábanas que tenía debajo, y, a causa del dolor, sus quejidos eran constantes e insoportables. Cerca del anochecer, se le empezó a dificultar la respiración.

Había llegado otro médico, el hijo de Pfeiffer, Julius, que había regresado de hacer algunas consultas a domicilio. Pfeiffer lo llamaba Julie. Resultó que Sammy era su esposa. Si no hubiera estado tan preocupado por Albert, me habría resultado divertido que el hombre tuviera nombre de mujer y que la mujer tuviera nombre de varón. Pero claramente eran el uno para el otro, y también quedó claro que el joven doctor Pfeiffer no tenía ni idea de qué más hacer con la herida de Albert. Sugirió envolverle la pierna en hielo para bajar la inflamación, algo de lo que se encargaron él y Sammy, pero no pareció servir de mucho. Albert tenía tantos dolores que el joven doctor finalmente sugirió aplicarle morfina para calmar el dolor, que funcionó en cierta medida, pero dejó a Albert un poco atolondrado.

Había tres sillas en la pequeña habitación donde estaba acostado Albert. A medida que mi hermano empeoraba, los dos doctores Pfeiffer y Sammy se turnaron para sentarse en una de ellas, y el resto de nosotros, excepto Sid, que había regresado a la cruzada para anunciar la cancelación de la ceremonia de esa noche, nos turnamos para sentarnos en las otras sillas. La habitación era sofocante a pesar de que la ventana estuviera abierta, y ni siquiera el aroma de las rosas del jardín trasero ayudaba para apagar la presente sensación de perdición. Hasta el día de hoy no puedo sentir ese aroma sin pensar inmediatamente en nuestra vigilia en New Bremen. Cuando no estábamos con Albert, nos sentábamos en la sala de espera junto a otros pacientes que venían en busca de algún tratamiento. Una mujer con un niño cuya tos era un ladrido constante. Un hombre con un bocio enorme a un lado del cuello. Un padre y una madre jóvenes, apenas adolescentes, con un bebé recién nacido. Un hombre con su esposa, que tenía una servilleta con hielo sobre el ojo porque, según lo que él le había explicado a Sammy con un tono bastante adusto, ella era "una estúpida en la cocina". La hermana Eve estaba sentada conmigo cuando el hombre lo dijo y su comentario fue: "Cuando pateas a tu perro, ¿también lo culpas a él por la herida?".

Tuve que salir de esa casa y, mientras el hombre miraba furioso a la hermana Eve, me levanté y salí por la puerta del frente. En el pórtico, había una hamaca que colgaba de algunas cadenas, así que me quedé sentado allí. El sol estaba bajo en el oeste, flotando sobre un mar de nubes oscuras que se agrupaban lentamente a lo lejos.

La hermana Eve salió y se sentó junto a mí en la hamaca. Empujó levemente los pies y la hamaca empezó a mecerse de atrás hacia delante, y dijo:

—No me lo has pedido, Odie.

—¿El qué?

—Que sanara a Albert.

—Porque eres una farsante. —Horas atrás, le habría lanzado esa acusación como una roca, pero el fuego de mi ira ya llevaba un largo rato apagado y lo único que quedaban eran las cenizas.

—¿Por lo que viste con Sid y los otros?

—Supongo que ya lo sabía. Albert me había advertido que olías a podrido. No puedes curar a la gente.

—Ya te lo dije, Odie, yo nunca dije que pudiera curar a la gente. Siempre dije que es Dios quien lo hace.

—Pero nadie se cura de verdad. —Si bien había pensado que mi ira se había consumido, sentí algunas brasas aún ardiendo en mi interior.

—Esas personas que viste con Sid fueron curadas de las mismas aflicciones de las que hablaban. Solo que no en ese momento en particular. A Jed y su hijo Mickey, el Señor los curó en Cairo, Illinois. Louis perdió su tartamudeo en Springfield, Missouri. Gooch, el hombre con las muletas, recuperó la fuerza de sus piernas en Ada, Oklahoma. Hay otros que no has visto.

—No te entiendo.

—En el servicio de la cruzada, lo que viste fue una recreación de lo que realmente sucedió. Fue idea de Sid. Él cree que debemos hacerlo para, como dice él, "echar a andar la maquinaria", cuando llegamos a cada pueblo nuevo. En cierta medida, probablemente tenga razón.

Era verdad que, desde la primera noche que me había sentado dentro de la enorme carpa y había visto lo que supuestamente era una sanación, la concurrencia había aumentado. Ahora, todas las noches cada banco estaba ocupado por una persona y había gente que se veía obligada a quedarse de pie a los lados. Hubo más curaciones y, al final del servicio, cuando la hermana Eve invitaba a todos a comer el caldo y el pan juntos, incluso aquellos que no habían sido curados se marchaban con un innegable resplandor en su rostro.

—A veces, Odie —continuó la hermana Eve—, para que la gente se anime y abrace sus más profundas creencias en Dios, deben ponerse en el lugar de los demás. Eso es lo que Jed y Mickey, y Louis y Gooch hicieron. Sus experiencias son el camino que los otros necesitan para poder subir. Y, Odie, funciona. La gente se acerca y sujeto sus manos, y puedo sentir lo fuerte que es su fe y eso es lo que los sana. No yo. Su fe en un poder divino más grande.

Usó la punta de sus zapatos para mantener el impulso de la hamaca y empecé a sentirme arrullado por el movimiento y la cadencia hipnótica de su voz.

—Jed, Mickey, Louis, Gooch, todas son personas que no tienen trabajo, no tienen hogar, ni ninguna manera de mantenerse. Viajar con la cruzada asegura su sustento. Pero no es excusa, supongo, para el hecho de que lo que hacen para mí ahora sea, en verdad, un fraude. Ya lo discutí con Sid y siempre termino cediendo. Quizás sea hora de parar.

—¿Tomas sus manos… —empecé a preguntarle, recordando cómo había tomado las mías—… y ves cosas?

—Algo así, en pocas palabras, Odie. Puedo ver dónde han estado y dónde están ahora. Y puedo ver lo que han perdido y lo que buscan. Puedo ver los pozos donde tantos creen que sus almas han caído, y a veces eso ayuda para levantarlos nuevamente a un lugar de fe.

—¿Cómo? —Miré la cicatriz medio oculta por un largo mechón de su cabello rojizo—. ¿Tiene algo que ver con el bautismo?

—En cierta medida. —Pasó los dedos por su cicatriz—. Mi padre me hizo esto cuando tenía quince años. Vivíamos en una granja o algo por el estilo, en las dunas de Nebraska, cosechas arrancadas de suelos que nunca estuvieron destinados al maíz. Era un hombre amargado y desilusionado que tenía siempre el diablo a sus espaldas. Un día, ese demonio se apoderó de él. Pegó a mi madre y, cuando intenté intervenir, me pegó a mí, me rompió una botella de aguardiente de maíz en un lado de la cara y me dejó inconsciente. Cuando me desperté, estaba echada en un abrevadero medio lleno y mi madre estaba muerta en el suelo a un lado. Encontré a mi padre colgado de una soga que él había pasado sobre una viga del granero. Me alejé caminando, muy lejos, Odie, pero descubrí que lo que mi padre me había hecho me había cambiado para siempre, me había dado algo único, esta capacidad de ver la mente y la vida de los demás. Me quitó mucho, claro, pero, sin tener idea de lo que estaba haciendo, también me dio otras cosas.

—¿Y puedes realmente curar a la gente?

—¿Cuántas veces tengo que decirte que no soy yo? Es la fe la que cura. A veces, cuando veo el corazón de una persona, entiendo que su fe nunca será lo suficientemente fuerte y lo que intento darles es un poco de paz, quizás un poco de introspección para ayudarlos a encontrar el camino.

—¿Como el hombre que mató a su esposa?

—Sí, Odie, como ese hombre.

Dejé de mecerme y giré hacia ella con entusiasmo.

—Si Albert cree, si realmente lo hace, ¿puedes curarlo?

Esbozó una sonrisa hermosa.

—Yo no.

—Dios entonces.

—¿Crees en Dios?

—Quiero creer. En verdad quiero. Si curas a Albert, si Dios lo cura, lo haré, lo juro. Creeré en todo.

—¿Sabes lo que es un leproso?

Lo sabía y asentí.

—¿Y conoces la historia de los diez leprosos que curó Jesús?

Sabía algunas cosas de la Biblia. Las historias sobre la Navidad y las Pascuas, y el buen samaritano y eso, las partes más famosas. La de los diez leprosos era nueva para mí.

—Un día, Jesús estaba en el camino cuando diez leprosos lo llaman y le ruegan que los cure. Jesús sintió lástima por ellos e hizo lo que le pidieron. Solo uno le agradeció el milagro. Y a ese hombre, Jesús le explicó, "Tu fe te ha salvado". ¿Lo ves? Jesús no se lleva el crédito. Fue la fe del hombre la que lo curó. Creo que Albert puede curarse, pero solo si su fe es lo suficientemente fuerte. Y yo no puedo darle eso.

—Pero quizás yo sí —dije, saltando de la hamaca—. Yo le haré creer.

Entré a toda prisa a la habitación donde estaba acostado Albert. El joven doctor Pfeiffer estaba parado junto a su cara, revisando el pulso de Albert. Ignoré al doctor, me arrodillé, me acerqué a mi hermano y dije:

—Albert, ¿puedes escucharme?

Tenía los ojos cerrados, pero los abrió un poco.

—Escúchame, es importante. La hermana Eve te puede curar, puede hacerlo. No es un fraude. Es de verdad, te lo juro. Lo único que tienes que hacer es creer, Albert. Creer en Dios. Creer con todo tu corazón. Eso es todo. Dile que crees, Albert. Por favor, por favor, dile que crees. —Varias lágrimas cayeron sobre la funda de la almohada empapada de sudor, un río de mis lágrimas. Tenía la mano de Albert entre las mías y las apretaba con desesperación—. No tienes que morir. Solo dile que crees.

La hermana Eve se arrodilló al otro lado de la cama y sujetó la otra mano de Albert con suavidad. Él volvió sus ojos cansados hacia ella. Le habló como si estuviera intentando atraer a un animal asustado para alimentarlo.

—Es la verdad, Albert. Puedes curarte. La fe está en ti, la

fe en el amor de Dios. Puedo ver que tu madre la puso ahí hace muchos años. Aún está en tu corazón, Albert. Busca profundamente en tu interior y verás que Dios está ahí, esperando con su luz sanadora, su toque sanador, su amor sanador. Cree en él, Albert. Cree en él con todo tu corazón y toda tu mente y alma, y te curarás.

Albert la miró con sus ojos cansados sin emitir ninguna respuesta.

—Dilo, Albert —le rogué—. Dile que crees.

—Aléjate de toda la oscuridad, Albert —murmuró la hermana Eve—. Es más fácil de lo que crees. Será como quitarte un gran peso de encima. Será como si tuvieras alas, te lo prometo.

—Solo dilo, Albert. Por Dios, solo dile que crees.

Los labios de mi hermano temblaron. Abrió la boca y una palabra escapó como un suspiro largo y exhausto.

—Mentirosa.

—No —grité—. No es mentira, Albert. No es una farsante. Solo cree, maldita sea.

Pero cerró nuevamente los ojos, apartó la cara de ella y no dijo ninguna otra palabra.

—Cúralo, hermana Eve —le rogué, secándome las lágrimas con el puño—. Puedes hacerlo.

Ignoró mi plegaria y le susurró a mi hermano.

—No hay nada que temer. El viaje que te espera por delante te llevará a un lugar de paz.

Sabía lo que estaba haciendo. Había visto el corazón de mi hermano y entendía que su fe nunca sería lo suficientemente fuerte como para curarlo, y ahora ella le ofrecía lo único que podía: consuelo. Sabía que iba a morir.

—No lo dejes ir —le grité a ella.

—Está en manos de Dios, Odie. —Sus ojos eran dos suaves almohadas verdes de amabilidad—. Solo en manos de Dios.

Pero mientras estaba arrodillado a un lado de mi hermano, lo único en lo que podía pensar era en el pastor que se comía a su rebaño uno por uno.

***

Cerca del anochecer, la tormenta que había estado formándose en el horizonte llegó a New Bremen. Lanzó rayo tras rayo sobre el pueblo y liberó una cantidad de lluvia que la tierra no veía desde el diluvio. Ríos de lluvia inundaron las calles y el doctor Pfeiffer miraba su reloj de bolsillo sin esperanza, y sabía que el antídoto nunca llegaría a tiempo.

Como yo era el único responsable por la mordedura de la serpiente, el único que había traído a la Muerte, y también por ser un cobarde desgraciado, no podía soportar ver a mi hermano morir. Así que me escapé.

CAPÍTULO 32

Para cuando llegué al río Minnesota, estaba empapado hasta los huesos. Cuando abandoné la casa de los médicos, no tenía ningún rumbo en mente, ningún destino, ningún plan. Simplemente que no podía quedarme donde Albert yacía pálido y sin vida en la cama. Emmy me llamó, pero no me giré ni aminoré la marcha. Había corrido, intentando escapar del dolor que me desgarraba por dentro, pero sin importar lo rápido que se movieran mis piernas, no podría dejarlo atrás. Cuando llegué al río, que fluía con su agua oscura y rápida en la temprana oscuridad traída por la tormenta, me bloqueó el camino y no pude seguir avanzando. Me senté sobre la arena mojada y lloré. Solté cada lágrima que tenía, levanté la cabeza hacia el cielo, aún atormentado por los rayos, y maldije.

—Bastardo —no hacía falta que dijera su nombre. Él lo sabía.

Cuando la hermana Eve me encontró, la tormenta ya había pasado, al menos la peor parte. Aún llovía y la hermana Eve, al igual que yo, estaba empapada. Su cabello estaba pegado a su rostro con mechones húmedos y el agua goteaba de sus cejas, nariz y barbilla. Se sentó a mi lado y no dijo nada hasta que yo finalmente hablé.

—Deberías haberlo curado.

—No podía, Odie.

—Tenía razón sobre ti. Eres una mentirosa.

—Nunca te dije nada más que la verdad. ¿Te dije que curaría a tu hermano? —Miró a las nubes y era como si el cielo llorara sobre su rostro—. En cuanto cogí su mano supe que no podría curarlo.

Un tren avanzó por las vías junto al río y el peso y el rugido de los vagones hizo que la arena debajo de mí temblara, el pitido de la locomotora que se alejaba era como el triste llanto de una bestia atormentada.

Cuando la noche quedó en silencio otra vez, la hermana Eve dijo:

—Crees que lo has perdido todo. Lo entiendo. Entiendo la oscuridad en la que estás hundido. Pero incluso en la noche más oscura, Dios te ofrece una luz. ¿Tomarás mi mano y vendrás conmigo? Hay algo que necesitas ver.

No tenía fuerzas para resistirme. Me levanté, apoyé la mano sobre la suya, y, como un zombi, me dejé llevar. Caminamos por la pradera enlodada, sin vehículo alguno, excepto las camionetas de la Cruzada de Sanación de la Espada de Gedeón, pasamos por el campamento de carpas, donde podía escuchar a Whisker tocando una versión mucho más triste de *Am I Blue?* Subimos la colina hacia New Bremen, cruzamos la plaza vacía y finalmente llegamos a la casa donde había escapado de la muerte. Me detuve, me aparté de ella y me quedé inmóvil bajo la lluvia.

—No puedo entrar ahí.

—Lo entiendo, Odie. Pero tienes que hacerlo.

No estaba listo para ver a Albert una última vez. No estaba listo para despedirme.

—No puedo.

Extendió su mano y la lluvia se acumuló sobre su palma.

—Confía en mí.

Me hizo entrar a la casa, me llevó por el pasillo hacia la

pequeña habitación. Emmy y Moses estaban dentro, y Sid, al igual que el joven doctor Pfeiffer, a un lado del lecho de muerte de Albert, bloqueándome el rostro pálido y sin vida de mi hermano. El doctor nos oyó entrar, se volvió y se hizo a un lado.

Allí estaba, tal como lo había dejado cuando escapé, su cabeza sobre la almohada, sus ojos cerrados. La hermana Eve me soltó la mano y pensé que probablemente debía acercarme y... ¿y qué? ¿Cómo te despides cuando tu corazón te repite lo horrible que se sentiría eso? ¿Cómo sueltas cuando todo en tu interior grita que te mantengas aferrado?

Nunca llegué a entenderlo. Porque al siguiente momento, los ojos de Albert se abrieron, giró su cabeza hacia mí y dijo:

—Hola, Odie.

***

Moses me habló por señas: "El doctor seguía diciendo que no podía entender qué era lo que mantenía a Albert con vida. Debería haber muerto. Dijo que fue un milagro. La única explicación".

Ya era tarde por la noche, la tormenta había pasado hacía rato y la lluvia había cesado, los doctores Pfeiffer y Sammy estaban durmiendo, Sid había regresado a la habitación del hotel, y solo Moses, Emmy, la hermana Eve y yo nos quedamos para cuidar a Albert. El coche del Hospital General de Winona había llegado un momento después de que huyera y habían logrado administrarle el antídoto a tiempo. Su pierna seguía negra, pero no como antes. Algunos de los tejidos musculares quedaron dañados, lo que le causaría una leve cojera que llevaría el resto de su vida. Seguía débil y su respiración era algo rasposa, pero no estaba muerto. Solo estaba dormido, profundamente dormido.

Sammy había sacado algunos catres para nosotros. Emmy y la hermana Eve dormían en la habitación con Albert. Moses y yo nos quedamos en la sala de espera, donde una vela ardía en una mesa cerca de nosotros que me permitía ver las señas de Moses.

—Un milagro —dije en voz baja—. ¿Crees en Dios?

Podía verlo pensar la pregunta. "No sé si en el Dios de la Biblia", dijo por señas. "Pero te conozco a ti y a Albert, y a Emmy y ahora a la hermana Eve. Y pienso en Herman Volz y la madre de Emmy. Conozco el amor. Así que, si es verdad que, como dice la hermana Eve, Dios es amor, entonces supongo que sí creo".

Moses se fue a dormir, pero yo me quedé mirando la vela consumiéndose. Finalmente me levanté, salí al porche y me senté en la hamaca. El pueblo estaba oscuro y tranquilo. El cielo se había vestido de negro con lentejuelas de estrellas. El reloj del juzgado de paz sonó una vez. La puerta del frente se abrió y la hermana Eve salió y se sentó conmigo en la hamaca.

—El doctor dijo que Albert debería haber muerto. Dijo que fue un milagro que no ocurriera. Tomaste la mano de mi hermano y viste que su fe no era tan fuerte para salvarlo. ¿Viste que podía ocurrir un milagro?

—No puedo ver el futuro, solo lo que tienes en tu corazón en el momento. Así que puedo ver dónde has estado y hacia dónde quieres ir. Puedo ver lo que quieres en tu viaje, pero no puedo ver si llegarás.

—¿Qué quería Albert?

—Lo mismo de siempre. Protegerte. En su corazón, creía que te había fallado.

—Pero no me ha fallado. —Podía sentir el camino de algunas lágrimas sobre mis mejillas, pero eran lágrimas de gratitud por tener un hermano como Albert. Las sequé y agregué—. ¿Qué hay de Moses? ¿Lo tomaste de la mano?

—Claro.

—¿Y qué quiere él?

—Saber quién es.

Pensé en el niño indio que habían encontrado en una zanja junto a su madre muerta, con la lengua cortada, sin tener idea del lugar de donde venía.

—¿Y Emmy?

—Emmy aún no sabe lo que quiere, pero lo descubrirá.

—¿Pudiste ver eso?

—Ya te dije, no puedo ver el futuro. Solo conozco a Emmy y conozco a Dios.

Cada vez que nos mecíamos, una de las cadenas que sostenía la hamaca del porche soltaba un pequeño chirrido. Finalmente, reuní el valor y le hice mi próxima pregunta.

—¿Qué hay de mí? ¿Qué quiero?

—Tú eres el más sencillo de todos, Odie. Lo único que siempre quisiste es un hogar.

Nos mecimos suavemente de atrás hacia delante en la comodidad de nuestra compañía y pensé, en la larga noche que debería haber seguido a la muerte de Albert, que, con la hermana Eve y la Cruzada de Sanación de la Espada de Gedeón, quizás finalmente había encontrado lo que estaba buscando.

CAPÍTULO 33

ALBERT PASÓ TODO EL DÍA SIGUIENTE EN LA CLÍNICA DE los Pfeiffer con uno de nosotros siempre a su lado. La mayor parte del tiempo era yo, pero ocasionalmente también Moses y Emmy. Estuvo solo una vez, una hora más o menos, por la tarde cuando lo dejé durmiendo la siesta y fui a la tienda de dulces en la plaza del pueblo con veinticinco centavos que Sammy, que no tenía hijos, me había dado como un gesto de bondad. Compré caramelos de limón para Emmy y regaliz para Moses, y Tootsie Rolls para mí y Albert, todo para celebrar el milagro de la vida de mi hermano. Esa noche, me quedé con él en un catre en su cuarto, pero dormí poco. Albert se movía sin parar y hablaba débilmente desde las profundidades de alguna pesadilla. Me pasé gran parte de esas horas oscuras fustigándome por haber tirado al río el estuche de Sid con el antídoto. Agradecí que llegara el amanecer.

Más tarde esa mañana, los Pfeiffer nos autorizaron para llevar a Albert a las carpas de la cruzada. Sid y la hermana Eve llegaron al mediodía para recogerlo y pagar la factura. Moses y Emmy vinieron con ellos. Ayudamos a Albert a subirse al DeSoto rojo y partimos hacia la pradera.

La cruzada en un principio tenía programado quedarse dos semanas, pero la hermana Eve y Sid habían decidido que esa noche sería la última antes de partir y seguir hacia la siguiente parada. Sid estaba entusiasmado. Quería usar la experiencia de mi hermano en la última ceremonia, para que todos vieran lo ocurrido, un niño que debería estar muerto pero que había sido salvado por la hermana Eve. Pero ella se lo prohibió rotundamente. Sid cedió sin mayor resistencia y supuse que ese había sido el fin. No podía haber estado más equivocado.

En las altas horas de la tarde, Whisker compró la edición de ese día del *Mankato Daily Free Press* y Albert era noticia por todas partes. No estaba en la primera plana, que estaba ocupada por algo llamado Ejército de Bonificación, una protesta de veteranos en Washington D. C., que le exigía al Gobierno que cumpliera con lo que les había prometido. La fotografía de mi hermano estaba en la segunda página, junto con un artículo sobre la mordedura de serpiente que debería haberlo matado, pero que no lo hizo. El artículo daba a entender que había sido un milagro del que la hermana Eve era responsable. Mostraba a Albert acostado pacíficamente en la pequeña habitación con el doctor Pfeiffer a un lado de su cama. Lo único positivo de todo esto era que al pie de la fotografía decía que el nombre del niño se ocultaba por cuestiones de privacidad.

Nunca antes había visto a la hermana Eve tan furiosa, pero esta vez estalló contra Sid. Estaban solos en la carpa donde tenía su tocador. Los terrarios rotos ya habían sido quitados y las serpientes inofensivas hacía mucho que se habían marchado en libertad. No había demasiada privacidad en una carpa, así que escuchamos cada palabra de su discusión.

—Te lo juro, Evie, no tengo nada que ver con esto.

—No me mientas. Esto tiene escrito Sid Calloway por todos lados.

—Está bien, está bien. Llamé a un periodista de Mankato

y le dije que lo que sus lectores necesitaban ahora era un poco de esperanza. Entrevistó a Pfeiffer, a los dos, de hecho, y confirmó la historia. También quería entrevistar al niño, pero no se lo permití.

Supuse que todo había ocurrido mientras yo estaba en el pueblo comprando dulces y me regañé por no haber estado a un lado de mi hermano en todo momento.

—No, solo permitiste que le tomaran esa fotografía para que circule por todo el sur de Minnesota. Dios, Sid, ¿en qué estabas pensando?

—¿En qué estaba pensando? Que un milagro como este es exactamente lo que necesitamos para ir a Saint Louis. Evie, serás más grande que Aimee McPherson.

—Eso no es lo que quiero, Sid, nunca lo quise.

—¿No? Deberías haber visto tus ojos cuando te conté lo de Corman y transmitir por radio desde Saint Louis. Eran como dos diamantes inmensos, relucientes por la promesa.

—La promesa de llegar a más gente, Sid. No por mí. Por ellos. ¿No lo entiendes? Esto nunca se trató de mí.

—Mira, Evie, antes de que yo llegara estabas haciendo esto en lugares mediocres. Pero ya no. Irás a Saint Louis y podrás llegar a millones de personas, tal como siempre quisiste, y lo harás gracias a mí, porque yo entiendo lo que hace falta para captar la atención de estos crédulos.

—¿Crédulos? ¿Eso es lo que piensas de la gente que viene cada noche en busca de un poco de esperanza? Sid, el mundo es un lugar de increíble oscuridad y, cualquiera sea la razón, Dios me dio una luz y me convirtió en un faro. Lo que hago es sagrado.

Por un largo rato, no se escuchó nada más que silencio al otro lado de la tela.

—Supongo que cometí un error, Evie —admitió finalmente Sid—. Lo siento.

—No es conmigo con quien te tienes que disculpar. Es

con esos niños, pusiste en juego su futuro. Adelante —la escuchamos decir—. Espero que te puedan perdonar.

Nunca me había agradado Sid. Desde el principio, todo en él me parecía demasiado traicionero. Cuando nos encontró a Emmy y a mí en la carpa grande a un lado del catre donde estaba Albert, se pasó los dedos sobre el bigote y miró hacia la hierba, casi muerta por los pies de todos aquellos que venían en busca de esperanza o algún milagro.

—Está bien —dijo, finalmente—. Puede que haya cometido un error.

—La verdad es que la has cagado —respondí—. Muchas gracias.

—Mi único objetivo es aumentar los seguidores de Eve, niño. ¿No quieres eso para ella? Tiene un don.

—A ti no te está yendo tan mal viajando con ella —comenté.

—Escúchame una cosa…

Whisker, que estaba en la tarima sentándose en el piano, lo interrumpió.

—No lo niegues, Sid. El niño tiene razón. Todos sacamos provecho de la hermana Eve.

—Tú no te metas en esto, Whisker —masculló Sid—. Lo que intento decir es que siento haberos causado problemas. Aunque todavía no haya pasado nada.

—Eso mismo, todavía —le lancé.

—Bueno, solo quería decir que lo siento.

Su disculpa tenía el sonido opaco de una campana agrietada, pero no tenía sentido seguir fastidiándolo. Se dio la vuelta y salió, y en cuando se hubo marchado dije:

—Tenemos que estar listos para irnos.

—Estoy cansado —susurró Albert—. Solo quiero quedarme acostado aquí.

—Alguien verá esa foto —le dije—. Tarde o temprano, la Bruja Negra saldrá a buscarnos.

Albert miró hacia el techo de la carpa y agregó débilmente:

—Quizás no.

Parecía tan agotado que no estaba seguro de que siquiera pudiera ponerse de pie. Pero era algo más que solo debilidad física. La mordedura de la serpiente no lo había matado, pero el veneno sí había matado su espíritu. Albert había sido la fuerza que nos hacía avanzar, que nos impulsaba hacia delante, siempre adelante. Los ojos cansados y la voz monótona no provenían de mi hermano, sino del cascarón que parecía ser lo único que quedaba de él.

—Nos vamos y está decidido —dije—. Voy a avisar a Moses.

Estaba trabajando con Dimitri, y cuando le conté las noticias, simplemente asintió. Se volvió hacia el enorme griego y le hizo una seña, no una que le hubiéramos enseñado, sino algo que él y Dimitri habían creado juntos. El griego dijo:

—Eres el mejor trabajador que jamás he visto. —Tendió una mano para que Moses la estrechara—. Te deseo lo mejor, hijo.

Cuando regresamos, la hermana Eve estaba sentada en la hierba a un lado del catre de Albert, sujetándole la mano. Levantó la vista y sonrió.

—Sid tiene sus cosas, pero no es una mala persona en el fondo. Tiene conexiones con las autoridades del pueblo y salió a ver qué podía hacer para asegurarse de que estuvierais a salvo hasta que partamos mañana. Quiero que os quedéis conmigo.

—Es un secuestro, hermana Eve —le recordé—. ¿Sid puede hacer algo al respecto?

"¿Y si le damos una oportunidad?", preguntó Moses.

Sacudí su cabeza.

—Es demasiado arriesgado. Emmy otra vez con los Brickman. Tú, Albert y yo en prisión. Tenemos que irnos.

Miré a Albert, que siempre había sido el hombro sobre el cual yo me apoyaba, pero cerró los ojos.

—Recoge nuestras cosas —le pedí a Moses, usando la voz imponente que había escuchado de mi hermano varias veces—. Tenemos que irnos.

La hermana Eve parecía horriblemente abatida, pero no se opuso.

—Whisker, ve a mi habitación en el hotel y recoge la ropa de los niños. Ponlo todo en mi maleta y tráemelo aquí. —Una vez que Whisker se hubo marchado, agregó—. Moses, trae todas tus cosas y las de Albert. Le pediré a Dimitri que os prepare algo de comida para el viaje. Date prisa.

Un par de horas más tarde, estábamos de pie en la enorme carpa, listos para partir. Moses sostenía a Albert, prácticamente aguantando todo su peso. Los primeros coches empezaron a llegar para la ceremonia de esa noche y la hermana Eve y Whisker nos sacaron por la parte trasera. Nos despedimos detrás de las carpas. Whisker cogió mi mano, sus largos dedos esbeltos y cálidos parecían reacios a soltarme.

—Te echaré mucho de menos, hijo. Sigue tocando esa armónica, ¿me escuchas? Tienes la música en ti.

La hermana Eve se arrodilló delante de Emmy y dijo:

—Tienes algo maravilloso y hermoso en tu interior. Ya lo verás algún día. Me encantaría estar ahí cuando lo hagas. —A Moses le dijo—: Nunca conocí a nadie tan fuerte aquí. —Tocó su pecho justo a la altura de su corazón y luego lo abrazó. A Albert le dijo—: Te recuperarás y, cuando lo hagas, estoy segura de que los guiarás bien. —Le dio un beso en la mejilla. Finalmente, me entregó una pequeña bolsa de papel y dijo—: Aquí tienes un poco de algodón, antiséptico, gasa y esas cosas. Tienes que mantener limpias las heridas de tu hermano. También he metido algunas otras cosas útiles. —Luego se inclinó hacia mí y me susurró algo al oído—.

Esto es importante. Depende de ti asegurarte de que Emmy llegue a salvo. Prométemelo. —Y eso hice. Luego agregó—: Recuerda esto. Es un dicho viejo, pero bastante real. El hogar está donde está tu corazón.

A mí también me dio un beso en la mejilla y, mientras estábamos preparándonos para partir, vi algo que hizo que todas mis esperanzas se hundieran. Entre uno de los coches que habían llegado al campo había un sedán Franklin Club que me resultaba muy familiar y justo detrás de este estaba el coche patrulla del sheriff del condado de Fremont.

—Es la Bruja Negra —dije, y mi corazón empezó a acelerarse.

—Marchaos —ordenó la hermana Eve—. Yo me encargo de ellos.

Nos marchamos a toda prisa, aunque Albert, por su debilidad, no nos permitió ir tan rápido como nos hubiera gustado. Cruzamos la pradera y las vías del tren, y entramos al bosquecillo en la ribera justo por encima del río. Moses, Albert y Emmy avanzaron hacia la orilla del agua, luego Moses se marchó hacia los arbustos donde él y Albert habían escondido nuestra canoa. Me quedé entre los árboles, observando a Clyde Brickman, esa serpiente con patas, bajándose del coche, acercándose a la puerta del copiloto y abriéndola. La imagen de Thelma Brickman —tan delgada y vestida completamente de negro que le hacía parecer una cerilla quemada— fue como un balde de agua fría en mi alma. Un hombre robusto de rostro colorado salió del coche patrulla y lo reconocí de inmediato, el sheriff Bob Warford, que había aterrorizado a tantos fugitivos de la Escuela Lincoln. Los Brickman y Warford empezaron a avanzar hacia la carpa principal y la hermana Eve salió para darles la bienvenida.

No me quedé a ver más. Bajé a la orilla del río, donde Moses tenía la canoa lista sobre el agua. Había guardado la bolsa de agua, las mantas, la funda de la almohada con las cartas y el resto de los documentos que habíamos cogido de la caja fuerte de los Brickman. Arrojó el maletín con la ropa que la hermana Eve había comprado para Emmy y para mí, y también una canasta con la comida que Dimitri nos había preparado. Albert no estaba en condiciones de remar, así que se sentó en el medio con Emmy sobre las mantas, sujetando la canasta de comida sobre su regazo. Me senté en la proa, Moses nos empujó hacia la corriente y se sentó en la popa, y remamos tan rápido como pudimos para alejarnos del lugar donde esperaba que la hermana Eve, de algún modo, estuviera confundiendo a la Bruja Negra y a su esposo lameculos.

El río serpenteaba a lo largo de la frontera este de New Bremen. Pasamos las planicies con las casas cerca de los elevadores de cereales y el campanario blanco de la pequeña iglesia que se divisaba sobre la copa de los árboles. Avanzamos por debajo del puente de madera donde había encontrado a la hermana Eve rezando. Dejamos el pueblo atrás. La corriente y nuestro esfuerzo nos llevaron entre campos donde los maizales jóvenes y las plantaciones de soja crecían en la tierra arada. El sol se había ocultado detrás de un cordón montañoso largo y ondulado que delimitaba las llanuras fértiles inundadas. Avanzamos hacia la gran sombra azul de esas colinas y, por un tiempo, nadie dijo nada. En parte, suponía, porque Moses y yo estábamos dedicando todo nuestro esfuerzo a alejarnos lo más que pudiéramos de donde veníamos y estaba respirando con demasiada dificultad como para poder decir palabra alguna. Pero creía que nuestro silencio también se debía a que, una vez más, estábamos lamentando una pérdida. Era un sentimiento que ya debería ser familiar para nosotros, pero ¿es siquiera posible acostumbrarse a que se te rompa el corazón?

Cuando el atardecer empezó a deslizarse hacia una total

oscuridad, nos topamos con una pequeña isla con un bosque y le dije a Moses:

—Tenemos que detenernos para pasar la noche.

Moses usó su remo para guiarnos a la pequeña playa de arena en la punta de la isla. Salté y empujé la canoa hacia la costa, y ayudé a Emmy y a mi hermano a desembarcar. Moses fue el último en hacerlo y se encargó de llevar las mantas y la canasta de comida. Con el pasar de los años, las crecidas habían arrastrado hacia la arena un muro de maderas a la deriva que el sol había desteñido dejándolas blancas, de modo que toda la construcción parecía una montaña de huesos enormes. Al abrigo de ese muro, extendí una manta para Albert, que se acostó de inmediato. Emmy extendió las otras en el suelo y Moses abrió la canasta de comida. Dentro había sándwiches de jamón, manzanas y un pequeño frasco con limonada que nos bebimos, pero que casi no saboreamos. Nos sentamos en la penumbra de la creciente oscuridad y permanecimos en silencio, de un modo bastante deprimente. Sentía el peso de la tristeza sobre todos nosotros y sabía que tenía que hacer algo, así que junté la madera que había sido arrastrada por la corriente y encendí una fogata. Albert intentó emitir una débil objeción —"Peligroso", dijo—, pero no estaba en condiciones para discutir. A medida que las estrellas se reunían sobre nosotros una a una y el resplandor de las llamas mantenía alejada de nosotros la total oscuridad, toqué algunas melodías alegres con mi armónica, lo que pareció levantarnos un poco el ánimo, entonces aparté el instrumento de mi boca y les dije:

—Dejadme contaros una historia.

CAPÍTULO 34

UNA MUJER VIVÍA EN UN CLARO EN UN BOSQUE DE ÁRBOLES tan altos y gruesos que tapaban el sol. Siempre estaba oscuro entre los árboles, tanto como la noche, y con el pasar de los años los ojos de la mujer se habían acostumbrado a ver cosas que las demás personas no podían ver. Veía las sombras de los sueños, los fantasmas de la esperanza. Nada quedaba oculto para ella.

La tierra que estaba más allá del bosque estaba llena de hambre y pestilencia.

—¿Qué es pestilencia, Odie? —preguntó Emmy, sus ojos azules inmensos a la luz de la fogata.

—Es una terrible enfermedad.

—¿Es una historia triste, Odie?

—Espera y verás.

Un día, cuatro viajeros llegaron al claro en el bosque, donde la mujer vivía en una pequeña cabaña. Se hacían llamar los Vagabundos.

—¿Qué es un vagabundo? —preguntó Emmy.

—Alguien que camina sin rumbo. Que no tiene hogar.

—¿Como nosotros?

—Exactamente como nosotros.

Uno era un poderoso gigante, otro era un hechicero, otra una princesa hada y otro un duendecillo. La mujer les dio refugio y comida, y cuando les pidió noticias del mundo exterior, le contaron las cosas horribles que ocurrían más allá del bosque. Le contaron cómo el gigante una vez había arrojado una enorme roca que había derribado a un majestuoso dragón, cómo el hechicero había creado máquinas mágicas, cómo la princesa hada había encantado a bestias feroces, y cómo el duendecillo siempre estaba metiendo a los otros tres en problemas.

—Me suena familiar —dijo Albert desde donde estaba acostado.

Los Vagabundos le contaron a la mujer que estaban cansados de caminar y le preguntaron si podían quedarse con ella, pero ella miró en su interior, directo a sus almas, y conoció la verdadera razón de su viaje errante. Estaban en busca de los deseos de sus corazones, que eran muy diferentes los unos de los otros, y ella sabía que nunca encontrarían lo que estaban buscando si se quedaban en la seguridad de su bosque.

Entonces, los envió a una odisea.

—¿Qué es una odisea?

—Un largo viaje, Emmy, lleno de aventuras.

En la parte más alejada del bosque había un castillo donde vivía una bruja.

—¿La Bruja Negra? —preguntó Emmy.

—De hecho, esta bruja también se vestía solo de negro.

—La odio —dijo Emmy.

—Con razón —aseguré.

La Bruja Negra tenía niños encerrados en un calabozo. Había lanzado un hechizo que la hacía verse hermosa a los ojos de los adultos, y siempre que el hambre o las enfermedades dejaban huérfanos a los niños, eran enviados al castillo al cuidado de la bruja. Una vez dentro de esos muros, no había escapatoria. Lo que los adultos no sabían era que la bruja se mantenía viva comiendo los corazones de los niños. Si bien había comido muchos corazones, estaba tan delgada y era tan oscura como una barra de regaliz, y su hambre nunca se saciaba. En los calabozos donde encerraba a los niños, no llegaba la luz del sol, salvo por la que podía entrar a través de una pequeña grieta arriba entre las rocas. Durante un momento cada día, el más pequeño de los rayos de luz entraba en el calabozo y los niños extendían sus manos para sentir su calidez. Lo cual era bueno, salvo por una cosa. Eso les daba esperanza y la esperanza hacía crecer sus corazones, y eso era exactamente lo que la bruja quería. Corazones llenos de esperanza para alimentar su gigantesco apetito. La mujer del bosque les contó a los Vagabundos que debían destruir a la bruja. Así que partieron en su búsqueda y, si bien no lo sabían, también para completar los deseos de sus corazones. Antes de marcharse, le entregó al duendecillo un frasco con una neblina mágica y le dijo que, cuando todo estuviera oscuro, lo abriera y liberara su contenido en el aire.

Debido a su magia negra, la bruja sabía que los Vagabundos estaban en camino y envió un ejército de serpientes para atacarlos. Algunas eran venenosas, serpientes de cascabel y cobras y otras de ese estilo, cuya mordedura podía matar a cualquiera, y otras eran boas constrictoras y pitones, que envolvían a sus presas y las apretaban hasta que los ojos se les salían de las cuencas.

Mucho antes de llegar al castillo, los Vagabundos vieron al ejército de la bruja. El gigante, que viajaba con un palo tan grande como un roble, iba por delante, blandiendo su poderosa arma y derrotando a las serpientes sin parar. El hechicero lanzó un hechizo para que su veneno no pudiera hacer daño a los Vagabundos. La princesa hada usó sus alas para volar por encima de ellas y cubrirlas con polvo de hadas que convirtió a la gran mayoría en gusanos inofensivos. Pero las serpientes no dejaban de aparecer y eran tantas que amenazaban con sobrepasar a los Vagabundos, y fue entonces que todo empezó a ir muy mal.

En ese momento, el duendecillo recordó el frasco que la mujer del bosque le había entregado, le quitó la tapa y liberó la neblina en el aire. La pequeña nube creció inmensa y gris, y cegó tanto a las serpientes que no pudieron ver a los Vagabundos, que se escabulleron y las dejaron atrás. Ciegas y confundidas, las serpientes empezaron a pelear entre sí, matándose las unas a las otras hasta que todo el ejército se destruyó a sí mismo.

—Y ese es el final de esa aventura —dije.

—Pero ¿qué hay de la Bruja Negra, Odie? —preguntó Emmy—. ¿Logran matarla?

Le toqué la punta de su nariz con un dedo y dije:

—Su odisea no ha terminado, y esa es otra historia.

Se había hecho tarde. El fuego estaba apagándose y la luz de una luna llena había cubierto la isla. Emmy estaba tapada con su manta, a salvo, entre Moses y yo. Albert, aún débil por su calvario, estaba acostado al otro lado, los ojos ya casi cerrados. Al cabo de un rato, oí la respiración profunda y sonora de todos ellos. Yo aún seguía asolado por el insomnio desde la muerte de Jack y, después de un rato, me levanté en silencio y caminé sobre la arena, una extensión suave de un gris pálido bajo las estrellas y la luna esbelta. El río era ancho y tranquilo, oscuro en su trayecto alrededor de la isla. En la distancia, más allá de los árboles que delineaban la orilla, un grupo de luces marcaban la presencia de una pequeña aldea. Pensé en las personas que vivían en esos hogares, a salvo en sus sueños, felices en la comodidad del amor que compartían como familia, como amigos. Hubo un tiempo en que los envidiaba, pero ya no. Al igual que los Vagabundos, no tenía idea de hacia dónde estaba yendo, pero no importaba. Porque sabía exactamente dónde estaba mi corazón.

Parte cuatro

ODISEA

CAPÍTULO 35

Nos quedamos en esa isla en el medio del río Minne-sota durante dos días enteros mientras Albert recuperaba sus fuerzas. El muro de madera de deriva, la mayor parte troncos enteros que habían sido arrastrados por la furia del río durante las crecidas, nos ofrecía refugio y resguardo de ojos fisgones, aunque durante el tiempo que estuvimos allí, no vimos ni un alma acercarse a la ribera del río. Le hice a Emmy otro títere de calcetines para reemplazar a Puff, que Jack le había quitado. Este lo hice con orejas de conejo y cogí uno de los algodones del botiquín que me había dado la hermana Eve para curarle las heridas a Albert y lo até con un hilo para que fuera la cola. Diluí un poco de yodo en agua y le agregué una gotita debajo de los ojos de botones para la nariz, y al otro lado le agregué tres bigotes con hilo negro. Cuando se lo mostré, se sintió encantada y enseguida lo llamó Peter Rabbit.

Cuando me dio la bolsa de papel con el material sani-tario, la hermana Eve me había dicho que también había guardado otras cosas útiles. Resultaron ser cinco billetes de diez dólares. Creía que quizás era uno de los sobres que había visto en el bolso de Sid. No se acercaba a la cantidad que habíamos encontrado en la caja fuerte de los Brickman, pero aún era mucho dinero por aquellos días. La segunda mañana en la isla, cogí uno de los billetes de diez dólares y con Moses cruzamos el canal del río en la canoa. Fui a la aldea cercana, cuyas luces había visto por la noche, y encontré un pequeño mercado, donde llené la bolsa de agua y compré comida. Cuando vi que vendían gusanos para carnada, también compré algunos, junto con hilo para pescar y un paquete de anzuelos. También me llevé la edición más reciente del *Mankato Daily Free Press* porque Emmy era parte de una historia de primera plana sobre la Ley Federal de Secuestro, o ley de Lindbergh, como se la conocía popularmente, que el Congreso acababa de aprobar y convertía el secuestro de Emmy en un delito federal, con posibilidad de pena de muerte. Nos podrían condenar a la silla eléctrica.

Cuando le di el periódico, Albert lo leyó en silencio, para no alarmar a Emmy. Moses y yo ya éramos bastante conscientes de nuestra precaria situación. El único elemento que nos ofrecía algo de alivio era que no mencionaban nada sobre la hermana Eve y la Cruzada de Sanación de la Espada de Gedeón. Según el artículo, aún no había novedades sobre el paradero de Emmaline Frost, la niña secuestrada. Thelma Brickman había sido entrevistada sobre el impacto de la Ley de Lindbergh en su propia situación desconsolada. Fue bastante elocuente al expresar su miedo por la seguridad de la dulce niña y que solo Dios sabía qué horrores podrían estar causándole esos pervertidos. "Quienesquiera que sean", citaba el artículo, "esos criminales deben ser los mismos discípulos del Diablo y merecen el castigo rápido y sin piedad que esta nueva ley dicta".

Albert dijo:

—Creo que nuestro campamento necesita un poco más de vida, Emmy. ¿Puedes ir a buscar algunas flores?

Parecía encantada por esa idea y se marchó corriendo a toda prisa.

—No lo entiendo —comenté, cuando se fue—. Los

Brickman saben que nosotros nos llevamos a Emmy. ¿Por qué no lo dicen?

—Porque les traería problemas —contestó Albert—. Creo que quieren mantener su relación con nosotros lo más privada posible.

—¿Cómo? ¿Tendiéndonos una emboscada y matándonos? —Lo había dicho como una broma siniestra, pero podía ver por la expresión en su rostro que Albert no estaba bromeando.

—Hay algo que no te dije —confesó—. Tráeme la funda.

Me fui a buscarla a la canoa y se la di. Hurgó en su interior, sacó un pequeño libro atado con un cuero negro y lo abrió. Página tras página, este estaba lleno de nombres, fechas y sumas de dinero.

—Un libro contable —dijo Albert—. Sobornos de algún tipo. El nombre del sheriff Warford está aquí. El jefe de la policía de Lincoln también. Y el alcalde.

—¿Sobornos para qué?

—No sé. Quizás para el contrabando de licor casero. Quizás para otras cosas. —Mi hermano cerró el libro, tan demacrado como cuando el veneno de la serpiente estaba subiendo hacia su corazón—. Apuesto a que hay muchos en ese condado a los que les conviene que desaparezcamos y este libro nunca aparezca para atormentarlos.

—Disparar primero, preguntar después —dije, recordando lo que el policía le había dicho a Jack el tuerto—. Pero ya no estamos en el condado de Fremont. Quizás deberíamos entregarnos a la policía de aquí y contarles todo lo que sabemos. Mostrarles las cartas de la funda y ese libro contable, y contarles que Emmy no quiere ser la hija de la Bruja Negra.

—¿Y que mataste a dos hombres?

No era una acusación, solo un frío recordatorio de la realidad de nuestra situación.

"Los mató para protegerse a él y a nosotros", dijo Moses por señas.

—Súmaselo al secuestro y ¿quién nos creerá? Nos enviarán a prisión como mínimo —dijo Albert con la voz sepulcral que había usado desde la mordedura de la serpiente. Bajó la vista hacia el titular—. Quizás algo peor.

Arrojamos el periódico al fuego.

Tenía los gusanos y el hilo para pescar, así que busqué algunas ramas entre la montaña de madera y encontré dos palos rectos que servirían como caña. Mientras Albert estaba acostado a la sombra de un enorme fresno cuyas ramas cubrían el muro de maderas, Moses, Emmy y yo nos fuimos a la orilla del río. Le até una pequeña ramita a cada sedal para que sirviera de boya. Emmy, que había crecido en una granja, no tuvo ningún reparo en clavar cada gusano al anzuelo y arrojó su sedal al agua antes que Moses y yo. Estuvimos pescando toda la tarde sin que nada mordisqueara el anzuelo.

Finalmente, Moses dejó su caña a un lado y dijo: "Voy a probar con las manos".

Enseguida recordé las palabras de Forrest, el indio que nos habíamos encontrado antes de llegar a New Bremen, cuando nos contó cómo había atrapado los bagres que había compartido con nosotros.

Moses movió sus dedos como gusanos para ilustrarnos lo que tenía pensado hacer. Luego avanzó por la orilla de la isla hasta que llegó a un lugar donde el río había desgastado la tierra bajo un enorme álamo y el arco entramado de raíces formaba una pequeña cueva que estaba llena hasta la mitad con el agua del río. Moses se paró junto a una de las raíces gruesas, se agachó, extendió sus manos bajo el agua junto a las raíces y las mantuvo allí. No podía ver sus dedos, pero sospechaba que se veían exquisitos y llamativos para un bagre gordo.

Emmy lo miró y susurró con cierto temor en su voz.

—¿Le comerán los dedos?

—Creo que lo intentarán —dije, y la imagen de Herman Volz y su mano con solo cuatro dedos y medio apareció en mi mente. No sabía nada sobre bagres, pero esperaba que sus dientes fueran mucho más compasivos que los de una sierra.

Moses era tremendamente paciente. Se quedó acostado sobre esa raíz gruesa mucho después de que la atención de Emmy y la mía perdieran interés en pescar y lo dejamos solo con su técnica, y fuimos a recorrer el bosque que cubría la isla. Los árboles estaban repletos de enredaderas y el suelo debajo de las extensas ramas estaba cubierto de matorrales. Avanzamos lentamente. Le dije que estábamos explorando la isla porque éramos vagabundos en una aventura.

—¿Para matar a la bruja? —dijo Emmy.

—Y a todos los monstruos que amenazan a los niños —proclamé.

Cogí una enredadera y la separé del árbol de donde colgaba, intenté balancearme con ella, como Johnny Weissmüller en *Tarzán de los monos*, una de las pocas películas que había tenido permitido ver en el cine de Lincoln, pero enseguida se rompió con mi peso. Caí justo sobre una mata de zumaque, directo sobre mi trasero. Me quedé allí sentado por un momento, un poco confundido, y oí a Emmy llamarme con preocupación. Luego me giré, bajé la vista y grité.

La boca de un esqueleto me esbozaba una sonrisa espantosa de bienvenida.

CAPÍTULO 36

MOSES LLEGÓ CORRIENDO. UN MINUTO MÁS TARDE, AL-bert también estaba ahí, aunque parecía débil y falto de aire. Se quedaron al lado de Emmy y de mí (había logrado alejarme de esa macabra sonrisa tan rápido como pude) y nos quedamos mirando a nuestro único compañero en la isla. Era un esqueleto completo, completamente intacto, de pies a cabeza. Varias enredaderas habían crecido entre sus costillas y brotaban de las cuencas vacías de sus ojos. Al igual que la madera amontonada en un extremo de la isla, los huesos eran de un color blanco fantasmal. Durante un largo rato, nos quedamos simplemente mirándolo.

Finalmente, Moses dijo: "¿Quién?".

Albert contestó:

—No tengo idea.

—No parece muy grande —señalé.

—Es de tu tamaño —observó Albert.

"Un niño", dijo Moses.

—¿Qué creéis que estaría haciendo aquí? —pregunté.

—Quizás fue arrastrado con la madera —dijo Albert—. El río lo dejó aquí.

Me acerqué al esqueleto una vez más, ahora menos asustado, y me arrodillé para examinar a nuestro compañero con más cuidado.

—Mirad. —Señalé un lado de su cráneo, donde tenía una hendidura de la que se desprendían otras grietas como una telaraña—. No soy policía, pero apuesto a que alguien le rompió la cabeza.

"Un asesinato", dijo Moses.

—No me arriesgaría a sacar ninguna conclusión todavía —dijo Albert.

Entonces, vi algo a los pies del esqueleto y lo cogí. Era de un color marrón oscuro y parecía frágil, casi se deshizo en mi mano, pero todos pudimos ver lo que era.

—Un mocasín —comentó Emmy.

—Un niño indio —deduje. Y pensé en Billy Red Sleeve—. ¿Qué hacemos?

—Nada —dijo Albert.

Lo miré, o al menos a su cuerpo vacío. Quizás estaba muy exhausto como para preocuparse, aún se estaba recuperando de todo el asunto con la serpiente, pero creía que era algo más profundo. En New Bremen, prácticamente estaba con un pie adentro de la tumba. La muerte le había mirado a los ojos y creo que aún tenía miedo.

"¿Nada?", preguntó Moses y podía ver una ira extraña creciendo en su interior.

—Lo que sea que haya ocurrido pasó hace mucho tiempo —dijo Albert con una voz cansada—. ¿Quién sabe? Quizás hace cien años. No hay nada que podamos hacer ahora.

No podía quitarme la imagen de Billy Red Sleeve, olvidado en la cantera donde DiMarco había arrojado su pequeño cuerpo.

—No podemos dejarlo aquí.

—¿Qué sugieres? —Las palabras de Albert eran tan frías como el hielo—. ¿Alertar a las autoridades? Qué gran idea esa.

"Lo enterramos", dijo Moses.

—No pienso tocar esos huesos —dijo Albert.

Moses, que casi nunca discutía, se enfrentó a mi hermano e hizo señas de un modo furioso. "Era un niño indio, como yo. Si yo hubiera muerto en esa zanja con mi mamá, hubiera querido tener un entierro digno. Así que vamos a dárselo. Yo tocaré los huesos".

Moses y yo usamos algunas ramas de la montaña de madera y cavamos un pozo en la tierra blanda. Cuando llegamos al metro, el agua empezó a filtrarse por el suelo, así que nos detuvimos. Moses llevó el esqueleto por partes y lo dejó en la pequeña tumba, colocado, en gran medida tal como lo habíamos encontrado, de modo que lo que quedaba del niño indio pareciera estar reposando en paz.

Antes de tapar los huesos con tierra, Moses me dijo por señas, "Di algo, Odie".

Mi primer pensamiento fue, ¿por qué yo? Pero entonces era obvio que Albert no estaba interesado y esto era lo que Moses quería.

—Este niño —empecé— era como nosotros. Amaba el sol sobre su cara, el rocío sobre la hierba de la mañana, el canto de las aves entre los árboles. Disfrutaba mucho saltando de roca en roca sobre el río. Por la noche, le gustaba acostarse en la arena y mirar las estrellas y soñar. Al igual que nosotros. Tuvo gente que lo quiso. Pero un día se marchó y nunca regresó, y eso les rompió el corazón. Prometieron no pronunciar su nombre hasta el día que regresara. Ese día nunca llegó. Pero cada noche su madre se quedaba en la ribera del río y lo llamaba, y si escucháis con atención por la noche, aún se puede oír en el viento sobre el río el susurro de ese nombre para que nunca caiga en el olvido.

—¿Qué nombre, Odie? —preguntó Emmy.

—Escucha al viento esta noche —contesté.

Moses se inclinó sobre la tumba y dijo por señas: "Nunca te olvidaré". Y empezó a cubrir los huesos con tierra.

Al parecer, Moses tuvo éxito pescando con las manos,

y trajo a nuestro campamento dos bagres para la cena. Los limpió con la navaja de Albert y, tal como habíamos visto hacer a Forrest hacía casi dos semanas, los ató alrededor de un par de ramas y las clavó en la arena, inclinadas sobre el fuego para que se cocinaran. Acompañamos el pescado con pan que había comprado en el mercado de la aldea y dividimos una barra de chocolate Hershey para el postre.

Después del anochecer, nos sentamos alrededor de la fogata, mirando las llamas, cada uno perdido en sus propios pensamientos. Me sentía algo triste por Albert, que era solo un fantasma de sí mismo. Pero debido al esqueleto que habíamos enterrado, también estaba pensando en mi padre, que había sido enterrado en una fosa en el cementerio de Lincoln. Por lo que sabía, no hubo ninguna ceremonia. Simplemente lo arrojaron al pozo y lo cubrieron con tierra.

Había visitado su tumba dos veces. La primera fue en una visita rápida en compañía del señor Brickman, no mucho después de que Albert y yo llegáramos a la Escuela de Formación de Indios de Lincoln. Nos mostró la tumba, luego se marchó y nos dejó un par de minutos a solas, hasta que finalmente nos llevaron de regreso a la escuela. No había reaccionado mucho durante esa visita, tampoco Albert. Solo nos quedamos allí parados, mirando la pequeña lápida enterrada en la tierra como un adoquín aislado. No lloré ni tuve ganas de llorar bajo la mirada impaciente de Brickman.

La segunda vez fue cuando cumplí doce años. Ya prácticamente me había olvidado de cómo era mi madre y el rostro de mi padre también había empezado a desvanecerse. Estaba desesperado por no olvidarlo, así que me escabullí de la escuela y regresé al cementerio. Tuve problemas para encontrar la tumba porque no habían cuidado muy bien la fosa y había crecido tanta maleza a su alrededor que había tapado la lápida. Me arrodillé y arranqué algunas de las plantas silvestres que habían crecido allí y leí el nombre en la lápida, lo único que figuraba allí, un nombre, y me pasé una hora recordando todo lo que pude sobre él.

Había sido un hombre al que le gustaba la música y que disfrutaba riendo. Recuerdo que cada vez que se inclinaba para abrazarme, su mejilla se sentía áspera sobre la mía por su barba incipiente. Nos leía historias cuando nos íbamos a la cama por la noche y cambiaba la voz para cada uno de los personajes. Ahora pienso que, en otras circunstancias, podría haber sido un gran actor. Lo que sí había sido era contrabandista y, tras de la muerte de mi madre, había empezado a trabajar para otros contrabandistas más poderosos. Había crecido en las colinas de Ozark, donde hacer aguardiente de maíz era una tradición de larga historia, y no le avergonzaba su manera de obtener ganancias. Nos había llevado desde Missouri hasta Minnesota para hacer una entrega de aguardiente y habíamos acampado junto al río Gilead, justo en las afueras de Lincoln. Esa noche, Albert y yo nos quedamos junto al río mientras papá iba con su camioneta Ford T al pueblo para hacer su entrega. Pero nunca regresó. El sheriff vino a buscarnos y ese fue el momento en que descubrimos la verdad de su muerte. Le habían disparado por la espalda y lo abandonaron para que muriera. Nunca explicaron la razón, nunca identificaron a un sospechoso. Mi padre era solo un delincuente y había encontrado el final de todo delincuente. Y Albert y yo éramos los hijos de un delincuente y nuestra sentencia fue pasar el resto de nuestra vida bajo el control de la Bruja Negra. ¿Por qué dos niños blancos en una escuela para niños indios? Thelma Brickman siempre lo había explicado de esta manera: "Os ofrecimos aceptaros aquí porque la escuela estatal para huérfanos ya estaba llena. Deberíais estar agradecidos de no estar mendigando en la calle". Pero Cora Frost nos había dicho que los Brickman recibían un cheque mensual del Estado para nuestro cuidado.

A pesar de que mi madre era una tenue sombra del pasado, aún recordaba a mi padre, y Albert también, y sabíamos de dónde veníamos y que teníamos familia en Saint Louis, una tía que había intentado enviarnos dinero para cuidarnos de la única manera que podía. Emmy recordaba a sus padres e incluso tenía una fotografía que la ayudaba a mantener la imagen fresca en su mente. Pero cuando miré a Moses, que estaba sumido en sus profundos pensamientos mientras miraba el fuego, comprendí que él probablemente no recordaba a nadie. Y pensé en lo que la hermana Eve había dicho cuando me contó sobre lo que cada uno de nosotros estaba buscando, y que Moses estaba buscando su identidad.

Nos acostamos temprano esa noche. Emmy y Albert se fueron directamente a dormir, pero yo me quedé acostado despierto. Moses tampoco podía dormir y, al cabo de un rato, se levantó y se dirigió a las bajas llamas que aún destellaban entre los carbones de la fogata y se acercó a la orilla del río, donde se sentó solo. Lo dejé así un rato, hasta que decidí levantarme y acompañarlo.

No quería molestar al resto, así que le hablé por señas: "¿Qué haces?".

Al cabo de un rato, finalmente me contestó: "Escuchando".

El agua, mientras lamía la arena, murmuraba y, desde los árboles detrás de nosotros, venía la canción de las ranas arbóreas. De vez en cuando el fuego crepitaba. Una brisa suave soplaba por el valle del río, pero lo único que escuchaba era el vaivén de las hojas de los árboles de la isla.

"Tengo un nombre", dijo Moses por señas.

"Moses", le respondí.

Negó con la cabeza. "Un nombre sioux", agregó y luego deletreó A-M-D-A-C-H-A.

"¿Cómo lo sabes?".

"La hermana Eve. Me cogió de la mano y me lo dijo".

"¿Qué significa?".

"Roto en pedazos. Es por un tío abuelo. Un guerrero".

Escuché los árboles temblando al viento de la noche y recordé la historia que Jack nos había contado sobre las estrellas dentro de los álamos y cómo los espíritus del cielo nocturno sacudían las ramas para liberarlas. El espíritu debía querer estrellas esa noche, porque el cielo estaba cubierto por un millón de puntos de luz.

"¿Quieres que te llame Roto en Pedazos desde ahora?".

Antes de que pudiera responder, oímos un alboroto detrás de nosotros y Albert gritó.

—Es Emmy.

La sostenía entre sus brazos mientras ella temblaba. Moses y yo nos sentamos a su lado y cada uno cogió una mano de la niña, y el dolor de Emmy también era nuestro. Estos ataques nunca duraban mucho, pero retorcían su cuerpo pequeño y era una tortura verlo.

Cuando el episodio pasó y se quedó tumbada, abrió los ojos y dijo.

—Están muertos. Están todos muertos.

—¿Quién, Emmy?

—No pude salvarlos —dijo—. Lo intenté, pero no pude. Ya era tarde.

—¿Está hablando del niño indio? —pregunté.

—Más de uno —señaló Albert—. Dijo que están todos muertos.

Miré a Emmy, cuyos ojos estaban abiertos, pero eran vidriosos.

—¿Hay más niños muertos en esta isla, Emmy?

—Lo intenté. No puedo hacer nada.

—¿Qué es lo que intentaste? —preguntó Albert.

No respondió, solo cerró los ojos y se quedó sumida en un profundo sueño. La envolvimos con su manta y nos quedamos sentados a su lado a medida que las últimas llamas de nuestra pequeña fogata se extinguían, dejando solo el leve resplandor de las brasas rojas.

—Están todos muertos —dije, repitiendo las palabras de Emmy—. ¿Qué quiso decir?

Albert movió el fuego con una rama.

—Todo lo que dice durante sus ataques nunca tiene sentido.

"*Quizás no*", dijo Moses. Se giró y miró hacia la oscuridad de los árboles que cubrían la isla y ocultaban algo que solo Dios sabía.

—Este lugar me da escalofríos —dije—. Creo que deberíamos irnos.

Moses asintió y dijo por señas: "Temprano por la mañana".

El poco sueño que pude conciliar esa noche fue inquieto, y aunque no los recordaba con exactitud, mis sueños estaban llenos de amenazas. Cuando el cielo empezó a mostrar los primeros signos de la mañana, Moses y yo nos levantamos y, en el frío azul de las primeras luces, recogimos nuestras cosas y las cargamos en la canoa. Albert intentó ayudarnos, pero no pudo hacer mucho. Emmy estaba tan dormida en un profundo sueño que ni siquiera se inmutó cuando Moses la levantó y la dejó con suavidad en la canoa. Albert se sentó en el medio, la posición que ocupaba yo antes de la mordedura de la serpiente, y yo me senté en la proa. Moses nos alejó de la isla y se subió a la popa, y entonces levantamos nuestros remos.

Aunque no lo sabía aún, la corriente del río Minnesota nos estaba llevando hacia revelaciones que nos harían enfrentarnos a una oscuridad mucho más grande que la Bruja Negra.

CAPÍTULO 37

No había ninguna vía de tren que siguiera esta parte del río y, por un largo rato, no nos cruzamos con ningún pueblo. Junto a la ribera solo había árboles gruesos, lo que significaba que no habría ojos fisgones que pudieran descubrirnos. Cubrimos una distancia importante esa primera mañana. Emmy se había despertado bajo la luz color melocotón de la mañana, como de costumbre, sin recuerdos de su ataque la noche anterior. Parecía renovada y llena de sonrisas, y tanto su espíritu como su conversación animada con Peter Rabbit me mantuvieron a flote e, incluso, parecieron levantarle el ánimo a Albert. Moses, por supuesto, se mantuvo en silencio, pero transmitía algo que me hacía pensar que aún estaba en ese oscuro lugar al que había llegado después de que descubriéramos el esqueleto del niño indio.

Cerca del mediodía, nos detuvimos en una orilla donde un pequeño arroyo desembocaba su agua limosa color marrón y comimos lo último que había comprado en el mercado de la aldea.

—¿Hace cuánto crees que nos fuimos de la Escuela Lincoln? —le pregunté a Albert.

Tardó en contestar.

—Un mes, más o menos.

—¿Cuánto falta para que lleguemos al Mississippi?

—Días —respondió con un profundo suspiro.

—¿Y cuánto falta para que lleguemos a Saint Louis?

—Semanas. Meses. No lo sé.

—¿Meses? Es una eternidad.

—¿Prefieres estar trabajando en el campo de Bledsoe?

—Prefiero estar comiendo en la Morrow House y durmiendo en una de sus camas suaves.

Emmy suspiró, pero no con tristeza, sino una especie de sonido de hada.

—Prefiero ser una princesa montando la espalda de un cisne.

—Y comer solo helado —agregué.

Levantó su títere de calcetines.

—Con salsa de chocolate —dijo Peter Rabbit con una pequeña voz de conejo.

—¿Qué hay de ti, Moses? —pregunté.

Nos estaba dando la espalda, mientras tiraba piedras con tanta fuerza que, cuando caían al agua, eran como pequeñas explosiones. No respondió.

—Vamos —dije—. ¿Qué preferirías estar haciendo?

Se volvió hacia mí y lo que vi en su rostro me asustó. Dijo por señas: "Buscando al asesino de mi madre".

Y eso le puso fin al juego. Nos quedamos en el río hasta bien entrada la tarde y acampamos en una pequeña parcela de arena en la base de una pendiente de rocas. Intenté pescar con las manos de nuevo, y esta vez con algo de éxito, ya que saqué algo grande que definitivamente no era un bagre. Monté un asador sobre nuestro fuego esa noche y cociné el pescado. Su carne blanca y fresca se desprendió con facilidad de las espinas y sabía mucho mejor que cualquier otro bagre que jamás hubiera probado. No entendí hasta más tarde que lo que había atrapado era una lucioperca, un preciado ejemplar en Minnesota.

Al caer la noche, vimos un resplandor al este que parecía provenir de una fogata. Había visto ese mismo fenómeno una vez cuando acampamos con nuestro padre al sur de Omaha y la ciudad distante iluminaba el cielo nocturno.

—¿Mankato? —le pregunté a Albert.

—Eso creo —dijo.

—No estamos tan lejos. Llegaremos por la mañana.

Albert meneó la cabeza.

—Nos quedaremos aquí hasta mañana por la tarde, cruzaremos al anochecer. Menos probabilidades de que nos vean.

Esa era la clase de plan que el antiguo Albert habría pensado y me resultó alentador. Excepto que significaba que debíamos esperar en compañía de Moses, cuyo malhumor, la primera vez que lo había visto así, pesaba sobre todos nosotros. Pensé que quizás mi armónica ayudaría, así que toqué algunas melodías alegres que sabía que eran las favoritas de Moses, pero el muro que había levantado a su alrededor no cedió, y ni siquiera cuando Emmy bailó de un modo adorable mostró emoción. De cierta forma, su melancolía era tan alarmante como uno de los ataques de Emmy.

La mañana siguiente nos encontró a todos de mal humor. Cuando había limpiado la lucioperca, había dejado un desastre de entrañas en la arena a orillas del río, y una nube de moscas había decidido posarse sobre ellas, atacando no solo los restos del pescado, sino también a nosotros. Albert me insultó y yo lo insulté, y Emmy rompió a llorar, lo cual sacó el lado protector de Moses y se dirigió por señas a Albert y a mí con tanta vehemencia que creí que estaba a punto de romperse las manos.

—No me voy a quedar aquí sentado todo el día contigo —le dije furioso a Albert.

—Está bien —me respondió—. ¿Por qué no vas nadando a Saint Louis?

Me marché enfadado por la colina, luego crucé una arbolada de abedules, lejos del río. Por la noche, escuché algunos vagones de carga sacudiéndose sobre las vías al sur y también el rugido lejano de una locomotora. Avancé hacia las vías, que estaban a menos de cuatrocientos metros de distancia, y las seguí hacia la ciudad cuyo resplandor habíamos visto por la noche. Durante todo el camino, maldije a mi hermano y a la mala suerte que nos había obligado a abandonar a la hermana Eve, y despotriqué contra las semanas o meses o, quién sabía, incluso años que faltaban para llegar a Saint Louis, si es que alguna vez lo lográbamos. Sabía que había policías por todas partes buscando a Emmy y, si nos atrapaban, nuestras cabezas iban a rodar. Pensé que quizás no regresaría con el resto. Quizás estaba mejor solo.

Caminé durante varias horas hasta que finalmente llegué a Mankato, donde tanto el río como las vías del tren hacían una curva cerrada hacia el norte. La ciudad, con sus miles de habitantes, se ubicaba a ambos lados de la curva del río. Varios depósitos y edificios industriales se elevaban en inmensas manzanas a la ribera del río. Una meseta larga y alta cubierta de árboles se elevaba por detrás de la ciudad y junto a la planicie de la base se encontraba el distrito comercial del centro, donde había seguido a Sid y lo había espiado cuando se encontró y les pagó a las personas que viajaban con la cruzada y eran "curadas" una y otra vez. Avancé hacia la ajetreada calle comercial. Los automóviles pasaban a toda velocidad, y tras del viaje largo y tranquilo en la canoa, sus pitidos y traqueteo me parecían una agresión. El mediodía era húmedo, el aire sofocante y el desagradable olor a brea caliente estaba impregnado en todo.

Había visitado otras ciudades antes, Saint Louis, Omaha, Kansas City, pero había sido hacía tanto tiempo que no tenía recuerdos reales de ellas. El tiempo que había pasado en Mankato siguiendo a Sid había sido tan breve que no tuve una clara imagen del lugar. Después de años en Lincoln, un pueblo pequeño, y el tiempo que pasamos en New Bremen, solo un poco más grande, me sentía como si estuviera en una tierra extraña y hostil. Y estaba solo. Eso fue lo que más me afectó. Estaba completamente solo. Cuando me había enfadado con Albert, esto era lo que quería, pero cuando entendí la realidad, sentí pesadez en mi corazón y deseé estar otra vez con mi familia.

Cuando acababa de tomar la decisión de regresar al campamento, escuché una gran conmoción en una de las calles y la curiosidad se apoderó de mí. Seguí el sonido de las fuertes voces, doblé en la esquina y me encontré al borde de una multitud que estaba reunida frente a la armería local. Varios policías merodeaban por el perímetro y me habría alejado de inmediato de no ser porque sentí la promesa del aroma de un caldo caliente o, incluso mejor, del aroma a la levadura del pan recién horneado. No podía ver la comida por la pared de cuerpos que tenía delante de mí. Sin embargo, pude ver a un hombre en los escalones de la armería, muy por encima de las cabezas de la multitud, y estaba gritando a través de un megáfono.

—Ey, amigos —gritó—, ¿cuántos de vosotros tuvisteis que arrastraros por el lodo francés y hundiros hasta la cintura en el agua hedionda de la trinchera o tuvisteis que arrojaros sobre un alambre de púas?

Su pregunta fue respondida por una serie de gritos y alaridos.

—¿Y cuántos de vosotros visteis a vuestros compañeros de armas asesinados delante de vuestros propios ojos?

Eso no recibió una respuesta tan agradable, sino que se propagó como una onda audible entre la multitud.

—¿Y qué os prometieron si éramos tan afortunados de volver? Nos prometieron bonos por nuestros servicios, indemnizaciones por los horrores que presenciamos y de los que fuimos parte. Pero nos dijeron que debemos esperar nuestro dinero. Bueno, no podemos esperar. No tenemos trabajo, ¿verdad?

Hubo un resonante coro de "¡No!", que tenía sentido dadas las condiciones de la ropa que la mayoría usaba.

—Y no tenemos un techo sobre nuestra cabeza, ni comida para alimentarnos a nosotros o a nuestras familias, ¿verdad?

Esto realmente encendió a la multitud, ya que todos levantaron el puño y gritaron al unísono "¡No!".

—Necesitamos ese dinero ahora. Hoy. No dentro de un par de años. ¡Maldición, nos habremos muerto de hambre para entonces! ¿Estáis conmigo?

A juzgar por el rugido de la aprobación de la multitud, estaban con él.

Fue entonces que intervino la policía. Aparecieron de las calles y callejones laterales con porras y empezaron a arremeter contra la multitud, dividiéndolos en islas de confusión y dispersándolos en todas direcciones.

—Tú, señor policía, ¿combatiste en Francia? —gritó el hombre del megáfono.

Supongo que no, porque el policía al que se había dirigido lo golpeó directamente en la cabeza con su porra y vi cómo lo tumbaba.

El caos se apoderó de la escena y me encontré en medio de un mar de cuerpos que se daban a la fuga y eran arrojados contra las paredes de ladrillos. Logré abrirme paso hasta la seguridad de un hueco que era la entrada a una imprenta, donde permanecí hasta que la calle quedó vacía y un hombre asomó la cabeza por la puerta de la tienda y me gritó.

—Fuera de aquí, niño. Este no es lugar para holgazanes.

Enseguida regresé a las vías del tren y las seguí lejos de la ciudad, entusiasmado por regresar al lugar donde había abandonado a mi hermano, Emmy y Moses, esperando más que nada estar en la seguridad de mi familia de nuevo, rodeado por la comodidad de nuestro amor. Sí, a veces nos enfadábamos y nos gritábamos cosas, pero nunca nos golpeábamos con una porra.

Cuando encontré el lugar donde había empezado a seguir a las vías esa mañana, ya estaba oscureciendo y las sombras empezaban a cubrir el terreno. Avancé hacia el río, hacia la pendiente rocosa donde habíamos pasado la noche, mi corazón cantando alegre por la idea de reencontrarme con los demás.

Pero cuando llegué a la playa donde habíamos acampado, descubrí que estaba solo otra vez. Todos se habían ido.

CAPÍTULO 38

PASÉ MI VIGESIMOCUARTO CUMPLEAÑOS AGAZAPADO EN una cafetería quemada en Brest, Francia, con balas alemanas cortando el aire a mi alrededor. Estaba asustado, pero, honestamente, no tanto como cuando tenía doce años y estaba en esa playa vacía a la ribera del río Minnesota, pensando que había perdido a la familia que tenía.

Los restos de la fogata aún estaban calientes y la arena mostraba las huellas de nuestros cuerpos donde habíamos dormido la noche anterior, pero la playa estaba vacía. Lo primero que pensé fue que Albert estaba tan furioso que convenció a los demás para que me abandonasen. Pero era mi hermano y ya nos habíamos peleado en el pasado. No me abandonaría, sin importar cuánto le hubiera enfadado. Busqué alguna señal, alguna marca en el camino como la que Moses nos había dejado antes en el Gilead. No encontré nada, pero sí algo perturbador: pisadas más grandes en la arena húmeda a orillas del río, más grandes que las de Moses. Y entonces miré con cuidado el resto de las huellas. Las de Emmy eran pequeñas y fáciles de identificar. Albert y Moses llevaban las botas Red Wing del mismo tamaño y sus huellas, si bien más grandes, eran exactamente iguales que las de mis botas. Pero había otras del tamaño de un hombre adulto, y las patas de un perro. Alguien más había estado aquí, varias personas. Algo había ocurrido y Albert, Moses y Emmy se vieron obligados a marcharse.

Pero ¿a dónde?

Miré hacia el río, la corriente oscura que avanzaba hacia Mankato al este, y descubrí que había solo una dirección en la que se podían haber marchado.

El resto de la tarde, seguí el curso del río hasta las afueras de Mankato sin señales de mi familia. Ya estaba anocheciendo. Estaba cansado, hambriento y desalentado. Me había convencido a mí mismo de que mi hermano, Moses y Emmy no se habían ido de la playa, sino que los habían atrapado. La Bruja Negra había usado su magia oscura y los había localizado. Yo no estaba cuando eso ocurrió, pero eso no significaba que tuviera suerte. Significaba que estaba completamente solo.

Llegué a un puente de madera que cruzaba otro río, un afluente del Minnesota. A unos cien metros al norte, vi el lugar donde ambos ríos se encontraban. Me senté sobre el pretil y dejé los pies colgando, intentando entender mi situación. Albert y Moses probablemente estaban entre rejas, por lo que consideré simplemente entregarme. ¿Qué podían hacerme? ¿Condenarían a la silla eléctrica a un niño de doce años? Si ese era el destino de Albert, entonces quizás yo también terminaría allí. Podríamos encontrar nuestro final juntos.

Me había hundido en un profundo pozo de desolación cuando escuché algo que hizo que mi corazón entonara una canción. Desde los árboles río abajo, llegó el sonido agudo de una armónica. Conocía la melodía, *Arkansas Traveler*. Saqué mi instrumento del bolsillo de mi camisa y empecé a tocar un contrapunto de la melodía. La otra música se detuvo, como si estuviera sorprendida, luego retomó la melodía y tocamos juntos hasta el final. Bajé del puente de madera y avancé hacia los árboles de donde había venido la música.

En el lugar donde ambos ríos se encontraban había un asentamiento temporal. Las pequeñas estructuras estaban hechas de materiales que uno podía encontrar en un basurero: cartones, chapas de metal, trozos de madera y cajas. Había cobertizos hechos con madera de deriva cubiertos con lonas. De vez en cuando se veía una tienda de campaña, aunque en mayor medida era un asentamiento erigido sobre la base de necesidades desesperadas, construido con los desechos de aquellos que tenían una mejor vida. Algunas fogatas ardían en barriles cortados por la mitad o a la intemperie, y podía sentir olor a comida.

La voz de la armónica seguía llamándome. Deambulé por los senderos que se abrían paso entre las chabolas, donde las personas levantaban la vista desde sus fogatas y me miraban desde la puerta de precarios alojamientos.

Llegué a lo que parecía ser un tipi gigante, una estructura cónica de ramas largas cubierta por una lona. Se elevaba sobre la hierba alta que bordeaba al enorme río. Cerca del tipi había una vieja camioneta cuya plataforma de carga estaba repleta de muebles y cosas por el estilo. Frente al tipi, había un anillo de rocas para hacer fogatas con un hermoso fuego en el centro y una olla negra grande sobre las llamas. Había tres adultos sentados en cajas alrededor del fuego, uno de ellos un hombre rechoncho y calvo de piel bronceada con una armónica en los labios. Sus rostros giraron hacia mí y el hombre bajó el instrumento. Me miraron no con hostilidad, sino expectantes por lo que sabían que ocurriría.

—Yo también toco —dije débilmente, y le mostré mi armónica.

—¿Eras tú hace un rato? —preguntó.

—Ajá.

A su lado había una mujer. Podía decir que eran de la misma edad, la edad que mis padres hubieran tenido, aunque su rostro parecía más preocupado que el de él. El cabello con mechones rubios que necesitaban urgente un lavado le llegaba hasta los hombros. Llevaba un vestido hecho con un saco de harina, con un estampado viejo pero colorido de bailarinas y mariposas. Calzaba unas botas de trabajo muy desgastadas y, por lo que veía, no llevaba calcetines.

Pero la que más me llamó la atención fue una mujer de edad avanzada, con un montón de arrugas y pliegues desde donde dos ojos oscuros me estudiaban con intensidad. Tenía un chal sobre un vestido viejo que le llegaba a los tobillos, y la boquilla de una pipa de maíz descansaba en la comisura de sus labios.

—¿Estás solo? —me preguntó con una voz sorpresivamente gentil.

—Sí, señora —contesté.

—¿Tus padres?

—No tengo.

—¿Eres huérfano? —preguntó la mujer más joven de expresión preocupada.

—Sí, señora.

—¿Has venido aquí con alguien? —preguntó la anciana.

—No, señora. Vengo de las vías.

—Eres demasiado joven para ser un vagabundo —dijo la otra mujer.

—Muchos jóvenes están solos estos días, Sarah —dijo la anciana—. Son tiempos difíciles para todos. ¿Has comido, hijo?

—Un poco esta mañana.

—Puedes acompañarnos. La sopa ya casi está lista.

—Mamá Beal —se quejó el hombre.

—Podemos darle un poco al niño, Powell —dijo la anciana. Todas las arrugas de la parte inferior de su cara formaron una sonrisa—. Y quizás puede pagarnos con su música.

***

347

Lo que más tarde descubriría era que Powell Schofield; su esposa, Sarah, y su suegra, Alice Beal, habían perdido su granja en el condado de Scott, Kansas, y habían partido hacia Chicago, donde Mamá Beal tenía familia y Schofield esperaba encontrar trabajo. El motor de su camioneta había dejado de funcionar y no tenían dinero para repararlo, para nada, ni siquiera para la gasolina, y habían estado en el asentamiento, que me dijeron que se llamaba Hooverville, desde hacía más de una semana. Había asentamientos Hooverville por todas partes, otra cosa que aprendí más tarde. Al igual que muchos de los hombres allí, Schofield había oído que había trabajo en las fábricas de conservas de la zona, pero había resultado ser una horrible mentira. Y ahora estaban atrapados allí.

La señora Schofield revolvió la sopa en la olla negra y dijo:

—Powell, ¿puedes ir a buscar a Maybeth y a los niños? Diles que la comida está lista. Y dile al capitán Gray que es bienvenido si quiere acompañarnos y trae su propia cuchara y su tazón.

El hombre se puso de pie. No era grande, pero parecía fuerte, tenía el pecho y los brazos robustos de un granjero. Caminó fatigosamente entre las chabolas improvisadas hacia el sonido de unos niños que estaban jugando, a quienes había escuchado a mi llegada.

Mamá Beal me miró con cuidado.

—Buck Jones, ¿eh?

Porque eso era lo que les había dicho cuando me preguntaron mi nombre. Estaba empezando a gustarme.

—¿Como la estrella de las películas de vaqueros?

—Sí, señora.

—Ajá —dijo, y me miró de pies a cabeza—. Esa ropa se ve bastante bien y, si no me equivoco, esas botas son unas Red Wing, y parecen bastante nuevas. Alguien desconfiado creería que te has fugado de casa.

Lo cual, en cierta medida, era verdad, aunque yo más bien diría que escapé de una prisión.

—No tengo familia de la que escapar —confesé—. Mi padre murió hace cuatro años, mi madre un par de años antes.

—¿No tienes más familia?

—Una tía en Saint Louis. Ahí es a donde vamos. A donde voy —me corregí.

—Saint Louis está lejos —dijo.

—Varias semanas —convine.

—¿Y solo tú sin ningún otro recurso?

—Solo yo.

La señora Schofield probó la sopa y le agregó una pizca de algo de una pequeña bolsa que sacó del bolsillo de su vestido.

—Suena terriblemente… —Guardó silencio por un momento con la mano sobre la olla humeante—. Valiente —dijo finalmente.

Mamá Beal se rio.

—Una locura, eso creo que es. Pero mira a dónde me llevaron setenta años de una vida juiciosa. —Se sacó la pipa de la boca y movió la boquilla en un largo arco que abarcaba a todos los alojamientos improvisados de Hooverville—. Y míralos a ellos. La mayoría de las personas que están aquí no tenían idea de que esto estaba a la vuelta de la esquina. Hay muchas cosas que están más allá del control de cada uno. —Me esbozó una sonrisa—. Así que, Buck, soy la última persona que puede decirte que lo que sea que tengas en la cabeza es una locura. Lo único que voy a decir es que Dios te acompañe.

El señor Schofield regresó con tres niños; una era una niña no mayor que yo. Vestía una camiseta y peto de niño, remendado en varios lugares, y estaba descalza. Me esbozó una sonrisa tímida y se acercó de inmediato a ayudar a su madre con los últimos preparativos de la comida. Era Maybeth Schofield y, a pesar de la ropa de niño, me pareció la niña más bonita que jamás hubiera visto. Los otros dos eran los gemelos de ocho años Lester y Lydia. A pocos metros detrás de ellos apareció una figura alta cojeando hacia la fogata. Cuando salió de las sombras de los árboles y quedó cubierta completamente por la luz de la noche, me di cuenta de que lo había visto antes. Era el hombre con el megáfono que exhortaba a los otros veteranos de la multitud a levantarse y exigir los bonos que les habían prometido por su servicio militar. Un moratón oscuro se extendía por un lado de su rostro, y entonces recordé al policía que lo había golpeado con la porra. Aunque eso no explicaba su cojera.

—La perdí en Argonne —dijo, dándole un golpecito a su pierna derecha, la cual sonó como madera.

Para entonces ya estábamos comiendo y me enteré de parte de la historia de los Schofield y del capitán Bob Gray. Maybeth se sentó con los gemelos al otro lado de la fogata. Su cabello era como el de su madre, el dorado suave de la alfalfa tras secarse al sol en los campos de Bledsoe, pero más suave y más limpio que el de su madre. Siempre que la pillaba mirándome, apartaba la vista enseguida. Por una razón que no podía explicar entonces, ese simple y tímido gesto capturó mi corazón.

—La lluvia no llegó como tenía previsto —comentó el señor Schofield. Había terminado la sopa, una mezcla sabrosa de caldo de pollo y vegetales, y arrojó furioso una rama al fuego—. Los últimos dos años, el maíz no creció. No tenía nada para alimentar a mi ganado. Estaban todos flacos y escuálidos. El banco me dijo que me fuera al demonio cuando les pedí otro crédito. Luego me quitaron la granja. Esos bastardos.

—Hubo más cosas —agregó Mamá Beal.

—Sí, bueno, eso fue lo principal —Se puso de pie abruptamente—. Tengo cosas que hacer. —Se marchó caminando hacia la oscuridad de los árboles.

Mamá Beal lo miró irse.

—Sequías, dice.

—Mamá —la regañó la señora Schofield.

—Solo digo que otros granjeros encontraron una forma de salir adelante.

El capitán Gray, como quería que lo llamasen, tenía una misión que él mismo se había impuesto, ya que intentaba reclutar hombres para que lo acompañaran a Washington D. C., y así poder unirse a los otros miles de veteranos que se estaban reuniendo allí para exigir el pago de los bonos prometidos.

—Somos muchos aquí en Minnesota los que estamos desesperados por ese dinero. No pedimos una limosna. Es lo que nos prometieron. Un Gobierno debería cumplir con sus promesas.

—No entiendo por qué un Gobierno se comportaría de manera distinta a como lo hace la gente que lo compone —dijo Mamá Beal con la pipa aún en la boca—. Cuando se trata de dinero, la gente suele perder los modales y son unos desagradecidos.

Una vez que terminamos de comer, Mamá Beal pidió:

—Niños, ayudadnos a recoger y fregar. Buck, nos prometiste una canción con tu armónica.

—¿Tocas la armónica? —preguntó el capitán Gray—. Tengo una concertina en mi chabola. ¿Te molesta si te acompaño?

—Para nada —dije—. ¿Puedo ayudar a limpiar? —le pregunté a Sarah Schofield.

—Gracias, Buck, pero nosotras nos encargamos. Tú piensa en lo que vas a tocar.

Miré a Maybeth ayudar a su madre. Ella les daba instrucciones a los más pequeños con una paciencia maternal y se movía con la gracia de un felino, y, por alguna razón que no podía entender, sus pies descalzos, esbeltos y bronceados por el sol y oscuros por la tierra me resultaban particularmente hermosos. Intenté pensar en una canción que pudiera impresionarla. Quería algo encantador y lírico, pero también triste y solitario, porque así es como me había estado sintiendo, y quería que ella lo entendiera. Finalmente, me decidí por *Shenandoah*.

Cuando el capitán Gray regresó, no solo trajo su concertina, sino también una larga tabla de madera blanca sobre la que estaba pintado "Hooverville" con letras negras grandes. Pero esa palabra había sido tachada con pintura negra y debajo de esta habían escrito "Asentamiento Esperanza".

—Este letrero estuvo colgado en el árbol junto a mi chabola durante demasiado tiempo —dijo el capitán Gray—. Creí que era hora de llamar a este lugar con un nombre más alentador. ¿Qué te parece, Mamá Beal?

—Creo que es perfecto, capitán Gray —contestó.

Tocamos algunas canciones juntos. Mi repertorio era más extenso que el suyo, pero conocíamos algunas de las mismas melodías y, mientras tocábamos, varias personas salían de sus chabolas y se reunían alrededor del fuego. Y entonces una suerte de milagro ocurrió, o lo que yo en ese entonces consideraba uno. Un hombre sacó una bolsa de galletas de jengibre y se las dio a los niños y niñas que estaban ahí. Alguien más ofreció una botella de sidra. Luego aparecieron algunas rodajas de manzana y un poco de pan y queso. Y mientras el capitán Gray y yo tocábamos, algunas otras personas que conocían las canciones cantaron a la par, la gente reunida, ninguno de los cuales parecía tener casi nada, encontró una manera de comer.

Finalmente, la señora Schofield dijo:

—Es tarde y los niños necesitan descansar.

—Una más —dije—. Algo especial.

—Está bien. Pero solo una.

Toqué *Shenandoah*, tal como había planeado. Al final, miré hacia el otro lado de la fogata a Maybeth Schofield. Sus ojos azules eran como dos perlas húmedas cubiertas por rocío, y cuando me sonrió, mi corazón se abrió por completo.

CAPÍTULO 39

Antes de que Lydia y Lester se fueran a la cama dentro del tipi de los Schofield, Mamá Beal sacó una Biblia, una edición antigua, encuadernada con un cuero elegante color caoba y los cantos de las páginas dorados.

—¿Sabes leer, Buck?

—Sí, señora.

—¿Te gustaría leer un pasaje para dar por finalizado el día? Es lo que hacemos en nuestra familia. Más allá de lo desesperante que pueda parecer la situación, no creemos que el Señor nos haya abandonado.

Había empezado mi viaje por el Gilead con una profunda creencia en Dios, pero en uno diferente, uno que reinaba con terror. No me había desprendido de mi temor a que ese Dios siguiera ahí fuera, oscuro, poderoso y expectante, un pastor que se comía a su rebaño. Pero la hermana Eve me había traído una imagen distinta, así que, cuando Mamá Beal me entregó la Biblia, no me sentí un impostor al leerla. Elegí el salmo veintitrés porque era el pasaje que más recordaba.

Una vez que hube terminado, Mamá Beal dijo:

—Sumamente apropiado, Buck, dada nuestra actual situación. Buenas noches, niños.

La señora Schofield llevó a sus dos hijos más pequeños

al interior del tipi. Antes de que le devolviera la Biblia a Mamá Beal, vi que algunas páginas tenían nombres y fechas escritos a mano.

—Nuestra familia —me aclaró la anciana.

Acercó su caja hacia donde yo estaba sentado y pasó el dedo sobre cada página, explicándome su linaje, desde el primer nombre y fecha —Ezra Hornsby, 21 de septiembre, 1804— hasta los nombres más recientes: Lester y Lydia Schofield, 18 de mayo, 1924. Entre otras cosas, me enteré de que había una explicación para el tipi. Su padre, Simon Hornsby, había sido un misionero episcopal entre los sioux en el territorio de Dakota, donde se había criado y había aprendido la belleza y utilidad de esa sencilla construcción.

Miré las páginas, el mapa sólido de una familia, y sentí envidia. Esta gente sabía quiénes eran, de dónde venían y entendían la trama en la que sus vidas estaban tejidas. Yo, sin embargo, me sentía como si no perteneciera a ningún sitio, un hilo suelto.

Mamá Beal dejó la Biblia sobre su regazo.

—¿Dónde tienes intenciones de pasar la noche?

Había estado tan atrapado en el flujo de la noche que no había pensado para nada en eso.

—Supongo que dormiré en algún lugar entre la hierba alta.

—Maybeth, ve a buscarle una manta y dásela a Buck.

—No, señora, no puedo aceptarlo —dije.

—Claro que sí, y lo harás. ¿Maybeth?

La niña entró al tipi y salió con una manta de lana doblada. Antes de dármela, su padre se asomó a la luz del fuego y se sentó con pesadez sobre una caja. Sus ojos parecían aturdidos de un modo que me resultaba familiar y olía mucho a whisky.

Mamá Beal dijo:

—¿Con qué lo has comprado?

—¿Qué? —preguntó él en un horrible intento de parecer inocente.

Ella lo miró fijamente y él bajó la vista.

—Mi armónica. Un intercambio.

La señora Schofield salió del tipi y vio a su marido inclinado con arrepentimiento junto a la fogata. Pensé que lo regañaría, pero lo abrazó. Él apoyó la cabeza sobre uno de sus hombros, como un niño con su madre, y cerró los ojos. Ella miró a Mamá Beal de una manera que no pude interpretar con mi corta edad, pero que desde entonces empecé a entenderla como una profunda compasión maternal, una fuerza que emanaba de un pozo de resistencia que, a lo largo de mi vida, aprendí que no era algo particular de Sarah Schofield. La he visto en otras mujeres que han sufrido mucho sin perder su esperanza o su don de abrazar con perdón a aquellos que están rotos.

—Vayamos a la cama, cariño —dijo, y lo llevó al interior del tipi.

—Maybeth, ¿por qué no ayudas a Buck a encontrar un lugar adecuado para pasar la noche? —preguntó Mamá Beal—. Te esperaré aquí. No tardes mucho.

Nos alejamos de la luz de la fogata, pero no demasiado porque solo había una luna creciente en el cielo y la noche ya era bastante oscura. La hierba alta de la ribera del río dio lugar a la arena, y entonces encontré un lugar a unos diez metros del campamento de los Schofield y eché la manta sobre la playa. Las estrellas eran una legión y la Vía Láctea un arco suave y nuboso sobre los cielos.

—Te acompañaré un rato, si quieres —se ofreció Maybeth—. Es un poco tenebroso este sitio.

—No tengo miedo.

—No es por eso —dijo.

Nos sentamos sobre la manta y Maybeth cruzó las piernas y se frotó un parche que cubría una de sus rodillas.

—Tenía un vestido muy bonito —dijo—. Azul. Pero lo regalé.

—¿Por qué?

—Janie Baldwin lo necesitaba más que yo. Estaba recolectando fresas en un jardín del pueblo, robándolas, en realidad, y un perro la atacó. Le rompió el vestido casi por completo. Los Baldwin, bueno, están peor que nosotros.

—Tu familia es agradable.

Miró hacia el resplandor del fuego.

—Me preocupa mi padre.

Pensé en mi propio padre y cómo se había ganado la vida vendiéndoles whisky a hombres como Powell Schofield. No estaba seguro de qué pensar.

—Esa es mi estrella —dijo, señalando a la estrella más alta de la constelación de la Osa Mayor.

—¿Tu estrella? ¿La has comprado?

—La he elegido. Hay más estrellas en el cielo que personas en la tierra, así que hay suficientes para todos. Elegí esa porque si sigues una línea recta que la conecta con la que está abajo, puedes encontrar a la estrella Polar. Me ayuda a saber hacia dónde estoy yendo. ¿Cuál es tu estrella?

—La que está abajo —dije—. La que se conecta y te ayuda a mostrarte el camino.

Miramos nuestras estrellas hasta que Maybeth dijo:

—Será mejor que regrese.

—Gracias por la manta.

Pensé que se iría enseguida, pero se quedó otro momento.

—¿Cuántos años tienes?

—Trece —contesté. Casi verdad.

—Yo también. ¿Conoces *Romeo y Julieta*? ¿Shakespeare?

Gracias a Cora Frost, conocía la obra. Recordaba un poco la historia, dos personas que estaban enamoradas, pero que no tuvo un final particularmente bueno para ellas.

—Julieta tenía trece años y Romeo no era mucho mayor

—dijo—. La gente se casaba joven en aquellos tiempos, supongo.

Cuando la vi al otro lado del fuego antes esa noche, había pensado en besar a Maybeth Schofield y había intentado imaginarme cómo sería.

—¡Adiós! Despedirse es un pesar tan dulce, que adiós, adiós, diría hasta que apareciese la aurora.

En el silencio que siguió a sus palabras, miré al río, un flujo fantasmal iluminado por las estrellas delante de mí, y pensé una vez más en cómo sería besar a Maybeth Schofield.

—¿Buck?

Me volví hacia ella y se inclinó hacia mí. Juntó sus labios con los míos por el más breve instante. Luego se puso de pie y corrió de regreso al campamento de su familia.

Esa noche me acosté mirando a las dos estrellas que siempre estarían conectadas a mi mente, avivando un fuego que era completamente nuevo para mí y cuyo calor no causaba dolor sino infinito placer.

—Maybeth —dije en voz alta, y sentí la dulzura en mi lengua.

Luego pensé en Albert, Moses y Emmy, y una vez más, estaba asustado, aterrado, de que quizás los hubiera perdido para siempre. No era solo miedo lo que me atravesaba, sino culpa, porque por un breve instante, en la compañía de los Schofield, me había olvidado de ellos. ¿Qué clase de hermano hacía eso?

***

La mañana llegó temprano en el recientemente llamado asentamiento Esperanza. Cuando me levanté, podía sentir el aroma del fuego para la comida. Me senté, miré al río, un amplio reflejo de un cielo rosado, y supe lo que tenía que hacer ese día.

La señora Schofield había preparado su propia fogata para cocinar. Una olla negra con agua hasta la mitad colgaba sobre las llamas y había una cafetera cubierta de hollín sobre las brasas al borde de la fogata. Nadie parecía haberse levantado aún, por lo que la señora Schofield estaba sentada sola con una taza azul esmaltada humeante en la mano. Me esbozó una sonrisa.

—¿Siempre te levantas temprano, Buck?

—Cuando tengo cosas que hacer —respondí.

—¿Bebes café?

No, pero ya casi tenía trece años, lo suficientemente adulto para casarme, al menos en el pasado, y supuse que también era lo suficientemente mayor como para beber café.

—Sí, señora —dije.

—Coge una taza de la caja roja de la camioneta.

La puerta de la plataforma de carga estaba abierta y en su interior había una caja roja, que contenía tazas, platos y cubiertos, y ollas y sartenes. El resto de la camioneta estaba repleta de todo lo que los Schofield habían traído desde Kansas. Cogí una de las tazas y la señora Schofield la llenó con el contenido de la cafetera ennegrecida. La bebida era amarga y no me gustó mucho, pero sonreí como si fuera ambrosía y le di las gracias.

—¿Así que tienes un plan, Buck?

—Tengo que encontrar a unos amigos.

—¿Por aquí?

—Quizás —dije—. Eso espero.

—¿Por dónde los buscarás?

Había pasado gran parte de la noche pensando en eso. Si la policía, de algún modo, había atrapado a mi familia, entonces estaban bastante cerca de Mankato, donde supuse que los llevarían para procesarlos. Tenía intención de ir a la comisaría y averiguarlo. Más allá de eso, no tenía ningún otro plan.

—Por aquí —respondí.

—Es un lugar grande. ¿Crees que estén aquí en el asentamiento Esperanza?

—Lo dudo, señora. Si me hubieran escuchado tocar la armónica, habrían venido corriendo.

Mamá Beal emergió del tipi, su largo cabello canoso enmarañado por la noche. Tan temprano por la mañana, parecía un viejo árbol torcido, azotado por una tormenta. Enderezó la espalda y fue como si decenas de fuegos artificiales estallaran. Cuando me vio, sonrió.

—¿Has dormido bien?

—Sí, señora. Gracias por la manta.

—Es lo que la gente hace, Buck. Ayudar a los demás. Vaya, vaya, ese café huele maravillosamente.

Maybeth fue la siguiente en levantarse. Debió de haberse cepillado el cabello antes de salir porque era largo y suave, no como si acabara de despertarse.

El sol acababa de asomarse por el horizonte. La luz del nuevo día irrumpió entre los árboles y vi a Maybeth bañada en oro y mi corazón se detuvo.

—¿Qué traigo, mamá? —preguntó ella.

—Necesitamos avena y melaza —dijo la señora Schofield.

Maybeth se marchó hacia la camioneta y Mamá Beal dijo:

—Creo que necesita ayuda, Buck.

Nos quedamos detrás de la camioneta y Maybeth dijo:

—Soñé contigo anoche. ¿Tú soñaste conmigo?

—Sí. —No era precisamente una mentira porque, si bien no había sido precisamente un sueño, sí había pensado bastante en ella, incluso en más besos.

—Esa caja —dijo, señalando una—. ¿Podrías sacarla?

Era una caja de cartón corrugado, llena de latas y frascos de conservas de todo tipo, ninguno comprado en una tienda.

—¿Habéis hecho todo esto? —pregunté.

—La mayoría lo prepararon mamá y Mamá Beal, pero yo las ayudé. Casi todo es de nuestro jardín en Kansas.

Cogió un frasco con un líquido color ámbar, melaza.

—Y esa otra. —Señaló otra caja y, cuando la acerqué hacia la puerta trasera, sacó una caja redonda de avena Quaker.

Los gemelos ya se habían despertado, pero pasó mucho tiempo hasta que el señor Schofield hizo su aparición. Para entonces, Mamá Beal había bendecido los alimentos y estábamos comiendo. Sin decir una palabra, el señor Schofield se sentó a un lado de su esposa y ella le entregó un tazón de cereales caliente.

—Buck —dijo él—. Me preguntaba si me podrías ayudar hoy.

—¿Para qué? —preguntó Mamá Beal.

—Voy a intentar arreglar el motor de esa camioneta.

Vi a la señora Schofield y Mamá Beal intercambiar una mirada, pero no dijeron nada.

—No sé mucho sobre motores —respondí.

—Yo tampoco, Buck, pero si no la hago andar nunca llegaremos a Chicago.

Pensé en Albert, quien probablemente habría hecho magia con un motor defectuoso, y eso me hizo pensar en la misión que había planificado para ese día, y que tenía miedo de que fuera un caso perdido.

—Powell —dijo Mamá Beal—, quizás Buck tiene otros planes.

—No, señora —contesté—. Puedo ayudarlo.

Pero era un esfuerzo que estaba condenado al fracaso desde el principio. Después de algunas horas que solo sirvieron para que el hombre usara un lenguaje que hubiera enorgullecido a un marinero, se rindió. Las piezas del motor yacían dispersas en el suelo y pensé que, si alguna vez hubo una oportunidad para reparar la camioneta, ya había desaparecido. El señor Schofield miró el resultado de nuestra labor, sacudió la cabeza y dijo:

—Necesito un trago.

Sin decirle una palabra a su familia, se marchó entre los árboles.

—Maybeth —dijo la señora Schofield.

—Ya lo sé, mamá. —Maybeth empezó a seguirlo.

—¿Puedo ayudar? —me ofrecí.

La señora Schofield asintió.

Partimos juntos y, al cabo de un rato, Maybeth me tomó de la mano y, si bien tenía una familia por encontrar, ya no me sentía solo.

CAPÍTULO 40

EL ASENTAMIENTO ESPERANZA ESTABA VIVO Y TENÍA MU-
cha actividad. Las chabolas podían ser improvisadas, pero
las vidas que albergaban eran reales y vivaces. Aunque la
mayoría de los residentes en ese poblado chabolista eran
hombres solteros, había algunas familias, y el sonido de las
risas de los niños era diferente al sonido que se habría escuchado en cualquier otro lugar más estable.

Maybeth y yo seguimos a su padre a una cierta distancia.
Rodeó una colina rocosa cubierta de árboles que se elevaba
sobre Hopersville y siguió las vías del tren hacia Mankato.
Era evidente que sabía exactamente hacia dónde estaba
yendo. No hablamos, pero sentí un profundo sentimiento
de tristeza que emanaba de Maybeth mientras observaba a
la figura cabizbaja de su padre. En un camino de tierra que
cruzaba las vías, giró hacia la derecha y, a poco menos de
cien metros, desapareció en la clase de lugar que yo conocía bien. Muchos los llamaban bares clandestinos, pero mi
padre siempre los había llamado "cerdos ciegos", no sé por
qué. Albert y yo lo habíamos acompañado a esos lugares
docenas de veces cuando hacía sus entregas del licor de
contrabando. Si el señor Schofield era el hombre que estaba
empezando a conocer, supuse que no saldría hasta dentro
de un buen rato.

Maybeth se paró bajo el sol de la mañana y miró la construcción andrajosa a un lado del camino.

—No lo entiendo.

—Mi padre decía que en algunos hombres es una especie de enfermedad —le dije—. No pueden vivir sin beber.

—Esa es la verdadera razón por la que perdimos la granja —dijo—. Culpa al clima. Culpa a los bancos. Culpa a todos, menos a él.

Sus palabras contenían ira, la tristeza dejada de lado.

—Estará ahí un buen rato —dije—. Tengo algunas cosas que hacer en el pueblo. ¿Quieres venir?

En Mankato, encontré un puesto de periódicos y hojeé la edición matutina. Supuse que, si las autoridades hubieran atrapado a mi familia, habría salido en la primera plana. Pero no había nada. Aunque no necesariamente calmaba mi preocupación. Pregunté la dirección de la oficina del sheriff y me enviaron a los juzgados del condado, una estructura imponente con una torre de reloj alta sobre la cual había una inmensa estatua que representaba a la Justicia, una mujer con los ojos vendados sosteniendo una balanza.

Maybeth había sido paciente mientras yo seguía con mis asuntos y no había hecho ninguna pregunta. Pero ahora dijo:

—¿Qué hacemos aquí?

En la entrada del camino que llevaba a la escalinata de los juzgados había un banco de piedra. Nos sentamos y la miré con intensidad a los ojos.

—¿Puedo confiar en ti?

Su respuesta fue inclinarse hacia mí y darme un beso en los labios, más largo esta vez.

Le conté cuál era mi verdadero nombre y todo lo que había ocurrido en las últimas semanas, excepto los asesinatos. ¿Cómo le decías a la niña de la que estabas enamorado que eras un asesino a sangre fría?

—¿Crees que están ahí?

—Si la policía se los llevó, entonces puede ser.

—¿Piensas entrar y preguntar?

—No estoy seguro.

—¿No te están buscando?

—Mi nombre no ha aparecido en ningún periódico, así que no creo.

—Solo preguntando quizás te estás entregando.

Probablemente tenía razón, así que me quedé allí sentado mirando las rocas talladas sin saber cómo conseguir una respuesta desde dentro.

—Yo puedo preguntar —dijo ella.

Y quería besarla otra vez. Y lo hice.

—Podría llegar a ser peligroso. Podrías meterte en graves problemas.

—Quiero ayudar. —Se puso de pie y me esbozó una sonrisa—. No te preocupes, enseguida vuelvo.

Se dirigió hacia el edificio y subió por la escalinata, y el inmenso palacio de justicia se la tragó por completo.

Esperé un largo rato, casi media hora según el reloj de la torre. Estaba seguro de que algo le había ocurrido, había hecho la pregunta incorrecta a la gente equivocada y ahora, al igual que mi familia, estaba prisionera. Y era culpa mía. Miraba esa fortaleza de piedra y no se me ocurría una buena razón para mantenerme libre. Me puse de pie y me dirigí hacia la acera, subí la escalinata y, justo cuando estaba a punto de abrir la puerta, Maybeth salió a la luz.

Me cogió de la mano y regresamos al banco de piedra.

—Hablé con una mujer que trabaja para la policía, pero no es policía —dijo Maybeth con un tono de complicidad—. Solo escribe a máquina y esas cosas. Hay algo grande. Una persecución, dijo. Pero es lo único que obtuve de ella. Nada sobre tu familia. —El miedo en su rostro reflejó el mío—. ¿Te están persiguiendo a ti?

Perseguido, pensé, y llegué a la conclusión de que mi peor miedo se había vuelto realidad. Habían atrapado a Albert, Moses y Emmy, y ahora me estaban buscando a mí.

—Supongo.

—¿Qué piensas hacer?

—No puedo simplemente dejar a mi familia ahí. Tengo que sacarlos.

—¿Cómo?

—No lo sé. Tengo que pensar. Caminemos.

Deambulamos por las calles de Mankato, no sé por cuánto tiempo, Maybeth en silencio a mi lado. Se me quemaron las neuronas pensando cómo podría sacar a mi familia, pero siempre llegaba a la conclusión de que no era nadie y no tenía nada.

—Debería regresar —dijo Maybeth finalmente—. Mamá y Mamá Beal deben de estar preocupadas. Vamos, Odie.

—Buck —dije—. Ahora me llamo Buck.

Por la dureza de mi voz, dio un paso hacia atrás. Pero en lugar de abandonarme, me cogió de la mano.

—Cuando no tienes nada más en lo que creer, es momento de creer en los milagros.

Miré sus pantalones con remiendos, sus zapatos con los tacones desgastados y cuerdas en lugar de cordones, su delgada camiseta gastada casi hasta quedar blanca por el sol. Pensé en la granja que habían perdido en Kansas y en su padre ahora en uno de esos cerdos ciegos, probablemente gastando lo poco que tenían en alcohol. Los Schofield lo habían perdido todo y, aun así, Maybeth seguía creyendo en los milagros.

Tiró levemente de mi mano.

—Ven conmigo. Podemos resolver esto juntos.

¿Qué otro lugar tenía para ir? Así que nos dimos la vuelta y regresamos juntos.

Antes de llegar al asentamiento Esperanza, sin embargo,

nos cruzamos con un monumento a una legión de muertos. En una pequeña área verde, ubicada detrás de una cerca de metal, había una enorme roca de granito tallada con la forma de una lápida. En una de sus caras tenía escrito:

AQUÍ
FUERON AHORCADOS
38
INDIOS SIOUX
26 DE DICIEMBRE DE 1862

—Ay, por Dios —dijo Maybeth—. Esto es horrible. ¿Qué ocurrió?

—No lo sé.

Me quedé mirando al monumento que conmemoraba un cataclismo humano enorme y lo que se me vino a la mente fue Emmy. Pensé en lo que había dicho cuando salió de su último ataque y antes de que volviera a conciliar el sueño. Había dicho "Están muertos. Están todos muertos". Parecía un poco exagerado, pero no podía dejar de preguntarme si había sido esto lo que había visto. Y si era así, ¿cómo lo sabía?

Y eso me llevó a pensar de nuevo en Albert y Moses, y en especial en la pequeña Emmy. Me parecía que, en ese horrible momento, ante ese recuerdo sólido y solemne de semejante tragedia, sentía que lo único que hacía era decepcionar a las personas. Había matado a Jack. Había provocado que una serpiente mordiera a Albert. Le había prometido a la hermana Eve que cuidaría a Emmy, que la mantendría a salvo, pero probablemente ya se la habían llevado de regreso a las manos codiciosas de la Bruja Negra, y Albert y Moses se estaban pudriendo en prisión, y no había nada que pudiera hacer con todo eso.

—Vamos —dijo Maybeth y me cogió de la mano.

***

Cuando regresamos, encontramos un cubo de agua caliente junto al fuego y a la señora Schofield tendiendo ropa mojada en una cuerda entre dos árboles. Al igual que todos los demás en el asentamiento Esperanza, los Schofield conseguían el agua de una bomba en un parque grande al otro lado de la colina cubierta de árboles, donde iban a buscarla para cocinar y lavar. Maybeth me contó que a veces ir a buscar el agua podía ser una experiencia horrorosa porque la gente del pueblo odiaba el asentamiento y si te los encontrabas en el parque, te empezaban a atacar con toda clase de insultos y, a veces, incluso con piedras. La sola idea de que alguien fuera cruel de esa manera con Maybeth me ponía furioso.

Ya era bien entrado el mediodía para entonces. Mamá Beal estaba sentada en una caja, tejiendo. Los mellizos estaban jugando con canicas alrededor de un círculo que Lester había dibujado en la tierra. Cuando vieron a Maybeth, le pidieron a gritos que se sumara a jugar con ellos.

—En un rato. —Los ignoró—. Seguimos a papá… —empezó a explicarle a Mamá Beal.

—Ya ha vuelto —dijo la anciana, suspirando exasperada. Señaló el tipi con la cabeza y se oyó un fuerte ronquido—. Usó el broche de perlas de tu madre esta vez.

—No usaba ese broche desde hacía años —agregó la madre de Maybeth desde el tendedero.

—Podría haberlo cambiado por dinero para comprar gasolina, Sarah.

—¿Suficiente para llevarnos adónde? Hasta Chicago no.

Los ojos de Mamá Beal se posaron sobre la camioneta, cuyo motor estaba desarmado por todo el suelo.

—Quizás nunca lleguemos.

—Al menos, lo ha intentado, mamá —dijo la señora Schofield.

La expresión de Mamá Beal era adusta, pero su voz no cuando dijo:

—Tengo un poco de pan y queso, tenéis hambre, niños.

Entonces, el capitán Gray apareció cojeando en la zona de los Schofield.

—La policía está barriendo todo el asentamiento Esperanza, buscan a alguien.

—¿A quién? —preguntó Mamá Beal.

—No lo sé. Pero están rompiéndolo todo. Será mejor no ponernos en su camino.

Podía oír el ladrido de los perros, muchos, y gritos distantes.

El señor Schofield se asomó desde el tipi, intentando abrocharse el cinturón, con los ojos desenfocados, como si aún estuvieran en la nebulosa del alcohol.

—¿Qué ocurre?

—La policía —dijo Mamá Beal—. Están buscando a alguien.

—Vete, Buck —dijo Maybeth—. Corre.

Todos se me quedaron mirando, sorpresa y sospecha en sus rostros. Podía escuchar a los perros acercándose, pero tan solo me quedé parado inmóvil, sin saber qué hacer.

—¡Vete! —Maybeth me sacudió—. Te encontrarán.

Sin tener ni idea de lo que era todo aquello, Mamá Beal dijo:

—Vete, hijo. Y que Dios te acompañe.

Corrí a toda prisa por la orilla del río Minnesota. A casi cien metros, me escondí detrás de un zumaque tupido y me quedé tumbado, desde donde podía ver lo que ocurría en el asentamiento. Los oficiales con los perros con correas avanzaron con ligereza por el campamento, haciendo salir a los hombres de sus chabolas, gritándoles con severidad, un sonido apenas diferente al de los perros. Si un hombre se negaba, la porra era la respuesta que recibía. Me sentía fatal y culpable porque sabía que yo era la causa de todo ese ataque en un lugar donde las vidas ya estaban lo suficientemente vapuleadas. Vi a tres policías con un perro acercándose al asentamiento de los Schofield y, como había niños presentes, supuse que la familia no recibiría lo peor. Pero cuando el capitán Gray se interpuso entre los oficiales y la familia, lo empujaron al suelo y le lanzaron uno de los perros furiosos encima. La señora Schofield gritó e intentó ayudarlo, pero la derribaron de inmediato con un golpe de la porra. Su esposo, que aún no había podido abrocharse el cinturón, dio un paso hacia el policía para defender a su esposa, pero se le cayeron los pantalones y se tropezó, y cayó sobre la señora Schofield. Maybeth se acercó a toda prisa para ayudar a sus padres, pero recibió la bota de un policía en las costillas. Mamá Beal tomó a los gemelos sobre su pecho y los protegió con su viejo cuerpo.

No podía tolerarlo, no podía tolerar quedarme parado ahí sin intentar ayudar a esas buenas personas que me habían abierto su corazón y su hogar, a pesar de sus necesidades. Me cegó una ira que superó cualquier miedo y me levanté para salir corriendo en su ayuda. No sabía qué hacer, pero no dejaría que esta injusticia siguiera ocurriendo.

Sin embargo, antes de que pudiera dar un paso, una mano poderosa me sujetó del hombro por detrás y una voz grave rugió:

—Te tengo.

La mano me giró. Y entonces quedé cara a cara con Hawk Flies at Night.

CAPÍTULO 41

INTENTÉ SOLTARME, PERO EL INDIO ME SOSTUVO CON UNA fuerza despiadada.

—Suéltame, bastardo. —Lo pateé.

—Tranquilo, pequeño —dijo—. Baja la voz. Ellos te están esperando.

—¿Quién? —Intenté patearlo otra vez.

—Amdacha.

—¿Quién?

—Roto en pedazos. Tú lo llamas Moses. Él, tu hermano y la pequeña.

Eso me hizo quedarme quieto.

—¿Dónde?

—Al otro lado del río. Rápido, antes de que esos matones te vean.

—No puedo dejarlos. —Miré desesperadamente al asentamiento de los Schofield, donde seguía el altercado y Maybeth yacía en el suelo junto a su madre y padre, agarrándose el costado del cuerpo donde la habían pateado, los gemelos gritaban como si los estuvieran matando, y la anciana Mamá Beal estaba de pie lanzando insultos a esos jóvenes con pantalones caqui.

—No puedes ayudarlos —dijo el indio—. Si fueron tan inteligentes para construir un tipi, supongo que son igual de inteligentes para superarlo. Pero si la ley te pone una mano encima, Buck, nunca volverás a ver la luz del día.

Uno de los policías había entrado en el tipi y salió gritando algo por encima de todo el alboroto. El policía con el perro alejó al can del capitán Gray y los oficiales siguieron su camino. Hacia nosotros. El indio y yo avanzamos agachados detrás del arbusto de zumaque y juntos echamos a correr. No nos detuvimos hasta que llegamos a un puente que cruzaba el río.

Los encontramos en un tupido bosquecillo de chopos a unos cuatrocientos metros del asentamiento río abajo. Habían llevado la canoa hacia los árboles y estaba tumbada de lado. Desde el río y la lejana orilla, habría sido imposible ver el campamento, a menos que una fogata atrajera la mirada de alguien, pero no había ningún indicio de que hubieran encendido un fuego. Las mantas yacían juntas sobre los arbustos y podía ver que aquí era donde los otros habían pasado la noche.

Cuando el indio y yo aparecimos, se acercaron a toda prisa. Albert y Emmy, al menos. Moses solo levantó la vista desde donde estaba sentado, alejado de los demás, y me miró como si fuera simplemente un extraño, alguien para quien no significaba nada. Emmy me abrazó y empezó a llorar de la felicidad. Incluso Albert, quien por lo general era tan expresivo como una llave inglesa, esbozó una sonrisa y me abrazó.

—¿Dónde lograste encontrarlo, Forrest? —preguntó mi hermano.

—Al otro lado del río, tal como pensamos —contestó el indio.

—Regresé a nuestro campamento ayer y os habíais ido —expliqué.

—Oímos perros y hombres —dijo Albert—. Tuvimos que irnos.

—Ni siquiera tuvimos tiempo de dejarte una señal para avisarte —aclaró Emmy—. Tuvimos que irnos muy rápido.

—Oímos a los perros hace un rato —agregó Albert—. En ese asentamiento al otro lado del río. ¿Qué ha pasado?

—Los policías me estaban buscando, lo destrozaron todo.

—No, a ti no —dijo Forrest. Se había puesto cómodo en una manta en el suelo.

—¿A quién? —pregunté.

—Hay una cárcel psiquiátrica estatal río abajo a unos pocos kilómetros. Hace dos días, un tipo escapó. Bastante peligroso, dicen.

—¿Cómo lo sabes? —pregunté.

—Al otro lado del río, me mantuve bien atento. Pero si te hubieran atrapado a ti en cambio, señor Secuestrador, habría sido una bonita pluma en su tocado.

—Y malo para nosotros —dijo Emmy, y me abrazó una vez más.

Moses estaba mordiendo una larga brizna de hierba, profundamente meditabundo.

—¿Qué le pasa? —Le pregunté a Albert.

—Está así desde que encontramos el esqueleto.

—No nos quiere hablar —dijo Emmy.

—No seáis tan duros con él —dijo Forrest—. Hay algo que necesita hacer. Ahora que Buck ha aparecido, creo que es hora de que lo haga.

—¿Qué es? —pregunté.

Pero Forrest no lo dijo. Se levantó, se acercó a Moses, se sentó y le habló en voz baja durante mucho tiempo. Moses lo escuchó y, cuando Forrest terminó de hablar, asintió una única vez.

Forrest regresó a donde el resto de nosotros estábamos sentados.

—Quizás nos vayamos un rato.

—¿Iremos con vosotros? —preguntó Albert.

—Esto es entre Amdacha y yo. Vosotros quedaos aquí hasta que regresemos.

Forrest empezó a avanzar hacia los árboles y Moses lo siguió, sin siquiera molestarse en volverse en nuestra dirección. Era evidente que estaba sumido en algo inquietante y personal, y esperaba que su afabilidad habitual aún estuviera en algún lugar en su interior.

Cuando se marcharon, dije:

—¿Cómo encontrasteis a Forrest? ¿No teníais miedo de que nos entregara?

—Nos estaba esperando, Odie —dijo Emmy—. Cuando llegamos a esta parte del río, nos hizo señas. Albert no quería parar, pero Moses dejó en claro que sí lo haríamos. Hawk Flies at Night dijo que nos estaba cuidando.

—¿Esperando aquí?

Albert agregó:

—Leyó lo del mordisco de la serpiente, y no tenía ningún otro lugar donde estar. Estaba más preocupado por Moses.

—¿Por qué por Moses?

—Supongo que es porque Moses es sioux, como él.

—Nos pareció oírte tocar la armónica anoche —dijo Emmy—. Pero estaba oscuro y Forrest dijo que debíamos esperar a la mañana y luego iríamos a buscarte. Así no nos atraparían. Es buena persona, Odie.

—¿Qué te pasó? —preguntó Albert.

Se lo conté todo, salvo lo que había entre Maybeth y yo, y los besos. Ese era una joya de recuerdo solo para mí. Después de eso, el día pasó con una insoportable lentitud, en gran parte porque, ahora que estaba a salvo, en lo único en lo que podía pensar era en Maybeth y en los Schofield, y me preocupaba su seguridad. Finalmente, no lo pude soportar más.

—Tengo que regresar —le dije a Albert—. Tengo que asegurarme de que los Schofield están bien.

—No nos vamos a separar otra vez.

—Regresaré, lo juro, Albert.

—No. —Intentó detenerme con la voz autoritaria que siempre usaba, pero aún faltaba el antiguo Albert de voluntad de acero.

—Voy a ir. —Me puse de pie.

Albert también se levantó, pero lentamente.

—No.

—No os peleéis —dijo Emmy—. Si tiene que ir, Albert, déjalo ir. No es como la última vez, que se fue enfadado. Esto es importante.

Albert parecía demasiado agotado como para pelear. Pero dijo con cierta malicia:

—Si no regresas, no iremos a buscarte.

—Regresaré antes del anochecer.

Regresé al asentamiento y, mientras deambulaba por allí, vi la destrucción que la policía había dejado. Las chabolas estaban destruidas, las paredes de cartón derribadas, las delgadas tablas de madera de cajas para pianos astilladas. Las chapas de metal corrugado habían sido arrancadas de las paredes de las chabolas y las puertas estaban salidas de sus bisagras improvisadas. Supuse que las autoridades habían usado la búsqueda como una excusa para socavar el espíritu de la comunidad y, quizás, dispersar a sus habitantes indeseados. Cuando llegué al tipi de los Schofield, descubrí que lo habían derribado y yacía como algo muerto en el suelo. Pero había gente alrededor del pequeño campamento, rostros que reconocí de la noche anterior, cuando habíamos compartido comida y música, y estaban soltando la lona de los largos postes de madera mientras Mamá Beal les daba indicaciones para volver a levantar la estructura.

Maybeth se acercó corriendo. Me envolvió entre sus brazos y se colgó de mí como si hubiera estado perdido durante una eternidad.

—Ay, Buck, tenía tanto miedo por ti.

Di un paso hacia atrás y apoyé mi mano suavemente sobre el lado de su cuerpo donde la habían pateado.

—¿Estás bien?

—Un poco magullada, pero no importa. Tú estás a salvo. Es lo único importante.

—¿Cómo está tu madre?

La señora Schofield estaba sentada con los gemelos cerca de la camioneta destripada. Los estaba abrazando a ambos y hablaba con una voz grave y suave.

—Dijo que esas porras no fueron peor que el granizo en Kansas. Es una mujer fuerte mi madre.

Pero eso mismo no se podía decir de su padre, a quien no se lo podía ver por ningún lado. No pregunté, ya que sabía dónde estaba. Tarde o temprano, regresaría de su visita al cerdo ciego y todo el trabajo duro ya habría terminado.

Mamá Beal me sonrió cuando me acerqué para levantar el tipi.

—Me preguntaba si regresarías. Me alegro de verte, Buck.

Cuando terminaron de levantarlo, Mamá Beal les dijo a todos los que estaban allí:

—Voy a preparar un estofado y galletas para el almuerzo. Estáis todos invitados.

—No puedo quedarme —le dije a Maybeth.

—¿Por qué no?

—Los encontré. Mi familia. Tengo que regresar.

—¿Quieres decir que te vas?

—Todavía no. No me iré sin decirte adiós, lo prometo.

—Adiós. —En sus labios sonó como el repique de una campana suave y triste—. No me gusta esa palabra.

A mí tampoco, y mientras caminaba por las largas sombras de bien entrada la tarde, intenté no imaginar el momento en que tendría que pronunciarla una última vez.

Forrest había regresado al campamento, pero solo.

—¿Dónde está Moses? —pregunté.

—Tu amigo tiene trabajo que hacer —dijo Forrest.

—¿Regresará?

—Quizás. Cuando esté listo.

Había traído comida: pan, queso, manzanas y un trozo grande de salchicha de Bolonia, y había llenado la bolsa de agua.

—¿Cómo consiguió la comida? —le pregunté en voz baja a Albert.

—Le di parte del dinero que nos dio la hermana Eve.

Miré boquiabierto a mi hermano.

—¿Le confiaste nuestro dinero?

—No tenía otra opción —respondió Albert—. Tú te habías ido. Y no podía dejar a Emmy sola. Y ha traído las vueltas, cada centavo.

Algo nos estaba pasando. Cuando empezamos este viaje, Albert era increíblemente desconfiado y era más probable que lo coronaran rey de Inglaterra antes que le confiase su destino a un hombre que casi no conocíamos. Moses, el niño más tranquilo que había conocido, nos estaba dando la espalda. Yo estaba profundamente enamorado. Habíamos estado en el río solo un mes y ya estábamos en una posición que ni siquiera había podido empezar a imaginar en la Escuela de Formación de Indios de Lincoln.

CAPÍTULO 42

Moses no regresó hasta el día siguiente. Albert, Emmy y yo estábamos preocupados, pero Forrest nos aseguraba que estaba bien. Yo no estaba tan seguro. Incluso si no corría peligro, nunca lo había visto en un estado tan sombrío. Tarde por la mañana, regresé al campamento de los Schofield, buscando a Maybeth. No estaba allí, me dijo su madre, mientras tendía la ropa mojada en la cuerda, pero regresaría pronto. Los gemelos estaban jugando a orillas del enorme río y el señor Schofield no estaba por ninguna parte, aunque podía imaginar a dónde se había ido. Mamá Beal me invitó a sentarme con ella mientras fumaba de su pipa de maíz.

—Parece que te pesa la vida, Buck —observó—. No tienes el aspecto de un joven enamorado.

—No estoy enamorado.

Una sonrisa se formó alrededor de su pipa.

—Si tú lo dices. Entonces, ¿qué mosca te ha picado?

Le hablé sobre Moses, aunque no le conté toda la sórdida historia.

—Viví mucho tiempo entre sioux —me contó Mamá Beal—. Un pueblo asolado por todo tipo de penurias, pero descubrí que son buenos, amables y fuertes. Particularmente cuando se aferran a las prácticas de sus costumbres.

Cogió su pipa y pensó por un momento.

—En los viejos tiempos —continuó—, cuando un niño sioux cumplía once o doce años, debía quedarse solo para buscar una visión. La llamaban *hanblecheyapi*, que significa, creo, llorar por un sueño. Era una manera de conectarse con el espíritu del Creador, que llamaban Wakan Tanka. Cuando yo era niña y la hierba de la pradera era más alta que un hombre, solía salir y sentarme allí en medio sin ver nada más que el cielo azul arriba, y cerraba los ojos para intentar sentir a Wakan Tanka y esperar a que el sueño llegara.

—¿Y llegaba?

—Por lo general, sentía una profunda paz. Quizás eso sea Dios, y en definitiva Wakan Tanka, y quizás de eso se trata la búsqueda de una visión. A mí me parece, Buck, que si puedes encontrar paz en tu corazón, Dios no estará lejos. Este amigo tuyo, parece que su vida no ha sido fácil. Es posible que esté buscando la paz en su corazón y quizás necesite estar solo para encontrarla.

Maybeth regresó al campamento desde el río. Tenía una camiseta distinta a la que había visto antes y pantalones diferentes, sin parches. Tenía el cabello cepillado, su rostro limpio, bronceado, y sonreía. Lo más llamativo de todo fue que no olía a humo. En el asentamiento Esperanza, como todos cocinaban sobre una fogata, la ropa siempre quedaba impregnada del olor a madera quemada y carbón. Por las fogatas que hacíamos junto al río mientras viajábamos, Albert, Moses, Emmy y yo también olíamos igual. Como estábamos rodeados de ese aroma, no lo notábamos. Pero Maybeth ahora olía a jabón Ivory y era como perfume.

—Hola, Buck —dijo, como si encontrarme fuera una completa y agradable sorpresa.

—Buck ha perdido un amigo —comentó Mamá Beal—. Creo que le vendría bien un poco de consuelo.

—Vamos a dar un paseo —ofreció Maybeth.

Deambulamos por el asentamiento, donde la mayoría aún estaba colocando las cosas tras la destrucción del día anterior, y aunque todo era bastante caótico, casi no lo noté. Subimos por un sendero hacia la colina arbolada a un lado del asentamiento y encontramos una roca lisa a la sombra fresca de un árbol con una vista del hermoso valle del río Minnesota, y Maybeth me cogió de la mano y nos besamos.

Romeo nunca sintió un amor tan profundo por Julieta como el que yo sentía por Maybeth Schofield. Ese día del verano de 1932, con la policía aún al sur de Minnesota buscando a Emmy y aquellos que la habían secuestrado, y con los Schofield varados lejos de la nueva vida que esperaban encontrar en Chicago, y a nuestro alrededor la desesperanza que trajo la Gran Depresión, solo tenía ojos para Maybeth y ella para mí.

Cuando finalmente regresamos al campamento de los Schofield, el padre de Maybeth había regresado un poco mareado, pero tenía la cabeza debajo del capó de la vieja camioneta. Estaba murmurando cosas, maldiciendo sobre todo, mientras Mamá Beal lo observaba con impaciencia y la señora Schofield ofrecía su aliento de siempre.

—¿Puedes echarle una mano, Buck? —me rogó—. Tengo miedo de que se haga daño.

—No creo que yo pueda ayudarlo, señora. Pero conozco a alguien que hace milagros con los motores.

—¿En serio? ¿Puedes traerlo?

—Le preguntaré, pero depende de él.

—Ay, sí, Buck. Por favor.

—Intentaré regresar esta tarde —dije.

Dejé a Maybeth y su familia y regresé a nuestro campamento. Forrest no estaba allí, pero Albert y Emmy estaban jugando a las cartas, una de las cosas que Albert había guardado en la funda de almohada junto con todo lo que había en la caja fuerte de los Brickman. Le expliqué la situación de los Schofield y le pedí su ayuda. Pero de inmediato me di cuenta por la mirada seria que me lanzó de que sería una batalla cuesta arriba.

—Demasiado arriesgado —dijo, dejando sus naipes.

—No podemos vivir con miedo —dije.

—No será para siempre. Solo hasta que lleguemos a Saint Louis.

—Si es que alguna vez llegamos.

—¿Tú crees que es un error intentar encontrar a la tía Julia?

Ese no era el error. El error había sido enamorarme de Maybeth Schofield, que lo había cambiado todo.

—Solo creo que no podemos escondernos para siempre. Y creo que esta gente realmente necesita nuestra ayuda. Tu ayuda.

Emmy empezó a recoger las cartas.

—Tienes que ayudarlos, Albert —dijo, como si fuera una adulta y él el niño.

—¿Por qué?

—Porque sabes que es lo correcto.

Albert miró al cielo y puso los ojos en blanco. Meneó la cabeza, como si fuera inútil, luego finalmente asintió.

—Está bien, pero iré solo yo. Vosotros dos os quedáis aquí. Menos probabilidades de que nos vean.

—Gracias, Albert —dije, pensando que mi hermano no era una manzana podrida y que Emmy era muy sabia para su edad, y que Maybeth estaría muy agradecida. En eso último más que nada.

Albert se marchó cojeando, aún con dolor en la pierna, y no volvió en toda la tarde. Al igual que Forrest. Y solo Dios sabía dónde se había ido Moses. Empecé a preocuparme. ¿Qué pasaba si ninguno regresaba? ¿Qué pasaba si Emmy y yo nos quedábamos solos? Y entonces fue cuando recordé las palabras que Moses había dicho por señas una y otra vez sobre la palma de Emmy cuando intentaba consolarla al principio de nuestro viaje: "No estás sola".

Tenía razón. No estábamos solos. Nos teníamos el uno al otro, Emmy y yo, y ahora teníamos a los Schofield. Quizás Chicago era mejor que Saint Louis. Mejor en gran medida porque Maybeth y yo estaríamos juntos. Y esa idea me sentaba bien.

—Echo de menos a Moses —dijo Emmy.

Yo también. No el Moses taciturno y malhumorado, sino el que siempre tenía una sonrisa lista y que, si bien no podía cantar realmente, siempre parecía como si tuviera una canción en su corazón. Luego encontramos el esqueleto del niño indio y todo cambió.

Emmy empezó a construir casitas de ramas y le pregunté:

—¿Recuerdas cuando me dijiste que estaban todos muertos?

—¿Quiénes?

—Cuando tuviste tu último ataque dijiste "Están muertos. Están todos muertos". ¿Lo recuerdas?

—Mmm, no. Siempre es como una neblina. —Derribó la casita de ramas y, aburrida, agregó—. Cuéntame una historia, Odie.

El sol ya se estaba poniendo por el oeste, las sombras entre los chopos crecían y las aves se posaban en las ramas, listas para la noche.

—Empieza así —dije.

Los cuatro Vagabundos habían recorrido una larga distancia desde su batalla con el ejército de serpientes de la bruja y estaban cansados, así que decidieron acampar junto al río. En la distancia se elevaban las torres de un castillo.

—¿El castillo de la bruja? —preguntó Emmy—. ¿Tiene encerrados a los niños en los calabozos?

—No, es un castillo distinto. Tú escucha.

Los Vagabundos no se sentían seguros con ese castillo y por una buena razón. Toda la tierra estaba bajo las sombras de la Bruja Negra y los Vagabundos sabían que era peligroso confiar en cualquier persona. Cogieron algunas ramitas para echar a suertes quién se acercaba al castillo para inspeccionarlo y empezaron a sacarlas de una. El duendecillo sacó la ramita más corta. Así que se despidió de sus compañeros y avanzó solo junto al río, hacia el castillo que se elevaba al otro lado. Llegó a un puente que llevaba abandonado mucho tiempo y estaba cubierto por enredaderas. Una vez que lo cruzó, se encontró con que el camino al otro lado estaba en muy malas condiciones. La tierra a su alrededor era un bosque tupido que se extendía hasta las paredes del castillo. El portón estaba completamente abierto y no había ningún guardia a la vista, entonces el duendecillo entró con cuidado.

Dentro, se encontró con personas que caminaban como si estuvieran muertas, sin vida en sus ojos, pero había algo más que hambre en su horrible situación. La Bruja Negra les había robado las almas. Estaban vivos, pero no tenían vida. El duendecillo intentó hablarles, pero era como hablar con una de las rocas de los muros del castillo. No tenían la voluntad, quizás ni siquiera la fuerza, para hablar. Caminaban sumidos en un terrible silencio y, como no tenían el coraje para abandonar el castillo, caminaban sin parar en círculos inútiles.

El duendecillo tenía una armónica mágica que le había entregado el gran duendecillo que había sido su padre.

—Como tu armónica —comentó Emmy.

—No, como la mía no —dije—. Una armónica mágica.

—Cuando tocas, suena mágico, Odie.

—Calla —le pedí—. Déjame terminar la historia.

Sacó su armónica con el deseo de traer esperanza a ese lugar deprimente. Mientras tocaba, una hermosa voz se le unió, cantando desde la torre más alta del castillo. Parecía mágica, al igual que su armónica. Siguió el sonido a través de una larga escalera serpenteante y llegó a la última habitación, donde encontró a la más encantadora princesa imaginable.

—¿Cómo se llamaba?

—Maybeth —respondí—. Maybeth Schofield.

—¿Maybeth Schofield? Ese no es un nombre de princesa. Debería ser algo como… como Esmeralda. Ese es un nombre de princesa.

—¿Quién está contando la historia?

—Está bien. Maybeth Schofield. —Pero puso una cara como si se acabara de comer un trozo de hígado.

Le preguntó a la princesa qué había ocurrido y ella le habló del hechizo que le había lanzado la Bruja Negra a la gente. Así como que se comía los corazones de los niños, la Bruja Negra se había quedado con las almas de todos aquellos que vivían en el castillo para alimentarse de ellas.

—¿*La tuya no se la ha comido?* —*preguntó.*

—*Me dejó aquí como una tortura. Ver a mi pueblo hambriento, débil y sin esperanza me duele* —*le dijo al duendecillo*—. *Pero cuando oí la música de tu armónica, me hizo querer cantar. Cuando miré por la ventana, vi un cambio en mi gente. Vi que la vida volvía a sus rostros. Vi el fuego en sus ojos otra vez. Creo que, si sigues tocando y yo sigo cantando, podríamos salvarlos.*

Y eso fue lo que hicieron. Él tocó su armónica mágica y ella cantó con su voz hermosa, que emanaba del amor profundo que sentía por su pueblo, y lentamente todos en el castillo, todos los que habían perdido su alma, despertaron y nuevas almas crecieron en su interior y se sintieron plenos y felices otra vez.

—¿El duendecillo se casó con la princesa? ¿Y vivieron felices por siempre? ¿Y qué hay de los otros Vagabundos?

Antes de que pudiera contestar, Albert regresó al campamento, sus manos manchadas de aceite y grasa.

—¿Has reparado la camioneta? —pregunté.

—Sí, pero ¿de qué sirve una camioneta sin gasolina? No irán a ningún lado.

Sacó una barra de jabón de la funda de almohada y se marchó hacia el río para lavarse. Mientras estaba allí, Forrest regresó, pero sin Moses.

—¿Dónde está? —preguntó Emmy.

—Sé tanto como tú —dijo el indio encogiéndose de hombros de un modo despreocupado.

—¿No lo sabes?

—Si un hombre necesita estar solo, encontrará el mejor lugar para hacerlo. No lo he visto desde ayer.

—No te importa —dije.

—No me preocupo —contestó. Luego esbozó una pequeña sonrisa—. Tú también te fuiste durante mucho tiempo, Buck. Pero aquí estás. Ten fe en tu amigo.

Cenamos una comida fría y nos acostamos sin encender una fogata. Era principios de julio y la noche era calurosa. Me acosté sobre mi manta, sin poder dormir, pensando en Moses, que parecía perdido en demasiados sentidos. Y pensando en Maybeth y la situación complicada de su familia. Y preguntándome cómo terminaría la historia de la princesa y el duendecillo.

Por la noche, me levanté, cogí la linterna y lo último que quedaba del dinero que nos había dado la hermana Eve, y abandoné el campamento mientras los demás dormían.

CAPÍTULO 43

Las brasas de la fogata de los Schofield aún emanaban un resplandor rojo. Había creído que todos estarían durmiendo, pero el señor Schofield estaba sentado junto al fuego moribundo, encorvado como un hombre que hubiera perdido su alma.

—Hola, Buck.

—Buenas noches, señor Schofield. ¿Está Maybeth?

—Se fue a dormir hace rato. Debe de estar dormida.

No tenía un verdadero plan, pero de todas las personas que podía encontrarme, el señor Schofield era la última con la que quería hablar, así que me quedé allí parado, incómodo. Me miró, esperando a que me fuera, supongo, o para darle una buena razón para quedarme.

—Toma asiento, Buck —dijo finalmente.

Echó algunas ramas a las brasas y las llamas se avivaron de inmediato. Un fuego ya de por sí es una propuesta de bienvenida y, acompañado con la invitación triste pero sincera del señor Schofield, era imposible rechazarlo. Me senté en una de las cajas dadas la vuelta.

—¿No podías dormir? —preguntó.

—No, señor.

—Yo tampoco. Quiero darte las gracias por enviar a tu hermano a reparar mi camioneta. Es un mago ese muchacho.

—El más inteligente que conozco.

—¿A dónde vais?

—A Saint Louis.

—¿Qué hay en Saint Louis?

—Una tía.

—Familia, ¿eh? Es importante. —Sus ojos se dirigieron al tipi—. Lo más importante del mundo. Créeme, Buck, si tienes una familia, puedes perder todo y aun así considerarte un hombre rico.

Nos quedamos sentados en un silencio que a mí me resultaba incómodo, pero que no parecía molestar al señor Schofield. Simplemente miraba el fuego, perdido en sus pensamientos.

—Creen que fue la bebida —dijo sin venir a cuento—. Pero no fue así.

—¿Disculpe?

—La razón por la que perdimos nuestra granja. No fue la bebida. ¿Alguna vez has trabajado en una granja, Buck?

—No, señor, no de verdad.

—Es la vida más dura que hay. Todo está fuera de tu control. No puedes hacer nada con la lluvia ni el sol ni el calor ni el frío ni los saltamontes ni las plantas marchitas ni las raíces podridas ni los hongos ni las plagas. Le rezas a Dios por lo que necesitas: lluvias para las sequías, cielos despejados para cuando los campos están inundados. Rezas para que las heladas no se extiendan tanto en la primavera o se adelanten demasiado en el otoño. Rezas para que el granizo no rompa los cultivos jóvenes. Rezas y rezas y rezas. Y cuando tus plegarias no son escuchadas, y déjame decirte algo, Buck, rara vez lo son, no te queda más que gritarle a Dios y quizás refugiarte en la bebida para encontrar un poco de consuelo.

—El Dios del Tornado —dije.

—¿Qué es eso?

—Dios es un tornado.

—Claro que sí.

—Es lo que solía creer —comenté.

—Aún hay que creerlo, Buck. Juro que no conozco otro Dios.

—El que le dio a Maybeth. Y a la señora Schofield. Y a Lester y Lydia. Y a Mamá Beal también, aunque sea un poco dura con usted. Acaba de decir que un hombre puede perderlo todo y aun así considerarse rico.

—Eso dije, ¿verdad? —Soltó una pequeña risa—. ¿Y sabes qué más? Tú y tu hermano. Trajisteis un poco de luz a los Schofield y quiero que sepas que te estoy agradecido.

Me dio una palmada en la espalda, del modo que lo hacía un verdadero camarada.

—Es agradable tener a otro hombre cerca para hablar, Buck. Es un gusto que rara vez puedo darme. Vivo en un gallinero.

Cuando había dejado al resto durmiendo a orillas del río, no tenía una clara idea de qué estaba haciendo cuando fui al campamento de los Schofield. Esperaba que Maybeth estuviera despierta, pero ahora que estaba sentado con su padre hablando como dos hombres, tomé una decisión.

—Señor Schofield, ¿sabe qué va a hacer para llevarlos a todos a Chicago?

Su expresión decayó una vez más.

—Solo pensar en eso me da ganas de beber un trago.

—Tengo algo para usted, señor.

Busqué en mi bolsillo, saqué el dinero que había cogido de la funda de la almohada y le alcancé los billetes. Sus ojos se abrieron tanto como dos brasas de la fogata.

—¿Qué demonios es esto?

—Son más de cuarenta dólares. Quiero que se los quede, para llevar a su familia a Chicago.

—¿De dónde has sacado cuarenta dólares?

—No los he robado —dije—. Lo juro.

—No puedo aceptar tu dinero, Buck.

—Por favor, señor. Usted y su familia lo necesitan más que yo.

—No sé qué decir.

—Diga que los acepta. Y prométame que lo usará, todo, para llegar a Chicago.

Miró todo el dinero que le estaba ofreciendo y juró solemnemente:

—Lo juro.

Cogió los billetes y se los guardó en el bolsillo. En el resplandor de la fogata, una lágrima se deslizó por su mejilla, seguida de otra. Era duro ver a un hombre adulto llorar, así que aparté la mirada hacia la oscuridad en la que estaba sumido el asentamiento Esperanza, donde ardían más fogatas, alrededor de las que estaban sentadas otras almas perdidas, y pensé que haberle dado al señor Schofield ese dinero me había sentado tan bien, era tan emocionante, que si hubiera tenido suficiente, habría hecho todo lo posible por salvarlos a todos.

***

—¿Dónde estabas? —Albert se levantó. En el rayo de luz de la linterna, tenía los ojos entrecerrados de un modo acusador.

—En ningún sitio. —La mentira no le sentaba bien a mi conciencia, así que decidí contarle la verdad—. He regalado nuestro dinero.

—¿Qué?

—Que he regalado nuestro dinero.

—¿Todo?

—Todo.

—¿A quién?

—Al señor Schofield. Lo necesita para llevar a su familia a Chicago.

—Y nosotros lo necesitamos para ir a Saint Louis.

—Llegaremos a Saint Louis.

—¿Alguna vez piensas antes de hacer una estupidez?

—La hermana Eve nos lo entregó con la esperanza de que nos ayudara. Yo hice lo mismo.

Mi hermano levantó las rodillas y se las abrazó, mientras meneaba la cabeza, desconsolado.

—Se lo gastará en bebida, Odie. Recuerda lo que te digo. Dinero tirado a la basura. Demonios, no tengo idea de cómo llegaremos a Saint Louis ahora.

No dormí mucho esa noche. Me preocupaba que quizás Albert tuviera razón y lo único que yo hubiera hecho hubiera sido empeorar la situación de los Schofield. Pensé en Maybeth y me dolió en mi interior, el amor y la preocupación enlazados en una soga de espinas alrededor de mi corazón.

Forrest se levantó de su manta a primera hora de la mañana, encendió una fogata pequeña y echó un poco de avena en una lata grande, que, según la etiqueta, alguna vez había contenido melocotones. El resto aún seguía durmiendo, pero me levanté y lo acompañé junto al fuego.

—Vaya apuesta hiciste anoche —comentó, mientras mezclaba la avena—. Te costó cuarenta dólares.

—¿Nos escuchaste?

—Noche tranquila —dijo—. Buen oído.

—¿A qué te refieres con apuesta?

—Para que un leopardo cambie sus manchas. La bebida es un demonio difícil de enfrentar. Vi a muchos hombres caer. Pero, Buck, este es el asunto. Si nunca haces esa clase de apuestas, nunca verás la bondad que puede surgir de ellas.

—¿Crees que no fue una mala idea?

—Como dijo tu hermano, puede que hayas tirado ese dinero a la basura. Pero yo admiro tu salto de fe.

Albert, cuando se despertó, siguió mirándome mal y se comió su avena detrás de un muro de silencio. Podía haberle hablado de los dos billetes de cinco dólares que había escondido en mi bota hacía semanas y que todavía tenía allí, pero pensé, al diablo.

Cuando terminé mi desayuno, me levanté.

—Voy a ver a los Schofield. ¿Quieres que te muestre mis bolsillos? —le pregunté—. ¿Para asegurarte de que no estoy robando nada?

Podía ver que estaba intentando mantener la compostura.

—Todavía nos queda un largo viaje. Solo hago lo mejor para mantenernos a todos a salvo.

Eso era algo que yo entendía, y si bien ni en broma se lo diría en ese momento, estaba agradecido de que así fuera.

CAPÍTULO 44

El asentamiento Esperanza lentamente volvía a la vida. Mientras deambulaba, la gente empezaba a encender sus fogatas, los hombres fumaban su primer cigarro del día, todos estiraban la espalda y se quitaban el sueño de los ojos. Algunos que me conocían, de vista y no por mi nombre, me saludaban de un modo amigable.

Cuando llegué al tipi de los Schofield, Mamá Beal estaba sentada sobre una caja dada la vuelta, mezclando algo en la olla grande que colgaba sobre el fuego.

—Crema de trigo, Buck —dijo cuando me vio—. Puedes acompañarnos si quieres.

—Ya he desayunado —dije—. Pero gracias.

La señora Schofield salió del tipi, empujando a los gemelos delante de ella. Los niños avanzaron directos hacia el río, que parecía oro derretido a la luz del sol naciente. Su madre se acercó a la fogata, y aunque me sonrió, el gesto fue breve.

—¿Algún rastro de ellos? —le preguntó a Mamá Beal.

—Todavía no.

—¿Maybeth? —pregunté.

—Fue a buscar a su padre —dijo Mamá Beal.

—¿Dónde está? —pregunté, mientras un temor oscuro aparecía en mi horizonte.

La mujer no contestó, pero la mirada en su rostro dejó clara la triste verdad. Dinero tirado a la basura.

—Solo Dios sabe qué se llevó ahora para pagar el alcohol —dijo Mamá Beal—. Ya lo ha vendido todo, querida.

—Quizás te equivocas, mamá —dijo la señora Schofield.

Era más una plegaria que una afirmación y me rompía el corazón saber el papel que había desempeñado en esta decepcionante recaída reciente y amarga de su marido.

Mamá Beal no contestó, sino que simplemente continuó mezclando la olla de cereal caliente.

—Aquí viene —anunció la señora Schofield.

Que Maybeth estuviera sola era suficiente, pero su conducta, la cabeza baja, los hombros caídos, la caminata lenta, también era una clara muestra de fracaso.

—No he podido encontrarlo, mamá —dijo cuando se acercó a nosotros—. Lo he buscado por todas partes.

Pensé en ella yendo sola al cerdo ciego y otros lugares como ese, buscando en vano a su padre, y cada gramo de bondad que había sentido cuando le di nuestro dinero a ese hombre se esfumó por completo. Consideré confesar el papel que había desempeñado en traerles esta miseria, pero no tuve la valentía de hacerlo.

—Volverá cuando se haya gastado en alcohol todo lo que se llevó —dijo Mamá Beal—. Mientras tanto, esta crema de trigo está caliente y lista para comer. Maybeth, ¿puedes llamar a los gemelos?

Nos quedamos sentados en un silencio abatido mientras comían. Incluso los gemelos, que por lo general eran escandalosos, parecían sentir el peso de la desesperación de su familia y no dijeron ni una sola palabra. Intenté aferrarme al espíritu de la esperanza, uno de los regalos de mi época con la hermana Eve. En su lugar, me encontré perdido en pensamientos sobre el esqueleto del niño indio que habíamos enterrado en la isla y en Moses, que se había retirado a un lugar que estaba más allá de nuestro alcance y luego había desaparecido, sobre el dinero que había desechado en un momento de estúpida generosidad, y finalmente sobre el hecho de que aún seguía siendo un fugitivo de la justicia y estaba a solo un paso de pasar el resto de mi vida tras las rejas. Cuando la oscuridad se cierne sobre tu alma, no viene con matices: desciende con toda la oscuridad de una noche sin luna. En el rostro de las mujeres alrededor de la fogata, lo que vi fue la vacía mirada del desamparo, y sabía que era todo culpa mía.

—Iré a buscarlo —dije, pensando que esta era la forma de reparar lo que había causado, pero también que era una manera de escapar de la desesperación de esa pequeña reunión.

—Te acompaño —se ofreció Maybeth.

Nos levantamos y partimos juntos.

***

—Por lo general, no empieza a beber hasta más tarde —dijo Maybeth mientras caminábamos—. Es toda esta situación, estar atrapados aquí sin tener ni idea de cómo salir de esto. Es un buen hombre, Buck.

Deseaba creer que así fuera, pero sabía la verdad de la situación. Le había dado a su padre los medios para cambiar la situación desesperada de su familia y lo único que había hecho había sido desperdiciarlo todo. Dinero tirado a la basura. Odiaba cuando Albert tenía razón.

—No sé si alguna vez me he sentido tan mal —dijo—. Me desespera ver a mi madre y a Mamá Beal trabajar tan duro para mantenernos unidos. Y papá va y hace algo como esto.

Tomé a Maybeth de la mano. Si bien su rostro estaba nublado por la preocupación, aún era lo más hermoso que jamás había visto, y su dolor era mío. Mi conciencia estaba pidiéndome a gritos que confesara, pero mi corazón se acobardaba ante la idea de decepcionarla. Quería ayudar, pero no tenía ni idea de qué hacer a estas alturas. Así que hice lo que me salía de forma natural. Saqué mi armónica y empecé a tocar una melodía, la más alegre que se me ocurrió, *I Got Rhythm* de Gershwin.

Después de algunos compases, Maybeth empezó a cantar y me maravilló que se supiera la letra.

Ahora estaba sonriendo, cantando como si no hubiera problemas a la vuelta de la esquina, y su rostro se veía más hermoso que nunca. Luego abrió mucho los ojos y escuché lo que ella acababa de oír: el sonido de su padre cantando con voz de tenor borracho. Su voz provenía de algún sitio cercano, en algún lugar en el asentamiento Esperanza. Seguí tocando y el señor Schofield continuó cantando, y seguimos el sonido de su balbuceo hasta que lo encontramos sentado sobre un cubo de agua dado vuelta, con la espalda apoyada en la pared desvencijada de la chabola del capitán Gray, en gran parte hecha de cartón, acompañado por el propio capitán. Nos esbozó una amplia sonrisa y abrió los brazos a modo de bienvenida.

—Mira esto, capitán. Mis dos jovencitos favoritos, iluminados como ángeles al sol de la mañana.

—Papá —dijo Maybeth con severidad en su voz—. Te he estado buscando por todas partes.

—No por todas partes, aparentemente —dijo sonriendo—. Aquí estoy, amor.

—Borracho —dijo, y los miró furiosa, incluso al capitán.

El señor Schofield levantó la mano con una promesa solemne.

—No he bebido ni una gota hoy. Si estoy borracho, es solo de felicidad. Y esta es la razón. —Me señaló con un dedo.

A pesar de su negativa, realmente parecía borracho. Pero

desde donde estaba, no sentí olor a alcohol. Lo que sí sentí fue el aroma de la gasolina.

—Nuestro salvador, Maybeth, hija. Y el fruto de su generosidad. —Su padre se agachó y tocó un bidón de gasolina rojo de dieciocho litros con la palabra "Skelly" impresa en uno de los lados—. Nuestro billete para salir del asentamiento. Próxima parada, Chicago.

Maybeth parecía completamente confundida.

—¿No has estado bebiendo?

—Como te dije, ni una gota. Esta mañana fui a buscar alguna gasolinera. Y luego una tienda, donde he comprado un pequeño regalo para cada uno, tú incluido.

Se agachó y cogió una bolsa de papel, completamente llena, y lo que sacó de su interior hizo que Maybeth quedara boquiabierta por la sorpresa y el placer: un vestido azul.

—¡Es igual al que le di a Janie Baldwin! —gritó y cogió el vestido, el cual se puso como si se estuviera viendo frente a un espejo para ver cómo le quedaría. A mí me parecía que fabuloso.

—Buck, espero que no te moleste que haya usado parte de tu regalo para hacerles regalos a los demás —dijo el señor Schofield.

—Ahora es su dinero —le recordé.

—Bueno, entonces supongo que no te molestará que le haya hecho un regalo al capitán Gray. Suficiente dinero para un billete de autobús a Washington, para que pueda unirse a las manifestaciones del Ejército de Bonificación allí.

No sabía cuánto podría costar un billete de autobús hasta Washington D. C., pero esperaba que le quedara suficiente para llevar a los Schofield a Chicago.

El señor Schofield se rio.

—Veo que te preocupa que me lo haya gastado todo. Tranquilo, Buck. Hice mis cálculos y aún queda suficiente para que lleguemos a Chitown.

El capitán Gray se acercó para estrecharme la mano.

—Y en cuanto a mí, desde lo más profundo de mi corazón y de mi pierna de madera, te lo agradezco enormemente, Buck.

Maybeth me miró estupefacta.

—¿Tienes dinero?

—Ya no —dije—. Se lo di todo a tu padre.

Pensé que estaba a punto de regañarme por confiarle el dinero a un hombre que conocía la intimidad de un bar clandestino. Pero en su lugar, se inclinó hacia mí y, frente a su padre y al capitán Gray y todos los que podrían estar mirándonos, me besó. Directamente en los labios. Un largo rato.

—Bueno, bueno —dijo el señor Schofield, levantándose del cubo y cogiendo el bidón de gasolina—. Vamos, Maybeth. Tenemos que hacer las maletas.

Se encaminó hacia el tipi de los Schofield y Maybeth se dio la vuelta para seguirlo.

Y ese fue el momento en el que la realidad de lo que había hecho me golpeó con fuerza. Maybeth se iría pronto. Y lo nuestro quedaría en nada.

CAPÍTULO 45

Nada. Nada. Nada.

La palabra, como una sentencia de muerte, se repetía en mi cabeza mientras regresaba con los Schofield a su tipi. Maybeth tenía el vestido azul en una mano y mi mano en la otra, y su paso era ligero. Mis propios pies eran dos bloques de plomo y mi corazón estaba listo para romperse.

Nada. Tan definitivo. Una palabra como una lápida. El fin.

La señora Schofield se levantó de donde estaba sentada junto al fuego y Mamá Beal nos miró de un modo precavido a medida que nos acercábamos a ellas. Cuando vio el bidón de gasolina, la señora Schofield no podía creer lo que estaba viendo.

—¿Eso es…? —intentó decir.

—Suficiente gasolina para llevarnos a una gasolinera donde podamos llenar el depósito —dijo.

—¿Cómo…?

—Fue Buck. Obra suya. Su corazón generoso.

Mamá Beal frunció el ceño y me estudió con detenimiento.

—¿Has comprado gasolina?

—Eso y más —dijo el señor Schofield. Hurgó en la bolsa de papel, sacó una bufanda colorida con un estampado floral y se la dio a su esposa—. Eso te ayudará a cubrirte del viento camino a Chicago, Sarah.

La señora Schofield envolvió la bufanda alrededor de su cabello, la ató por debajo de su barbilla e inclinó la cabeza levemente.

—¿Qué tal me sienta?

—Como el ángel que eres —respondió su marido, y le dio un beso en la mejilla.

—¿Dónde están los gemelos? —preguntó el señor Schofield.

—Jugando junto al río —contestó su esposa.

—Bueno, tengo una caja de pinturas y un libro para colorear de *La pequeña huérfana Annie*. —Miró a su suegra—. Y también tengo algo para ti, Mamá Beal.

De la bolsa de papel sacó un pequeño rollo de billetes cogidos con una goma. Se lo alcanzó a la anciana.

—Soy un hombre con muchas debilidades. Esto es lo que queda del dinero que Buck compartió generosamente. Estaría agradecido si lo coges y te encargas de controlar nuestros gastos hasta que lleguemos a Chicago.

Se levantó y aceptó solemnemente su oferta.

—Gracias, Powell. —Luego me miró a mí—. No voy a preguntar cómo es que un jovencito como tú, sin recursos aparentes, llega con suficiente dinero para salvar a una familia que ni siquiera es suya. Voy a creer que lo conseguiste de manera honesta y simplemente te daré las gracias y alabaré al Señor.

Luego me sorprendió. Se puso de pie, rodeó el fuego y me dio un enorme y cálido abrazo, apretando mi cara contra su pecho.

—Bueno —dijo, soltándome e inspeccionando el campamento—. Será mejor que empecemos.

Las noticias circularon con rapidez y, pronto, varias personas se acercaron para echarles una mano a los Schofield. Maybeth bailó con entusiasmo mientras se realizaban los preparativos para partir, y aunque no podía entender su alegría por irse a Chicago, me dolía que no pareciera entender por completo lo que significaba para mí, para nosotros. Quitaron las lonas y las mantas del tipi, pero decidieron dejar intacta la estructura, por si alguien más quería asentarse allí.

Cuando todos parecían estar listos, Maybeth me esbozó una amplia sonrisa y dijo:

—Puedes viajar conmigo y los gemelos en la parte de atrás.

Algo que me tomó por completa sorpresa.

—¿Crees que iré con vosotros?

—¿No? Pensé que por eso nos habías comprado la gasolina, para que pudiéramos ir todos juntos a Chicago.

—Ellos son tu familia, Maybeth. La mía está en otro lado.

—No, Buck. Tienes que venir. ¿Qué hay de nosotros?

—No puedo ir. Quiero, pero no puedo.

—Trae a tu familia.

—¿Y entonces qué? ¿Hacer que os desprendáis de algunos muebles para que podamos entrar? Y no te olvides de que nos busca la policía. No me arriesgaría meteros a todos en problemas. Iré a Saint Louis.

Una perla se deslizó sobre su mejilla, una diminuta lágrima.

—No quiero ir entonces. Quiero quedarme contigo.

—Tus padres no te lo permitirán. Y les rompería el corazón. Te necesitan, lo sabes. Además, no tenemos más sitio en la canoa.

—Ay, Buck.

Me envolvió entre sus brazos y nos quedamos cerca del tipi vacío, que ahora no era más que un conjunto de maderas, los huesos oscuros de una criatura cuya sustancia se había desvanecido.

Los Schofield estaban guardando las últimas de sus pertenencias en la plataforma de carga de la camioneta.

—¡Maybeth! —gritó el señor Schofield.

—Déjalos, Powell —dijo Mamá Beal.

Maybeth me cogió de la mano y caminamos hacia donde ambos podíamos ver el río fluyendo de un horizonte a otro, un camino que era tanto mi pasado como mi futuro. El aire estaba impregnado por el aroma de las fogatas matutinas, pero una brisa soplaba desde el agua, fría sobre nuestras caras, y que traía consigo el leve aroma del cieno del Minnesota, que desembocaría en el Mississippi y seguiría su camino hacia el mar. Maybeth me miró y me besó, y apoyó su cabeza sobre mi hombro cuando murmuró:

—Me escribirás cartas y yo te escribiré a ti y nunca nos perderemos el uno al otro.

—¿Y a dónde quieres que las envíe?

—Mi tía se llama Minnie Hornsby. Vive en Cicero. Está justo a las afueras de Chicago.

—¿Y a dónde me llegarán las cartas a mí?

—Entrega general, Saint Louis.

No creía que fuera a funcionar, pero si le hacía sentir mejor, a mí me valía.

Nos dirigimos hacia la camioneta. Los gemelos ya estaban en la parte trasera, acurrucados entre todo lo que los Schofield habían colocado allí. El señor Schofield estaba tras el volante, su esposa al lado. Mamá Beal estaba junto a la puerta abierta del copiloto. Ayudé a Maybeth a subir a la parte trasera de la camioneta y ella se acomodó sobre una maleta con una almohada encima. Mamá Beal pasó con gentileza un brazo sobre mis hombros.

—Buck, el corazón es como una pelota de goma. Sin importar cuánto lo aplasten, siempre recupera su tamaño. Y recuerda esto: 147 Stout Street.

—¿Qué es?

—Es la dirección de mi hermana Minnie en Cicero. Cuídate, ¿me has oído?

—Sí, señora. Lo intentaré.

Se subió a la cabina y el señor Schofield arrancó el motor. Albert había hecho un gran trabajo y el motor rugió como debía. A medida que la camioneta se alejaba, aquellos quienes por casualidad primero habían sido vecinos y luego amigos saludaron con la mano, y yo me quedé entre ellos, mi corazón de goma completamente aplastado. El señor Schofield condujo con lentitud hasta que llegó al sendero de tierra que llevaba a Mankato, y lo último que vi de Maybeth: levantó una mano en alto y, con la otra, se secó las lágrimas.

CAPÍTULO 46

NADA NUNCA ES TODO, PERO PERDER EL VERDADERO AMOR hace que lo parezca. Lo consume todo. El agujero negro más negro. El lugar más vacío del universo. Maybeth se había ido y parecía que mi vida estuviera acabada.

Si nunca has estado enamorado, si, sobre todo, nunca te enamoraste de joven, quizás no entiendas el sufrimiento de las despedidas o lo que sentí cuando estaba allí de pie, junto al esqueleto del tipi de los Schofield, a un lado de las cenizas de su fogata muerta, mientras el resto de las personas del asentamiento Esperanza seguían con su vida.

El capitán Gray puso una mano sobre mi hombro.

—Estarán bien ahora, Buck. Y gracias, otra vez, hijo, por todo lo que has hecho. —Y se sumó a la marea de cuerpos en retirada.

Estaba completamente solo. Me quedé allí durante algunos minutos, donde hacía solo un instante había habido vida, canciones, risas, el aroma de una comida caliente, la calidez del cobijo de la familia, y Maybeth. Ahora no había nada. Una nada absoluta y devoradora.

Caminé y, todavía hoy, no puedo recordar adónde me llevaron mis pies. Ya había pasado el mediodía cuando llegué al campamento entre los chopos, donde había dejado a Albert, Emmy y Forrest. Para mi sorpresa, Moses había regresado.

Pero no era el antiguo Moses. El antiguo Moses era como una pluma al viento y, sin importar adónde lo llevaran las circunstancias, su corazón irradiaba luz y su espíritu, de algún modo, bailaba. El Moses que ahora estaba sentado solo, apartado del resto, emanaba una oscuridad amenazante y los ojos que miraron mi regreso parecían atormentados.

—¿Tienes hambre? —preguntó Forrest. Parecía no notar la tormenta en la que estaba sumido Moses. Me lanzó una manzana y una rodaja de queso de nuestras raciones decrecientes—. Norman, pásale a Buck la bolsa de agua para que pueda humedecerse la garganta.

Me senté junto a Emmy y su mirada lo decía todo, su pequeño rostro fruncido con preocupación. Me miró y señaló con un gesto sutil de su cabeza a Moses, y se encogió levemente de hombros con incomprensión. Albert aparentó estar ocupado con una especie de sartén de metal que venía en dos piezas y tenía una manivela.

—¿Qué es eso? —le pregunté.

—Un kit militar de cocina. Lo compré ayer, cuando aún teníamos dinero, en un mercado del norte de Mankato para que ya no tuviéramos que cocinar en latas viejas. —Encajó las dos piezas de metal, giró la manivela sobre ellas, la atornilló en su lugar y lo levantó hacia mí para que lo viera.

—No es gran cosa —dije.

—Al menos cuando usé nuestro dinero, fue para nosotros.

—Qué corazón tan grande tienes, abuela.

—Para cuidarnos mejor a todos —dijo.

—Yo puedo cuidarme solo.

—Está bien. ¿Y qué hay de Emmy?

—Yo estoy bien —contestó ella.

—Porque nos tienes a nosotros —dijo Albert.

Estaba enfadado conmigo, pero en su ira, también le gritó a Emmy y la hizo ponerse triste.

Una piedra cayó al suelo entre Albert y yo, arrojada con

tanta fuerza que rebotó hacia los árboles. Levantamos la vista y vimos a Moses de pie, mirándonos con intensidad, todo su cuerpo tenso, como si estuviera preparándose para pelear con nosotros.

"Sois tan pequeños", dijo por señas. "Vuestros espíritus son tan egoístas".

Miré a Forrest, pero no parecía para nada sorprendido por este exabrupto repentino.

"Lo único que veis es lo que tenéis debajo de vuestras narices. Lo único que os importa es vosotros mismos".

Podría haberle echado en cara que acababa de ayudar a toda una familia o indicarle que estábamos haciendo lo mejor para mantener a Emmy a salvo o recordarle que, como la habíamos ayudado, había un precio sobre nuestras cabezas y solo estábamos a pocos metros de terminar en prisión o algo peor. Pero había otras piedras a sus pies y no estaba tan seguro de que no estuviera dispuesto a tirarnos más, la próxima quizás directa a mí, y ya había derribado a un hombre de esa manera. Era un Moses que no conocía; no tenía ni idea de lo que era capaz de hacer.

—¿Qué es lo que ves ahora, Moses? —preguntó Emmy sin miedo, por lo que veía, sino con una profunda preocupación.

"Historia", dijo por señas. "Veo quién soy".

Quería preguntarle quién era, pero honestamente tenía mucho miedo. Fue Emmy quien se animó.

—Cuéntanoslo.

Moses lo consideró un momento, su rostro aún una máscara de ira. Luego se relajó, infló el pecho y nos dijo: "Seguidme".

Lo seguimos, todos excepto Forrest, que simplemente nos miró partir. Sentía que había una conspiración entre él y Moses, aunque con qué fin, no tenía idea. En ese momento, como no conocía a este nuevo Moses, y Forrest en gran parte seguía siendo un misterio significativo, empecé a temer lo que nos pudiésemos encontrar. Podía sentir lo mismo de Albert, que no dejaba de mirarme a mí y a Emmy de un modo atento.

Desde que habíamos encontrado el esqueleto en la isla, nada había vuelto a ser lo mismo. Me preguntaba si estábamos malditos. Había leído sobre esas cosas en diferentes historias, personas que perturbaban a los muertos y pagaban un precio terrible. O quizás, debido a su ascendencia sioux, Moses había sido poseído por un espíritu vengativo. Fuera cual fuera la verdad, quería regresar. Regresar al río. Regresar en el tiempo. Regresar bajo el sicomoro del Gilead, donde las luciérnagas habían sido como un millón de estrellas y, a mi lado, Emmy me sostenía de la mano, y por el más breve de los instantes, me había sentido completamente libre y profundamente feliz.

—Están todos muertos —dijo Emmy.

Y eso hizo que Moses se detuviera. Se volvió lentamente y le clavó sus ojos oscuros. Luego hizo una seña: "Treinta y ocho". Nos miró a mí y a Albert, como si tuviéramos que entenderlo, pero vio claramente que no, entonces se dio la vuelta y siguió caminando.

Nos llevó al lugar por el que había pasado antes con Maybeth, una pequeña parcela de césped rodeada por una cerca de metal donde una roca de granito que parecía una lápida se elevaba en el centro. Moses se quedó parado inmóvil frente a la roca, como si él también estuviera hecho de granito, y miró las palabras talladas sobre su superficie:

AQUÍ
FUERON AHORCADOS
38
INDIOS SIOUX
26 DE DICIEMBRE DE 1862

—Todos muertos —dije, repitiendo las palabras que Emmy había dicho, no solo hacía unos pocos minutos, sino días atrás, cuando había salido de su ataque en la isla.

—¿Aquí es donde estuviste todo este tiempo? —preguntó Albert.

Moses negó con la cabeza y dijo por señas: "Solo, pensando. En la biblioteca".

—¿En la biblioteca? —pregunté—. ¿Para qué?

"Aprendiendo sobre quién soy".

—¿Quién eres? —preguntó Emmy.

"Moses", dijo por señas. "Y no Moses". Luego deletreó, "A-m-d-a-c-h-a. Roto en pedazos".

—¿Forrest te trajo aquí? —pregunté.

Moses asintió.

—¿Te habló de los sioux ahorcados?

"Un poco. Conocí la historia completa yo solo, en la biblioteca".

—¿Cuál es la historia completa? —preguntó Albert.

Moses hizo una seña, "Sentaos".

***

No voy a contarte toda la triste historia que nos relató Moses, pero haré un resumen.

Para finales del verano de 1862, la mayor parte de la tierra en la que los sioux de Minnesota del sur habían vivido durante generaciones había sido robada por medio de tratados pobremente explicados o descaradamente ignorados. Debido a la avaricia de los hombres blancos que habían sido nombrados como agentes indios, las asignaciones de dinero y provisiones que les habían prometido a los sioux nunca se concretaron. Las mujeres y niños hambrientos no tuvieron otra opción más que rogarle por comida a uno de los agentes.

"¿Sabéis lo que les dijo?", preguntó Moses por señas, dejó caer las manos y, debido a la mirada torturada en su rostro, no estaba tan seguro de que fuera a continuar. "Les dijo que se comieran la hierba", dijo finalmente. Mal alimentados y con ropas harapientas, furiosos y desesperados, algunos de los sioux de Minnesota del sur fueron a la guerra. El conflicto duró solo unas pocas semanas, pero dejó cientos de muertos en ambos bandos. Los soldados persiguieron a casi todos los indios de esa región del estado, incluso aquellos que no tenían ninguna relación con la guerra, y los encerraron en campos de concentración. En el invierno que siguió, las muertes causadas por enfermedades subieron a cientos. Aquellos que sobrevivían eran dispersados en reservas y asentamientos tan lejanos como Montana.

Casi cuatrocientos hombres sioux fueron llevados a juicio por el papel, real o conjeturado, que tuvieron en el sangriento conflicto. Los juicios fueron una farsa. Ninguno de los sioux tuvo permitido tener representación legal. No les dieron ninguna posibilidad de defenderse de los cargos de los que se los acusaba, la mayoría de los cuales eran falsos. Algunas audiencias duraron solo minutos. Al final, más de trescientos indios fueron condenados a muerte. El presidente Abraham Lincoln conmutó las sentencias solo a treinta y nueve, que fueron encontrados culpables de los actos más atroces. El 26 de diciembre de 1862, "El día después de Navidad", dijo Moses, y su amargura era obvia, treinta y ocho de esos hombres condenados fueron llevados a un cadalso ingeniosamente construido con forma cuadrada para ejecutarlos a todos a la vez.

"Tenían las manos atadas a la espalda y capuchas sobre la cabeza", nos contó Moses. "No podían verse entre sí, así que gritaban sus nombres para que los demás supieran que estaban allí, juntos en cuerpo y espíritu. Estaban condenados, pero no rotos. Amdacha era uno de estos hombres".

Moses levantó la cara, marcada por las lágrimas, hacia el cielo y, por un instante, no pudo continuar.

"Una enorme multitud de gente blanca se había reunido para verlo. A la hora designada, con un único golpe de un hacha, los treinta y ocho hombres cayeron a sus muertes. Y la multitud, esa multitud de espectadores blancos entusiasmados, lo celebró".

Mientras Moses contaba la historia, varias lágrimas también empezaron a deslizarse por mis mejillas. Todo esto, esta asquerosa inhumanidad, esta inadmisible injusticia, había ocurrido en el lugar donde había pasado los últimos cuatro años de mi vida y, aun así, en ninguna clase de la Escuela de Formación de Indios de Lincoln, nunca mencionaron nada. Hasta el día de hoy, no puedo decirte si lloré por esas personas o por Moses, cuyo dolor podía sentir con fuerza, o si lloré por la culpa que pesaba en mi corazón. Mis antepasados eran diferentes a los de Moses. Mi piel era del mismo color que la de la gente que había celebrado la muerte de Amdacha, igual a la de aquellos que habían hecho cosas horribles a toda una nación tribal, y sentía la mancha de sus crímenes en mi sangre.

Una patrulla se acercó y aminoró la marcha.

—Debemos irnos —dijo Albert en voz baja, mirando a la patrulla mientras pasaba.

Empezó a caminar y Emmy y yo fuimos tras él. Pero Moses se quedó atrás, su cabeza baja mientras regaba el césped que rodeaba la piedra sepulcral con sus lágrimas.

CAPÍTULO 47

AL ANOCHECER, REGRESÉ AL ASENTAMIENTO ESPERANZA. Entre los árboles, oscuros como el carbón en la penumbra de la noche venidera, las fogatas ardían, pequeños oasis de luz, islas de bienvenida. Estaba pensando en los Schofield, en cómo, desde el momento en que habían puesto sus ojos en un niño desconocido para ellos, me habían acogido, me habían mostrado su gentileza, su generosidad. Su amor. Quería aferrarme a eso y la única manera que se me ocurría era regresando a su campamento. En cierto modo, era como ir a casa.

Mientras caminaba junto al río, una figura se acercó para recibirme en la casi total oscuridad. Mi corazón se detuvo ante la esperanza de que, por algún milagro, fuera Maybeth. Pero la cojera del hombre delató su identidad.

—Buck —dijo el capitán Gray jadeando—. Supuse que vendrías. Tienes que irte. Ahora.

—¿Por qué?

—Hay gente que vino a buscarte hoy. Uno de ellos era un policía, un sheriff de condado.

—¿Warford? ¿Un hombre gordo con la cara colorada?

—Ese mismo.

El sheriff "Disparar primero, preguntar después", pensé para mis adentros.

—¿Cómo eran las otras personas? —pregunté.

—Había otro hombre, alto, delgado, cabello negro, ojos oscuros.

—Clyde Brickman. ¿Y la otra era una mujer?

—Sí, su esposa, creo. ¿Los conoces?

—Sí, y solo significan malas noticias.

—Dijeron que habían oído que un niño con una armónica estaba en el campamento. Querían información. Sobre él y una pequeña niña que podría estar con él.

—¿Qué les dijo?

—Nada. Pero ofrecían dinero, y dado lo desesperados que estamos, estoy seguro de que algunos cedieron. Tienes que irte.

—Gracias —dije, y luego agregué—: Cuando vaya a Washington, métales caña.

—Sí, eso haré —dijo el capitán Gray, asintiendo solemnemente.

Regresé rápidamente al campamento. Mientras estábamos en las afueras de Mankato, al no haber visto a nadie cerca de nuestra pequeña arboleda de chopos, habíamos empezado a ser un poco más descuidados, y descubrí que Albert había encendido una fogata. Tenía las sartenes de su kit militar sobre las llamas y se podía sentir el aroma a hamburguesa.

—Apaga el fuego —ordené.

Levantó la vista, las facciones de su rostro tensas, listo para discutir.

—¿Por qué?

—Los Brickman están aquí y el sheriff Warford está con ellos.

Emmy había estado sentada con las piernas cruzadas mirando a Albert cocinar. Enseguida la escuché tomar una bocanada de aire, asustada. Moses estaba al otro lado del fuego, el mismo lugar donde, ante nuestra compañía, se había mantenido separado del resto. Estaba encorvado, mirando de un modo pensativo las llamas, pero la mención de los Brickman y Warford lo hizo sentarse de inmediato, rígido.

Forrest dijo con calma.

—Creo que oigo al río llamándoos de nuevo.

Albert apagó las llamas y nos comimos nuestras hamburguesas casi crudas en pan blanco en un lúgubre silencio. No sabía los demás, pero yo había empezado a tener la esperanza de que quizás habíamos logrado dejar a los Brickman atrás, o al menos que hubieran superado su ira lo suficiente para que regresaran a la Escuela Lincoln y retomasen su reinado de terror sobre aquellos a quienes habíamos dejado atrás. Ahora, en la oscuridad de la fogata muerta, temía que nunca pudiéramos liberarnos de ellos, que no hubiera ningún lugar a donde pudiéramos escapar sin que nos siguieran.

—A primera hora, regresamos al río —dispuso Albert—. Nos iremos antes de que la gente de aquí se empiece a despertar —luego dijo algo que me golpeó como una roca—: ¿Vienes, Moses?

No podía ver con claridad el rostro de Moses en las sombras, pero sí sus manos cuando las levantó y dijo: "No lo sé".

No dormí mucho esa noche. No era mi insomnio habitual. Era el mundo que conocía que se estaba rompiendo. Me levanté y me dirigí hacia la orilla del río, donde me senté sobre una enorme roca y miré a las dos estrellas conectadas, la de Maybeth y la mía, que siempre apuntarían al norte. Ahí era donde el río nos llevaría. La luna aún no había salido y el río era un flujo oscuro, y aunque alguna vez había creído que su corriente llevaba la promesa de la libertad, ahora parecía ofrecer solo decepción.

Luego tuve una idea tan oscura que podía saborear su amargura: ¿por qué nos habíamos ido de la Escuela Lincoln? Era una vida difícil, sí, pero también, a su manera, predecible. La policía no nos perseguía. Los Brickman eran demonios, pero sabía cómo lidiar con ellos. Albert y Moses ya casi habían terminado sus estudios y serían libres para hacer lo que quisieran y yo podía arreglármelas los años que me quedaban. Aquí, en el río, no había ninguna certeza, solo que los Brickman y la policía nos perseguirían hasta atraparnos. Estaba seguro de que una noche en el cuarto de confinamiento sería un pícnic comparado con lo que nos esperaba por delante después de eso.

***

En la luz gris que precedía al amanecer, nos despertamos y, en silencio, cargamos nuestra canoa. Moses nos ayudó, aunque no dio ninguna indicación sobre si continuaría con nosotros o no. Me preocupaba su respuesta, así que no le pregunté. Fue Emmy quien finalmente abordó el tema.

—Por favor, ven, Amdacha —dijo, usando su nombre sioux—. Somos una familia.

Moses la miró un largo rato y luego miró otro rato más al río. Finalmente dijo:

"Hasta que estés a salvo".

Comprendí que aceptaba continuar solo por Emmy, no por Albert ni por mí. ¿Y la familia? Muerta como la esperanza con la que habíamos iniciado el viaje.

—¿Qué harás tú, Forrest? —le preguntó Albert mientras nos preparábamos para marcharnos.

—Todavía no lo sé.

—Puedes venir con nosotros —ofreció Emmy.

Forrest le esbozó una sonrisa de agradecimiento, pero negó con la cabeza.

—No hay sitio en la canoa. Además, este es mi hogar. Tengo familia aquí. Es hora de visitarlos. —Miró a Albert—. Estáis camino a Saint Louis, pero tendréis que visitar a otro santo antes. Saint Paul. Conozco gente allí, gente buena, que estarán muy contentos de ayudaros.

Sacó un trozo de papel y un lápiz pequeño del bolsillo de su camisa, escribió algo y se lo entregó a mi hermano. Estrechó la mano de Albert, luego la mía y finalmente despeinó a Emmy.

Se volvió hacia Moses, ahora Amdacha, y le puso una mano sobre el hombro.

—Wakan Tanka kici un.

Emmy me susurró a mí.

—Que el Creador te bendiga.

Amdacha se puso en la popa mientras Albert se sentó en la proa y Emmy y yo nos sentamos en el centro de la canoa. Amdacha subió, levantó su remo y Forrest nos empujó hacia la corriente.

CAPÍTULO 48

Había pasado un mes desde que habíamos abandonado la Escuela Lincoln y estaba cansado de escapar. Toda
esa mañana, me quedé sentado en la canoa, taciturno, en
silencio. Los otros también estaban callados, incluso Emmy
y Peter Rabbit. No había nada en el paisaje que levantara
nuestro ánimo. En todo el trayecto junto al río yacía la evidencia de un cataclismo. Restos secos y podridos colgaban
de las ramas bajas de los árboles a ambos lados y, cada vez
que el río tomaba una curva, montones de madera de deriva
yacían apilados sobre la orilla externa de la curva. Las ramas
decoloradas de álamos enteros y sumergidos que habían
sido arrancados del suelo del valle hacía mucho tiempo y
habían quedado anclados a los bancos de arena se elevaban
en medio del río como los huesos de un dinosaurio. Quizás
era el efecto de toda esta evidencia de destrucción lo que
nos mantenía en silencio, o quizás el resto, al igual que yo,
simplemente se sentían desplazados y desesperanzados por
esos árboles desarraigados.

Cerca del mediodía, nos detuvimos en una playa arenosa
cubierta por las ramas de un gran olmo. Almorzamos de
nuestras decrecientes raciones de comida.

—Mirad —dijo Emmy, señalando hacia un álamo al otro
lado del río, cuyo tronco estaba partido a tres metros del

suelo. Un colchón, manchado y putrefacto, colgaba en medio de la bifurcación de la madera—. ¿Cómo llegó ahí?

—Una crecida —dijo Albert.

—¿Tan grande?

—Este río nació por una crecida, Emmy —explicó Albert—. Hace diez mil años, había un lago en el norte más grande que cualquier lago que exista hoy. Se llamaba Agassiz. Un día, la tierra y los sedimentos que lo sostenían se rompieron y toda el agua se desbordó causando una crecida gigante que fue llamada río Warren. Cavó un valle de kilómetros de extensión desde Minnesota hasta el Mississippi. Este río en el que estamos ahora es lo único que quedó de esa enorme crecida.

Mi hermano siempre alardeaba de todo lo que había aprendido de sus lecturas. Si bien me parecía bastante interesante, no tenía intención de decírselo.

—¿Volverá a haber una crecida mientras estamos aquí?

—Podría ser, si llueve lo suficiente.

Por favor, que no llueva, pensé para mí mismo.

Pero los ojos de Emmy estaban bien abiertos, maravillados.

—Me gustaría verlo.

Moses —todavía estaba intentando acostumbrarme a llamarlo Amdacha— se apartó de nosotros lo suficiente como para que pareciera como una ruptura.

—Odie, nunca me contaste si el duendecillo y la princesa se casaron. —Cuando Emmy vio mi mirada de incomprensión, agregó—: El duendecillo y la princesa de tu historia. ¿Se casaron?

Mientras pensaba mi respuesta, un largo trozo de madera apareció a la vista y quedó atrapado en un remolino, donde empezó a girar.

No les había contado nada sobre Maybeth y yo, ni una sola palabra. Cuando Albert había ido a ayudar al señor Schofield a reparar su camioneta, le había comentado que solo era una familia que había conocido, una familia necesitada. No estaba seguro de por qué mantuve en secreto mi verdadera relación con los Schofield o mis profundos sentimientos hacia su hija. Intenté repetirme que era porque quería que Maybeth, al menos su recuerdo, fuera solo para mí, sin necesidad de dar explicaciones, protegido de las burlas que Albert me lanzaría por este primer amor mío.

Pero mientras miraba el tronco girar y girar, finalmente acepté la verdad, que era que estaba sintiendo las grietas que amenazaban con dividirnos a Albert, Emmy, Moses y a mí, y temía que nos estuviéramos desmoronando. En ese terrible momento, no pude evitar preguntarme, para mi propia consternación, si había elegido quedarme con la familia equivocada.

—El duendecillo y la princesa no se casaron —le dije finalmente a Emmy—. La princesa se quedó para ayudar a su pueblo y el duendecillo siguió su camino.

—Ah —dijo con una expresión triste.

—El amor no siempre funciona —expliqué, y arrojé una roca al río.

Navegamos en la canoa hasta el anochecer, cuando alcanzamos las afueras de un pueblo.

Albert dijo:

—Forrest me esbozó un recorrido general del río. Eso debe ser Le Sueur. Nos detendremos para pasar la noche.

Acampamos en una pequeña arbolada. Mientras nos acomodábamos para pasar la noche, oímos lo que parecieron disparos que provenían desde el pueblo.

—¿Quién está disparando? —preguntó Emmy.

—¿O a quiénes les están dispararon? —agregué.

Albert inclinó la cabeza y escuchó, luego una sonrisa apareció en sus labios.

—No son disparos. Son fuegos artificiales. Hoy es Cuatro de Julio.

Si bien en la escuela Lincoln no teníamos permitido lanzar fuegos artificiales, cada año el Día de la Independencia nos llevaban al pueblo, donde íbamos junto con otros vecinos cerca del parque Ulysses S. Grant para observar cómo los Jaycees disparaban sus cohetes, sus proyectiles y sus petardos estruendosos. Ahora entiendo lo inapropiado que era obligar a un grupo de niños que no tenían libertad —cuya libertad, de hecho, había sido arrancada a sus pueblos décadas atrás— a formar parte de esta celebración. Pero la verdad era que todos amábamos la hipnotizante muestra de esplendor aéreo y, una vez que apagaban las luces en nuestros dormitorios, nos susurrábamos cosas, recordando los mejores momentos y en particular la magnificencia del final.

Los fuegos artificiales de Le Sueur comenzaron poco tiempo después del anochecer. El parque no debía de estar lejos del río, porque las explosiones en el cielo y su sonido llegaban bastante rápido, y los estallidos sacudían el aire a nuestro alrededor.

—Ah, mirad —gritó Emmy cuando un enorme crisantemo magenta se expandió en medio de una lluvia de oro.

En su entusiasmo, cogió a Amdacha de la mano y vi que se sintió algo incómodo, pero luego se relajó y, para mi profunda sorpresa y alivio, sonrió, la primera sonrisa que había visto en sus labios en lo que me parecía una eternidad.

—Toca algo, Odie —me rogó Emmy cuando la noche empezó a apaciguarse.

Mi corazón estaba empezando a sentirse ligero, pero no particularmente patriótico, así que llevé mi armónica Hohner a los labios y soplé las notas de *Down by the Riverside*, una canción que la madre de Emmy me había enseñado y cuya melodía y letra siempre me levantaba el ánimo.

Emmy se sumó de inmediato, virtiendo su pequeño corazón a la letra.

Descansaré mi cabeza adormecida a un lado del río.

No me adiestraré más para las guerras,

no me adiestraré más para las guerras.

En la tercera estrofa, Amdacha empezó a cantar por señas.

Nos arriesgamos a encender una fogata esa noche y nos sentamos juntos, hablando en voz baja alrededor de las llamas, tal como habíamos hecho muchas noches desde que habíamos empezado nuestro viaje por los ríos. Se empezó a sentir como si lo que estuviera roto empezara a repararse, pero sabía que nunca sería exactamente igual. Con cada curva que tomaba el río, cambiábamos, nos volvíamos personas diferentes y, por primera vez, comprendí que el viaje en el que estábamos no era solo para llegar a Saint Louis.

Emmy apoyó su cabeza sobre mi hombro y se durmió. La puse sobre su manta, pero se despertó por un breve instante y se aferró a mí, así que me acosté para hacerle compañía.

Albert y Amdacha se quedaron junto al fuego moribundo, sus rostros levemente iluminados por las últimas llamas.

—Lo siento —se disculpó Albert.

"¿Por qué?", preguntó Amdacha por señas.

—Conocí a mi madre y a mi padre. Sé de dónde vengo. —Había estado mirando las brasas del fuego, pero ahora levantó la vista—. Nunca pensé lo difícil que debe de ser para ti.

"Lo que importa es quién soy ahora".

Albert cogió una rama y empezó a mover las brasas, para que más llamas cobraran vida.

—Temía que no vinieras con nosotros.

"Regresaré. Algún día".

—¿Porque ahora eres Amdacha?

Roto en pedazos, pensé.

Amdacha levantó la mirada hacia el cielo nocturno, pensó en eso por un instante, se encogió levemente de hombros y agregó por señas, "Ah, al diablo, puedes seguir llamándome Moses".

Parte cinco

LOS FLATS

CAPÍTULO 49

Pasaron otros dos días hasta que Saint Paul apareció ante nuestros ojos. La primera impresión de lo que teníamos por delante fue el imponente Fort Snelling, cuyos muros grises dominaban los acantilados sobre la confluencia de los ríos Minnesota y Mississippi.

Cuando pasamos por debajo de la enorme fortaleza, Moses levantó la vista, sus ojos llenos de odio. "De ahí venían los soldados que mataron a mi gente", dijo por señas. Miró la orilla del río, inspeccionando los árboles y las sombras, como si estuviera buscando algo. "Construyeron una prisión y metieron a casi dos mil mujeres, niños y ancianos ahí. Cientos murieron ese invierno".

Para Moses, todo lo que había ocurrido desde que abandonamos New Bremen había desgarrado su alma. A lo largo de los días en el río mientras navegábamos en la canoa hacia Saint Paul, lo había visto sufrir el terrible dolor de ese desgarro y, por las noches, lo había escuchado gritar cosas ininteligibles mientras dormía. Así que creía que entendía su ira cuando pasamos por debajo de esos muros de piedra, un símbolo de todo lo que le habían arrancado de su vida.

Llegamos al Mississippi al atardecer, la superficie ancha y suave como un espejo, los árboles de la orilla iluminados con la última luz del día. Albert nos llevó a la ribera para pasar la noche. Descargamos la canoa, la sacamos del agua, nos acomodamos entre los árboles y empezamos a recoger madera para encender una fogata, cuyo único objetivo era cobijarnos en la comodidad de la luz porque ya no teníamos comida para cocinar. No comíamos desde hacía más de un día. Había considerado usar los billetes de cinco dólares que tenía en mi bota y comprar comida, pero Emmy me había dicho que sabría cuándo sería el momento indicado, y aún no lo sentía así.

Habíamos divisado varios remolcadores en el Minnesota, pero los dos primeros que vimos en el majestuoso Mississippi eran el doble de largos, diez barcazas empujadas por un remolcador y ocho el otro. Las olas de su paso rompían con fuerza contra la orilla y enseguida pensé en lo fácil que nuestra canoa se daría vuelta si nos encontrábamos detrás de una de esas flotillas.

Cuando iniciamos nuestro viaje, la luna estaba casi llena y esa noche había luna llena. Me acosté bajo los árboles en la vega del río y miré al hombre en la luna, cuyo rostro, entre las ramas, se veía agrietado y roto. No pude dormir. Por fin habíamos llegado al río Mississippi, que nos llevaría a Saint Louis. Pero no tenía ni idea de lo lejos que estábamos, cuántas lunas llenas nos esperaban por delante.

Escuché a Moses levantarse y lo vi alejarse. Pensé que solo lo hacía para aliviarse, pero al ver que tardaba mucho en volver, empecé a preocuparme. Me calcé las botas, me levanté de la manta y caminé en la dirección en la que se había marchado, hacia las profundidades del bosque aluvial. Lo encontré en un pequeño claro, sentado con las piernas cruzadas, su rostro mirando al cielo nocturno, cubierto por el blanco resplandor de la luna. Cantaba algo con una voz grave, sin palabras porque no tenía lengua, pero me quedaba claro que sabía lo que estaba diciendo. Me preguntaba si era una especie de plegaria sagrada que Forrest le había enseñado o si simplemente estaba dándole voz a lo que ahora tenía en su interior. El sonido subía y bajaba, como las olas suaves del mar por la noche. Levantó las manos como una súplica. O quizás una celebración. ¿Qué podía saber yo? Sentía que estaba invadiendo su espacio personal, presenciando algo que nunca debía ser compartido, así que, en silencio, me retiré.

Por la mañana, cargamos la canoa y nos preparamos para entrar a Saint Paul. Podíamos ver las casas que coronaban las tierras altas río arriba, algunas de las cuales parecían enormes y magníficas.

—¿Creéis que allí viven príncipes y princesas? —preguntó Emmy, mirando a las mansiones.

—Gente rica seguro —dijo Albert—. La gente rica siempre encuentra lugares donde puedan sentirse superiores al resto.

—Algún día quiero ser rica —afirmó Emmy—. Y vivir en una casa grande como esa.

Albert dijo:

—¿Sabes cuánto cuesta una casa como esa?

Emmy sacudió la cabeza.

—Tu alma —contestó—. Vamos, vayamos al río.

Remamos durante una buena parte de la mañana. La cara del río cambió. Los árboles dieron lugar a las fábricas y filas de pequeñas casas pulcras que delineaban las colinas a cada lado, hasta que fueron reemplazadas por un montón de torres de piedra, los edificios más altos que jamás había visto, amontonados uno al lado del otro, y sobre una de las colinas que servía de telón de fondo se elevaba la cúpula de una inmensa catedral. Cruzamos por debajo de un puente que parecía imposiblemente alto y, finalmente, Albert nos llevó hacia un angosto canal que se extendía entre una larga isla y la ribera sur, y sacamos la canoa del agua en la orilla opuesta a la arquitectura imponente del grandioso centro.

Una vez que desembarcamos, Albert sacó un trozo de papel de su bolsillo y enseguida vi que se trataba del papel que le había dado Forrest donde había escrito el nombre de una persona que dijo que nos ayudaría. No estaba seguro de que necesitáramos ayuda, aunque nos vendría bien un buen baño. No nos lavábamos bien desde que abandonamos a la hermana Eve e, incluso entre nosotros, ya estábamos empezando a apestar a cosas moribundas o muertas.

—Flats, West Side, Gertie Hellmann —leyó Albert—. Preguntad a cualquiera.

Miré por encima de su hombro y vi que, además del nombre, Forrest había dibujado un pequeño mapa del río con una X donde se suponía que debíamos encontrar los Flats del West Side, que, por lo que entendí, era exactamente en donde estábamos.

—¿Y ahora qué? —pregunté.

—Iré a buscar a Gertie.

—¿Qué hacemos con la canoa?

—Quedaos con ella, todos. Iré solo. —Miró a Moses—. No permitas que nada ocurra.

Moses asintió con solemnidad y mi hermano subió por la ribera del río y desapareció.

Por mi experiencia, las vías del tren y los ríos eran como hermanos. Se seguían a todas partes. Sobre el lugar donde nos encontrábamos pasaban una serie de vías y, mientras esperábamos a que Albert regresara, un tren de carga lento pasó por allí, río abajo. Los vagones estaban vacíos y algunas de sus puertas estaban abiertas. Ocasionalmente, veíamos a uno o dos hombres descansando en su interior. Los mirábamos al pasar y ellos nos miraban con ojos vacíos. Me preguntaba hacia dónde estaban yendo o si lo sabían o les importaba siquiera.

Cuando terminó de pasar el último vagón, tres figuras aparecieron al otro lado de las vías, niños, como nosotros, con las manos en los bolsillos, mirando con un gran interés en nuestra dirección.

—¿Sois indios? —nos preguntó el más alto. Su cabello oscuro estaba algo descuidado, tenía orejas grandes y llevaba ropa casi tan sucia como la nuestra. Me atrevería a decir que tenía mi edad.

—¿Parecemos indios? —le grité.

—Él sí —dijo, señalando a Moses—. Y tenéis una canoa.

—Somos vagabundos —dije.

—Vagabundos. ¿De qué país?

—De aquí.

—Demonios, aquí tenemos árabes, mexicanos y judíos, pero nunca vino ningún vagabundo. ¿Tenéis nombre?

—Buck Jones —le dije—. Él es Amdacha. Y ella es… —Emmy nunca había adoptado un nombre diferente y, por un instante, dudé, intentando pensar algo apropiado.

—Emmy —dijo ella.

—Tengo una hermana que se llama Emma. Es casi lo mismo —agregó el niño más alto—. Yo soy John Kelly. Él es Mook y ese es Chili. —Miró río arriba—. ¿Vinisteis en canoa hasta aquí?

—Así es.

—¿Desde dónde?

—Sois demasiado curiosos —dije—. ¿Vivís aquí?

—Todos vivimos en los Flats.

—¿Conocéis a Gertie Hellmann?

—Todos conocen a Gertie. ¿Por qué?

—La estamos buscando.

—La encontraréis enseguida. —Miró nuestra canoa con gran interés—. Nunca he montado en una de esas. ¿Se da la vuelta?

—No si sabes lo que estás haciendo.

—¿Podemos dar una vuelta?

—Quizás otro día.

—¿Os quedaréis aquí un rato?

—No lo sabemos.

—Buck Jones —dijo John Kelly—. Como la estrella de cine. —Luego esbozó una sonrisa—. Sí, claro. Nos vemos, Buck Jones.

Se dio la vuelta para macharse y los otros dos lo siguieron. Albert apareció unos momentos más tarde.

—Vamos a la canoa —dijo.

—¿No nos quedamos?

—Solo iremos un poco más río arriba.

Continuamos en la canoa otros ochocientos metros, hacia el final de la isla, donde el canal angosto se conectaba una vez más con la amplia corriente del río. Junto a la ribera, había algunas construcciones precarias, que luego descubrí que eran casas flotantes y también estaban allí amarradas. Finalmente llegamos a un enorme edificio de ladrillos con la inscripción "ASTILLERO DE MORGAN" pintada con letras blancas en una de sus paredes. Una serie de largos muelles de madera se extendían hacia el río, donde había algunos navíos atracados. Unos pocos tenían mástiles, otros eran lanchas de carreras impolutas y otro era un remolcador con una rueda gigante en la popa. Un hombre estaba de pie en el agua marrón, que le llegaba por las rodillas, inclinado sobre uno de los botes de vela más grandes, mirando un hueco que tenía sobre la línea de flotación, tapado apresuradamente con madera contrachapada. Albert nos acercó al hombre, quien se volvió cuando escuchó el chapoteo de nuestros remos.

—Busco a Wooster Morgan —dijo Albert.

—Lo has encontrado. —Era casi calvo, pero un bigote negro se retorcía de un modo extravagante a los lados de su labio superior. Llevaba una camisa azul de trabajo con las mangas dobladas a la altura de sus bíceps, que parecían dos bolas de jugar a los bolos.

—Vengo de casa de Gertie Hellmann. Dijo que podíamos dejarle nuestra canoa.

—Ah, ¿sí? Bueno, no queremos dejarla por mentirosa. Sacadla y le encontraremos un sitio.

Wooster Morgan avanzó afanosamente por el agua y nos observó descargar las cosas, y mi hermano y Moses levantaron la canoa sobre los hombros.

—Por aquí —dijo el hombre, y nos hizo un gesto para que lo siguiéramos.

Por dentro, el astillero era una sala inmensa con todo tipo de tornos y cortadoras, y un sinfín de herramientas que nunca antes había visto y cuyas funciones solo podía suponer. También había una gran cantidad de equipos de soldaduras y desde las vigas colgaban pesadas cadenas con ganchos lo suficientemente grandes como para levantar a una ballena. Una pequeña embarcación descansaba sobre un par de bloques, su casco tenía varios patines por debajo; más tarde supe que era un barco para navegar sobre hielo. El lugar olía a grasa y acetileno, y por debajo, la dulce esencia del serrín recién fresco. Mientras Albert admiraba las máquinas, podía ver que creía que había entrado al cielo.

Wooster Morgan preparó un par de caballetes y, una vez que apoyaron la canoa sobre ellos, nos preguntó nuestros nombres. Le dimos los que usábamos en aquellos tiempos.

—¿Gertie os comentó las reglas de mi hotel de barcos? —preguntó Morgan.

—No, señor —contestó Albert.

—Tenéis una semana. Por lo general, cobro un dólar, pero como sois amigos de Gertie... —Nos miró y se atusó el bigote—. Un apretón de manos de cada uno de vosotros y un beso en la mejilla de ese pequeño ángel bastarán por ahora.

Caminamos hacia los Flats del West Side, siete u ocho manzanas de casas construidas tan cerca la una de la otra que incluso Emmy tendría problemas para pasar entre ellas. La verdad era que muchas de las construcciones no parecían más robustas que las casillas del asentamiento Esperanza. Todas tenían las letrinas en la parte de atrás y no vi ningún indicio de que tuvieran agua corriente. No había césped por ningún lado y los pocos árboles a la vista eran cosas escuálidas en condiciones deplorables. Todo parecían ser desechos, de los cuales había crecido una comunidad. Una comunidad viva a juzgar por todas las personas que veíamos. Mujeres que tendían la ropa y hablaban por encima de cercas desvencijadas. Niños desaliñados que jugaban en baldíos de tierra. Hombres con caballos y carretas que llevaban a cabo sus actividades comerciales: ropavejeros, vendedores de hielo, hojalateros. Algunos automóviles, pero no muchos. Cuando tomamos una calle llamada Fairfield, había negocios en cada acera: carnicerías, mercerías, almacenes, algunas barberías, un herrero, todos con clientes que iban y venían, saludándose con cordialidad cuando se cruzaban.

En la Escuela Lincoln, teníamos agua corriente, duchas y un techo sobre nuestras cabezas que, por lo general, no goteaba. Teníamos césped, mucho, y árboles. Nos daban tres comidas al día y una cama para dormir. La verdad, habíamos conocido grandes comodidades. Pero en esta comunidad abarrotada y caótica, podía ver en abundancia dos cosas preciadas que nos habían arrebatado en Lincoln: felicidad y libertad.

—Ahí —dijo Albert, señalando a un edificio en mal estado de dos plantas en una esquina con la palabra "GERTIE" pintada sobre una de las ventanas.

La puerta estaba abierta y seguimos a mi hermano al interior. El espacio estaba abarrotado y repleto de mesas. Las sillas estaban dadas vuelta y descansaban sobre las mesas de modo que sus patas apuntaban al techo. En el aire se sentía el aroma de algo sabroso.

En uno de los rincones de la pequeña cafetería había una escalera de tijera y un hombre sobre ella, reparando un hueco en el techo. Cuando escuchó nuestras pisadas sobre el suelo de madera, se volvió y nos miró. Llevaba guantes de trabajo, un peto y botas que parecían haberse caminado hasta África, ida y vuelta. Bajó de la escalera y se acercó a nosotros, y entonces vimos una herida en su rostro, una cicatriz en el lado derecho de su cara, tan grave que casi le cerraba el ojo. Si bien esa vieja herida no parecía dolerle, dolía solo verla. Se quitó los guantes, apretó los puños y se los llevó a la cintura, mientras nos miraba con detenimiento a cada uno de nosotros. Luego habló y entonces entendí que, a pesar de su apariencia, no era un hombre.

—Vaya, hola —dijo ella—. Soy Gertie.

CAPÍTULO 50

—LO PRIMERO ES LO PRIMERO.

Gertie nos llevó a la cocina, donde había una mujer junto a los fogones, revisando el contenido de dos enormes ollas humeantes, la fuente de ese maravilloso aroma que había percibido cuando entramos en el establecimiento.

—Flo —dijo Gertie—. Tenemos invitados.

La mujer se volvió. Su cabello rubio estaba húmedo por el vapor de la olla y su rostro estaba colorado, pero eso no borraba su belleza. Sus ojos eran de un azul deslumbrante y su sonrisa fue inmediata y enorme.

—¿Niños?

—Según Norman, este de aquí —dijo—, los ha enviado Forrest.

—¿Forrest? ¿Cómo está? —preguntó Flo con sorpresa y alegría—. ¿Y dónde está?

—Sin trabajo y en Mankato —contestó Gertie, sin darnos tiempo de responder a nosotros.

—De regreso a Minnesota —dijo Flo. Su sonrisa estaba empezando a parecer algo permanente—. ¿Lo veremos?

Si bien la pregunta estaba dirigida a nosotros, nuevamente fue Gertie quien contestó.

—Se quedará cerca de su casa por un tiempo, pero conozco a Forrest, regresará para ver a su hermano.

La mirada azul de Flo, cálida como el cielo de verano, nos inspeccionó a los cuatro.

—¿Y vosotros seréis nuestros huéspedes hasta…?

—Están camino a Saint Louis. Solo pasaron a descansar —dijo Gertie—. Los instalaré en el cobertizo para que puedan pasar la noche.

Flo llevaba un vestido estampado que le llegaba a las pantorrillas. Levantó un poco el dobladillo y se agachó para estar a la misma altura que Emmy, y dijo:

—Eres la niña más bonita que jamás he visto. ¿Cómo te llamas?

—Emmy.

Lo que hizo que yo pusiera los ojos en blanco. ¿Cuándo aprendería?

Flo me miró.

—Buck —dije—. Buck Jones.

—¿Como la estrella de cine? ¿Y tú? —esto último estuvo dirigido a Albert.

—Norman —dijo.

—¿Y qué hay de ti?

Moses la miró, y aunque hubiera tenido lengua, creo que no habría contestado, parecía demasiado deslumbrado.

—Se llama Amdacha —dijo Albert—. Es sioux.

—Como Forrest y Calvin —dijo Flo.

—¿Calvin? —dije.

—El hermano de Forrest. ¿No os lo ha contado?

—No, señora. Solo nos envió a buscar a Gertie.

—Probablemente porque no estaba seguro de que Calvin estuviera por aquí. Es una temporada ajetreada en el río. ¿Y vuestros padres? —preguntó Flo.

—Somos huérfanos, todos —dijo Albert.

—Lo siento —su sonrisa decayó un poco—. Claramente son tiempos difíciles.

Mi estómago rugió. No había comido nada desde hacía

dos días y el aroma que emanaba la olla era imposible de ignorar.

—¿Tenéis hambre? —preguntó Flo.

—Me comería un caballo —respondí.

—Solo pasarán la noche —dijo Gertie con brusquedad—. Les daremos algo de comer y dormirán en el cobertizo. Nos pagarán trabajando en el restaurante.

—Muy bien —asintió Flo.

—Venid —dijo Gertie—. Vamos a ponernos cómodos. Después llenaremos un poco esas panzas con comida y luego... —Nos miró de un modo tenso—. Una ducha.

***

Nos duchamos en un edificio de piedra, baños públicos al otro lado del río, en las afueras del centro, un lugar popular entre las clases bajas que no tenían agua corriente. A juzgar por la cantidad de gente, había muchas personas en la misma situación.

Era tarde cuando regresamos a los Flats. Gertie no había abierto el local todavía, pero ya había un par de hombres sentados en una mesa. Cuando entramos, se giraron y nos miraron, como si estuviéramos invadiendo propiedad privada.

—Gertie todavía no ha abierto —dijo uno de ellos.

Era un sujeto alto y robusto de cabello castaño desgarbado con la sombra oscura de una barba sobre sus mejillas y su barbilla. Sus ojos eran azul cielo, iguales a los de Flo, pero no había ningún rastro de bienvenida en ellos.

El otro hombre era indio y enseguida comprendí que era Calvin, el hermano de Forrest. Era más joven que Forrest, una década mínimo, e iba peinado con una trenza que le pasaba los hombros. Su apariencia era diferente a la de su compañero, en especial cuando sus ojos, del color de las nueces de pecán, se posaron sobre Moses, a quien estudió detenidamente. Fue Albert quien contestó por nosotros y lo hizo de un modo desafiante.

—Vamos a trabajar para Gertie esta noche.

—No nos ha dicho nada sobre vosotros —protestó el hombre robusto.

—Eso es porque no es de tu incumbencia lo que yo haga aquí —dijo Gertie, apareciendo de la cocina—. Lo que hagas en tu bote es asunto tuyo, Tru. Lo que yo haga aquí es asunto mío. Y no me gusta ese tono, en especial con mis empleados.

El hombre al que había llamado Tru tenía un vaso delante de él. El color del líquido en su interior y la leve capa de espuma sobre el borde me indicaron que estaba bebiendo cerveza. Y, a juzgar por su tono y la mirada arisca que nos lanzó, supuse que no era su primer trago.

Flo apareció por detrás de Gertie y nos miró de pies a cabeza con aprobación.

—Tan bonitos como unos ositos de peluche. —Luego acercó una silla a la mesa donde Calvin y el hombre malhumorado estaban sentados—. ¿Sin suerte, Tru?

Tomó un trago largo de su cerveza.

—Wooster Morgan dice que tardará una semana, pero es más probable que sean dos. Dice que tiene que encontrar las partes del motor. Cooper se llevará la carga de Berenson, ese bastardo. Solo Dios sabe si podré remolcar algo pronto después de eso.

—¿No puedes repararlo?

—Quizás. Si Morgan me deja usar sus equipos.

—Y ya dijo que ocurrirá cuando el infierno se congele. —Calvin ofreció una sutil sonrisa.

—Ah, Tru, te dije que no dejaras que tu temperamento te quitara lo mejor de ti. —Apoyó una mano amable sobre su brazo—. Ya se solucionará.

—Espero seguir teniendo tripulación cuando ocurra. Mac Cooper ya ha empezado a decir que cogerá a cualquiera que esté dispuesta a trabajar para él.

—La lealtad vale mucho —dijo Flo.

—Con Hoover en la Casa Blanca, el dinero vale más —contestó Tru.

—Calvin, tu hermano ha enviado a estos niños —dijo Flo, y luego nos presentó uno por uno.

—¿Cómo está Forrest? —preguntó el indio.

—Bien, la última vez que lo vimos —dijo Albert.

—¿Y dónde fue eso?

—Mankato.

—Debe de haberse quedado sin vacas para arrear. ¿Os dijo cuáles eran sus planes?

—No, señor —contestó Albert.

Calvin se reclinó sobre su silla y agregó:

—Si no logramos reparar al Contra, quizás baje a Mankato.

—¿El Contra? —pregunté.

—El nombre del remolcador de mi hermano —dijo Flo.

Hermano y hermana. Podía verlo.

—En realidad es Contra Viento y Marea —aclaró Flo—. Pero lo llamamos el Contra porque es más corto.

—Pero no por mucho si no puedo reparar el maldito motor para que podamos seguir trabajando —dijo su hermano.

—¿Sentado ahí, bebiendo hasta que abramos el local, Tru? —preguntó Gertie, las manos en la cintura, los ojos clavados en el hombre arisco.

—Chuparía un bagre muerto antes de comer tu bazofia, Gertie.

—Como gustes, pero hoy es la sopa de lentejas de Flo.

—Entonces volveré —dijo Tru, y terminó su cerveza—. Vamos, Cal. Veamos qué está pasando en el embarcadero.

Una vez que se hubieron ido, Flo comentó:

—Es un buen hombre. Solo está entre la espada y la pared.

—Está ahí desde que lo conozco —dijo Gertie. Nos miró detenidamente y luego agregó—. Os habéis aseado estupendamente, niños. Ahora preparaos. Tendremos una noche movida.

Ese fue, en cierta medida, mi primer trabajo oficial, y mi primera noche laboral resultó no parecerse en nada a ningún trabajo que tuve después.

CAPÍTULO 51

GERTIE SOLO SERVÍA UN PLATO POR COMIDA. ESA NOCHE fue sopa de lentejas y pan, te gustase o no. Lo que hacía que servir fuera bastante sencillo. Era un lugar sin muchas complicaciones, nada superfluo o banal, nada de manteles, nada de fotos enmarcadas o pinturas en las paredes, solo un lugar que servía comida casera buena a un precio decente. Flo servía la comida en la cocina, Emmy y yo llevábamos los platos, Albert limpiaba las mesas, Moses fregaba los platos y vasos, y Gertie se encargaba de administrar el dinero y el negocio.

Todos conocían a Gertie y Gertie los conocía a todos. La mayoría de sus clientes eran hombres, la mayoría era evidente que no había tenido mucha suerte en la vida. "Aquí no hago caridad" era una frase que la escuchaba decir con bastante frecuencia, aunque nunca dejaba ir a nadie con hambre.

Aunque abría la puerta de su negocio a las cinco en punto, no tenía una hora específica de cierre. La jornada terminaba cuando se acababa la sopa, y no era un problema vaciar esas ollas.

Una vez que terminamos de limpiar el lugar y guardamos todos los tazones y platos, Flo sacó un trozo de pan, otro de queso, algunas lonchas de carne fría, tomates y lechuga, y nos preparó unos sándwiches. Nos sentamos en una mesa junto a la ventana. Estaba anocheciendo y la luz de la noche atravesaba el cristal con un color dorado. Fuera, la calle estaba tranquila, el ajetreo de los transeúntes, los carros tirados por caballos y algunos pocos automóviles mermaron hasta ser un flujo suave.

—Habéis trabajado duro —nos hizo saber Gertie—. Y no os habéis quejado. Me hubierais venido bien hace tiempo.

—Todo el mundo preguntaba por Elmer y Jugs —dije—. ¿Quiénes son?

—Hasta hace dos días, estaban haciendo lo mismo que vosotros hoy. Ahora, están sentados en la prisión del condado al otro lado del río.

—¿Qué pasó?

—Se emborracharon y se metieron con la gente equivocada. Quince días hasta que los liberen. —Nos miró uno por uno con cuidado—. ¿Qué os parece ocupar sus puestos? ¿Tenéis prisa por llegar a Saint Louis?

—¿Nos pagará? —preguntó Albert.

—Techo y comida, y un dólar por día.

—¿Para cada uno?

Gertie sonrió.

—No lo necesitáis tanto. Un dólar a todos.

Albert nos miró y vio que no teníamos objeciones. Un dólar al día para los cuatro sería, tras de quince días, suficiente dinero para acercarnos a Saint Louis. Le extendió su mano a Gertie.

—Trato hecho.

La puerta se abrió y Tru y Calvin entraron. Acercaron un par de sillas a nuestra mesa.

—No queda nada —dijo Gertie.

—Esos sándwiches tienen buena pinta —dijo Tru.

—Os prepararé algo. —Flo se levantó de la mesa y fue a la cocina.

—¿Y bien? ¿Qué habéis encontrado? —preguntó Gertie. Aunque su voz sonaba tensa, tenía la sensación de que esperaba escuchar buenas noticias.

—Si puedo poner al Contra en el agua para la semana que viene, Kreske tiene una carga de cereales que necesita remolcar. Se suponía que Perkins se encargaría de eso, pero lo atraparon con un montón de alcohol para Moline. El remolque de Kreske va para Cincinnati y allí hay una carga de fosfato que puedo traer de regreso hasta aquí.

—¿Puedes reparar al Contra a tiempo?

—No lo sé. ¿Qué crees, Cal?

—Depende de ti y de Wooster Morgan. Pórtate bien y quizás te deje usar sus herramientas. Pero lo mismo… —Se encogió de hombros de un modo evasivo.

—¿Truman Waters rogándole a otra persona? —preguntó Gertie—. Eso me gustaría verlo.

La puerta se abrió otra vez y un niño entró a toda prisa. Lo reconocí de inmediato. John Kelly, uno de los niños que nos habían hablado desde las vías antes.

—Gertie —dijo, sin aliento—. Viene el bebé y mamá está teniendo problemas.

—¿Te ha enviado ella?

Negó con la cabeza.

—La abuela. Cree que necesita un médico. —Miró a su alrededor y me vio—. Ey, Buck.

—¿Os conocéis? —preguntó Gertie.

—Nos conocimos esta tarde —dijo John Kelly.

—Tú. —Gertie me atravesó con sus ojos—. Ven conmigo. —Se levantó y se dirigió al resto—. No os lo comáis todo. ¡Flo! —gritó hacia la cocina—. Me voy. La señora Goldstein está de parto.

Flo salió por la puerta de la cocina, limpiándose las manos en su delantal.

—No sabes nada sobre partos, Gertie.

—No saber nada nunca le impidió hacer algo —oí a Tru decir en voz baja.

—Regresaremos cuando todo esté bien en casa de los Goldstein. —Gertie se marchó por la puerta con John Kelly, mientras yo intentaba seguirles el ritmo.

No fuimos a la casa de John Kelly. Al final de la calle, nos ordenó:

—Id a buscar al doctor Weinstein. ¿Sabes dónde vive, Shlomo?

—Sí, en la State Street. Pero ma dice que no podemos pagarle a un doctor, Gertie.

—Deja que yo me ocupe de eso. Aseguraos de que venga.

—¿Shlomo? —le pregunté cuando nos separamos de Gertie—. Creí que tu nombre era John Kelly.

—Ese es solo mi apodo.

—¿Apodo? Mook y Chili son apodos.

—Es complicado. Te lo explicaré luego. Vamos. —Empezó a correr.

John Kelly, que nunca en mi vida pensé en llamarlo Shlomo Goldstein, llamó a la puerta de una casa en la State Street, la cual abrió finalmente una mujer delgada. Aunque casi era de noche y parecía muy cansada, logró preguntarnos con gran paciencia:

—¿Qué ocurre, niños?

—Mi ma está de parto y no tiene buena pinta.

—¿Tu mamá?

—Rosie Goldstein en la Third Street.

—¿Qué ocurre, Esther? —Un hombre que parecía más cansado que la mujer apareció por detrás de ella.

—La mamá de este niño está de parto, Simon, y dice que tiene dificultades.

Un par de gafas estaban afincadas sobre la angosta nariz del hombre. Nos miró sobre ellas, evaluándonos a mí y a John Kelly.

—¿Quién está con ella ahora?

—Mi abuela y mi hermana mayor.

—¿Ninguna partera?

—Solo ellas. Pero Gertie está en camino. Ella nos envió a buscarlo.

—¿Gertie Hellmann? ¿Por qué no lo dijiste antes? Dios, tráeme mi maletín.

***

Los Goldstein vivían en la parte superior de un apartamento desvencijado con una línea de agua negra de medio metro sobre las paredes exteriores.

—¿Eso? —dijo John Kelly, cuando le pregunté—. Crecidas. Ocurren casi todas las primaveras en los Flats.

Podía escuchar los gritos de tortura de la señora Goldstein en cuanto entramos a la casa. Dos mujeres nos recibieron, las vecinas de abajo, hermanas solteras, Eva y Bella Cohen.

—Gracias por venir, doctor Weinstein —dijo Eva—. Intentamos ayudarla, pero algo no va bien.

—A un lado, señoritas —pidió el doctor, y subió a toda prisa por la escalera.

—Vosotros, niños —dijo Bella—, quedaos aquí. Tu hermana Emma está dentro, Shlomo. Os prepararemos algo para comer.

Las hermanas Cohen nos dieron un budín de arroz a mí, a John Kelly y a su hermana pequeña, Emma. Nunca antes había probado algo similar y me pareció bastante bueno, pero no lo suficiente para distraernos de los gritos que provenían de la habitación de arriba. Ni siquiera cuando me hirieron y pasé la mayor parte del tiempo en un hospital de campaña en Francia años más tarde escuché gritos como esos que brotaban de la madre de John Kelly, mientras luchaba por dar a luz esa larga noche de julio en los Flats del West Side de Saint Paul. Siguieron durante horas, y Bella terminó por cantarle a Emma para que se durmiera en el sofá andrajoso y la tapó con una manta afgana tejida a mano, y nos dijo a John Kelly y a mí que deberíamos intentar dormir. Pero John Kelly no pudo dormir. Se quedó mirando el techo, como si esperara que en cualquier momento el bebé lo atravesara.

—¿Tiene una baraja de cartas, señorita Cohen? —finalmente pregunté.

—Sí, Buck —contestó Eva–. Ahora la traigo.

Le dije a John Kelly:

—¿Conoces el ocho loco?

—Claro. ¿No lo conoce todo el mundo?

Entonces, jugamos al ocho loco hasta altas horas de la madrugada, cuando los gritos de la mujer finalmente cesaron y fueron reemplazados por otra clase de gritos, esta vez más agudos y débiles.

Bella Cohen, que había estado en la mecedora dormitando ocasionalmente, juntó las manos de un modo exagerado y dijo:

—El bebé está aquí.

John Kelly soltó los naipes, se puso de pie y subió corriendo por las escaleras del apartamento de las Cohen. Les agradecí a las hermanas su amabilidad y lo seguí arriba. En la parte superior del descansillo de la escalera, encontré a Gertie, que estaba tan pálida como el budín de arroz que nos habíamos comido. En sus brazos, sostenía un manojo de sábanas, que probablemente alguna vez habían sido blancas, pero ahora estaban cubiertas por manchas grandes color rubí.

—Un niño —dijo.

Miré las sábanas, sin palabras. No sabía nada sobre los nacimientos y lo que vi en los brazos de Gertie me aterró.

—¿Está muerta?

Gertie meneó la cabeza y sonrió débilmente.

—No, Buck, fue solo un parto muy difícil. Lo que se llama un parto de nalgas. El bebé estaba en la posición incorrecta.

—¿Siempre es tan… ruidoso? ¿Y sucio?

—No siempre, supongo.

—¿Has visto a muchos bebés nacer?

—¿Honestamente, Buck? Este ha sido el primero.

—Espero no tener que verlo nunca. —Estaba mirando las sábanas ensangrentadas.

—Es un niño —dijo Gertie, mirando sobre mi hombro a las hermanas Cohen, que habían subido detrás de mí.

Las hermanas se rieron y dijeron algo en otro idioma, que más tarde sabría que era yidis.

—Las sábanas —dijo Eva—. Nosotros nos encargamos de lavarlas.

—Gracias —dijo Gertie y se las dio—. Algo más, Buck. Shlomo tiene que repartir periódicos. ¿Quieres acompañarlo? Ha sido una larga noche para su familia y sospecho que apreciará tu compañía.

Dije que lo haría y Gertie me lo agradeció y regresó al apartamento de los Goldstein. Unos minutos más tarde, John Kelly apareció y parecía como si le hubieran tirado un piano encima.

—Tengo que irme —dijo—. Llegaré tarde a repartir los periódicos.

—¿Te importa si te acompaño?

—Eres un buen tipo —respondió y pasó un brazo sobre mi hombro, como si hubiéramos sido los mejores amigos toda la vida.

CAPÍTULO 52

No había farolas en las calles de los Flats, pero nuestro camino estaba iluminado por el resplandor de la luna. Cruzamos un puente de piedra sobre el Mississippi. Debajo de nosotros, el río fluía plateado, pero en la distancia, se perdía como si estuviese entrando en el túnel de la vasta oscuridad de la noche. Avanzamos por las calles vacías que se abrían paso entre los edificios imponentes del centro de Saint Paul. Había visitado Saint Louis muchos años atrás, que por lo que recordaba también tenía una arquitectura inmensa, pero había sido residente de la Escuela Lincoln durante mucho tiempo, justo en las afueras de un pueblecito en el que prácticamente podías escupir y llegar al otro lado, y encontraba los callejones vacíos e interminables de la ciudad inquietantes.

Había demasiadas cosas que asimilar esa noche y nos mantuvimos en silencio mientras caminábamos. Hasta que finalmente hice una pregunta que había estado carcomiéndome dentro de mí todo el tiempo que estuvimos con las hermanas Cohen.

—¿Dónde está tu padre, John Kelly?

—Es chatarrero. Siempre está fuera recogiendo cosas. Lo veo una vez al mes más o menos, cuando regresa para vender. Ahora está en Dakota del Sur.

—¿Quién se encarga de todo mientras él no está?

—Todos, pero papá dice que yo soy el hombre de la casa. ¿Qué hay de ti? ¿Dónde están tus padres?

—Muertos. Hace mucho tiempo.

—Lo siento.

—¿Por qué te haces llamar John Kelly?

—Más seguro. Más fácil.

—¿A qué te refieres?

—La policía, la mayoría son irlandeses. Si se enteran de que eres judío, es probable que te hagan la vida imposible. Rayos, quizás hasta te maten. Solo mira a Gertie.

—¿Lo dices por su rostro?

—Sí. Se lo hizo la policía.

—¿Por qué?

—Como te dije, si se enteran de que eres judío, te reciben con las porras. Por lo que sé, Gertie intentó ayudar a un pobre tipo que la policía estaba matando a golpes y le hicieron lo mismo a ella.

Avanzamos por un callejón y llegamos a una plataforma de carga, casi vacía ahora, que se extendía por la parte trasera de un edificio. Un hombre robusto estaba allí parado solo, masticando el final de un cigarro.

—¿Dónde rayos estabas, niño? —le regañó.

—Ha sido una noche dura —dijo John Kelly, intentando sonar rudo.

El hombre arrojó un fardo de periódicos atados con un cordel a los pies de John Kelly.

—Entrega eso rápido, niño. No quiero quejas.

—¿Alguna vez ha recibido una queja de mis clientes?

—No me busques, niño. Te patearé el trasero y saldrás rebotando por toda la ciudad.

—Está bien, está bien —dijo John Kelly.

Levantó el fardo de periódicos por el cordel y cruzamos el centro, luego una larga y empinada colina, hasta que finalmente llegamos a una zona cerca de la catedral, donde había casas inmensas, las más grandes que jamás había visto. Las farolas de la calle ardían con intensidad en cada esquina y, debajo de una de ellas, John Kelly se detuvo, sacó una navaja y cortó el cordel. Intentó levantar los periódicos con un brazo, pero no pudo.

—Tengo una bolsa de tela en casa que hace que esto sea más sencillo. Pero estaba tan perdido esta noche que me la he olvidado.

—Pásame la mitad —dije.

Hicimos su ruta juntos, subiendo por una calle y bajando por la siguiente, las casas tenían todas columnas blancas, molduras decorativas, ventanas elegantes y cercas de hierro ornamentales, todo gritaba riqueza, y pensé en el mundo como lo conocía entonces. Parecía que había dos clases de personas: aquellas que tenían y aquellas que no. Aquellas que eran como los Brickman, que tenían todo eso por haberles robado a aquellos que no tenían nada. ¿Todas las personas que dormían en las majestuosas casas de la colina de la catedral eran como los Brickman? Si ese era el caso, decidí que preferiría ser de los que no tenían nada.

Entregamos el último periódico y en el cielo empezó a aparecer un leve resplandor de luz al este, cuando una voz ronca nos llamó. Nos detuvimos debajo de una farola y un policía enorme salió de entre las sombras de un olmo tupido.

—¿Qué estáis haciendo, mocosos?

—Repartiendo periódicos —contestó John Kelly.

—Ah, ¿sí? ¿Y dónde están?

—Ya terminamos. Estábamos volviendo a casa.

—Si es verdad, ¿dónde está tu bolsa?

—Me la he olvidado. Ha sido una larga noche. Hace pocas horas, mi ma dio a luz a mi nuevo hermano.

—¿Sí? ¿Cómo se llama?

—No sé aún. Ma tiene que decidir.

—¿Cómo te llamas, niño?

—John Kelly.

—¿Tú? —preguntó el policía, señalándome con su barbilla angular.

—Buck Jones.

—Como la estrella de cine, ¿eh?

—Sí, señor —asentí—. A mi ma le gusta mucho.

—No son de verdad —dijo el policía—. Ninguno lo es, niño. ¿Dónde vivís? —le preguntó a John Kelly.

—Connemara Patch.

—Muy bien entonces. Seguid caminando. No os quedéis deambulando.

—¿Connemara Patch? —pregunté una vez que estábamos a una distancia segura del policía.

—Es donde viven la mayoría de los irlandeses. —Miró por encima de su hombro—. Si le hubiera dicho que me llamo Shlomo Goldstein de los Flats del West Side, ambos estaríamos llenos de golpes.

Nos separamos en la avenida Fairfield, que ya estaba empezando a llenarse de actividad, en gran parte carretas y caballos, y hombres de apariencia muy cansada que iban a trabajar temprano a algún lugar, los pocos afortunados con trabajo.

—¿Qué haces esta tarde, Buck? —preguntó John Kelly.

—Nada, supongo.

—Nada no. Harás algo conmigo —dijo con una mirada traviesa en sus ojos—. Pasaré a buscarte.

Se marchó silbando, las manos en los bolsillos de su peto desgastado. El hermano mayor. El hombre de la casa. Mi nuevo mejor amigo.

***

Cuando llegué a casa de Gertie, el aroma a comida me

llevó a la cocina. Encontré a Flo frente a los inmensos fogones, friendo beicon y huevos en una sartén de hierro fundido. Levantó la vista hacia mí, se apartó del rostro un largo mechón rebelde de cabello rubio y dijo:

—Gertie me contó todo lo que pasó anoche. Fue algo impresionante.

No quería decirle lo difícil que había sido escuchar durante horas a la madre de John Kelly gritando mientras se esforzaba por dar a luz al bebé.

—¿Ayudaste a Shlomo con los periódicos?

—Hasta el final.

—Entonces debes de tener hambre.

—Estoy bien. —La verdad era que podía comerme a un elefante, pero no quería comerme el desayuno de Flo.

—Tonterías. Echaré un poco más de beicon y romperé otro huevo. ¿Quieres una tostada? ¿Bebes café?

Comimos juntos, nosotros dos solos, en la mesa. Me pareció algo íntimo y especial.

—¿Dónde está Gertie? —pregunté.

—Les llevó algunos *blintzes* a los Goldstein.

—¿*Blintzes*?

—Es una especie de tortitas judías, rellenas y enrolladas.

Algunos de los hombres a los que mi papá les entregaba alcohol clandestino eran judíos, pero no entendía muy bien lo que significaba.

—¿Todos en los Flats son judíos?

—No todos.

—Entonces, ¿tú y Gertie sois judías?

—Yo no. Católica confirmada. Y si le preguntas a Gertie si es judía, probablemente te diga que no.

—¿Dejó de ser judía?

—No creo que puedas dejar de ser algo. Pero ya no va a la sinagoga.

—¿Sinagoga?

—Es como una iglesia para judíos.

—¿Tú sigues yendo a la iglesia?

—A veces.

—¿No has renunciado a tu religión?

—Pues sí que tienes preguntas. ¿Eres religioso, Buck? ¿Por eso haces todas esas preguntas?

—¿Religioso?

Dejé que la palabra se asentara en mi mente un instante. Para mí, en ese momento, la religión era la hipocresía de las misas de los domingos de los Brickman. Habían pintado una imagen de Dios como un pastor que cuidaba a su rebaño. Pero como Albert amargamente me había recordado una y otra vez, su Dios era un pastor que se comía a sus ovejas. Incluso el Dios amoroso en el que la hermana Eve creía tan profundamente me había abandonado una y otra vez. No creía en un solo dios, decidí. Creía en muchos, todos en una guerra constante el uno con el otro, y últimamente era el Dios del Tornado quien parecía tener la delantera.

—No —dije finalmente—. No soy religioso.

Fue entonces cuando entró Gertie, de regreso de entregar los *blintzes*.

—Acabo de cruzarme con Shlomo —dijo—. Parece agotado. Tú también tienes aspecto de que te vendría bien dormir un rato. Cuando termines de comer, ve a descansar. No te preocupes por ayudarnos durante el desayuno. Nosotras nos encargamos.

—A ti también te vendría bien descansar —dijo Flo.

Gertie sacudió una mano ante la sugerencia.

—Más tarde.

Llevé mi plato y mi tenedor al fregadero, los fregué y, cuando me di la vuelta, me sorprendió ver a Flo tomar a Gertie entre sus brazos, mantenerla allí con calidez, y luego darle un beso largo y encantador.

CAPÍTULO 53

INSPIRAMOS AMOR Y ESPIRAMOS AMOR. ES LA ESENCIA DE nuestra existencia, el aire mismo de nuestras almas. Acostado en el catre del viejo cobertizo detrás del local de Gertie, pensé en las dos mujeres y me pregunté sobre la naturaleza del afecto que había presenciado. Flo era una flor hermosa, Gertie una madre tejón ruda, e intenté darle un sentido al amor que compartían. No sabía que las mujeres podían amar a otras mujeres del mismo modo que yo me había enamorado de Maybeth Schofield. Con cada curva del río desde que había abandonado la Escuela Lincoln, el mundo se había ampliado aún más, sus misterios se habían vuelto más complejos, sus posibilidades, infinitas.

Gertie había despertado a mi hermano, a Moses y a Emmy para que la ayudasen durante el desayuno, pero a mí me permitieron quedarme en la cama. El aroma del cobertizo me recordaba al viejo cuarto de monturas donde Jack, el espantacerdos, nos había encerrado. Era el doble de grande que el cuarto de monturas y tenía dos camas, donde Elmer y Jugs dormían cuando no estaban encerrados en la prisión del condado. Moses y Albert compartieron una de las camas. Emmy se había quedado con la otra, pero me la había cedido a mí. Podía oír los sonidos de los Flats, los gritos de un ropavejero. "¡Ro-o-o-pa! ¡Ro-o-o-pa! ¡Periódicos!

¡Huesos!", el chillido de los vagones del tren, el relincho de los caballos, el ocasional rugido de un motor de gasolina y el traqueteo del chasis al sortear los surcos de una calle aún sin pavimentar. Las voces que provenían de la avenida Fairfield a menudo hablaban en yidis, pero como los Flats del West Side eran el primer lugar donde la mayoría de los inmigrantes llegaban a Saint Paul, también había gritos ocasionales en inglés y árabe, y otras lenguas extranjeras a mis oídos, y me sentía como si me hubiera alejado un millón de kilómetros del condado de Fremont.

Dormí, pero de manera intermitente, porque podía sentir el alboroto de la actividad a mi alrededor, y me sentía como si fuera la única abeja que no estaba haciendo algo en su colmena. Finalmente me levanté, salí del cobertizo y me dirigí a la parte de atrás para aliviarme; luego fui a ver en qué andaban todos.

Encontré a Emmy y a Flo en la cocina mientras preparaban el almuerzo.

—Buenos días, dormilón —dijo Emmy con alegría.

—¿Dónde está Norman?

—Se fue hace un rato, Buck —contestó Flo—. Parece que tu hermano tiene un talento que mi hermano necesita con urgencia.

—¿Enfadar a la gente? —dije.

—¿Esa te parece manera de hablar de tu hermano?

—¿Tu hermano nunca te enfada?

—Todo el tiempo. Pero nos perdonamos, ¿no lo crees? —Flo señaló con la cabeza un cuchillo y una montaña de zanahorias y agregó—: Lávate las manos y ayúdame a cortar verduras.

Mientras trabajaba, le pregunté:

—¿Qué era lo que quería tu hermano de Norman?

Fue Emmy quien respondió.

—Va a reparar el bote de Tru.

—Lo va a intentar —le advirtió Flo. Tomó un tazón con una mezcla de maíz y lo sostuvo mientras Emmy empezaba a verterla con una cuchara en las sartenes listas.

—Albert puede reparar cualquier cosa —dije—. ¿Qué hay de Moses?

—Moses y Calvin han ido a ayudarlos.

—¿Y Gertie?

—Comprando la cena. Serviremos estofado esta noche.

Cuando terminé de cortar las verduras, Flo me liberó, no sin antes agregar:

—Empezamos a servir el almuerzo en una hora y media. Regresa a tiempo, Buck.

Le pregunté si tenía una hoja de papel y un sobre para escribir una carta. Me dio ambas cosas, junto con un lápiz del número dos, al que le sacó punta para mí. Me dirigí al puente de piedra que cruzaba el río Mississippi, me senté y pensé en Maybeth Schofield.

No había pasado un día desde que abandonamos el asentamiento Esperanza que Maybeth no estuviera en mi mente. A menudo, me pasaba largas horas en el río reviviendo nuestros besos, aferrándome a esa imagen final de ella saludándome con tristeza desde la parte trasera de la camioneta, a medida que su familia se marchaba a Chicago, e imaginaba qué clase de vida habría tenido si me hubiera ido con ellos. Sabía que mi corazón jamás podría abandonar a mi propia familia, pero las posibilidades tentadoras de esa elección diferente aún me atormentaban.

"Querida Maybeth", escribí. "Estaré en Saint Paul durante algunas semanas. Nos hospedamos en casa de Gertie Hellmann y su amiga Flo en la avenida Fairfield. Espero que hayáis tenido un buen viaje. Miro nuestras estrellas todas las noches, las dos que señalan al norte, y pienso en ti".

Intenté decidir si debería decir algo sobre los besos que habíamos compartido, pero decidí dejar que Maybeth, cuando me escribiera, fuera la primera en mencionar ese tema. Si me contestaba algo, lo cual esperaba descubrir una vez que llegara a Saint Louis, entonces les daría rienda suelta a mis sentimientos y vertería todo lo que albergaba mi corazón. Pero mientras tanto, pensé que lo mejor sería no complicar las cosas. Así que terminé con un "Te volveré a escribir más adelante. Por favor, mándales un saludo a tus padres y a Mamá Beal". Pensé durante mucho tiempo cómo firmar la carta, hasta que finalmente me decidí por "Tuyo siempre, Odie".

"Tuyo siempre". Un código seguro, pensé, para "Te amo".

Doblé la carta, la puse en el sobre y escribí la dirección: "Maybeth Schofield, 147 Stout Street, Cicero, Illinois". Decidí no incluir la dirección del remitente, porque no esperaba estar en Saint Paul cuando Maybeth me escribiera. No sabía dónde estaba la oficina de correos y ya casi era hora de regresar al local de Gertie para ayudar a servir la comida, así que guardé la carta dentro de mi camisa para mantenerla a salvo de los ojos fisgones de mi hermano y sus preguntas, y regresé a los Flats.

Moses también había regresado, pero no Albert, ni Tru ni Calvin.

"Siguen trabajando en el motor del barco", dijo Moses por señas. No tuvo tiempo para explicarme nada más, porque entonces Gertie abrió la puerta y nos puso a trabajar.

En dos horas, la sopa de alubias y el pan de maíz que había preparado para la clientela del almuerzo se acabaron, excepto por lo poco que Flo había guardado para nosotros, ella y Gertie. Nos sentamos alrededor de una mesa cerca de la ventana del frente, comiendo juntos, casi como una familia.

—¿Cómo va el Contra? —le preguntó Gertie a Moses—. ¿Wooster Morgan aceptó ayudar?

Moses respondió por señas: "Dijo que prefería que lo

partiese un rayo antes de ayudar a Truman Waters. Pero Albert habló con él. Le agrada Albert. Aceptó dejarle usar sus máquinas y herramientas. Me parece que creyó que Albert estaba perdiendo el tiempo, pero Albert está haciendo un buen progreso".

Me encargué de interpretar las señas y Gertie meneó la cabeza.

—Truman es un terco hijo de perra. Pero tengo que reconocerlo. Siempre se preocupa por el Contra y su tripulación.

Flo dijo:

—Le prometió a pa que cuidaría ese barco.

—¿Pa?

—Nuestro padre. Cuando murió, Tru heredó el Contra Viento y Marea. Desde hace generaciones somos una familia de río. Cuidar al Contra es una especie de tarea sagrada para Tru.

Gertie resopló de un modo burlón y en respuesta, Flo agregó suavemente:

—En cada pecador, Gertie, está la posibilidad de un santo.

Cuando terminamos de limpiar la cocina, Moses regresó al astillero. Gertie, que parecía bastante agotada, finalmente accedió a la insistencia de Flo de que se acostara a descansar un rato. Flo le preguntó a Emmy si le gustaría ayudarla a hornear unas galletas que acompañarían al estofado que serviría esa noche. Yo también estaba pensando en irme a dormir un rato, como Gertie, cuando John Kelly apareció y dijo:

—¿Quieres hacer algo divertido?

***

Nunca antes me había subido a un tren de carga, pero John Kelly era todo un profesional.

—Todos aminoran la marcha, ves, cuando pasan por los Flats.

Esperamos cerca del puente en arco donde las vías cruzaban el Mississippi sobre un puente de caballetes de hierro. Acabábamos de perder un tren, pero John Kelly dijo que llegaría otro en cualquier momento.

—¿Cómo están tu madre y el bebé? —pregunté.

—De diez —respondió—. Mamá es tan fuerte como un buey y es fácil ver que Mordy se parece a mí. Tiene los pulmones de un ropavejero.

—¿Mordy?

—Mordecai David. Pero Mordy le queda mejor —dijo el hermano mayor orgulloso—. Aunque, a decir verdad, no sé si podríamos haberlo logrado sin Gertie. Se ha asegurado de que haya comida para que la abuela pueda cuidar a ma y ella pueda cuidar a Mordy. —Señaló las vías—. Aquí viene.

El motor rugió al pasar, llevando una larga hilera de vagones. En ocasiones veíamos a algún hombre desaliñado que nos miraba a través de las puertas abiertas. Un vagón abierto apareció delante de nosotros, meciéndose un poco por el peso que ejercía sobre las vías. John Kelly gritó:

—¡Este!

Y se lanzó a la puerta abierta. Yo me quedé allí parado mirando esas enormes ruedas de metal chirriantes, pensando que si me resbalaba podía terminar como una rebanada de pan con jalea de fresas.

—¡Vamos! —gritó John Kelly.

Tuve que correr para alcanzarlo y, cuando salté, John Kelly me sujetó y me subió a salvo a su lado.

—¿A dónde vamos? —pregunté, sin aliento.

—Solo al parque que está al otro lado del río. Pero si nos subimos al tren indicado, rayos, podríamos terminar en Chicago o Saint Louis o Denver o lo que quieras. Los trenes van a todas partes desde aquí.

A medida que el tren aminoraba la marcha al otro lado del río, nos bajamos en una red de vías y vagones aparcados. John Kelly no tuvo problemas para hacerlo, pero yo me tropecé y me caí, y la carta que le había escrito a Maybeth Schofield que tenía guardada dentro de mi camisa se cayó. Me limpié y recogí la carta.

—¿Qué es eso? —preguntó John Kelly.

—¿Qué crees?

—Maybeth —dijo, leyendo sobre mi hombro—. ¿Una niña que te gusta?

—Algo así —dije.

—¿Quieres enviársela?

—Claro. Pero necesito un sello.

—Pan comido —dijo.

Me llevó al centro, a un gigantesco edificio gris de piedra con torretas por todas partes y una enorme torre de reloj en el medio, la estructura más impresionante que jamás había visto. Era el tribunal federal y también servía, por lo que John Kelly me había explicado, como la oficina de correos para el Upper Midwest. Era imponente y, como era un tribunal, estaba seguro de que estaría llena de muchos funcionarios de la ley. John Kelly entró sin vacilar, como si fuera el dueño del lugar y, si bien yo estaba demasiado inquieto, lo seguí.

El interior era todo de mármol y caoba, y había un flujo constante de personas. Me abrí paso entre el mar de gente que iba y venía, sus expresiones resueltas, a veces manchadas con lágrimas, siempre preocupadas. La ley era una fuerza formidable y despiadada, y aun así aquí estaba yo, justo bajo sus narices. Intenté hacerme pequeño para que no me vieran.

John Kelly me llevó hacia el área de correos, donde se habían formado varias filas frente a las distintas ventanillas. Nos detuvimos en una y esperamos nuestro turno. Dos policías uniformados pasaron a nuestro lado. Aunque sabía que por lógica no podían estar buscándome a mí en concreto, bajé la cabeza para ocultar mi rostro.

Seguía mirando el suelo pulido, cuando una mano enorme se apoyó sobre mi hombro y una voz profunda dijo:

—Dios mío, eres tú.

Cuando vi quién era, mi cabeza empezó a dar vueltas. Porque parado delante de mí, atravesándome con su único ojo, estaba Jack, el espantacerdos, el hombre al que le había disparado en el granero del condado de Fremont.

CAPÍTULO 54

ESTABA BAJO LA FUERZA DE ESE DEMONIO TUERTO QUE SE había levantado de la tumba y me quedé completamente paralizado.

—¡Ey! —gritó John Kelly, reuniendo toda la fuerza que un niño de trece años era capaz de tener—. ¡Suéltalo!

Otras personas empezaron a mirarnos y, así como temía al espantacerdos, también temía llamar aún más la atención. Había policías por todas partes y lo último que necesitaba era que la ley interfiriera.

—Lo... siento —murmuré.

—¿Lo sientes? —dijo Jack—. ¿Por qué? Me salvaste, Buck.

Tenía el brazo izquierdo en cabestrillo, pero su rostro, lejos de estar cubierto por la ira, contenía una genuina expresión de placer.

—¿Le salvé? —dije.

—¿Todo bien? —preguntó un hombre en la fila de al lado.

—Viejos amigos —le dijo Jack—. ¿Verdad, Buck?

—Así es —contesté con cuidado.

Luego Jack sugirió afablemente:

—Vayamos a hablar a otro lugar.

Salimos y cruzamos al parque que estaba al otro lado de la calle. En todo momento, sentía el estómago revuelto y mi cerebro seguía diciéndome que me fuera corriendo, lo cual habría hecho de no ser porque sentía una inmensa curiosidad por cómo había vuelto de la muerte. Nos sentamos en un banco a la sombra de un olmo y Jack nos contó su historia.

—Me desperté en el granero —explicó—. Lleno de sangre y con un hueco en el pecho. —Usó su brazo sano para desabotonarse la camisa y mostrarme la cicatriz suturada—. El doctor dice que la bala está tan cerca de mi corazón que no la puede sacar sin ponerme en peligro. Un centímetro más y sería un hombre muerto. —Se abotonó la camisa, miró hacia donde la luz del sol atravesaba las ramas del árbol y caían sobre su rostro como un baño dorado—. Ese centímetro no fue más que un milagro —dijo con una voz apagada. Me miró con su ojo sano—. Soy el último tipo en la tierra que merece un milagro, Buck, pero ahí está.

—¿Qué hace aquí? —pregunté.

—Soy un hombre renovado. Destrocé con un hacha el alambique que me construyó tu hermano, me aseé y vine a Saint Paul a buscar a Aggie y Sophie.

—¿Las ha encontrado?

—Por la gracia de Dios, sí —dijo, sonriendo—. Nos hospedamos en casa de su hermana hasta que Aggie pueda resolver algunas cosas y podamos regresar a la nuestra. Uno o dos días más, quizás. Pero, rayos, qué sorpresa cruzarme contigo. ¿Dónde están los demás?

Justo antes de que lo hubiera matado, o eso creía, había visto la posibilidad de que Jack fuera un buen hombre. Pero entonces se transformó. Sabía que gran parte de ese cambio se debía al alcohol, pero no tenía idea de qué otros factores había en la base de la que parecía ser su naturaleza dual. Entonces decidí ocultarle la verdad y dije:

—Nos separamos cuando nos fuimos de tu casa. Creímos que sería más seguro si seguíamos por caminos distintos.

—Lamento escuchar eso, Buck. Eran tu familia. Un

hombre que pierde a su familia pierde todo. La pequeña Emmaline, ¿está bien?

—Sí. —No podía evitar pensar en el colchón del ático que habían cortado en lo que suponía que había sido un ataque de ira asesina—. ¿Qué hay de Rudy?

—¿Rudy? —Jack meneó la cabeza con tristeza—. Estaba totalmente equivocado. Creí que estaba tras mi Aggie y mi Sophie, pero era el alcohol que retorcía mis pensamientos. Resulta que estaba preocupado de que les hiciera daño. Una vez que las dejó en la casa de la hermana de Aggie, continuó hacia Fargo. Tiene familia allí. —Una repentina oscuridad cruzó su rostro—. Sabes, Buck, me siento terrible por cómo os traté. Encerrándoos como animales. Me avergüenza decir que cogí vuestro dinero. Lo usé para evitar que ejecutaran la hipoteca de mi granja, que era la razón principal por la que bebía tanto. En ese momento, supuse que solo estaba cogiendo el dinero que vosotros mismos les habíais robado a esas personas de Lincoln, pero aun así no estuvo bien. No sé cómo puedo recompensarte.

Pensé en el dinero que le había dado al señor Schofield y mi esperanza porque hubiera hecho algo bueno. Y aquí estaba Jack, delante de mí, un hombre cambiado, y entendí que el dinero que nos había robado había desempeñado un papel fundamental en ese cambio. Y, honestamente, me sentía tan aliviado de no tener que cargar con la culpa de haber matado a un hombre que me sentía exultante.

—Como dijo, ni siquiera era nuestro. Me alegra que le haya servido.

Jack había estado tan concentrado en mí que ni siquiera se fijó en mi compañero. Ahora le sonrió a John Kelly.

—¿Quién es?

—Él es… —empecé, pero las cosas habían cambiado tan repentinamente en su granero que, una vez más, decirle la verdad no parecía la opción más sensata, así que vacilé.

Fue John Kelly quien contestó.

—Rico.

—Rico, ¿eh? Bueno, Rico —dijo Jack, tendiéndole una mano—, me alegro de conocerte.

John Kelly estrechó la mano del hombre con firmeza y me guiñó un ojo.

Jack el tuerto se puso de pie.

—Tengo cosas que hacer, así que seguiré mi camino. Si alguna vez pasáis por el condado de Fremont, siempre seréis bienvenidos en mi hogar. —No se marchó de inmediato, sino que se quedó allí parado por un breve instante con su ojo sano cerrado y el rostro levantado, como si estuviera respirando un dulce aroma. Se tocó el pecho donde lo había atravesado la bala y sonrió—. La vida es más extraña y hermosa que lo que nunca hubiera creído posible. Gracias, Buck, por ese regalo.

Estrechó mi mano y se marchó.

—¿Rico? —pregunté cuando empezamos a cruzar el puente hacia los Flats.

—¿No has visto *El pequeño César*? ¿Edward G. Robinson? ¿Rico? Vaya tipo duro.

El tiempo pasado con Jack me hizo llegar tarde al restaurante de Gertie, y Moses y Emmy ya estaban trabajando duro. Gertie me puso a trabajar de inmediato para ayudar con los preparativos de la cena para la multitud de esa noche, y no tuve oportunidad de contarles nada sobre mi encuentro con un hombre que se había levantado de los muertos. El restaurante estaba bastante lleno, pero cuando nos sentamos alrededor de una mesa después, comiendo el estofado que nos habíamos apartado, me preparé para contarles lo de Jack. Antes de que pudiera hacerlo, sin embargo, Albert, Tru y Calvin llegaron, todos de buen ánimo.

—Un genio —anunció Tru, apoyando una mano sobre el hombro de mi hermano—. Tenemos un auténtico genio mecánico aquí. Flo, dale a este hombre un poco de comida. Y, Gertie, creo que necesitamos una cerveza para celebrarlo.

Flo se levantó de inmediato de su silla, pero Gertie no se movió. Miró con severidad a Tru Waters.

—¿Qué celebramos?

—Creo que hemos progresado mucho —dijo Tru—. El Contra estará listo para remolcar cargas en un día o dos, recordad lo que os digo.

Gertie miró a Calvin en busca de confirmación.

—El niño tiene talento —admitió—. Incluso Wooster Morgan estaba impresionado. Quiere contratar a Norman en su taller.

—Sobre mi cadáver —dijo Tru—. El niño se unirá a mi tripulación.

Flo llevó más estofado y Gertie dos vasos con espuma en la parte superior.

Tru dijo:

—Un vaso para Norman, Gertie.

Miró a mi hermano, que le dijo con una sonrisa muy ajena a Albert:

—Una cerveza es justo lo que necesito.

Sabía que Albert había trabajado con Volz vendiendo alcohol de contrabando en la Escuela Lincoln, pero nunca lo había visto consumirlo. Esa noche sí, bastante, vaso tras vaso.

***

Tenía intención de contarles lo de Jack esa noche, pero la cerveza había hecho de las suyas en Albert y terminó dormido en la cama que compartía con Moses y, de inmediato, empezó a roncar como si no hubiera un mañana. Había sido un largo día para Emmy y se durmió en cuanto su cabeza tocó la almohada. Los ronquidos de Albert hicieron que a Moses le fuera imposible dormir y finalmente se levantó y salió a la luz de la luna. Tenía la esperanza de que haber descubierto que no había matado a Jack terminaría con mi insomnio, pero mi cerebro estaba tan lleno que, una vez más, dormir parecía imposible, y finalmente me levanté y acompañé a Moses fuera.

Había un olor particular en los Flats, un olor a lenta putrefacción que se debía en parte a las crecidas anuales de la primavera que desbordaban el Mississippi e inundaban las precarias construcciones, así que muchas casas, como la de John Kelly, tenían marcas de humedad por la más reciente de las crecidas. Durante la primavera, todo quedaba completamente empapado y, lentamente, el calor del verano terminaba de pudrirlo. Estaba en medio del hedor a putrefacción junto a Moses y vi encendida una luz en la planta de arriba de la casa de Gertie, donde algunas siluetas iban y venían detrás de las cortinas cerradas.

"Me agradan", dijo Moses por señas, sus manos gráciles y blancas por la luz de la luna. "Me recuerdan a la madre de Emmy. Buen corazón".

—Forrest sabía lo que hacía cuando nos envió hacia aquí —dije—. Su hermano se parece mucho a él.

"Buena gente". Luego agregó: "Me gusta este lugar. A Albert también".

Conocía a Moses desde hacía mucho tiempo. A menudo, entendía, por la expresión en su rostro y la forma en la que movía las manos, cuál era el tono de sus palabras si les hubiera podido dar voz. Lo que interpretaba ahora me asustaba un poco.

—¿A qué te refieres? —pregunté con precaución.

"Tru quiere que nos unamos a su tripulación. Nos ofreció trabajo".

Aunque había escuchado a Truman Waters decir algo así, creí que solo era una fanfarronería, una exageración porque, gracias a Albert, su remolcador estaría funcionando mucho antes de lo que había anticipado e indudablemente a un menor costo.

—¿Hablaba en serio?

"Muy en serio", dijo Moses.

—¿A los dos?

"A los dos. Cal dice que deberíamos aceptarlo. Dice que encontrar un trabajo en estos tiempos es casi imposible".

—Te cae bien Cal.

"Es mi gente".

—Creí que Albert, Emmy y yo éramos tu gente.

"Lo seguís siendo. Hay lugar en mi corazón para todos vosotros".

—¿Qué hay de Saint Louis?

"No conozco Saint Louis. Pero estoy empezando a conocer los Flats y no me parece un mal lugar para asentarme. Gertie y Flo quieren mucho a Emmy, y ella también. Y ahora tienes un amigo aquí, tu amigo, por lo que dices".

Albert siempre había sido mi mejor amigo. Pero estaba cambiando. Había visto lo orgulloso que estaba sentado junto a Truman Waters, bebiendo con el hombre como si fueran casi iguales. Desde que estuvo al borde de la muerte por el mordisco de la serpiente, estaba empezando a ser alguien diferente y sentía una profunda tristeza en mi interior, como si estuviera anticipando nuestro fin, o al menos el fin de lo que alguna vez habíamos sido el uno para el otro.

El rugido del ronquido de Albert había cesado dentro del cobertizo y Moses dijo: "El desayuno es temprano. Será mejor que durmamos un poco". Me puso una mano sobre el hombro de un modo que me pareció increíblemente condescendiente, como si él fuera un adulto que le pide a un niño que se fuese a la cama. Y ese simple gesto casi me rompió el corazón.

Me aparté de él y regresé al cobertizo solo.

Tenía ganas de llorar, pero eso solo confirmaría que era

un niño. En su lugar, todo en mi interior lo vertí hacia la ira. Los Flats, por lo que entendía, era solo otra promesa que, de algún modo, se rompería. Habíamos sido atraídos hacia la posibilidad de pertenecer a algún sitio, pero si nos quedábamos, sabía que nos destruiría, o al menos destruiría la dependencia que teníamos el uno del otro. Acabaría con lo que habíamos sido entre nosotros. Acabaría nuestra búsqueda del verdadero hogar. No sabía cómo lo haría, pero juré asegurarme de que los Flats no fueran la última parada de nuestro viaje. Teníamos como objetivo llegar a Saint Louis y por Dios que me aseguraría de que fuéramos allí.

CAPÍTULO 55

—HÁBLAME SOBRE SAINT LOUIS Y LA TÍA JULIA —LE PEDÍ a Albert la mañana siguiente.

Estábamos sentados en una mesa del local de Gertie desayunando antes de que mi hermano, Tru y Cal regresaran al taller. El sol casi no había asomado.

—¿Por qué? —preguntó, bebiendo su café negro con una resaca bastante fuerte por su noche de cervezas con Truman Waters.

—Ha pasado mucho tiempo y se me han olvidado algunas cosas.

Lo cual era verdad, pero no la razón por la que se lo había pedido. Quería que volviera a considerar Saint Louis nuestro destino final y que nuestra familia allí era el verdadero propósito de nuestro viaje. Planeaba repasar los recuerdos de la tía Julia y mamá y papá, y tocar una fibra de Albert que despertara la resonante música de la añoranza y le hiciera entrar en razón.

Dejó la cabeza colgando y miró su plato, y tenía miedo de que en lugar de la reminiscencia estuviera considerando vomitar sobre sus huevos revueltos.

Emmy fue de gran ayuda. Con los ojos muy abiertos, preguntó:

—¿Saint Louis es muy grande?

—Ajá —contestó Albert, asintiendo tan despacio que creí que tenía miedo de que se le fuera a caer la cabeza.

—¿Qué recuerdas de la tía Julia? —pregunté—. Yo solo recuerdo que nos trataba muy bien.

Albert bajó su tenedor y cerró los ojos. Cuando habló, fue con un gran esfuerzo.

—Me acuerdo de que era muy guapa. Y olía a flores. Lilas. Solo la visitamos una vez y fue después de la muerte de mamá, pero me acuerdo de que nos trató muy bien.

—Me acuerdo de que su casa era enorme y rosa.

—Y estaba cerca del río —agregó él.

—¿Te acuerdas de la calle?

Negó con la cabeza.

—Tenía un nombre griego, pero no me acuerdo cuál. De lo que sí me acuerdo es de la tienda de dulces en la esquina y que nos dio a cada uno unas monedas para comprar caramelos de dulce de leche.

—Me acuerdo de esos caramelos —dije.

—Lo mejor que haya probado jamás —agregó Albert.

Entonces vi lo que me pareció que era nostalgia en sus ojos, mientras recordaba todas estas cosas.

—Moses me contó que vais a trabajar para Tru —tanteé con cuidado, mirando a Moses para confirmación. Se estaba llevando el tenedor a la boca, pero se detuvo el tiempo suficiente para asentir—. ¿Lo vais a hacer? —pregunté.

—Claro, ¿por qué no? —dijo Albert.

—Porque es peligroso quedarnos aquí.

—¿De qué estás hablando? —dijo.

Y fue entonces cuando les conté la verdad.

—Vi a Jack el tuerto. Está vivo.

Los ojos cansados y dormidos de Albert enseguida se abrieron por completo.

—Mentira.

—No.

Moses bajó su tenedor y dijo: "¿Por qué no nos lo has contado antes?".

—No he tenido tiempo. Pero os lo estoy contando ahora. Tenemos que irnos.

La puerta se abrió y entraron Tru y Cal, bastante eufóricos, Tru en particular.

—Ah, ahí está —dijo, dándole una palmada tan fuerte en la espalda a Albert que casi escupe lo poco que había comido esa mañana—. Nos espera un gran día, Norman.

Moses hizo una seña: "Hablamos luego".

Los hombres acercaron sillas a nuestra mesa y se sentaron con nosotros, y Gertie y Flo les sirvieron un plato. Tru fue el que más habló, contando sus planes para empezar a remolcar cargas la semana siguiente.

—Tenéis mucho que aprender —dijo, dirigiéndose a Albert y Moses—. Será un trabajo duro, pero aprenderéis sobre la vida en el río, y juro por Dios, muchachos, que no hay mejor vida que esa.

Flo estaba sirviendo café y esbozó una sonrisa y nos lo aclaró:

—Crecimos en el río, Tru y yo. Navegamos por el Big Muddy más veces de las que puedo recordar.

—No hay nada como ver el amanecer en el Mississippi, Norman —dijo Tru—. El agua es como fuego a tu alrededor y todo el río está vacío, excepto por ti y tu remolque. Te aseguro que detrás del timón una mañana como esa, sabes lo que debe sentir un rey cuando mira desde su castillo todas las tierras que le pertenecen.

—El río no te pertenece, Tru —le recordó Cal.

—A veces parece que sí. —Puso una mano sobre el hombro de mi hermano—. Ya verás, Norman. —Luego me sonrió—. Encontraremos algo para mantenerte ocupado a ti también, Buck.

Miré a mi hermano, sus ojos enrojecidos, su rostro pálido,

asintiendo como un lacayo estúpido ante cada cosa que escuchaba y, en ese momento, odié a Truman Waters, el hombre que me estaba robando a mi hermano.

✳✳✳

Por la tarde, me marché para enviarle la carta a Maybeth, pero primero pasé por el astillero, donde el Contra Viento y Marea estaba atracado. Cuando llegué a la cubierta del remolcador, vi a Moses y Cal en la cabina de mando. A través de la puerta abierta hacia la sala de máquinas oí el sonido de metal contra metal y las voces de Albert y Truman Waters mientras discutían algunas cosas. Varias partes del motor estaban dispersas sobre la cubierta, algunas limpias y relucientes, otras aún empapadas en grasa, y me recordaban a las entrañas de un animal muerto que se pudría bajo el caluroso sol de junio.

—¡Cal! —escuché a Tru gritar desde el interior—. ¡Pásanos el vástago del pistón de estribor!

Pero al estar en la cabina de mando, Cal no le oyó.

—¡Cal! —gritó una vez más Tru. Al no obtener respuesta, maldijo en voz alta, y luego salió de la sala de máquinas hacia la cubierta, donde me vio y, para mi sorpresa, me sonrió como si estuviera contento de verme—. Ey, hola, Buck. ¿Vienes a ayudar?

—Solo vine a ver.

—Bueno, ven y echa un ojo —me invitó con una mano grasienta.

La sala de máquinas era un lugar muy estrecho lleno de enormes mecanismos que eran el corazón del remolque, una larga caldera a la que estaba conectada una red de vástagos y pistones y cilindros y bombas. Albert estaba de espaldas, mirando hacia un entramado de acero arriba, cubierto de grasa, con una enorme llave inglesa en la mano y quizás con la sonrisa más amplia que jamás había visto en él. Me quedó claro que este era su lugar, el mundo de las máquinas. Su calvario con la mordedura de la serpiente lo había cambiado y parecía perdido en cierta medida, pero entendí que, en las entrañas de ese remolcador, se estaba reencontrando consigo mismo. Quería que fuera feliz, pero mi corazón furioso había levantado una pared. Estaba tan absorto en su trabajo que no me vio.

Me fui del Contra, crucé el puente en arco, pero me detuve a mitad de camino para mirar el Mississippi, más oscuro que la mierda bajo el sol de la tarde. Una enorme isla llamada Harriet se encontraba al oeste del puente y, por detrás del balneario público de la isla, había una gran construcción con baños, pero no había ningún bañista. En aquellos días, el Mississippi se había convertido en vertedero de aguas fecales, y aunque la ciudad finalmente cuidaría mejor de ese preciado recurso, en 1932 ni siquiera las almas más valientes se animarían a bañarse en esas aguas.

Me quedé mirando a las colinas, donde las casas más elegantes se elevaban sobre la miseria de la ribera del río, y me pregunté por qué Flo, Gertie, Tru, Cal, John Kelly y el resto estaban contentos con tener solo lo justo para sobrevivir.

Miré el taller abajo, al inmóvil Contra. Aunque había pasado más de un mes en el río, el remolcador me parecía extraño, enorme y torpe. Me quedo con una canoa siempre, pensé.

En algún lugar del centro, un reloj marcó las cuatro y recordé que debía regresar al restaurante de Gertie para ayudar con la cena. Todavía no le había enviado la carta a Maybeth. Resulta que nunca lo haría.

CAPÍTULO 56

—Voy a hacer una pequeña fiesta en el Dulce Sue esta noche —anunció Tru tras de la cena esa noche—. Estáis más que invitados.

—¿Dulce Sue? —preguntó Emmy.

—Mi casa flotante —le explicó Tru—. Es donde Cal y yo vivimos.

Cuando terminamos de limpiar el comedor y la cocina, bajamos hacia el río, donde una serie de casas flotantes erosionadas por el clima se mecían sobre la orilla. Eran, si es que era posible, más precarias que las construcciones donde vivía la gente en los Flats, pero tenían una leve ventaja sobre las inundaciones de cada primavera, ya que flotaban sobre las crecidas y se mantenían a salvo y secas. Muchas personas, familias enteras, estaban sentadas en las cubiertas y saludaban a Tru y Cal cuando pasábamos.

Tru tomó una botella de cerveza de contrabando de su nevera y se la ofreció a quien la quisiera. Los adultos bebieron, pero Albert, juiciosamente, no aceptó esa invitación, aunque sí la opción de zarzaparrilla, al igual que Emmy, Moses y yo. Tru tenía un barril de acero en la cubierta, cortado por la mitad. A medida que el atardecer daba lugar a la total oscuridad, encendió una fogata en ese barril. Varios faroles de queroseno iluminaban los botes sobre el río y nos encontramos en una pequeña comunidad dentro de otra más grande que eran los Flats.

Emmy, Flo y Gertie se sentaron sobre unas cajas vacías dadas la vuelta, y Moses y Cal a su lado. Tru había acaparado a mi hermano y estaba llenándole la cabeza con las aventuras que había tenido en el Big Muddy. Yo me quedé sentado solo, apartado, enfurecido en silencio, hasta que Cal se levantó, cruzó la cubierta y se sentó a mi lado.

—Eres como una cebolla en un campo de petunias, Buck. Y cada vez que miras a Tru, es como si le estuvieras tirando piedras. Es un buen hombre.

—Bebe demasiado.

—No cuando está remolcando una carga. Siempre está sobrio y es todo un profesional, uno de los mejores capitanes de río que conozco.

Le di un sorbo a mi zarzaparrilla y no contesté.

—Déjame contarte algo que seguro que te resultará esclarecedor. Los policías que pegaron a Gertie recibieron una paliza como nunca antes. Dicen no saber quién lo hizo, y quizás sea cierto, pero todos en los Flats saben quién hizo que esos dos policías pagaran. ¿Quién crees que fue?

—¿Tru? —dije a regañadientes.

—Se rompe el alma por Flo y, como ella ama a Gertie, también lo da todo por ella. Y no dejes que Gertie te engañe. También lo quiere mucho.

—Tienen una forma extraña de demostrárselo.

—¿Alguna vez te has comido una nuez? Rompe la cáscara y su interior es suave y dulce.

Flo habló con suavidad:

—Buck, ¿quieres tocar algo con tu armónica?

—No tengo muchas ganas —dije.

—Entonces, cuéntanos una historia —insistió Emmy.

—Una historia, Buck —dijo Truman Waters y levantó su cerveza, como si estuviera alentándolo.

—¿Una historia? —dije—. Claro, os la contaré.

*****

Había una vez cuatro Vagabundos.

—La princesa hada, el gigante, el hechicero y el duen-decillo —completó Emmy con mucho entusiasmo—. Y estaban en una odisea para matar a la Bruja Negra.

—Exacto —dije.

Habían hecho un largo y duro camino, y aunque la Bruja Negra había enviado a varios enemigos para detenerlos, no lograba hacerles daño porque juntos eran invencibles. Había una magia entre ellos que los hacía fuertes y sabían que nada podía alzarse en su contra, ni siquiera los malvados poderes de la Bruja Negra.

Sin embargo, aunque no lo supieran, esa era su debilidad. Su absoluta seguridad en ellos mismos.

Pero la Bruja Negra sí lo sabía y entendió que atacarlos con su ejército no tenía sentido, y entonces encontró otra manera de destruirlos.

Hice una pausa para generar un efecto dramático y todos en la cubierta de la casa flotante se quedaron en silencio, hasta que Emmy gritó desesperada.

—¿Qué manera?

Envió a una pequeña mosca para que les susurrara cosas al oído mientras dormían. Lo que la mosca le susurró al gigante fue esto: "Eres fuerte y no necesitas a los demás". Y al hechicero: "Eres inteligente y no necesitas a los demás". Y a la princesa hada: "Eres mágica y no necesitas a los demás". Pero cuando la mosca intentó susurrarle al oído al duendecillo, este la aplastó y la mató.

A la mañana siguiente, el gigante se levantó, miró a sus amigos y pensó: "¿Para qué necesito a los demás? Soy bastante fuerte yo solo". Y luego el hechicero abrió los ojos y pensó:

473

"¿Para qué necesito a los demás? Soy bastante inteligente yo solo". Y la princesa hada, que siempre había sido amable, se despertó y pensó: "Mi magia es poderosa. ¿Para qué necesito a los demás?".

Fue así que el duendecillo entendió el plan oscuro que la Bruja Negra había tramado.

—Compañeros —gritó—, no os dejéis engañar. La única manera de combatir a la maldad de esta tierra es permanecer unidos.

Pero las palabras de la pequeña mosca habían hecho su trabajo y los otros Vagabundos hicieron oídos sordos a las súplicas del duendecillo.

El gigante dijo:

—Voy a matar yo solo a la Bruja Negra. No necesito vuestra ayuda.

El hechicero dijo:

—Voy a matar a la Bruja Negra.

La princesa hada dijo:

—No, yo mataré a la Bruja Negra.

Los tres presuntuosos Vagabundos se miraron con sospechas y luego con ira. Empezaron a pelear entre sí y, al final, se destruyeron el uno al otro. Solo el duendecillo, que se quedó triste a un lado, observando, sin poder hacer nada para detenerlos, sobrevivió.

Sabía que nunca podría matar a la Bruja Negra él solo. Durante el resto de sus días, deambuló por la tierra solo, maldiciendo a la Bruja Negra y llorando a sus compañeros caídos.

Tras un momento de silencio, en el que solo se podía escuchar el crepitar del fuego en el barril cortado, Truman Waters vociferó:

—Vaya, diablos, esa no es una historia feliz.

—No todas las historias tienen un final feliz —dije.

Mi triste historia tuvo el efecto que esperaba, hundir a la

celebración en el Dulce Sue bajo una nube oscura. Gertie se puso de pie y dijo:

—Deberíamos ir a dormir. El amanecer llega pronto y con él un montón de gente hambrienta.

Regresamos juntos a la casa de Gertie y Albert, Moses, Emmy y yo nos fuimos al cobertizo para pasar la noche. Albert encendió una vela y nos sentamos en nuestros catres.

—Muy bien, duendecillo —dijo Albert—, cuéntanoslo todo sobre Jack el tuerto.

Les conté el encuentro en la oficina de correos y lo que hablamos con Jack en el parque.

Moses preguntó: "¿Un disparo al corazón y sigue vivo?".

—Estaba muerto —aseguró Albert—. Lo juro.

—Solo parecía muerto. La bala no atravesó su corazón solo por un centímetro.

—¿No nos odia, Odie? —preguntó Emmy.

—De hecho, estaba agradecido, juró que habíamos cambiado su vida. Pero esta es la cuestión. Si Jack, que no nos estaba buscando, nos encontró, la Bruja Negra y su marido lameculos seguro nos van a encontrar. Tenemos que regresar al río y seguir hasta Saint Louis y la tía Julia.

En la luz titilante de la vela, intenté leer sus expresiones. Pensé que, hacía no mucho tiempo, habría sido capaz de entenderlos con solo mirar sus rostros. Pero ahora me parecían extraños, y sus pensamientos un misterio.

—¿Y bien? —insistí.

—Yo me quedo —dijo Albert—. Empezaré a trabajar para Tru.

Moses asintió y dijo: "Yo también".

Emmy dijo, con sutileza, como si temiera hacerme daño:

—Yo también quiero quedarme, Odie. Me gustan mucho Flo y Gertie.

—Jack me encontró —dije—. En una ciudad con un millón de habitantes, Jack me encontró, y ni siquiera me estaba buscando. Los Brickman nos están buscando, y están poniendo mucho empeño.

Albert dijo.

—La semana que viene, Moses y yo zarparemos por el Mississippi en el Contra. Quizás tú y Emmy podáis venir. Eso nos mantendrá a salvo por un tiempo.

—Por un tiempo. Pero la Bruja Negra nunca se rendirá. Lo sabes.

—No lo sé. Y tú tampoco. Los Brickman se olvidarán de nosotros al final.

—No la Bruja Negra. Nunca se olvida de nada.

—Vale —dijo Albert—. Tú fuiste quien insistió en que esto era una democracia. Así que todos aquellos a favor de quedarse que levanten la mano.

Sabía el resultado antes de que los demás emitieran sus votos, y cuando Albert apagó la vela, me acosté furioso y no pude dormir.

Me levanté y salí del cobertizo, y empecé a vagar por las calles de los Flats sin rumbo alguno, las casas oscuras a cada lado, los escaparates de los negocios vacíos, el aire de la noche inmóvil, caluroso y pesado. Mi camisa estaba empapada de sudor a mis espaldas, algo que bien podría haber sido por la humedad o el cansancio de caminar, o la manera en la que todo en mi interior se sentía retorcido e inseguro. Algo terrible esperaba en el horizonte, podía verlo. ¿Por qué los demás no?

Entonces lo entendí. La horrible verdad que había estado reacio a aceptar. El asesinato de DiMarco. El disparo a Jack. La mordedura de la serpiente a Albert. La incansable persecución de los Brickman. Todo era por mí, todo era culpa mía. Esta era mi maldición. Ahora podía ver que, mucho antes de que el Dios del Tornado descendiera y asesinara a Cora Frost y diezmara el mundo de Emmy, ese espíritu vengativo se había aferrado a mí y me había seguido a todas partes. Mi madre había muerto. Mi padre había sido asesinado. Yo era el culpable de toda la miseria que había ocurrido en mi vida y en la vida de todos los que me importaban. Solo yo, con dolorosa claridad, vi que si me quedaba con mi hermano y Moses y Emmy, terminaría destruyéndolos a ellos también. Darme cuenta me dejó destrozado y me quedé quieto, solo, sin aliento, terriblemente asustado.

Me arrodillé e intenté rezarle al Dios misericordioso que la hermana Eve me había insistido en que abrazara, recé con desesperación para que me liberara de esa maldición, para que me guiara. Pero lo único que sentí fue mi propio aislamiento y una abrumadora sensación de impotencia. Poco a poco, sin embargo, mientras estaba arrodillado en las tierras bajas del West Side, cubierto por el resplandor de la luna, una idea fría y oscura se asentó en mi interior. Cuando finalmente me levanté del suelo de esa calle sin pavimentar, supe exactamente lo que debía hacer.

CAPÍTULO 57

—¡EY, BUCK JONES! —JOHN KELLY SE ACERCÓ CORRIENDO en la oscuridad—. ¿Me ayudas a entregar los periódicos? —Me dio una palmada en la espalda a modo de saludo y luego vio mi cara—. ¿Estás bien?

—Me voy —dije.

—¿A dónde?

—A Saint Louis.

—¿Qué hay de los demás?

Pensé en mi hermano, Moses y Emmy. Ellos creyeron haber encontrado sus hogares. Estaban felices. Si venían conmigo, sabría que, de algún modo, yo destruiría esa felicidad.

—Me voy solo.

—¿Cómo harás para llegar allí?

Consideré la canoa que estaba guardada en el taller. Era un transporte que conocía, una amiga, en cierta medida, pero estaba bastante seguro de que no podría manejarla solo en un río tan grande y desconocido como el Mississippi.

—¿Mencionaste que los trenes van a Saint Louis?

—Claro —dijo John Kelly, entusiasmándose por la idea—. Puedes subirte a un tren de carga.

—¿Sabes cuál?

—No, pero si preguntamos por la estación, seguro alguien nos dice a cuál podemos subir.

—¿Podemos? Tú no vienes.

—No, pero no voy a abandonarte hasta estar seguro de que te has ido a salvo. Somos amigos.

—Gracias —dije, realmente agradecido—. Tengo que ir a buscar algunas cosas a casa de Gertie, ¿vale?

Entré al cobertizo y me acerqué a la cama donde Emmy dormía, deslicé mi mano por debajo del delgado colchón, donde había guardado mi armónica y el sobre con la carta que le había escrito a Maybeth. Puse los preciados objetos en el bolsillo de mi pantalón. Me quedé de pie junto a Emmy, que siempre había sido tan bonita como una princesa hada. En nuestra larga odisea, se había convertido en algo más que la hija huérfana de Cora Frost. Se había convertido en mi hermana. Mi dulce hermana menor. Estaba tentado de agacharme y darle un beso en la frente, pero tenía miedo de despertarla. Me di la vuelta y miré a donde Moses compartía cama con Albert. Su rostro se veía pacífico de una forma que me recordaba al viejo Moses, el inmenso niño indio con una sonrisa siempre lista y un corazón enorme y sencillo. Todo lo que había aprendido sobre él mismo y todo lo que había descubierto sobre el mundo en el que había nacido había hecho que esa sonrisa fuera menos frecuente, pero aún estaba ahí a veces, y su corazón siempre sería enorme, de eso estaba seguro, aunque nunca más tan sencillo.

Y luego miré a mi hermano. En mi vida solo había tenido una única constante y había sido Albert. Él estaba al comienzo de todos mis recuerdos, a mi lado en cada camino que recorrimos, me había salvado de miles de peligros, y conocía mi corazón mejor que cualquier otro ser humano. La hermana Eve me había dicho que lo que mi hermano quería, su más profundo deseo, era mantenerme a salvo. Esa había sido su vida, un largo sacrificio por mí. Y lo quería mucho por eso. Lo quería con cada átomo de mi ser, con un amor tan feroz que amenazaba mi determinación.

Quería apoyar la cabeza sobre su hombro, tal como lo había hecho un millón de veces, y dejar que él pasara su brazo alrededor de mí y me dijera que todo estaba bien y que estaba a salvo y que siempre estaríamos juntos, porque eso era lo que hacían los hermanos. Dejar atrás a Albert fue lo más difícil que hice en toda mi vida. Me besé la punta de los dedos y toqué levemente su pecho justo sobre su corazón, me sequé las lágrimas y salí hacia donde John Kelly me estaba esperando.

***

—Sur —dijo uno de los hombres reunidos alrededor de una fogata junto a las vías—. Cualquier tren que vaya en esa dirección os llevará a Saint Louis. —Señaló hacia donde las vías y el río se perdían en la noche—. Si el tren gira hacia el este o el oeste, bajaos enseguida y subíos a otro. Siempre al sur, hijo. Siempre al sur.

Esperamos juntos, John Kelly y yo, al rugido del tren, y no pasó mucho tiempo hasta que uno cruzó lentamente el puente desde los Flats hacia donde el sujeto junto a la fogata nos había indicado. John Kelly me estrechó la mano, una despedida de hombre a hombre.

—Buena suerte, Buck Jones —me deseó.

—Gracias, John Kelly. Pero prométeme algo. Mi hermano y los demás van a preguntar por mí. Me gustaría que mantuvieras la boca cerrada.

—Trato hecho, compañero. Esto queda entre nosotros. —Miró detrás de mí—. Ahí hay un vagón abierto. Prepárate.

Cuando el vagón pasó a mi lado, me lancé hacia la puerta abierta y, cuando terminé de recuperar el equilibrio, asomé la cabeza y le hice una seña a John Kelly para avisarle que todo estaba bien. Era una pequeña estatua plateada a la luz de la luna con su mano levantada en una despedida congelada.

Me recosté sobre la pared y miré hacia la puerta ancha y abierta en dirección a los Flats al otro lado del río, donde estaba completamente oscuro. En aquel entonces no había farolas, pero sí habría algún día e, incluso, las calles estarían pavimentadas, y mejores casas con agua corriente reemplazarían las estructuras precarias. Sin embargo, las inundaciones devastadoras de la primavera seguirían siendo un problema constante y, treinta años más tarde, la ciudad de Saint Paul decidiría, por el beneficio de todos sus ciudadanos, demoler cada una de esas construcciones, y aquellos cuyas vidas habían sido moldeadas por los Flats no podrían hacer nada más que quedarse quietos y llorar, mientras casi cada remanente de su historia era borrado por completo.

Pero no sabía nada de eso en el verano de 1932, ya cerca de mi decimotercer cumpleaños, al ver cómo todo lo que amaba se alejaba de mí con firmeza y quedaba afincado en el pasado. El tren abandonó lentamente Saint Paul y empezó a ganar velocidad, y, a medida que la locomotora se adentraba en la noche como un rayo, supe que, más rápido que en cualquier canoa, me estaba llevando a ese lugar donde la hermana Eve me dijo que siempre tuve mi corazón, donde todas mis preguntas obtendrían respuesta y mi andar errante cesaría.

Me estaba llevando a casa.

Parte seis

ÍTACA

CAPÍTULO 58

DORMIR ERA IMPOSIBLE. ME QUEDÉ SENTADO EN EL VAGÓN toda la noche, mirando al río de *Old Man River*, un constante compañero. Los pueblos iban y venían, pero el río siempre estaba ahí, al igual que la luna, un ojo blanco, atento, sin parpadear. Recordé lo que Moses le había asegurado a Emmy: "No estás sola". Y me lo dije a mí mismo una y otra vez, y me sentí agradecido por la compañía del río y la luna.

Cerca del amanecer, finalmente me quedé dormido en el suelo del vagón. Debí de haber dormido profundamente porque, cuando me desperté, el tren se había detenido. Me senté, dolorido por la madera despiadada que había sido mi colchón, y me asomé por la puerta. Estábamos en un patio de maniobras ferroviarias, pero no se parecía en nada al que había abandonado la noche anterior, ya que este tenía muchos elevadores de cereales altos que parecían las torres de un castillo. Más adelante junto a los vagones, un hombre caminaba enérgicamente junto a las vías, inspeccionando debajo de cada vagón de carga y asomándose a aquellos que tenían las puertas abiertas. Entendí que era un guarda y recordé las historias que había escuchado sobre las palizas crueles cuando patrullaban en el patio de maniobras. Me bajé del vagón y me alejé a toda prisa.

El patio de maniobras y gran parte del pueblo estaban al

pie de una colina alta. Encontré un pequeño restaurante en una calle deslucida cerca de las vías, atraído por el aroma a beicon, que se aferró a mi hambre y me obligó a entrar. Durante su trance, Emmy me había dicho que sabía cuándo sería el momento indicado para usar el dinero que tenía en mi bota, y estaba hambriento y solo, así que decidí que era el momento indicado. Me senté en la barra. La mujer que atendía era delgada y rubia y parecía bastante agotada, aunque esbozó una agradable sonrisa cuando me vio allí. Se acercó y me quitó algunos restos de paja de mi camisa.

—¿Dónde pasaste la noche, cariño? ¿En un granero?

—Algo así.

—¿Tienes hambre?

—Claro que sí.

—¿Qué quieres?

—Huevos y beicon —dije—. Y una tostada.

—¿Cómo quieres los huevos?

—Revueltos, por favor.

—Por favor —dijo, aún sonriendo—. Desearía que todos mis clientes fueran así de educados.

—¿Dónde estoy? —pregunté.

Un hombre que estaba sentado a algunos bancos de distancia dijo:

—Dubuque, Iowa, hijo. —Le guiñó un ojo a la mujer detrás de la barra—. No en un granero, Rowena. Este niño durmió en un vagón o no me llamo Otis.

—¿Es verdad, cariño? —preguntó Rowena—. ¿Estás viajando en tren?

No sabía lo que les parecería, así que no contesté.

—¿Dónde están tus padres? —preguntó Rowena.

—Muertos.

—Ay, cielo, qué pena.

—¿Cuándo fue la última vez que comiste, hijo? —preguntó el hombre.

—Anoche. Comí bastante bien.

—Bueno —dijo el hombre, como si creyera que estaba mintiendo, pero no le importase—. Yo pago su desayuno, Row.

—No es necesario —aseguré.

—Mira, hijo, tengo un niño de tu edad en casa. Si estuviera ahí afuera solo, querría que alguien le echara una mano.

—Gracias, señor.

—Señor —dijo con una sonrisa triste—. Alguien te ha educado bien.

Abandoné el restaurante sintiéndome lleno, no solo por la comida, sino también por la amabilidad de esos extraños. No podía dejar de desear que Albert estuviera conmigo para contarle esta experiencia, algo para hablar al calor de una fogata por la noche. Le echaba mucho de menos y, además, las buenas cosas son mejores cuando compartes la historia de cómo llegaron a serlo. Pero siempre que pensaba en Albert, o en Moses o Emmy, una nube se posaba sobre mi felicidad porque no estaba seguro de si los volvería a ver otra vez.

***

Me subí a otro tren de carga que iba al sur y, como casi no había dormido la noche anterior, enseguida empecé a quedarme dormido y no me desperté hasta las altas horas de la tarde. Cuando miré hacia afuera del vagón, vi que el tren estaba atravesando a toda velocidad un campo de maíz, en dirección al sol rojo que se ocultaba en el horizonte. Estábamos yendo hacia el oeste. No sabía cuánto tiempo había estado viajando en la dirección incorrecta. Pateé el suelo y maldije en voz alta, rogando que el tren se detuviera pronto. Pero no lo hizo. Continuó avanzando más allá del anochecer y la luna, y finalmente aminoró la marcha cuando las luces de una ciudad aparecieron a la vista.

El tren se detuvo en medio de una larga red de vías y vagones detenidos, y en cuanto tuve oportunidad de hacerlo, me bajé. Intenté orientarme, ver si había algún vagón enganchado a alguna locomotora que apuntara en la dirección de la que había venido, pero era un laberinto de vías y ya era de noche, y estaba perdido.

A casi cien metros, al borde del patio de maniobras, vi el resplandor de un pequeño fuego. Pensé en las fogatas acogedoras del asentamiento y en el hombre junto al fuego en la estación de Saint Paul, que me había dado indicaciones y me había recordado de un modo amigable que me mantuviera siempre al sur. Crucé las vías hacia la pequeña cuneta donde corría un pequeño arroyo y lo seguí hacia un conducto donde habían encendido la fogata.

Me encontré con dos hombres desaliñados, uno dormido sobre una manta y el otro sentado, inclinado hacia las llamas con una botella en la mano. La botella debería haber despertado mis alarmas. Me acerqué lentamente, sin querer desconcertar a nadie, pero el hombre con la botella se volvió repentinamente hacia mí y se preparó para pelear.

—Lo siento —me disculpé—. No quería asustarlos.

Me miró de pies a cabeza y luego se relajó.

—Hace falta más que un mocoso para asustarme.

En cuanto oí el rugido animal de su voz, desprovisto de toda humanidad, supe que había cometido un terrible error.

El hombre acostado se levantó y se sentó.

—Tenemos compañía, George —dijo el hombre.

George me miró y me quedó claro por su mirada que ambos habían estado compartiendo el contenido de esa botella.

—Es solo un niño, Manny.

—Sí —confirmó Manny, como si fuera algo bueno—. Siéntate, niño.

—Solo estaba de paso. —Di un paso hacia atrás.

—He dicho que te sientes.

George se puso de pie y empezó a dar vueltas alrededor de mí.

Di otro paso hacia atrás.

George no estaba tan borracho como esperaba. Se movió rápido como un coyote y me sujetó el brazo con una fuerza descomunal. Intenté liberarme, pero era más fuerte de lo que se parecía, y me agarró los brazos por detrás. Lo pateé y logré darle con la bota en la pantorrilla, pero no me soltó. Solo lo enfureció más y me sacudió como un muñeco de trapo y gruñó:

—No vuelvas a hacer eso, niño, o te romperé el cuello.

Manny se levantó y revisó mis bolsillos.

—¿Qué es esto? —Cogió la armónica y el sobre con la carta que le había escrito a Maybeth Schofield.

Sopló una nota desafinada en la armónica y se rio con crueldad. Arrojó el sobre al fuego y vi cómo se oscurecía y se deshacía entre las llamas. Se acercó a mi cara y su aliento, que apestaba a whisky y a una larga ausencia de higiene bucal, casi me desmaya.

—¿Tienes dinero, niño?

Pensé en los dos billetes de cinco dólares que tenía escondidos en mi bota derecha, pero no tenía ni la más mínima intención de dárselos.

—No —dije.

El hombre me palpó sin mucho cuidado.

—No miente, George. No tiene nada.

—Nada no —dijo George, y soltó un gruñido como un cerdo.

—Claro —admitió Manny.

En el rostro del hombre vi la misma hambre repulsiva que había visto en Vincent DiMarco esa terrible última noche en la cantera cuando me habló sobre Billy Red Sleeve.

Intenté soltarme, pero sus manos eran dos grilletes de hierro. Pateé a Manny, pero me esquivó, y George soltó una de sus manos y me golpeó en la cabeza tan fuerte que me zumbaron los oídos.

—Junto al fuego —ordenó Manny.

George me arrastró allí y me tiró al suelo, y ambos hombres se quedaron por encima de mí, asquerosos como dos chacales. Cada vez que pensaba en Billy Red Sleeve, intentaba no dejar que mi imaginación alcanzara los detalles horribles de lo que fuera que le había hecho DiMarco antes de ponerle un fin a su sufrimiento, pero en esos segundos con los dos hombres cerniéndose sobre mí, las imágenes llegaron tan brutales que mi estómago empezó a revolverse tanto que amenazó con hacerme vomitar. Y quizás hubiera sido una buena estrategia. Pero en su lugar hice otra cosa.

—Tengo dinero —dije rápidamente.

—Claro que no —me contradijo Manny.

—Lo juro. Diez dólares.

—¿Dónde? —exigió George.

Busqué en mi bota derecha y la desaté. Los hombres me miraron detenidamente. Me quité la bota, metí la mano en su interior y retiré los dos billetes de cinco dólares. Los ojos de los hombres se iluminaron con un hambre diferente y Manny intentó quitarme el dinero, pero logré apartar la mano a tiempo y sostener los billetes sobre el fuego.

—Los quemaré —los amenacé.

—Claro que no —dijo George.

—Devolvedme mi armónica y os daré el dinero.

—Haz lo que dice, Manny.

En cuanto recuperé la armónica, tiré los billetes al fuego, donde se retorcieron como hojas secas entre las llamas vivas. Los dos hombres se lanzaron sobre el fuego para intentar salvar a los billetes quemados y, en esa confusión, salté y salí corriendo de la cuneta, llevando en las manos la bota y la armónica. Corrí por el laberinto de vías y vagones quietos y, cuando finalmente me arriesgué a mirar sobre mi hombro, vi que estaba solo. Seguí corriendo hasta que llegué a un vagón abierto y salté a su interior, donde me quedé tendido, recuperando el aliento.

Me llevó un rato largo que el efecto de lo que había sucedido me golpeara. Y entonces, empecé a llorar, intentando mantener mis sollozos lo más bajo posible. Antes había creído que estaba solo, pero ahora entendía lo verdaderamente desamparado que estaba. En mi interior creció un vacío que podría haberse tragado a todo el universo.

—Albert —susurré—. Albert.

CAPÍTULO 59

LLEGUÉ A SAINT LOUIS DOS DÍAS MÁS TARDE. LA CIUDAD había sido mi objetivo durante tanto tiempo que había esperado sentir algo enorme a mi llegada. Pero, en cambio, me sentía en otro lugar extraño, en medio de una red de vías sumidas en las sombras de inmensos edificios dentados, todos bajo un cielo tan gris como una moneda vieja.

No tenía ni idea de hacia dónde ir, cómo empezar a buscar a la tía Julia. No había estado en Saint Louis desde la muerte de mi madre, que ya había sido hacía una eternidad. Lo que me resultaba familiar ahora era el Mississippi, así que me acerqué al río. Encontré una ciudad de casas precarias, una Hooverville más allá de lo que podía concebir con mi imaginación, con una población cien veces más grande que la que había visto en Hopersville. El asentamiento se extendía sobre las riberas pantanosas más de un kilómetro río abajo, chabolas construidas entre montañas de escombros, tan endebles que sentía que, si el cielo gris decidía romper a llover, todo lo que tenía delante de mí sería arrastrado hacia el río y borrado del mapa.

Caminé entre los senderos improvisados, inmerso en un abrumador olor y una sensación de putrefacción. En mi imaginación durante todo el viaje, Saint Louis había sido una promesa distante y dorada. Toda esa distancia, pensé con una esperanza hundida, y todo lo que había atravesado, ¿para qué?

—¡Ey, niño!

Levanté la vista. La oscuridad de mis pensamientos debió haber estado plasmada en mi cara, porque un hombre con una barba que parecía musgo sobre sus mejillas me miró desde debajo del ala de un sombrero de fieltro desgastado del mismo color deprimente que el cielo.

—¿Estás en la calle, niño? ¿Tienes hambre? —Señaló río abajo—. Cocina gratis bajo el puente. La posada Welcome Inn.

—Gracias.

—Te acostumbrarás —dijo.

—¿Qué?

—Si no lo sabes ahora, pronto lo sabrás. —Entró a una chabola no más grande que una caja para transportar pianos y cubierta de una lona impermeable.

Encontré la posada Welcome Inn y vi que había una larga fila de personas desoladas, mujeres y niños entre ellas, esperando recibir lo que fuera que les pudieran dar. Si bien estaba bastante hambriento, no podía unirme a esa fila todavía, así que continué caminando hacia la orilla del río.

La superficie del agua se veía aceitosa e iridiscente, y emanaba un olor asqueroso poco natural. En la otra orilla, varias chimeneas industriales soltaban columnas de humo que alimentaban la suciedad del cielo gris y solo Dios sabía qué cosas vertían esas empresas al Mississippi. En Saint Paul, el agua también era horrible, y desde entonces había pasado por otros cientos de pueblos y ciudades. Con esa empobrecida porción de humanidad a mis espaldas y el Mississippi tan repulsivo delante de mí, parecía que el lugar al que había llegado era una suerte de infierno.

—Debería haberme ido con Maybeth —dije en voz alta.

Al escuchar el sonido de su nombre, mi corazón casi se

rompe. Pero se alivió al recordar la promesa que nos habíamos hecho de escribirnos en cuanto pudiéramos. No había podido enviarle la carta que le había escrito; quizás la suerte de Maybeth hubiera sido mejor.

Tuve que preguntarles a tres personas de esa Hooverville antes de que una pudiera darme indicaciones, y al poco tiempo, me encontraba en la oficina de correos en el centro, que no era tan majestuosa como la de Saint Paul, pero sí igual de ajetreada. Hice la cola y, cuando llegué a la ventanilla, le pregunté por las entregas generales.

El empleado me miró por encima de las gafas que descansaban sobre la punta de su nariz.

—¿Nombre?

Desde que había escapado de la Escuela Lincoln, había tenido cuidado de no dar mi nombre real, en caso de que mis actos infames se hubieran hecho conocidos.

—¿Y bien, hijo?

Pero esto era por Maybeth, así que se lo dije:

—O'Banion. Odysseus O'Banion.

—¿Odysseus? Déjame revisar.

Desapareció durante un rato, regresó y negó con la cabeza.

—Nada, hijo.

—¿Y por Buck Jones?

—¿Como el vaquero estrella? —Sonrió—. Tienes nombres bastante famosos. Déjame ver.

No tuve mejor suerte con ese nombre. Estaba a punto de rendirme cuando se me ocurrió algo.

—Intento encontrar a mi tía. Vive en una calle con un nombre griego y hay una tienda de dulces en la esquina.

El empleado levantó la vista hacia el techo y pensó, pero podía ver que no le sonaba para nada. Sin embargo, el hombre que estaba detrás de mí en la cola, un sujeto al que, a juzgar por su barriga, no le había afectado tanto la Gran Depresión, me dijo:

—Sé dónde está. La tienda de dulces, esquina de Ítaca y Broadway, en Dutchtown, pero cerró el año pasado. Otra víctima de estos tiempos difíciles.

El empleado escribió la dirección en un trozo de papel y, cuando me fui de la oficina de correos, caminé con una renovada energía en mis pies. Otra vez, tenía un destino. Ya casi estaba en casa.

**

Las letras blancas sobre el cristal decían: "Tienda de dulces de Emerson". No había nada detrás del gran escaparate más que los estantes y un mostrador vacíos. Caminé por Ítaca media manzana y ahí estaba. Salida directamente de mi memoria. Una casa de ladrillos de dos pisos detrás de una cerca de hierro alta, pintada de rosa, tal como la recordaba. Aunque era mucho más pequeña que en mis recuerdos y hacía tiempo que necesitaba una nueva mano de pintura. El solar aledaño a la casa estaba vacío, un mar de malezas que ya habían empezado a trepar por la cerca e infestar el césped del jardín, que necesitaba cortarse. Las persianas de las ventanas estaban bajadas y la sensación que me transmitía toda la imagen no era de bienvenida. Abrí la puerta de la reja y las bisagras pidieron a gritos un poco de aceite. Caminé lentamente por el sendero, subí los escalones de la entrada y llamé a la puerta principal. Finalmente, una mujer negra delgada con un vestido rojo sedoso abrió la puerta. Era bonita, parecía que necesitaba urgentemente descansar y no estaba contenta con ver a un niño en la puerta de su casa.

—¿Qué? —preguntó antes de que pudiera decir algo.

—Estoy buscando a alguien —dije.

Apoyó un puño sobre su cintura de un modo desafiante.

—¿Sí? ¿A quién?

—A mi tía Julia.

Sus cejas, que estaban fruncidas, se dispararon hacia arriba y la mirada de cansancio se desvaneció.

—¿Julia?

—Sí, señora. Mi tía. Vivía aquí.

Me miró de arriba a abajo y sacudió levemente la cabeza, como si estuviera teniendo problemas para creer que yo fuera real.

—Espera aquí, cariño.

No sabía si su repentino tono dulce era sincero o si se estaba burlando de mí. Cerró la puerta y me quedé de pie en la pequeña escalinata de la entrada, estudiando el cielo, que ya no era gris, sino que había tomado un tono verde enfermizo que me recordaba demasiado al día en que el Dios del Tornado azotó el condado de Fremont y mató a la madre de Emmy. En cada vuelta de mi viaje, el Dios del Tornado parecía estar esperándome y temía que su propósito último fuera negarme un final feliz.

La puerta se abrió de nuevo y no reconocí a la mujer que apareció allí. Pero sus ojos eran como dos faroles maravillados y sus palabras fueron solo un suspiro cuando escaparon de sus labios rubíes.

—Ay, por Dios, eres tú. —Extendió una mano, me tocó la mejilla y susurró asombrada—. Odysseus.

CAPÍTULO 60

Estábamos sentados en una habitación en la parte trasera de la casa que me recordaba al acogedor vestíbulo de la granja de Cora Frost. Había una pequeña chimenea con una repisa donde descansaba un reloj antiguo. Un estante repleto de libros cubría una de las paredes. Varias vasijas con flores coloridas estaban dispuestas por toda la habitación para darle más vida. La tía Julia le pidió a la mujer con el vestido rojo sedoso que nos trajera algunos sándwiches y limonada. Los sándwiches eran de jamón y queso y la limonada tenía hielo. No había comido en todo el día y estaba tentado de devorar la comida. Pero la tía Julia tenía modales refinados y no quería ofenderla, así que comí tan cuidadosamente como ella.

En toda mi vida, la había visto solo una vez. Básicamente, la tía Julia había sido solo un nombre en los labios de mi madre cuando nos contaba historias de su infancia. Incluso en aquel entonces, había imaginado un reencuentro emocionante, de cálidos abrazos y muchas lágrimas. No fue así. Me invitó a pasar y me llevó a esa habitación pequeña al fondo de su casa, donde nos sentamos frente a frente en una mesa de café, una conversación incómoda en el aire.

—¿Cómo…? ¿Cómo has llegado hasta aquí?

—En los trenes.

—¿Como un vagabundo?

—Como prácticamente todos ahora.

—Ay, cielos. —Frunció el ceño y luego sonrió—. Pero a salvo. Llegaste a salvo. ¿Desde...?

—Minnesota.

—¿Desde la escuela? ¿La escuela para indios?

—Sí, señora. Ese lugar.

Le dio un pequeño mordisco a su sándwich, luego sus cejas, que también estaban pintadas como las de la otra mujer, se fruncieron hacia adentro.

—Pero no puedes haber terminado tus estudios. Solo tienes doce años.

—Casi trece.

—Aun así.

—Me escapé.

Se reclinó un poco hacia atrás y enderezó su postura.

—Bueno, eso no suena bien.

—Nos trataban mal ahí.

—La escuela puede ser difícil.

—Nos pegaban.

—Ay, vamos, Odysseus.

—Un niño murió. Billy Red Sleeve.

Eso la hizo reflexionar. Como si fuera una idea de último momento, dijo:

—¿Dónde está Albert?

—Se quedó en Minnesota.

—¿En la escuela?

—Encontró un trabajo en Saint Paul.

En cuanto entré en la casa, el cielo verde había descargado una lluvia intensa que ahora azotaba las ventanas. Pensé en todas esas personas en la Hooverville e imaginé todo deslizándose hacia el río.

La tía Julia movió los ojos hacia la tormenta y pareció quedarse perdida en lo que vio.

—Bueno —dijo, mirándome a mí con una jovialidad claramente fingida—. ¿Qué planes tienes?

Tragué el bocado de sándwich que había estado masticando, algo que no fue fácil porque se me había secado la garganta ante la idea de lo que estaba por proponerle.

—Pensaba que podría quedarme a vivir aquí.

—¿Conmigo? ¿Aquí? No creo que sea posible, Odysseus.

—No tengo ningún otro lugar a donde ir. —Esto era verdad, pero debo confesar que hice todo lo que pude para agregarle el mayor dramatismo posible.

—Claro que no —dijo con una empatía real y, de cierta manera, sonaba como si estuviera castigándose a sí misma por su insensibilidad—. Bueno, supongo que está bien. Hasta que encontremos qué hacer contigo.

—Gracias, tía Julia.

Me estudió en silencio por un largo rato que me resultó incómodo y luego agregó:

—La última vez que te vi, eras la mitad de alto. Así es como te recuerdo. Has crecido bastante. Eres casi un hombre.

Casi un hombre. Sonaba orgullosa cuando lo dijo, como si ella misma hubiera participado en mi crianza. Y entiendo que así fuera. Durante todos esos años desde nuestro único encuentro, había estado enviándoles dinero a los Brickman para mi bienestar. No había manera de que supiera que, hasta que lo robamos, ese dinero no nos había servido para nada a Albert y a mí.

Se puso de pie y se acercó a la puerta y gritó:

—¡Monique!

La mujer con el vestido rojo sedoso regresó. Aunque hablaron en voz baja, oí a Monique decir:

—Con este clima, no habrá mucha actividad.

Hablaron más y la tía Julia finalmente anunció:

—La habitación del ático entonces.

***

En cuanto entré en el ático, regresé en mi memoria a la granja de Jack y el espacio en su ático donde estaba el colchón destrozado en mil pedazos. Este lugar no estaba en tal estado de caos, pero aun así me hacía sentir como si me estuviera ocultando de ojos fisgones, como si fuera un fugitivo. Lo cual, debo admitir, era verdad, pero no me gustaba que mi tía me tratara como tal.

—Estarás bien aquí —dijo con esa falsa alegría que había mantenido desde mi llegada—. Mira, tienes una ventana.

La cual daba hacia un patio abandonado, un viejo patio pavimentado justo debajo de mí, y a un callejón de la parte trasera de la casa, una imagen deprimente bajo la lluvia torrencial. También había una cama angosta, una cómoda, una lámpara de pie y olor a encierro.

—¿Quién duerme aquí? —pregunté.

—Nadie desde hace tiempo. —Una nota de tristeza apagó su tono alegre. Luego pareció recordar algo—. No tienes bolsa, ¿ninguna maleta?

—No tuve tiempo de recoger mis cosas.

—Tenemos que arreglar eso —dijo—. Mañana, quizás. Hoy descansa. Imagino que estás cansado.

—Tengo que usar el baño.

Enseguida pude ver que eso la preocupó.

—Hay uno en cada planta de abajo, pero prefiero que no uses esos. Son para… —Se detuvo para considerar su explicación—. Son para mis otros huéspedes.

—¿Otros huéspedes? ¿Esto es un hotel?

—No exactamente, Odysseus. Te lo explicaré más tarde. Hay un baño en el sótano. Usa la escalera trasera.

Grandioso, pensé. Para mí y las arañas.

—Siéntete como en casa. ¿Has comido?

—Sí, señora, estoy bien.

—Por favor, no me llames señora. Me hace sentir vieja. Tía Julia está bien.

Bajó por las escaleras y escuché la puerta del ático cerrarse, y estaba solo otra vez. La habitación tenía mucho olor a cerrado, así que abrí un poco la ventana. La lluvia se filtraba desde el alféizar y caía sobre el suelo de madera, pero al menos entraba aire fresco. Seguía con ganas de hacer pis, pero en lugar de bajar hasta el sótano, abrí un poco más la ventana y lo hice desde la ventana hacia afuera. Cerré la ventana otra vez, pero dejé una pequeña abertura para que entrara un poco de aire, luego me senté en la cama, sintiéndome no menos solo que en los vagones vacíos. Aunque en esos vagones no tenía un colchón y el que tenía debajo de mí ahora parecía gloriosamente suave, y la tía Julia tenía razón, estaba cansado. Al poco tiempo, me quedé dormido.

***

Me desperté con el sonido de algunas risas, una de mujer, aguda y chillona, justo debajo de mi habitación. El ático no tenía mucha luz, así que prácticamente estaba oscuro, pero aún podía escuchar la lluvia que golpeaba contra la ventana. Cuando me levanté de la cama, mis pies pisaron un charco de agua. Enseguida me acerqué a la lámpara de pie y la encendí, y entonces vi que la tormenta había vertido una gran cantidad de agua dentro de la habitación.

No tenía nada con qué secar el suelo, así que bajé por las escaleras hacia el pasillo. Las risas habían cesado, pero podía oír varios murmullos detrás de una puerta cerrada. Antes de que pudiera moverme, la puerta se abrió. Un hombre salió y vi que llevaba puesto un traje elegante, pero con la corbata desanudada. Justo por detrás de él apareció una mujer, joven, bonita y rubia, con un camisón rosa que casi no le cubría la parte superior de sus muslos. Tenía el cabello despeinado, su pintalabios corrido. El hombre no me vio. Se inclinó sobre la mujer y le dio un largo y húmedo beso en la boca.

—¿La semana que viene, Mac? —preguntó ella.

—Quizás antes, si tienes suerte.

—Me siento con suerte —dijo ella, y le dio un cachete en el trasero.

El hombre avanzó por el pasillo hacia la escalera principal sin volverse. Cuando se marchó, la postura de la mujer cambió, como si se hubiera derretido, y se desplomó sobre el marco de la puerta. Pasó una mano sobre su lado izquierdo y puso una expresión contenta, luego me vio. Su postura no cambió, pero una expresión de curiosidad apareció en su rostro.

—Eres tú. El muchachito de Julia.

—Su sobrino —aclaré.

—Claro, claro —dijo ella—. ¿Necesitas algo?

—Entró lluvia por la ventana. Necesito una toalla.

—Veamos qué puedo hacer por ti, cariño.

Se acercó a un pequeño armario en el pasillo, buscó en su interior y sacó una toalla blanca esponjosa.

—¿Esta sirve?

—Sí, gracias.

—Qué educado. Me gusta. ¿Cómo te llamas?

—Odysseus.

Me tendió una mano. Sus uñas estaban pintadas de un rojo profundo y seductor.

—Dolores. Encantada de conocerte.

Aún me estaba dando la mano cuando apareció la tía Julia desde la escalera por la que el hombre acababa de bajar. Cuando me vio con Dolores, su expresión se oscureció y su paso se apresuró.

—Te dije que te quedaras arriba, Odysseus.

—Necesitaba una toalla —dijo Dolores.

—Ha entrado agua de lluvia por la ventana —expliqué.

—Bueno, cierra la maldita ventana. Y, Dolores, arréglate.

—Claro, Julia. —Me guiñó un ojo y desapareció en su habitación.

—Arriba —dijo la tía Julia y me siguió.

A la luz de la lámpara, se paró para ver el charco que se había extendido por el suelo justo debajo de la ventana abierta.

—Había un olor sofocante —me disculpé—. Solo quería un poco de aire.

—Dame esa toalla. —Cuando se la di, se arrodilló y empezó a secar el suelo.

—Yo puedo hacerlo.

—No es culpa tuya, Odysseus. Debería haberlo sabido. —Se sentó sobre sus talones y agregó—. Lamento no haberte contado todo. Solo quería esperar el momento indicado.

—Está bien.

Miró la toalla empapada en sus manos.

—Hay muchas cosas que no entiendes.

—Estoy bien.

—Mañana —dijo y continuó secando el suelo—. Mañana hablaremos.

Me dejó solo una vez más, insistiendo gentilmente, pero con firmeza:

—No salgas de esta habitación durante el resto de la noche.

No me encerró, pero no pude evitar sentir que, a pesar de tener un colchón real en lugar de una montaña de paja, el ático no era tan diferente al cuarto de confinamiento de la Escuela Lincoln.

CAPÍTULO 61

Por la noche, me entraron ganas de hacer pis. Una vez más, en lugar de bajar hasta el sótano y hacerlo entre las arañas, abrí la ventana y lo hice sobre el viejo patio pavimentado, y luego dormí hasta la mañana siguiente. Me levanté tarde y me percaté de que necesitaba la clase de alivio que una ventana abierta no me podría dar. Bajé por la escalera trasera, como la tía Julia me había indicado, escuchando los sonidos de varias mujeres en la cocina.

El sótano me sorprendió. No era para nada el nido de insectos que había imaginado, sino que estaba muy bien iluminado y sus paredes estaban cubiertas con azulejos, y tenía un electrodoméstico del que había escuchado hablar, pero que nunca había visto: una lavadora/escurridora eléctrica. En la Escuela Lincoln, el lavado de la ropa y las sábanas se hacía a mano, todo trabajo de las niñas residentes. La ropa mojada debía colgarse fuera en largas cuerdas para que se secara, incluso durante los inviernos más fríos, una circunstancia que, al terminar el trabajo, provocaba que las niñas lloraran del dolor porque tenían los dedos al borde de la congelación. En el sótano, los tendederos, vacíos por el momento, estaban dispuestos en tres filas, suficientes para contener, suponía, las sábanas de todas las camas de la casa. No había necesidad de colgar nada afuera en el frío ni de preocuparse porque la lluvia, un día como ese, retrasara el trabajo.

Para mi gran alivio, el baño estaba limpio y se veía moderno, incluso tenía una pequeña ducha. Hice mis cosas. Cuando salí, Dolores estaba poniendo la ropa a lavar en el tambor de la lavadora. Se volvió y su rostro estaba sin maquillaje, pero era igual de bonito. De hecho, más bonito.

—Buenos días, dormilón —dijo.

—Buenos días.

Miró la ropa que llevaba puesta.

—¿Alguna vez lo has lavado?

—No desde hace mucho.

—Me he dado cuenta por el olor. Si has dormido con eso, también deberías lavar las sábanas.

—No he dormido con esto.

—Quítatelo y lo pondré a lavar con todo lo demás.

—No tengo otra cosa que ponerme.

Sonrió, como si por algún motivo mi respuesta le hubiera resultado divertida.

—Espera aquí, dulzura.

Regresó al sótano unos minutos más tarde con una bata rosa.

—Puedes usar esto hasta que se seque lo otro.

Me quité la ropa en el baño. Dolores no era más alta que yo y la bata, que asumía era de ella, me iba bastante bien. Cogió mi ropa y la metió a la lavadora, que ya estaba llena de agua caliente y jabón, y empezaba a agitarse.

—Dejaremos lavando eso por un rato. ¿Tienes hambre?

—Sí, señora.

—¿Señora? Dios, no soy mucho mayor que tú. ¿Por qué no te pegas una ducha y luego vienes a la cocina?

La cocina, cuando llegué allí, estaba llena de actividad. Varias mujeres, todas jóvenes como Dolores, muchas aún con sus saltos de cama, estaban ocupadas preparando el desayuno. Decidí que el lugar era una especie de residencia para mujeres. Había escuchado hablar de lugares como estos en las ciudades. Todas me trataron con la jovialidad con la que tratarían a un hermano menor, lo que me hacía sentir bienvenido, y luego me senté con ellas en una mesa grande en el comedor y comimos juntos. Varias de las comidas me resultaban familiares, huevos revueltos, jamón, tostadas con mermelada de frambuesa, pero también había cereales y tomates verdes fritos, algo que nunca había probado antes y de lo que me enamoré casi de inmediato.

—¿El desayuno siempre es así? —pregunté.

—Solíamos tener una cocinera —contestó una de las chicas, una pelirroja llamada Verónica—. Pero tuvimos que dejarla ir.

—Lo mismo con nuestra lavandera y la doncella —dijo Dolores—. Esta maldita economía. —Miró a Monique—. Solo diez clientes anoche, ¿verdad? Peor que un domingo.

—La tormenta —dijo Monique.

Dolores miró por la ventana la lluvia que aún caía con fuerza, sumiendo la mañana en la oscuridad.

—No mejorará esta noche si sigue lloviendo así.

La tía Julia apareció y la charla disminuyó. Era obvio que tenía una posición única en esta residencia para mujeres. Obviamente, le sorprendió verme allí y sus ojos se dispararon de un modo inquisidor al resto en la mesa.

—Estaba despierto y lo invitamos —dijo Dolores.

—¿Y la bata?

—Mía —dijo Dolores—. Su ropa se está lavando.

La tía Julia miró por la ventana del comedor hacia la lluvia y la oscuridad.

—Esperaba llevarte de compras hoy, Odysseus, pero con esta lluvia, me temo que tendremos que esperar. Muchachas —dijo, sentándose en la única silla vacía en la mesa—, hoy es el día para las tareas domésticas.

Me pusieron a trabajar en el sótano, ayudando a Dolores con la ropa, que eran en su mayoría sábanas. Desde que la lavandera, que también estaba a cargo de las tareas domésticas, se había ido, las mujeres rotaban para encargarse de esa responsabilidad, que, por razones que no entendía, tenía que hacerse todos los días.

—Me recuerdas a mi hermano —dijo Dolores mientras colgábamos las sábanas en el tendedero.

—¿Vive por aquí?

—Mayville. Un pequeño pueblo en las afueras de Joplin. ¿Cuántos años tienes? ¿Trece, catorce? Él tendría esa edad.

—¿Cuándo fue la última vez que lo viste?

—Cuando me fui de casa. Hace cinco años. Tenía tu edad.

—¿Qué haces aquí? ¿Tienes trabajo?

Se detuvo y me miró de un modo extraño.

—¿Sabes lo que es esta casa, Odysseus?

—Una residencia para mujeres, supongo.

—Sí —dijo Dolores—. Es una residencia para mujeres. Exacto.

La lluvia no mostraba indicios de que fuera a parar y, por la tarde, cuando terminamos con todas las tareas domésticas, la tía Julia me dijo que fuera al ático y ella subiría en un rato. Una vez arriba, me quedé junto a la ventana y miré a lo lejos, y pensé en todas esas personas que estaban junto al río. Los senderos por los que caminaban no serían más que lodo a estas alturas y, esperando en fila para recibir comida en la Welcome Inn, estarían empapados hasta los huesos. Sabía que era afortunado y me sentía culpable, porque, aunque el ático tuviera olor desagradable, tenía un techo sobre mi cabeza y la panza llena, y una tía que se preocupaba por mí.

La escuché subir las escaleras. Se acercó con una bandeja plateada sobre la que descansaban dos vasos de limonada y un plato de galletas de jengibre. Apoyó la bandeja sobre la cama y le dio una palmada al colchón.

—Ven, siéntate —dijo.

—¿Esta es tu casa? —le pregunté después de beber un sorbo de la limonada y morder una galleta.

—Sí.

—Debes de ser rica.

—Me costó más de lo que puedes imaginar, Odysseus.

—Solo vine aquí una vez —dije.

—Y aun así, encontraste la forma de regresar. La última vez que te vi fue justo después de la muerte de Rosalee. —Se refería a mi madre—. Cuando Zeke llegó para contarme las noticias. —Ese era mi padre. Ezekiel O'Banion—. ¿Lo recuerdas?

—No mucho. Recuerdo que nos diste a Albert y a mí algunas monedas para comprar caramelos de dulce de leche.

Sonrió y dijo, como si le hubiera hecho recordar un buen recuerdo.

—Es verdad.

—¿Cómo era? Mi madre, digo.

—¿No la recuerdas?

—No mucho.

—Rosalee era una hermana mayor maravillosa y también una gran madre contigo.

—Pero ¿cómo era?

—Para ser alguien que no oía, era terriblemente habladora. Recuerdo que, cuando mis padres la enviaron a Gallaudet, lloré muchísimo. Cuando regresaba para visitarnos en Navidad, verla era el mejor regalo que jamás podía desear.

—¿Gallaudet? ¿Qué es eso?

—Una escuela para personas sordas. Pero no estuvo mucho tiempo allí. Papá murió al año siguiente y mamá consiguió trabajo en una escuela, que no le pagaba nada.

Rosalee volvió a casa para ayudarnos a llegar a fin de mes. A mí siempre me gustó la moda y me hacía mi propia ropa, así que fui a trabajar a una tienda de vestidos en el centro, y ahorré todo lo que pude. Luego mamá murió. Zeke había estado enamorado de Rosalee desde que eran niños y casarse con él parecía ser la mejor opción para ella. Yo estaba desesperada por salir de ese sofocante pueblo de Ozark. Así que me fui y terminé… —Miró a su alrededor y extendió sus manos, señalando la habitación apestosa y la casa en la que estábamos—. Terminé aquí.

—¿Compraste este lugar?

—El hombre que era dueño antes que yo terminó en prisión.

—¿Por qué?

—Mató a un hombre. Antes de irse, me cedió la propiedad.

—¿Estabais casados?

—Solo… éramos buenos amigos. Pero eso no responde tu pregunta sobre tu madre. Rosalee era inteligente y leía todo lo que podía, y era amable, y lo único que yo quería cuando era niña era ser como ella.

—¿Por qué…?

—¿Por qué, qué?

—Después de que mi padre muriese, ¿por qué no nos trajiste a Albert y a mí a vivir contigo?

—Pasó mucho tiempo hasta que me enteré de la muerte de vuestro padre. Me dijeron que ambos estabais bien en una escuela en Minnesota. Os envié dinero para ayudaros y, bueno, es lo mejor que podía hacer dadas las circunstancias.

—Hubiera sido feliz viviendo en esta habitación. Albert también.

—Supuse que estaríais mejor allí con otros niños.

—Ese lugar era el infierno —dije.

—Ah, vamos, Odysseus. No puede haber sido tan malo.

—Había una habitación que antes era una celda de una

prisión y encerraban a los niños que no hacían lo que ellos querían. La llamaban el cuarto de confinamiento. —Las palabras trajeron cierta amargura cuando brotaron de mis labios—. Hacía frío en invierno y mucho calor en verano, y había una rata que vivía ahí. La rata era la mejor parte de la habitación. Antes de que te llevaran ahí, por lo general te azotaban con un cinturón. Un hombre llamado DiMarco se encargaba de eso y le encantaba.

—¿A ti te encerraron ahí? —preguntó.

—Prácticamente vivía allí.

—¿De verdad te pegaban?

Vi algunas lágrimas que brotaron de sus ojos, así que suavicé el tono de mi voz.

—Lo único que digo es que me hubiera gustado estar aquí contigo.

Lloró y me abrazó, y si bien todo lo que había dicho era cierto, me sentía horrible por habérselo contado.

—Te compensaré, Odysseus. Prometo que lo haré.

—Solo déjame quedarme.

Se secó los ojos. Una sonrisa apareció en su rostro, como los primeros rayos de luz de ese día, y dijo:

—Claro, puedes quedarte. Todo irá mejor de ahora en adelante, te lo prometo.

***

No solo la lluvia no paró, sino que cayó con más fuerza, como debió de haber caído en los días de Noé. Me senté en la ventana con esas vistas deprimentes y, como no tenía nada más que hacer, saqué mi armónica y empecé a entretenerme con algunas de mis melodías favoritas. Antes de que me diera cuenta, varias de las muchachas habían subido al ático y estaban pidiéndome canciones. Finalmente, Dolores me preguntó:

—¿Sabes *Shenandoah*?

Cuando la toqué, vi tristeza en sus ojos y pensé en Cora Frost y Emmy, y lo que esa canción había significado para ellas, y, por alguna razón, hacía que Dolores fuera la que más me agradaba de todas. Eso y el hecho de que me recordaba un poco a Maybeth Schofield.

La tía Julia se nos unió y, tras escuchar *My Wild Irish Rose*, sonrió y dijo:

—Tu padre solía tocarla.

—Es suya —dije, levantando mi Hohner—. Lo único que me queda de él.

—Chicas —pidió la tía Julia—. Odysseus y yo necesitamos estar a solas un rato. —Cuando terminaron de irse, se sentó a mi lado en la cama—. No me has contado cómo llegaste aquí. Me gustaría escuchar la historia.

Así que se lo conté todo, la verdad sobre cada crimen y cada pecado. Escuchó la verdad sobre DiMarco, Emmy y el secuestro, el disparo a Jack, Albert y la mordedura de la serpiente, Maybeth Schofield, el Dios del Tornado, y por qué me fui de Saint Paul. Cuando terminé, cuando solté todo aquello con lo que cargaba, hizo algo tan inesperado que me dejó sin palabras. Se puso de rodillas delante de mí, me tomó de las manos y, como si hubiéramos cambiado lugares, pecador y confesor, me imploró.

—Perdóname.

CAPÍTULO 62

MÁS TARDE ESA NOCHE, LA LLUVIA FINALMENTE CESÓ Y AL día siguiente, después del desayuno, la tía Julia pidió un taxi y me fui de compras con Dolores.

—Ella es joven y sabe qué te quedará bien. —Fue su explicación. Pero cuando estaba en el taxi, Dolores dijo:

—Julia nunca sale. Es como si esa casa fuera una prisión para ella. Se encierra en su habitación y lo único que se escucha es el sonido de su máquina de coser.

—¿Máquina de coser?

—Nosotras compramos la ropa que usamos, pero Julia diseña y hace con sus propias manos todo lo que usa, siempre tan elegante. Me encantaría tener esa habilidad.

No había notado eso de la tía Julia. Tenía doce años y había vivido mucho tiempo en una zona rural donde la moda era cualquier cosa que no estuviera hecha con un saco de harina.

—¿Hace mucho que vives con ella? —pregunté.

—¿Vivir con ella? —Me miró como si le estuviera hablando en árabe, luego meneó la cabeza—. Tienes mucho que aprender, Odysseus. Supongo que te enterarás pronto.

—Llámame Odie.

—Entonces llámame Dollie a mí. Me han dicho que te compre muchas cosas nuevas de todo.

—No necesito zapatos —dije—. Mis Red Wing están prácticamente nuevas.

—Las conozco. Son caras. ¿De dónde sacaste el dinero?

Como lo estábamos pasando bien juntos, le conté sobre cómo había conseguido el par de botas maravilloso en la tienda de Westerville, Minnesota, inventando algunos detalles, como hacen los mejores narradores, y dejando afuera bastante para que no se hiciera la idea de que era un secuestrador. O un asesino. Cuando terminé, estaba riendo a carcajadas. Y el chofer de taxi también, ya que había escuchado nuestra conversación.

—Es una gran historia, Odie —dijo—. ¿Alguna vez pensaste en escribirla?

—Algún día, quizás.

Guio al chofer hacia una gran tienda en el centro de Saint Louis llamada Stix, Baer & Fuller, que ocupaba prácticamente toda una manzana. Nunca había visto tantas cosas en un mismo lugar y, extrañamente, el efecto fue socavar mi entusiasmo. No había mucha gente. No sabía si era porque era temprano un fin de semana o por la economía a la que todos maldecían. Dollie me dijo que tenía que asegurarse de que me comprara un poco de todo, pantalones, camisas, ropa interior, calcetines, zapatos. Me probé algunas cosas, pero luego le dije a Dollie que no quería hacerlo más.

Como si hubiera dicho una herejía, me preguntó:

—¿No quieres ropa nueva?

La verdad era que no me importaba. Los pantalones, la camisa, la ropa interior y los calcetines que tenía estaban limpios y en perfecto estado, y eso fue lo que le dije. Aunque también había otra verdad formándose en mi cabeza.

—¿Puedo mostrarte algo, Dollie? —pregunté.

—Claro. ¿El qué?

—Aquí no. Tenemos que caminar.

—Creo que nos vendría bien un poco de ejercicio.

Varias cuadras más tarde, estábamos sobre las tierras bajas junto al río, mirando las mil chabolas construidas allí y a las personas que hacían fila para recibir comida en la Welcome Inn. Debido a las intensas lluvias del día anterior, estaba preocupado de lo que les pudiera haber ocurrido a todas esas personas y sus refugios precarios. Pero no vi ningún rastro de que la lluvia hubiera desplazado todo hacia el río, aunque todos en la Hooverville caminaban afanosamente por largos caminos enlodados y, a pesar de que el sol había salido después de las tormentas, caminaban cabizbajos, como si el diluvio aún estuviera azotándolos.

—¿Crees que no sé nada de esto? —preguntó Dollie, con una voz tensa, sus palabras con un cierto rastro de ira.

—Solo quiero que entiendas por qué no puedo dejar que me compres todas esas cosas nuevas. No creo que pueda usarlas sin sentirme culpable.

—¿Crees que debería sentirme mal por usar esto?

Su vestido era azul con lunares blancos y botones marrones, y con un ribete con el mismo patrón sobre el ancho cuello. Me parecía bonito y le quedaba bien.

—¿Tienes una idea de lo que tuve que hacer para poder usar ropa como esta? —Ahora sus ojos ardían y todo en su rostro se veía tenso. Me contó, con sumo detalle y palabras propias de un marinero borracho, exactamente lo que hizo.

Me quedé ahí parado, arrojado a un mundo que nunca había imaginado. Pero ahora entendía todas las señales que me habían indicado dónde estaba cuando llegué a esa casa en Ítaca.

—¿La tía Julia también?

—Sí, tu preciosa tía Julia también. Despierta, Odie. Es un mundo de mierda.

—Regresaré caminando —dije.

—Está bien. Ya me imagino lo que dirá Julia. Gracias por nada, niño.

Se marchó furiosa y me quedé solo, mirando el único mundo que me resultaba familiar, porque el mundo en el que me había despertado esa mañana me parecía extraño y tan incorrecto.

Deambulé por la Hooverville, enlodando mis botas junto a las chabolas y estudiando a las personas que estaban junto a puertas de cartón o madera, que seguro habían encontrado entre la basura, o, en ocasiones, junto a sábanas andrajosas que tenían colgadas allí para mantener las inclemencias del tiempo fuera. Vi el dolor en cada rostro. Y la decepción. Y la desesperanza.

Fue entonces que encontré algo que, en medio de toda la oscuridad de ese momento, me dio esperanza: un folleto pegado sobre un poste telefónico, un título de letras grandes que decía: "Cruzada de Sanación de la Espada de Gedeón".

***

Las carpas estaban dispuestas en un lugar llamado parque Riverside, que resultaba estar un poco lejos de la Hooverville. Oí la música de un piano que provenía desde el interior y encontré a Whisker allí, tocando las teclas. Parecía muy contento de verme, una sonrisa tan ancha como el Mississippi sobre su delgado rostro.

—Vaya, vaya, pero si es Buck Jones. —No solo me estrechó la mano, sino que me envolvió con sus brazos flacuchos y me sumió en un cálido abrazo—. ¿Dónde está el resto de la pandilla?

—Nos separamos —dije.

—Lo siento mucho. ¿Tienes tu armónica?

Se la enseñé y luego le pregunté por la hermana Eve.

—La última vez que la vi estaba yendo a la carpa de la cocina. ¿Te quedas, hijo?

Le dije que no lo sabía y me marché a toda prisa a la carpa de la cocina, pero no la encontré allí. Dimitri me estrujó la mano con mucho entusiasmo y casi me quita los pulmones cuando me dio una palmada cariñosa en la espalda.

—¿Dónde está el indio gigante?

No quería entrar en detalles con todos los que me cruzaba, así que le di la misma explicación breve que le había dado a Whisker. Cuando le pregunté por la hermana Eve, me envió a la carpa del tocador, pero tampoco estaba allí. Recordé que en New Bremen me había dicho que, fuera donde fuera, siempre necesitaba encontrar un lugar tranquilo, un poco apartado de la actividad de la cruzada, para poder escuchar a Dios.

En una colina sobre el río había un pabellón que, desde lejos, parecía vacío. La encontré sentada allí en un banco, envuelta por completo en la luz del sol, los ojos cerrados. Para mí, un niño desesperado por encontrar alguna especie de salvación, su rostro parecía brillar.

Como parecía estar tan inmersa en una ensoñación, le hablé susurrando.

—Hermana Eve.

Abrió los ojos. Y como si me hubiera estado esperando, simplemente dijo:

—Odie.

Hablamos. Le conté todo lo que había pasado desde que abandonamos New Bremen y mi último descubrimiento sobre la tía Julia.

—¿Crees que esa es la única verdad sobre quién es ella, Odie?

—Ella es... —Pero no pude encontrar una palabra lo suficientemente dura para describir cómo me sentía con respecto a ella—. No es lo que había imaginado.

—¿Qué habías imaginado? ¿Qué sería una santa y te acogería?

—Bueno…, sí.

—¿Y no te acogió?

—Me metió en el ático.

—¿Alguna vez rezaste para llegar a salvo a Saint Louis, Odie?

—Sí, eso creo.

—¿Pero lo que encontraste aquí no fue la respuesta a tu plegaria?

—Un hogar, hermana Eve. Recé por un hogar. La casa de la tía Julia no es un hogar. No es para nada lo que pedí.

—Una vez te dije que solo hay una cosa que siempre obtendrá respuesta. ¿Lo recuerdas?

Como había sonado tan sencillo y reconfortante, nunca lo había olvidado.

—Rezar por el perdón.

—¿No crees que la tía Julia quizás necesita ese perdón? ¿Y no crees que puedes buscar en tu corazón para ofrecérselo? Por lo que dices, dadas las circunstancias, hizo todo lo que pudo.

La vista del río desde el pabellón era engañosa, el asqueroso color del agua quedaba oculto bajo el reflejo azul del cielo. Lo miré, queriendo encontrar el perdón, pero mi corazón era de piedra.

—No puedo vivir en esa casa —dije.

—Puedes unirte a la cruzada de nuevo, si quieres. Whisker os ha echado mucho de menos a ti y tu armónica.

Sus palabras eran la salvación que estaba buscando. Dije que sí, sí, y la abracé con mucha gratitud.

—Necesito estar segura sobre Emmy —dijo con profunda seriedad—. Es especial, Odie.

Creía que entendía a lo que se refería. Mientras vagaba solo desde Saint Paul, había pensado mucho en Emmy, atando los cabos de las situaciones extrañas. Cómo nos había estado esperando en su habitación en la casa de los

Brickman, ya vestida, como si supiera que estábamos a punto de irnos. Cómo sabía, antes de que el hombre desconsolado amenazara a la hermana Eve con su escopeta, que *Beautiful Dreamer* salvaría el día. Y cómo hacía mucho mucho tiempo, supo la importancia de esos billetes de cinco dólares que guardé en mi bota. Creía que finalmente había visto lo que la hermana Eve había visto desde el primer momento que tomó a Emmy de la mano.

—Tú ves el pasado —dije—. Ella ve el futuro.

La hermana Eve asintió levemente y dijo:

—Quizás sea algo más especial, Odie. —Entrelazó las manos y se puso seria—. Lo que voy a decir puede sonar imposible. Pero ya he visto muchas cosas imposibles antes, así que aquí va. ¿Esos ataques que tiene? Creo que pueden ser su intento de luchar contra lo que ve cuando ve el futuro. Creo que intenta alterar lo que está viendo.

Y eso me golpeó con fuerza.

—¿Puede cambiar el futuro?

—Quizás solo lo modifica un poco. Como una buena escritora que reescribe la última frase.

Dejé que este nuevo conocimiento sobre los ataques de Emmy se asentara en mi cabeza. Tuvo uno justo antes de que Jack nos atrapara, y cuando salió, dijo, "No está muerto, Odie". Y cuando salió del que tuvo justo antes de la mordedura de la serpiente, aseguró, "Él está bien". Y después del que tuvo en la isla donde encontramos el esqueleto, afirmó, "Están todos muertos" y también, "No pude salvarlos. lo intenté, pero no pude. Ya era tarde". ¿Había visto la trágica historia del pueblo de Moses y, como era el pasado, no pudo cambiarlo?

Miré fijamente a la hermana Eve.

—¿Tenía que matar a Jack? ¿Y a Albert lo tenía que morder esa serpiente? ¿Y Emmy cambió las cosas solo un poco?

—He escuchado que el tiempo es fluido, Odie, como

este río que tenemos frente a nosotros. Yo recibí el don de moverme hacia atrás. Quizás alguien con un don diferente pueda navegarlo hacia delante, muy por delante que el resto de nosotros. Y si eso es posible, ¿por qué no puede ser posible que las cosas cambien, solo un poco?

—La sujetaste de la mano cuando tuvo su ataque en New Bremen. ¿Qué viste?

—Fue como mirar a través de una neblina. Le pregunté, pero no parecía saber de qué estaba hablando. Si lo que creo es verdad, puede que ella tampoco lo entienda demasiado. Al menos, no todavía. Es muy pequeña, Odie, y quiero asegurarme de que está a salvo.

—Flo y Gertie la cuidarán bien —le aseguré—. Y Albert y Moses también estarán allí. Nunca dejarán que nada malo le pase.

Parecía satisfecha.

—Bien —dijo—. Está bien, entonces. —Inclinó la cabeza y me miró atentamente—. ¿Y ahora qué?

—Supongo que tengo que regresar y avisar a la tía Julia que me iré.

—¿Quieres que te acompañe?

—Quizás me podrías acercar a la casa —respondí—. Me siento como si llevase caminando todo el día.

—Puedo encargarme de eso.

Nos dirigimos hacia las carpas, donde encontramos a Sid hablando con Whisker junto al piano. Sid me miró con cierta amargura.

—Whisker me contó que habías vuelto. Mala hierba, ¿eh? —Miró a la hermana Eve—. No se quedará, ¿verdad?

—Volverá a unirse a la cruzada, Sid, ya está decidido. Necesito la llave del DeSoto. Necesito llevar a Buck.

—¿A dónde?

Me miró en busca de una respuesta.

—La calle Ítaca —contesté—. En Dutchtown.

—Son cinco minutos desde aquí —dijo Sid—. ¿Sabes dónde queda, Evie?

—Estoy segura de que Buck puede guiarme.

Sid buscó en su bolsillo y sacó la llave, que soltó sobre la palma abierta de la hermana Eve. Me lanzó una última mirada de preocupación.

—Cielos, espero que no nos traigas problemas esta vez.

—Esperanza, Sid —dijo amablemente la hermana Eve—. Eso es lo que trae la gente que nos acompaña.

Encontramos la casa de la tía Julia con facilidad.

—No me sorprende que hayas sido capaz de encontrarla —dijo la hermana Eve, sonriendo al ver el exterior rosado—. ¿Quieres que entre contigo?

—Yo me encargo, pero me llevará un tiempo. Te veo en la cruzada cuando haya resuelto todo aquí, ¿vale?

Me miró por un buen rato, sus ojos tiernos pero intensos.

—Crees que has estado buscando un hogar, Odie. Aquí es donde esa creencia te ha traído. Eso no significa que sea el final de tu viaje.

—Vaya donde vaya desde aquí, quiero estar contigo.

—Está bien, entonces. —Me besó suavemente en la mejilla.

Me acerqué a la puerta y toqué el timbre. Dollie abrió, al parecer, aún enfadada conmigo.

Su voz fue como hielo.

—Tu tía te está esperando.

La seguí al ático, donde encontré a la tía Julia sentada en la cama. A cada lado había una gran cantidad de fotografías, la mayoría enmarcadas. La habitación estaba fresca y agradable. Una vez que paró de llover, dejé la ventana abierta, tanto para que entrase la brisa como para hacer mis necesidades por la noche sin tener que bajar por las eternas escaleras.

—Gracias, Dolores —dijo—. Eso es todo.

Dollie se marchó, dejando un aire helado con su marcha.

Me paré frente a la tía Julia, listo para que se enfadara conmigo. Enfadada por no haber aceptado la ropa nueva que quería regalarme. Enfadada por haberme ido. Quizás más enfadada porque había descubierto la verdad de lo que realmente era de la boca de Dollie y por no haber tenido la oportunidad de prepararme.

El caso es que ya la había perdonado. No me importaba qué era, cómo mantenía un techo sobre su cabeza y garantizaba las necesidades de las chicas que vivían en esa casa rosa. Yo había matado a un hombre. Dos, al menos por un tiempo. Había pecado miles de veces. Fuera lo que fuera mi tía, yo no era mejor.

Así que me preparé para aceptar la ira que estaba a punto de caer sobre mí. Pero entonces, me sorprendió. Cogió una de las fotografías y la extendió hacia mí para que la viera.

—¿Sabes quién es este? —preguntó en voz baja.

—Un bebé.

—¿Qué bebé?

Me encogí de hombros.

—Tú, Odysseus.

No podía recordar haber visto una fotografía mía nunca. Albert y yo llegamos a la Escuela Lincoln sin nada, sin fotografías ni ninguna otra cosa que pudiera darnos una idea de nuestro pasado. Me la entregó, pero me sentía como si estuviera viendo la imagen de un animal exótico. Sentía que no tenía nada que ver conmigo.

Cogió otra fotografía de la cama.

—¿Y este? —Era un niño pequeño sobre un caballito de madera—. Ese eres tú a los tres años. Y aquí a los cuatro años—dijo, señalando otra fotografía—. Y a los cinco. Esta es la última que tengo de ti. Tenías seis años. Te la hicieron la única vez que me visitaste aquí. Hasta hace dos días, la última vez que te había visto. Las guardo todas en mi habitación.

Cogió la foto del bebé que tenía en mis manos y pareció quedarse perdida en la sonrisa de aquel niño, mi sonrisa, aunque yo no la sentía de ese modo.

—¿Te las enviaron mis padres?

—Rosalee. Casi todos los años.

—No hay ninguna de Albert.

No pareció escucharme, estaba muy perdida en el bebé de la fotografía y lo que fuera que le hiciera sentir.

—Recuerdo el día que naciste. Lo recuerdo como si fuera ayer.

—¿Estabas ahí?

—Ah, sí. En esta misma habitación. Naciste en esta cama.

Bueno, eso sí eran noticias, una revelación tan grande que no supe qué decir.

—Te llamé Odysseus porque Rosalee y yo habíamos crecido escuchando a nuestra madre leernos las historias épicas de Homero. ¿Sabes el origen de tu nombre, Odysseus?

—Un héroe griego. Cora Frost, una maestra de la Escuela Lincoln, me habló sobre él.

—Era un gran líder y sabía que tú también lo serías algún día. Pero también te llamé así porque naciste en la calle Ítaca. Parecía ser una señal.

Esto ya era demasiado.

—Fue mi madre quien me llamó así —afirmé.

Me miró en silencio. Un zumbido había empezado a resonar en mi cabeza, como un enjambre de moscas que volaba en círculos sin parar, buscando una manera de salir.

Al final, volví a mirarla y una mirada de entendimiento debió haberse cruzado por mi rostro, porque asintió y susurró:

—Sí.

CAPÍTULO 63

—Este no era lugar para criar a un niño —me explicó la tía Julia.

No, tía Julia no. Mamá. Probé la palabra en mi cabeza, pero sonaba mal.

Tras semejante revelación, no pudo quedarse quieta. Me senté en la cama y ella empezó a deambular de un lado a otro, mirándome cada poco tiempo para medir mi reacción mientras hablaba. Debió de ser difícil, porque estaba sumido en un completo silencio y quieto como un espantapájaros.

—Rosalee ya tenía un hijo. Y yo sabía lo buena que era con Albert. Mucho mejor de lo que yo podría ser contigo, sobre todo aquí. Bueno, supongo que podría haber ido a buscarte y tratar de ganarme la vida de otra manera, pero no tenía ninguna habilidad especial, ninguna educación. Esto… —levantó las manos para abarcar a toda la habitación, la casa, la situación entera— es todo lo que conozco. Y, Odysseus, eran tan buenos contigo, y Albert tan buen hermano.

—Entonces…, ¿quién es? —finalmente pregunté.

—¿Quién es?

—Mi padre.

Eso la hizo reflexionar. Se quedó quieta por un instante

con una expresión abatida, su cuerpo tan inmóvil que bien podría haber sido tallado en granito.

—Desearía saberlo. —Posó sus ojos sobre mí, midiendo mi reacción—. En un lugar como este, Odysseus, a pesar de todos los cuidados, un bebé es algo que a veces ocurre. —Abrió las manos hacia mí como una mendiga pidiendo limosna—. Pero eso quedó en el pasado. Él no importa ahora. Lo que importa es que estás aquí y te cuidaré, si es lo que quieres.

—¿Por qué?

—¿Por qué, qué?

—Cuando mi padre murió… —Pero me detuve, porque eso estaba mal. Él no era mi padre—. Cuando mataron a mi tío —me corregí, aunque eso también me parecía erróneo— ¿por qué no fuiste a buscarnos?

—Ya te lo dije. No supe hasta mucho tiempo después lo que había ocurrido. Y cuando me enteré, parecía que lo mejor era dejaros donde estabais. Hablé con gente que sabía de esas cosas y me aseguraron que la Escuela Lincoln era una excelente institución.

—Era un niño blanco entre indios.

—¿Fue tan malo?

—Lo malo era cómo nos trataban.

—No sabía nada sobre eso, Odysseus. Te lo juro. Recibía una carta de la directora cada año diciéndome lo bien que os estaba yendo.

—La Bruja Negra.

Había reanudado su deambular, pero se detuvo una vez más.

—¿Qué?

—Así es como la llamábamos, a la directora, la señora Brickman. Bruja Negra porque era horrible con nosotros.

Dejó caer la cabeza y la energía nerviosa que había alimentado sus movimientos finalmente pareció agotarse.

—Lo siento, Odysseus. De verdad. Pero ahora estás aquí. Puedo hacer que todo sea mejor.

—No me quedaré. Tengo amigos en Saint Louis.

—¿Quiénes?

—La Cruzada de Sanación de la Espada de Gedeón.

—¿Qué es eso? ¿Una Iglesia?

—Algo así.

La tía Julia (aún no podía considerarla una madre) se acercó y apartó las fotografías de la cama para sentarse a mi lado. Durante un buen rato, no dijo nada. Luego preguntó:

—¿Puedes perdonarme?

Otra vez, tal como la hermana Eve había dicho, todo se reducía al perdón.

—Quizás —dije—. Hay muchas cosas en las que tengo que pensar. Solo necesito tiempo. Quizás regrese luego. ¿Lo entiendes?

—Sí. —Se acercó y me cogió de la mano.

He llegado a creer que somos criaturas espirituales, y este espíritu fluye a través de nosotros como electricidad y puede pasarse de uno a otro. Eso es lo que sentí al tocar la mano de mi madre, el espíritu de su profunda añoranza. Yo era su hijo, su único hijo, y las fotografías sobre su regazo, el dinero que había enviado, su ignorante buena disposición ante las mentiras de la Bruja Negra, todo me decía que nunca me había dejado de querer.

No me fui de inmediato. No había comido desde el desayuno y la tía Julia le pidió a Dollie que trajera algunos sándwiches y limonada. En ese ático donde había llegado al mundo, nos preparamos para compartir la que suponía que sería nuestra última comida juntos, al menos por un tiempo. Cuando habíamos empezado a comer, Dollie regresó.

—Hay gente que quiere verte, Julia.

—Ahora no, Dolores.

—Creo que sí, ahora.

No era Dollie quien había hablado. La voz vino de abajo, invisible, pero la conocía bien. Dollie se hizo a un lado y Thelma Brickman apareció por la escalera del ático, seguida por Clyde Brickman.

—Odie O'Banion —dijo la Bruja Negra, las palabras en sus labios como miel envenenada—. Y Julia. Me alegro de veros a ambos otra vez.

***

Le pidieron a Dollie que se fuera y cerraron la puerta del ático detrás de ella. Los Brickman, la tía Julia y yo, junto a la intensa presencia del Dios del Tornado cerniéndose sobre nosotros, ocupamos esa pequeña habitación.

—Te ves muy perdido, Odie —dijo la Bruja Negra—. Y, Julia, tu rostro es un gran signo de interrogación.

Yo estaba menos asustado que sorprendido y furioso. Así que escupí:

—¿Cómo me encontraron?

—Conozco gente en Saint Louis, Odie. Cuando te fuiste con Emmy y los papeles de nuestra caja fuerte, supuse que era posible que vinieras aquí, así que envié un telegrama y contraté a un hombre para que vigilara la casa de Julia.

La tía Julia me miró, con ojos comprensivos.

—¿La Bruja Negra?

Asentí.

—Sabes, Odie, nunca me molestó ese epíteto —comentó Thelma Brickman—. El miedo es una herramienta poderosa.

—¿Qué haces aquí, Thelma? —exigió la tía Julia.

—¿La conoces? —pregunté.

—Julia y yo nos conocemos desde hace mucho tiempo, Odie —respondió la Bruja Negra en su lugar. Luego su voz cambió, se convirtió en el gangueo que Albert me había contado que escuchaba varias veces cuando bebía, la voz de una persona criada en la zona aislada de Ozark—. Aún me acuerdo de cuando llegué a ti, Julia. ¿Recuerdas? Me trajo ese bruto al que me vendió mi padre. Tú compraste mi libertad. Y durante un tiempo, fuimos como hermanas. —Su voz cambió otra vez, esta vez más suave y seductora—. Puliste todas las imperfecciones de esa pueblerina, me enseñaste sobre protocolos y libros y maneras de complacer a un hombre. ¿Lo recuerdas, Julia?

—Lo que recuerdo, Thelma, es que tú te metiste en mi vida y luego intentaste hacer un trato con la policía para robarme la casa.

—Tú fuiste quien me hizo tener ambición. —Una mirada animal apareció en el rostro de Thelma Brickman—. Yo salí de la nada, crecí en el barro y la mugre y la clase de gente que vende a su propia hija. Por eso era una prostituta. Pero tú saliste de algo diferente, Julia. Y ¿cuál es tu excusa?

La tía Julia me miró, pero no contestó.

—No tienes idea del infierno que tuve que atravesar cuando me echaste —continuó la Bruja Negra—. Terminé trabajando en un burdel de mierda en Sioux Falls cuando un hombre solitario llamado Sparks me propuso matrimonio. Tenía una escuela para niños indios en la frontera con Minnesota. Una dulce oportunidad que no podía dejar pasar.

—¿Y él es el señor Sparks? —preguntó la tía Julia.

Clyde Brickman no había dicho ni una sola palabra, pero podía notar que estaba nervioso. Sus ojos deambulaban por toda la habitación y hacia la puerta cerrada, como si tuviera miedo de que alguien fuera a tirarla abajo.

—El señor Sparks sufrió un paro cardíaco fatal un año después de que nos casáramos —dijo Thelma Brickman—. Él es Clyde, mi segundo marido. Dirigía una casa de apuestas en Sioux Falls y era uno de mis habituales. Necesitaba una buena mano derecha en la escuela para indios y

Clyde… —Miró a su marido—. Bueno, podría haber conseguido algo peor.

—Minnesota —dijo la tía Julia de una manera que sonaba como si muchas cosas empezaran a encajar—. ¿Tú llevaste a Zeke allí, Thelma? ¿Tú le tendiste un plan retorcido para vengarte de nosotros?

Zeke. El nombre de mi padre.

—¿Conocías a mi padre? —le pregunté a la Bruja Negra.

—Tu padre entregaba licor en esta casa. Licor ilegal incluso en los días previos a la Ley Seca. Cuando las cosas se complicaron entre Julia y yo, fue él quien me sacó por la puerta sin siquiera darme tiempo de meter mis cosas en una maleta. Me fui sin nada más que la ropa que llevaba puesta. —Había veneno en sus palabras, pero ahora sonreía, una delgada línea que parecía una cicatriz de ácido en su rostro—. Clyde y yo estábamos esperando una entrega de licor en Lincoln, uno de nuestros negocios paralelos, y ¿quién aparece con dos niños? Cuando me reconoció, tuve miedo de que se fuera de la lengua sobre mi pasado.

—¿Entonces le disparaste? —Quería estrangular a la Bruja Negra, e intenté saltar de la cama, pero la tía Julia me lo impidió.

—Nunca sabremos quién apretó el gatillo, Odie. —Luego regresó su sonrisa cruel a la tía Julia—. Uno de los muchachos de Zeke se parecía tanto a ti, Julia, que mi espíritu empezó a cantar. Insistí en tomar a Odie y a su hermano bajo nuestro cuidado en la Escuela Lincoln. —Me miró con una alegría fría—. Cada dolor que sufriste allí, cada azote del cinturón, era una alegría para mí, porque eran como puñaladas en el corazón de tu querida tía. Ahora vamos a lo importante —dijo Thelma Brickman, recobrando la compostura—. La razón por la que estoy aquí. ¿Dónde está Emmy?

—Donde nunca la encontrarás —escupí.

—Tú ya no me importas, Odie. Estoy dispuesta a hacer borrón y cuenta nueva. Lo único que quiero es a Emmy.

—Emmy te odia.

—Con tiempo haré que me quiera.

—No puedes obligar a nadie a que te quiera —dijo la tía Julia—. El amor es un regalo. Es algo que se da.

La Bruja Negra la ignoró.

—La policía aún sigue buscando a los secuestradores de Emmy, Odie. Si te atrapan, pasarás los próximos años en un lugar mucho más duro que la Escuela Lincoln, te lo aseguro. Pero te estoy ofreciendo una oportunidad para salvarte. Y a tu hermano y a Moses. Lo único que quiero es a la pequeña Emmy.

—No la encontrarás.

—Entonces no me queda otra opción que entregarte a la policía.

—Albert tiene el libro contable —dije.

—¿Te refieres al libro donde Clyde registraba las donaciones que nuestros ciudadanos locales hacían a la escuela? El sheriff Warford lo sabe todo al respecto, Odie. Estará más que contento de ayudarnos a explicárselo a la policía de Saint Louis. Puedes ahorrarte muchos problemas. Lo único que quiero es a Emmy.

—Está mintiendo, Odysseus —dijo la tía Julia.

Pero ya lo sabía. No quedaría satisfecha a menos que nos destruyera a todos.

—¿Por qué quieres quedarte con Emmy a toda costa? Te odia —dije—. Y ella no es perfecta como quieres que sea. A veces, tiene ataques.

La Bruja Negra se inclinó hacia mí y habló en voz baja, como si estuviera compartiendo un secreto.

—Lo sé.

La miré a los ojos, dos carbones de maldad, y me pregunté cómo era posible que lo supiera.

—En el pozo donde crecí, teníamos una vecina que vivía sola, una vieja que todos aseguraban que era una adivina. Decían que, cuando veía el futuro, si tenía intenciones de hacerlo, podía juguetear con lo que allí veía. Emmy tuvo uno de sus ataques mientras estaba conmigo. Cuando salió, dijo "Tú no caerás, Odie. Él sí, pero tú no". Le pregunté sobre eso luego, pero no recordaba nada. Cuando encontramos el cuerpo de Vincent DiMarco en la cantera, sumé dos más dos y descubrí semejante posibilidad. Si estoy en lo cierto, ella es especial, Odie. ¿Tengo razón? —Al ver que no respondía, sonrió de un modo que me erizó la piel—. Lo único que necesita es la persona indicada para guiarla, para asegurarse de que su talento no sea desperdiciado.

—Tú no eres esa persona —grité.

—Ay, claro que sí. La tuve una vez. La volveré a tener.

—Nunca fue tuya.

—Bueno —dijo, como si estuviera poniéndole un fin definitivo a la discusión—. Supongo que tendremos que dejar que la policía decida eso.

—No irás a la policía —dijo la tía Julia.

—¿Quién me detendrá? ¿Tú?

—Sí.

—¿Y cómo planeas hacerlo exactamente?

—Te mataré si tengo que hacerlo. Vete, Odysseus —dijo la tía Julia—. Sabes a dónde tienes que ir.

—No te dejaré sola —dije y luego agregué—: mamá.

Me miró y en sus ojos encontré lo que había estado buscando desde hacía tanto tiempo, sin saberlo. Hueso de mi hueso, carne de mi carne, sangre de mi sangre, corazón de mi corazón.

—¿Mamá? —preguntó Thelma Brickman y sonrió como una serpiente de cascabel—. Bueno, eso explica por qué os parecéis tanto. —Sacó una pequeña pistola plateada de su bolso—. Me llevo a tu hijo, Julia.

Clyde Brickman, que había estado parado todo el tiempo en un silencio cobarde, dijo:

—Cielo santo, ¿qué estás haciendo, Thelma?

—Cállate, Clyde. Si fueras la mitad del hombre de lo que esperaba, no tendría que estar haciendo esto yo. Odie, si no vienes conmigo, mataré a Julia, sea tu madre o no.

—Te condenarán a la silla eléctrica —dije.

—¿Por defenderme de una mujer que me atacó brutalmente? No lo creo.

—No te atacó.

—Eso no es lo que dirá Clyde. Y tú secuestraste a la pequeña, Odie. Solo Dios sabe las cosas horribles que le has hecho. ¿Crees que alguien creerá la historia de un niño depravado cuya madre era una prostituta?

Y entonces salté hacia ella.

No recuerdo haber escuchado el disparo del arma, pero sí la punzada de dolor en mi pierna derecha cuando caí al suelo antes de llegar a la Bruja Negra. En el caos de esa pequeña habitación y en la confusión de mi mente, mientras procesaba la sorprendente realidad de que me habían disparado, sentí el aire que giraba a mi alrededor como una inmensa tormenta y estaba seguro de que el Dios del Tornado había descendido sobre nosotros.

Pero no era el Dios del Tornado. Era mi madre. Pasó corriendo a mi lado y se echó encima de la Bruja Negra. Forcejearon por toda la habitación y terminaron junto a la ventana abierta, retorciéndose con fuerza mientras peleaban con ferocidad. Y, en un momento, desaparecieron.

Intenté levantarme, pero mi pierna herida no aguantó el peso. Clyde Brickman se acercó corriendo a la ventana y miró atónito hacia abajo. Me arrastré por el suelo, dejando un rastro de sangre detrás y me sujeté del alféizar de la ventana para levantarme. Brickman, cuyo corazón nunca había sido tan negro como el de su esposa, me levantó para que pudiera ver lo que él estaba viendo. Juntas sobre el pavimento del viejo patio dos pisos abajo, las dos mujeres yacían inmóviles, sus cuerpos tan enredados como sus vidas.

CAPÍTULO 64

ME DEJARON SENTARME A UN LADO DE LA CAMA DE MI MADRE en el hospital, mi pierna herida envuelta con una venda. Aún no había recobrado la conciencia. Los médicos no estaban seguros de que lo fuera a hacer. Dollie estaba allí, velando conmigo. Las salas del hospital estaban llenas, pero como la tía Julia tenía dinero y algunos contactos, estábamos en una habitación privada.

La Bruja Negra estaba bien muerta, su cabeza se había estrellado como un huevo sobre el pavimento. Una circunstancia afortunada había salvado a mi madre de sufrir el mismo destino. Había caído sobre Thelma Brickman. En su partida de este mundo, la Bruja Negra había hecho un acto casi redentor. Su cuerpo había amortiguado la caída de mi madre. Los médicos decían que fue un pequeño milagro.

Yo llevaba varias horas junto a su cama cuando Albert entró a la habitación. Moses y Emmy y la hermana Eve lo acompañaban. Cuando los vi, rompí a llorar.

—¿Cómo…? —intenté preguntar.

Albert se arrodilló y pasó un brazo reconfortante sobre mi hombro.

—Hicimos que John Kelly cantara y vinimos río abajo en el Contra tan rápido como Tru podía.

Desde la puerta, se escuchó:

—Por suerte, el río estaba alto y despejado. —Truman Waters asomó la cabeza y pude ver que Cal estaba con él.

Miré a la hermana Eve con una suerte de incredulidad.

—¡Los has encontrado!

—Ellos me encontraron a mí. Igual que tú. Todos esos folletos que Sid insistía en poner por todas partes sirvieron.

—Nos llevó a la casa de la tía Julia —explicó Albert—. Las mujeres que estaban allí no dijeron dónde estabais. —Miró a la tía Julia, que yacía tan inmóvil que era como si ya estuviera muerta—. Temía que fuera demasiado tarde.

—Tengo muchas cosas que contarte —dije.

Una enfermera se abrió paso entre todo el grupo y les exigió a todos que salieran.

Emmy apoyó una mano sobre la mía y dijo:

—Pero es nuestro hermano.

Al final, la enfermera echó a Cal y Tru, pero le permitió al resto quedarse.

Se lo conté todo. Cuando les revelé la verdad sobre mi linaje, miré a Albert a la cara, pero no vi la sorpresa que había imaginado.

—¿Sabías que no éramos hermanos de verdad?

—Lo pensaba de vez en cuando. Es que un día simplemente apareciste. Yo solo tenía cuatro años, ¿cómo iba a saberlo? Pero ahora entiendo por qué me volvías loco a veces.

No me reí.

—Escucha, Odie, eres la parte más grande de cada recuerdo que tengo. Tú eres mi hermano. Al diablo con todo lo demás. Te quiero tanto que casi me muero un par de veces. Serás mi hermano hasta el día que me muera.

Moses dio un paso hacia delante y dijo: "Y el mío".

Emmy sonrió y agregó:

—Y el mío. Siempre seremos los cuatro Vagabundos.

***

Los demás se turnaron para quedarse conmigo mientras velaba junto a mi madre. Cuando solo nos quedamos Albert y yo, le conté lo que había hablado con la hermana Eve sobre los ataques de Emmy. Me miró como si estuviera loco.

—¿Dices que ella evitó que tu disparo matara a Jack? ¿Y que la serpiente me matara a mí?

—Piénsalo. Solo fueron pequeños cambios de las situaciones. Un centímetro para que la bala no atravesara el corazón de Jack. Unos minutos más para que el antídoto llegara a tiempo.

Lo meditó un instante.

—Tuvo uno de sus ataques en el Contra cuando estábamos viniendo aquí. Cuando volvió, dijo: "No está muerta ahora". Le pregunté quién no estaba muerta, pero solo me miró con los ojos vacíos, ya sabes, como si no estuviera realmente allí. Luego se durmió. No sabía a qué se refería.

—Un leve giro del cuerpo de Thelma Brickman cuando cayó, Albert. Solo eso. —Puse una mano sobre mi madre. Si bien era débil, aún sentía la electricidad de la vida que emanaba de ella—. Al menos, le dio otra oportunidad. Hay algo más. La Bruja Negra conocía los ataques de Emmy. Me dijo que Emmy tuvo uno cuando estaba con los Brickman.

—¿Te dijo qué fue lo que vio?

—No exactamente, pero supuse que éramos DiMarco y yo en la cantera. Cuando caí, aterricé sobre un pequeño saliente que estaba justo por debajo. No era muy grande, pero lo suficiente para evitar que me cayera hasta el fondo.

—Entonces, ¿dices que Emmy puso ese saliente ahí?

—O solo me puso en el lugar indicado. Si me hubiera caído un poco más a la derecha o la izquierda, me habría despeñado.

Pensó en todo eso por un momento, luego dijo:

—Si puede ver el futuro, debió de haber visto el tornado. ¿Por qué no hizo nada para salvar a su madre?

—No lo sé. Quizás lo intentó, pero no pudo. Quizás el tornado era demasiado grande para ella.

Meneó la cabeza.

—¿Sabes lo loco que suena todo esto? —Podía ver su cerebro de ingeniero intentando aceptar una posibilidad que ningún cálculo matemático jamás podría comprobar. Y, la verdad, nunca admitió creer en las cosas que le había contado sobre Emmy. Pero esa noche debió de haber visto la desesperación en mi rostro, porque agregó:

—Pase lo que pase, Odie, aún nos tenemos el uno al otro. Siempre seremos hermanos.

***

La hermana Eve se sentó conmigo. Habían pasado casi dos días desde que llegó al hospital. El estado de mi madre no había cambiado.

—Rezo por ella —le dije—. Rezo con todo mi corazón. Pero no parece servir de nada. ¿Crees que hay alguna posibilidad de que Emmy tenga otro de sus ataques?

La hermana Eve sonrió.

—Ella no entiende este don que le han dado, Odie. Aún no. Algún día lo hará. Me encantaría ayudarla, pero es su decisión.

—Podrías probar golpearme en la cabeza y quizás consiga un don de ese estilo yo también. Uno que pueda ayudar a mi madre.

Sonrió una vez más.

—No creo que funcione de ese modo. Además, tú ya tienes un don.

—¿Qué don?

—Tus historias. Puedes crear el mundo que tu corazón imagina.

—Eso no lo vuelve realidad.

—Quizás el universo sea una inmensa historia y ¿quién dice que no puede cambiarse mientras se la cuenta?

Quería creerla, así que imaginé esto:

Mi madre finalmente despertó. Sus ojos se abrieron lentamente y giró la cabeza sobre la almohada. Cuando me vio, su rostro se iluminó con un brillo radiante y susurró: "Odysseus, Odysseus. Hijo mío, hijo mío".

EPÍLOGO

Hay un río que fluye a través del tiempo y el universo, vasto e inexplicable, un flujo del espíritu que está en el corazón de toda existencia, y cada molécula de nuestro ser es parte de él. ¿Y qué es Dios si no la totalidad de ese río?

Cuando recuerdo aquel verano de 1932, veo a un niño de casi trece años esforzándose por encontrar a Dios, abrazar ese río y darle una forma que pudiera entender. Al igual que muchos otros antes que él, le dio una forma, la cambió y se la volvió a dar, y aun así siguió desafiando toda su lógica. Me encantaría poder acercarme a él y decirle con amabilidad que la razón no le servirá de mucho, que no tiene sentido quejarse de la dificultad de las vueltas de ese río y que no debería preocuparse por dónde lo llevará la corriente, pero debo confesar que, incluso después de más de ochenta años de vida, aún tengo dificultades para aceptar lo que, desde lo más profundo de mi corazón, sé que es un misterio que escapa a la comprensión humana. Quizás la verdad más importante que he aprendido a lo largo de toda mi vida sea que, cuando le cedo el paso al río y abrazo el viaje, encuentro la paz.

Mi historia sobre los cuatro huérfanos que emprenden una odisea no está del todo concluida. Sus vidas siguieron mucho más allá de los campos extensos, las altas colinas, los pueblos ribereños y las personas inolvidables que se cruzaron en su andar aquel verano. Aquí está el final de la historia que empezó tantas páginas atrás, un registro de dónde ha llevado a todos los Vagabundos el gran río.

***

Clyde Brickman, en su declaración completa a la policía de Saint Louis, sostuvo que fue Thelma quien le disparó al padre de Albert, el hombre que también creía que era mi padre. No importó. Brickman aun así fue a prisión, no solo por su participación en el asesinato, sino por la malversación de fondos que había realizado con su esposa mientras administraban la Escuela de Formación de Indios de Lincoln y el contrabando de alcohol, y todos los delitos adicionales que surgieron a partir del libro contable y otros documentos que Albert había cogido de la caja fuerte de los Brickman. Cuando le preguntaron por qué conservaban todas esas cartas, Brickman dijo que tenían la intención de que, algún día, pudieran devolver el dinero que él y su esposa les habían robado a las familias indias. Me parecía que solo era otra mentira más que buscaba rebajar la condena que le fueran a aplicar, y me hizo odiarlo aún más.

Durante la Segunda Guerra Mundial, mientras combatía en Europa, la hermana Eve me escribió para contarme que Brickman había muerto de tuberculosis. Al final de su vida, había pedido que la visitaran ella y Emmy, quienes lo hicieron mientras yacía en una cama del hospital de la prisión. Les pidió perdón y ellas sin reservas se lo dieron. Les hizo una petición antes de partir: mediar en su nombre para que Albert, Moses y yo le otorgáramos nuestro perdón.

De todo lo que se nos pide para dar a los demás en esta vida, lo más difícil es el perdón. Durante años, tras ese fatídico verano de 1932, tuve una enorme piedra de ira en mi corazón con el nombre de Brickman tallado sobre su superficie. Para mí, el viaje que había comenzado en una pequeña canoa no terminó hasta que, con el suave aliento y la guía de la hermana Eve, pude finalmente soltar mi inquina. En ese momento de liberación, también dejé ir toda necesidad de creer en un Dios del Tornado y empecé a sentir, por primera vez, este gran río del que todos somos parte y entendí lo acertado que había estado Moses cuando, consolando a una Emmy dolida en la ribera del Gilead, le había asegurado que no estaba sola.

No regresé a Saint Paul con Albert y Moses, y tampoco Emmy. Elegimos quedarnos en Saint Louis, yo con mi madre y Emmy con la hermana Eve, quien podría guiarla de todas las maneras necesarias para que entendiera por completo su extraordinario don.

No hay un único camino hacia la redención. Mi madre salió de su coma, pero sus piernas quedaron inservibles. Cuando Lucifer mordió a Albert y el doctor había sugerido la amputación de la pierna afectada, había imaginado con pesimismo una vida de mendigo para mi hermano. Cuando descubrí la verdad sobre las heridas de mi madre, caí en la desesperación imaginando ese mismo trágico desenlace. De un modo egoísta, le insistí en que abrazara una profunda creencia en Dios para que la hermana Eve pudiera ayudarla a sanar, pero al igual que Albert, simplemente no podía. En cambio, buscó en un profundo pozo de coraje en su interior y demostró ser la mujer que había esperado encontrar cuando llegué a Saint Louis. Aunque estuviera en una silla de ruedas, se dedicó a forjar una nueva vida. Había estado diseñando y haciendo su propia ropa desde hacía una eternidad y estaba determinada a hacer lo mismo por los demás. Compró la tienda de dulces vacía en la esquina de la calle Ítaca y la convirtió en una tienda de ropa donde vendía sus creaciones. Tres de las jóvenes que habían estado a su cargo se quedaron con ella (Dollie entre ellas, para mi gran alivio) y les enseñó el oficio. Fue lento al principio, pero mi madre no tenía reparos en usar un poco de chantaje, así que aprovechó su antigua clientela adinerada para que les compraran vestidos a sus esposas. Finalmente, su reputación como diseñadora creció. Para el final de la Gran Depresión, los vestidos de Maison de Julia eran toda una sensación entre las mujeres de la élite de Saint Louis.

A los dieciocho años, Albert se matriculó en la Universidad de Minnesota para estudiar Ingeniería y muchas otras cosas más. Pero cada año, cuando el río Mississippi se descongelaba, mi hermano y Moses trabajaban en el Contra con Truman Waters y Cal. A veces, yo los acompañaba, al igual que Emmy. En uno de los primeros viajes que hicimos a principio de la primavera cerca del final de esos días, Moses, por capricho, decidió hacer una prueba para los Saint Louis Cardinals. Logró entrar en las ligas menores y, un año más tarde, lo llevaron a las grandes ligas. Emmy una vez había predicho que sería un beisbolista famoso, lo cual no era precisamente verdad, pero lideró la liga dos veces en las carreras impulsadas. Lo llamaban el bateador Sioux Silencioso y los cromos de béisbol con su imagen y sus estadísticas ahora están muy valorados.

Cuando la Segunda Guerra Mundial estalló, al igual que millones de otros jóvenes, Albert y yo tuvimos que vestirnos el uniforme. A pesar de su cojera, el legado de la mordedura de la serpiente, el ingenio mecánico de mi hermano era un activo demasiado valioso para dejarlo pasar, y la Marina se lo llevó. Ascendió rápidamente y terminó a cargo de un poderoso portaaviones. Cerca del final de la guerra, ese gran navío fue hundido, víctima de los ataques kamikazes. Si bien casi todos lograron abandonar la nave, Albert se quedó a bordo para asegurarse de que la mayoría de sus tripulantes de la sala de máquinas pudiera evacuar el barco a salvo. Mi hermano había sido un héroe para mí durante toda mi vida y murió como tal. En su honor, mi primer hijo lleva con orgullo su nombre y, en un estuche de cuero sobre un estante arriba de mi escritorio, aún conservo la Cruz Naval que me entregaron por el sacrificio de mi hermano.

Moses jugó tres temporadas completas para los Cardinals, pero cuando su carrera mejoraba, una bola rápida lo golpeó en la cabeza, casi como el pisapapeles que le había arrojado hacía mucho tiempo a Clyde Brickman. El golpe le dañó el ojo izquierdo y su breve carrera como el Sioux Silencioso llegó a su fin. Pero eso no socavó su amor por el deporte. Un año más tarde, regresó a la Escuela Lincoln, donde la administración había cambiado drásticamente y la idea de "Matar al indio, salvar al hombre" había sido abandonada a favor de un enfoque más humano para albergar y educar a los niños de las comunidades nativas. Herman Volz, ese viejo alemán que había hecho todo lo posible para mitigar la oscuridad del reinado de los Brickman, aún estaba allí cuando Moses regresó, pero murió mientras dormía un par de años más tarde. Moses dirigió el equipo de béisbol y el de baloncesto de la escuela. Se casó con Donna High Hawk, la dulce winnebago de Nebraska que alguna vez me había servido crema de trigo en un tazón desportillado, y que más tarde les enseñaría tareas domésticas a las niñas de la Escuela Lincoln.

Debido al tiempo que había jugado para los Cardinals y el éxito de los equipos de la Escuela Lincoln, Moses ganó fama nacional y su imagen alcanzó la primera plana del periódico *The Saturday Evening Post*. Aprovechó su fama para abogar por los derechos de los indios norteamericanos, en particular en lo referido al bienestar de los niños. La Escuela de Formación de Indios de Lincoln cerró sus puertas en 1958. Al poco tiempo, la Universidad Gallaudet contrató a Moses como entrenador y se mudó con su familia a Washington D. C., donde visitaba con frecuencia las oficinas de los legisladores, donde, con las palabras que fluían de sus elocuentes manos, trabajaba para concienciarlos. Lo visité a él y a su familia varias veces a lo largo de los años y siempre me alegraba ver que su viaje lo había llevado a un lugar de entendimiento y paz. Murió de leucemia en 1986, con su esposa e hijos a su lado. Donna me contó que las últimas palabras que Moses le dijo fueron estas: "No estás sola".

Como te conté al principio, esto es todo historia antigua. No quedan muchos que recuerden estas cosas. Pero creo que contar una historia es como soltar a un ruiseñor con la esperanza de que su canción nunca sea olvidada.

***

Mis bisnietos, cuando me visitan, me ruegan que les cuente las historias de los cuatro Vagabundos y su batalla contra la Bruja Negra. La historia que más me gusta contar es la historia de amor entre el duendecillo con su armónica mágica y la princesa con el extraño nombre de Maybeth Schofield, y cómo, después de una larga separación y muchas pruebas, se casaron y vivieron felices por siempre en la ribera de un río llamado Gilead. Como la hermosa princesa falleció en paz mucho antes de que ninguno de ellos naciera, para estos niños ella solo es parte de un hermoso cuento de hadas.

Cuando se marchan de regreso a sus casas en Saint Paul, a menudo me quedo descansando a la sombra del sicomoro. No estoy solo en la casa que construí aquí. Mi compañera es una mujer, una hermana, a quien le había hecho una promesa bajo ese mismo árbol siete décadas atrás, una promesa de regresar al lugar donde, al menos durante un breve instante en nuestra odisea de aquel verano distante, habíamos encontrado la paz. Está cerca del final de su propio viaje extraordinario, uno que vio mucho antes que cualquiera de nosotros. Aún tiene sus ataques, que ella prefiere llamar episodios de divinidad, pero tuvo que aceptar que algunas cosas, como las circunstancias de la muerte de su madre y Albert, están más allá de su alcance y capacidad. Incluso así, ella ha cambiado drásticamente la vida de muchos. En la luz pálida de la noche, sale de la casa y se sienta conmigo junto al Gilead y me toma de la mano. Nuestra piel tiene manchas y arrugas, pero el amor que nos une es eternamente joven. Hermano y hermana en espíritu, aunque no en sangre, somos lo último que queda de los Vagabundos.

Toda buena historia contiene una semilla de verdad y es de esa semilla de donde una encantadora historia crece. Algunas de las cosas que te he contado son verdad y otras… Bueno, solo digamos que son la flor de un rosal. ¿Una mujer que puede sanar a los afligidos? ¿Una niña que puede ver el futuro y lucha con lo que ve allí? ¿Y aun así estas cosas son más difíciles de aceptar que una existencia que provino de un único punto aleatorio en el tiempo cuando un montón de gases cósmicos explotaron? Nuestros ojos perciben tenuemente y nuestra mente se confunde con mucha facilidad. Mucho mejor, creo, es ser como niños y abrirnos a cada hermosa posibilidad, porque no hay nada que nuestros corazones puedan imaginar que no sea así.

NOTA DEL AUTOR

El viaje por el río en el que Odie O'Banion y sus compañeros Vagabundos se embarcaron en el verano de 1932 es un viaje mítico. La realidad de la Gran Depresión que sirve como trasfondo, sin embargo, ha estado afincada en la memoria de mis padres y los padres de aquellos niños quienes, al igual que yo, nacieron en la época de plenitud que siguió a la Segunda Guerra Mundial. Mi padre era de Oklahoma. Crecí escuchando sus historias sobre los años de las tormentas de polvo, la búsqueda de plantas silvestres para complementar las comidas, las lluvias de lodo que caían de los cielos. Mi madre nació en Ellendale, Dakota del Norte, en el seno de una familia con tantas dificultades económicas que no podían alimentar otra boca más. A la edad de cuatro años, fue enviada a vivir con unos parientes en Wyoming, quienes finalmente la adoptaron y la criaron.

La Gran Depresión fue difícil para casi todos, pero fue particularmente devastadora para las familias. En 1932, la Oficina de la Infancia de los Estados Unidos informó que había al menos 25 000 familias deambulando por el país. Durante el punto más álgido de la Gran Depresión, se estima que 250 000 estudiantes abandonaron sus hogares, por voluntad propia o factores externos, y se convirtieron en errantes.

Cuando empecé a considerar la historia que quería escribir, que, siendo honesto, concebí como una actualización de *Huckleberry Finn*, la Gran Depresión me pareció el contexto perfecto y desafiante. Fue una época de desesperación para nuestra nación, donde se expuso lo mejor y lo peor de la humanidad. Para lograr que este contexto fuera lo más realista posible, leí incontables relatos en primera persona, consulté incontables periódicos de archivo sobre esa época y estudié el vasto registro fotográfico de aquellos tiempos. He tratado de ceñirme a la realidad económica y social de ese período tanto como ha sido posible.

Un aspecto importante de esa época histórica y de la historia que yo creé eran los asentamientos irregulares que proliferaron en las distintas ciudades por todo el país. Se los conocía como Hoovervilles, un nombre que buscaba burlarse de Herbert Hoover, presidente durante los primeros años de la Depresión. (Un zapato Hoover era aquel que tenía un agujero en su suela; el cuero Hoover era un cartón que se insertaba para tapar ese agujero). Estas comunidades improvisadas se construían con chatarra y estaban pobladas por personas que se vieron afectadas por el colapso financiero mundial. La gente que vivía allí era objeto no solo de planes de alivio económico, sino también de planes coordinados de erradicación. El Hooverville de Saint Louis, que incluí en mi historia, era el más grande del país, con una población de más de 5000 personas. El Gobierno federal desalojó el asentamiento en 1936, pero pequeños conglomerados de chabolas perduraron hasta bien entrada la década de 1960.

Me fascinan los trabajos de Charles Dickens y, en parte, mi decisión de abrir *Río llévame a casa* en una institución ficticia llamada la Escuela de Formación de Indios de Lincoln fue un guiño a sus poderosas novelas sobre desigualdad social. La historia del trato que les dio nuestra nación a los pueblos nativos es una de las letanías más tristes de la crueldad humana. A la par de los muchos intentos de genocidio cultural, estaba el horrible programa de internados fuera de las reservas iniciado por Richard Henry Pratt, conocido por haber pronunciado su propósito de "Matar al indio, salvar al hombre". Desde comienzos de la década de 1870 y hasta mediados del siglo xx, cientos de miles de niños nativos fueron separados forzosamente de sus familias y enviados a vivir en los internados lejos de sus hogares en las reservas. En 1925, más de 60 000 niños vivían en 357 de estas instituciones en 30 estados. La vida en un internado para indios no era solo difícil, sino desgarradora. A los niños se los obligaba a deshacerse de su ropa india, su cabello y sus pertenencias personales. Eran castigados si hablaban su propia lengua. Eran víctimas de abusos emocionales, físicos y sexuales. Si bien se las promocionaba como un medio para que los niños asimilaran la cultura de las personas blancas y aprendieran algún oficio productivo, la realidad era que muchas de estas escuelas funcionaban como una fuente de mano de obra esclava, ya que se ofrecía a los niños para trabajar en las granjas o ayudar en las casas de los ciudadanos locales.

Para *Río llévame a casa*, leí decenas de relatos personales sobre la vida en estas instituciones, pero me basé considerablemente en *Pipestone: My Life in an Indian Boarding School*, una autobiografía de Adam Fortunate Eagle, que relata sus días como residente de la Escuela de Formación de Indios de Pipestone, en el suroeste de Minnesota. A algunos, el nombre Adam Fortunate Eagle puede sonarles familiar. Fue uno de los líderes de la ocupación indígena de Alcatraz, que comenzó en noviembre de 1969 y duró diecinueve meses, fortaleciendo el activismo indígena a lo largo de toda la nación.

Durante la primera mitad del siglo xx, una oleada de evangelismo protestante se esparció por todo el país, promulgado por personalidades como William J. Seymour y el

Avivamiento de la Calle Azusa, el evangelista Billy Sunday y la carismática sanadora de fe Aimee Semple McPherson. Si bien para la década de 1930 gran parte del fervor religioso había mermado, las reuniones de evangelización, como la Cruzada de Sanación de la Espada de Gedeón de mi historia, continuaron teniendo fama en el sur y medio oeste del país. La verdad es que le debo un gran agradecimiento a Sinclair Lewis y su novela *Elmer Gantry*, una mirada mordaz a la hipocresía religiosa que vio en sus días. También Sharon Falconer me fascinó siempre, la evangelista de esa historia, una mujer de una pasión religiosa profunda y honesta, pero también conectada con la realidad. Mi propia hermana Eve está en gran parte basada en el intrigante personaje de Lewis.

A lo largo de toda la investigación que hice en bibliotecas y museos, horas en la Gale Family Library en el Minnesota History Center and Museum, pasé gran parte del tiempo explorando personalmente el paisaje de la historia. Navegué en kayak y canoa por las aguas que Odie y sus compañeros siguieron en la novela, y caminé prácticamente por el mismo suelo que ellos habrían caminado. Me paré en la confluencia de los ríos Blue Earth y Minnesota, donde los ciudadanos del asentamiento ficticio de Hopersville habían construido sus refugios improvisados, y me senté en la roca donde Odie y Maybeth Schofield compartieron un beso. Deambulé por las calles de los Flats del West Side en Saint Paul y, a pesar de los cambios significativos en el paisaje desde los días en que los Vagabundos buscaron un respiro allí, pude ver en el ojo de mi mente el lugar exacto donde habrían estado el restaurante de Gertie, el astillero y la casa donde el hermanito de John Kelly habría nacido.

Para terminar, esta es la verdad detrás de la escritura de mi novela: si bien intenté mantenerme fiel al espíritu de la época y usar tantos hechos reales que hubiera encontrado durante mi investigación como fuera posible, *Río llévame a casa* es simplemente una historia. Así como el narrador, Odie O'Banion, admite sin reservas cerca del final de la novela, "algunas de las cosas que te he contado son verdad y otras… Bueno, solo digamos que son la flor de un rosal".

NOVELAS HISTÓRICAS EN VIDIS

Históricas románticas

El secreto de París • Natasha Lester
Una novela sobre la resistencia en París que presenta a las primeras pilotos de guerra y el origen de la casa Dior.

Las tres vidas de Alix St. Pierre • Natasha Lester
En la postguerra en París, una exespía debe encontrar al nazi que arruinó su vida, mientras brilla como publicista de la alta costura y resiste a un amor inesperado.

La casa de la Riviera • Natasha Lester
Una mujer que lo arriesgó todo: el amor y la propia vida, para evitar que los nazis destruyeran obras de arte invaluables durante la Segunda Guerra Mundial.

La última rosa de Shanghái • Weina Dai Randel
Un amor apasionado entre una rica heredera china y un joven judío refugiado del nazismo, en el ambiente glamuroso del viejo Shanghái de los 40.

Bajo el sol de Creta • Jenny Ashcroft
En 1936, Eleni y Otto se enamoran en Creta. En 1941, se reencuentran como enemigos bajo la ocupación nazi, enfrentando amor, guerra y lealtades divididas.

Históricas épicas

Escape de Viena • Weina Dai Randel
Viena, 1938. La conmovedora historia real del cónsul chino, Dr. Ho Fengshan, que junto a su esposa salvó del nazismo a miles de judíos.

Las brujas de Vardø • Anya Bergman
En una fortaleza noruega del siglo XVII, se encarcelaba a las mujeres y se las quemaba por brujas.

Los hijos de Rachel • Eleanor Shearer
La increíble aventura por tierra y por mar de una esclava fugitiva que decide recuperar a sus hijos robados.

HISTÓRICAS DE AVENTURAS
Entre nosotras, la libertad • Chitra Banerjee Divakaruni
Tres hermanas sufren la muerte de su padre y la trágica partición de la India, mientras luchan por sus sueños, su libertad y la inquebrantable fuerza del amor.

Las cuarenta ladronas • Erin Bledsoe
Inspirada en la historia real de Alice Diamond, la reina de los ladrones de Londres en 1920.

HISTÓRICAS MITOLÓGICAS
Ítaca • Claire North
Ulises se ha ido con todos los hombres jóvenes de la isla y Penélope gobierna desde las sombras. Es hora de que las mujeres cuenten su versión del famoso mito griego.

La casa de Ulises • Claire North
Penélope debe proteger Ítaca ante la inminente batalla entre Orestes, rey de Micenas, y su tío Menelao, rey de Esparta, que busca usurpar su trono.